Johann Fischart

Geschichtklitterung

Gargantua

Johann Fischart: Geschichtklitterung. Gargantua

Berliner Ausgabe, 2014, 3. Auflage
Vollständiger, durchgesehener Neusatz mit einer Biographie des
Autors bearbeitet und eingerichtet von Michael Holzinger

Entstanden: Ca. 1570 als Übersetzung und Fortsetzung des ersten
Buches von Rabelais Gargantua.
Erstdruck: [o.O.] 1575. Dem Erstdruck folgten zwei jeweils erweiterte
und veränderte Auflagen 1582 und 1590.

Textgrundlage ist die Ausgabe:
Johann Fischart: Geschichtklitterung (Gargantua). Text der Ausgabe
letzter Hand von 1590. Mit einem Glossar herausgegeben von Ute
Nyssen. Nachwort von Hugo Sommerhalder. Illustrationen nach
Holzschnitten aus den Songes drolastiques de Pantagruel von 1565,
Düsseldorf: Karl Rauch, 1963.

Herausgeber der Reihe: Michael Holzinger
Reihengestaltung: Viktor Harvion
Umschlaggestaltung unter Verwendung des Bildes:
Johann Fischart (Strichzeichnung aus dem Ehezuchtbüchlein,
Straßburg 1607)

Gesetzt aus Minion Pro, 10 pt

ISBN 978-1484839751

Affentheurlich Naupengeheurliche Geschichtklitterung

Von Thaten und Rhaten der vor kurtzen langen unnd je weilen VollenwolbeschreitenHeldenundHerrenGrandgoschierGorgellantua und deß deß Eiteldurstlichen Durchdurstlechtigen Fürsten Pantagruel von Durstwelten, Königen in Utopien, Jederwelt Nullatenenten und Nienenreich, Soldan der Neuen Kannarien, Fäumlappen, Dipsoder, Dürstling, und OudissenInseln: auch Großfürsten im Finsterstall und Nu bel NibelNebelland, Erbvögt auff Nichilburg, und Niderherren zu Nullibingen, Nullenstein und Niergendheym. Etwan von M. Frantz Rabelais Frantzösisch entworffen: Nun aber überschrecklich lustig in einen Teutschen Model vergossen, und ungefärlich oben hin, wie man den Grindigen laußt, in unser MutterLallen über oder drunder gesetzt. Auch zu disen Truck wider auff den Ampoß gebracht, und dermassen mit Pantadurstigen Mythologien oder Geheimnus deutungen verposselt, verschmidt und verdängelt daß nichts ohn das Eisen Nisi dran mangelt.

     Durch Huldrich Elloposcleron.

Si laxes erepit: Si premas erumpit.
Zu Luck entkriechts: Ein Truck entziechts.
Demnach ich sah, wie ihr euch naget
All tag mit kommer frett und plaget,
Meint ich ein guten dienst zuthun
Wann ich euch davon abhülff nun,
Und vorkäm etwan grösserm übel,
Daß keiner nicht die Zän außgribel
Vor schwären gdancken sich erhencke,
Wie Wittfrau auff der Bien ertrencke:
Sintemal je ein Artzet soll
Krancken auff all weg rahten wol,
Und sonderlich das Gmüt frisch halten,
So wird der Leib selbs naher walten.
Wann aber nun kurtzweil und freud
Ist deß Gemüts artzney vor leid,
So hab ich so mär wollen schreiben
Von lachen, alß vil weinens treiben:
Bedacht, das lachen in all krafft
Ist deß Menschens recht eigenschafft:
Und, so ein Author je ward gerümet
Daß er den nutz mit süß verblümet,
So ist diß Buch nicht zuverachten
Dieweil es auch dahin thut trachten,
Und schmiert mit Honig euch das Glaß

Daß der Wärmut eingang deß baß.
Und laßt euch sein, als ob ihr hörten
Democritum den Weißheitglehrten
Überlaut lachen der Welt thorheit,
Die ihr Narrheit halt für klug warheit:
Dann man solch Leut auch haben muß
Die weisse Wänd bstreichen mit Ruß:
Und im schimpff die Leut rühren fein:
Dann wir nicht all Catones seyn:
Und gleich wie Schlaff dem Leib wol thut
So kompt kurtzweil dem Gmüt zu gut.
Drumb leß es nun du frölichs Blut,
Ob es dir geb ein frischen muth.

**An alle Klugkröpffige Nebelverkappte NebelNebuloner,
Witzersauffte Gurgelhandthirer und ungepalirte Sinnversauerte
Windmüllerische Dürstaller oder Pantagruelisten.**

Großmächtige, Hoch und Wolgevexirte tieff und außgelärte, eitele, orenfeste, orenfeißte, allerbefeistete, ährenhaffte und hafftären, orenhafen, unnd hafenoren oder hasenasinorige insondere liebe Herrn, gönner und freund. E. Keinnad unnd dunst sollen wissen, daß die alte Spartaner, das sprichwort (Ein unflat erleidets dem anderen) warzumachen, kein bessere weiß gewußt haben, ihrer jungen Burgerschafft die Trunckenheit zuerleyden, alß daß sie zu gewissen Festtagen an offenem platz in beisein ihrer Kinder i*h*re Knecht sich redlich voll unnd doll sauffen liessen, auff daß so sie die also hirntobig und schellhörnig unnd hirnschöllig von Wein rasen, balgen, walgen, schelten, gauckeln, fallen, schallen, burtzeln, schrien, gölern, prellen, wüten, sincken, hincken, speien und unflätig genug sein sehen, sich vor solcher Vihischen unweis forthin zu hüten wüßten: Gleich wie auch zu unserer zeit ein namhaffter Fürst den Lumpenhößlern und Zottenjunghern ihr zottengelümp zuerleiden, eins tags einen Hencker, in der neuen Kleidungsweiß, die damals Braunschweigisch hieß, anthun ließ, unnd den auff die Schloßbruck, da alle Hofleut fürzogen, stellen, damit er ihnen durch diß schön schinder muster das gesäß gefreß versauerte, und hat dannoch darmit so vil geschafft, daß die Lumpen an Hosen sind abkommen, und in das gekröß geflogen, und in die vorgewelbte bäuch geschloffen. Deßgleichen pflegen nit auch noch heut etliche Eltern i*h*re Kinder, sie von Lastern unnd Bubenstücken abzuschrecken, zur warnung mitzunemmen, wann man einen Übelthäter vom leben zum todt zurichten außfüret? alda die schöne Leichpredig, so der Dieb schwanenmäsig zur letzt aüff der leiter i*h*m selbs zu spat Galgenreulich unnd andern zu frühe Galgentreulich thut, anzuhören. Unnd zwar, welche sich solche beid wüste und schreckliche spectacul nit erschamroten und abmanen lassen, werden nimmermehr durch glimpfflichere und vernünfftigere mittel fruchtbarlich zu recht zubringen seyn.

So nun beides die alte und auch heutige welt, solche beyspilige spigelweiß und spigelweißliches beyspiel, und Comedische art der leut scham unnd zucht, (wo anders noch einige im hindersten spulwinckel bey i*h*nen verborgen) zuerwecken und auffzumuntern, gebillichet und nutzlich befunden: wie solten wir uns dann derselbigen bereit bewärten weiß nun hierin und zu andermalen anderswo zugebrauchen, und ein verwirretes ungestaltes Muster der heut verwirrten ungestalten Welt, sie von i*h*rer verwirrten ungestalt und ungestalter verwirrung abzuführen und abzuvexieren, fürzuspiegeln beschamen? Sintemal doch außfündlich, daß es der Welt auff solchen schlag mächtig wol gefalt, und ohn nutz nicht abzugehen pfleget, weil sie augenscheinlich spüren, daß ihnen daselbs, da der Wirt ein Dieb ist, nicht wird zu stelen seyn: (doch dem Authorem unverglichen, sonst müst er auch wie der Schultheiß von Hundsfelden mithetschen.) Solt aber darumb ich oder ein anderer schumpfierboß (wie ich wol weis etliche Wechselhirn schliessen) ein Unflat seyn, weil wir villeicht euch und euers gleichen Unfläter unflätig beschrieben? (gleichwol solchs unserm Handwerck nit schad, dann wir dörffen nit kochen) Solten darumb die Spartaner, weil sie trunckenböltz vorstelleten, trunckenböltz sein? der Fürst, weil er einen Hosenbutz auffstellt ein Hosenlump? die Eltern, weil sie galgenschwengel vorspiegeln, galgenmässig heissen? Non sequit, sagt der Abt: sondern im gegenspil mögen die, denen man solche unnd andere saubere muster vorbildet, wol für sich sehen, solche Unfläter nicht zu werden: weil sie sich on das zimlich darzu arten und geberden. Was kan ein Spiegel dazu, daß er ein lützelhüpschen lützelhüpsch anzeigt? der Kütreck, daß er eim die Naß außtruckt, nach dem er drein fällt? Die Blum, daß eine Spinn gifft auß ihr zeicht? der Paracelsus, daß ihm der Hencker, wie er schreibt, 21 Knecht gehenckt hat? Der Spiegel wird darumb nicht dunckeler, wann schon ein Schmutzkolb drein sieht: die Sonn wirt drumb nicht wüst, wann sie schon Wasser auß Pfitzen ziecht. Der Artzet muß darumb nicht kranck werden, wann er schon mit Krancken umbgeht: Solt ich nit ein geistlichen Text under eine Weltliche weiß singen können? oder ein Weltlichen Dantz auß der Psalmenweiß, Der Thorecht spricht, geigen können? Dichten doch unsere Predicanten Geistliche Lieder von einer Wilden Sau, das geistliche wacker braun Meidlein, den geistlichen Felbinger etc. O mein lieben Gäst, ich sahe den Bettlerdantz auch wol grosse Herren dantzen, unnd den Philipinadantz, dantz auch wol ein Bauer. Ich thu wie die Griechischen Philosophi, die zogen auff alle Kirchweihen, Messen und Märckte, nicht daß sie kaufften, sonder alles, wie es zugieng, begafften, waren Gaffleut für Kaufleut. Ich sorg nit wie jener Cardinal, der nit durch Genff ziehen wolt besorgend der Lufft macht ihn Ketzerisch, wie jener zu Rom, gieng den Griechen zu neid, nit durch die Griechisch straß, förchtend, er ererbe die Griechisch Pestilentz, oder wie jener Signor, der nicht durch Neapolis wolt reissen, auß sorg, es stoß ihn die Neapolitanisch sucht an, das ist, er erb die Rittermäsigen Frantzosen: wie jene Mönch zu Franckfort kein Lutherisch Bücher in ihr Kloster wolten einstellen, vor ängsten sie würden Ketzerisch: Hei, wie herrlich schöne Witztölpel: sie sind auch etlicher widertäuffer art, die, wenn sie durch ein Kirch oder Rahthauß gehen, die schuch, wiewol nit auff Mosis, sonder widersinniger meynung außziehen, damit sie nit die geweihete schuch aber nit die geweiheten Fuß entheiligen, oder vil mehr den geheiligten Boden verunreinen, und den staub wie die Aposteln von Füssen schüttlen müssen. Darumb nam michs offt wunder, warumb die Durchliechthelligsten, die man auff

Mistbären tragen muß, und sonst auff Lewen und Otter gehen, damit sie kein Zähe an ein stein stossen, ihnen nit auch die Zähen wie die Finger beschweren, versegnen, weihen, schaben, beschneiden, verchrisamen, verelementen und versacramenten lassen, alß dann möchte sie kein Pantoffel noch Schuch trucken, wie jenen Predigkauzischen tropffen der die Schuch mit Chrisam schmieret. Aber diß soll noch wol auff eim Concilio berahtschlaget werden, wann mich einmal die Schuch nimmer trucken: Nun ha, reim dich Eisenhut an den Fuß oder Fut: das sind eitel Saturnische, turmische Windmüller und Letzköpff: Die Leut sind nicht Schlangenart, daß sie sich so leichtlich mit bösen worten solten beschweren unnd vergifften lassen, dieweil sie je den verstand gutes und böses haben, und nichts böses beschrieben wird, daß nicht von ihnen herkompt, und es selbs böß erkennen. Verwirfft man doch von wegen etlicher unbescheidener Wort nit jedes Buch: Kan doch das Ohrenzart Frauenzimmer wol etliche Zotten inn Bocatii Centonovel, deß Jacob Winters Wintermeyen, der beiden Stattschreiber zu Burckheim und Maursmünster Wickram und Jacob Freyen frey Rollengespräch und Gartenzech: Auch deß M. Linders Katzipory gestech, und deß Straparole Historien vertragen: daß ich jetzt anderer Eulenspiegelischer und Wegkurtzerischer art buchern geschweige. Sie seynd dannoch weit nit, wie deß *Pogii purcitiarum opus*. Verwirfft man doch in Schulen von wegen leichtfertiger reden nit etliche mutwillige Poeten, alß den Martialem (wiewol ihn Naugerius järlichs auff gewissen tag verbrennt hat, wie Paracelsus den Dioscoridem) Ovidium, Plautum, Juvenalem, Pogium, Bebelium, und schier alle Comedische und Satyrische scribenten, denen bossenzureissen angeboren: Terentius der so gar sauber sein sol, ist im Eunucho nit so gar lauter, so doch seine Comedien die ernhafftesten Römer Lelius und Scipio sollen geschmit haben.

Man hat zu allen zeiten bey allen Nationen solcher art kurtzweiligs Gespötts vorgehabt: die Griechen mit Tragedien, Dithyrambis, Dionisiacis: die Römer mit Fescenninis, Manduconen, Mimis, Pasquillen: Die Teutschen mit Faßnachtspielen, Freihartspredigen, Pritzenschlagen: die in Schulen mit deponieren, und Quotlibeten: welche weis, wie die *Quotlibetarii* für geben, auch S. Augustin soll gebraucht haben, und gewiß S. Thomas vom *Aquavino*. Die Athener hatten ein Fest *Kythroi,* da sie einander musten närrisch gnug verkittern, durchs Gitter, wie der Apoteckernar durch den Fingersträl. So bringen wir nun hie auß allen vorgedachten arten ein gebachenen kuchen, und nach jetziger welt lauff schöne *Mythologias Pantagruelicas* dz ist Alldurstige Grillengeheimnussen und Märendeitungen (dann diß wer dieses buches warer Titul) Welche in was meinung sie seyen gestellet worden, wil ich nachgehends, wa ich zuvor, was deß Authors person betrifft, angezeigt, vermelden.

So wißt demnach, daß er Frantz Rabelais bey vilen einen bösen ruff hat, alß ob er ein Gottloser Atheos unnd Epicurer seye gewesen: Welchs ich dann in seim werd beruhen lasse, dann heilig ist er nit gewesen: darumb sorg ich deß weniger, daß man i*h*n dafür anbett. Gleichwol daß man solches unnd ärgers auß seinen schrifften zuschliessen gedencket, dessen entschüldigt er sich auffrichtig und redlich, inn einer Dedicationepistel an den Cardinal von Castillon, deß Admirals Bruder, darin er das vorhaben solcher Bücher, welchs wir, wie erst gedacht, baldfolgends auch setzen wollen, scheinlich anbringet: unnd meint darbey, daß von wegen deß schmutzes die alte Real nicht hinzuwerffen seyen, noch die Kern von wegen der Spreuer: es stehe eim jeden frey drauß zulesen was er wil: wann er schon einen sich hieß hinden lecken soll er ungezwungen seyn: besser ein Fenster auß, alß ein gantz Hauß, sagt der Probst, da man i*h*n warnet, er würd sich blind sauffen. Ist derwegen er nit allein diser beschönung, sonder auch seiner Physicischen Lehr, wolbelesenheit, Artzeneierfahrung, und fürnemblich seines Diogenischen kurtzweiligen lebens und schreibens halben bey hohen Leuten liebgehalten worden, bey den Königen in Franckreich, allen Gelehrten und Poeten, ja auch bey den geistlichen, wie gehört, ja bey den Hocherleuchten Frauen, der Königin von Navarra, etc. Dann i*h*r auch diß beyneben wissen solt, daß er ein Doctor der Artzeney gewesen, und deßhalben i*h*m ein schlecht gewissen gemacht, etwan von natürlichen sachen natürlicher zu reden, auch etwas Gurgellantischer zuweysslen, zukröpffen und sich zubeweinen, dieweil er, alß ein Physicus sein Natur im höchsten gradu trocken befunden, und das Heilpflaster alß ein Artzt auff die gemeine Weinwunden zuhanden gehabt. Daher i*h*m dann der heut berümtest Frantzösisch Poet Ronsart (in massen auch die Poeten Marot unnd Auratus) ein lustigs i*h*m gemäses Epitaphi folgendes Inhalts hat gestellet.

  Wann auß eim todten, so wirt faul,
   Kan etwas anders werden,
  Gleich wie ein Roßkäfer von dem Gaul,
   Wie Krotten auß der Erden,
  Die Maden auß den faulen Käsen:
  Und wie die Glehrte halten
  Daß der abgang und das verwesen
   Könn ander wesen gstalten:
  So wird, wa etwas werden soll,
   Gwiß auß deß Rabelais Magen
  Sein Kutteln und seim Eierstoll
  Ein schön Reb fürher ragen:
  (Wie man dann auch find solchermossen
   Daß auß S. Dominici Grab,

Ein Reb sey nach seim todt fürgsprossen,
Die gut Domvinischen Wein gab)
Dann weil er lebet must er trincken,
Und trincken war sein leben,
Und wann er müd war an der lincken
Must die recht das Glaß heben:
Dann er gern mit der lincken tranck
Weil sie ist nahe dem Hertzen,
Auff daß es deß meh krafft empfang,
Und kützel es zum schertzen.
Solchs wust er alls wol außzurincken
Weil er ein Artzet war,
Daß man den Ring tregt an der lincken
Daß es das Hertz erfahr:
Er tranck Jüdischen Wein allein
Der nicht getauffet was,
Und den Lateinischen Wetzstein,
Den mitteln auß dem Faß.
Ehe daß er einen niderstelt
Hub er ein andern auff,
Hiemit zu zeigen an der Welt
Der Stern und Sonnen lauff:
So bald er hat das Maul gewischt
Netzt ers wider behend,
Zuzeigen wie der Mon erfrischt
Was die Sonn hat verbrent:
Sein Gurgel starck den Wein anzog
Vil besser alle stund
Alß den Regen der Regenbog,
O wie ein guten Schlund.
Die Sonn kont nicht auff sein so frü
So sah sie i*h*n schon truncken,
Der Mon konnt so spat kommen nie
So sah er i*h*n schon duncken:
Und wann die Hundstag fulen ein
So sah man i*h*n dort sitzen
Halb nackent bey dem külen Wein
Und den Wein von sich schwitzen,
Streifft seine Ermel hinter sich
Und streckt sich auff die Matzen,
Auff daß i*h*m nichts wer hinterlich,
Da fieng er an zu schmatzen,
Wült sich herumb inn Wein und Kost
Zwischen Bechern und Platten,
Gleich wie im Mur und schleim ein Frosch,

Lehrt seine Zung da watten.
Wann er dann also gar war truncken
So sang er Bachus lob,
Lobt ihn von seinem grossen Schuncken
Und seiner Rebengob:
Träuet alßdann Sanct Urban auch
Wann er nicht schafft gut Wein
Werd man ihn nach dem alten brauch
Werffen in Bach hinein:
Sang auch von deß Grandgusiers Kuchen
Und deß Gargantoa Thier,
Wie es zerschmiß gantz Wäld voll Buchen
Im grossen Schwantzthurnier:
Auch wie Bruder Jan Onkapaunt
Mit der Kreutzstangen focht,
Und Wurstdurstpanthel Fürtz kartaunt,
Und was Panurgus kocht.
Aber der Tod der gar nicht trinckt
Zucket den Trincker hin,
Wiewol er rufft: dem Tod eins bringt,
Heißt ein weil sitzen ihn:
Aber er wolt nicht sitzen nider,
Wolt auch keins warten auß,
Er gieng dan vor mit ihm hernider
Inn sein Liechtfinster Hauß:
Daselbst bringt er ihm Wassers gnug
Auß dem Fluß Acherunt
Und heißt ihn sitzen bey dem Krug
Und schwencken wol den Mund:
Jedoch so war ist, was wir lesen,
Das Wein vor Fäule bhüt,
So wird deß Rabeles Nam und Wesen
Nimmer verfaulen nit
Dann er je wol beweinet war,
Sein Leib und Därm durchweint,
Wein war sein Weih und Balsam gar:
Der Balsam hie noch scheint.
Und nimpt mich wunder, daß ihr nicht
Dürmelt weil ihr hie steht,
Daß euch der Wein ins Haupt nicht rücht
Dann diß Grab weinlet stät:
Gleichwol weil ihr hie bleibet stehn
So steht hie nicht so schlecht,
Sonder ehe ihr von dannen gehn
So thut ihm auch sein Recht,

Und opffert i*h*m ein Glaß mit wein
Und gsaltzen Ränfftlin Brot,
Das wird i*h*m liber alß beten seyn,
Dann beten gehöret Gott.

So vil sey genug von deß Authors person: Was aber demnach sein fürnemmen unnd bedencken solche Grillenbücher zustellen belanget: ist es, wie ers selbs meldet, dises: Dieweil er ein Artzet war, und wust was Hippocras im sechsten Buch Epidemie lehret, Daß ein rechtgeschaffener Medicus in allem seim leben, thun und wandel dahin sinnen und schalten sol, die leut auff alle mögliche weg, es sey mit Artzneystücken, worten oder geberden bey gesundheit frisch zuerhalten, oder von kranckheit zuerledigen: und aber wißlich ist, dz nit alle kranckheit am oder im leib sich erregen, sonder mehrmals im gemüt durch melancholi oder traurigkeit sich begeben, welche hertzkränckung folgends am Leib pfleget außzubrechen und es zu schwächen: wie dann solches der wolerfarn Artzt Erasistrat Aristotels tochter Son an königs Antiochi puls, so sich vor grosser Lieb gegen seiner Stieffmutter kränckt, erkannt, und i*h*m desselbigen leibschmertzens abhalff: Derwegen wil er, dz ein Artzt nit allein mit kreutern, salben tränken, und confecten gerüst sein sol, angesehen erstlich, weil solches der *Medicorum* Köchen nemlich den Apotekern zubefehlen, unnd nachgehends weil diese stück zu zeiten nit helffen, demnach das Leid nicht eusserlich leiblich, sondern, welchs gefärlicher, innerlich hertzlich ist: sonder auch wolgeberdig, holdselig, freindlich gesprächig, kurtzweilig, bossenreissig, der eim schwachen etwan, wans not thut, ein Mut einschwetzen, und eingauckelen kan, i*h*n lachen machen, wenn er schon gern weint, i*h*n überreden er seye gesund, dieweil man doch einen überredt er sey kranck, er sey rotprecht, wann er todt färbig sicht: Oder über zwerch felds mit eim schalen Bossen daher kommen, der, wie man sagt, einen todten möchte lachend machen, ihm ehe einen Esel fürfüren der Disteln frißt: Dann vom Prediger und Sacrament soll er ihm nicht vil sagen, das mögen andere Leut thun, die gern da bald erben, soll sich ehe selbs zum Esel machen, der Disteln frißt, auff dz es der Kranck auch esse: sol seim Nächsten Krancken und Krancken Nächsten alles zu lieb werden, wie die Hoffleut i*h*ren Herren, und die Buler i*h*ren Närrin.

Sol keinen trösten wie Callianax seinen Krancken: dann alß i*h*n der Kranck fraget, ob er sterben würde? antwortet er i*h*m: Es sey doch wol deß Keyser Koch gestorben.

Dieser grobe Sauzius hat Platonem nit gelehrt, welcher, wiewol er die lügen alß schändlich jederman verbiet, doch dieselbige dem Artzet trosthalben gestattet. Ja unsere geschriebene Gesatz heissen einen Medicum wol nit liegen (dann er kans ungeheissen) aber geschwetzig seyn *(Abcursius in l. parabolanos C. de Epis. & cler.)* weil sie Hebammen geschlecht seynd: aber notfolglicher weiß, lassen sie es doch zu: dann wer vil schwetzet der lügt vil. *Iuxta illud in multiloquio etc.*

Darumb mag i*h*m wol zu zeiten ein *Medicus* ein reuschlin trincken, nit alleine den bösen lufft und geruch minder einzulassen, sonder auch bossierlicher zuseyn: der wird ein Krancken mutiger und getröster machen, alß ein langweiliger Langschaubiger Stirnruntzelter Fantast.

Dann wißt ihr nit von jenem Philosopho, der sich ab eins Affen Bossen gesund lacht, alß er sahe i*h*ne sein Doctor Häublin und Überparetlin vom Nagel ziehen, und es so ordenlich wie der best Dorff Calmäuser auffsetzen? und gewiß es sicht lächerlich, ich habs versucht.

Ja ich kenn noch einen, dem sein Melancholisch Kranckheit vergieng, da man i*h*m nur das Bachkanten Verßlin recitiert.

In veteri cacabo medico faciente cacabo.

Unnd der groß Spottvogel Erasmus, hat über den Episteln *obscurorum virorum* also gelacht, daß er ein sorgfältig geschwär, welchs man ihm sonst mit gefahr auffschlagen müssen, hat auffgelacht: unnd wie mancher kan durch wagendes schüttelens lachen einen ungeraden, Magenrumpeligen, Därmspenstigen und Bauchhängstigen Furtz vertreiben.

Es könnens wol Jungfrauen am besten, wann sie das Kittern in sich beissen und vertrucken, und alleweil das Naßtüchlein fürs Maul heben, daß der geruch nit inns Hirn steig.

Wie vil hat auch die Music gesund gemacht? Was ist aber die Music alß ein klingend freud? Wie vil anmutiger aber ist ein angenemme freudige Red eins Menschen?

Galenus schreibt, der höchst Artzt Aesculapius habe lächerliche Liedlein gedicht, darmit in den Krancken Lung und Leber zuüben, unnd ein hitz in kalte Leut zubringen. Ohoh in kein Holtzbürstenhertz.

Ja sie schreiben, das Gesang heile die Schlangenbiß: Wie vil mehr dann den Narrenstich. Ja der Jurist *Tiraquellus* von Wasserschöpffingen hat, wie er schreibt, das Viertägig Fieber mit singen vertrieben: unnd ich mit trincken.

Ja Asclepias hat mit der Trommeten einen Tauben hörend gemacht: Ja ich glaub noch mehr, er hab inn eim engen gemach darmit ein hörenden daub gemacht.

Und sicht man nit wie es die Meydlein so wol kitzelt wann die junge Schneider mit anmessen umb die Brust zugreiffig und schweiffig sind: deßgleichen wann ihnen die Schuchmacher die enge Stieffeln anmessen, daß manche vor grossem Kitzel, wann sie das Bein zu hoch auffhebt, ein Schweißlein hinten auß lasset, wie die

Magd deren man den Dorn außzog: Wie solt es dann nicht auch kurtzweilig seyn, wann ein Medicus mit Pulsgreiffen zutastig und kitzelich wer: unnd warumb weren sonst die Näderin so anmütig, wann sie nit mit Hembd unnd Bruchanmessen so subtilig unnd kurtzweilig weren, und langweilig anzusehen wie ein alte Badreiberin.

Derwegen Rabelais inn solchem wendunmütigem Stück seim obersten Lehrmeister Hippocras genug zuthun, und darinnen, so vil alß an ihm wer, die Krancke trostlose und schwermütige, alß ein Artzet nicht zuverwarlosen, hat er ihnen zimliche lustige Materi, sie zuerlüstigen unnd vor schweren gedancken zuverwaren, hierin zusammen getragen, unnd also nichts ausserhalb seim Ampt, Beruff und Facultet gethan, sondern guthertzig geschertzt, wers guthertzig verschmertzt.

Hierauff mögen ihrs neben euern gescheften zu verlornen miessigen Erquickstunden, Spacierzeiten, Spielen, Festen, Reisen, under zechen, Schlafftrüncken, unnd zu Tisch gebrauchen, betrachten und belachen, und zu weilen die Frümettliche Augbroen, oder dz Vespasianisch *Cacantis faciem* ablegen: und an das alt Sprichwort gedencken, *Caput melancholicum, est balneum Diabolicum,* ein Melancholischer Kopff, ist deß Teuffels Hafen und Topff, darein er tropff und darinnen er koch sein Hopff.

Sonst so viel den Dollmetschen belangt, hab ichs (eben gründlich die Ursach zuentdecken) darumb zu vertiern fürgenommen weil ich gesehen, wie bereit etliche solche arbeit understanden, doch ohn Minerve erlaubnus und mit darzu ungemachenem und ungebachenem *Ingenio* unnd *genio,* zimlich schläfferig, ohn einig *gratiam,* wie man den Donat exponiert, unbegrefflich wider deß Authors meinung, undeitlich und unteutschlich getractiert.

Derwegen da man ihn je wolt Teutsch haben, hab ich ihn eben so mehr inn Teutsch wellen verkleiden, alß daß ich einen ungeschickteren Schneider müst druber leiden: Doch bin ich an die Wort und Ordnung ungebunden gewesen: unnd mich benügt, wann ich den verstand erfolget: auch hab ich ihn etwan, wann er auß der Küheweyd gangen, castriert, und billich vertiert, das ist, umbgewand.

Das übrig, was noch weiters zusagen, und welchem er diß Buch zugeschrieben, werdet ihr im folgenden Bereitschlag deß Authors vernemmen. Hiemit euch jederzeit zu ergetzligkeit geneigt: Geben auff den Runtzel Sontag, inn Voller Fantast Nacht wenn man die runtzeln mit Erbsen abreibt.

    Subscripsit.
    Ihrer Fürstlichen Gnaden
    Mutwilliger.

Huldrich Elle
Poscleros.

Ein und VorRitt, oder das Parat unnd Bereytschlag, inn die Chronick vom Grandgoschier, Gurgellantual und Pantadurstlingern.

Ihr meine Schlampampische gute Schlucker, kurtzweilige Stall und Tafelbrüder: ihr Schlaftrunckene wolbesoffene Kautzen und Schnautzhän, ihr Landkündige und Landschlindige Wein Verderber unnd Banckbuben: Ihr Schnargarkische Angstertrāher, Kutterufstorcken, Birpausen, und meine Zeckvollzepfige *Domini* Winholdi von Holwin: Ertzvilfraßlappscheisige Scheißhaußfüller unnd Abteckerische Zäpfleinlüller: Freßschnaufige Maulprocker, Collatzbäuch, Gargurgulianer: Grosprockschlindige Zipfler und Schmärrotzer: O ihr Latzdeckige Bäuch, die mit eim Kind essen, das ein Rotzige Nasen hat: ja den Löffel wider holt, den man euch hinder die thür würfft: Ja auch ihr Fußgrammige Kruckenstupfer, Stäbelherrn, Pfatengramische Kapaunen, händgratler, Badenwalfarter: Huderer, Gutschirer, Jarmeßbesucher, ihr Gargantztunige Geiermundler und Gurgelmänner, Butterbrater, safransucher, Meß und Marcktbesucher, Hochzeitschiffer, Auffhaspler, Gutverlämmerer, Vaterverderber, Schleitzer, Schultrabeiser: Und du mein Gartengeselschafft vom Rollwagen, vom Marckschiff, von der Spigeleulen, mit eueren sauberen Erndfreien Herbstsprüchen. Ihr Sontagsjüngherlin mit dem feyertäglichen angesicht, ihr Bursch und Marckstanten, Pflastertretter, Neuzeytungspäher, Zeitungverwetter, Naupentückische Nasen und Affenträher, Rauchverkeuffer, Geuchstecher, Blindmeuß und Hütlinspiler, Lichtscheue Augennebeler: Und ihr feine Verzuckerte Gallen und Pillulen, unnd Honiggebeitzte Spinnen. Sihe da, ihr feine Schnudelbutzen. Ihr Lungkitzlige Backenhalter unnd Wackenader, ihr Entenschnaderige, Langzüngige Krummschnäbel, Schwappelschwäble, die eym eyn Nuß vom Baum schwetzen: ihr Zuckerpapagoi, Hetzenamseler, Hetzenschwetzer, Starnstörer, Scherenschleiffer, Rorfincken, Kunckelstubische Gänsprediger, Schärstubner, Judasjagige Retscher, Waffelarten, Babeler und Babelarten, Fabelarten und Fabeler, von der Babilonischen Bauleut eynigkeyt. Ihr Hildenbrandsstreichige wilde Hummeln, Bäumaußreisser, Trotzteuffelsluckstellige Stichdenteuffel unnd Poppenschiser, die dem Teuffel ein horn außrauffen, unnd pulferhörnlein drauß schrauffen. Unnd endlich du mein Gassentrettendes Bulerbürstlein, das hin und wider umbschilet, und nach dem Holtz stincket, auch sonst nichts bessers thut, dann rote Nasen trincket, und an der Geysen elenbogen hincket. Ja kurtzumb du Gäuchhornigs unnd weichzornigs Haußvergessen Mann unnd Weibsvolck, sampt allem anderen dürstigen Gesindlein, denen der roh gefressen Narr noch auffstoset.

Ihr all, sag ich noch einmal, verstaht mich wol, solt sampt und sonders hie sein meine liebe Schulerkindlein, euch wil ich zuschreiben diß mein fündlein, pfündlein und Pfründlein, euer sey diß Büchlin gar mit haut und haar, weil ich doch euer bin so par, Euch ist der Schilt außgehenckt, kehrt hie ein, hie würd gut Wein geschenckt: was lasset ihr lang den Hipenbuben vergebens schreien? Ich kan euch das Hirn erstäubern, Geraten ihr mir zu Zuhörern, so wird gewiß dort die Weißheit auff der Wegscheid umbsonst rufen.

Demnach mir dann euer holdseligkeyt mit euerm anhang zu ehren erscheinen, so solt ihr zu eingang wissen, daß der Atenisch Krigsfürst Alkibiad in des Preyten Plautischen Oedipischen Platons gespräch, dessen überschrifft die Zech ist, als er under anderem sehr will loben seinen Lehrweiser Socrat, (welcher ohn alle einred und streit, aller Philosophen oder Gernklugen, der erste anführer war) spricht er, Er sey gleich unnd änlich gewesen den Schilenden Silenis oder Seullänen. Was ist aber das für ein Teuffel in der Höll, der also heist?

Exspeckta auß der Taschen, Sileni, solt ihr mich verstehn, waren etwann die wundergestalte Grillische, Grubengrottesische, fantästische krüg, läden, büchsen und häfen, wie wir sie heut in den Apotecken stehen sehen, von aussen bemalet mit lächerlichen, gecklichen, ja offt erschrecklichen Häu unnd Graßteuffeln, wie sie auß Pandore büchs fligen, unnd der Grillen Römischen Mül stiben, gesellen die im hafen schlecken, und haben die Kertz im hindern stecken, wie sie Dantes inn der fegfeurigen Höllen beschreibet, Jott unnd Michelangel im Jungsten Gericht malen, Olaische Mittnächtige Meerwunder, wie sie einem zu mitternacht inn der Fronfasten, wann man zu vil Bonen ißt, und am rucken ligt, fürkommen, Ovidische verformungen, Weinsauffende Grillos unnd Apuleios, seltzame trachenschlund an den Canälen unnd Bronnrören, Midisch Königsoren, Ackteonisch Fürstenhörner: Leut, wie Megasten, Solin, Franck und Munster inn ihren Cosmographien gegen Morenland und Affrich versetzen und Colonisiren, als einfüsige Hasenjäger, einäugige Schützen, Brustgeköpffte Hundsköpff, die auff eim fuß Postiren, geruchlebige Leilachoren, geile Satyri und Geyßmänlin, Scherzengefider, Höllhacken, Charpie des Jupiters Vogelhund, fornen schön und lieb gestalt als Frauen, unnd hinden hön und dib mit klauen.

Ja zu diesen Autentischen beschribenen Faßnachtbutzen suchen sie noch Rumörischere Ladengezird, die eim allen Confect erleiden solten, als gezeumt Vögel inn Planetenschlitten, Rappen inn Mönchskappen, Kropfigel inn nadelbesteckten läzen auff schaltbaren: Donnenköpff mit beuchen der Eßlingischen Jungfrauen im hafenreff: Bemäntelt, bestebt treifußgekrönte Widhopffen, die man mit lichtern besteckt, auff der Mistbären daher träget. Wie zu Straßburg im Mönster bei dem Chor an der seulen stehen, und im Bruderhof über dem Keller, da ein Rephun einen Schatz verrhiet, gemalt zufinden. Kändlinmeuler mit glockenhüten, wie der Gorgonisch Römisch Medusenkopff. Geschleiert Gäns auff Pantoffeln, beprillet und schulsack behenckt Esel auff steltzen, torweit zerflennend schußlöcher, Carpatische hogerige Ofenkrucken, Brotmeyer, die den bauch im Schubkärchlin führen, halb Pfaffen unnd halb Landsknecht, gehalbiert Menschen vom Bischoff und Bader: krebs, die im schlitten zihen, darbei der spruch, Es geht wie es mag: gehörnecht Hasen, Menschen mit Krebsnasen, gesattelt Hund, fligend Hechsenböck, reutend Hirtz, kunden wie man hinder Job und Sanct Töngis malet, in spilen unnd Mummereien brauchet, inn Christofelgnosse seulen unnd gebeu hauet, auff die Pfäl fur Vogelscheuen stellet, für gerems und compartement auf täppich stricket, damit man die Kinder schweiget, und andere dergleichen Malerträum, hülengrillen, wie dern mit der weil eyn gantz büchlin ins Rabelais Trollatischen treumen sollen außgehen, mit welchen dise Pulverkrämer Gaffleut für Kauffleut an sich ziehen können, und die vorgehende wie des Abisai Leib auffhalten, wie Gorgon vergestalten, den Bauren die mäuler auffsperren, machen daß die Mägd den Korb und Zuber müsen nidersetzen, die Frauen die Kinder vergessen, und alles gesind wie zur Regenspurgischen Walfahrt zu lauffen.

Nun die Straß ist zu eim theil gebanet, ich versihe mich zu euerer köpffründe, ihr habt die Esilischen Silen, und Seulen verstanden. Jedoch möchten, glaub ich, meine Rebenhenslein unnd Weingänßlein leiden, daß ich es i*h*nen auff i*h*ren schlag greifflicher erkläret: wolan, das muß auch also par geschehen. Wißt ihr nicht, wie ihr zu zeiten seit bei höflichen zechen gewesen, da man euch zu eim willkomm hat mit einer schönen Kälichfecundeten red ein schön großgebeuchet wunderfrembd geboßiret schrecklich trinckgeschir, welches die Latiner *futile* vas heisen, forgestellet, das man gleich alle teller unnd platten vor euch hat müsen wegraumen, unnd darnach wann man inn die sprüng kommen, die mutwilligste Geschirr herfür gesuchet. Als gepichte Armprost, Jungfrauschülin, silberbeschlagene Bundschuch, gewachtelt stiffel, Polnische Sackpfeiffen, Bären, Leyren, Lautenkübel, Kübel Lauten, Narrenkappen, beknöpfft Tolchen, Windmülen, Sauärs, Lastwägen, Lastschiff, nackende Megdlein, Bübelein, Hänlin, Gißfasser, häfen, onruhige Lufftvogel gemese Dannzapffen, die nicht stehn *Sine ponere,* sonder gehn wollen, Fäusthämer, Weinfeurspeiende Büchsen, unnd andere dergleichen schöne muster. Ecce, das sind die Rechte Sulenen und Lenseulen und Eselen darauff Silenus reutet.

Ein solcher Grillus und Silenus, sagt Alcibiad, wer sein Preceptor Socrates. Wie so? Da so, Dann gleich wie solche Hanfgebutzte Apoteckergeschir und Weinbüchsen von ausen häßlich und greßlich überaußscheinen, unnd doch zu innerst mit herrlichem schleck und Confect seind geschicket unnd gespicket, von Balsam, Bisam, Latwergen, Sirup, Julep, Treseneien, und anderen kostbaren fantaseien, wie sie ins Reiffen gemusterter Abecedeck zufinden. Also wer auch der Weisest Lerer Socrat euserlichem schein nach von gestalt gering anzusehen, also das so du nach erstem anplick ein urtheil von i*h*m hetst sollen fellen, würdest ihne gleich so wol wie der Phisionomygaffer Zopyrus nicht einer Lorischen zwibelschelf oder Knoblauchsbutzen werd gehalten haben, so Bäurisch quartiert von leib war er, so Seeländisch lam von unfechterischen geberden, so Franciscanisch von zugespitzter Elennasen oder (wie etlich wöllen) Schafsnasen, mit eim glatzenden kopff, eingezogenem halß, haarigem nacken, darzu allzeit lachend, übersichtig und augensperrig wie ein Stier, dem gebunden seind alle vier, von sitten einfaltig, von Kleidung presthafftig, zu Weibern (Aber villeicht nit zum Alcibiad) unglückhafftig, im Regiment untauglich, tranck eim jeden so viel zu als eim andern, war mit allen überwerflich, redgeb unnd schimpflich, darmit er seinen hocherleuchten verstand decket glimpflich. Aber so du ihm hetst sollen in die Hertzbüchs hinein schauen, würdest ein Recht himmlischen unschetzbaren Indianischen geruch von edelem gewürtz gefület haben, ein mehrer dann Menschliche klugheit, ein unüberwindlichen standmut, unermeßliche nüchterkeit, gewißbestimte genügung, vollkommenen trost, vernünfftige geringachtung alles dessen, darumb jederman so tollgirig zabelt und grabelt, laufft und schnaufft, machet und wachet, kriegt und betrügt, wült und stilt, wandelt und handelt, fecht und recht und alle hertzbefridung verschmecht.

Secht, solch Fürtugenden lisen sich inn diesem des Socrats unachtsamen, und nicht auff Aronisch verprustlatztem hertzenschrein finden. Gleich wie hingegen vom schönen Absolonischen Leib seines erstgedachten Jüngers Alcibiadis gesagt ward, daß welcher in dasselb Samatküßlin hett ein plick thun mögen, eitel lär stro, an statt der federen, unnd sein grosse schöne nur überzuckerten Spanischen Pfeffer für Zuckererbsen, befunden hette: Ja ein Pleien schwerd inn einer güldenen scheyden.

Wahin meinst aber, du mein kurtzweiligs geschöpff, das diß vorgespilt, gevortrabet, vorbeloffen, an und fürgebauet werde? Zwar zu nichts anders, als das ihr meine Jünger, unnd etliche andere euere mitnarren nicht gleich nach dem äuseren betrüglichen schein urtheilen lernen, Also, das so ihr einmal von der Bibel über etliche unsers gespunst Büchertitel kommen, die euch wunderlich Krabatisch inn den Ohren lauten, als Gargantua, Pantagruel, Gsespinte oder feistseydlin: von letzter lätzen letzwürde: Erbisen zum Speck mit der außlegung: dz Speckgewicht *cum commento.* Aller Practic großmuter: Der Practicmuter erstgeborner Son, die Spigeleul gesangsweiß, Flöhatz, Apologi der flöh wider der Weiber, Podagramisch Trostbüchlin, Die träum des schlaffenden Reinicken fuchs, von bauung des Castells in Spanien, von Neuerfundenen Inseln inn den lüfften, Von der Zwerchschlacht mit den Kränchen. Schnacken und Muckenlob: Über dem spruch, *Magister his opus habet,* Vom streit des Wehrmuts unnd des Wend unmuts. Die stoltz armut, unnd der Arm stoltz, sampt dem stinckenden Betlerstreck. Von blinder hundsgeburt heutiges bücher schreibens.

Theses im Frauenzimmer zu disputiren fürgelegt. Von Simonei der Buler, so sie mit der huldschafft treiben. Schwäbisch Ehr Rottung der nötlichkeit der Löffel wider *Diogenem.* Die Kunckel oder Rockenstub. Fatztratzprieff, Bacbuc: Flaschtasch, Taschflasch: Schwalb und Spatzenhatz, Gauchlob, Ratschlag von erweiterung der Hellen, die Hofsupp, Aller geseß Mummplatz, die Schiffahrt zum Beutellegele. Die Göffellöflicheit, Froschgosch Die halb dachisch volleseuordnung, Anatomi der knackwürst, Würdigkeyt der Seustell, Trollatisch treum, Gerichtlicher Proceß des Herrn Speckessers gegen dem vom Hering, etc. Und andere dergleichen Winholdisch und Elloposcleronisch saurwerck: das ihr, sag ich, nit gleich darauff fallen, und meinen, es werd nichts anders als spottwerck, narrei, und anmütige lugen darinnen gehandelt, sintenmal die Rubric und titul einen darzu also anlachen.

O nein, ihr meine liebe Kinder, es hat weit die meynung nicht, sonst dörfften ihr kein Wein auß Knebelspisen trincken: Es stehet inn des gereimten Eulenspigels Vorred, es sey angenemer ermant werden schertzlich als schmertzlich, schimpflich dann stümpflich, gecklich dann schrecklich, wörtlich dann mördlich. Also auch hie, muß ich euch fein hinderschleichen, und wie eim Kind das muß einstreichen, ich geb es sonst dem Hund.

Es gebürt sich gar nicht der Menschen hendel nach solchem leichtfertigen lecherlichen anschein zuschetzen, sonst möcht nach des Erasmi Torheitlob gar nichts hie bestan, das nicht zu verlachen wer. Dann was fängt nicht lächerlich an? wer wolt gern mit eim witzigen Kind spilen? wer vertritt nicht die Narren schuh? wer erdantzt nicht seinen Bulen? wo ist ein gastung ohn Narren? Dannoch so werden auß Kindern auch Leut, auß Stamlenden Kindern werden Redner, Und das ich mit des Ismenii Vorredner schliß, wann als dann kommet guts auß spott, was ist der spott zu klagen not? Ein Scheißhauß ist ein Scheißhauß, wann man es schon wie ein altar bauet, unnd ein Schatzkammer pleibt ein Schatzkammer, wann man sie schon unter die Erd welbet: Es kan sich im Marcolfischen Esopo auch ein Salomon verbergen: Ihr pfleget doch selber zusagen, das Kleid mach kein Mönch, und mancher ist verkappt inn ein Mönchskutt, trägt doch ein Mönch Illsungischen Landsknechtsmut, mancher trägt ein Pfaffenschlappen, trüg billicher ein Reuterskappen, Mancher der nie keyn Pferd beschritt, singet doch eyn Reuterlied, und viel tragen Spanische gesäß, die doch den Spaniern gönnen alles böß: Es seind nicht all Köch, die lang Messer antragen, es mögen wol etlich Schinder sein. *Non est Venator,* jeder durch *chornua flator.* Es jagen nicht all Hasen, die Hörner plasen: Im langen Haar stecken auch Fechter.

So dem nun also, das nicht nach dem äuseren schein zu sehen, so will sich auch gebüren, das man hie diß Büchlin recht eröffene, unnd dem innhalt gründlich nachsinne, so wird sich befinden, das die Specerey darinnen von meherem unnd höherem werd ist, als die büchsse von aussen anzeyget und verheisset, das ist, das die fürgetragene materi nicht so närrisch unnd auß der abweiß geschaffen, wie die überschrifft möcht vielleicht fürwenden.

Und auff den fall gesetzt, das ihr auß zu vil miltem verstand, etwas lustiges, so sich zum Namen schicket, darinnen antreffen, muß man darumb nicht an demselben allein kleben und schweben, harren und verstarren, wie an dem schlafsüssen Sirenischen Meydlingsang, sonder das jenig, so auß zu vil leicht freymütigkeit gered scheinet, auff ein höhersinnige außlegung zihen.

Habt ihr auch je ein fläschen auffgeschraubet, oder mit eim Diterich erbrochen? so werd ihr wol wissen was ihr darinn gefunden habt. Habt ihr nie die Nuß umbher tragen gesehen, die schlecht geschinen, aber teur verkaufft worden, dieweil ein Zihender Passion darein geschnitzelt gewesen? so gedenckt auch was inn dieser unserer Gribelnuß für Säckgerät möcht stecken. Ja, das ich euch auff den Hund bring (welches Thir, wie Plato schreibt im andern Buch von der Reichpöblicheyt, unter allem das Philosophisch und gütartigest ist) habt ihr nicht gesehen wie andechtich er das marckbein, wann er eins find, verschiltwachtet, wie eiferig er es halt, wie vernünfftig er es anatomirt, wie unvertrüßlich ers zerprech und zerreiß, und anmütig vernag, saug unnd zerbeiß. Fümemlich wan ers dem Ulmischen Schwaben hat gestolen, der ihm einmal das marck zwischen der thüren zu dem hindern herauß klemmet, unnd es, wiewol es minckelet, für schmutz hinweg schlemmet. Was ist nun die hoffnung der Hundsmühe? was vermeynt er hierauß guts zuerlangen? Nichts mehr, als ein wenig Schmerhafft marck. Es ist wol war, diß wenig ist anmüntlicher, als des andern geschmeiß gar viel: Angesehen, das alles marck zu seiner vollkommenen Natur unnd Natürlicher vollkommenheit ist ernehret und außbereit: wie Galen iii *facult. natural.* Und xi von *Usu partium* meldet.

Nach disem fürbild solt ihr euch weißlich wissen anzustellen, so werden ihr die süsse diser holdseligen Büchlein von innerlicher dicker fette, und mercklichem marckhafftem Schmär viler lehren gespicket, fülen und hoch zilen: Dieweil sie im anfüren und trib wol leichtschäfftig, aber im antrefen, nachtruck und vollführen, sich werden erweisen als hefftig unnd kräfftig. Derwegen erprecht das beyn fleissig durch genau sorgfeltiges lesen, unnd stätem unauffhörlichem nachsinnen, und sauget darauß dz substantzialisch wesenlich Marck, nit wie der erstbenant Hundsklemmer, die Gerberzullen für minckelend Schmär. Schlappert nit auff Chorherrisch die Wort in euch, wie der Hund die Sup, sonder kauet und widerkauet sie wie die Küh, distilliert sie durch neun balcken, so findet ihr die Bon, das ist, findet was ich durch diese Pitagorische unsimpele simbolen, unnd geheime losungen gesuchet hab: inn gewisser hoffnung dadurch euch gantz trucken auß dem bad außgezwagen und abgeriben heimzufertigen.

Glaubt ihr auch, sagt mirs auff euern eyd (wiewol er heut theur ist) daß je der blind Homer, da er sein Troi und Niman beschrib, auff die lätze bedeutnussen, gekrümte allegorien, verwänte gleichnussen gesehen habe, wie sie Plutarch, Heraclid, Cornut, Stesichor, Androtion, Amphiloch, Natal, nach ihren köpffen auß ihm gepreßt, gekältert, getrott, gezwungen, und wie ein Bauchwäscherin gerungen haben? Oder was Politian auß ihnen hat gestolen, unnd der Hadermeyer Lorich dörffen holen, oder M. Andres Delitsch *de Colonia in literali* und Origenischer außlegung *super artem amandi* molen, und *Frater Thomas de Wallei* in Concordantzen der H. Schrifft mit den Poetischen Fabeln, und auff Castalionisch der hohen Lieder Salomonis zu der *Ars amandi* bekolen? Wa ihrs glaubt, kompt ihr weder mit Händen noch Füsen bei vilen Baurenschritten nit zu meiner meynung, welche schon beschlißlich das urtheil gefelt, daß solche mutwillig gesuchte deutungen von Pandora, daß sie die Eva sey, die neun Muse, die siben Chör, der treyköpffig Höllisch Cerberprack, die drey weg und weisen zu Philosophirn auff Logicisch, Physicisch, und Ethicisch, der arm hinckend Vulckan der tieff gefallen Teuffel, unnd der Bellerophon, der keusch Joseph, eben so wenig dem Homero geträumt haben, als dem Ovidio inn seinen verstaltungen, die siben Sacrament, welche eyn guter Bruder Veit, ein rechter Speckhecker, auß ihm hat wöllen erweisen, ob er vielleicht auch Narren ihm gleich, und wie man sagt, eyn deckel zu eim solchen Hafen gefunden hette. Was solt die Kumpffgelegen Nas auf Sibillisch die Marien der Semele vergleichen, die den *Bachum bisgenitum* wie ein wider gebachen Schiffbrot und Biscuyt erzilet? Er ist noch nicht mit dem Gansfuß durch den Bach gewattet: Ja wol die Niobe die Saltzseul? Es reimet sich wie des Vietors Vergilisch Kälber machen *cum faciam Vitula, etc.* zu der Meß: Wie des HimmelErdHölligen auff Schlangen unnd Ottern gahn, auff dem Keyser Friderich stan. Wie des Tallorin dreymal drey in Franckreich welches die gantz Welt solt Christianissimiren.

Wa ihr dann diß Lichtenbergisch oder Lichtverbergisch traumdeiten nit glaubt, warumb wolten ihr nit eben so vil von diser kurtzweiligen zeitung und neuen Chronich halten, die euch villeicht eben so vil retersch als jenes fabuliren kan auffgeben? Wie wol ich, da ich es schrib, gleich so wenig daran gedacht, als ihr, die vielleicht den Wein auch trincket wie ich: Dann ich inn stellung dieses herlichen Buches kein ander zeit hab verloren, als die ich ohn das zu sättigung meins fräsigen Leibs oder leiblicher erquickung mit essen unnd trincken pflegt für bestellt zuhaben. Und ist warlich eben, wann die freßglock im Magen sturm schlegt, und der klipffel verstopfft ist und gelegt, die recht Dietalisch zeit zu solchen Gemsenkletterigen und Tritthimelverzuckten Materien unnd reinspinnenden gedancken.

Es gibt doch unter dem Wein die besten keuff, ja die besten rhatschläg, als Tacit von den Teutschen meld, und Strabo im 15. Buch von den Persen helt. Wie i*h*m dann Homer, der sich an Königs Meons Hof blind gesoffen, eyn außbund aller beredheytgirigen Philologen inn dem fall wol zuthun wust: Deßgleichen der Zihvatter aller Latinischen Poeten der Podagramisch Ennius, inn massen von i*h*m Horat, so mit gleicher Weinlaug gewaschen, schreibet, daß er nie hab sein federwehr geschliffen, und ein dapffere Schlacht inn reimen angriffen, er hab dann vor eyn gesetzlin gepfiffen, wie der fromm C. Scheit im Grobiano zu dem Bacho spricht, Ich muß mich vor eyn wenig kröpffen, Daß ich ein guten Trunck mög schöpffen: Hör Bache mit dem grossen Bauch, Lang mir dorther den vollen schlauch, Eyn gute Pratwurst auß dem sack, Daß mir ein küler trunck darauff schmack, Da laß mich thun eyn guten suff, Marcolfe sich, der gilt dir drauff, Hehem, das heist eyn guter tranck, Jetz bin ich gsund, vor war ich kranck.

Was soll aber eyn krancker Poet? weniger als eyn ungewürtzt Pastet und Klaret: Doch wann sie so leichtlich sind bei gesundheyt zubehalten, will ich sie lassen die bodenloß Göttin Potinam walten, sintemal Poeten von *Potus, Potae, il boit,* und Pott kommet, wie Gwido *de Monticella* im *Vocabulista etymologisato* & *Ecclesiastico* auff seinen eyd behelt, auß dem Spruch, *Non est Dithyrambus aquam si potitet, vel poietitet,* unnd des Martials *Possum nil ego sobrius bibenti, etc.* Es gibt gefrorn ding, was man auß Bronnen schöpfft: Eyn Poet soll auff eyner seit am Gürtel ein Dintenhorn, auff der andern eyn fläsch hencken haben, das soll sein Brevirbůchlin sein.

Und die Exempel des Alceons, des Rabulischen Aristophans, und Alckmans bezeugens: so sagt Sophocles von Eschilo, der Wein hab i*h*m sein Tragedien, wie eyn *Spiritus familiaris,* geschmidt, unnd ist an seinen vollen Cabiris und Jasonsgesellen wol zu sehen. So lehrt auch der Pindarisirend Pindarus, man soll Alten Wein trincken, aber auß neuen Poeten frisch blumen prechen. Was geht uns die unpoetisch neu Postimeliseisch ketzerei an, die alten Marckstein seind nit zuverrucken: was setzt man die Musas so trucken? Wa ist i*h*r Bronnencaballischer huffschlag? Ist es wasser, so ist es warlich mehr dann Artischoisch Weinstarck, dieweil es nur die, so drumb betteln, also auff Oraculisch verzuckt und verpithisirt: Kommen nit Verß und Reimen vom singen oder singen vom Reimen? Wie reimt unnd stimpt sich aber eyn außgetrocknet heysere stimm? pringt aber wasser nicht roscht? macht nicht der eingegossen Wein die Pfeiff resch? Derhalben *Potor esse volo, Quia cantor esse volo.* Ich Trinck daß ich sing und sinck, und sing daß ich trinck, spring unnd hinck: Ich bin eyn Hofmann, kan Senff essen, und doch nicht weinen: Kont nit der Heß mit seinen Weingetränckten Versen die Psalmen schön außtrucken? O ihr Potulente Poeten, potirt der pott und bütten, unnd potionirt euch potantlich mit potitioniren, compotiren unnd expotiren, dann potiren und appotiren kompt von petiren und appetiren, unnd pringt potate poesei, dieweil potantes sind potentes. Unnd Potentaten sind Potantes. Und wie unser Horatius singt

> Der Wassersauffer Reimengang
> Gefallen nicht den Leuten lang.
> Dann weil sie nicht lebhafftig sind
> Verschwind ihr leben auch geschwind,
> Daß man nit vil darvon verkündt.

Ihr Poeten dörft euch des nicht schämen, eben so wenig als ich unnd der Sauressich Cato von Utica, der allzeit den Unmut zuverdistilliren, pflegt zuschlafftrinckeliren: was hat den großleberigen Democrit also gekizelt, dann daß er täglich für sein ordinari Diät vier unnd viertzig Nussel Wein tranck? Kont doch jener Predikautz, wie im Sauffteuffel steht, am besten predigen, wann er eyn rausch hat: Und die Stentorisch Chorbassisten, müssen warlich ihr stimm mit Wein zurüsten: Was schads dem Ennio, wann ihme schon der neidig tropff Horat, der auch an dem bein gehuncken hat, beschuldigt, sein gedicht zeigten meh Weins an dann Liecht, und stinck mehr nach der Weinkant, als dem Unschlitbrand, mehr nach dem Weintranck, dann dem ölgestanck: Was schad es ihm? es hat ihm dannoch wol geschmackt, beiß ihm eyner jetz eyn Or ab. Deßgleichen was schadets mir, daß auch eyn loser Klemdenhund unnd Maulfranck gleicher gestalt von meinen Büchern halt: kleien und minckelend Hundsmarck gehört in denselben hudler. Aber wie vil nützlicher, schützlicher, hitziger, kützeliger ist uns der geruch unnd die krafft vom Rebensafft, als daß schwermütig schmutzig öl: die Ampel unnd der taache verschlucken viel öls, und werden doch nit feißter darvon. Was soll das nüchtern gestänck, wann man nach nüchterkeit schmedkt, *Ieiunum olet,* Nüchtern stinckt eym der Athem, wann man voll ist, schmeckt mans nicht: Ich bin Bienenart, mit öl töd man mich, mit Wein macht man mich lebendich. Nun ist dannoch eyn Bienlin, auch eyn feins Thierlin, dz Honig scheißt.

Ich will mir für eyn ruhm rechnen, daß man von mir sagt, ich hab mehr an Wein gehenck, als im Oel ertrenckt: Dann man pringt an Höfen, inn Klöstern und sonst Häusern eym viel eher eyn trunck den er versuch, als eyn Buch darinn er eyn guten Spruch such: Dieweil die geschrifft, wie die Regegern sagen, lehrt ketzerlich gifft: Das wust wol König Ludwig der Elfft inn Franckreich, der wolt nit daß sein Son inn Historien lese: *quare? Dare:* dann die da lesen, sprach er, von schweren geschichten, schreckt es sie ab solche außzurichten: Unnd warumb muß mein Tochter nit schreiben lernen? auff daß sie kein Bulbrieflin schreibe: Darumb war unsers Barfüserischen Superioristen Murrnarrs Fund mächtig wol bedacht, und nimbt mich wunder, wie es Polidor Vergil in seim buch von Erfindern allerhand sachen hat außlassen können: er sahe wie ärgerlich ding oft inn Büchern stund, darumb erfand er *Cartiludium Institutionum,* und ein Schachspiel, *ubi trahunt quantitates.*

Derhalben schetz ich es noch einmal für ein ehr, wie noch der fratzen mehr, wann man mich für ein guten Prillenreisser und Grillenscheisser außschreit, ich bin darumb nit gescholten, sonder des wolkommener in allen meinen Pantagruelistischen gantzdurstigen gesellschafften und zünfften. Dem Demostene ward es für ein unehr nachgesagt, daß er vor angshafftem Fleiß, unnd fleissiger angst, den er inn stellung seiner Reden brauchet, meher an öl verthat dann an Wein, unnd mehr bei dem Liechtschein schrib, als es bei dem Wein trieb, und daß seine Orationen wie ein Salat nach öl stancken. Dasselb Cherephonisch nachteulisch und Fledermäusisch klittern will ich mir bei leib nicht nach lassen sagen: Sonder Wein her, der scherpffet das Hirn, fürnemlich wann einer die Stieg einfellt.

Hierumb so wolt nun fortan alle meine reden, rahten unnd thaten zu dem aller vollkommenesten deiten, unnd also auch auff eim hinckenden Pferd musterig reuten: Dantz ich nicht recht vor, so dantzt mir nicht nach, die Römer müsten sonst vonwegen eins Bauren traum das spil wider ergentzen. Gerade bein dantzen auch nit allzeit gerad: Es stolpert ein Pferd mit vier beynen: was ist das best im dantzen? Antw: Daß man auch umbkeret. Wolan so haltet in williger und billicher verehrung dz feucht Käsformig Hirn, das euch bringet so seltzame Würm, der SpiegelEul Prophetenbör, unnd kugelechte Pröbstbeuch, und kegelechte Bachus schleuch: haltet mich daß ich lustig bleib: So bin ich euch geneigt zu kurtzweiligen Rhäten, und *Rabiles res Mirabiles.*

Nun wolauff du meins Hertzens ein Schatz, ihr meine holdselige Lehrkinder, erschwinget unnd erspringt euch, unnd leset das überig leibschützlich und Nierenkitzelig, mit lust, nicht mit wust, das ist, daß euch vor rollendem lachen und lachendem rollen kein Nestel zerspring, und es im Bauch ein aufflauff bring, ich halt sonst die Naß zu. Hiezwischen vergeßt nicht mir einen auff ein gleichs zuzutrinken, ich will euch Bürgen setzen, innsonderheyt so euch der Dörrschnabel reutet: Saufts gar auß, dann halb trincken ist bettlerisch, es ertrinckt im Mör kein Fisch: jetz das maul gewischt, unnd dahinden gefist, so seit ihr zum lesen gerüst. *Subscripsit.* Inn Freuden Gedenck Mein.

Das Erst Capitel.

Von veralteter Ankonfft des Gorgollantua von Gurgelstroslingen, unnd wie wunderlich dieselbige Antiquitet erfunden und biß hieher erhalten worden.

Damit nicht das Wasserlechtzend Pferd mit durstgirigem übertrincken verfang, muß ich euch die erste brunst anzihen unnd einzäumen: Dann was wer mir mit euerem schaden gedienet? derhalben laßt es euer lieb nicht verschmehen, daß ich so frü die auff die Haberweid schlag, und gleich nun zu anfang hindersich zu ruck inn die grosse Pantagruelinische oder Alldürstige Chronic verweise: allda ihr im andern Buch, welches auff diß folgt, werd unsers Gurgel Lantua Ururan register, Geschlechttafel, unnd Geburtsstafel nach allem begeren zuvernemmen haben, wie die Risen, die Siren, die Recken, die Kern, die Kerles, die Helden auff die Welt kommen, und unser Gurgelstrossa nach direchter gerader lini von ihnen abgestigen seie. Laßt euch nicht verdriessen (sonst möcht ich meiner arbeit nicht geniessen) daß ich euch die Zän so lang mache, und mich jetzumal, da ihr all die Oren gespitzt, anderswo hin beruffe. Wiewol die sach also geschaffen, daß je mehr man sie erholet, Kornschüttet, erbeutelt und remembriret, es des mehr Euern herrlichkeyten solche zu ergetzlichem wolgefallen solt erschiessen: Wie euch dann solchs Plato im Philebo und Gorgia lehret, auch Flaccus, welcher sagt, daß etliche ding sind, je mehr man sie widerholet und errollet, ersinnt unnd erschindt, erkäuet unnd widerkäuet, je annemlicher werden sie: Aber dieweil ein Thor ein arbeit zweimal thut, wöllen wir sie an gedachtem ort gekauet ligen lassen, unnd euch hiemit dahin veranlassen, daß ihrs auffassen: auff daß wir fortpassen.

O wie köstlich gut wer es, daß jederman sein geburtsregister von staffel zu staffel und stigenweiß so gewiß auß dem Schiff Noe schöpffen, Bronnenseylen, auffkranen, dänen und ziehen könte, wie wir und Bonfin seinen Boras, Damas, Chulchas, Bulchus, Attila: O wie würd der Flegelbeschiltete Marcolfus so stoltz mit seim Rustinco Rustibaldo werden? Aber nicht ein jeder hat das glück, daß er ungeschlagen den Bapst erblick. Ich halt, daß heut manche König, Fürsten, Bäpst und Herrn seien, fürnemlich die so schindische Tirannische Prachtschaben sind, (dann ein lasterhaft gemüt, zeigt an ein unadelich geblüt) die nur von eim Torhüter, Stallfincken, Eseltreiber, Holtzträger, Schnapphanen und Kistenfeger herkommen. Wie im gegenspil manche arme Teuffel, Landläuffer, Gartenstreiffer, Pfannenpletzer, Quiengoffer unnd Zwicker von Königen, Bapsten und Bischofen mögen hoch geboren sein. Inn massen solchs Plato beweiset, daß kein König sey, der nit von eim Knecht herkomme, und im gegenspiel, wann man hinauff schielet, zehlet und zielet, ein Knecht von eim König, ja offt Redliche von unredlichen, dann die redlichen sehen, wo es den unredlichen fehlet: unnd wer will den Reimen zu Nörnberg abwischen? Ich thus diß Jahr nicht: auffs ander Jar kommen die Heyden. Was? kommen nicht die Türckische Keiser von dem Arabischen Cameltreiber Machomet? Die Persischen König von eim Königlichen Köchertrager? Sind nit die Mamaluckischen Knecht in Egypten regierende Soldan gewesen? Sind nit die erst abgestorbene König inn Poln von eim Litthauischen Knecht Gedimin, der seinen Herrn erstochen, kommen? Sind nicht ein gut theil Päpst Calmäuser, Spänhocken, Parteckenstecher unnd Partemsinger gewesen, ja Pfaffensön unnd Nonnenkinder? Unnd kommen nit der mehrtheil Churwallischer Spatzacaminer von Römischen Geschlechtern auß Tuscanien, so müst *Tschudi* liegen. Und was ists wunder. Angesehen die wunderbare veränderung, und abwechßlung der Königreich unnd Keyserthumb, von Assiriern und Chaldeern zu den Meden, von den Meden zu den Persen, von diesen zu den Macedoniern und Griechen, von Macedoniern auf die Römer, von Römern wider auff die Griechen, von Griechen zu den Teutschen Francken unnd Franck Teutschen: nun vom Herren zum Knecht, nun vom Knecht zum Herren: nun von Weibern auff die Mann, nun von Mannen auff die Weiber (da laß ichs bleiben) wie in Behem unnd bei den Amazonischen Metzen unnd Hetzen oder Hexen: daß ich jetzt des Türcken geschweige, und heut der Portugaleser inn Indien, der Indianer inn Moren, der Moranen in Spanien, der Spanier inn Italien, der Italiener in Franckreich, der Juden undern Christen, der Schotten in Preussen, der Franzosen in Teutschland, der Engelländer im Niderland, der Teutschen in Moscau, der Moscowiter inn Polen, der Polen in Ungarn, der Ungarn inn Türckei, der Türcken inn der Christenheit, der Christen in der Türckei: Schreibt doch Merlin Coccai inn seinen Nuttelverssen, *Plus Roma parit quàm Francia Gallos:* nemlich *in illo tempore*, da man bald hernach die Sicilisch Vesper hat gspilt.

Also kugelts im kreiß herumb, wie solt es nicht kegel geben: Ja daß ich geschweig des verreisens, migrirens, verruckens unnd auffbrechens etwann gantzer Länder unnd Völcker von wegen plagung der Mäus und Schnacken. Darvon gantze Postillen von Noe Kasten auß vorhanden, der Goten, Wandeln, Langparten, Nortmannen, Saracenen, Marckmannen, Wenden, Sclaven, Rugen, Walen, die untereinander gehurnauset, gewalet, gewandelt und gewendet haben, wie ein Hafen voll Beelzebubmucken: also daß es dem Wolffio im Scipionischen Himmel noch ein lust herab zu sehen gibt, daß die Mirmidonische zweibeynige Omeysen hie unten noch also durch einander haspeln unnd graspeln. Ja welchs Land lauffen nicht die Schwaben auß? fragt doch jener Würtenberger wie Bebel meld, so bald er inn Asien nur auß dem Mörschiff stig. Ist nicht eyn gut gesell von Beblingen hie? So ist die gemein sag, Schwaben geb der gantzen Welt genug Huren.

Und was gibts gestochen lebens und angststich unterm Weibsvolck, wann man ein Land und Statt mit gewalt gewinnet. Hat doch der inn den Secreten der Finantzen inn Franckreich allein von den treissig letzten Jaren her, weil die Krieg daselbst gewährt, zwölff tausent unnd trey hundert genotzüchtigter unnd geschwächter Frauen unnd Jungfrauen gerechenet: Wie viel haben dann die Böckstinckenden Spanier seither im Niderland vergifft? Sie habens weit weit über den Keyser Proculum gemacht, derselb schrib an den Römischen Raht, für eyn Triumpffwürdige that, er für sein Person het inn Sarmatien, das ist Polen, inn fünffzehen Nächten unnd Tagen hundert gefangener Jungfrauen zu Frauen gemacht. Ey des schönen Fotzenhelmsstechens, Daß man i*h*m eine für ein Prill auff die Naß setz, so scheuen ihn auch seine Kinder, und schreien desto minder.

Und inn was Land ziehen nicht die Zigeiner, Kauffleut, Studenten, Becken, Kämetfeger, Handwerckssgesellen, Allgäuische Maurer, Schnitter, Elsessische Betler, Pilger, Stazionirer, farende Schuler, Kriegsleut, Juden. Item Landraumige: Dann wa wer der Ronzefall bewont, wann man nit in Franckreich Oren abschnit? Wa het der Türck so viel Janitzerschützen, wann nicht Mamalucken weren? wa hett der Reuß so viel Teutschen, wann nicht Polen, Schweden und die Seestätt vielen das Land verbieten: Wo wer die neu Welt bewont, führ man nicht zu gewissen jaren Banditen inn die Neuen Insuln.

Man sagt, und ist kaum nicht war, daß mehr Schweitzer in Franckreich, als in ihrem Land werden aufferstehen, gleich wie mehr Frantzosen in Sicilien und Italien, als in Gasconien: mehr Balduinischer Christen im gelobten Land, dann inn Flandern: und mehr Engelländer inn Normandien, als inn Wallien: mehr der alten Römer am Rhein, als umb Polesein: mehr Spanier inn Wirtenberg und Niderland, als umb Miral kamp: Mehr Portugaler im Mör als zu S. Jacob, Mehr Westfäling inn Liffland als Widerteuffer zu Mönster: Wie solt man nicht inn solcher Babilonischen trennung die Kinder verwechsseln, die Frauen vertauschen, muß doch mancher seine zu Blois bei den Mönchen suchen, Es heyßt, wilt dein Hauß behalten sauber, so verwars vor Pfaffen unnd Tauben: unnd Peter Schott reimt.

> Alt Affen, jung Pfaffen, darzu wild Bären
> Soll niemand inn sein Hauß begeren.

Und Jacob Wimpfeling verbeißt es, und spricht:

> *Fœlix Plebanus, fœlixque parochia, sub qua*
> *Nec Naam, Abraham, nec Sem, nec vivit Elias.*
> Die Pfarr ist glückhafft, lobesam,
> Inn der Naham noch Abraham,
> Noch Sem, noch kein Elias ist:

Das ist: kein Maltz, kein Jud sich mischt,
Noch ein Geystlicher Potentat,
Noch auch ein Mönch: dann gwiß es schad.

O wie thun Fündelhäuser unnd Weysenkästen so wol, wa dise hauende Schwein sind: wo findet man ein Nonnenkloster, da nicht ein Mönchskloster nahe darbei sey, die Trescher fein nah bei der Scheuren. O Lüttich, Utrecht, Köln, Wirtzburg, Bamberg, Mentz, O wie Reichstägisch, wie Beichtvätterisch, was schöner Visitation König Henrichs inn Engelland.

O Badgestrigelter Doctor von Costentz: die Müllerin auff der Nidermül: der habersack: der Thumherr mit der Frau Eselerin. Die beicht der Baselerischen Müllerin: wir beide fahren wol über den Rein: treizehen Nonnen, viertzehen Kinder: der Pfaff im Federfaß: die zwölff Atzelmönch im Keller: der Tübingisch Mönch im Ofen: der Betler heyaho, der Augspurgisch Spinnenstecher, welcher der Bettlerin den Pflaumenbaum schütt, und in eil ihren Bettelsack für den Fischsack erwischt. Schlaf Töchterlin, du weckest mich, schlaff müterlin, die Deck lang ich, O wee der leidigen Decken, die du gelanget hast, ich sihe vier füß da strecken, du hast gewiß ein Gast: und was dergleichen sauberer Lieder mehr sind, die man singt und getruckt find, darinn man die tägliche gedachte Practic der wechsselung der Kinder gründt. Eins morgens frů, that ich mich zu, zu einer Meyd, schmuckt sie zu mir, was schaffet ihr, laßt mich kehren, man möcht uns hören, etc. Dergleichen, Junger Knab, nun zihe dich ab. Item es fischt ein frey Frau Fischerin. Item, Ich arme Magd, wie gern ichs wagt, aber es ist kein Recht, daß ein Magd außbeut dem Knecht. Item wie wers, wann ich nicht schlieffe, und ließ dich doch nicht ein, dann ich lig jetz so tieffe, ins andern Aermelein. Und, Es wolt ein Jäger jagen, es ward ihm viel zu spat, Juheiaho, sie bei einander lagen, trey stund unnd zwo gerad, kehr dich schöns Lieb herumb, beut mir dein roten Mund etc. Und hat dich dann der Hund gebissen, und hat dich doch nicht gar zerrissen, etc. Es wohnt ein Müller vor jenem Holtz, hat ein Töchterlin das war stoltz, zu der ließ sich ein Reuter strack, tragen inn eim Müllersack, zu Nacht rührt sich der Haber im Sack, etc. Brauns Mägdelin zih dein Hembdlin ab, unnd leg dich her zu mir, etc. Es gieng ein Meidlein Abends spat, für einen jungen Knaben, etc. des war sie fro, er rauscht im Stro, etc. Der Schwester waren trey, die aller jüngst, die under ihn war, die ließ den Knaben ein. Es hat ein Schwab ein Töchterlein, das wolt nicht lenger ein Meydlein sein, O du mein feines Elselein, etc. Es steht ein Lind in jenem Thal, ist oben breit unnd unden schmal, etc. Es hett ein Meydlein sein Schuh verlohren, es kondt sie nimmer finden, etc. Ich weiß mir ein stoltze Müllerin, und solt ich bei i/hr malen, etc. Der

Guckgauch der flog hinden auß, wol für der Beckerin Hauß, darinn ein Goldschmid maußt. Wa gehn die Bamberger Meydlin hin, etc.

Unnd wa wolten wir alle solche Geuchlieder, darmit sich noch die Buben ihrer Graßmuckeneyer rühmen in Sinn fallen: Mann kan auß diesen genug absehen, wie inn Stätten weder Mägd noch Frauen, auff dem Land weder die Müllerin noch die Eselerin sicher sind: Welchen wolt es dann wunder nemmen, daß mancher inn solchem Geläuff dem Keyser Octavian gleich sicht, und der Edelleut Kinder den Müllern, und des Müllers Kinder den Edelleuten ehnlich sehen. Wie solts wunder sein, daß etwann grosse Herren, Zwerg unnd Högerling zu Erben haben, so doch jener König den Zwerg auff seiner Frauen fand, und jener Herr seinen Moren. Ach was ist über Weibergelüst und list, da helffen keyne beschnittene Kämmerling, noch Pantzerfleck mit Mahlschlossen, und Diogen besorgt, daß ein Kind, dem lengst sein Wohnvatter gestorben, noch seinen rechten Vatter möchte treffen, wann er unter ein hauffen Volcks solte werffen.

Und ist warlich, nach des Bockazii meynung mißlich, dieweil die Kauffleut verreysen, unnd die Edelleut inn Krieg zihen, und doch die Weiber daheim Kinder außbrüen: Aber das best ist der gut Wahn: sonst wanns einer wißt, so solt er auch wie Orestes dort sagen, Wer wolt gern inn Krieg sich wagen, wann er daheim ein Clitemnestram solt haben? so fahr der Teuffel ins Häuw: So sey der Teuffel ein Schiffmann, der köndt bald heimkommen. Thetst es du, so dörffts nit der Knecht thun. Aber es wird auch heut so genau nicht gesucht? dieweil ein grosse ehr bei den Spaniern, Frantzosen, Italienern, Niderländern, unnd andern worden ist, eins grossen Herrn Bänckling, Spörling, unnd Nef zu sein unnd heyssen, ungeacht des Mörspurgischen Spruchs.

Sacrificum nati, non possunt esse beati,
Non sunt fœlices, quia matres sunt meretrices.
Die Pfaffen Sön kein glück angaht,
Danns Vatters platt zeygt inn das Rad,
Der Muter spatt den Nachtschad,
Und *Natus adulterio, semper adulter erit:*
Filia mœchatur, quæ mœcha matre creatur.

Was von Huren seuget, ist zuhuren geneiget,
Was von Huren erboren, ist zu Huren erkoren:
Gerät das Kalb nach der Ku: So sind der Huren zwo: sie lassen das Wundmal nit, was man auch daran Alchimisirt und verschmidt.

Exempel *odiosa sunt:* aber bedenck einer den Alciatischen Hercules, der inn einer Nacht kont 50 Nuß erbrechen: daher der Weckenruffer Goropius sagt, Heckul trage seinen Namen von den Kullen oder

Hoden. Und wie manche Statt kompt von eitel Bastarten: Kommen nicht die Römer von geraubten Mütern. Die Gotten (wie Jornandes hällt) von Auffhockern? Auß was ursach aber haben etlich die Stichling so lieb? darumb daß man sagt: *Semper Bastardi sunt addictissimi Marti:* das ist: was auf der Banck gemacht ist, das ligt nicht gern darunter: die Banckart werden bereyt inn hitz, im liebkib und neid, darumb haben sie freud zur Spitz, zum kieb und streit: unnd die Venus bulet gern mit dem Mars, das ist die geheymnuß. Aber es heysset hinwider: *Non gaudent sorte, quia cadunt misera morte:* Es belangt ihnen nicht zum Glück, sondern zum Strick, Sie sind gemeynlich schrecklich gestorben, dann inn schrecken hat man sie erworben. Sie saugen dann, wie aller Bastart Patron Hercules, heymlich unnd verstolen der Juno Milch, so sitzen sie auch alsdann mit andern Göttern zu Tisch: unnd werden ehrlich wie des Hectors Bastart, nach dem ihn sein Frau Andromeda geseuget hat: Secht da: Hie weißt man euch eyn weiß, Bastart ehrlich unnd Ehelich zumachen.

Aber dise Liffkindecken sterben wie sie wöllen, sie sind nicht des minder gemacht: unnd bescheinet gleichwol auß oberzehltem, wie ein seltzam gekocht Pludermuß hie unten sey unter Gevatter und Vatter: unnd daß mancher ist hoch geboren, aber nicht hoch erkoren, und mancher hoch erkoren, aber nider geboren. Und daß ich mich, der ich jetzund red, allein zu eim exempel auffwerffe, so glaube ich gäntzlich, daß ich etwann von eim reichen König oder Fürsten auß der alten Welt auff dise werckstatt kommen seie. Dann ihr habt euer lebenlang kein Menschen gesehen, der lieber ein König und reich wer als ich: auff daß ich neben andern gut vergurgelern auch könnt im sauß leben, unnd nicht schwer arbeyten, noch den rucken bucken, mich vor jedem ducken, noch vil sorgen, und könt meinen Freunden vil schencken unnd borgen, auch sonst fromm und geschickt Leut reich machen (welchs doch manche Scharrhansen nicht achten) des möcht unser genad gelachen: Aber ich tröst mich dessen, ist es nicht hie, so ist es dort, unnd villeicht mehr als ich mir inn ein hand wünschen solt. Auff solche oder auch ein bessere weiß solt ihr allzeyt euerm unglück mit trost wissen zubegegnen, daß noch morgen Taler könten regnen: Trinckts fein frisch, wann ihrs habt, dann im trincken mag man vil unmuts versincken.

Aber laßt uns den Wider auff unsere Hämmel widerbringen, davon uns der Bock gebracht hat. Ich sprich, daß auß sonderer Inflissung des Himmels zu lieb dem eingissenden bürstlein; die Altiquitet, und das geschlecht des Herren Gorgulantua vor andern sey in Esse erhalten: und vil besser dann der Harlunger, Amelunger oder Bechtunger Stammen, oder des Mandafabul, des treiäugigen Horribel, Riß Rupran, Goffroi mit dem Zan. Ja dann des faulschalen Dietrichs von Bern Gapt unnd Hundsleyter: des Margeckischen unnd Beckischen Brabons Handwerber: des Werlischen Antier Kükopff, dann des Preto Johan

Davidsstamm: des Schiffmans unnd Volterra Abentinischer Perleon: des Gebwilers Noachisch Priam: dann Leckus unnd Zechauß, des Humels Danman, Angul und Gramm: der Engelländer Brut: der Schotischen Königsmänner Barn, Fergauß unnd Malcolm: der Venetisch Antenor: der Zürcherklößlin Arlischer Turich: der Tellischen Brudermörder Tschei Schwiter, wie auch der Römer Wolffsauger Rümel, der Winckelritischen Unterwälder Silvanischer Rumo, der Laterner zorniger Sepilat, und meiner Treuwoner unnd Treierischen Semiramischer Treues Treiwetta, der Statt Damasc und Trier Schwester Solotorn Sol Abraham, gleich wie der Märckischen Saltzwedeler Sol, der Basilisckischen Baßlerlößlin Basilius, meiner Menzerischen Landsleut Trauianischer Magunt, der Metzer Römisch Metius, der Amazonischen Augspurger Japetisch Frau Eisen, der Kölner Troianisch Colon, der Brantenburger Wallisch Brenno, der Grüninger Priamisch Grun, der Wickbodischen unnd Trutgrimmischen Lubecker Bonnisch Luba: der Brothaufisch Berenringer, der Lonenburger Jobstisch Frau Laun, deren von Turs Rutulischer arm verjagter Teuffel Turnus, der Frantzosen Gilischer unnd Ronsardischer Priamischer Francio, der Treisener von Dreux Panische Trutenfüß, der Nortwindigen Nörtlinger unnd Nörnberger Nero, der Windwunischen Wiener Blauer Bonenfresser Fabian, der Marckmirischen Marburger Mördischer Mars, der Francksachsischen Franckforter Frau Helena, der Wimpfischen Weiberpeiniger Jungfrau Corneli, der Müllerischen Erforter Errft, der Fechterischen Hamburger Starckhaterischer Hama, der Offenburger Heiser Englischer König Ofen: der Grochauer Lechischer Cracke: der Gewürtzherben Wurtzeldelber Wörtzburger Plutonischer Herebus: wie auch der Clareanischen Schweitzer Höllvatter Pluto: der Magdeburger Kräntzlinmacherin Jungfrau Venus: der Zwickauer Cidnus, der Churer Kurio: der Wädelburger Wadelloser begrabener Quedelhund: der Mänicher gefundener Mönchskopff, wie der Cartager Roßkopff, unnd der Indischen Bucephaler Kufalkopff Und entlich (daß ich auß der Welt komm) viel besser als der schönsten wüsten unfletigen Parisischen Pastetenbecken, Weibische Hundsfutt Paris von Troia: oder deren, die nur i*h*r geschlecht auß Armenien und Archadien, von Römern, Kolumnesern und Ursinern herzihen wöllen.

Unsers Pantagruels Noachischer Stamm aber, der auß dem Seethurn Saturni herkommet, ist eben so wunderlich als des Henrich von Soliaco König Arturs Grab gefunden worden, oder die Koccayschen, durch Jan Audeau, sonst Gänßrich Altgolthalt, in einer Wisen, von deren das blau Storckenlied lautet, ob Mumpffel und dem Weinstrutel im Höllhacken bei Lauffen, wann man auff Höllenstein zugehet: Dann als der König Wasso von Wäsel dem guten Wein nach mit den Süßwassergirigen Salmen den Rhein herauff gestrichen, und die Statt Augst, durch die Allemannen zerstört, wider auffbauen, unnd nach seim Namen Wasle nennen wolte: auch deßhalben das Fundament, oder, wie der Bauer sagt, das unten am End, ergraben liesse: da gerieten seine Pickler, Karsthansen, Schantzgräber unnd Scheuffler auff eynen Kupfferen boden: dessen breite noch lenge sie ein gantz Jar nicht erbickelen mochten, eben so wenig als Cesar des Schwartzwalds end erreuten, und Keyser Karl der groß die Pegnitz unnd Regnitz inn den Meyn geleiten: Sie hetten auch wol ihr lebtag daran geschickelet und gebickelet, und weren doch darmit nit fertig worden: dieweil diser kupffern Todenkasten zu den vier Eckmören reichete: und weit weit das hundert kläfftig Grab des fünfftausentjärigen Macroseir bei Athen übertrafe: Sintemal das Haupt darvon zwischen Mörselien inn Bruchwalen unnd Gänua im Lugerland lage: die Achssel aber im Rauhen Rachen bei Augst, da diese Grundfahrer Gruben: der Bauch unter dem Eychelsteyn zu Mentz, da die Beut von den schnäbeligen Armen Gecken soll stecken. Sein latz streckt sich biß gehn Köln unter das Kloster zu den schwartzen Schwestern: Sein fuß badet er im verfallenen Schloß Katwick gegen Engelland über: da man einmal die Spanier weiß gwäschen, und mit Häringen eingesaltzt hat: Mit der lincken Hand tätschelet und wätschelet er im Mörport bei der Rostigen Roßschellen, inn Zeltwahlen oder Santwohnerland, darvor etwan die Kühschellen lagen. Sein Rechte aber ist durch ein Erdbibem etwas verruckt worden, als Atlas die Erdkugel auff die ander Achssel wolt abwechsseln, zusehen was der groß Fisch thet, darauff die Welt stehn soll: also ist sie nun durch das Kropffreich Pintzgau hinauß erstreckt. Faßt also noch die zwey Weinreich da ihm der Wein so wol geschmackt, zusamen, auß sonderer geheymnuß, wie solches der groß Englisch Prophet Mörlin außleget.

Da nun gedachte Maulwerff und Rubentelber oder Schantzgräber, aber nit Schatzgräber, an disem unerwercklichen werck lang gegraben, unnd nichts erhaben, brachen sie den Kasten an eim ort auff: Hei botz tausent hundert Frantzosen da hett einer sein lust gesehen, wie sich die arme Teuffel duckten, als die Weinsteyn so hauffenweiß zu ihnen hagelten: biß der verständigst unter ihnen, der eynmal eyn Meßner gewesen, das Weinwasser auß allen Maltzenlägelin unnd Pascalerfläschlin hieß gegen dem Wetter zuspritzen, da hört es auff, als wann man Sanct Antoni Rubenschnitz vorstellt, dann man muß eym Heyligen dienen, mit dem das ihn mag versünen.

Letzlich fanden sie auff dem innern Sarck ein woltischponierten Hofbecher eingegraben, da rüffet der vorig Sigerist, fort, fort, da wöllen wir bald die abgehauen zwen finger über dem Kelch finden, Als sie sich nun nicht saumten, und tapffer hinweg raumten, da fanden sie mit Cimbrischen Scytischen, Tracischen, Phrygischen unnd Hetrurischen alten Buchstaben darumb geschriben, HIC BIBERE, HI WINBERE: HIC LIBERE, HI LEBERE: HIC WINWITUR, SIC VIVI-

TUR: und da unten dran, hie ist nit *aliud vivere, dan bibere: O Liber Pater fach hi liberè leberè bibere vivere.*

Diß war sein Hierogliphisch Grabschrifft, so nit alleyn sein wesen anzeyget, sondern auch bedeitet, wie die lebhafften Weinbören und das lieb Weinelen mit der zeit von dem Ort an, den Rhein oder Weinstram hinab solt also fort wachssen.

Weiter fanden sie an statt Heydnischer Ampeln, seltzame Liechtstöck, nämlich neun wolmäsige: wie sag ich, wolmäsige? ja wol fuderige Altwilische Flaschen, das fuder nach der alten Rastatter, Schilckhaimer unnd Henauer maß zurechnen: die stunden fein nach der ordnung wie die Prettspil auf der Schützen Hauß, oder wie die Krüg inn Cana Galilea: waren darzu wol umbmauret, daß sie nicht konten sincken, weder zu der rechten noch zu der lincken, sonder fürsich oder hindersich, wie die kitzelige Mägd fallen: wie man dann derselbigen Flaschenfuter (die etlich Altdickwitetendeiter für Camin und Cisternen (ja Weincisternen) geschetzt haben) noch sechs oder siben auff dem weg gegen Lichtstall sehen mag: dahin ich die, so es nit glauben wöllen, will gewisen haben.

Und soll euch solche Flaschen begengnuß nicht frembd sein, dann vorzeiten hat man gepflegt die abgestorbene Helden inn steinene fässer einzuschlagen: wie diß Phlegon Trallian von seins Troianischen Herhohen Ide Trollenkopff, der viermal grösser als unserer gewesen, bezeuget, unnd schreibt daß dasselb schön Futerwannenköpflin nach vil Hundert Jaren auß einem solchen eröffneten Weinfaß mit gantz frischen Zänen gerollet sey, als ob er noch dem Wein treuet i*h*n zu beissen. Aber *beati credentes:* wers nicht glaubt, dem wirds nicht eingeschraubt.

Nun zu unsern Flaschen: die mitler unter denselben stund auff eim lustigen, rostigen, grossen, fetten, dicken, kleynen, schmutzigen, rotzigen, kleberigen unnd verschimmelten Büchlein, welchs viel stärcker, doch nicht vil besser, als rosen roche. Darinnen hat man seinen stammen, nach rechter Altwilischer Cantzeliischer Teutischer Schrifftartlickeyt, unnd Artschrifftlichkeyt beschriben gefunden, nit auff Papir, nit in Wachß, nit in Geißfell, nit in marmor, sonder auff Olmen oder Rüstbaumrinden: welche doch das schabenessig und Madenfressig alter wider das verbott Keysers Justinian im anfang der Digest in fine wider die vorteilhaffte unnd Papirsparsame Schreiber, also verzert, abgenützt, durchlöchert, zerkerfft, vergettert, zerflötzt, abgeetzt und zerfetzt hat, daß man kaumlich den anfang und das end am rand und bort hat können erkennen.

Derhalben ward ich (als mit züchten eyn unschuldiger Bürstenbinder) der damals auff Pithagorisch Seelwechselig wie der Finckenritter in Muter Leib reyset, zu ergribelung diser Antiquitet erfordert: da praucht ich mich warlich, wie der Pfarrherr zu Tettenhofen, scharffsichtig genug mit vier plintzlenden Augen durch Finger und Prillen:

Und regt die Epidaurisch Probisch, Agrippisch, Sarreinisch, Marlianisch, Calepinisch, Huttichisch, Vicisch, Peutingisch, Toscanellisch, Altisch, Stradisch, Goltzisch unnd Alciatdispunctisch kunst, die vertipfelte, verzwickte, Geradprechte, verzogene, zeychentrüglich, zifferreterische, abgeprochene, außgehauene, abgefallene, versunckene, unsichtbare, geschundene, unnd (daß ich wider Atham hol) die geschendte, geplendte buchstaben und wörter außzulegen: Unnd warlich die halb Caballistisch kunst gerit mir schir, daß ich den verstand auff Oedipisch rätersweiß errathet: wie ihr dann hie lesen möcht, doch mit Pantagruelisiren, auf Durstbergisch, das ist, daß ihr vor den Mund netzt, und die Augen trockenet: vor den Wein zepfft, unnd darnach allgemach den Verstand schöpfft: So werd ihr also fein mit massen, die Bundgreuliche thaten des Pantagruels einschleichen lassen.

Zu end des bestimten Fleschenbüchleins stund für ein Mönchisch Korallen Corollari, Schulerisch Appendix, Historisch Supplement, Musicisch Cadentz, der Artzet Misch und fiat, Dialectisch Ergo, Retorisch Quamobrem, Notarisch inn krafft diß Brieffs, der Prieffschreiber hiemit Gott befohlen, das Osterlich Allerleiluia, das Teologisch inn ewigkeyt Amen: ja für der Schneider knopff, der Spinnerinn schlupff, der Rimpffer Martsch, Pretspiler Lurtsch, das Schachtisch Matt, das Säuferisch Nägleinklopffen, Gaucklerisch Nemt so für gut, Betlerisch Danckhabt, jedermans Adi, der Kaufleut Summa summarum, und für die zwo zugebene Biren (aber *Mantissa obsonum vincit,* die zugab übertrifft schier die Schuldgab) da, sag ich noch eynmal, stund, eyn kleyn Anhänglin und Tractetlin, dessen Titul war wie nun gleich folgen würd. Aber die schandliche Mäuß und Ratten, Schaben und Maden, oder (daß ich weniger lüg) sonst schädliche Thier, hatten den anfang und das forder theil (hei daß ihnen der Teuffel das hinder theyl gesegene) gar vernaget: Also daß ich desselbigen, neben den Berosischen und Römischen Aneteichen unnd Antiquariis, den Armen Protsamschluckern, Winckelschlupffern, Wändschabern, Steynweschern, Seulengaffern, Tulkräpsen und Heydochsen, noch inn mangel stande. Gleichwol hab ich denselben schimmeligen Steynschabern, unnd Müntzgaffern, die auch eyn gebuckleten Schröter für eyn Antiwitet auffheben, und jedes Mißgewechß auffkleben, zu ergetzung, von wegen Altwibitet, dannoch den überrest hiemit wollen einpringen: damit möcht ihr mit dem Guttaruff Glucktratrara singen.

Das Ander Capitel.

Von eyner Alten Mistwälcken Pantagruelischen Vorsagung, in eyner denkbegräbnuß oder Grabverzeichnuß erspehet, darauß ihr die Oraculisch Tripodisch Poetisch ergeysterung ersehet.

VI WIDERTODE, WITARBORSTIGE,
WITERWETTERIGE UND WITARSINNIGE
fanfrelischeit, unt wissagung: sampt den
wanfrolichen Gluktratrara, fon tar
Lantagruelichen wirckung,
sagensweis, wi scorpionœl
einzunemmen.

A W Wa Δ fluten
T Hac, lac berg, nachen
ρ schon Sat Ψ T Θ guten
Dis V Teut Teuchwallionrachen
Gallion Π gog Ω hoch Bachen
Aettal Z Φ Aette edel Aettalien
Tahar Ξ noch haißt Wallien
Σ komt Bach, Becher, Bauch, Nassachen.

2. Trat har tär Zwingar all tär Zimmerar,
Ti eyn Söturn gezimmart hatten:
Welchs waran rechte Söbekůmmarar
Ti inn täm watar tahar wattan.
Tas waran acht bekummart schwimmar
Ti inn täm hohan Kastanzimmar
Schwaman on füß, on bintzen, Plasan
O war ti berg mit schleimecht wasan:
Tarinnan sie ain gantz Jar sasan,
Unt niman me ein woltan lasan.
3. Er awar flog tahar in lüfften,
Gleich wie ein Unholt auff tär gawal:
Kain wettar mocht ihn nicht fargifften,
Also hat er ain wilt gestrawal:
Hat tar groß Teuffal seinen schnawal
Ta prauchan mögen, unt sain stawal,
Er hatt sie gar um törfen pürtzlen
Mit seiner Newtunischen gawal,
Unt wi ain Muckenhauß umstürtzlen
4. Er trehet si gleich wi ain topff,
Das si umkraiselten do,
Ta rufften sie all schelmio,

Spil röpflins tu auff teinem kopff.
Er awer trat har auff tem stro,
Hat ein strofitel an tem kropff,
Und spilet for sein unmut to.
5. Awer als er nicht mö kont stifften,
Lis er sein zorn turch thosen fallen,
Wi er sa tas sichar schifften,
Unt auff tem Archmanberg all stallen:
Was mach ich lang? laß sie nur wallen,
Tan Altaro mein Tochtar zart
Ti auß meinem gesäs ist gfallen,
Spricht in mein Püchslein plaset hart
Peißt tise feig, ten Erisballen:
6. Wil tan Formötig sie nicht hausen,
So ist noch ta ter Obermötig,
Ter hat for i*h*ren gar kain grausen,
Er nimt sie auch ins bett genätig,
Unt macht i*h*r ta tas Scheishaus letig,
Welches turch ti gantz Welt tut rüchen,
Unt all sein Kintar macht unflätig:
Tan taraus ti Grasteufal krichen:
O Pantora mich nicht beschätig.
7. Auß tisar Nuß, unt Büchsenhöll,
Aus Obermötig, der Altor gsell,
Komt Hakbak har, Tifhöllenwäll,
Grosfatar des Pfrantagruel:
Dan sein Vatar his Sarmatschäll,
Namlich auf di Armenich sprach:
O wie ain schonar stamm unt kwäll,
Dan alles süset gat i*h*m nach
Wan si lan tropfen auf die schwöll.
8. Als di Sankt Tora sazt di füs
Da regnets Mett unt eital buttar,
Was si nur biß das war als süß:
Da ruft Areta di Grosmutar,
O tas tär Süsflus lang hi güs
Unt tas mein schmozig har fol flüß.
Das wer ain schant doch inn dar höllen,
Das man di inn dem wassar lis,
Ich wolt i*h*r e ain laiter ställen.
9. Harauf, harauf du Weinsüs waffal,
Wir langen dir ain sait unt strang:
Harauf, harauf auf disan staffal,
Dein Har ist wol zu angaln lang:
Nun angal recht, nun strek den strang,

Das man auch mit i*h*r Sönlin fang,
Den Schmuzkolb hi Hakinteback,
Der mit dem kopf i*h*r hart bestak
Zwischen den bainen wi ein sack,
Das si da auf dar Rormus mak,
Di gschmirt hat Arsbak, bak unt nak
Mit bottar, das kain wassar strak
Behaft, unt in artränk im bak,
Dan är gehort noch an den kak.
10. Etlich ti ruften unfarholen
Tas i*h*r Prunznas pantoffel küssen
Sei bessar als schwär Ablas holen,
Wi sör si wären auch beschissen,
O sprach si, ich ampfind solch frost
Zu untarst inn meim fell unt secklin,
Tas mir tas hirn harum farroscht,
Unt es nicht wärm mit kainem päcklin,
Ta untarstuzt mans mit aim stecklin,
Unt reucherts mit aim Rubenrauch,
Si kroch in ihr höl wi ain schnecklin
Tas er ta witar wärm tän bauch.
11. I*h*r räten warn fon Giwaltar,
Unt fon Sankt Fratrich kwatarloch,
Fon Hölkalberg, unt Klippen gfar
Fon Kuraengruw, di üwel roch.
Fon Flamprons Basilisken loch.
Fon Stokhorn, Neß, unt Niklausperg,
Fom Choullischen Pilatusperg
Zum Wilten Anträs, Kalt unt Prige,
Fon gros unt klain Sankt Parnhartswerck,
Fon Schackental, fom felt um Rige,
Fon Golant, Urslar, Fogal, Mor,
Schalberg, Zuckmantal, Stammarlucken,
Fon Lukmannier Busfalor,
Fon Retikon, unt Teuffals prucken,
Unt auff dem Mart, da Schnapphän hucken,
Fon übern Peltz, unt Atoskruken,
12. Fom Badenwilerisch Bergrucken,
Fon Aetna, Abila, unt Kalpe,
Fon Herkulsul, Fagfur, unt Sirten,
Fon Pfilatus sö, Giwaln, Alpen,
Wi Ernst im Tonaustrutal irten,
Wi Schär im Tonau fil zerschirten:
Fon Skars, Sul, Trollhett, Teufalskopff,
Fon Runtisfall, Rontsö, Onwirten,

Fon Stentor, Taunafors, unt Knopff.
Fon Gothart, Hilmsnapp, Bivra kluppen,
Fon Roest, Loffoet, unt Mostrastrom,
Fon Idebenka, unt Gruntsuppen,
Fon Teneriffa, Wassarstomm,
Fom Katzenloch, unt Kessaltromm,
Fom Monch inn Faran inn Nortwegen
Fom Fall am Lauffen zu Schiffhausen,
Fom Gletschar, unt fom fernen rägen,
Und sonst von solchar löchar tausent.
13. Ratschlagten inn dem Kamargericht
Wi man gedachtem Höllenwust,
Den Stain schnitt turch das scharff gericht
Das i*h*n fargieng där Teuflisch hust.
Tiweil es ist ain groß farlust
Si sehen iten Wint umwäwen,
Dan wa sie wern farnagalt sust
Könt man sie zum Pfantschilling gewen.
14. Disen zu temmen kam Q.B.
Im glait der Nasweis Katzenrain:
Der Kiklops fettar sich arhube
Der Owerst beutlar an dem Rein,
Der stillet es ain zeitlang fein.
Ein itar butz das näslin sein,
Dan wenig Lochfegar sint rain
Das alles nun beschlossen klemm
Ward gschnawelt, gspitzet unt gewetzt
Zu trotz der Schate Ate schwem,
Di sich im Antengses da setzt.
15. Hei das wacklend Aentengses
Di Wolffstreck unt die Raigelwaich,
Di Mosku, Rortrum wart ser bös
Als si Pantasile sa plaich,
Das sie nach kat unt zwiwal reuch,
Ain itar rufet owarlaut,
O schlimme Kolenklopfferinn
Gest tu noch da mit ganzar haut,
16. Het Juno nicht keholfen streng,
Man hett i*h*rs Ksäs kemacht so eng,
Das sie wer allanthalwen luck,
Unt helff kains Hosenlappars stuck,
Müßt Altore Latwerck farsuchen,
Unt, wie man i*h*r rit, inn aim schluck
Zwai aier aus Proserpin kuchen:
Unt wa sie me behafft zu ruck

Inn weissen Tornbärkpinten fluchen.
17. Awar siwen Mont gleich harnach
Doch mintar zwainzig zwai
Legt sich där so Cartago prach
Zwischen si baiterlai.
Wolt sein Erwtail darbei:
Otar man solts kerechtlich tailen
Nach ksaz där flözerei,
Nach der Waleenbuwen sailen,
Das namlich däm aus däm Profai
Der solchs farschreiwt mit fetarpfeilen
Ain Kässupp wert fon Haitalprei.
18. Awar es wirt ain Jar harschleichen
Kezaichnet mit aim Pogen,
Mit fünff Spintaln, trei hafenbäuchen,
Da ain König wirt umgezogen
Untar aines Weinsitals klait
Unt i*h*m där rucken wie ain rogen.
Kesaltzt, kepfefart, mülwengstrait.
19. Ach jamar, um ain heuchlisch weilen.
Wilt so fil Juchart lants farscherzen,
Unt lan farschlucken so fil meilen,
Das tät mir warlich we im herzen.
Ach folgt nicht dem farbuzten üwal
Lert fon der Schlangen in dem Merzen,
Offnet nicht den schön Altor kübal.
20. Nach tem würt herschen, ter da herscht,
Ruig mit sein freunten,
Kain Schmach noch growhait ta erferst
Man läwt untar farainten
Nicht untar lachent feinten:
All gutar will wirt ta bewisen
All frait, die fil farmainten,
Auch träumten, unt for langst farhisen:
Ti leut ti etwan scheinten
Kommen inn i*h*r alt Wart fon himmal,
Tas fich wölchs si farzäunten
Würt trihumbiren mit getümmal
Auff ainem Königlichen schimmal.
21. Würt also was for zog ten Wagen
Selwst auff ten Wagen sitsen,
Unt der Esel, ten man tet schlagen
Würt seinen treiwer fitsen,
Ter Wolff tas Schaff beschütsen:
22. Auff tis schön Wanreich irtisch reich

Solt warten, lauffen, schnauffen,
Wart ter Juten Messias gleich
Unt steirt ten alten hauffen
Ta Teuffel ainantar rauffen.
Tan ter ist tot, ter nicht nem gelt
Tas er kem witer auffher
Unt ter lewt wol, ter wölt ti Welt
Willik abhin zulauffen.
Wör sich selb tot wil sauffen
Tarff kaine Reu i*h*m kauffen
23. Secht, ist tas nicht ain herlich lewen
Nach wölchem Staren scharenweis
Ti liw Welt Föglin wewen, schwewen
Auff tas si faren auff ain eis
Ta si ter rauch int augan beis.
Bfeis, pfis, nun lok i*h*n recht bis, beis.
Wolan, iz seit i*h*r inn den zeiten
On tas si niman merckt mit fleis
Biz man ten Staren stech ten leuten.
24. Lezlich würt ter, so was fon wachs
Zufordarst tes striks, lachs, unt bachs
Werten gesatzt fon Honigsönich,
Ta würt man nicht me ruffen könich
Sontar ter Kanig, Kantrich herr
Tregt ain Hobffstang für scepter schwer,
Ter Brimwaler tregt her ten Kassal
Auff tem kopff ten Höwammensessal.
Ei liwe Gsellen langt tas legelin,
O könt man han sein Malchus teglin
So weren balt geseuwert rain
Ti Weinklingent Grosschetalstein.
Ti köbff so schwintaln wie ti töbff.
Hört, langt mir für solch hurnausköbff
Ti schnur zu klos, tobff, hawergaisen,
Ich will si schnurren, murren weisen.
O Zettenschais, ist tir so hais
Tas tir auspricht ter hintarst schwais.
Langt her ti Kugal, hi gilts Kögal,
Hüt euch i*h*r Knolfink, flögal, schlegal,
Wir wöllen euch ten topff erlausen
Unt euar stall unt scheur ermausen.
Hüt euch i*h*r meus auff zwaien bainen
Sankt Ulrichs ert mus euch farstainen,
Tas Rattenas mus euch betreppen
Tas Schmeishaus mus man spinnenwebben.

Ei tas tich Otmars flasch betauw
Wi fellt tär hals mir in ten stauw.
Hui bfu dich, räusper tich, Chrasch, wasch,
Schrasch, schrasch, bfasch: o langt ti flasch
Tas ich ten Wein in Källar leg
Auch on ain laiter, sail unt steg,
Also muß ich ten unflat schwämmen
Wi gäßlin, ta ti änten schlämmen:
Tas haißt ti fetarn recht erstäuwern
Gleich wie ti Weiwer wan si Klaiwern.
Secht wie ihr ta ergaistart stät
Tas man euch inn ti hent wol tät
Wißt toch nicht wa ihr stät noch get
Also macht euch tis Trara plöt,
Tis Quot libet fon ter Trommet
Als het es ti Siwill geret.
O Mumm her tas man ti köpf löt,
Holt ain Rokkenstubnars Profet
Ti euch tarfon ain Retars zett,
Nun knett, nun trett, ter lett ist fett.

ρ T tanz W weis Θ V schwizarstiffal
Ω λ ξ γ schliffal δ ϑ μ büffal
β κ μ π lülzapfflin σ ρ en
ν φ wachtalpfeif ε κ φ ven.

Deest Was abest fon den Krotteschischen Kluftgrillen

Nun trara τράρω, gluk trara τράρα
Nun laßt uns fara i para unt πάρα:
Sint wir nicht hie, so sint wir tara:
Komst izund nicht, so komst zu lara
Ti ich farfür, sint all Narra
Unt ist toch schwær tisar karra:
Aes ist halt schone warra,
Ich farlur tran ti tara:
Was ich an aim spara,
Ist am antarn lara.
Laßt fara φάρα.
Wolts nicht harra.
Schalts den Karra.
On gfara,
TRARA.
τράρα.
Win iß.

Aber innsonderheyt sind zu ehren der Uralten, für sich selbs bestendigen Teutischen sprach, die nachgesetzte sechssprüngige Verkers, oder (wie es unser offtberürte Scarteck, darauß diß kürtzlich gezogen, nennet) Wisartische, Mansehrische, und Herhohe Reimen, unnd Silbenpostirliche Wörterläuff und Wörterleufige Silbenpostirung, wol für eyn Venedischen Schatz auffzuheben. Dieweil darauß die Künstlichkeyt der Teutschen sprach inn allerhand Kermina bescheinet, und wie sie sie nun auch an stellung des Hexametri oder Sechsmäsiger Silbenstimmung unnd Silbenmäsigem Sechsschläg weder den Griechen noch Latinen (die daß Muß alleyn essen wolten) forthin weichen. Wann sie schon nicht die Apostitzlerisch zustimmung, Prosodi oder Stimmässigung also Aberglaubig, wie bei ihnen halten, so ist es erst billich, dann wie sie ihr sprach nit von andern haben, also wollen sie auch nicht nach andern traben: eyn jede sprach hat i*h*r sondere angeartete thönung, und soll auch bleiben bei derselben angewöhnung.

Kan mich derhalben auß Poetischem Wetterauischem Taubenflug, weil sie mir steigen, und mich on dis Appollo inn der lincken seit kützelt, und das recht or vellicirt, jetz nit enthalten, daß ich nicht auch also par mit Sechstrabenden und fünfftzelterigen Reimen herauß fahr, unnd grüß euch also hoppenhupffenbar. Aber bei leib daß mirs keiner leß, d*e*r nicht auff Cisioianisch an fingern klettern, scamniren und scandiren kan: Dann *Ascendens scandit, distinguens Carmina scandit:* Jedoch tröst ich mich M. Ortwini, der spricht von der Altiqua Poetria und Metrischer Compilation, *Si non benè sonant, attamen curriliter tonant.* Ita Herr Domine, Ist es nit war, so ist es doch lieblich zuhören. Ergo auff unnd darvon, laßt den Zelter gohn.

Dapffere mein Teutschen, Adelich von gemüt und geplüte.
Nur Euerer herrlichkeit: Ist dises hie zubereyt.
Mein zuversicht jder zeit ist, hilft mir Götlich güte.
Zupreisen in ewigkeit, Euere Grosmütigkeyt:
Ihr seit von Redlichkeyt, von grosser streitwarer hande.
Berümt durch alle Land, Immerdar ohn widerstand:
So wer es Euch allesamt fürwar ain mächtige schande.
Würt nicht das Vatterland, In künstlichkeit auch bekant.
Darumb dieselbige sonderlich zufördern eben
So hab ich mich unverzagt, Auff jetziges gern gewagt:
Und hoff solch Reimes art werd euch ergetzlichkeit geben,
Sintemal eyn jeder fragt, Nach Neuerung die er sagt.
O Harffeweis Orpheus, jetzumal kompt widerumb hoche
Dein artige Reimeweiß, Zu i*h*rigem ersten preiß:
Dan du eyn Tracier von geburt unnd Teutscher Sprache
Der erst solch unterweist, Frembd Völckeren allermeyst,
Diselbige lange zeit haben mit unserer kunste
Alleyn sehr stoltziglich, Gepranget unpilliglich:

Jetzumal nun baß bericht, wollen wir den fälschlichen dunste
Ihn nemmen fom angesicht, Uns nemmen zum Erbgedicht.

Darauff folgen nun die Manserliche oder Wisartische Sechshupfig Reimen Wörterdäntzelung, und Silbensteltzung: Aber es ist nur der anfang darvon. Das ander ist verzuckt worden: Da denckt ihr ihm nach, wie es zugangen sey.

A.w. ch. k.t.ä.e.ö.f.g.h.i.l.m.n.o.p. pf. r.s. sc. sch. st. schw, schl, schm, schn, sp. spr, spl. str. u.z. zw, ai. ei. eu. au.

Far sitiglich, sitiglich, halt ein mein wütiges gmüte.
Laß dich vor sicheren di kluge himmlische güte,
Das du nit frefelich ongefär färst auff hohe sande.
Und schaffest onbedacht dem Wisart ewige schande.
Dann jagen zu hitziglich nach Ehr und Ewigem Preise.
Die jaget eyn offtermal zu sehr inn spötliche weise.
Sintemal wir Reimenweiß unterstan eyn ungepflegts dinge
Das auch die Teutsche sprach süsiglich wie Griechische springe.
Darumb weil ich befind ungemäß die sach meinen sinnen.
Werd ich benötiget höhere hilff mir zugewinnen.
Dann drumb sind sonderlich auffgebaut die Himmlische feste.
Das allda jederzeit hilff suchen Irrdische Gäste.
O Müsame Muse, Tugetsamm und Mutsame Frauen:
Di täglich schauen, daß si di künstlichait bauen.
Die kein Müh nimmermeh scheuen zufördern diese.
Sonderen die Mühlichait rechenen für Müsiggang süse,
Wann ihr dieselwige nach wunsch nur fruchtwarlich endet:
Drumb bitt ich inniglich daß ihr mir fördernuß sendet
Durch euere mächtigkait, damit ihr gmüter erregen,
Daß sie ergaisteret nutzliches was öffenen mögen,
Zu unserem jetzigen grossen forhabenden wercke.
Fon manlicher Tugent, und meh dann Menschlicher stärcke.
Des Streitwaren Hackenback, etc.

DESUNT Di nicht da sind.

Das Dritte Capitel.

Von dem ordenlichen Kosten oder Diät, welche Grandgoschier mit essen und trincken halten thät.

Vorzeiten *in die illa,* da treizehenelenbogige reysende oder reissende Risen, Recken, Giganten oder Wiganten waren, unnd Groß Christoffelgmäse Langurionen, Langenländer, Langdärmige Longherri, Lange-

Schröter, Langgamba, Blattfuß, Patagonische Pfalkränch, Alzenfidler, Asperian, Pusolt, Strausfüssige Staudenfüß und Schrutthanen, ha, da war nur die sag von Zwerchen Elberich, Rauch Elsen auffwartern, König Laurin, des Herman von Sachsenheim Eckartszwerch, Amadis Nainchen, und solchen Spinnenstubischen Bergmänlin, Elnhohen Kranchshelden, vierspannigen Juden inn Arabischen gebürgen, deren Hercules für flöh zwölff Schilling in ein nackenden busen schob, als sie ihm zwischen den beynen umbgiengen zu grob, und i*h*m die Hünerstang oder das Daubenstänglin unterstützten, darauff zusitzen, unnd zum Taubenschlag und hinderm Badstubenthürlin auß unnd ein zuplitzen: ja von solchen treckbatzen, Kruckäntlin, Kotäntlin, Muckenscheisserlin, Hafenguckerlin, Schnackenstecherlin, Geyßnopperlin, Wollenzupfferlin, Benckmauserlin, Nancken, Bulcken, Mäußfüßlin, Erdtelberlin, Zaunschlipferlin, Nußbengelin, Reiffspringerlin, Fröschhupfferlin, Kurtgamberle, Hauptleut Gerngroß, Holla wa tregt der Tegen den Man hin, unnd andern dergleichen mißgewächssen, die man an eim Rost erhieng, und hopffen im Bachofen treschen könten, deren neun in einer Spinnwepp behangen möchten, unnd wann sie auff den Meulen oder Pantoffeln herschlappen, diesen vortheil haben, daß sie weder Stümpff noch Mäntel betreppen, sonder den treck über den kopff außschlaudern: von solchen Bachofentrescherlein und Ballenspilerlein inn eim Hellhafen gieng allein damals die sag: Gleich wie heut zu tag, da Treikniehohe leut fallen, unnd hohe hertzen auf eim nidern gerüst, sagt man hingegen von Risen und Haunen, zeigt ihr gebein in den Kirchen, unter den Rahtsheusern, ihre Nimrotische spiß, Stälin Stangen, Goliatische Weberbäum, Starckarterisch Degen, Palladisch Schäfelin, Hörnenseifrige Wurmstecher, Durandal, Rolanden, etc. Welches ein anzeigung gibt heutiger unvollkommenheit, daß die Leut wie erfrorene oder erdörrte Fröschleych, Roßnagel unnd Hauptbrüchel nicht mehr zu rechtzeitiger grösse gelangen.

Was mag aber die ursach sein, daß ihr also wachssen wie ein Nuß inn der Kisten, oder wie ein Rub inn die ründe? On zweiffel diese, daß i*h*r den Heuwagen nicht genug mistladet, euch am täglichen und nächtlichen Futer zu vil abprechet: schwelgen, schlemmen, temmen das macht starck hälß, deren neun ein Galgen niderzihen. I*h*r daurt mich, daß i*h*r euch also kasteiet, sintemal die Fasten nicht will gedeien: wem spart ihr die trei Badheller? villeicht zu des Pfaffen Opffer, und also *per consequens* seiner lieben getreuen.

Wißt i*h*r nicht den schönen Spruch, Trincken wir Wein, so beschert Gott Wein, Je mehr man auff den stock geußt, je mehr er auffscheußt. Wa wer der Bauer von Saltzburg, so ein kleins groß Hänslin worden, wann er nicht sein Muter schier arm an trockengebachenen Dorffsrondelen gefressen hette? Wa wer Hercules gebliben, wann er nicht vor durst offt den Bach, darinn er gefahren, hett wie ein Zungstrecki-

43

ger Hund außgeleppert? Wa het der Kämpffer Milo ein lebendigen Ochsen auff den achseln getragen, und (zusetzlich zulügen) wie ein Ballen mit der Racketlichen hand bandirt und geschlagen, wann er nit auch ein solchen Stier zu einer stehenden Schneidersuppen het mögen vermagen? wa könten die Pomerische Säu unnd Beckermoren gedulden, daß ihnen die Meuß also spannentieff hinden auß dem Ars speck nagen, ja gar Nester hinein tragen, und Hochzeit darinn halten, wann sie nicht stäts im trog legen?

Also auch i*h*r (verzicht mir, daß ich euch den Säuen vergleich, sie geben dannoch guten Speck) wie könt i*h*r gedeuen, wann ihr nicht tapffer keuen, speien und widerkeuen, und gleich werd den Säuen. Aber den Säuen gleich werden ist kein schand, fürnemlich was den Magen antrifft: dieweil doch die Menschen unnd Säu, so viel den innern Leib betrifft, einander änlich sind: man sagt doch, ein Jungfrau soll untersich sehen wie ein Sau: Sollen es die zarte Jungfräulin thun, was wöllen wir schönen Gesellen, wie ich und du seind, erst uns schämen?

Derhalben wolt ihr eueren Vorfahren recht nachschlagen, und erweisen was inn aller Edelgestein Großmuter *Gemma gemmarum* stehet. *Est procerum verè, procerum corpus habere.* Die grossen Herren, soll auch ein grosser Leib ehren, und ein grosser Arß muß ein grosse Bruch haben: so müßt ihr euch der närrischen weiß und speiß, die i*h*r täglich brauchet, abthun: Als daß i*h*r frembder außgedörrter Völcker gefräß, darbei sie selbs nicht gedeien können, auff euern Tisch bestellen: kommen und prangen daher mit vilen kleinen Plättlin und Muckenlädlin, inn deren keim über ein Pfund steckt, von Pfeffer ein lot, von Saffran ein Qintlein, von Reiß ein Pfündlein, von Welschen Disteln oder von Postimelisso verbottenen Artischock, so das Arsschockeln pringen, ein Bündlein, mit zwoen Schüsseln gegen Orient und Occident mit Eulenspieglischem Hanff, rotten Rüblein, Melonen, Pfed, Granat, Citrinat, wurtzgeketzerten Pastetlin, Chelonophagischen Schnecken, Fröschen, Ottern, Tachs, Murmelthier, Eichhörnlin, Biber, Storcken, ohn das hinder loch, darinn der Frösch hinder viertheil unverdäuet ligen, und des gedachten Niderlendischen Edelgesteins schreibers Fungi, Schwammen, *Si fuerint fungi dulces, poteris bene fungi,* Seind die Schwammen süß so genieß. *Imo:*

> *Mandentes fungos, faciunt fungi quoque fungos:*
> Wer solche ungeschmackte Schwammen frißt
> Wird auch zu eim solchen ungeschmackten tölpel gewiß.

Auß mit solchem Schleck (hett schier anders gesagt) wann er schon befürtzt ist: Es solt einer den Magen nicht mit bescheissen. Solt ich nicht lieber ein starcken Quallen mit Knoblauch gespicket darfür essen, wann mir ihn schon ein Kochersperger oder Odenwälder fürstellt.

Ich bin schier auch des glaubens, des jener Kabsbaur, der meynet, wann ein Sau federn hett, unnd über ein Zaun könt fliegen, es wird das aller adelichst Federwildprett sein: Gewiß wann einer derselben ein par im leib hett, sie würden ihm den Magen besser erdänen als etlich und zwentzig Sester wolln Röhrspätzlin oder Knopfsterteckens. Wiewol man sagt, Ain Haselhun das fleugt, ain Rech dz da steubt, ain äsch der da schwimmet, sey das best Wildpret, das man find.

Dann an dem außdänen ligt es, merkts wol, daß man fein den Magen allgemach mit ein unnd zuschütten auff die Mül gewöhn sich zuergeben, wie ein par stümpff von geschlachten Bocksfellen? Dann were das Leder breit genug, so dörffts der Schuster nicht inn Zenen umbzihen.

So sind on das der Menschen Mägen darzu geartet, daß sie sich erstrecken, wann man sie nur übet, aber was verroscht nicht, das man laßt verligen: Ich muß wissen (doch dir auff deinen Trüssel) wie der innerst Brütkessel geschaffen ist, besser als Vesalius: dann ich weyß mit was Noht wir etwann dem Bauren von Krafftshofen haben gehollfen, der den Magen mit Kuttelfleck und Molcken on Weintrincken also verwüst gehabt, daß wir ihn haben müssen außnemmen, ein Inventari mit Numero darüber machen, und wie ein Pfeffersack umbstilpen, auch mit eim Strohwisch, Kalck und Sand wol reiben unnd fegen, wie die Weiber die Stegen: Aber ein unglück hat darzu geschlagen, daß wie wir ihn zutrucknen an den Zaun gehenckt, ein Elementsloser Rab ihn hat herab gezuckt und verschluckt? Was solten wir damals thun? wir thaten wie erfarene Leut, die aller Megen gelegenheit erkannten, und wol wußten daß der Saumagen dem Menschlichen sehr ehnlich, fügten unnd setzten ihm flugs den Saumagen für seinen Baursmagen ein: Ist auch darmit auff und darvon, und soll noch kommen, daß er seinen andern hol.

Es heißt *experto crede Lugmerdo,* derhalben wagets nur sicher darauff, schicket euere Wolffsmegen nur weydlich auff die Rackbanck, sie seind spitzhirtzich zeh, schlagen nicht durch wie ungeleimt Lotringisch Papir, sind etwas stercker als das Pergamen inn den alten Meßbüchern: thenets nur dapffer, schüttet dapffer auff, schüttelt den Sack, so steht er strack, stopfft und schopfft, plotzt unnd klopfft, nemt die Ballenhöltzer, die Wollsackstangen, die Wind Bengel, unnd was zu außthänung helffen mag: ein Schiff wol geladen, erleidet vor dem Wind mindern schaden. Unnd wa es schon nit wer, so beweißt doch Aristoteles, daß der Mensch nach eingeladenem tranck und speiß, eben das gewicht behalt, so er zuvor nüchtern hatte: Das erfehrt man ja täglich, wie man voller weis so leichtfertig den hals abfellt.

Wann ihr disem rhat folgt, so werd ihr sehen, daß ihr schöne auffgeschissene grosse Buben solt werden, die auff eim Treifuß inn Hafen gucken können: unnd werdet also euer Ururäne Gurgelstrozza, Gargantzsus, und Durstpanthel fein Modelmessig außtrucken, erstatten, ersetzen, exprimiren unnd representiren, daß i*h*r, so bald ihr auß der schalen schlieffet, werd nit wissen, wie i*h*r euch breit genug machen sollet, unnd kein Teufel gleich mit euch wird naher kommen können: Hüt euch i*h*r Teuffel, wie vor S: Leons Hauptpolster, sie dörfften euch sonst mit dem Wein hinein sauffen.

Dann wie gedachter Arles meldet *proble. 3. sect. 4. De arte & aqua,* unnd Plutarch von der Kinderzucht, so soll nicht ein kleins zu schöner Kinderzielung vortragen, wann die Eltern rechter ordenlicher Speiß und Tranck gebrauchen. Wie ihr dann dessen ein stattlich Exempel an unsers Gurgelstroßlingers Vatter Gurgelgroßlinger werdet vernemmen, der darumb solche vierschrötige, ja sibenschrötige Plotzwedel, Balckenhotzler, Secktrager, Trollen, Knollen, stollen und Babilonische Thurnbauer hat verlassen, dieweil er sich nach bestimbter Regel, oder die Regel nach ihm wüßt zumassen.

Dann i*h*r solt diß wissen, daß unser hochgedachter und hochgeachter Grandgurgler bei seiner lebzeit ein mächtig Seelos gut gesell gewesen ist, und ein zimlicher Rollart und Ramler, dem man warlich die Geyssen hat auß dem weg führen müssen: unnd war sein lust sauber außzutrincken: het einen lieber umb hundert Gulden beschissen, als im trunck: es war auch seiner Meisterstuck und siben freier Kunst eine, sauber rein arbeyt im Becher zumachen, wiewol er kein Goldschmid war, dann sein Reimen war, Wer etwas im glaß überlast, dem Teuffel ein Opffer laßt: darumb mußt er täglich nach der Weinvisirer Tabulatur viermal weyselen treubelen und beibelen. Nach demselben theilet er auch inn seim Land die tagstunden, wie Julius Cesar auß.

Doch pflegt er auch der gesundheit, tranck nit ungefüttert, sonder versah sich zuvor mit den *scalis vini,* die zu dem untertrunck mundten: fürnemlich aß er gern die Weinzihende Fisch, auch on ein Zürichischen Kalender, es wer im Wolff oder Schafmonat: verursacht derhalben offt ein grosse theurung darein, wie die Schweitzer ins holtz, wann sie gen Paris kommen, oder die Schnitter inn den Nörnbergischer Platsch, Pritschen und Bierlackel, wann sie zur Erndschnitt dadurch zihen: inn massen solches, nach dem Lebwein im buch *De Necessitate lupanarium* die Fastenstifter wol erachten können.

Angesehen daß er der Stör, Mörthunnen und Hausen etlich Legion auff einen schnitt nam, wie der Baur die Bambele, Mülling und Grundeln, da er sie für Welsch kraut aß. Acht sich derhalben nicht der Scheinmal, da man nicht die Hand füllen kan. Als der Spanier *ayantar de gorrion,* da auch die Fliegen dabei müssen hungers sterben, wann sie trei gebrüt Mandeln inn dem einen Pletlin, zwen eingemacht Tattelkern in der andern, ein verpomerantzten Pfannenstiel, und Pfifferling in dem dritten aufftragen, und alsdann auß Nußschalen trincken. Solche gesellen wolt ich zu dem Bodin in Franckreich verschicken, der wird sie fressen lehren: oder nur gen Mittelburg inn Seeland, da sie Oelkuchen fressen lehrnten, aber wegen unschmacksamkeit es bald auffgaben.

Vil weniger acht er den Cynischen Hundsschlamp, das ist, ein Malzeit ohn Wein: unnd das Schwebisch Suppenmal, da man trei Suppen auf einander gibt, dann *Offa nocet fanti, nec prodest esurienti.* Suppen machen schnuppen, unnd füllt dem Bauren nicht die Juppen: Wiewol es den Schwatzschwaifige Schwaben nur die Zung desto mehr wäscht. Noch ein Polnisch Wiezerza, dann hoffieren sie schon nicht gar ins Gesäß, so sind doch ihre Koppen und Fürtz von Gewürtz Krisamssaur räß: dann sie schütten mehr gewürtz überm Herd ab, dann man in dem gantzen Zwibelland braucht. Kölner Peperkornisch Pepermal von der Pepermül, die auch den Imber peperen, dann *Copia cui piperis, hic vescitur ipse polentis,* welcher hat vil Pfefferruß, der pfeffert auch darmit dz Muß: O wie erkaltet Meuler sind Westfeling Meuler, welche die Bonen essen, und sie mit Peper unnd Magsamen bestreien, darumb haben sie allzeit das hinderthürlin offen, und ein erfrorenen Eyerstock, und schlaffen wie die Ratzen.

An des Saturns ars, das ist, den Hessischen Schneiderspeck rib er sich auch nicht: unnd ließ den alten Käsfressern ihr weiß, ein tag nur einmal zuessen unnd sich zufüllen: wiewol ers auch kont, mit der Sonnen auffgang die Kandel auffheben, und mit dem nidergang nidersetzen. Jedoch gefül ihm vil besser die Edelsessische weiß *de virtute in virtutem,* von eim schlamp zu dem andern, ein tag fünff mal gezehrt unnd außgelehrt. Dann Aristotel von natürlichen Gweschionen schließt, daß die viel mürrischer sein, die nur einmal essen, als die zweymal: Und ich glaubs warlich, dann manche Frau empfind es wol daheym.

Auch war er gern bei seines gleichen, da er sich regen mocht, da ihm das Schwerdt nicht über dem Damoclischen Kopff hieng, und das Hütlein beschmutzet, unnd den Bart verliert, komm Bauer, mach mir die Supp sauer, inn expensis, Baur zahl den Kosten, wie viel hast Gersten getrescht? Issest auch Feigen? O weh, da kopirt man bald auff, was *pro* widerpart auß der Kannen fellt, da heyßt es, Der mit mir in die Schüssel greifft, *hic est,* welcher treyfft, etc. Unnd *ipsi observabant eum, ut caperent, etc.* Item *accessit Tentator, etc.* O wie heylige Kirschenstiel, die sie eim inn Bart werffen. Settigen eynen mit Worten, wie jener Goldschmid seine Gäste mit beschauung Salomons Staffel auff dem Credentz Tisch. Der Herr nemm Wasser, Der Herr netz sich, Der Herr setz sich, Der Herr ruck hinauff, der Herr sey gedeckt, der Herr greiffs an, der Salat wird kalt. Ach der Herr sitzt unproperlich, Ey daß man ihm das groß Küssen bring, so sitzt er höher. Alsdann muß die Antipha im anderen Chor antworten, Ach der Herr sey unbemühet: der Herr ist zu vil angsthafft: der Herr machts nur zu viel. Dann darumb grüsset man Bona dies, daß der ander antworte semper quies: Und růfft Dominus Strildriotus, *Transeat vestra dignitas,* daß die Magisnostrisch Echo widerhall *Transite melius venerabilis Andrœas:* Darumb singt der Ut ist la, daß der Sol ist antwort va: darumb hotzelt der ein hernider, daß der ander auff hotzel wider: Der ein steht auff, Ich will dem Herrn ein dienstlichs Trüncklein bringen, so knapt der ander hinwider, des Herrn Diener, ich wills vom Herrn dienstlich warten sein. Darumb reuspert sich der Herr auff der Gassen, dz man an die schlapp greiff, und weich auß der strassen: Macht dem Herren platz, Ach (wie heuchlerisch geantwort) Gott ist ein Herr. Wo hat der Jungherr sein Pferd stehen? ho, kein Guncker, ein armer Stallbroer, mein Jung ritts gester voran: Darumb lecket der ein die finger immerzu, daß der ander binden außschlag unnd zisch mit dem Schuch: darumb wisch ich die Naß, das Jungherr Hochtrapp ans Hütlein stoß. Ich gribel inn der Nasen, so reib du das Aug. Kurtzumb wäsch du mich, so wesch ich dich, so sind wir beyde schöne Buben.

Er vermocht sich nicht des Bellischierens und Kappenruckens, wer dem andern zu erst die Hend unter dz Hänlin stoß, die Handzwehl halt, mit dem Hartzkäpplin hinder den Tisch zih, den ersten Löffel steck inn die Hünerbrü, sich mit Wurstanatomieren bemühe: wie den Kindern fürschneid unnd fürleg, das höltzen gebreng mit Tellern trib. Er hielt was die Gelerten lehren, *Dum convivaris,* hüt dich, *ne multa loquaris,* noch viel *moraris:* Wer über Tisch vil schwetzen will, der wird gewiß nicht fressen vil: Wer stets will brangen, ist ihm bald ein guter bissen entgangen. Im Rhat sey ein Schwetzer, im Bett ein Pfetzer, über dem Tisch ein Ketzer: zu der arbeit sey kretzig, zum fressen auffsetzig: im schwetzen sey ein hetz, im fressen Bel der Götz.

Er kont nicht mit den gemodelten, Labirintischen Servieten und fatziolen umbgahn: kont nicht den Küchleinthurn unzerrürt abnemmen, sein finger waren zu tölpisch stumpff darzu. Die wahl that ihm weh, wann man ihm viel Senffschüsselein unnd Capresplettlin zu den vier Eckwinden setzet. Der Spiler Abendzehren oder untertrunck, sagt er schmack eben, als wann einer im Schlaff schmatzt.

Gleichwol hetten die Spitzmeulige Weberezechlin auch kein Stul inn seim Magen, dann er war gern da man mit grossen Löffeln auffgiesset: den Butter ins feuer schüttet, wanns nit brennen will: was soll man Brot zu Brot brocken, mit viel Häberen, hechten, Gsathaber, Graupen und Heidelbrei den Magen verwollstopffen: spick Galle meine ist feißt: pfui der Schneiderfisch zwischen den fingern, und kaltseichigen Biersuppen. Solche ermagerte Spitzmeuß werden durch solch Strupisch Segspänenessen mit der weil dahin gebracht, daß sie dem Pitagora zu leyd auch dem leben nicht verschonen, fressen wie die Moren und Sanct Johan inn der Wüsten die Spanische Heuschrecken, wider Mosis gesatz: Wie es dann kundbar von jenem Algeuer, der auff dem Kirschenbaum Kefer für Kriechen aß: sie hoissen ja Kroichen, sie kroichen wider auher. Solche kunden dörfften die alt weiß wider anfangen und mit den Iberis Eicheln essen: Was Eicheln? lehr michs nur keiner, ehe ich wolt hungers sterben, ich äß ehe, wie jene Gnad Frau, Käß und Brot: Es ist genug daß einer die Säu ißt, solt einer erst ihr Speiß darzu geniessen, wird einer wol gar zur Sau: Inn betrachtung das Cardanus schreibet, die Teutschen seien darumb solche Ochssen und Kälber, weil sie viel Milch essen: So wird er gewiß Treck gesogen haben, weil er so ein wüst Maul hat. Aber Camerarius gefällt uns, der probirt, daß die Spartanischen Weiber ihre Kinder nicht allein schöns Leibs halben im Wein haben gebadet (gleich wie sie die Alten Teutschen auf eim Schilt im Eiß badeten, unnd die Hollender ihre Kinder noch mit Butter schmieren) sondern auch das Gemüt dardurch zuscherpffen. Daher die Teutschen Hebammen noch recht thun, daß sie den Kindern die Zung mit Wein lösen, und hernach allzeit die billerlein mit Wein steiffen, dann diß macht, daß sie beim Wein so beredt sein.

Ferner von der Regula Bursalis, excipiert er *omni, tempore malis*. Er konnt nicht im flug die dick rauch coquinaz also ungereuspert durch seinen halstrechter inn Kessel lauffen lassen, fürnemlich da man getreng tabuliert, als wann man auff der Spirer Roll rotuliert.

Die Hofmäler an der Heren Höfen ließ er den Haberlachenden Pferden, die i*h*n wol hören schwingen, aber nicht sehen bringen, dann was ist da wolfeilers, als Spulwasserige Hofsuppen, und den blunder geschwind postweiß mit Stifelgespickten taschenlöffeln einwerffen, Ja, daß man eim den Bettel dazu bald vergont: Ich weiß wol, daß wann *Aeneas Sylvius* solt aufferstehn, er kem warlich wol fressens halben nit gehn Hof, eben so wenig als gen Rom, in massen er sich gantz jämerlich in seinen Miseriis Curialium beklagt, dann an einem ort tregt man wüst gifft auff, am andern geschmuckt gifft, unnd an beiden tödtlich gifft, und unterscheidets nichts, dann daß ains länger wert dann das ander. Es will i*h*m nit schmacken auß den schwartzen schmutzigen Hofbechern zutrincken, welche die Hofleut bißweilen für pißkacheln prauchen: Noch das Weichwasser zu Hof, da man allzeit inn die Weingeschirr, wie in die Weihstein das Weihwasser schütt, und nicht drauff acht gibt, was am boden ligt: Item die schmutzigen Hofermel unnd kleberig brust an statt der Tischtüchlein: Noch daß man alda bald ainem das kleid betreifft und beschütt, und sich doch nicht darff mercken lassen, daß es einen verdreußt: Ist daß nit ein Ilias und Aeneas von Cardinatischen plagen? Neyn ich hab nicht Hans Streidels Stein unter der Zungen, daß ich blasen kan und schreien.

Deßgleichen des Hofs schatten, nebenregenbogen unnd Teuffelskappell, der Jarkuchen oder Scharrkuchen Sudelei, verflucht er wie die Bauren den Büttel: Dann trei rauchige, Spaltenverkleibte, Daumensdickwüste höltzene Kar, was resonantz geben die? Item trei unnd treißig Regument magerer schmeissiger Mucken, Schnacken, Prämen, was für streifenblündern, speißfreibeuterei, vergifftung, suppenschädigung, unnd Birnerlegung können die vorhaben?

Item des Garkuchners vier rotzklitzige, grindschupige, reudige, beschissene, beseichte, molckentremlige Hurenkinder, was lusts können die eim geben? wann das ein neben den Tisch pflatteret, das ander darunter die beyn abwässerlet, das dritt bei den Herd hoffiert, das viert mit Hunden unnd Katzen auß den Schüsseln frißt, unnd alle Kar mit dem spiegeligen ermel außspilet, auch das Sudelweib das ein strelt, wischt und wescht, dem andern schreiling mit Muß wie den Rappen das Maul stopfft und mest. O weh es beißt mich, wann ich ein anderen jucken sihe: derhalben hat Eulenspiegel nicht unrecht gehabt, daß er ungern einkehrt ist da Kinder waren: Dann, sagt er, sie haben tachtropfige Nasen, helle stimmen, verguldete löcher und glitzende ermel, unnd vor der Kinder nötlichkeit, vergeß man eins Gasts allzeit.

Demnach beseh einer den kleberigen, schmotzigen, klotzigen Sudelkoch unnd Kuchenlumpen, Unnd sein holdseligs Ehegemahl die naßtrieffige, überkupfferte, pfitzige, Säupfinnige, Pleuelwäschige, bachschnadrige, pfudelnasse, Sacksteubige, Sackwirdige, unnd (daß ich mich nicht verredt) Schneckkrichige, belzpletzige alte kupplern, Pfaffenkrauerin, Teuffelsfängerin, unnd Gabelreuterin.

Ja die zwen Diebische, tuckelmeusige, eckschilige, banckraumige, ruckenfegige, Ohrenschlitzige, Galeenpeitschige, Brandnarbige, Winckelglurige (die solch liebäugeln am pranger gelehrnt haben) naschige, sackbloderige, seckelschneidige Galgenschwengel, Halbhößler, Galgenaß, Rabenfuter, zu bestalten Kuchenboßlern. Folgends trei lausige, schläfferige, flöhbeissige, Hundsflöhige, Düttenwelcke, mistfaule, füßschleiffige, Zwibelstinckende Harigel, Blaßbelg, Hurenbelg, Schleppseck, Zwibelseck zu schönen Bratenwenderin, Kuchenrätzen, Rauchmeusen und Rußleusen.

Ach was für senffigen lust und Mörrettigen Appetit solten wolgedachte saubere Kuchenmuster einem zufressen unnd zuscheissen bringen? was für herrliche Muckenfüll, Laußzucker und Flörosinlen solt es da geben? O auß für tausent Teuffel auff die Schelmenschlut mit solchem ungebaliertem, ungehöfeltem, Henckermässigem, Radbrüchigem, Rauchhimmeligem, und nichtigem Gesind. Sie solten dem Teuffel darunder inn der Höllen zu Kuchen dienen, unnd des Teuffels Muter zu gast haben. Geschweig auff Reichstagen unnd Hoflägern unsere Sammethütige, Seidenkappige, Goldrappirige, Gelbringige, befederte, hochtrappende, Elenbogensperrige, sauerblickende, beknechtete, Mauleselige, Fotzenbehelmte Hoffrätzlin, unnd Hagjünckerlin. Ja geschweig unser Katzenreines, Seidenspinniges Kölblin Großwustier, der warlich seiner Muter nicht an den fersen gewachssen ist, daß man i*h*m also die höllenküchlein verbitterte. Hört aber nun dargegen, was unserm Grosgoschier für sein Stomachitet und Magerei war gelegen, so werd ihr sehen, daß ihm sein Maul nicht war mit Leder besetzt, noch sein Magen mit Geisblasen gebletzt. Derhalben on lenger Senffmalen, so hört, wamit er sich ergetzt.

Das Vierdte Capitel.

Von des Grandgoschier vollbestallter Kuchen, Kasten, und Keller: was endweder ins Glaß gehort, oder auff den Teller.

So hört nun ihr meine Orenspitzige unnd offenmaulvergessene Zuhörer, inn was schlampen, unser Grandgausier pflegt zu kran laden seine Wampen Reusper dich Roßtreck, der Herr will reuten.

Er befand sonst under anderen vilen, dise bald folgende sehr just auff seiner Goldwag, darauff man die Holtzschlegel lancirt: Als die schläfferige Sibaritische, die Lindbettige Milesische, die Nußölige zart Tarentische, die Zottenreissende Asotische die Großbissige Frisische, die Abtpröbstliche Benedictinische, die Rebensafftige Reinstromische, Kerntische Erndtische, Weinsammete Elsassische, Herbstmostige Fränckische und Bambergische zechen, nach aller Land art unnd gelegenheit, auff Hochzeiten, Metzigerkeuffen, unnd fürnemlich bei dem Kottfleisch, da geht es wie bei Nabals Schafscheren ordenlich zu, da würstelirt man, Saumagirt man mit Hammen unnd pachen, da halt man ordenlich etlich tag dem S. Schweinhardo gribenfressige, maulschmutzige begengnuß mit Lederkrachen, Fettschwimmendem Wein, frißt wie ein Klosterkatz zu beyden backen: Dann Schwein töden ist der frölichen töd einer, neben der erbreichen Pfaffen und vergulten alten Weibs ars tod. Unnd gewiß wann einer wüßt, daß die Canibalische Leutfresser, solche schmutzige Freud mit eim nach dem Tod triben, solt sich einer noch so willig an Pratspiß stecken lassen, weil man doch sagt, ein gut mal sey henckens werd. Wiewol jener Italianer meint, ein Jungfraukuß sey henckens werd: Dann er wer lieber von einer Jungfrauen gehengt, dann außgestrichen: Ursach: inn Italien muß der Hencker seinen Henckmessigen Son, zuvor zu guter nacht küssen. Und solche unsere meynung von den schlampen sollen folgende Reimen bestettigen.

    Welcher ein stund will leben wol
    Der seh und thu das Henckermol:
    Oder laß ihm eyn stund balbiren,
    Oder mit Seytenspiel hofiren.
    Wilt aber ein Tag frölich sein,
    So gang ins Bad, so schmeckt der Wein:
    Wilt du dann lustig sein ein Woch,
    Spreng die Ader, auff Beyrisch doch:

Nemlich hindern Umbhang gelegen,
Daß dir keyn Lufft nicht gang entgegen.
Gefalt dir sein eyn Monatsfürst,
Schlacht Säu, freß und verschenck die würst.
Wilt dann ein halb Jar freuden treiben,
So magstu auff gerhat wol Weiben:
Oder nem dich eins Aemtlins an,
So heist das Jar durch Herr fortan.
Aber wilt wol dein lebtag leben,
So magst dich inn ein Kloster geben.

Oder wilt einmal wol leben, so koch ein Henn, wilt zweimal wol leben, ein Ganß, wilt ein gantz Woch wol leben, schlacht ein Schwein, wilt ein Monat wol leben, so schlacht ein Ochssen.

Demnach waren ihm die Pfaffenbißlin auch noch nit gar erleidet: die Hennenpörtzel, unnd Pfaffenschnitt kont er noch treffen: Es war eben ein zapff für dise Flasch, dann faul eyer unnd stinckend Butter gehören zusamen: Ists nicht war Herr Prior, so Priet oder pringt mir eins.

Auß diesem streich gehn noch viel stück, als die Christliche Klöstercolätzlin, wann der Herr Abt Würffel auflegt, unnd sich der Culullus regt, da glüen die Julier treibatzner ins Granalirers Ofen, da regt sich unser Dänkunst. Dann die Kutt ist weit, und die Hosen über dem Peterman sind preit. Holla *probetur,* daß man sing. Ein Abt den wöllen wir weihen, Ist auß dermassen gut, Ein Kloster wöllen wir bauen, Ligt gar inn grosser Armut, Darinn manch Bruder tringt keyn gelt, Unnd ißt keyn Wein, daß er den Orden helt. Wolan die Hüner gachsen viel, die Eyer kommen schier, und wer die Eyer haben will, Muß gachsen hören mir: Derhalben pfeiff auff Bruder, Ich lig auch gern im Luder, Ich saugts von meiner Muter, die tranck es nur bei fuder: Nun *resonet in laudibus,* Heut gar mit guter muß: Meßner richt die Kirchen zu, der Nachbaur ist zur Todenrhu: Seit frölich, lauff zum Pfaffen inn der nech, daß sie kommen zu der Zech, zum Gabriel, Eya, Eya, derselbig hat viel guter Fisch, So sitz ich oben an dem Tisch, Saufs gar auß, *Hodie* der Baur ist todt, der Baur ist tod inn diesem Dorff, Gibt er kein gelt, so legt man ihn nicht inn Kirchoff, Elslein liebes Elslein, so han wir aber zu trincken Wein, Biß frölich, Eya, Eia, so laßt uns han ein guten mut, als der Baur der Bäurin thut, Im Kämmerlein. Unser Herr der Pfarrherr, der hat der Pfenning vil, darzu ein schöne Köchin etc. Ein rickmeß gick, daß gire giregick, wol von dem Pfaffen von Wisenthal, unnd was er hat gethan, Pi pa pu pe, das hebedehe, Er schickt die Magd nach Wein, wol nach dem allerbesten, der inn der Statt mocht sein, der Pfaff der gieng die Steg hinauff, Er fand die Magd am Rucken, Ein langen Schreiber drauff, der Schreiber was ein Mann, Er gab dem Pfaffen ein päuderling, und lieff darmit darvon. Hoscha *lætæ mentis*: Gleich wie diß Gläßlin geht im schwang, Also das Lied herumb her gang, daß der Supprior anfang.

Sprecht mir nach, Nu sehet all auff mich, Nun sehet all auff mich: Thut wie ich, Thut wie ick, Ein Mönch, zwen Mönch, trei Mönch, baten mich, umb ein alte Kippen, Kappen, hat ich, etc. verstaht mich. Aha wer dz Cartäuser Orden, Ich wer längst ein Mönch worden. Proficiat ihr lieben Herrn, Gesegen euch trincken und essen, Seit willkomm all inn ehrn, Ihr seit uns lieb, des solt ihr euch vermessen, und habt ein guten mut, der Wein ist treflich gut, unnd laßt euch nicht verdriessen, Auß einem Faß, Auß einem Glaß, Thu einer den andern grüssen. Da kam der Bruder Stöffel, mit seinem langen spieß, kent ihr mich nicht, *Bene fecistis Domine,* daheim und sonst an einem ort, Ist hunds, Gut Hanicken unter dem zaune saß, Es regnet sehr unnd es ward naß, Ist Hunds: Vil ämter unnd wenig Plech, Ein läre tasch, und Schneiderzech, Ist hunds: lichter dann ein Kachelofen, hat sie ein klaren schein, R.S.M. Ist Hunds, Sie sucht den schwartzen Pfaffen, Sie fand ihn aber nit, Schabab ist mir gewachsen, im Garten voll, kent ihr mich nicht, Ist Hunds. Aha *Bene veneritis* Domine Custos, *ut humiliatum est cor vestrum:* Wie ist euer Korrock so verhumpelet, Hosanna, Säu han Chorröck an, unnd hinden lang Zwibelseck dran: Horremus, Horremus. Liebe gesellen mit sorgen, der Kerl will uns erworgen, und lebt noch heut am morgen, *In convivio nostro:* darumb ihr Gsellen helfft ihm klagen, und zu dem Kirchof tragen, Auff daß wir nicht verzagen, *in potatione:* Will uns der Pfarrherr nicht beistahn, So wöllen wir ihn also ligen lan, *Illudemus ei:* Nun beide Chör zusam, Glam Glam Gloriam, die Sau hat ein Pantzer an.

Secht bei solchen Herrlein ist gut wohnen, da ist ihr Taborsberg, da gehts andechtig zu, die meinen einander getreulich, die sauffen guthertzig: *Et quis non:* Wer wolt nicht der öpffel, wann sie pfeisen? Es könnens noch wol dise, die es ihnen mißgönnen, und doch nit so statlich nachthun können, wann es schon Predigkautzen weren: Fürnemlich die den Baurn Brentenwein außschencken.

Weiter hielt unser Gurgelgroß bannlich die Zinßkappige Martinsnacht unnd den Martinsbrand, da gieng es Post Martinum bonum vinum, Gänß unnd Vögel sind gut Binen: krag ab: laßt den Bauren die Gänß gahn. O Martein Märtein, der korb muß verbrent sein, dz gelt auß der Täschen, den Wein in die Fläschen, die Ganß vom spiß, da sauff und friß, wer sich voll sauffen kan, wird ein rechter Märtinsman. Dort niden an dem Reine, da ist ein Berg bekant, der tregt den guten Weine, Fürstenberger genant, gro ist sein farb vom Garten, darin er wachssen thut, Er darff des Mans wol warten, Erbutzen ihm den Hut, darzu den Kopf erlausen, umb kein gibt er nit vil, das Hirn macht er sausen, dem der ihn trotzen will, Er ligt mit unden oben, zu diser Martinsnacht, darumb ist er zu loben, hei daß ihr ihm zu ehren Vögel bacht. Diß sey ihm zu guternacht gebracht: Nun dz wir der Ganß lausen, Tringt ein ander mit Krausen, vil krümmer ängster pringet her, die kehret umb und macht sie lär, Ach lieber Hans, Nun ropff die Ganß, und iß sie nicht gantz, sonder geb uns armen Schulern ein stuck vom schwantz.

Item der Martinsganß Rottgesell S. Urban, den die nassen Vätter schmucken mit Rebenbletter, und mit frischen Kräntzen, weil an seim tag sich end der lentzen, an seinen Hals viel Gläser hencken, darauß sie ihrn Freunden schencken: Führn ihn zur Tabern so doll, pringen ihm eins halb und voll, und thun von seinet wegen bescheid, wann er dann nit gut wetter geit, so wird er inn die Pfitzen geleit. Die Heylig Fantastnacht, die war unser Grandgurler Chare, sein Letare, sein Jubilate, sein Cantate, die war sein Göttin, sein Patronin, die führt er im Venusschlitten, die pflegt er mit blumen und Wein zu beschütten. Da giengs, Es kompt ein zeit heißt Fasenacht, inn der regiert mit gantzer macht, Ein Planet heyßt der Elsässer, Macht einem offt das köpflin schwer, den Beutel lehr, und schmal das schmer: In diser zeit, macht man viel Bräut, da krieg ich auch mein beut, unnd laß den Bräutgam sorgen, wa ers gelt kan erborgen: So kuppeln wir bei diser Breut, zusamen noch zwey junge Leut, So kommen wir wider auff die Hochzeit: und lauffen gleich dem Wirtshauß zu, dann sein Thor kent ein jede Khu, und sauffen biß wir stutzen, unnd ruffen dann dem Utzen, etc. Dann Hochzeit haben, ist weger dann Todten begraben. Die Faßnacht pringt uns freuden zwar, vil mehr als sonst ein gantzes Jar, etc. Der mit der Katz gen Acker fehrt, der egt mit Mäusen zu, Also thut manch guter gefert, der laufft unnd schnaufft, und bricht vil Schu, unnd hat den Tag kein rhu, die gantze Nacht darzu, Stößt doch nicht heim die Khu: Wer aber kan die Fachnacht prauchen, der gewint sein Brot ohn hendkauchen: wer ein Pferd hat am barren stan, zu fuß darff er nicht gan, unnd die allein nicht schlaffen kan, Nemm die Faßnacht ein Mann, unnd zih mit freuden dran: Unnd wer des Weins nicht trincken mag, der ist nicht unsers fugs, der zih ins Bierland Koppenhag, da find er böß Bier gnug: Hie immer Würst, Nimmer Hering. So gehn wir umb umschantzen Prassen, rasen, dantzen: mummen, stummen, Prummen, rennen, fechten, ringen, stechen, Bagschirrn mit der Trummen, Butzen, mutzen unnd larfiren, den Schnabelkönig fuhren, Teuffelentzen, Mönchentzen, Weibentzen, und Türckentzen, Mit todten gespensten unnd Feurschwäntzen, So gibts dann Kleiderprentzen und Orensensen: Gölen, bölen mit Narrnkolben, Scharmützeln mit der Wechter Igelskolben, fenster einwerffen unnd glasiren, die bänck verrucken, Kerch verführen, die Glocken läuten, Schelln abschneiden: Eschermitwochisch berämen: verkleiden: berusen und bekriden: nackende Mummerei mit eim übergespanten Netz: Brüteln Narr auß, halten Hans Sachssen Faßnachtspiel: Suchen die Faßnacht mit Fackeln: wie

Ceres ihre Tochter: tragen die Hering an der stangen inn bach für Erdfortische Essenbitter, da regen sich die Timmerwürst: da geht man auff hohen steltzen mit flügeln und langen schnebeln, wöllen Storcken sein unnd scheissen Hackmesser stil: da gibts Wild Holtzleut, tragen ein Treck auff eim küssen herumb: ein Pfeiff drinn: wehrn i*h*m der Fliegen. O solten sie ihn schneitzen und i*h*m den rotz ablecken: spielen die Schelmenzunfft: ziehen eim stroern Man Kleider an, zieren ihn mit eychenmaß: unnd tragen ihn auff der Bar daher, als ob er gestern gestorben wer, mit eim Leinlach zugedeckt: mit wachsliechtern besteckt: schau da dort kompt mein Herr von Runckel pringt am arm ein Kunckel: die Magd zeucht des Knechts hosen an: suchen Küchlein inn der Mägd Kammer: Ja suchen Küchlein über dem Tisch: da man die Schuh unter das Bett stellt, da gibts dann über ein Jar Mäl unnd Milchschreiling. Hie zum Schaurtag, der lieben Weiber Saufftag, da saufft daß man einander darvon trag. Ja in summa gar den Teuffel angestelt: mit solcher zucht man Faßnacht helt. Also behelt man das Feld, inn der Faßnachtbutzischen Welt.

Noch viel minder vergaß die lieb Grandgurgel die ordenliche Kirchweihen, die Meßtag, die Jarmarckt, da lindiert er, kelberiert er, Dorffariert er, kegelt, sprang umb die Hosen, jagt umb den Barchat, dantzt umb den Hanen, dantzt auff den plosen Schwertern, erklettert die stangen nach den Nesteln, schoß zum ziel, plättelet, spielt ins Zinn, wurff inn die Prenten, wurff bengelein nach dem Kappaunen, fochtelt mit den Bauren herumb, stach i*h*nen die Kannen, Häfen und krüg zum Kopff, jagt den Jäkel mit dem Karrenmesser vom Kegelplatz, trug ihm die Kett von der seiten, soff gut Prelatisch, soff mit dem Pfaffen auffs Requiem, lag vor der Thunnen, schloff in die Thunnen, zeygt den Bauren den hindern auß der Thunnen, da sie mögen gewinnen: Warff auß under die Buben, hub dann der Pfarrherr neben i*h*m an außspeien, thet er auß lieb ihm hülff verleihen, hielt ihm das haupt, und dient i*h*m wol, biß dz er macht ein Kübel voll: Und weil er sich so freundlich stellt, ihm Dorff man deß mehr von i*h*m helt, wann i*h*m alsdann geschicht deßgleichen, thut man diß werck der lieb ihm auch reichen: da führt man dann den Herrn Pfarrherr voll heim sampt der Källerin, darnach helt der Pfaff Nachkirchweih, und den Jarstag recht im Pfarrhof umb die Presentz: Nun vergelts Gott und die heilig Kirchweih: Unser Gurgelgrozza machts vil gugelfüriger als es der Baurenfeind Neidhart Fuchs beschriben hat: dann eim solchen jungen mollentrolligen, affenrunden Bärenstengler stund es mechtig wol an, Er hat sein sachen wol gethan, dummel dich gut Birckel, pip op Bercken, dantz op Rusken: laß weiter sehen, wa sind die Königskuchen, die Pfaffenparet, die Pfingstvögel, Auffartstag geflügel, S. Johans Mett, der Dintzeltag, die Rockenfart, die Kunckelstub, der Natal, oder Geburtstag: wa langt man die Emaushammen, die Fladen, die Erndbiren, den Herbstmost, die Lerchenstreng, die Zerrhen, wa gibt man das Wettmal, den Willkomm, die letz, den Liechtpraten, das Straffmal, die Kindtauff, die Kindschenck, die Kindbetthöf, die Küchelbäder, da man die Kindbetterin und sechswochnerin wider zu Jungfrauen und gromat sauffet, die Kindsentwänung: wa verschenckt man den namen, wa gibt man die häflin zusamen, wo lößt man sich, wo gibt man Richtwein, wa ruckt man den Tisch, wa gibt man die Haußrachtung, wa ertrenckt man das Liecht, wa geht das Kräntzlin herumb, der Kolben, wo weihet man die Birbischoff, wa ist des Nabals Schafscher, das Ermeyen in der Kreutzwoch, S. Michels Liechtgans, Erndgans, die Landzechen, die Metziger Irten, die Lauberfest, die Fachnachthüner, die Güter erneuerung, die erkauffte gericht, die Jar geding, die Ambtbestellungen, die Magistermal, der Schwertag, unsere Burgerzechen, Nachzechen, Abendzeren, undertrunck, Schlafftrunck, und sonst dürstige Gesellencolätzlin, die sich fein inn einander fügen, unnd schliessen, wie ein dutzend silbere Becher unnd Venedische Trinckgläser, und sonsten an einander hencken wie Paternoster in der Kiklopedi, ja einander die häned bieten wie Gratie Meidlin, wann sie reyen: also das kein Schlamp dem andern weichen kan: dann gewiß wer heut getruncken hat, der wolt gern morgen sauffen, unnd wer heut voll ist, wer gern morgen doll: dieweil die hitzig Leber den Wein an sich zeicht, wie die Nachmittagsonn das Wasser.

Secht ihr meine Knabatzen, waren das nicht herrliche herhohische Magenpulferige Heldenübungen, die unsern Grandbüchier unnd Buchgrossier zu eim großmägigen oder großmächtigen Man *amplum virum,* mochten machen? unnd was thut ihr zur sachen? was thut ihr, wann ihr nichts thut? Schemen solt ihr euch, daß ihr euch also außhungert, Es wird noch gelt sein, wann ihr nicht mehr lebet, unnd die Schwaben mit euern beynen Nuß abwerffen. Es ist kein wunder, daß die Prediger auf den Cantzeln über die böß Welt schreien: und die Feust auf dem Pulpret so verpleien: Was macht sie böß, ohn daß sie also über ihr selber sitzt zunagen und zuplagen, und wie Janus inn die ander Woch schilet, ist die noch nicht herumb: das hindert die käuung und däuung: Sorgen macht worgen: unnd macht euch also unleidlich, daß ihr an ein jeden Treck stoset, der im weg ligt: Dann welche Fügen beissen übeler? die hungerige: welche Läuß stechen übeler? die magere: welche Bienen angeln mehr? die dörren, welche Wölff zerreissen mehr? die unersetliche: welche Hund bellen mehr? die fräsige: welche Herrn schinden sehr? die Armen: welche Leut zörnen eher? die kleinen. Derhalben laßt das Vögelin sorgen? haltet S. Burckhards abend mit Most, so lad euch S. Pantel in Sachssen zu Schuncken, zu Knachwürst, und Knoblauchkost: und bacht auff die Ostern Fladen, so wird euch, die Pfingsten zum Pfingstbier unnd zur Lauberhütten laden.

Nun möcht mich einer fragen, wie stund es aber inn des Großgurglers Haußhaltung? so hört. Er wußt des Catons spruch, das gessen ungetruncken sey gehuncken, und im gegenspiel, getruncken ungessen, sey zwischen zweien Stülen nidergesessen: darumb versah er sich zuvor mit Wasser, eh mit Kalck, das ist, solchen dingen, die den durst herzu pfeiffen, locken, singen, unnd pringen, solchen sachen, die den trunck wolschmeckend machen, unnd bei den haren ziehen inn den Rachen: Er war ein Reutersmann, fütert eh er trenckt, ein Weidman, trib auff, eh er zu Garn lauff, ein Rhatsherr, reuspert sich, eh er spricht.

Und dieselbige Rachenkitzel, unnd Weinhaspeln, waren gewiß ausserlesene stücklein, die ihm wol anstunden, unnd den Wein wol auffwinden, auffkranen und einladen konten.

Glaub derhalben gar nicht daß Aristotel im Buch von der Trunckenheit von Andro schreibt, er hab viel trockener gesaltzener Speiß genossen, aber nie getrenckt noch begossen: Überred er die Bauren inn Mechelburg, denen ihre Jungkherrn kein grösser Phalarisch straff anthun können, als wann sie dieselbigen ein Tag hinder den glüenden Ofen spannen, und ihnen nichts dann rostig versaltzen Häringsnasen zufressen geben, aber gar nichts zu trincken: da wer kein wunder, sie leckten vor durst die Kacheln, oder rüfften wie der Reich Mann im Nobiskrug nach eim nassen Finger. O ihr glaßfegende Herrlein behüt uns Gott vor diesem Fegfeur, unnd schick uns unsers Großwurstiers feißte Kuchen zu.

Dann in derselben war Protfrission von aller hand magenkräfftigem Protviand unnd Labsal, zu allem anlauff fertig, wa man mit eim Glaß her stach: Als nemlich gute Munition von Schuncken, Spintspeck, Füllspeck, *quia Caseus* und Schunkuß, die machen *optime* trinck auß: Unnd dieselbige auß den besten orten, nicht von Magentz noch Mentz, wie es die Frantzosen nennen und meynen, dieweil man etwar daselbst von unden herauff mit schuncken hat gehandelt, sonder auß Westfalen unnd Frißland: wiewol etlich auch von Baion im Gasconischen Biscai, da die Leut singen, wann man sie auffknipfft, so fro sind sie der Himmlischen Freuden: Item ein festung von gesengten Speckrimen und Speckseiten, darzu nie kein Schermesser kommen, unnd von Backen, Pratfercken, oder Spanferlin auß Bayern: Item von allerley geräuchtem, gedörrtem, eingesaltzenem, und grünem fleisch: Auch viel Thunnen voll Waidelendens Hundsbefürtztens Wildschweinens, deßgleichen von Mastrindern, Weydfleysch, verheylten Stieren, Vernondten Stechkelbern, verschnittenen Ochsen von Pfarren oder Farren, Rindbacken sauber außgebeynt, geruck, Hammelsköpff, Nirendeckige, oder Nirenhenckige Lämmer, von schwartbehauenen Schweinen, Unabgelertem Speck, von Beckermoren, Ackerschweinen: und guten vorrhat von starcken Quallen vom Hundsruck und Hanenkamm, mit Zwibeln den Egiptischen Göttern gespickt, außgefüllt, eingebaißt, inn Essich versaurt, und saurveressigt: ungeacht der Araber und Galenisten Zanck, ob gepratens oder gesottens feuchter und trockener sey. Ich wolt sie beide mit eim solchen feuchttrockenen schwallen und Quallen wol eins machen, wann ichs den einen für feucht, den andern für trocken ließ verpancketiren, und darbei trocken und feucht abschmieren, daß ihnen die Naß ins Maul müst distillieren.

Item ferner im text, verschantzt mit Hammen, hindervierthln vom Schöps, Hammelebug von Franckfort, Geschnätel von Kalbfleyschtigen Hammen, Gänßmeuen, Schenckel, Castraunenfleysch, Schützenprätlin, Kaltgepratens von Wittenberg, Pans in der Sultz, Hammelsschlegel, Stockfischpläuige eingemachte Lumel: gerollte Wammen, Spallen, Kalbspraten, Nirpraten, ein gethonnet Fleyschmauen, Zemmer und Knöpff von Hirtzen, Rechschlegel, hinderlauff, Bug vom Räch, Hirschenlummel, Lämmerpraten.

Item libenter (heißt ein Pfaffenfisel, unnd semper ein Wolffsmagen) gereuchte, eingesaltzte Ochsenzungen auß Ungarn, Hirschleber auß dem Schonbach, gesaltzen Botter auß Holland, Kompost auß der Kappesbütten, Ständel voll Senff von Obernähenhaim, Säck voll bitterer Mandeln von Speir, Ballen voll Pfersich vom Rein, Bütten voll geplotzter Rettich unnd gekotzter Mörrettich auß dem Elsaß, Hackstöck voll füllmägen, saltzis, geprüten kalen Kalbsköpffen, Kröß, Schweinenfüsen weiß geprüt wie unserer Köchin Waden, inn Essich oder Galrei: das Testament von einer Ganß auß dem Nördlinger Ried.

Demnach gerüst mit seiten und Prustwehren von gedörrten, gereucherten, gesottenen, gepratenen *per omnes casus* unnd Species Würsten, Halsbesteckten Leberwürsten, Kropffstopffenden würgenden Pluthunden, glatgehöbleten Schübling und Pratwürsten, Lantzknechtischen Schübelwürsten, räsen Pfefferwürsten, Bauchplehigen Roßwürsten, stulgengigen Mettwürsten, zitterigen Rech und Hasenwürsten, Rosenwürsten, Saltzsutzen, Kropstösigen Plutwürsten und Flämmischen Hillen, *In nostra villa, tigno suspenditur hilla,* die sie zur grösten zier umb den Tisch hencken, daß sie eym auff Schlauraffisch ins maul hencken, und alle andere *omnis generis* fartzimina, welche er alle, wann er zur Zech gieng an gürtel umbher hencket, wie die Schwebische Furleut die rote Senckel, über das glat artlich gekerbet ledere gesäß, oder wie Clauß Narr seine Genß, da er seinen Fürsten Fritzen im feld sehen wolt, oder wie jhener, der die Brettstelln verbarge.

Unnd solche Schweinene Ael ließ er nit pringen von Luca: Wiewol sie daselbs dz künstlich Wursteisen und die gantz wurstichitet wöllen erfunden haben: dann er forcht, sie möchtens i*h*m auch schmincken und schmieren, wie sich die Weiber daselbst durchleuchtig anstreichen. Auch nicht von Bolonien, dann er besorgt das Lombardisch gifft: Sonder von Dingelfingen: von Filtzhofen, auß Bauren Baierland:

auß der Eiffel, und wo der Saurtreck eycheln gibt, und die Eicheln wider saurtreck machen.

Dise hielt er für beissiger unnd anatomiriger als der Engellender unnd Spanier Ertzknappige Künigklein, Katz und Motzenfleisch. Auch für Magenstilliger, genießlicher und erschießlicher, als das Weibergepräng, unnd den Meydleinschleck, den man mit spitzen fingern unnd messern fürlegt, Als jung Hanenhödlin, Hechtschwentzlin, Krebseyerschwentzlin, röglin, Meißnische Zäußleinmeglin, Karpffenzünglein, Rupen oder Rufolckenleberlin: Hasenhirnlin, Nierlin, Lerchenklölin, Entenfüßlein, Genßmeglin, Congerköpflin, Genßfüßlin auß dem Pfefferlin, Barbeln han ein süsses Meulchen, brachten jenen Reuter von seim Geulchen: Schlehenconfect und diß geschleck, mit ihren Kindbetterkenlin: dann solche verstecken meh inn den Seckeln, als sie in den fingern lecken.

Den verketzerten, Hechsengeprendten, gefeurten, gezimmerten, beimberten, bekümmerten Butterpraten, ließ er den Banckprüchigen, Arsplaterigen, Bitterdäschigen, übelsessigen, Land und Tischraumigen Kaufleuten und Fürkeuffern, die mit ihrem fallement, machen fluchen viel tausent Sacrament: dann die kost es wenig, wann sie es mit ander Leut gut, oder mit fersengelt zahlen. Wie er auch der Berendatzen nicht achtet, er ließ sie den schwertapigen und greiffklauigen Fürsten.

Folgends hett er ein Schlachtordnung von weissen, plauen, gelben, grünen, aussetzigen, Zöhstinckenden, faulen, mürben, würmwüblenden und fallensichtigen Käsen, von Küen, Zigen, Geysen, Schafen, Reinigern, ja auch Eseln, Aber nicht von Bauren noch Beurinen: Dann er wußt, das *Caseus* und *cœpe,* die kommen *ad prandia sœpe:* Unnd *Caseus* und *Panis,* sind köstliche *Fercula Sanis.* Stunden derwegen da vielkrautige, Kütreckige, Graßgrüne Schabziger, sampt den Holeisen und hobeln auß Schweitzerland (dann dise gefüln ihm besser dann die Reibeisen zun Muscatnussen, unnd die Rubeneisen für faul Megd) Parmasaner auß Walen, die man nicht schneiden, brechen, rauffen noch ropffen darff, sondern schaben, wie die Bairischen Rüblein, die köstlichkait halben den Gallileischen Feigen verglichen werden, Schwartzwälder auß Chaldea, Mönsterkäß auß dem Weinsas, Ziger von Glaris, Kreutzkäß von Werd, welche die Schweitzer gern im Wapen führen, Delsperger auß freien Bergen, Sanerkäß auß Wiflispurger Gäu, Geyßkäß auß Hessen, Speißkäß, Hasenkäß, auß der Grempen geses. Item Ostergottische Helsinger, Narwegianer, tausentpfündig Finlendisch Geyßkäß mit Mirten gereuchert, Bithinisch Käß, die von Muterleib gesaltzen sein, Scandisch Käß, die allein die Nastropfige Weiber machen, und in formen bachen, an deren eim zwen Bauren auff Mistberen, wie am Cananeischen trauben zuketschen haben, und die Rinde darvon für Tartschen und Schantzkörb prauchen, Auch Nemauserkäß, Wasgäuer, Hornbacher, Putlinger, Holender, Degenseer, Riser, Almer, Frißlender Mümpelkäs, der Meißner

Napkäß und Querge etc. Unnd was dergleichen mehr sind: die legt und setzt er auff einander stafelsweiß für Pollwerck wie die Gerber ihre Loskäß, und die inn Nordwegen ihre Stockfisch.

Es war ihm ein lust zuzusehen (wer gern Purgiren wolt) wann er die vermoderte, verkoderte, verschloderte unnd verfallene Käßzinnen etwann mit schauffeln auff das Brot striche, und die lebendige Käß und Lindwürm zwischen seinen Zänhammern unnd Mülsteinen also sauberlich zermalmet und zerknirschet, das es lautet als wann ein Galgen voll gestiffelter Bauren bei Nacht durch das Kot ins Dorff stampfften und postierten, oder ein viertzig Baurenmeydlin auff der Alp Stro in Leymen tretten, daß ihnen das Leymwasser zur quinternen hinauff stritzet. Dann nach seim todt, haben etliche Lumpenstämpffige Papirer, unnd Saurpäppige Buchbinder, sein ober und nider gebiß für Glätt Zän geprauchet.

Letzlich hett er zu eim hinderhalt unzahlich viel Häringsthonnen von gewesserten, bezwibelten, beessigten, gesaltzenen, frischen und roschtigen Höringen und Böckling, welche rochen wie deiner Magd pfu, von welchen er ihm pflegt wöchlich eyn wichtige Ketten zumachen, und hieng sie umb den halß, wie ein Zanprecher die Zän: welches warlich ein schöner fund für die Thöringer ist, der ihnen dann nun ein lange zeit, wie uns Theophrasti kunst, verborgen gewesen: Unnd auff daß ich nicht mißgönstig und saumig an meiner treu befohlenen Lehrkinder underweisung erscheine, will ich ihnen dieselbige vil treuhertziger, als Alex Pedemontan sein Secret, offenbaren: So wißt, daß er gemeynlich die Heringsnasen bei vil Regimenten, wie man sie kluppenweiß fängt, durch ein strackseyl zoge, wie die Kinder die Butten anfademen, und die Weiber die Aeschenrößlin anweiden: dieselbig wand unnd wundt er alsdann fünff, sechs, sibenfach umb den kragen, eng in einander, auff daß ihm die durstige Schlucker nicht drein fülen und es ihm zerwülen: Als dann bei den zechen küßt und leckt er sie hinden und fornen wann und wie er wolt. So hielt er auch sonst auff Diogenisch in der Teschen hauß, zog auch etlich Regiment Schmorotzermäuß darinnen: Wa er zur seiten hin griff inn die Diebs oder Commißsäck, in Hosen oder Ermel, da war er gespickt, auff daß auß mangel einiger Labsal, er nicht inn onmacht sünck, wann man ihm nicht bald zutründk.

Deßgleichen vergaß er sich auch nicht mit frischen Fischen, als allerhand Bratfischen vom Bodensee, Hausengalreien, gebratenen Forellen, Hausstockfischen, Dörren, Posten, Prösem, Stören, scheiden, Rot Fohren, weiß Orffen, unnd gel Haselnaschen, Raumen den Streydasgütlein die Taschen. O kugelhaupt, gebachen Pirsching für die Pfaffen gut, gebraten Latfohren gut zum Salat, Miltzhäring gut zum sauren Kraut, gereuchert Rencken, blo Felchen, weiß unnd gelb Gangfisch, Rüdling, Kelchlin, Lauben, Truschen, Ropelen, die er nach der Feldmesserkunst, wie die Winterige Lappenländer treissig und ein viertheil von einer Elen hoch als die Holtzhauffen im Buchwald ordenlich auff einander zimmert, auff daß sie im lufft recht genug Wackensteinig erhärteten, unnd wider mit laugen zu miltern, noch mit Stempffeln unnd Stampffmülen, Treschern unnd Stockfischklopffern zuerweichen weren: dann solches übet den Magen mechtig wol.

Weiter versehen mit frischen und gedörrten Hechten auß der Speckbrüe, oder blau abgesotten auch mit gebratenen Salmenrucken auß Schotten: Ja bist du da kranck, so hail dich der Fischerhans zu Costentz, und die faißt Kuchen.

Zur Not aber des unversehenen überlauffs braucht er 200 kad würffelsweiß geschnitten unnd inn Butter geröstelet, geschwaisset und geschmeysset, gebreunlet Brot, dann solchs sind zum Schlaftrunck die kramatsvögel, wie die gesaltzene unnd befenchelte rindlein unnd Kröstlein die Trincker Marcipan zum untertrunck. Laßt auch die Specksupp kochen schier, Gebachen Eyer viertzig vier, so speien dann des leichter wir. Auch Pfannenkuchen, Nonnenfürtzlen, Polster, Krapffen, Nudeln, Pfanzelten, Baurenküchlin, gebraten Maroni und der Schwaben Nuß im Leyderlin, etc. ein braun fut auff eim weissen Teller, zerschnitten Köller. Unnd deßgleichen unseglichens geschmeyß mehr, welches mir nicht alles einfällt biß zum Schlafftrunck, Ich steh aber erst auff, derhalben ein guten morgen.

Habt ihr dann nun ihr meine zuloser vernommen wie unser Kleinbusier, Grandbruchier unnd Großbuchier ins Maratonisch Graß unnd Praß, Groß und Froßfeld gerüst sey kommen, unnd sein Schiltwacht mit NachTischen bestellt hab: so gedenckt was euch zu thun werd sein: Ist er durch solche leibzucht zu einem anfichtigen Himmelsstürmer Alpenketscher unnd Bergversetzer worden, was meint ihr, es könn euch nicht auch gedeien? Gewiß wie einer Speiß braucht, also lebt er auch, rauhe Weyd, macht rauhe Leut, zarte Süpplin und Meysenripplin, bringen auch zarte Püpplein, lebhafft Fleisch, lebhafft Geyst, schleimecht Fisch unnd Ael, machen schwermütig und schwermägig Leib und Seel. Was? der Mußversotten, verspanischpfeffert, geketzert, vermischt, zerknischt, versüsselet, verröstet, verräset, verbrant plunder, solt eim die höll im leib anzünden und den Teuffel verbrennen. Dann saur heyß gwürtz, bringt saur heiß Fürtz, darauß die Merdici gleich prognasticken von folgender Gottsackriger ewiger durstleschung unnd Himmlischer gesundheit stellen.

Gewiß es ist nicht ein klein theyl der Gesundheit, wann die Wind ihren gang haben, Ich weiß daß der, dem gester der Truckenscherer den Sack verknipfft hat, hette gleich so wol als der Fürst zwentzig Gulden darumb geben, wann er schon in ein Laden hett sollen darumb einbrechen, daß er noch inn eim Jar ein klein Schleicherlin mit freiem leib hett lassen mögen, begert dannoch kein lohn darzu, als des Abts Narr, der von seim hinderdonnerklepffigem Doppelhacken auch Doppelsold fordert.

Botz Angst, wie eben recht, bei dieser Fartzbüchssen erinnere ich mich eben unsers Landwüstiers Fest und Feldgschützes: welches er hin unnd wider inn den Pasteien, mäußlöchern, Gewelben, und Trachenhölen auff Ligerlings Rädern versteckt ligen hatte, großgebeuchet, wolbereyffet, starck bedaubet, scharff bezapffet, rund verpontet, künstlich behanet: aber nicht alleine von außen wundergaffig, sonder auch einwerts sehr kräfftig, und safftig: dann was genüget einen erfahrenen Schützenmeister, die herrliche Zeughäuser zu Wien Straßburg unnd Nörnberg oben hin zubesehen, wann er nicht auch jedes stücks gelegenheit erfahret. Also was hillfft mich, wann man mir das groß Faß auff dem Schloß zu Thübingen, die Kellerei zu Schafhausen, und die Berggebärende alte Fuder zu Murbach weiset, wann man mir nicht auch den Wein vom heissen Sommer darauß also zuversuchen gibt, daß ich die Kellersteg nicht mehr finden kan: wiewol die Leut, die es eim weisen, selbs so verstendig sein, und wissen daß einer den Babst nimmer on ein zwenfingerigen Herrgottseligen segen sihet. Ich weiß wol, wie es dem Poeten gieng auff der Hochzeit zu Studgarten, im Kellerstüblin, da ihn das neu Faß anlacht, welchs hielte der Fuder zwentzig siben, welche i*h*m recht die Reiff antrieben. Grandgusier ließ auch ein Weinkeller in ein Felsen hauen in welchem er etlich tausent Fuder Weins ohn Faß erhielte, besser als ein Bischoff von Würtzburg, der solches auch unterstunde, oder der zu Trier auff dem Schloß Ehrnbrechtstein.

Hierumb so wißt, daß es nicht ein Nam on den Kram sey gewesen, sonder Revera heißt ein Minnbruder, versehen mit wolmundeten, Maulreissenden, Zapffresen, Lautschwatzenden, Zungklapffigem, Zungzwitzerigem, Zungkützeligem, Glaßschwitzigem, rauschdantzendem, brentzlendem, graugebartetem, röschem Wein, von fürnen unnd heurigem, Dörrsommerigem unnd järigem, mostigem und verjartem, welche allerhand Hoffarbröcklin anhatten, dieweil sie ein Reichen Herren haben, der sie kleidet, wie König Salomons Plumen, geferbt als die Sempachische Schweitzergeseß, Frantzösische raupenferbige Mäntel, Spanische Zigeinerpäretlein, Antörffische Bottenhüt, Straßburgische Müllerhüt, vilwürstige gemalte Lätz mit Landsknechtischen Fenlindurchzogen, FeldzeichneteHalbmonverfinsterteWapensgenosse Arsbacken, Pritschenschlagerische Schellenröcklin, Liripipische Achsselbrüch, und sonst Verbum Domini manet im Ermel, unnd etc. bundte Bundschuch einerlei farb wie die Schwestern *per omnes ordines* gehen, unnd wie sie Velten Bock im Farbbüchlein beschreibt.

Ihr versteht mich wol, wann ich sitz, ein jeder ißt unnd trinckt es, nach dem er ein Kalenberger Krautkopff unnd verplanetirten Calenderschedel hat. Der ein Rebenflachs, war Claretrot bekleidet, der ander Liechtrot behütet, der dritt Schwartzrot verkappet, der vierdt Goldgelb gekrönet, der fünfft Lederfarb gestiffelt, der sechst bleychart, der sibend ein Participium unnd Schiller, inn Schillers thon zusingen unnd zubringen: Intelligis, Allkant Wein, ist mein Latein, wirfft den Bauren über die Zäun, unnd stoßt die Bürger an die Schinbein.

Da war Ehrwein, wie man ihn möcht dem Schultheiß ins Ampt schencken, war Landwein, Brachwein, Traberwein, Fuhrwein, Fuderwein, Rappis, Kirschwein, Bastart, Bruder Morolff, Weichseln Wein, Trupffwein, Nachtruckwein, Moscateller, Belner, Arboiser, Beaner, Spanischer S. Martin, Romanei, Frantzösischer Orleanser, Lionischer Muscat, Weinseck, Börwein, Ougstaler, Reingauer, Mentzer, Necker, Moseler, Thonauer, Granwiler von der Etsch, Flaschenberger von Montfiascon, *Est, est, propter bonum est, meus Dominus hic est.* Vernetscht ist gut Verniß, Eckwein, Scharnickel, von Tai, Bisantzer, Wetterwein, des Babsts Pii 4. Mangeguerra unnd Freß den Feind, der ihm das heylig Habetglid so offt hat erhaben, biß er ihn habet auß dem Sattel gehaben, Ungarische Georger, Klyber, unnd Symiger, Mergobremer vom Main hat bremen, Calobriger, Marckwein, Wibacher, Rosatzer, Ottenberger auß dem Turgäu. Von Veseva und Surent, den mein langwadeliger Bruntzhalter und schwimmer Peter Gravin gern tranck, Brubacher, Grünstätter, Fürstenberger zu Bachrach, O Bachi rach im Rauhen Rachen, solstu heut erwachen, wie wird dein Gurgel lachen. Ja da war mehrley Wein dann zu Studgart auff der Hochzeit beschrieben werden, als Würtenbergischer Weidenberger, der von Lauffen, so etwann die Ferdinandischen Knecht machet lauffen, und die Landgrävischen nachlauffen. Item der Elfinger, so die finger und beyn Elenlang macht, der Beutelspacher, so die Beutel machet krachen, der Hebbacher gieng glatt in Rachen, Rote Felbacher, Mönchberger, Beinsteimer, weiß und rot Wangheimer, die offt gut Verß helffen erdencken, wann mans Poetisch thut einschencken, Seckenheimer auß der Pfaltz, sampt Guntheimern, Dürmsteinern, Manheimern unnd Gänßfüssern, starck von geschmack, die einen bald werffen auff den Sack: Steinheimer auß Francken.

Item Seiffwein, Treiffwein, Tropffwein, Pfaffendorffer, Peternacher, Scharlacher (eyn schöne farb zu eim Kleid) Brendeler, Leutenberger, Hirtzenauer, Heintzrucker, Ruck den Heintzen, Kochheimer, Loricher, Haßmißhauser, Pontricher, Gulscher, Engergauer, Frinckeler, Leinsteiner, Renser, Filtzer, Horcheimer, blutiger Maulbörischer Wallischer, Heintzenrock, Bisenberger, Turgeuischer Berlimost, O Katzenthaler, und Lüppelsperger von Reichenweir, wie halten euch mein Lippen so theur. Wein vom Noha und Sara, den Göttlichen tranck Nepente oder Ochssenzungen Wein, und Leydvergeß.

Item Osterwein, Tramminner, oder Trabrauter (wie jene Jungfrau, die nit gern das bruch nent, sagt) Reinsfelder, Keysersperger, Andlauer, Rangenwein, Pfedersheimer, Astmanshauser, Treckshauser, Rotz oder Kotzberger, Curßwein, Veltliner, den Keiser Augustus gern tranck, Reiffwein, Reinfall unnd Pinöl, ist gut öl, Roter Marlheimer, unnd von S. Bild, o wie milt: Kalenberger, etc. In summa es war allda ein solch einreuten von Wein zur Aechßt und Schiff, als vil all Berge Trauben geben, wie viel kornär an stengelein heben.

Item inn einem besonderen NebenKellerlein, die Schleckwein, und die Essigfäßlein. Dann Essig macht Essig, unnd macht die schwere Köpff lässig.

Deßgleichen in einer Kellershülen vielerley Weinmäßig, wolgebrauet, glitzend, schmutzig, dunckel, dick, kleberig Zith unnd Bier, für die Hopfenbrüder unnd Birmörder, als so Bremisch, Emdisch, woldäuig Englisch, geförnißt Juppenbier auß Gersten von Dantzwig, augenblendig Neuburgisch, Töringisch, Bambergisch, Schwabachisch, Masauisch, Liflendisch, Stetinisch, Hamburgisch und Lubeckisch Weitzenbier, Einbeckisch hopfenbier, Torgisch gewürtzt Bier, Nachbier, jung Bier, dünn bier, Kufenbier, Kleienbier, und sonst selsam geschelet Biren. Item Begeranischbier, darvon geschriben steht, *Begerana est omnibus sana.* Vorcellischbier, Friburgisch bier, Neumägisch Juckstertz, Werdisch Brühan, Binackel, Scerpbier, Prisanbier, Wurtzisch, Zerbstisch, Rostockisch, Bernauisch, Rebin, Garlebin, Soltwedelisch, Kolbergischbier, der Erdtfortisch Schluntz und Kidegern, der Braunschweigisch Mumm, Leipsisch Rechenrastrum: Ein Topff, Scherpetum, zwen Rastrum, *dat spanque coventum:* Magdeburgisch Filtz, Goßlarisch Gause, Quitschart, Kühschwantz, Kälberzagel, Büffel. Item Franckfortoderisch staffeling, Betörwan, Schlipschlapp, Fitscherling, Stampff in die äschen, störtz den Kerl, Batzmann, Hotenbach, Glückelsham, Sperpide, Horlemotsche, Stroheingen, Bastart, Rutetop, Helschepoff, Lorch, Itax, Salat, Streckelbörtzel, Fertzer, Rolingsbier, Raseman, Kurfinck, Kressen, Fidelia, Alcklaus, Mortbotner, Reisekopff, Lötenas, Hartenack, Preibot, Mückensenff, etc. Hei wie süßklingend Sirenisch Tauffnamen, eben wie die Gevattern sind.

Aber was bemüh ich mich lang, all seine Lüllzepfflin zuerzehlen, ihr könt selbs erachten, daß er, zu dem als er ein Kölnischer Weinkoster und Straßburgischer Zepfflinsauger von den Weinstichern war, nit den schlechtsten getruncken hab: Ich hets ihm auch nicht gerahten, dann warumb wachßt gut Wein, wann man den bösen wolt trincken ein? dem Teuffel zu mit den Weinkömmen und Weinsophisten, die den edelen safft mit Schwebel unnd Speck verketzeren: Der lebe inn *æternum,* der gibt *potare Valernum,* wer aber mir gibt *villum,* all Teuffelsplag *torqueat illum.* Sanct Urban wöl die Seel erfrischen, die mir einschenckt den frischen, und daß derselb bekomme das grimmen, der mir einschenckt den schlimmen. Nur Kleientranck für denselben Prenckelschencken, oder Moscovitisch Habernwasser, oder Tartarisch distilliert Pferdsmilchwasser, oder Aepffeltranck auß Hessen. O du edeler Wetzstein Cos, du bist für all Edelgestein mein trost, du kleidest mich für hitz und frost, dich eß und kau ich für mein kost, du machest daß mir kein gelt verrost: du bist mehr dann mein Rippig dürr Weib mein Rippenkost, wan michs kost: Bei dir ist *color, odor, sapor* und *tactus,* du bist die *Ars Cos,* das ist des Schaubels Algeber Regel. Ich kan nit Rebenhänsleins Segen, daß ich könn dein gantz lob erwegen? Aber das weiß ich frey, daß der Wein mitten im Faß am besten sey, unnd im Winter am stercksten, dann er bringet sein külwasser alsdann mit sich. Nur Catholischen Wein her, so sich auff seine güte verlaßt. Was soll ich viel erzehlen, was man allda für Frucht und getreid zugeführt habe vom Kochersperg, vom Wormsergäu, vom Neckerthal, von der Rems, von der Glems von der Viltz, und von den Oesterlingen zu Schiff, Ich bin keim Einnemmer übers Register kommen, wie *Froumenteau* über den Frantzösischen Finantzhabern: es sind mehr Wägen da gefahren, dann gefahren sind zu jeden Jaren, der Eißschemel im Rheine groß, wann im Früling der Westwind bloßt: alle Kästen, Speicher, Schütten und Gebien lagen voll.

Hiemit so seie es genug für diesen Heller, von unsers Großhustiers Koch unnd Keller? ihr habt jetz sein Magengrentzen, Magentzen, Magenstädel, Bauchgetäfer unnd Därmgebün verstanden, nun ist sein würckung noch dahinden vorhanden, die darauß ist entstanden, da hört zu in allen Landen.

Das Fünfft Capitel.

Mit was wichtigem bedencken unser Held Grandgauchier zu der Ehe hab gegriffen, und sich nicht vergriffen.

Wie ist ihm dann nun gedachte füterung bekommen? wann ich mein Maul nicht zur Taschen mach, so muß ich nichts anders sagen, als wie es die Welschen außsprechen, voll voll, für wol wol. Was heißt aber wol, wo nicht bei eim vollen Faß, auch staht ein schönes Glaß, bei nötlichkeit ein zierlichkeit, das ist, bei eim wolgesetzten Müllersackstracken Mann von leib, auch ein Ranbigend, Tieffundament gewelbig, wol gegossen, Grabtieffgesencktes Weib: Dann wie kan man sich fräuen, da sich das Kitzelfro Thier nicht regt, welches den namen vom fräuen trägt? wie solt es stehn, wann der Adam an der Müntz zu Worms allein solt schlagen, und kein mitschlagende Evam haben?

Derhalben unnd dieweil er mercket, daß die Strofitel Venus zu einem widerschein gern stünde an der Sackpfeiffen Bauchus, unnd neben der Bauchfuderigen Zeres: so sahe er ihm umb ein bezöpfftes Außstracktieff und beginenpflaster umb, zu beförderung der inneren Nierendäuung pro Knibus, und stillung des auffrhürigen geschwollenen Welschhanenhalß, und auffgelauffener rotblauen Schlangenkäl, welchs er klafftern lang im schweiß seins angesichts warm überlegen mußt.

Ließ sich auch an der einigen Fidel benügen, dieweil er auch nur einen Fidelbogen hat, dann was sollen zusamen vilerley Safft? eins nimpt dem andern die krafft, die Adlersfedern verzehren die Taubenfettich, so warff ja den roten unnd weissen jener voll Zapff zum Laden auß, doch den Straßburgischen Botten ungemeynt: So heißts ja auch, wa sich uneinigkeit straußt, da wird zu eng das Hauß, unnd ziehet der stärckst dem schwächern den Harnisch auß.

Hielts derhalben gar nicht mit den göle, gule, gaule, geylen, Zungstreckenden Hundsbrautläuffern, Käßhirnwürmmürben, Außquinkessentzgemergelten Kucurbitirern, beulengeschwollenen Rähgerittenen Bockenreutern: Rotznaßglitzenden, Dürrbackenschmutzigen, BeingrattelenElenbogenhinckern: Bleichgeschmirbeten, Mottengefressenen, wurmstichigen, dolchgestümmelten, Müntzbeschnittenen Bruchbindernundlätzfüterern: Blaterbletzigen, außsetzigen, weißschupigen, im Holtzsequester ligenden und erfaulenden Jobsmärtlern, Lazarus Spenglern, und Holtz Junckern von Caiaco: Blintzlenden, Glaßzitterigen, Kruckenstupffigen, stimmmaunzenden, Sinnstumpffen, Marckersäugerten, Ruckengrimmigen, Ohrensausigen Kopffschüttelern, die verglasurte Bleienfarbe gesicht haben, lere gedechtnuß unnd lere Seckel: In summa, er sagt gar ab, disen Stinckböcken, siechtägigen Schmotzenschmeckeren, Hindenleckeren, Hosenschmierern, Strümpffüteren, Wadenstecken, Parpelschwitzern, Bockenholtzsauffern, neunmal Frantzösigen Rittern, Eselsmessigen Dorffarren unnd andern verminnten Ochssen, die inn alle Krebslöcher ihre Nasen stecken wöllen, unnd das Pönitere theur kauffen. O wie fein haltet Hippocrates den *Coitum* oder geheitum für ein art vom fallenden siechtag, da man mit dem Kopff thut, als wer man mit dem Arß unsinnig.

Nein, Nein, diß war seins glaubens gar nicht, er fieng kein Troianischen farrenwütigen Hellenkrieg drumb an, mault mit keim Agamemnon umb das Brisachelslein, stürtzt sich in kein Kurtzenloch drumb, war kein Pausanischer, Scedasischer, Carrarischer, Barhüserischer, Levitischer und Dirschereitischer Freimüllerischer Meidlinmetziger: ward kein Mundischer Isenpfaff drumb, daß er ins elend einer nacht halben komm: Er war kein Bryas, daß i*h*m die Braut im schlaff die augen außriß: man dorfft i*h*n nicht drumb auff Macrinisch inn ein Ochsen vernehen, noch Sicilische Vesper mit i*h*m spilen: Temoclia dorfft ihm keinen Schatz im Bronnen zeigen: man gesegnets i*h*m nit wie dem Salust mit Peitschen oder dem Schweitzerischen Amptmann mit der Achßt im Bad, und dem Domherren mit dem Strigel: Er stürtzt kein Bischofflichen halß darumb im Keller ab: zünd nicht der Herrengurr Tais zu lieb Xerxis Königlichen Palast an: er acht nicht der Flora Erb: man dorfft i*h*m nicht wie den Affen die Stifel halb außziehen, und darnach fliehen: die Päpstmuter Marozia dorfft ihn mit keim küssen ersticken: pfälet kein Frau durch die täschen, wie der Hunnisch König Cacan zu Forliff des Lombardischen Königs Gisulffs Frau, die er, nach dem sie ihm die Statt und ihr ehr verahten gehabt, wie gehört, mit eim unadamischen spieß und flocken hat gespisset und verkeihelt. Es dorfften ihn Königs Gisulffs Töchter mit ihrem Milchmarckt nit betriegen, und faul stinckend fleisch unter das Nackmentelein zwischen die Brüst verstecken, auff daß vor scheutzlichem gestanck niemand mit ihnen schertzte: Daher die Ungarn meinten, daß alle Lombardische weiber also stincken, und liessen derhalb den Kitzel in die Hosen sincken.

Vergaß sich nicht wie Hercul in der Spinstuben, wie dz Ulenweiß Weißheitmuster im Circenberg, der Treu Eckart, Dannheuser unnd Sachsenheimer in Venusberg, König Mitridat im Mörland Ponto, Hannibal in Capua, Juli unnd Antoni inn Egipten. Insumma er ließ nie kein Nieren, noch anders, wie das Hündlein von Bretta dahinden, von frembdes genäsch wegen: dann sein ehr war ihm lieber, wie der Jungfrauen, die band die Aer an ein Seidenen faden beim Küschwantz am Hurendantz.

Verspeiet derhalben die Corinthische hohe Zatzenstifft, Solonisch Wolffshülen, Hellegablische Bordäl, Sixtische Mummenheuser, Bußklöster, halbe Thächer, Rosenauische, Schweinauische, Oberhausische Fischerfeld, Metziger Auen, auff dem Röberg: Neuhauserwäldlin, Neupeterswäldlin: Leipsische Kniehöltzlin: die Widertäufferisch Liechtmeicherei, die *pecora campi,* die das Graß mit dem Geseß abmeyen, unnd den Leuten vor dem gesicht mit ihrem Aretinischen Welschen Passion umbgehn: dann die Kinder truncken offt nicht, wann sie nicht den Wasserkessel vor ihnen sehen: unnd was bringen sie darvon, als erlamete Wolffsweychen, und das blau unnd grün im Rucken, welchs sie darnach mit wilden Katzenbeltzen wöllen vertrucken: unnd wann sie die frische junggefiderte pfeil verschossen haben, darnach bei den jungen Frauen wie ein verschnittener seufftzen ligen, und unbesoldete Factoren unnd Substituten kriegen, es besolde sie dann die Frau.

Pfuy auß, beids mit den Milchpfennigen Barrenmerrern, und Gartleuffigen, Stallnaschigen, bodenhartbretkerbigen Bockenbrecken, Ovidischen Neunreutigen Zirene, Hurenmuter Arsbasia, Hurenreimerin Zapffo, Huren Procuratorin Lenont: süßeinschwetzige Zomproni, Hurentreue Lewin, augenschädliche Sinoppe, Hellwert Quadratari, Landhur Rudope mit dem Kunckelturn, Hengstbrünstige Schamiramis, Farrengebrüte Baszipfae, Hundsgebrüte Minerva, Geile Gulia, Populea, Klepatra: Gallische unnd Arterische todgeminnte, fünff und zwentzig reutige Mezalin, Procolische zehenspeniger, Herculische fünfftzighuderer, Indische sibentzigmögige, Machometische viertzigmansame, Gregorii des 7. S. Mechtild, Neapolitanische Janna, Frantzösische Valentina, Bellagnes, Stampiana, unkaste Chastegnereych, Katzenreyne Brandenkäterlin, Drottin und Roßliebe.

O wie ein gute Pitagorische, Druidische, Caballisti, Minemonische unnd Lullische gedechtnuß für solchen Huren und Bubentroß. Es nimpt mich selber wunder, wie ich den Hurendantz weiß also zuerzelen, gleich wie Simonides die verfallen Zech: und Petrarch den triumpff Damore: ich bin gar der Memori über das Faß kommen: derhalben haltet in ehren solchen Xerxischen kopff, der alle seine Kriegsleut im gantzen Hör von 100000 wußt mit ihren besondern namen zunennen: Ja wers glaubt, ich denck wann er einen schon Cläuslin geheissen hat, unnd Peternel hieß, so hat er doch Cläuslin müssen heissen, dann bei diesen Herrn gilt der Hofmennisch Reimen, Ich laß Ruben Bieren sein.

Nun wolan, so wißt ihr nun, daß er nichts hielt auff die Heimdückische, gestolene, Nachtdiebische Kitzelfreud, da sich einer inn Dachmarter und gespenst verstellen muß, ja wie Jupiter inn Ochssen, Drachen, Schwanen, Kefer, Wider, Mörschwein, Widhopffen, und Gold verwandeln, und wie Ovidius in ein Floh sich wünschen. Dann es gibt gestolene Kind, Liffkindecken, eilwerck, ungeheure Krippel, Spanische Hechizos, unzeitlich, ehezeitig geburt, unzeitig erstickt Obs, Hebammenpfetz, Stieffvatterssüpplin, Henckergriff, Liebtränck, ja Lebenertrenck, Blind Hebammenholen, tollsüff, Brustschwindung, Kindverschnirung, leibpfrengung, auffgeschürtzt enggürtel, Profeibegrebnuß, weirwigen, Fischspeiß, fündling, außwirffling, Bauchbinderin, Sevenbäum, Ruckenschmär, Pfulwenbäuch, und ehrgrindig Vertugallen röck, darunder man den aufflauffenden Deig inn der Multer kan verbergen. Er hielt das Bachikantverßlin gar Zehengebottisch. *Est magnum crimen, corrumpere virginis himen.*

    Der ein Jungfrau darff schwechen
    Darff auch inn ein Capell brechen.

Noch viel minder kont er verdäuen des Platons Lacedemonisch Gartenbrüderisch Weibergemeynschafft, wiewol es inn den Decreten *cap: dilectissimis, causa 12 q. I* gebillicht wird, weil unter guten Freunden all ding soll gemeyn sein, wie der Lufft unnd der Sonnenschein. Noch die Lesbische Laudische Klingenbalierer unnd Wadelsauger, Buberonen, wie sehr es der Maleventisch Bischof *de la Casa Sodomæ* rhümet: noch alle Kysolacken, Pfitzidisser, Cotitto, Fellrumer, die die Jungen durchs Maul wie die Wisel werffen solten, Lidische Mittaggeyle Stielmelcker, Geyßhirten inn der Sonnen, Siphniasserische Pfostenhalter und Cibeles Orden. Noch das unmenschliche, Stallstinckige Stafermo schöne Frau Geyßbergerin.

Sonder (damit ich ein mal abtruck) er schicket sich nach ordnung der natur zu einer ordenlichen Ehrennehrlichen, Nachbaurlichen, gesindfolgigen, gemeynnutzlichen, handlichen und wonhafftlichen Haußhaltung und eygenherd. Dann seins Vatters Hofmeister Silenus ihne mehr dann einmal hat berichtet, daß nichts auff Erden einer Alleinbeherschung und Monarchi oder Manherschi (welche man dann für die beste Regimentsbestellung außgibt) gleichähnlicher nachömet, und sich Königlicheres ansehens erweiset, auch mehr nach weiß der gemeynartung schicket, als die häußliche Herrschafft, und Herrschafftliche Häuslichkeit.

Dann inn derselbigen erkennt der Haußfürst seines Tachtropffes Reichsgrentzen, darauß ihne niemand ziehet, *l. nemo. ff. de Reg: iur,* seins Ackerlands Marggraffschafft, seins Feldes järliche eintrag, Zöll und gefell, seines Schatzkastens erweiterung unnd mehrung, seinen zweyzöpffigen Tresorirer und Kuchenmeister, seine Kindercredentzer, seiner Kastenbeytzung unverfangenheit, seine feindliche straufende Rotten und freybeuterei der Spatzen, seiner gibel befestet anstöß, seins Rauchloches, Lichtes und Lufftes bekömlichkeit, seine Cloacische heimliche Schußlöcher, seines bodens Freyheit, seines Underthanen Gesindes gewerb, Gesatz und gepreuch, seiner Höfischen Ehehalten Reißtäg, seiner Kinder Schalcksnarrenkurtzweil, kurtzweilige rhät unnd Affenbossierlichkeit, deßgleichen derselbigen Kinderpapagei tägliche unnd nächtliche Lautgestimpte Kammergeigung, Tischhofirung unnd Capellemeysterei, sein Hund und Katzenschmeychler, sein Mäuß und Fligenschmarrotzer, seines hohes unnd niderers Haußwildes oder Vihes sicheren ein unnd außzug, seiner Dauben und Bienen freyen ab und anzug, seiner Pferd Ackerpostlauff, sein Spitalfresig Almusenreichung, seiner Nachbauren frid und bündnuß, sein Holtzmarckatisch Waldholtz unnd Kuchenspeiß, seinen Fischmärckischen Geltnetzechten freyen Fischfang, sein Schlaffkemmerliche Wehr und Waffen und Zeughauß, seine Kammerzünfft und Hofstuben: seiner Hofkleidung, auch Hauß unnd Hofhaltung kosten unnd unkosten: Er hat an seim Weib, Kind und gesind, genug Mörräuber unnd Schnaphanen im Seckel und in der Täschen.

Diese und andere meh Haußnötige stück, so sie dem Haußkönig gründlich zuerwigen fürkommen, spüret er alsbald seine unvermöglichkeit, daß er, wa er nicht von Land und Leuten raumig und schachmat werden will, notwendig dem hundertäugigen Argo ein Fünff dutzend Fenster auff gute rechnung abborgen, und mit dem Mercurio ein anstand treffen müste. Derwegen denselben genug man zu sein, vergleichet unnd einiget er sich mit eyner i*h*m anmütigen Gehülfin: Welche er darauff umb meher erleuchterung inn ebenmässige vollmacht, das seine zuverwalten unnd zugebrauchen, mit ihm als ein gemeynerin unzertrenlich einlasset, und zu einem Tisch unnd Bettgeheimesten rhat erwölet: ja gleichsam in ebenwürdigen Thron für ein Haußkönigin auffnimmet und neben ihm einsetzet. Welche freykürliche, ehrenbilliche unnd Haußsteurliche gemeynschafft, so sie ins werck gerichtet, als bald vor Gott unnd der Welt, als ein notwendige Lebensfrist, unnd Menschlichem geschlecht unvermeydliche

69

auffenthaltung wird gerechenet und gestattet: Auch solcher contract, verlob, Handschlag und verbündnüß, von der ewigen treuleistung, die sie einander in krafft natürlicher zuneygung, zugelassener Beilag unnd Ehkoppel, nottringliches beistands unnd freiwilliger zusag schuldig, ein rechtmeßige Eh, die Contrahenten und verlobte aber Ewige Ehleut, unnd eins leibs genosse geachtet, bestimmet und gepreiset.

Welcher sehr geheymnüßreicher nam nicht schlechtachtsam ist auff und anzunemmen, inn betrachtung, daß er auch nach beider Ehgatten tödlichem abstand noch nit verschwindet: sonder auch im ewigen Paradiß (da sie einander wider kennen und wie keusche Geystlich: Engelshertzen sich beisamen freuen) beharrhafft, so viel den namen betrifft, bestehet.

Hierumb so allein der Ehnam also ehrlich inn die ewigkeyt (da sich doch sein würckung nicht mehr ereyget) erhaben wird: Wie viel mehr gebüret uns, die wir sein krafft und steur in unseren baufalligen Pilgerhütlin vorständig empfinden, denselbigen nicht allein werd zuhalten, sonder auch seiner eygenschafft nachzusetzen.

Sintemal solcher noch mehr süssere Namen mit ihren auff dem rucken pringet, also daß man einander mit den allerholdseligsten Namen, des Vatters, der Muter, der Brüder, der geschwister benennet, ruffet und gemeynet: darauß abzunemmen, daß wa sie inn ein abgang geraten, bald alle Schwerd und Spilmagen, all Sipschafften, verwandschafften, Vetterschafften, Baßschafften, Oehemschafften, Mumschafften, Nef und Nichtschafften, Kindschafften, Gevatterschafften, Holdschafften müßten wie die glider des leibs, da sie dem bauch nicht dienen wolten, abgehn und fallen: ja die gantze Welt zu grund sincken, unnd inn ihrer Muter Leib das Chaos, den Kochhafen und Bachofen tretten: Inn betrachtung daß dieselbige von solchen verfreundungen und gemeynschafften allein also gemehret, bewonet und gezieret auffkommet: Seit einmal der Mensch sonderlich zu eim geselligen, leutseligen, selhafften lebwesen ist geschaffen: Unnd also, anhengig zuschliessen, auch zu der ehlichen Haußhaltung naturneigig geordenet: Dann durch zusamenwachsung, unnd vernachbaurung einer gantzen Freundschafft wird ein gaß besetzt, auß vielen gassen ein Flecken, auß eim Flecken ein Statt, auß Stätten ein Land: auß Landen ein Königreich und Keyserthumb, auß Keyserthummen die Welt, auß der Welt das Paradiß.

Dannenher man wol von der Vermälung, Wie Tullius von der Freundtschafft gleichnußweiß sprechen mag, daß welche dieselbige abzuschaffen vorhabens, sich einer unersinnigen that, nemlich die Sonn auß dem Weltkreiß hinzureissen unterstehn. Dann wie könte on Ehliche saat das Land erbauet, die Stätt besetzet, die Dörfer bewohnet, die Gemeynden versehen, die Haußpfleg verweset, die Geschlecht außgepreytet, unnd entlich Gottes befehl, die Welt zumehren, vollzogen werden, oder auch die genadgesalbte Kirch (darauß Gott Colonias (doch nicht von Cölln noch von Käl) Burgerstifft und bewoner, als geimpffte versetzling unnd schößling außsetzet und zihet) allhie bestand haben? welchem zu nutz würde die Sonn scheinen, die Erd erleuchten, auff unnd nidergehn? Dergleichen der Mon unnd Thau den Boden erkülen, der Regen befeuchtigen, die Wind trocknen, alle Thir zunemmen, die Bäum fruchtbaren, das Feld getreyd tragen? Mehret sich diß nicht alles, nach anzahl unnd menge der Leut, die es gebrauchen? Befand nidit Keyser Maximilian zu Cölln je mehr Brot überig, je mehr Leut dahin zum Reichstag kamen? trägt nit der Sand umb Nörnberg dest mehr Heydel, je mehr Heydelfresser da auffstehn? Kommen nicht zu Pariß dest mehr Jarkuchen auff, je mehr Pastetenmangierer sich allda regen? Wachsen nidit die Ruben dest grösser, damit die Krautfresser zu delben haben? Seind dann nicht alle geschöpff zu außbringlicher erhaltung des Menschen geschaffen und gesegnet? Ist nicht die grosse leblose von wegen der kleinen lebhafften Welt erbauet? Wa nun dieselbige auß unprauch ehlicher mehrung abgienge, were nicht Gott als ein unfürsichtiger, und der unnötlichkeit Bauherr beschuldiget? oder als ein unkrefftiger erhalter seiner geschöpff, und unmächtiger Vollzieher seiner gebott geschmehet?

Stünde nit diß mitteltheyl und Punctzweck zwischen den vier Allgemeinten oder Hälementen (die des Menschen halben rund gewelwet) seiner eynigen zierd beraubet? Würde nicht alles traurig, unbewont, wild und öd ligen? Die künst abgehen? Die Erbschafften absterben? Frid, gerechtigkeit, und übung aller Tugend auffhören? Die Himmlische Engelsbotten i*h*rer freud, die sie mit uns auch hie von wegen hoffnung zukünfftiger ewiger kundtschafft pflegen, entbären? Die Teuffel i*h*res Zolles mangeln? Der Höllisch Schiff unnd Karrenmann Charon hungers sterben? Aller Gottesdienst ernider und vergessen ligen? Ja gantz unnd gar kein Gott, so es regieret, scheinen? Unnd endlich dieser mittelkreiß ein ware Teuffelshöl werden?

Wie könte aber die überhimlische Mayestatt so man also die Ehgelübt unüblich machete, oder unnötig achtete, Lästerlicher angetastet sein unnd heissen? Hingegen wie kan sie Ehrwirdiger erhaben und geprisen werden, als so man gehorsamlich nach dero gegontem mittel inn Ehlicher keuscheit i*h*m dienet?

Da doch solche ehliche Weltsamung zu fördern, der höchstgedacht weisest Schöpffer dem Mann, so das ansehlichest unnd erstgestifftes vernünfftig geschöpff ist, nicht allein von außen ein standmäsige und zugelassene mitgefärtin und gespilin an dem Weiblichen geschlecht, sonder auch von i*h*nen im Hertzen ein Natürliche zuneigung und anmut zu derselbigen hat gebildet. Also das er beide von wegen begird unabsterblicher fortpflantzung unnd hinderlassung seines gleichen namens unnd Fleysches, auch angenemer zudienung (dieweil er kein füglicher und i*h*m gefelliger hülffgesellin, zu seinem Eh unnd Haußgeschefft under allen Creaturen dienlich befindet) sich zu dessen beiwonung und gemeinschafft deßlieber, ja schier naturbetrenglich einlasset und gesellet.

Dann zwar ein jeder Ehgeneygter beide berürte stück, als nemlichen verlangen in seinen Nachkommen Unsterblich zuplühen unnd zuerscheinen, und angeborner geschicklicher hülff zu Unterhaltung seiner Person, unnd der seinen unnd des seinigen zugeniessen, inn der Weiblichen zugesellung allein unabbrüchlich befindet. Auch warumb solt anders das holdselig Weiblich geschlecht also anmütig, zuthätig, kützelig, Armfähig, Brüstlindig, anbiegig, sanfftliegig, Mundsüsig, Liebäuglig, Einschwetzig, Milt, Nett, glatt, schön und zart erschaffen sein, wa nicht weren die sich darinn erlustigten? Was solt der Rosen Geruch, wa nicht weren die sie zur Erquickung abbrechen? Was solt der gut Wein, wann keine weren die ihn zechten? was wer der Thurnirring, wann nicht die Hofleut darnach stechen? Wie solt Weibern solch natürliche geschicklichkeit dem man zu dienen, und on i*h*ne weniger dann ein Hebheu ohn das Hauß zubestehen, umbsonst zugestanden sein? warumb wer sie also plöd geschaffen, on daß sie sterckeren zusatz und beistand bei dem man het zuerheben unnd zusuchen? Und daß des Manns festleibigkeit die Weibliche Plödmütigkeit, wie der Augsteyn die Spreuer an sich ziehe. Warumb ist der Mann rauch und Harig geschaffen, dann daß er ihren mehr wärm, Lust und Kitzel einreibe und eintreibe? Warumb sind i*h*r zwey, auff daß wo sie Zwilling bekommen, ein jedes eins auff seiner seit Nachts zuwagen, und zuwiegen hab.

Auff was ander end hin wolt sonst ein solche unerschöpffliche lieb unnd lust Kinder zutragen, auch unverdrüßlichkeit solche auffzuziehen inn ihr hertz eingestigen sein, ohn durch des vorsichtigsten Artschaffers verordnung, der daß tugend und demutübende Weibliche joch hiedurch der freygirigen unbändigen Mannschafft wie dem Pferd das Saltzbestrichen gebiß, hat süß unnd annemlich gemachet.

Dann also muß der Mann alle die sorgfeltige wartung, so an seine recht eingeimpffte Impffling Zweig und Erben angewendet wirdt, ihm als dem Stammen selber widerfahren sein auffnemmen, und zu danck gegen seiner Ehverknipfften mit widerlieb verstehn unnd erkennen. Derhalben man recht saget, daß die Kinder PfandSchilling, Stärckung und Confortatif der Ehelichen pflicht seien, und das beider Ehgesünten lieb inn disen, wie die auffgezogene Seyten innerhalb dem Lautenstern zusamen stimme: Dann dise sind der Eltern schönster WinterMeyen, leyd vergeß unnd wend unmut, des Vattern auffenthaltung, Leytstäb, Krücken und Stützen, inn welchen sein alter wider plüsam wird, sind der pleiblich nam seines Stammens, Spiegel seiner vergangenen Jugend, anmasung seiner geberden, angesicht unnd angestalt, gleich wie ein gezeychnete Herd: eyn lebendig gegossen, doch etwas verkürtzte Modelbildung: eyn grosse traumgebildet hoffend freud von ihrem zukünfftigen wolstand, sein ewige gedächtnuß, immerwirigkeit und Unsterblichkeit, inn denen er wie eyn mürber Käß zu vielen stücken zerfällt, *in partibus similaribus,* deren jedes, ohn das mißgewächß der Töchter, sein namen, samen und wesen treget, unnd *genericè* prediciret.

Durch dise wird er gesegnet, dise machen ihm alle arbeit süß, dieweil er ihnen gern viel verließ, von diesen Erben sich die guter und künst von eim zum andern inn seim geschlecht staffelsweiß, wie man einander die Ziegel biß zum Tach hinauff reichet, und die Käß ins Schiff ladet. Dise, wann sie etwas mehr erwachsen, werden die wäre zier des Hauses, die Rebenhalter des Tisches, der schütz und das lebhafft gemeur des Vatterlands, die macht des Kriegs, der Statt Neue Burgerschafft, der Regiment frische pfeiler. Wo bliben aber diese schöne Sprößlin, wann man sie nit auffzilete? wer kan sie aber besser auffzielen, als die von natur darzu geschaffene? die Eh und Bettgenosse Weiber: welche es auch zum grösten theil antrifft, als die sie saur ankommen, die ihres Leibsstammens außschößling und Nabelstück sind, und derwegen deß lieber haben: wiewol Aristoteles 8. Ethic. auch ein andere ursach anzeigt, warumb sie die Kinder hefftiger lieben, nemlich dieweil sie derselben gewiß sind, aber die Männer wenen und meynen: Daher die Töchter den Mütern zu Kirchen vorgehn, aber die Sön den Vattern nach. Auch meynt Wilhelm Benedict inn seiner Repetition C. Reinut, es geschech darumb, weil die Muter die materi, die Vätter aber nur die form mit ihrem träheisen darzu geben, und wie Galen sagt, auff der Cithar schlagen.

Derhalben, inn Rabelistigem ernst von der sach zureden, von den guten Weiblin nicht steht zu argwonen, daß sie an ihrer eigenen Leibsfrucht solten saumig werden, sintemal sie gleich so wol als der Mann an deren alle Ehr und freud begern zuerleben: dann wer hat je sein Fleisch gehaßt? Darumb sechт ihr, wie sie die Kinder lehren betten, schicken sie zur Kirchen und Schulen, stecken i*h*nen allerley weck, schleck, treck und Latwergen inn den Schulsack, verehren dem Schulmeister etwas daß er sie nicht streich, geben für, sie seien kranck, könen nicht zur Schulen kommen, geben ihnen zur straff eine Knipp mit dem Fingerhut. Heysen sie das stülchen zum Dutten pringen, Becorallens, bemuschelens wie die Jacobsbrüder, behenckens wie S. Urban mit Kutteruffen und die Würtzkrämer ihren Kram mit Nießwurtzsecklin: kauffen ihnen guldene Schühelin unnd Peltzlin, kleiden sie fein pundlich auff den neuen schlag, setzen Leuß inn Peltz, hencken ihnen Tölchlin an, lehren sie, dem Vatter, den sie sonst nicht kenten, Ette raffen, das schmutzhändlin reichen, sich Elephantisch neygen, den rechten backen zuküssen bieten, auff den beinen hotzeln, also reuten die Bauren, bei den Oren auffheben und Rom zeigen, Mummelspilen, die lectz auffsagen, auß der Predig behalten, geben ihnen heimlich gelt, schicken sie zu guten gespilen, zum dantz, lehren sie den gang wie der Krebs seine Jungen, sammeln ihnen ein Schatz, verwarn ihnen ihr verlassenschafft: da stellen sie ihre zucht umb den Tisch staffels weiß wie die Orgelpfeiffen, die kan der Vatter mit der Ruten pfeiffen machen wann er will, on blasbälg tretten: und da befleißt sich das Weib, dz sie dise Costentzische Himlische Sackpfeiff oder pfeisen mit eim jungen Discantbläserlein, Vogelgeschrei und Pfeiffrörlein stäts ersetz, damit das Orgelwerck gantz bleib.

Und wer kan all ihr müh, so sie mit der Kinderzucht haben, erschwetzen, was sie für allerhand kurtzweil vorhaben die Männer zuergetzen, mir entgieng vil eh der hust, als ihnen der wust: kurtzumb wer kein Ehgesibete hat, ist halb tod, mangelt ein stuck des leibs, weißt kein seßhafft Heußlich wohnung, wie die Tartarische Hörkärch, ist nirgends daheim, ist meher eim irrschweifigen Vihe ahnlich, als eim eingesetzten Colon und Kolbauren, oder bestalten Abureigenen Ingevone, Einwoner unnd erbauhern dieses zeitlichen Lustbaren Paradises. Dann ob er schon ein obtach hat, ist ihm als wer er darein gelehnet, und sitzt wandersweiß wie ein anderer Landstreiffer im Gasthauß, niemand kocht für seinen Mund, niemand helt ihm das sein zusammen, weder das groß noch das kleinest Haußrütlein weder das täglich, noch das nächtlich, alles verschwindt ihm unter den Henden, hat niemands dem er sein not klaget, der ihm sein anligen abnimpt oder mit gleicher achsel leuchteret, keiner eifert umb sein Heyl, niemand warnet ihn mit treuen, und wann der Han todt ist krähet kein Henne nach ihm, niemand truckt ihm mit tieffgesuchten Turteltaubenseufftzen die augen zu, niemand nimpt Leydkleyder auff ihn auß, keine laßt ihn inn ein alte Säuhaut begraben, keine trinckt auff Tratzisch ein halb maß Wein auff ihm auß, keine laßt auff Indisch sich mit ihm Lebendig verscharren.

In summa, wer sich mit keiner Ehgehülffin behilffet, ob er schon der reichste wer, hat er doch nichts das recht sein ist. Dieweil er es mit keinem inn gleicher freud weiß zugeniessen, hat niemand dem ers pring, der ihm bescheid thut, das sein verwaret, beschlieset, verkramet, dem ers sicher vertraue, dem ers auch zukünfftig hoffentlich und offentlich könn getröst verlassen, alles das sein stehet in fremder gefehrlicher mißtrauiger Hand, sein eygene Ehhalten, ja Weehalten die Knecht unnd Mägd betriegen ihne darumb, tragen ihm heymlich ab: thun wie des Callimach Aff, der, als er sah wie das gesind in ihres Herrn tödlichem hinzug anfiengen außzutragen, zustelen, zuketschen, zuschlaifen, zuverstecken, wolt er auch von dem untestierten unnd unverlegierten Erb was haben, lieff hin unnd nam dem Todschwachen Kallimach die Schlafhaub vom Kopff, unnd das Doctorhäublin drüber, des mußt wol der Kranck lachen, hat sich auch also gesund gelacht und das gesind zum Hauß außgejacht: Aber was ists? urlaubt er schon etliche, und nimpt andere an, so ladet er nur an stat gesättigter, mehe hungerige Fuchsfligen.

Ja das Eseltreibig, Lonsorgig, Augendienschafft Gesind ist ihm kaum gehorsam: Ist Murrisch, widerbefftzig, Diebraumisch, unvertreglich, Futerstichig, Meysterloß, Kifig, Balgisch, umb ains andern haar, Geschwetzig, außträgig auß dem Hauß, und im Hauß träg, Baurenstoltz: Eißspatzirig: schlauderig, Hans unfleiß: der Niemands im prechen und verderben, ist Wolffs fräsig: Klosterkatzenart: versoffen: Vollfaul: studfaul: Schlaffdürmelig: Kopffkratzig: Wolffslendenschleyfig: Unvernüglich: Ungeschickt: Sorgloß: Verwarloß. Ach welcher Plautischer ComediSchreiber will alles Davisch unnd Getisch Knechtrecht nach Niemands Zedel beschreiben? Wie viel Gesind, so viel Feind, da ist Hund und Katz das best Vihe, dann so er den Rucken verwendt, hat er keynen Anwalt noch HaußLieutenant, der es inn seim Abwesen auff guten Weg richt und schlicht.

Sein Freund verlassen ihn, oder warten ihm Erbgirig auff die Seel, wünschen ihn inn die Hell, Er ist veracht bei seinen Beinachbaurten, wird zu dem Regiment nicht gut geacht, würd von Ehrlichen, gemeynnutzlichen Namenswürdigen ämptern durch aller Gesatz einhelliges verbott abgewisen unnd verschmehet: Bedacht, daß der nicht tauglich eyner gemeyn forzustehen, der ihm ein eygenen Herd zuversehen nicht getrauet: Welcher doch, wie oben gedacht, eins rechten Regiments andeitung ist: Ja ein ware Schul und übung viler tugenden, wie dann auch das Ehwesen auß tugend entspringet: sintemal durch diß Eheinig mittel die befleckte unzucht verhütet, und Gotts huld erhalten wird: da vergleicht man sich mit einer *Elige cui dicas, tu mihi sola places,* unnd etc. *placas,* Benügt sich mit eyner, wie der Himmel mit der einigen großgebeuchten schwangeren Erd, die Sonn dem einigen Mon: Lebt also on eifer, darff mit keim anderen umb die Herrn gobelen, hat sein eygene Leibsguardi, Hauß gbärin (doch kein Salomons Bärin) muttrösterin, sein zweck nach dem er zielet: ziehet Ehehrliche Kinder, darff sich deren nicht schämen, wie der Banckressen, die ihm ein unehr, schmach und rach sind, dieweil sie den namen des geschlechts ihrer Vorfaren, den guten Leumund, die ehrlich ersigte Wafezeichen, gezierden, Freyheiten, unnd Stammlehen, nit mit ehren führen und erhalten, man darff ihnen auß verbott der Gesatz nichts verlassen.

Derhalben O mein Heimen ehe, *Ducite ab urbe domum, mihi ducitur uxor, Mopso Nisa datur,* führe meim Grandgauchiher ein Haußschwalm heim, die ihm ein Gesellin sey inn der Not, seins hertzens ein Sessel, seim Leib ein küssen und elenbogensteurerin, seines unmuts ein Geig, sein Ofenstütz, das ander Beyn am Stul, die ihm auff dem Kopff helf tragen, was er auff der Achssel tregt, wie zwen ungleiche Todtensarckträger: Die bei ihm auff dem Stul bleibt sitzen, daß er nicht thu plitzen: die sein sparhäflin sey, sein Feur im

Winter, das mit gesottens und gebratens umbgeben ist, sein schatten im Sommer, sein Mitzecherin, seine Teckelwärmerin zu seim Nabel, wann ihn der Bärvatter plaget. Die sich auff Alckestisch für ihren Mann darff inn todt begeben, auff Spartanisch an ihrs Ferrgnants statt sich inn gefengknuß stellen, das gifft auß ihres König Rotwerds Wund saugen, mit ihren henden die Ader schlagen: doch nicht auff Grandcardinalvellisch, da mans auff Senecisch so lang läßt lauffen biß die Seel mit dem Blut auß dem Löchlein wischet: Ja sie darff ihm auffplasen, mag ihrs Mausols Aschen und treck sauffen, ihren David zu eym Bild machen, zum Fenster außlassen, auff Schützisch Euadnisch und Getisch zu ihm ins Feur springen, auff ihrs Abradots leib sich erstechen, vor leyd ihrs Bruti glüend Kolen schlucken, auff Eneisch eyn Krätzen auß ihr machen, die ihren liebsten Schatz auß Winsberg trag, ab ihres Protesila schatten erschrecken, inn ihres Amirals armen vor freuden verscheiden, ihren Juni auff Tanisisch inn der Kist außführen lassen, mit ihrem Fildloch verwundten Fischer inn Larsee störtzen, vor leid auff der Einen sich ertrencken, über Schnee und Eiß, Stock und Stauden, mit ihm ins Elend reysen, ihne auff Sarisch nicht Clauß, sonder Haußherr, nicht Abraum sonder Herr Oberhaim heissen, ihrem Keyser Friderich zu lieb kein Wein trincken, an ihm ihren schmuck suchen ihren Speriol, eh er auß dem Hauß geht, vor küssen, ihm auß grosser lieb auch die Megd nicht vergonnen, ja ihrem Hector die Bastart seugen, nicht zu viel heyschig noch beissig sein.

Warauß wollen wir aber solche des Vives außbündige Ehfrau schnitzen unnd schnetzelen: Auß Eve Leymen nicht: aber vielleicht auß Platons Retpöblicheyt, der Ciserebsen Oredner, des Stürmen Notwilligtat, des Vitrovini Archidecker, des Curions Grammatico, des Augustins Gotstatt, des Hegendorffs unnd Cantiuncul Juristen: Nein, auch nicht, warauß dann? auß Pirre hinderrucksinnigen Wackensteynen, oder des Hanssachsen Hundsschwantz. Wie? treffen wirs nicht recht mit dem Ars ins kalt Wasser? Oui par messer: alsdann bleibt das gemecht beim geschlecht, unnd das geschlecht beim gemecht.

Alsdann wird sie ihrem Haußvatter alle geprechen, on einen, übersehen, und gedencken, es sey kein Mann, er hab eyn Wolffszan, hat er anderst nicht das gantz Maul voll: wird er fluchen, so wird sie segnen, je wilder er, je milter sie, pricht er Häfen, so pricht sie Krüg, unnd wie in D. Mentzers Naturgescheidem Ehezuchtbüchlein steht: wann er schreiet, sie nur schweiget: ist er grimmsinnig, ist sie külsinnig, ist er ungstümig, ist sie stillstimmig, ist er stillgrimmig, ist sie trost stimmig, ist er wütig, so ist sie gütig: er ist die Sonn, sie ist der Mon, sie ist die Nacht, er hat Tagsmacht, was nun von der Sonnen, bei tag ist verbronnen, das kült die Nacht, durch des Mons macht, sie laßt keinen unwillen zwischen ihnen einwerffen, sonst wo die Erd sich zwischen Sonn und Mon einlegt, so gibts finsternuß, wann der unwillen im Hafen zu vil will sieden, brüteln unnd grollen, so hebt sie den deckel ab, schafft ihm lufft, gibt ihm ehe ein linds Erbsenbrülein ein, welchs ihm den nahegelegenen harten Treck weiche: sie wird ein Wittenbergischer Mülsteyn, gibt dem Mehl Sand zu, sonst malen zwen harte Steyn nicht reyn: Er wird ihr Abgott sein, das Bett ihr Altar, darbei man die Schuh stelt, darauff alle versönung geschieht: Sein streich halt sie für Huldpfetz, wie des Herbersteins Reusisch Haußjuc kend Frau die Beulen für liebsigel, darumb mußt der Mann auch ob Tisch ihren ein Taschenmeulige und Maultäschige, ein faustpäuderige und pauderfeustige Product abkehren. Seine schwerwichtige Cestische Fulcanische Holtzschlegelige Bärentapen *(magna vi brachia tollunt)* sind ihrem Handtrucksame Bulerdätzlin, sein kropffstöß ihr Niderländisch Kützeltruttlen, Sein zanck bei tag, liebs anfang zu Nacht, *amantium iræ amoris pyræ,* der Buler zorn, der Bulschafft Sporn und Dorn, liebs gramm, liebs flamm, liebs zanck, liebs danck, ihr lieb wachßt durch kieb. Wirfft er ihr schon alles im Hauß nach, so ist es ihr, als schiß ein Spanier Streußlin und Roßwassereyer nach ihr: sein saur sehen, ist ihr als wann ein Vatter mit dem Kind mummels spielt: Trifft er sie schon auff die recht seit, so hinckt sie auf der lincken, trifft er sie auffs linck Aug, so helt sie das recht zu, nennt sie ihn schon nicht Laußknicker mit worten, so zeigt sie es ihm doch auß dem Bronnen mit fingern, schlegt er sie heut schon unschuldig auff die Eselshaut, so gedenckt sie auff morgen es zuverschulden mit der Hundshaut, dann sie weyß, daß sie ihrs Leibs nicht mächtig ist: Beißt derhalben alles inn sich, tregt den Mann nicht darumb auff dem Marckt auß, sie geh dann ins Bad, oder unter die Schrannen: Und gewonet also gar seiner geschlachten art, daß ihr daß schwer leicht wird, wie sehr sie es auch truck, das saur süß, wie ungern sie es auch schluck, ihr wird auff Gaucklersweiß, der Kopff die Füß, *ait, aio,* die gemähet Wise ist ihr beschoren: Dann es ist kein tugend, mit eim guten Mann außkommen, sonder eim Bösen: Ihr wißt, man löset kein Gelt zu Franckfort inn der Meß, wann man schon lang ein scherlosen Krebs umbführet, sonder ein Löen.

Ja sie würd zu letzt gar in ihren Ehgejochten verwandelt, geht er auß zum Wein, so bleibt sie wie die Cölnische Weiber unnd jhene vom zapfflosen Mann erschlagene Römerin beim zapffen daheim: und darff, wie des Plinii Frau ihrem Ehvogt, ihrem schwatz und Schatzgenossen zu lieb studieren unnd Doctoriren, seine Schrifften und Reimen außwendig lehrnen, seine Gesang singen und springen, und auff dem Seitenspil klingen: sorgt nicht wie D. Ges. Ehkuppel, daß ihr das Nachtfûter dadurch abgang. Schickt sich gantz und gar nach ihres Ehgegatten geberden, wie der Wittebergisch Magister, der seines Preceptors Schlaffhaub auffsatzt, unnd auff Philippisch ein wunderlich Schrifft kratzt. Ist ihr Ehwirt frölich, so frolockt sie, Gott sey gelobt, der Korb ist gemacht, sie kan mit ihm weinen, auch gleich wider lachen, nach dem man auff der Papirmül bald den zapffen fürstopfft: Sein einfach glück ist ihr zwifach, macht er ein par Stümpff, so macht sie vier par Röck: welchen ihr Haußherr schilt, den lobt sie gewißlich nicht, die Bauren möchtens sonst mercken: Fluchet er, so lechelt sie, ist der Saul unwirs, zisch zisch Davidlein, daß die Kinder nicht schreien, er schiset sonst ein Spiß nach ihnen: ist er truncken, so thädingt sie ihn ins Bett, raumt ihm Stül und Bänck auß dem Weg: Daß er dest bälder fall hinab die Steg: spart inn die Gesatzpredig, biß morgens: thut ihm dann das Häuptlin weh, so ist ihr gleich allenthalb nicht wol, klagt er sich wenig, so fragt sie viel, klagt er sich viel, so fragt sie ihn wenig, nötigt ihn auff die Federn, beredt ihn hinder den Umhang, fast den harn, schickt zum Doctor, pringt Schleyer her, daß sie ihm den Kopff wie ein daubenfellig Faß umbbind und umbwind, umbreiff, und umbschweiff, sie reicht ihm auß ihrer Reiffischen Haußapoteck, ihr selbs geprant Wasser, bereit Confect für den Schnupffen, Husten, Pfnissel, Rand, Grimmen, Weinwe, Durchlauff, Augen, Würm, Fieber, Prand, deckt den Gauch warm zu, daß die Gaucheyer nicht erfrieren, gewermt Kirsensteinsecklin und erhitzigten genetzten Ziegelstein im sack zun füssen, umbwickel den Wunden finger, hengt ihn in die Schlingen, bei leib das kein Mertzenlufft darzu gang, den Nachtbeltz her, die Socken unnd Solen her, wischt ihm den schweiß ab, so kehrt er ihr die Flöh ab: fragt ihn was ihm schmackt, und gibts ihm nit, wehrt ihm der Mucken, wann er hat Bremen, streicht ihm die Füß, langt ihm Krucken, die Etschländische Hund, beruffet Jobs freund, die ihn auß dem Podagrammischen Trostbüchlein trotzlich trösten, und tröstlich trotzen: sie giesset ihm das Süpplin ein, schüttelt all augenblick die Pfulwen, sperret die Läden zu, verbauet den Lufft, macht ein Rouch, betast und schmiert den Puls, zeucht ihn auß und an, greifft selbs zur Wunden, truckt das Geschwer, scheucht kein Pestilentz, verbinds und salbts selbs: sein stinckender Athem von allen enden, riechet ihr wie Encian, Specian Grüben dran, meinet alle Männer stincken unter den Uchsen nach Martertreck, und zwischen den Baurenzehen nach Imberzehen, sein Hechelbart ist ihr wie Wollen: hört ihn selbs beicht, holt den Pfaffen der den Wagen schmier ehe er recht faren will: und will ihn kurtzumb mit ihrer treuen pfleg dem Todt auß den Klauen reissen.

Secht ist da der Ehestand ein Wehstand? O neyn, sonder ein bestand und beistand, dann da ist er eben sie selbs, und sie er selbs, ist ein gehackt Muß, Sie ist sein Handhab, sein Haußhab, sein Brustgesell, sein Wärmpfann, recht Kirsensecklin, wie David eins im alter begert: sein Haußehr, Haußtreu, Haußfreud, Haußzierd, Haußstern, Haußmon, sein Morgenröt, wann sie spat auffsteht, sein Abendröt, wann sie spat nidergehet, ja sein Glück, wann sie bald abgeht, sie ist seins lebens labung, Bettgenoß, Lebensgespan, sein Kuchen Keyserin, sein

Besemsfürstin, sein Kunckelgräfin, Spindelsceptrige Windelkönigin, HaußGlück, Haußdück, Haußschmück, sein Schweitzerisch und Schottisch Leibsgwardi, sein Dietartzt, Mundsaltzerin, Mundköchin, will er Krebs, so kocht sie Zwibelen, ißt er kein Käß, so ißt sie kein Würm, wie jhener Francisci Kuttengenoß, der wie der Frosch sich blähet Ochssengroß, unnd lag auff der Nonnen, wann Franciscus im Stro lag, aß keyn Beyn, wann Frantz kein Fleysch aß: ißt ers gern kalt, so macht sie es warm, dann den Feberhafften gibt man das widerspiel: sie truchsessiert ihm zu seiner gewonlichen zeit, daß so bald er heim kompt, nichts gekocht sey, sie gibt achtung was ihm für Kleider wol anstehn, und ihne an ihren geduncken schön und thut die widersinnigen an, hat acht auff was gestallt das Bett bereitet ihm mundet, die Feder oben oder unden, oder inn der mitten vest, so sticht er als dann umbs best: auch was er für Gäst wol leiden mag, welcherlei gesprech und Sach: sie ist sein Lustesseriger Senff, sein sengffiger Lust, sein augenbeissiger Mörrettich, sein weinender Augenbiß.

Ja, so es war ist, wie es war muß sein, daß kein Gasterei unnd Malzeit recht herrlich, Herrschisch, Xerxisch, Persisch, mutig, rustig unnd lustig sey, wa nicht Frauen sind darbei, so wird gewiß eim solchen Haußmann nimmer an freuden abgehn, angesehen, daß er solche Tischmusic, Prett unnd Bettspiel augenblicklich umb sich hat, an der Tafel bei der Seiten, auff dem Lotterbett, oder Hobelbanck, im Garten, unterm Baum, neben dem Baum, wie der Susanna zwen Alten, nicht auff dem Baum, wie die Teuffelsbraut mit ihrem Kaltsamigen Stinckbräutgam, Ja im Bad, inn der Bütten, auff dem Schrepffbanck, inn der Sennften, inn der Kammer, mit welcher er ungehindert mag schertzlen, stertzelen, mertzelen, kützeln, kritzeln, schmützeln, schwitzeln, Pfitzelen, dützelen, mützelen, fützelen, fürtzeln und bürtzeln, so offt es ihn gelust zustützlen und zustürtzlen.

Ach wann der lieben Ehegespilin etwann einmal ihr nachtspeisiger Haußtrost, Haußsonn, Haußhan, Ehegespan, auß den Augen kommet, und über Feld ziehet, o wie sorgfeltig geleytet ihn die Andromache für die Thür, als solt ihr Hector mit dem Achille ein Kampff antretten, O wie nasse Augen gibt es da, wann es schon Speichel wer oder Zwibelsafft. Ja wann ers zuließ, sie zög mit ihm in Landsknechtischen Hosen, wie Mitridats Gemahl wider den Teuffel ins Niderland, auff daß sie ihren Alexander von Metz im weissen Badhembd am Pflug nicht verliere.

O wie ernsthafft betten gibt es alsdann für ihn, daß er wider gesund heimkomme: da bekompt man Witwens andacht, die wehret biß sich eyner auffnestelt, da lasset das gemeyn Gebett für ihn thun, gedenckt seinen über Tisch, wann der Knecht an seiner statt liget: hat sie ein guts Bißlein, so wünschets sies ihm, und gibts dann dem Pfaffen: O wie ein Penelopisch sehnen im eynöden Bett, O wie schwere Träum hat sie von ihm.

Kompt er alsdann wider, da ist freud in allen Gassen, da darff sie sich wol verköstigen, unnd wie die Nörenbergischen Weiber ein Kreutzer zum Bottenbrot verschencken und für ein plappart Zwibelfisch kauffen zu dreyen Trachten, da rüffet sie den Nachbauren, Freuet euch mit mir, dann mein Groschen ist gefunden, Mein Sau ist wider kommen, da rüst man, da verdüst man, da streiet man dem Palmesel Zweig unter, da macht man die Thor weit, daß der Haußkönig einreut, laufft ihm mit zugethanen Armen entgegen, die Töchterlin sitzen ihren auff dem Arm, wie die Mörkätzlin, die Sönlin hencken am Rock, wie die Aefflin, unnd rüffen all Brot, Brot, so fragt sie nach dem Kram, bald nimpt sie ihm den Mantel ab, bringt ihm ein frisch Naßtüchlin, tregt das beste auß dem Hackstock auff, das sie von seinetwegen nicht hat essen mögen, macht i*h*m mit den Kindern ein kurtzweil vor dem Tisch, Guck Vatter unser Sönlin, mit dem Satinlin, wie wachßt es so sehr, die Ermel seind ihm zu kurtz, es bedörfft wol ein anders Röcklin: da ist er erfreut, als käm einer und brecht ihm nichts? Flugs bringt die Magd ein Fußwasser, da schürtzet sich die Frau, kniet zum Kübel, wäscht ihm die Zähen, trocknet i*h*m die Schenckel: unnd solchs warumb? Darumb (wie Joan Andreæ der Jurist *in c. literas, in verb. incert. de restit. spol. cum concord:* meldet) weil er i*h*r Haupt und Ehelicher Bapst ist, und auff daß er sie weniger oder gelinder unnd sauberlicher mit füssen trett: Dann wie gedachter Doctor sagt, ist sie auch von Rechtswegen schuldig sein Kuchenlump zusein, daß sie ihm koch, weil er sie speißt, ihm das Bett mach, weil er müh hat, ihm das Bad wärm, weil er sie auch wärmt, i*h*m ein frisch Hembd lange, weil er ihr zum ersten das Hembd auffhub, ja sie butzt ihm die Schuch, fegt die Kleider auß, hengt die Hosen auff, wärmet das Bett, reicht ihm die Schlafhaub, da wiget sie das Kind, da wehet der Wind, da ligen wir beide alleine, alleine, daß man die Hünerbrü verdiene. O wie ein köstlich ding ist das Nächtlich singen zur Wiegen, es vertreibt das Gespenst: Merckts i*h*r Männer, und singt wann ihr auff der einen Seiten wieget, daß es zum Discant stimme, wann sie auff der anderen Seiten gigaget unnd knappet, klopffet an die Kammer, so schweigen die andern junge schreiling so lang still, biß sie es vergessen: O die Kinder singen offt wie einer durch ein finsteren Wald, mit forchtsamer freud und freudiger forcht, das eine innerlich, das ander eusserlich.

Und was ists wunder, daß die Weiber so fein wissen mit ihren Ehegetrauten umbzugehn, demnach sie es doch von jugend auff mit Docken unnd Puppen Spielsweiß also gewohnen, daß sie nachgehends inn der Ehe auch solche Poppenspiel mit ihren Ehegepareten üben: dardurch sie dann ihr Gegenlieb erwuchern, unnd nach Biblischer Sprach zureden, ihnen das Hertz stelen, unnd das Lauff mir nach geben: Also daß der Mann ihr gantz geheym wird, ihren viel übersicht, ihre Mengel für holdselige Kinderfehl rechenet, ihr Geschwetzigkeit für ein Mittel sein letzmütigkeit zu lindern, ihr Zunggänge geschwetzgirigkeit, für ein förderliche unterweisung die Kinder durch übung bald reden zulehren, ehret nehret und mehret sie, trucket und schmucket sie. Welche Ehr des Schmucks ihnen doch Vives wider der Spanier art will abstricken: Ach es gereuet darnach den guten Mann, wann er ihr etwann zu unseuberlich hat den Schleyer gerucket, hält ihr die Kindbett des besser, und gönnet ihr desto ehe die ewige rhu.

Dargegen ist dise Nadelveste Ehegefährtin aber nicht faul, spinnet ihm Hembder darfür, nehet ihm reine Krägen, mit Toppelkrösigen Kesselringen, macht Leilach, Bettgewand, Tischtücher, Teppich, Umbheng, Schalaunen, Decken, Ziechen, Zwelen, Hand unnd Schnaubtüchlein, Windeln, alles auß des Manns Gelt, ordnet den Haußrhat auff alle Euclidische Ecke nach dem Schwadrangel, wie die Jungfrauen die Schleyer auffsetzen, hat ihre Hafenschäfft (welcher ordnung dem Ischomach bei dem Xenophon gar wol gefallen) ihr durchsichtig Zinnkensterlin, ihr Kesselhenck, ihr Schrepffhörnlin, ihr Orgelpfeiffen von Schaumlöffeln unnd Hafendeckeln, ihr Fischsecklein blau und weiß eingetheylt wie ein Brettspiel, ihr Salomonische Leuchter, ihr Federwerck, ihr eingebisamt Schmuckladen, ihr Stangen voll gesottener Garnstrengt, ihr Gewelb voll Flachs, ihr Stül, Sidel und Schemel nach Reichstägischer session geordenet: etlich und dreissig Saltzfäßlin unnd Schüsselring, die man zu eim Jar treimal reibet, ihr Pfannen, ihr Kannen, ihr Becken, ihr Fischplatten, ihr täglich unnd feyrtäglich, ja Festtäglich, Ostertäglich, und Kottfleischgästlich Teller, ihr Kindbettfestlich Küssen und Silbergeschirr: sie verwahrt ihr Kastengeräht vor Motten, henckt järlichs ihr Kleider in die Mertzensonn, saltzt das Gethüch ein, Lavandeliers unnd einspicknardisierts: da bessert sie das zerrissen, dort zerreiß sie das gebletzt, da bletzt sie das zerbrochen, da zerbricht sie das gespalten: Allzeit findt man sie wie Lucretiam über der Spindel, wann sdion Tarquinius bei Nacht käme: sie manet den Mann bei Zeiten einzukauffen, erinnert ihn von dem das abgeht, ermanet ihn zu dem was zugeht, dann sie können gute Haußrhät geben, wie Sara ihrem Mann mit der Magd, daß er von ihr solt samen erwecken.

Sie geht im Hauß auff wie die Sonn, ist des Hauses Lucifer (Gott behüt uns) versicht das Vihe, melcket die Kü, weckt die Län wie der Han frü, schickt die Knecht ins Feld, schaffet den Mägden ihr Tagwerck, ist die unrhu in der Uhr, ein lebendiger Haspel und Bratspiß, des mans Mül und unrhüwiger Beutelsteck, ist ein HaußSchneck, trägt das Hauß am Halß, ist sie schon leiblich drauß, ist sie mit sinnen zu Hauß, dasselb ist ihr Niniveisch großstatt, ihr liebgebannte hofstatt, ihr einiger spacierplatz, ihr Dantzboden, ihr Lustgarten, die Thürschwell halt sie für i*h*r heylig verbotten Romulisch Maur, darüber sie zuschreiten i*h*ren mehr als Remus ein gewissen macht: ohn sein willen geht sie nicht auß, ist nit räßzüngig, tachtropfig, widerbeffsam, auffruckig, Adelstoltz, treckbatzig, schmäh, zornkäuig, kleyderprächtig, Heimsteurrühmig, Gallkallig, Wortstichig, Wurmstichig, Stichwortgelehrt, freundtschaffttrotzig, Redschärpffig. Ist kein Schandhipischer Haußhagel, der nach dem Donnern auch den Regen mit Bruntzscherben und Scheißkacheln ihrem Man Saukratz Pfannkratz über den Kopff abschüttet, sie ist ein Pestilentznebel, kein Haußrauch, nit Taubschreisam, prediget nicht über die Stund, man bringe i*h*r dann ein Stülchen. Darumb Bruder Naß nicht unrecht sagt, daß die Weiber in dem fall fast Lutherisch sind, lieber predigen, dann Stillmeß hören, aber sonst inn andern Bettgelübde besser Catholisch, mehr auff die Werck dann den Glauben halten. Sie vergißt auch bald alle Schmach, fürnemlich wann die Federen stieben, allda die recht Virgaplaca, der rechte Bettanstand und Rutenfridigung regiert, on der Athener Eherichtiger, unnd der Spartaner Harmoneiischer Harmosiner und Eheversüner.

Was soll ich weiter sagen? sein Hertz darff sich auff sie verlassen, da regnets dann eitel Glück, daß man im Treck sitzet biß über die Ohren, da schneiet und hagelt es mit Gelt zu, das es Beulen gibt, da sitzt Sanct Peter auff dem Tach, wirffet Bieren herab, unnd Sanct Claus faul Oepffel hinauff, da bauet man, da brauet man, da gedeiets wie Hundisch Trauben, spritzen hinden wider herauß: dann gewiß zwo getreue Eheversipte Hende, förderen mehr als acht frembde: da gehen die Stätt auff und das Land ab: dieweil ein solche Ehemuter ist wie ein Kauffmanschiff auß Indien, welches Gold und Specerei bringet. Ihr Liecht verleschet nicht, wa Oel genug ist: sie hat notturfft inn der Not, vorsihet wie ein Sternverkündiger die Theurung, versorget sich wie ein Omeyß vor dem Winter, brauchet den Sommer wie die Häuschrecken, frölich weil mans hat, hat man nichts, so sauget man die Tapen, sie verwahret das kein Regen noch Schnee i*h*r Hauß schädige, trächet das Feuer zusamen, beschleußt Thor und Thür, die letzt schlaffen, die erst auff, schlaffet mit offenen Hasen Augen, ist die Ganß im Capitoli, *Anser vigilantior cane,* ist der Samier Schaf, welches den Kirchenräuber Apollinis verrhiete mit Blähen ungesehen, ist gewarsamer als ein Kettenhund, und daß ichs alles beschließ, bringet i*h*ren Man zu Ehren: wer wolt sie dann nicht wider Ehren?

Das Sechste Capitel.

Von der Gurgelmilta von Honigmunda, des Grandgosiers Gemal schwangerem Leib, und ihrem Katzenreinen Weibergelüst, welchen sie mit Würsten, Kutteln und Pletzen hat gebüßt.

Aus diesen nun außgeführten des Schilenden Preceptors Sileni Ehelehren bewegt, wolt Kandbusier auch nicht lenger on Blasen schwimen, sondern sahe ihm auch umb ein Ruckenkrauerin umb, auff daß so er Puntenvoll wer, eine hett, die der Sau unden am Bauch kratze: derwegen beheuratet, freiet unnd trauet er ihm, inn seinem nicht allein Bartfehigem, sondern auch Mannskräfftigem unnd Haußverständigem alter, das Durchlaternige Honiggurgelsame Fräulin Gargalmelle, die Tochter Hupffedopffs des Königs der Parpelloner und Butterschützen: warlich ein schönes Truserle Muserle, hüpsches Visiers, die kein Judicium Paridis, noch Formenspectator Gmeiner und Dressin hetten verbesseren können, daß man wol das lied von ihr singen mocht: unmöglich ists, das man find, etc. und: Auff freud und leyd, ist jetz mein bescheid, etc. Dann sie hatte die vier schöne an statt der vier tugenden, ja der siben schöne wol vierzehen, sampt dem löchlin im Backen, wann sie lacht, und dem grüblin im kün. Innsumma, sie hett die vier unnd treissig stuck des Nevizans, im Hochzeitwald.

> Trei weiß, trei schwartz, trei Rote stück,
> Trei lang, trei kurtze und trei dick,
> Trey weit, trey schwanger und trey enge,
> Trey klein, und sonst recht breit und lenge.
> Den Kopff von Prag, die Füß vom Rein,
> Die Brüst auß Osterrich im schrein,
> Auß Franckreich den gewelbten Bauch,
> Auß Baierland des Büschlein rauch,
> Rucken auß Braband, Händ von Cölin,
> Den Arß auß Schwaben, küßt ihr Gselln.

Ihr Leib war recht safftig, weich und lind, wie die Nörlingische Bett, der Athem war recht balsam oder Specereikräfftig, wie Alexandri Magni schweiß nach Bisam roch, dann er wußt das recht *cui os olet, morbosa est,* welcher stinckt der Mund, die ist im Leib nicht gsund, unnd wie das Lied klinget, es fält dir wol unter dem Nabel: Sie hett lang goldgelb Haar, ja Haargespunnen Gold, nach dem gewicht Absolons, ihr Augbroen waren wie ein Gewelb von Ebenholtz, die Augen wie Diane Stern klar, ihr Augenblick wie Sonnensträm, kurtz Helffenbeynen Zän, ja weiß Orientalisch Perlinzanlein wie Zenobia die Königin, darunder offt weiß gifft steckt, sie hat nicht viel Zucker noch heiß Suppen gessen, das Corallenmündlein eng unnd schön, die

Lefftzen Presilgenrot, Honig an statt des Speichels, daher es die Spanier noch so gern lecken: Rosenblüsame Wängelin, die auch den umbwebenden Lufft mit ihrem gegenschein als ein Regenbogen klärer erleuterten, wie die alten Weiber, wann sie auß dem Bad kommen: Schwanenweiß Schlauchkälchen, dardurch man wie durch ein Mauranisch Glaß den roten Wein sahe schleichen: ein recht Alabastergürgelein: ein Porphyrenhaut, dardurch alle Adern schienen, wie die weissen unnd schwartzen Steinlein inn eim klaren Bronnwässerlein: Apffelrunde und lindharte Marmol Brüstlein, rechte Paradißöpflin, unnd Alabasterküglein, auff die Prob der Spanischen Filtz, die nach Palmenart vom griff nicht weichen, sonder außspringen wie die Valenzische Rapierklingen, auch fein nahe ans Hertz geschmuckt, und inn rechter höhe empor geruckt, nicht zu hoch auff Schweitzerisch unnd Kölnisch, nicht zu nider auff Niderländisch, die sie zertrucken daß sie Milch geben, sondern auff Frantzösisch, wann sie es nur haben, oder auff gut Engellendisch. Item ein rane Weych, gerade volle Aermlin, weiß wie Topas, Lilgenblancke Wollngelinde Händlin wie Künicklinhaar, lange Fingerlin zum Orgeltretten, Kreidenweiß Nägelin Haselnuß groß, dardurch das Leibfarb heutlin herfür scheinet, wie die Gulden Haarhauben unter den weissen Schleyern: darzu wolgeberig, holdseliger anmassung, und anmütiger Redbescheidenheit, und & *cætera, nec non* und *plus si velleret*.

Wie meynt ihr, daß auch bei eim schönen außgehenckten Schilt böser Wein vorhanden sey? meinet ihr, daß inn solcher sauberer Herberg könn ein wüster Würt oder Gast Hausen? oder in einer Helffenbeynen Scheiden ein bleien Messer stecken? Ich weiß nicht, nach dem Moses die Schu nicht außzihet: über schwartz hennig stinckend Fleisch macht man sonst gern ein gelben Pfeffer. Gleichwol sagt man, schöne Glider, bedeuten schöne Gemüter, sonst wers ein Tempel über ein Laddrin gebaut, und ein Altar über ein Mördergrub. Jedoch, das weyß ich, wann einen die Ros anlechelt, daß ers gern abbrech: Ich brech immer hin, auff das alt Liedlin: Die Rößlin sind zubrechen zeit, derhalben brecht sie heut, und wer sie nicht im Sommer bricht, der bricht s im Winter nicht. So absolviert einen Peter von der Pfitzen inn der summ super Rachel, wann einer schon eine schöne halben nimpt, doch daß es nicht die Principal, sonder die Indutiff ursach sey.

Ergo, wer wolts außschlagen, zwo Kirssen an eim Stiel, derhalben war es unserem Großkäligen Grandgusier nur ein Venialsünd ein solches Honigswäffelin ihm außzutretten: dann der gut rot Wein, ladet mehr dann der gemalt Schilt ein, *obiecta movent sensus,* was den Sinnen thut vorschweben, demselbigen sie nachstreben: wann der Springhengst das Muterpferd ersicht, so hinnewihelet er: der Parisischen Frauen Apoteckerin weisse Beyn bewegen on Rag unnd Stendelwurtz die Sinn, wann sie auff der Leyter ein Büchsen langet.

Darumb gäbe es auch nachmals so fein Kiefferwerck, daß sie einander den Speck dapffer einsaltzten, und spielten der faulen Brucken, unnd des Thiers mit zweyen Rucken: Also daß sie nachgehends anfieng sich gegen dem Mann auffzublähen: unnd sehr schwermütig unnd schwerleibig zu Bauch tragen, mit manigfaltigem schwampelen, schwindelen, Stirnweh, Auggülben, Blumstellen, erbrechen, Antlitzflecken, Brust wachssen, Ruckenweh, Nabelschwachheit, biß zu dem eilfften Monat. Dann also lang unnd noch wol lenger können die Weiber geschwellen, unnd vom eingenommenem Gifft des Cornelagrippischen Erbsündigen Schlangenschwantz aufflauffen: fürnämlich so es ein außbund von eim Werck sein soll, wie solches des Neptuni Kind erweiset, welchs die Nimpha, deren ers, wie Homer schreibet, noptunisiert, nach einer gantzen Sonnläuffigen Jarzeit, nemlich ein Jar nach der Revolution unnd umb postirung der Sonnen, das ist zwölff Monaten, geboren hat: Dieweil, wie Aul. Gell. im Dritten Buch meldet, kein geringere zeit die maiestat des Mörherrschenden Neptuns thet erheyschen, solt er anders warhafftig inn demselben vergestaltet, dargestellt, angepriesen, geformiert unnd vergegenwertiget werden.

Gleicher massen war nicht dem Cretischen Jupiter die lengst Winternacht zu kurtz, also daß er sie ließ noch auf xlviii Stunden erstrecken, als er die Argmännin beschlieff? dann wie könnt er inn minderer zeit ein solchen Herculischen grossen Betzen zimmeren, der die gantz Welt von Scheusalen, Mör und Hörwundern und Wüterichen erseubert, erläuteret, erlauset, und Spinnenweppet.

Meine Herren, die alten Durstallerische Pantagruelisten, haben das jenig, so ich schreib für warhafft bekrefftiget, es auch nicht allein für möglich erwisen, sonder ein solches Kind, den elfften Monat nach tödlichem abschid des Manns vom Weib an das tagliecht gebracht, für rechtmessig, ehemesig und Erbfähig erkannt und angenommen.

Als Hipocras im Buch von der Nahrung. Plin: im vii. Buch, am v. Capitel. Plaut inn der Kistellari. Marc Varro im Tractätlin der Satirischen zottensitten, unnd Schimpffstraffen vom Testament, allda er das ansehen des Aristotel zu dem Handel anziehet, Censorin im Buch vom Natal oder Geburtstag. Aristotel im Sibenden Buch iii. iiii. Capitel von Natur der lebhafften ding. Gell. lib. iii Cap: xvi inn seiner Nachteulen. Servius über die Hirtengedicht Vergili: als er den Vers außlegt *Matri Longa decem, etc.* zehen Oepffel, zehen Monat, etc. Egid Hertog prüff, wie man ein todte Frucht auch treizehen Jar tragen kan. Und andere tausent Fantastenköpff mehr. Welcher zahl noch baß zuerfüllen, sind die Juristen auch auff der Hebammen Richterstül gesessen, es zuermessen, als in L. intestato P. fin. ff. de suis et legit: unnd inn der Autentich von *restitut:* unnd dem die *gebarit* im xi. Monat.

Deßgleichen haben sie auff Duarenisch, Alciatisch, Ochslinisch, Loriotisch, Cumanisch unnd Zwicheimisch, zum überfluß mit solchem

Göttelbeltz auch i*h*r Robidilardisch unnd Brockarttrabulisch gesatz Gallus. *ff. de liber: & posthum.* Und *L. septimo ff.* Vom statt der Menschen, *ff. de lib. agnosc: ff. de ventre inspiciendo.* Von Hebamlicher besichtigung des schwangeren schweren Leibs. *ff: si ventris nomine, etc.* Ja im Geistlichen decretal. lib: iii von purification *post partum,* von Kindbettreynigung. Item *De natis ex libero ventre,* von freiem leib erzeugten. Item *de frigid. & maleficiat: & impotentia coeundi:* Von kaltgenaturten, übelgeschafften, böß gestaffierten, gelämten, vernestelten, bruchverknipfften, entmannten, verhechßten, und unvermöglichkeit dem Weib bei zuwohnen. Unnd sonst etlich viel dutzend andere Hebamordnungbüchlin unnd Frauenzimmer, die ich auff diß mal nit nennen darff.

Mit der weiß, mögen, wie Tiraquell in seinen Brautgesatzen meld, die naschige, nachtseufftzende Witwe, durch mittel solcher Vorsehung zwen Monat nach abgang ihrer Ehmänner unverdechtlich nach allem vortheil und zum überrest arsbosselieren, und ein Truckerisch Bosselat verschencken: das heißt, i*h*r Weiber, etwas mehr freyheit als das Velleianisch gesatz, dadurch die Weiber gefreyet sind inn händeln kein trau und glauben zuhalten: Weil sie es on diß vom ledigen stand her gewonet seind, i*h*ren Bulen Nullen für drey zuverkauffen.

Ha ha, ich bitt euch, i*h*r mein andere Kuttenhämmel, wa ihr secht, daß sich einer wolt entbruchieren, sitzt darauff und reutet mirs zu. Dann wird sie im dritten Monat hernach schwanger, so ist i*h*r Monatmensurlich Leibsfrucht der abgestorbenen Grabschaufel rechtgezeheltes Erb: Versteht ihrs, ein jedes Kind ist seins Vatters, da krehet kein Han nach. Nun ha ha ha i*h*r Noppentheurige Hudler, holtzschlegelet den Wecken dapffer drein, es gilt mir audi den mein. Aha lasset die Walee fein mit vollen Segelen daher wagen, so kompt i*h*r bald gen Cuiaco.

Wißt i*h*rs nicht, so will ichs euch sagen, wie Keysers Octavian Tochter Julia sich hielte, die untergab sich nur den Trabanten, wann sie schweres Leibs gieng: Und warumb das? auß disem bedencken, weil das Schiff Galeenrecht vermag, daß man keinen frembden Passagier auff nimpt, es sey dann aller dings geladen, gebodemet, vergurbet, begordet, verdennet, beschnarret, auffgebuselt, geschnaltzeit, berudert, umbdostet, verstrupffet, gelaseiet, bepfompffet, gehelmkörbelet, bemastet, verpatersnosteret, betonnet, erspritet, verbrauet, bebastet, bezackelet, beanckert, berollet, becompasset, beraseylet, besanet, befanet, getopffseylet, bezugcabebelet, belullet, unnd endtlich wie die Pedastinckende der trei Heyligen König Melchior Morenschiff von Cöllen, verstopfft, verklopfft, verleimt, verdicht, verbicht und verricht, unnd gantz abzustechen fertig.

Wa sie aber jemands darumb reditfertigen wolt, daß sie sich also auff i*h*rem Tragbären ertrumzumpumpelen liesse, fürgebend, das solches auch bei dem unvernünfftigen Viech unbreuchlich: dem war die Antwort schon fertig, daß jenes Thier, sie aber verstand begabte Weiber seien, die das köstlich kützelig Recht der überfötation besser verstehn: wie dann dise Antwort etwann Populia (als Mackrob im Andern Saturnalbuch anbringt) soll gegeben haben: Eben wie jener Knecht, da man i*h*n frü weckt, die Vögelcken pipen schon inn die Rörcken. O, lat pipen, sagt er, lat pipen, die Vögelcken hefen kleine Häuptcken, hefen bald utgeschlapen, aber sein Häubtchen sey gar grot, thu i*h*m mehr Schlapen noht etc. Nun diese Populia war ein guts Bübelisch Bißlin zum Schlafftrunck. Aber das Maul zu, unnd den Bratspiß weydlich herumb getrehet, was gelts wa sie ein Auffhocker wird ergrossieren, unnd wie die Ente Christ gebärend Jungfrau zu Eßlingen auffblähiren.

Das Sibende Capitel.

Wie Gurgelmiltsam, als sie mit dem Kindlin Gurgelantule schwanger gieng, ein grossen wust Kutteln fraß, und darvon genas.

Gelegenheit und weiß, wie Gargalmelle genesen sey, ist folgender gestalt geschaffen, und wann i*h*rs nicht glaubt, so entgeht euch das gantz Fundament. Das unden am end aber entgieng i*h*ren ein stund nach mittag, den dritten des Hornungs, da eben dasselbig Jar die Faßnacht eingieng, als sie zu viel Bauntzen gegessen het, Bauntzen sind feißte Magendärm von Barrenrindem: Von diesen grossen Überreusischen Urochsen, die man hinder dem Baum sticht, haben sie auff Hecatombisch drey hundert, siben und sechtzig tausent und viertzehen schlagen lassen. Ja noch für ein Anhenckichts oder Anpendix doppel so viel Schwein, wie viel mögen das sein, *Millia sex legio, Sexcentum, Sex decies Sex,* das such inn Gemma Gemmarum, der ist mehr dann einmahl darbei gewesen, wann man einander das Maul mit Würsten gemessen hat.

Alles obgenent fräsig Schlachtopffer ward zur heyligen Fraßnacht eingesaltzen, und gleich zum eingehenden Frülling wie das gold probirt. Was meint i*h*r daß der gantz gepraten Ochs auff der Krönung zu Franckfort gegen disem sei? Wann man schon daselbs mit acht henden, mußt das Pratrad wenden und der Haß mit seinen langen Ohren, sich im bauch hat verloren, und die Rechkeul: Kalbsschnautzen: Hirtzsput: und Schweinköpff herauß guckten, auch das hinder virtheil mit Federwildpret, und den halß mit Fischen schmückten? Was war es? Eben gegen dieser anzal zurechenen, wie der Hanna Opffer zu des König Salomons Tempelweihe. Dann er het auß seinem Käßmilbigen Hirn erst zu disem maulschmutzigen handel ein Lebendig Pratspißwerck: oder selbsgengig Pratspißmül von 72 Pratspissen erfunden: wer hett i*h*m sonst bei zeiten kochen können: Und nimpt mich wunder, wa unserer heutiger Seidenwurmiger Meyster sein

Hundseidenmül her hat: Gewiß ist er unsern Alledurstigen und Allegrillischen Geheimnußbullen und Pantarchen über den Sack kommen, dann man stellet i*h*nen heut so sehr nach, wie den Übercelsischen Arslullenbüchern.

Ein solchs unmenschlich metzigen aber, soll euch nicht wunder nemmen, dann was Griechischer Köpff gibt es, wann der unsinnig Aiax unter das vihe geraht: andere zeit, zeugen auch ander Leut: damals mußt es alles auff Gargroßgrandgeidisch zugehen: dann wa Weibergelüst fallen ein, da muß nichts zu theur sein.

Ach ihr glaubt nicht, wie tröstliche Schlafftrünck es pringt, wann man dermassen auß der feißten Kuchen aufftringt, als wann man holtz zur saltzpfannen fürt. Wie stehet es so wol, wann ein jedes Platteiselengesäß, und Alantischer ruckenkrebs ein sondern stul einnimbt: habt i*h*r nicht die feißt andacht gemalet gesehen, da die schmutzkolbige Buben unnd trieffnäsige Würstfüllstopper so sautrogisch mit beiden tapen inn der Pratpfann ligen, da man den Bachenspeck mit Ferckensschwentzlin herab wirfft, da der Herr Be er o Probst mit eim waschengill voll Wein das Weinwasser gibt: Ha, ha: da gehts volle wol: da hetzt man den Lazarmen, Latzleren, außgedörrten, rauchgehenckten bickingischen Schneckenfresser und haffenscharrer Bruder Lantzenstil sampt seiner lären Sackpfeiffen mit kröpfigen hunden auß, daß dem armen schwantz vor feißtem schrecken möcht das pruch entfallen: dann armut schneid da kein Speck, aber jene suchen äl inn eim jeden treck. Dem Herrn Raumauff und den Barrenhengsten ist die weid gewachssen, die Ackermerren mögens wol mit dörrem rucken bauen unnd Haberstro fressen: man machts diß Jar keim anders, *En quêis consevimus agros?*

Darumb hat unser Großpruchier so viel Würst gemacht: da waren vollauff Kuttelfleck, Kopff und Kröß, Utter, Gehenck sampt den Netzen und Börsel, Tribdärm, treibwürst, Sultzwammen, Saltziß: Bononische Tucedenwürst, Lucanisch Mettwürst, Bülling: Burgundisch Allandrillewûrst: Langenitzische Botullenbüdin: Rollpansen, eingemacht Hauben und Bücher, versultzt manigfalt: magenfett: Bautzendärm: Würstbuntzen: Pluthund, Weckerlin, Fleischdärm, eingehacktes unnd allerley Küdreckottfleisch, unnd dasselb also leckerhafft, das jeder die tappende tapen und Zähen darnach lecket.

Aber des genäsches war nur zu viel für vier Personen, also das es unmöglich war lang zu halten, dann es wer ob einander erfaulet unnd erstuncken, wie der Papirer Lumpen, welchs sich nicht gebüren wolt. Derwegen ward beschlossen, auff daß der Plunder nicht unnützlich verdirb, unnd auß dem weg kem, den Rucken darhinder zuthun, unnd es weydlich, und neydlich auffzureiben. Hiezu worden durch das Orlandisch greuelhorn auffgemanet die Schlegel Leuten Leut unnd wangenlanggeübte Kunden auß dem Trettacher, Iler, Irracher und Breytacherthal, Eßfeld, Eßlam, Eßlingen, Darmstatt, Lebersweiler,

Arsfeld, zum Gefräß, die von Langenwangen, Langweyd, Hindenlangen, Langenlumpen, Sibenwürst, Saurmund, Bautzen, Küchel, im Gewäng, Gemündt, Bömischem Brot, Schmärmeusel, Langenzän, Elwangen, Kolwangen, Honigspittel, Wangenstantz, Haltenwangen, Nesselwangen, Eyterwangen, die zu der kalten Herberg, zu der Fetten Hennen, zur Anricht: Welche auch die von Ißne, Füssen, Geckingen, Mundelheim unnd andere Gurgelschmirer mitprachten: Unnd solche erschienen alle von wegen Wolffmägiger Brotmeyerei. Aber von wegen Weinschlauchitet unnd Birpausitet worden, mit der Sturmglocken zusamen gelitten, sonst machtloß gut gesellen, die von Bachi rach, von Wachbach, Bachern, von Koburg, Bamberg, Rube aqua, Wartwineler, Hebwineler, Gebwineler, Neuwineler, Schleckstatt, Weinfelden, Ketwein, Weinam, Weinmar, Glettwin, Krügel, Schadwin, Kitziwin, Lamenhand, Sedelbach, Feucht, Weichmichel, Merding, Buntzel, Dinckelspül, Daubsal, Kandstatt, Treckshausen, Hopfica, Springlingen, Kelberbach, Eselbach, Herbsthausen, Haslach, Rebenmund, Haubenweißheit, die zum Bauren, zur Frauen, zum Gevatter, zur Höll: Und sonst Sanct Urbans Jünger umb Ensheim, und Ritter des ordens von S. Otmars Lägeleflüß, und was das Glas heben und geben, wenden unnd legen, halten und pringen kont, experte und diserte auff guterruff rencken, und angster schwencken.

Der gut Mann Grandgusinger het sein hertzliche freud damit, wann er also guthertzig sah die Platten raumen, und die Becher schaumen, die *spumantes pateras:* und that nichts anders, als dz er sie auffmunteret, nicht in der predig zuentschlaffen: frisch auff ihr Gesellen, die Hüner praten schon, trincken wir Wein, so beschert Gott Wein, seit frölich bei den Leuten, und wer hie will ein hadermann sein, der mach sich weit von Leuten, und fahr in Wald nach scheuten.

Jedoch warnet er sein Gemal, als einer der für den schwachen Werckzeug sorget, daß sie sich etwas enthielte, weil sie nahe auff dem zil gienge, und aber diese Kuttelwescherei kein Kindbetterinhenn, Capaun oder verplutetes Täublin war. Diser, sagt er, muß gewiß grossen lust zu treck kauen tragen, der auch den Sack davon frißt, und noch an zipffeln will nagen. Gleichwol sie, nach art des widerstramigen zeugs, von gelüsten überwunden, ase der Kutteln und pfutteln sechtzehen Seiffkessel, zwen Amen, sechs Nossel, zwo Schauffel unnd zwo Bollen voll. O schöne Fecalische materi unnd Trusenmüßlein, schöne Krebsmüßlin, und gebachen Haselstaudenkätzlin, welchs sie lustig darmwinden, Kißlinflötzen, unnd zur Wassersüchtigen sackpfeiffen auffplehen kont, das reitzt und trib die geburt, da ward ihr plau vor den augen, das hinderst theyl des hals warm, der ruckgrad kalt, einsmals rotprecht, und darauß man das zukünfftig Fülle mocht erprofeceien, so setzt sie den rechten fuß für, und was ihr die recht seit und Prust spitziger als die linck.

Nach dem Mittag anbiß, da man genug Kutteln geweschen hat, zog die obgedacht erfordert gesellschafft hauffenweiß ordenlich, wie die Säu zum Thor einlauffen, hinauß under die Linden, bei die Weidenbäum, unnd Wilgenbusch, da dantzten, schupfften, hupfften, lupfften, sprungen, sungen, huncken, reyeten, schreieten, schwangen, rangen: plöchelten: füßklöpffeten: gumpeten: plumpeten: rammelten: hammelten, voltirten: Branlirten, gambadirten, Cinqpassirten: Capricollirten: gauckelten, redleten, bürtzleten, balleten, jauchtzeten, gigageten, armglocketen, hendruderten, armlaufeten, warmschnaufeten (ich schnauff auch schier) nach den lustigen Schalmeyen, seyffelen: Pfeiffenbeuckelen, hend und maul, Lullepfeiffen, Schwegeln: maultrummen: schnurren, Säutröglein, Ruspfeiffen, unnd anderm kunstreichen Sackpfeiffengeschlecht, das es für Herrn ein Narrenlust gab zusehen, wann sie sich also wacker auff eim fuß herumb wurffen und dummelten, wie ein bleiens Vögelin das heißt Kü, und so Hurnausenstürmig und Brämenschwirmig wie die Beckerbuben auff der Tantzlauben und dem Fechtboden: O weit von dannen ihr Hofdäntz: Es ist einmal gut, daß ihr etwas guts zu Hof habt, welches die hoflebenschender nit schelten mögen: auch ihr Nörnbergisch Geschlechterdäntz, die kein herumbspänleinn leiden können: Hie ist ein ander Tantzschul, auch ein anderer Schweitzerischer Buffe, der mit einer Elenlanghandhabigen Fochtel unnd mit außgestrecktem Contractem ungebogenen Arm daher vordantzet, oder vortritt: Hie gilts den Scharrer, den Zäuner, den Kotzendantz, den Moriscen, den schwartzen Knaben, der gern das braun Meidlein wolt haben, Ja haben, wann mans ihm geb. Nun Meidlin fort, dran, sprungsweiß an Spiß, wie ein jungs Wild im Spißhart. Seh, seh, mein leydiger kund, wie schöne hochauff hebende, langschreitende Storckenbeyn zum dantzen.

Das Acht Capitel.

Das Truncken Gespräch, oder die gesprächig Trunckenzech, ja die Truncken Litanei, unnd der Säuffer unnd guten Schlucker, Pfingstag, mit ihrer unfeurigen doch dürstigen Weingengen Zungenlös, schönem gefräß und gethös.

Auff solche wolerschnauffte und errammelte abdauung, entschlossen sie sich eben auff der selben kampffmartischen Walstatt auch die abendzech zu vollbringen: Da het einer wunder gesehen, wie da die Gleser, Becher und allerley Trinckgeschirr umbgiengen, wie man allda die Kandel übet, da schar man den Schuncken, da zog man den Käß producten, dem Ferlin die Hartzhaub ab, da griff man den Hespen auff die hauben, da stachen sie einander die Pocal auff die Prust, da flogen die mühele, da stibeten die Römercken, da raumt man die dickelbächer, da soffen je zwen und zwen auß doppleten:

die man von einander bricht, ja sie soffen auß gestifleten Krügen, da stürtzt man die Pott, da schwang man den Gutruff, da trähet man den Angster, da riß und schält man den wein auß Potten, auß Pinten, auß Kelchen, Napffen, Gonen: Kellen: Hofbechern: Tassen: Trinckschalen: Pfaffenmasen: Stauffen von hohen stauffen: Kitten: Kälten: Kanuten: Köpffen: Knartgen: Schlauchen: Pipen: Nussen: Fiolen: Lampeten: Kufen: Nüsseln: Seydeln: Külkesseln: Mälterlin: Pleisäcken, Peuscheln, Straßmeiern, Muscasnussen, Mörkrebsschalen, Stübichen, Melckgelten, Spitzmasen, Zolcken, Kannen, Schnaulzenmas, Schoppenkännlein, Stotzen: Da klangen die Gläser, da Funckelten die Krausen. Holla schenck ein, Wirtsknecht: gib, reych, hol, lang, biet, zeig: weiß: stürtzs umb: streichs: klopffs nägelin, machts voll, so werden wir voll, nach dem Streichholtz: den Willkomm her, Auff kundschafft, auff du, Latz und Nestel abschneiden, den dran, den drauff, den darbei, so sind der guten drei, Korn umb Saltz, nichts umbsonst. Also gefelst mir, hau mir das glaß dapffer zu. Hör Weinschenck, pring mir den Roten, pleich sehen die Todten, Mir ein frischen Glaßschwitzigen, darvon das Glaß wie Catharinaberg öl weint. Also kan man ein anstand mit dem durst treffen.

Ha der Ritten, rufften die andern auß eim andern thon, wann gehst du Klingelflesch, werst gut nach dem Todt zuschicken: was Todt? töd du den Durst, der ist mein gröster Feind: Auff mein Fidelbogen, Gevattern, wir wöllen die runtzeln recht einander abweschen, unnd solten sie nur auß dem gesicht in Arß schlagen, der gilt von i*h*retwegen, den gesegene sie dir von meinet wegen. Warlich Bäslin, es hat euch ein frost angestossen, secht für euch, ihr habt ein loch für euch. Ey Sanct Veltin von Rufach, laßt uns von trincken parliren. Kan keiner kein Liedlin? Holla Fritz, du singst uns diß unnd sonst noch mehr, vom Buchsbaum und vom Felbinger. Nein, Nein, ein anders, Es geht gen diesem Summer, Oho laß einer gahn, die Ochssentreiber kommen, do, do, Oho laß einer gahn, diri diri dein, laß einer gähn, Pum Pimperlin Pump. Hoscha ho, sind wir alle do? Nun singt das keiner trincke, Nun trinckt das keiner singe. Ich trinck nicht dann nach meinen horis, uren und Paternostern, wie des Bapstes Maulesel, zur vesper reut man i*h*n zur tränck. Ich trinck nicht, dann inn meim Breviari, wie ein guter Gardian Vatter, aber das Longiari wert inn hohen, gegläßten geknöpfften roßzageln viel lenger, Herr Prior, welchs war am ersten, durst oder tranck? durst. Dann warumb wolt man sonst gessen haben? warumb wolt man zur zeit der unschuld on durst getruncken haben? durst kommet vom dürr und dürresten. Non, Non Schwester, tranck dann *privatio præsupponit habitum,* wa man gelescht hat, da muß es geprent haben. Ich bin ein Cleric und Jan von Löwen, ich bin ein *Magister* von des Mathesii drei *Magis* von Cöln, *Fœcundi calices quem non fecere disertum?* Das müßt ein ungeschlachter Wein sein, der eim nicht giset Latein ein. Wir zu unserer unschuldigen zeit Trincken nur zu vil on Durst: Und billich. Wir trincken für den zukünfftigen: Kaufft inn der Noht: (sagen die betrengten Quacksalber) so habt ihrs im tod: Ich bin kein Sünder on durst: ich trinck ewiglich: Trincken ist mein Ewigkeit, unnd Ewigkeyt ist mein trincken: Freß ich mich arm: unnd sauff mich zu tod, so hab ich gewiß gewalt über den Tod. Laßt uns singen, sauffen ein gesetzlin, trincken ein mutet: daß dieser Schnarckgarkuß darzu geht: nun biß mir recht walkommen, du Edler Rebensafft: Ich hab gar wol vernommen, du pringst mir süsse krafft: Laßt mir mein gmüt nicht sincken, und sterckst das hertze mein, drumb wöllen wir dich trincken, unnd alle frölich sein: Man sagt wol inn dem Meyen: da sind die Prünlein gsund: Ich glaubs nicht bei mein treuen: Es schwenckt eim nur den Mund, unnd thut im Magen schweben, drumb will mirs auch nicht ein: Ich lob die Edlen Reben: die pringen uns gut Wein. Hoichta, Ju, Ju, den Gatter zu, das außflieg kein Ku: Laßt uns wider eingiesen, eintonnen, einträchtern: einsurffeln: wa ist mein Trächter? mein Seygertuch? Ich trinck nicht dann durch Procuration, man muß mir ihn einreden, unnd einschmeicheln, ist besser, als gieß man mirs ein: Es hat mir ihn nie keine hinein gwisen. Ich trinck nicht nach dem stundglaß, wie ein Prediger auff der Cantzel, ders offt schüttelt, Ich nicht durch die Sip, aber durch den Bart seygern, das ist das best, so hat einer ein Nachzechlin, doch beiß nicht vor girigkeit der Speiß, wie der Dänisch Starckhalter ein stuck vom Knebelbart. Netzt ihr daß ihrs trocknen, oder trocknet ihr, daß ihrs netzt? Ach Gevatter, Ich verstand dise Redtorich nicht, Theoric solt ich sagen, aber mit der Practic behelff ich mich ein wenig, und wie aller Practic Großmuter schreibt, mit der Glasprechsi und einlaßbrůchy. Es sind Plindstrick: Ich netz, Ich feucht, ich trinck, und alles auß forcht zusterben: Trinck ich nicht, so verdörr ich, was helff ich aber den dörren Sommer, der dörr Sommer möcht wol mir helffen: Secht hin, bin ich nicht Todt? Mein Seel wird sich noch vor forcht des bösen Herbsts, in ein Froschmalter verkriechen: wie die Weiß heutdürstigen Pythagoristen: Im trocknen wohnet nimmer kein Seel, wiewol man sagt *Anima sicca sapientissima,* ein Seel die im trocknen sitzt, hat witz. Aber umversio simplex vermag, *Anima sapientissima siccissima,* die klug Seel muß verdorren, erdursten, erseugern, verschmachten, außmergeln, dann hitz macht witz, und witz macht hitz, fürnemlich wann man inn Hundstagen, Stuben und Kammer über einander auffsetzt: Darumb das mir der Narr nicht erfrier, sauff ich mir mit disem Pocal ein Beltz: Die hitzig Natur ist die best. Dann die Pferd die sich im Sand umbwaltzen, und wie die geylen Hennen bestauben, die sind besser, als die sich im Wasser niderlegen, Merckts ihr Sattelvernagelte Hofleut, Scaliger schreibts, ich glaubs: Ach ihr lieben Keller, die ihr auß fäßlicher vollmacht und vollmächtiger fäßlichkeit neue formen schaffet, und die naturen ändert, macht mich auß eim nichttrinckenden trincken, auß eim untrunckenen truncken. Bub lang her, ich insinuir dir mein nomination inn dein Hertz, verstehst diß Dintenteutsch? Ich geb mich dar für ein Apellanten vom durst, wie von den mißpräuchen, Jung, relevier mir mein apffelatz inn ein rechte form. Butz diß Glaß, feg jens Suppenkar, was sollen die Laßköpflin, die Fingerhüt, die Schrepffhörnlin, die Plackhörner? Was sollen die Geschirr, da man endweder mit der Zungen oder Nasen anstoßt, es sind Weinkisergläßlein: Ein Glaß her wie mein Latz: Ey nicht so letz, wie mein Schedel: Ich muß bei S. Küris leiden, dise Leberwürst und Kutteldärm abschwemmen, sie werden sonst den Fürtzen und Koppen oben und unden den paß verstoppen: Lang her für tausent Teuffel, lang her, sichst nicht wie ich mich worg, die Kuttelfleck verursachen ein unjärliche besprentzung und besprengwädelung. Ich muß kurtzumb die Ochssendärm außfegen, die ich diesen Morgen hab angezogen, Duck dich Seel, es kompt ein Platzregen: den wird dir das Höllisch Feur wol legen. Mir zu: ich bin ein Birstenbinder. Was? hab ich ein tode Sau geschunden, daß mir keiner kein bringt: Ich hab ein Igel im Bauch: der muß geschwummen haben. Sih da, der Wirt der ist der best, wird vil völler dann die Gäst. Ey seit getrost lieber Wirt: Den liebsten Bulen den ich hab, der ligt beim Wirt im Keller: Er hat ein höltzins Röcklin an, und heißt der Moscatteller: Er hat mich nechten truncken gemacht, unnd frölich diesen tag vollbracht, drumb geb ich ihm ein gute Nacht: Von diesem Bulen den ich mein, will ich dir bald eins bringen, Es ist der allerbeste Wein, macht mich lustig zusingen: frischt mir das Blut, gibt freien mut: Als durch sein krafft: unnd eygenschafft: Nun grüß ich dich mein Rebensafft. Häu wie stimmt sich der Wein so wol: Es wer schad daß dich der tropff schlüg, du magst noch wol ziehen: Nun weiter im text, Bub wends platt umb, Tabernaculum: der Wein macht noch keinen stum. Hie sitz ich besser, dann zu Speir im Stock. Guts muts wöllen wir sein, Trotz der uns das wehre: Es müst ein rechter Baur sein, der uns so ernehre: Ich bitt euch drumb: Trinckt flugs herumb, und macht es auß, So wird ein frölich Bruder drauß, trincks gar auß: trincks gar auß: so wird ein voller Bruder drauß: Totum ex, fit ex perfex: Hei gemach, fährt man den Berg auff, ich muß den Hafen vor schwencken, so wird sich die stimm fein lencken und rencken. Nun wolauff ihr Ordens Brüder: Ein Liedlin sing ein jeder: So gehts Glaß auff und nider: So kommets an mich wider: Holla: holla: wi dolla: stilla: stilla: man pringt ihn auff der Mistbärn. Wer hie mit mir will frölich sein, dz Glaß will ich ihm pringen: Wer trincken will den guten Wein, der muß auch mit mir singen. So trincken wir alle, diesen Wein mit schalle, dieser Wein vor alle Wein ist aller Wein ein Fürsten, trinck mein liebes Brüderlein: So wird dich nimmer dürsten, trincks gar auß. So wollen wir trincken die gantze Nacht, biß an den hellen Morgen, Hol Wein, schenck ein, wir wollen frölich sein, wer aber nicht will frölich sein, der soll nicht bei uns bleiben, wir trincken drumb den guten Wein, die sorgen zuvertreiben, drumb Bruder mein, ich bring dir das, so vil vom Wein, ist inn dem glaß. Nun singt ihm drein, so trinckt ers fein, dann er war allzeit ein böß kind, schlief nimmer ungesungen. Er setzt das Gläßlin an den Mund, er trinckts wol auß biß auff den grund, es schmackt ihm wol, es hat ihm leiden wol gethan, das Gläßlin das soll umbhergahn. Welcher nun leit, inn diesem Streit, daß er nit mehr kan thun bescheid, der mach sich auff unnd lauff darvon, so singen wir Victoriam, wir wöllen frölich dran, wer sich förcht leg ein Pantzer an, den dran, den dran, wolan, so gan, allweil ich kan, will ich bestahn, unnd solt es gar den Teuffel han. Ocha wie wild? das fünffplättig dran, beiß die Feig, beiß dem ein Aug auß, küß den boden, ich wil noch Bischoff an dir werden, ich kan dich firmen, ich kan dir den Krisam anstreichen: lang mir Roswasser: mir Roswein, ich streich dich, ich weich nit: Ich stich dich, ich wehr mich: ich schwertz dich, ich stertz mich: Mein Tochter ist Heurats zeit, ich gib ihr einen Mann: Ich fahr ins Holtz, ich spann vor: Ich reut mein Pferd inn Schwäm, wie tieff? Biß ich ruff, ich halt meiner Herrn gebott, das ist je nit gespott, es sind noch trei tropffen drinn: das heißt dem Taler nah geschoren: den pring ich dir, so darff ich ihn nicht holen, Ist das schmutz, das Patscht, Frisch auff wir trincken Pfenningbier, O neyn, Sanct Urbans Bier, das wöllen wir, das Bier schlegt eim fürs Loch: Und ist ein böser Koch, doch trincken wir es noch, daß man das Wasser poch. Wa seit ihr Baurenhofleut, die nicht inn die Stub dörffen, wie? seit ihr gestorben? schlaffen die Hund? hei weckt es, dann es ist weckens zeit, ists nit also? Ein guter Wein ist lobens werd, für ander ding auff dieser Erd, den ich auch nicht kan meiden, und welcher ist im trunck der letzt, wann da nun ist der Tisch besetzt, der hab das heimlich leiden: Ein groses Glaß: von einer maß: Voll külen Wein: dunckt mich schön sein: dz soll jetz gan herumben: wer trincken will: wie ich so viel, will frölich sein, bei diesem Wein: der thu offt zu mir kommen: Mit einem trunck: in einem schlunck: thu ich dir nun das pringen: Trincks auß: trincks auß: es wird dir gelingen, Thust du nicht bescheid: es ist mir leid: ich darff dir keins meh pringen: du solt auch nit mit singen. Hoppaho henecken: der Han ist noch nicht tod: Man hört ihn krehen nächten spat: ist umb den Kamm noch Rot. Hotteiahum, Nun sing herumb, biß es auch an mich komm. Ein Hänlin weiß: Mit gantzem fleiß: sucht seine Speiß: bei einem Han, ka ka ka ka ka nei: das Hänlin legt ein Ey: Bachen wir ein Küchelein, Meuselein und Sträubelein, unnd trincken auch den külen Wein: ka ka ka ka ka ney: das Hänlin legt ein Ey: ke ka ke ney: das Ey das ist geleget: ke ka ke ney: daß man frölich sey. Haha das thonirt: Nun die Gurgel geschnürt: Diser stauff hie mag die bin netzen, dann der es nicht empfind: der trinckt für nichts: dieser tringt durch wie Quecksilber: Meiner durchsucht alle Aderen:

Beseh diß Zipperlin: schau dise Beutelhänd: Ha diser hafft: der hat krafft, diser Safft, diser schafft: was afft? diser wascht die Pias, Da wird der Kalt seych kein platz finden: Sup hel ut min Proer: Seh: wie ligt der Thau dem auff dem Bart, wie geifferst? Wie tropffelest? ein fürsetzlin her: deiner Frauen wird kein Essig mangelen: Secht die hohen Pasteien und Thürn: wie sich der mit Bächeren verschantzt: Hie der Weinmarckt, dort des Fuggers Hauß: Was gefalt euch? Roter oder Weisser? Hey Nasser, so steubts nicht. Wa wachßt Häu auff der Matten, dem frag ich gar nichts nach, Es hab Sonn oder Schatten, Ist mir ein ringe sach, Gut Häu das wachßt an Reben, dasselbig wöllen wir han, das kan uns freuden geben, das weißt doch Weib und Mann, das ist gut Häu, des ich mich freu, Mich belangt wann es reiffen thut, Macht uns allzeit viel freud und mut, das ist gut Häu, das macht gut Strey, O führets sauber ein, unnd wer es nicht kan keuen, der gang auch nit zum Wein, Aber ich seh am häuen, daß sie gut Käuer unnd Häuer sein, Sie rechens mit den Zänen, und worbens mit dem Glaß, der Magen muß sich dänen, das ers in dScheuren laß. Hoscha wann wöllen wir frölich sein, der küle Wein, thut unser täglich warten, die Gsellschafft auch versamlet ist, On bösen list, Sie mischet schon die Karten: Wolauff zum Wein, Mein Brüderlein, laß sorgen underwegen: Hab guten mut, Wer weiß wers thut, wol über ein Jar, vielleicht ligen wir, so habens wir gar, sechs Glaß mit Wein, Sauff nüchtern ein, dz mag Kopffweh vertreiben, vergebens solst die Kunst nicht lehrnen, Ich will den Meister Ehren, und die sechs inn den Busen Scheiben: was soll ein Mann, der nit all tag sauffen kan, Sey nur guts muts, mein lieber Utz, mein gelt ist dein, unnd dieser Wein, trinck redlich zu, laß sorgen sein. Hui Flaschentrager, wie hast so ein holdseligen Rucken? gewiß es ist ein kunst auff Flaschen tragen, fürnemlich wann die ringlin nach der Tabulatur klinglen, Hui Hipenbub stürtzt das Faß umb, versuch unseren sauren Trunck, Horcha Buba wechsel hie den Kreutzer, butz mir die Bir, du butzst wol, gebst ein guten Goldschmid, machest sauber arbeit, ein guter Kretzenwäscher, ein guter Außbereiter. Hör Juvenal stoß den Hund auß, wer hat so gefeust: was? kanst du kein Hundsfurtz riechen, so solstu kein Wildbrett fressen. Was wild? ich fang gern Hockheimer wild mit Schleyern: darumb hört wie ich so ein schön Gesetz will meyern. Sommer botz wurst wer meiner Greten was thut, den hau ich, daß die Sau blut. Hopfaho, sind die unfläter do, Er führet sie hinder Rauten, er wolt sie gern proho braune Kleyder trägt sie gern, Müho, Mönchen ist ein schöne Statt, dummel dich gut Pärchen, Eschenfarb und blau, Eschenfarb und Leberfarb, Von der Nipp von der Nippedei. Ein Baurentöchterlin wolt Gersten auffbinden, da stachen sie die Distel inn die Finger, Hoschoho he ha wol inn die Finger. Meydlin sind dir die Schuh recht, bei nachte, bei nachte, halt dich Annele feste. Du bist mir lieber dann der Knecht, pum Meydle pum, Ich freu mich dein gantz umb und umb, wa ich freundtlich zu dir kumm, hinderm Ofen und umb und umb, freu dich Stiffelbrauns Meidelein, Ich kumm ich kumm, ich kumm. Wolauff wolauff am Bodensee, sonst find man nindert freuden meh, Mit dantzen und mit springen, und welcher gleich nicht dantzen will, der hört doch höflich singen. Wolauff vollauff, vollsauff, dollauff, frisch auff, friß auff mein Brüderlein, Es sey gleich gut Bier oder Wein, So muß es doch getruncken sein, Es ist ja voll, Es schmackt auch wol, friß auff mein liebes dieterlein, Es muß doch getruncken sein, hett schon der Wein mein Eltern erschlagen, Ich wolt drumb keim kein trunck versagen. O wie schleicht der durch ein Schalcksschlauch: wie? findst grund? sichst den Herrgott am boden? Mächtig fein die Recht verbieten, man soll kein Creutz auff den Erdboden machen, da man drauff tritt, so machts man auff die Wehr, unnd inn die Becher, die einen umbbringen, Dann es ist gewiß, bei den Teutschen hat Mars unnd Bachus mehr erlegt, als Venus bei den Welschen außgefegt. Hei Weinwitzig. Ich bin noch nit Schwenckfeldisch, aber Schweinfeldisch, oder Reißfeldisch: Ha ha, und ich Kaltwinisch, wann ich i*h*n kalt habe: und Lutherisch wann er trüb ist. Nun auß eim andern thon, wer singt uns eins? Herbei, herbei, was Löffel sey, zu disem Brei, gar bald und frei: Ich hof uns soll gelingen, hetten wir nur Löffel, Stöffel, lang Löffel, so wöllen wir den Schweitzer Hauptmann frölich singen, und höfisch Löffel, Baurenlöffel: vor freuden wolten wir springen, und Muslöffel, Busenlöffel, Bubenlöffel, Stubenlöffel, die thut uns auch herbringen, und gewaschene Löffel, eng Jungfraulöffel, Ein futer mit Löffel, und unsere löffel: Sind löffel do, So sind wir fro, Gin löffel, Maullöffel, faumlöffel, Beinenlöffel, Milchlöffel, Löffelmäuler, Gänslöffel: Nun sing mir lieber Stöffel, hoho lieber Löffel. Nun sih ich wol, daß ich auch soll, Mein Löffel einer tragen, So bring ich Rotzlöffel, Orenlöffel, Butterlöffel, Schaumlöffel, Was soll ich weiter sagen: Secht liebe Freund schön glatte Löffel, rau Wirtshaußlöffel, Ammeisterstubenlöffel, der Martschen Löffel, der Dürlin Löffel, der Ursel Löffel, der Hopffensidrin Löffel, Heyntz Löffel, Kuntz Löffel, Claus Löffel, Fritz Löffel, Ule Löffel: wer will darüber klagen, All Ort voll Löffel, all Winckeln voll Löffel, die Stub voll Löffel, das Hauß voll Löffel, Ich will nach keim mehr fragen: Singt nur mit Schall, ihr Löffel all, hoho Löffel do. Heiaho, gut Heynrich Encian, Specian, Agermund unnd Rübenkraut, Lorkäß, Dannzapffen, Achsselkolben, Deitelkolben, und die breiten Dockenpletter, waren wol gethan. Oho ho ho sie will mir kramen: Horcha, welchen lieb trinckst am liebsten? Den andern: Neyn, Trinck diesen, der ist dein, doch der Wein, die Geschirr wöllen wir dem Wirt zu Pfand lassen, er mag sie darnach unter die Juden versetzen. Holla Wollax, Dolla vollax: Nimbs und stimbs recht. Frölich so will ich singen, Schlage dein Weib umb den Kopff, Ich muß dir diesen bringen, Zih dein Weib bei dem Zopff, Das Lied das will nicht klingen, Ich stopff darfür den Kropff. Sing fort du Rebentopff. Der Ludel und der Hänsel Figel, und Oswald der Zirel, und der Jörgel Caspar kam, Dieselben guten Compan, die truncken, der Lipp schaut inn die Kandel, Er klopftet, sie war lähr, Hupff auff, Presinger, hupff Lipp in den Klee: Wer singt nun meh. Nun grüß dich Hey du Edler Safft, Und hast du Gugel funden, du gibst uns Freude, Mut und krafft, und hastu Gugel, und wiltu Gugel, unnd hastu Gugel funden. Frisch auff Rebhans im Mäntelein, die Gugel muß gewaschen sein, Diß Gläßlin Weins das gilt dir halb. Trincks gar auß du mein liebes Kalb, Er satzt dz Gläßlin an den Mund, er trancks wol auß biß auff den Grund. Er hat ihm leiden recht gethan, Das Gläßlin das soll umbher gahn. Zu letzt fül einer undern Banck, Dem andern ward die Zung zu lang: Ade Ade mit guter Nacht, Wir han die Gugel zuwegen bracht. Obehe, wir fressen Bauren, und sauffen Edelleut, unnd scheissen Mönch, darumb so weißge hie und tünch. Von Edler art, Spey ich inn Bart, On als gefehr, Trug ich so schwer, von starckem Wein, Fürt man mich heim, im Sessel bald, drinn ich erkalt, und speit ein Ban, Es möcht einer han, Ein Schiffelein gefürt, Gantz unverirt, darumb thut mir noch der Bauch zwischen den Ohren wee: der Theophrastisch Tartarisch Weinstein hangt mir noch an Zänen, wann nur alte Weiber unnd die Hund dran seychten, so gebs guten Burgundischen Salpeter. Nun es gilt ein Taubenschluck unnd ein truck, auff ein Muck, ich erstick sonst dran, wie jener Herr, der das Maul offen vergaß, daß ihm ein Flieg in die Gurgel saß, und ihm verletzt die Weinstraß, wie die Reinstätt den Cöllnern den Weinpaß unnd das neunt Faß: es schluckt sich besser als Camelshaar und Katzenhaar, diß muß von eim schwieren unnd gieren, wie der Hechssen Scherben unnd Lumpen. Hei neyn, wir Schälck sitzen hie bei frommen Leuten. Frau Wirtin, habt ihr uns nicht gern im Hauß, So jagt uns wider gütlich drauß, Aber zum Sturmwind heißt diß Hauß, darumb so leben wir im sauß: So sauß, so sauß mein Windelein sauß, das Glaß ist auß, Fein nach der pauß. Ich armer Knecht, kam selten recht, Mein Seckel hat kein Futer mehr, Hoscha wer weiter kan, der sings fortan. Des muß ich euch bescheiden, die Parschafft mein, was mir gaht ein, zahl ich nicht bald zu zeiten, die fahrend hab, gaht auff und ab, Ich habs auff andern Leuten, Ich hab auch ligend Güter, die dörffen nicht viel Mist, darzu darff ich kein Hüter, Man stilt mirs nicht zur frist, von Korn und Wein, was mir gaht ein, darff ich kein Zehend geben, Was ich trinck zwar, Ein gantzes Jar, das wachßt mir alls an Reben, Mein Hauß ist fein auffgeraumet, Stossest dich zu Nacht nicht drinn, die Knecht lan dich ungesaumet, darffst kriegen nicht mit ihn, kein Ratt noch Mauß, inn meinem Hauß, hörstu zu keiner Stunden, darzu kein Schab, in Kleidern hab, Ich all mein tag nicht funden, Ich hab in meinem Keller, kein Seygern brochen Wein, der kost mich nicht ein Heller, kein Brot wird schimlicht drin, Auch mein Kornschütt, hat

Wibeln nit, Mein ställ sind fein außgbutzet, Stirbt mir deßhalb, kein Ku noch Kalb, lug was mir das nur nutzet, hab gar ein ruhig wesen, darff nit inn Raht zur witz, darff nicht viel Bücher lesen, hab gar ein guten sitz, Gib wenig Steur, ist manchem theur, Mein Vih ist bald erzogen, Gelt leihen auß, kompt mir nicht zu Hauß, mit borgen wird ich nicht betrogen: Mit fegen und mit wäschen, darffst du kein müh nit han, ich hab ein weite Täschen, nimm mich keiner Hoffart an, Als mancher thut, Mit seinem gut, Inn Gold, Sammat unnd Seiden, kein Silbern Gschirr, Thu mir herfür, Von dir will ichs nicht leiden. Die Frau die sprach mit züchten, Ich acht nicht Seidener Häß, Meins guts will ich dich berichten, Ich hab ein gut geseß, darinn ein Bronn, Bscheint nit die Sonn, So will ich dir auch bringen, Ein gut einkumm, Nun glaub mir drumb, kämst noch zu grossen dingen, du brauchst nicht alls dein leben, was ich jetz bring zu dir, wolts nicht umb Meyland geben, Allein das Wassergeschirr, gleich morn unnd heut, darffst haspeln neut, das Garn das ich dir spinne, kein Weberlohn, darffst geben darvon, Ist nit ein kleiner gwinne, das Hund unnd Katzen nit fressen, hab ich inn guter hut, das minst das du wirst essen, Sind Hüner, Wildbrett gut. Doch ding auß, daß du kein Hauß, zubauen woltst verdingen, was zu hinderst im Winckel ist, das will ich mit dir theylen. Unnd wann du wilt verterben, Schuldhalb must auß dem Land, So zeigt man mirs an dKerben, gibst weder Gelt noch Pfand, Das macht daß ich, So dienstbarlich, Mich gen der Welt kan halten, ich trau dich zu mol, Ernören wol, und solt ich drumb zerspalten: das ist ein schöne Nehrsteur, Ehsteur, Wehsteur, das macht der Wein ist theur, ja so saur und theur ist jetzt der Wein, daß man ihn eim muß spielen und singen ein. Ist niemands hie der doppeln will. Nur närrisch sein ist mein manier. Inn dieser Welt hab ich kein Gelt, inn jener Welt, mir keins gefellt. Wo soll ich mich hinkehren, Ich dummes Brüderlein, wie soll ich mich ernehren, Mein gut ist viel zu klein, Als wir ein wesen han, so muß ich bald darvon, was ich heut soll verzehren, daß hab ich fern verthan, Ich bin zu frü geboren, wa ich heur nur hinkomm, Mein Glück das kompt erst morgen, hett ich ein Keyserthumb, dazu den Zoll am Rhein, unnd wer Venedig mein, so wer es alls verloren, es müßt verschlemmet sein: Was hillffts daß ich lang spare, vielleicht verlier ichs gar, solt mirs ein Dieb außscharren, es reuet mich ein Jar, Ich will mein gut verbrassen, mit schlemmen frü und spat, ich will ein sorgen lassen, dem es zu hertzen gaht, wann wir das Gelt verbrassen, darnach so trinckt man Wasser, wie geschriben staht, *Sitientes venite ad Aquam.* Ihr Wasserige kompt zum durst, der Wein ist heur nicht wol gerahten, Aber wir kommen ungeladen. Der Zapff ist klein, und laufft gemach. Der gar hungerigen waren trei, Sie liessen kochen einen Brey, sie truncken als sie konten, der Gibling hielt den Pfannenstiel, O Sauer im Arß, du frist zu viel, des Brey bei siben pfunden. Losa, Losa, trincket ehe euch der Bachus tringt: *Qui timet irati numina magna bibat,* Wer sich besorgt vor Cadmi Muter Plag, derselb wol trincken mag, dann er macht die so ihm widerstarren zu Narren, und zu farren die i*h*m nachfahren: Es ist Medicisch, im Monat zweymal voll, bekopt dem Magen wol: Wir ehren den Athenischen *Bachum rectum* nit recht: dann wir sauffen uns Contract und lam: Es ist kein rechter Fuhrman, der nicht umbwerffen kan: Diß schneid den Wein, das schneid den Gewinn, das truckt der Taschen das Hirn auß, Was soll mirs Gelt inn der Täschen, mir thut viel baß das Gurgelwäschen, schenckt ein unnd lebt wol, wir wollen werden voll. Wer hat mir den Kreutzer in Becher geworffen, jetz muß ich i*h*n mit grosser not holen, das mir die Zung naß wird, die ich doch lieber netz als ein Katz die Tapen, O wie ein naß durstig Angesicht, es durst einen wann ers ansicht, Trag auff mit schalle, wers auch zale, hüpschlich nicht stoß umb, Sich Nasen König, wie die Naß drein steckst, Jora je jo, wir sind fro, der Pfarrherr ist do, Vinum Cos her, ja kost, Vinum Theologicum auß des Pfarrherrs Faß, der macht kein Kolocompaß, wie dünn knite und knoll, der eim im Bauch roll. Vinum *quæ pars,* verstehst du das, ist auß Latin gezogen, ja nur gar wol, ich bin es voll, Ich bin i*h*m offt nachzogen, inn dem Donat, der Reyflin hat, hab ich es offt gelesen, *quod nomen sit,* das fält mir nit, Man trinckt ihn auß den Gläsern, Vinum quä pars, unnd hast kein Glaß, so sauff mir auß dem etc. a: Nims Glaß zu dir, declina mir, Vinum laß Gläßlin sincken, Nominatiff hoc winum, Ist mächtig gut zutrincken, welcher gesell, Jetz weiter wöll, Vinum auß declinieren, Pluraliter, den bring man her, Ein maß drey oder viere. Wer sind die uns diß Liedlin sungen, das haben gethan zwen Schreiber gut, ein alter und ein junger. Nun fort du voller Zwölffnarr: sauff wie ein guter Oelpresser. Wolauff i*h*r Brüder allzumal. *Quos sitis vexat plurima.* Ich weiß ein Wirt klug überall, quod wina spectat *optima.* Sein wein mischt er nicht mit dem Safft, *E Puteo qui sumitur,* Ein jeder bleibt inn seiner krafft, *E botris ut exprimitur.* Herr Wirt bringt uns ein guten, im Keller *quod est optimum,* die Brüder wollen frölich sein, Ad Noctis *usque terminum,* wer greinen oder murren will, *ut Canes decet rabidos,* der mag wol bleiben auß dem Spil, *Ad porcos eat sordidos.* Botz tausend Rasperment, das heißt wol solmisiert, laß sehen ein *Tricinium,* ich will mit dem Gutteruff Bassieren, so Tenorier du mit deim Kranchhalß, unnd der vagier mit dem Lüllzagelzincken, drei Gänß im Haberstro, Sie asen unnd waren fro, da kam der Bauer gegangen, Wer do, wer do, wer do, drei Gänß im Haberstroh, Bibit pater Abraham, wiwit Noa, winwit Lot, biberunt Prophete, *Biberunt omnes* Apostoli, Bibit Dominus Johannes inn Charitate, trincks gar auß, Alleluia. Unsere Eltern trunckens voll, unnd wir trincken uns halb doll, unnd fegen die Lüllpott wol: heißt das nicht wol geschissen unnd gesungen. Nun trincken biß ihr pincken, den Becher lieb ich für ein Zincken: der darff so starcken Athem nicht, Zinckenblasen den Kopff zerbricht. Nun Trinckenblaser, blaß inn Zincken, spann die Backen. Was solt ich den drei Gratien zu lieb nur treimal trincken, warumb nicht den Krügen inn Kana zu lieb sibenmal, unnd wie man den Brüdern vergibt, ein tag siben unnd sibentzig mal? warumb nicht den neun Musis zu lieb neunfach noppel so viel xcix mal: Was? *Vel duo potanda, vel tria multiplicanda.* Martialis gefallt unser genaden, der tranck so viel Hochbecher auß, als viel seiner Bulschafft Nam Buchstaben innhielt, Gar bene, so muß mein Bulschafft Be a er bar, te o to barto, el o lo, lo, tolo bartolo, em e me, me, lome, tolo me, bartolome, e es us sus, muß Dittel Krebsfuß, küß vier dahinden, trei ist ungerad, heissen: Als dann so werd ich ihren des öffter gedencken, je öffter man mir wird einschencken. O ihr liebe Weiber, wie ein gutes Fündlein für euch, auff diese weiß können die Männer beim Wein euer nicht vergessen, laßt ihnen nur dapffer einschencken, heißt eine schon Annle, so sag sie, sie heiß Peternellulele, oder Magdalenelelle, so trincket er des meh, unnd rauffet sie, wann er heim kompt, des ehe. Wein hat doch Weiberart, lämet einen gleich so hart, darumb Weinbeer unnd Weiber zusamen, so können sie die murrenden und hurenden Männer lamen, Was lamen? Hieher Cordele Huy auff, an mein grüne Seiten. Was greiffet ihr? Ihr macht schier, daß ich euch das Fallend Übel schwür. He he, die Weinlein, die wir giessen, die soll man trincken, die Brönnlein die da fliessen, die sollen schwincken. Unnd wer ein stäten Bulen hat, der soll ihm wincken: unnd wincken mit den Augen, unnd tretten auff den Fuß, Es ist ein harter Orden, der seinen Bulen meiden muß, unnd noch viel härter, daß ich diß hoch Glaß außsauffen muß. O wie ein harte Büß, drey Gläser mit Wein auff ein schimlich Nuß: gewiß die Gänß gehn ungern barfuß: Nun sing, Es flog ein Ganß mit ihren Federn weiß, die flog inns Wirtshauß mit fleiß, Sie was gar schön formieret, mit einem langen Halß unnd gelben Schnabel gezieret, ihr Gesang ist da ga ga ga. Schürtz dich Gretlin schürtz dich, du must mit mir darvon, das Korn ist abgeschnitten, der Wein ist eingethon, Sich Hänslin liebes Hänslin, so laß mich bei dir sein, die Wochen auff dem Felde, den Feirtag bei dem Wein, da nam ers bei der Hand, führt sie an ein end, da er ein Wirtshauß fand, Wirtin liebe Wirtin, schaut uns nach külem Wein, die Kleyder die das Gretlin anträgt, müssen euer eigen sein, Weißt uns ins Bett hinein. Ach Gretlein laß dein weinen sein, Gehst du mit eim Kindlein klein, Ich will der Vatter sein, Ja ist es dann ein Knäbelein, Eyn kleyns Knäbelein, So muß es lehrnen schiessen, die kleyne Waldvögelein, Ist es dann ein Meydelein, Ein kleins Meidlein, so muß es lehrnen nehen, den Schlemmern *ihr* Hemmetlein: ja Hemmetlein: Ey daß man *ihm* lang ein Gläselein, Ein groß Gläselein, darauß er schieß sein Nachbaur Jäckelein, Hans Jackel Guttuen Hudelump, Es ist ein Sehne gefallen, Es giengen trei gut Gesellen, Jörg Nissel, Sig Michel,

Hudelump Hans Jackel, spatzieren umb das Hauß, hudelumpe, dann es ist noch nicht zeit, O Lempe, der Weg der ist verschneit. Gut Reuter bei dem Weine saß, Oho, der sich viel stoltzer Wort vermaß, do do, ists nicht blo, so ist es gro, So, so. Wann der best Wein ins faul Faß käm, darinn müßt er ersauren, So wann jungs Meidlin ein alten näm, ihr hertz müßt drob ertrauren: Unnd nimpt das Meidlin ein alten Man, So trauren all die Gäste, drumb bitt ich zarts Jungfräulin nun, Halt du dein Kräntzlin feste, Soll ich mein Kräntzlin halten fest, will es doch nicht meh bleiben, lieber wolt ich mit eim jungen Knaben, Mein zeit unnd weil vertreiben, unnd wer das Fäßlin noch so rein, So find man trusen drinnen, So welch Jungfräulin seuberlich sein, die sind von falschen Sinnen, Ein Zuckerlad mit Spinnen, ja Spinnen. Nun spinn ich den auß, der muß ins Narrenhauß, jetzund ein anderer paus. Man sagt, Nems nicht zu hoch Bruder, Man sagt, ist noch zu hoch, von Gelt und grossem gut, das thu ich als ring achten, für alles gefalt mir ein freier mut, darnach ich nur will trachten, kein sonder witz, unnd kunst so spitz, will lassen umb mich wonen, und singen frisch, frölich ob Tisch, Nun gang mir auß den Bonen. Will Gott, muß kein Gelt bei mir, durch alter schimlig werden, Raum auff, halt nichts, ist mein begir, vil glücks ist noch auff Erden, Es kompt all tag, wer warten mag, das mir die weiß wird lohnen, nach dem ich ring, und täglich sing, Nun gang mir auß den Bonen, bei dem ichs jetzt will bleiben lon, Mich gar nit kümmern lassen, was jeder sagt nach seinem won, Trag auff vier, fünff, sechs massen. Ich bring dir ein, Auff siben stein, und kost es schon ein Kronen, So sing ich doch in disem gloch, Nun gang mir auß den Bonen. Wer wenig behalt, unnd viel verthut, der darff nicht stahn inn sorgen, daß man zu letst vergannt sein Gut, kein Jud thut drauff nicht borgen, dem Kargen geht, wie dem Esel geht, der Holtz und Wasser muß fronen, wärmt sich nicht mit, und wäscht sich mit, zu letzt muß er auß den Bonen. Secht wie ich die Bon will holen, und wie ein Weinmilb außhölen. Oho, schmatz, klapff, das Kannenlied hett mir schier die Naß erwischt, es setzet mir hart zu, die Augen gehen mir über: Ich wußt wol, die Wund ließ sich nicht ohn weynen heylen. Wolauff mit reichem schalle, Ich weiß mir ein Gesellschafft gut, gefalt mir vor anderen alle, Sie trägt ein freien Mut, Sie hat gar kleine sorgen, wol umb das Römisch Reich, es sterb heut oder morgen, so gilt es ihnen gleich. Gehabt euch wol zu disen zeiten, freuden voll seit bei den Leuten. Paule liebster Stallbruder mein, Wisch ein mal herumb, laß dir das Gläßlin befohlen sein, Rumm, Rumm, wider rumm, Ich bitt dich all mein Lebtag drumb, Wisch einmal herumb. Hie Cuntz Löffelstiel, hie diesen Spül. Ihr Nasennetzer, trincket den Wein, den guten Moscateller, die Frau hat den Beltz verbrant, Er kostet nicht drei Heller, Trinckt ihrs Latznasse deß völler, Es ist noch meh im Keller, Holla mein lieber Stalbruder, Nun hör mir fleissig zu, Ich lig auch gern im Luder, Hab tag unnd nacht kein rhu. Den Becher nimm ich jetz zu mir, du sichst er ist schon voll, den will gewiß ich bringen dir, Soll dir bekommen wol. Da hub er an zu trincken, Den Becher halber auß, Ich meynt er wolt versincken, Erst kam in mich ein grauß, Doch war der handel nicht so schwer, Es stund noch zimlich wol, der Becher der war worden lähr, Den ich hat gsehen voll, Dem will ich einen bringen, der an der seiten sitzt, Wie kan ichs als erschlingen, Ich hab fürwar ein Ritz, Doch will ich von dir wissen bald: Was gibst mir für ein bscheid, Wilt den Becher gar oder halb, Zeigs an bei rechter zeit. Was wöllen wir mehr haben, den Schlafftrunck bringt uns her, Von Lebkuchen und Fladen, unnd was ihr guts habt mehr, die Specksupp laßt uns kochen schier, Es ist grad rechte zeit, Ich glaub es hab geschlagen vier, Der Han den Tag ankrät. Das Liedlein will sich enden: Wir wöllen heyme zu, Wir gahn schier an den Wänden, Der Gluchssen hat kein rhu, Ich dürmel wie ein Ganß herein, das mir der Schedel kracht. Das schafft allein der gute Wein: Alde zu guter nacht. R.S.M. Geb euch ein frölichen morgen, Ist keiner hie, der spricht zu mir: Gut Gesell der gilt dir, Ja lieber Dölpel, Ein Gläßlin Wein trei oder vier: Ist Hunds zum Bier, der Keller ist gefangen, der Koch der ist gehangen. Ist Hunds, der Benzenauer sprach, Ist Hunds: wa habt ihr geschlaffen, daheim oder sonst an eim ort, Ist Hunds, O lami lam vih. Bistu der Hänsel Schütze was ist dir dein Armbrost nütze, wann dus nicht spannen kanst, prim, pram, prim, prom, pram, da giengen die Glocken an, prim pram: Was prim pram, vom Morenstamm: Friß auff unnd scheiß es wider, das bringt das verloren gut wider. Wir zwen lieben, euch zwen Dieben, wir zwen frommen: wartens von euch zwen dummen, dummel dich mutz, O Morenwadel wie saufst dich so strack, wie ein Wollsack: Sehe wie siehst, wie ein Kätzlin das niessen will, Hei wie sichst du so rot, wie ein Kätzlin am Bauch, Ich süff dich tod, unnd wider lebendig, Ich wolt dich inn ein Stro sauffen, Ha du saufst an Galgen, deiner neun freß ich zur Morgensupp, Ach nicht halb so wild, stundst heut gesund auff, was ist dir jetz geschehen? bistu hön, so mach dich von der Wand, daß du berämst kein Hand. Holla, das Maul zum Arß, man blaßt auff, blaß mir inn Aermel, kuß mir den Elenbogen, ich hab den Arß inn Ermel geschoben, spann die backen, und schieß mir die Zung inn Arß, biß ich mag, der Teuffel soll dich lecken, der hol dich, der nem dich, der zerreiß dir das Fidle, der hol dich inn der Senffte, so zerstoßst kein Knie: O ihr Weinesel, O Schweinkuntz von Morenfeld, O Säu Jost, wie schmackt der Most, jetzt wers zubrauchen auff der Post, Auß die Kant an Kopff: Sih Zettenscheiß, rüch, wie ist mir dahinden so heiß, daß dir Paule Krebserle das Loch zerreiß, da beiß, zünd mirs Haar im Arß an: was darffs der Mäuß, Mein Schwester ist ein Bierfaß, sauff ihr die Heffen auß dem arß, Mein Arß ein Kalbskopff, friß du das Hirn, Meiner ein Saltzfaß, sey du die Geyß:

Hui Unfleter, O Hundsfliegen, Küßkul Kelbertate, leckt Schmaut im Hünerhauß, Wie? soll ich hinauß, Botz hundert tausent Elen an enden, ich wags so dürr als im Sommer, die Schneider zum Arßwisch, Ich freß dich sampt deinen Läusen, Fang hinden an, so hast den Senff zum besten, Hoho Narr, wilts Kind beissen, wie? woltst ehe du kieffest schmeissen, halten i*h*n, halten ihn, Man wird mich wol halten: Herauß bist Mans werd, da wöllen wir einander die Seel auff dem Pflaster umbjagen, unnd solt ich zehen Marck verschlagen: Ach du blöder Hasenkopff, O Muffmaff, dat dir hundert tusend Tüffel in de Liff fahren, Hey daß dich der Teufel zu Schilttach hol, so sitzst auch wol, hey der hol euch beyde, so haben wir friden. Ich hab auch des Krauts, Rausch wider Rausch, laß mich machen, ich hab Haar im Arß, Hui, hui dem Ofen zu, zur Stub hinauß: Hie ligt er im Treck inn aller Saunamen. *En iacet in trexis, qui modo palger erat.* Wie ein geschlachtes Bürstlein. Das Wetter ist fürüber, der Wein ist uns dest lieber, daß er die Köpff so wunderlich schöpfft und töpfft: Was soll ein Mann, der nicht mit eim rauffen und sauffen kan, Idi hau eben so mär mit eim, als ich mit i*h*m sauff, darumb heiß ich Schramhänßlin, mein Vatter hett nur einen arm, so hab ich anderthalben: Aber ich iß mein Theyl ungeschlagen, ich auch, wann ich mich genug mit eim überworffen hab: Idi will lieber mein Gelt verzechen, als den Herren geben und den Fürsprechen. Wolan hin ist hin, Leget euch inn die Sach, mit den Elenbogen ins Kaht, stupffet ein, sprecht nach, daß i*h*r wolt zufriden sein, was der Richter spricht, euch wegern nicht: Lang den Richtwein, die Richter haben sich gesetzt, Wer den andern hat verletzt, Lang dem andern das Detzlin, Und bring ihm drey Gesetzlin, Uns auch auff den schaden, Zwölff Maß Wein und zwölff Fladen, So seit ihr aller Ansprüch entladen. Ha volle wol, wir bedancken uns des Urtheyls, hierauff gilts drey auff eim Stiel, was geht auff drey Beinen, die vier dran, bin unerschrocken, fährst an kein Stock, Wer nun ein Huderbutz will sein, der verschwer den Wein, stopfft noch eins ein, Iß Furtzknecht, Wirtsknecht trag auff, das ist ein Neuer Weinkauff, Es gilt mir mein theyl mit, HerdSu, HerdSäu, wir haben erst die erst Maß, Schenck ein, daß ein Müle treib, Bring Brot das überbleib: Gelt das nimmer bleib. Ich süff jetz das Mör auß, wann mir die Wasser auffhieltest, die drein lauffen: Laß uns diß Bier mit Schüsseln auß der Melckgelten schöpffen, unnd es bei zehen Schüsseln zusauffen, Gelt es schmackt wol über nacht auff dem Mist, liebe Schlucker gaudiamus, der Elsaßbachus lad uns auff ein neus, Secht wie rauscht der Wein, wie trabt er herein, das kan mir ein Hertzensafft sein, O Hertzensälble zur vierten völle schmackst erst wol, O Erdenblut, O Leberfrist, mein Lungenschwämm, du heylige abwäschung meiner Kleyder, O Kragenspülerle, Stirnstosserle, Zungenbädlin, du Fußfiderer, du Vettelnkützler, du Bettlerbett, Ach Himmelthau, durchfeucht meins Hertzens Au, du bist doch solcher Kindbettern fünfft essentia, du mein liebes Rebenbrülin, mein Banckpfulwelein, Gumenkitzel, Netz den Gaum, Meienreglin, Herbstmellin, Aprillenbädlin, Widergrün: Wend unmut, Wintermeyen, du mein Triackers, in summ, in Vite vita, inn Reben steckt das Leben, Ich werd allzeyt feißter im Herbst wie die Wachteln: das weiß hie mein Nachbauer Bonenstengel. Gelt es kost dich die Hand wol etwas: Gewiß du hast keinen Zan im Maul, er kost mich hundert gulden: genau gerechnet: Mein Knabatz bring uns ein Poetenseydle, Ede, bibe, lude, nach toden nulla wolustas: saufft, spielts, hurts, seits nur nicht Lauterisch: Vivite, Winwite *lœti dum fata sinunt,* Saufft euch satt, weil mans gestatt: morgen wird mans verbieten: dann den Herrn schmackt der Wein nicht mehr: Ja, ja, er schmackt ihnen nur zu vil: daher ihr keiner es verbieten will: het ich so lang gelt zu zahlen. Empfangt zu danck, was die gegenwertig stund schanckt: Jetz empfangt, was sie jetzt langt, du bist des mornigen tags kein Herr: wir seind einmal geboren, das andermal will mans nicht zulassen. Nun *linque severa,* laß die Rahtsherrn ernstschafft sein: Was morgen geschehe *fuge quærere,* darnach sey dir nicht weh. Nun ist bibendum, nun pede libero zuträppelen tellus, unnd zu Läppelen häl us, wie man schreibet in Tabernaculis rusticorum, im Land zu Sachsen, ca: ubique, inn altiquo muro, mit weissen Kolen, Sauff dich voll unnd leg dich nider, Steh frü auff, und füll dich wider, So vertreibt ein füll die ander, Schreibt der FronPrister Arslexander. Ecce wie bonum unnd iocundum wa die Brüder zusamen thun, und werffen den Abt zum Fenster auß. Dann alsdann completum est *gaudio cor nostrum,* So waschen wir unsern Schnabel im Wein, unnd lingua nostra in exultatione, und singen mit wonne, Kein besser freud auff Erden ist, dann gutes Leben han: Mir wird nit meh zu diser frist, dann schlemmen umb und an, darzu ein guten mut: Ich reyß nit sehr nach gut, als mancher Schabenkäß thut. Ich laß die Vögel sorgen, in disem Winter kalt, Will uns der Wirt nit borgen, Mein Rock geb ich ihm bald: das Wammes auch darzu: Ich hab noch rast noch rhu, den abend als den Morgen: Biß daß ichs gar verthu. Steck an den Schweinen Praten, dazu die Hüner jung: darauff wird mir geraten: Ein guter frischer trunck, Trag einher külen Wein, unnd schenck uns tapfrer ein: Mir ist ein beut gerhaten, die muß verschlemmet sein. Trei würffel und ein Karten, das ist mein Wapen frey, trei hüpscher Fräulin zarte, An jeglicher seiten trei. Ich bind mein Schwerd an seiten, Und mach mich bald davon: Hab ich dann nit zu reuten, zu fusen muß ich gohn, Es kan nit sein gleich: Ich bin nit allweg reich: Ich muß der zeit erwarten: Biß ich das glück erschleich. Hieher Frau Wirtin, trinckt eins für euer Irrtin: Geltet ihr Fronecken, welche nit gern spinnen, die geben gute Wirtin? Ja scheiß hast nit geschissen, jedoch seit willkomm ihr hüpschen Gäst, wer hat euch dises Jar gemäst? Du wüster wust, daß dich der Ritt, in die Knoden mit deim greiffen schüt, Ich weiß wol wo mir hin solst greiffen. Daselbst hin solstu mir auch Pfeiffen. Ey pfeiff Ludy Säuburst, der hat ein wüst maul. Hui annen, hui annen, Lerma, lerma ihr Hofleut, sagt der Teuffel, ritt er auff der Sau, hie zum Hoffannen, zu des Philoxen Nebelschiffs Segel, zum Kranchskragen, da last uns das Läger schlagen, allein sauffen ist Viehisch, In dem Land kan ich nicht meh bleiben, der lufft thut mich in Schlauraffen treiben, drey meil hinder Weihenacht, da seind die Lebkuchenwänd, Schweinepratenträm, Malvasirpronnen, Bachschnittbach, Bachfischbäch, braune Füt auff dem Deller, Eyer im Schmaltz für Hartz und Gummi da die Taubenschlag mäuler gepraten Wachteln fangen, die dem Bauren über Nacht im gesäß geruhet haben, da der Milchramregen, der Zuckererbsen Hagel, der speisold, unnd schlaflon regiret, O der Pratwürst Zäun, honiggips, fladendächer, welche die Weinhelden vorstürmung des vollen Bergs sehr verschantzen, Ach des guten Herrn von Weitloch der da blib, in Pintersleben *natus*, Hans Raumtasch *sic vocatus, Omnibus* war er *gratis, quia bipsit in charitatis*. Was? ich nem ein Kutt, und versuff ein Kloster, Hiha Farghans, Mir zu als einer Ku, Ich wart sein, als ein Schwein, Halb als ein Kalb, Gantz als ein Farrenschwantz, Ist gut Bir, Es gilt dir, liebes Thier, Ein stubgen oder vier. Ach wie thauflos gut Kunden, Nun cantate canticum auß der kanten, daß die noten auf die Erden fallen, pfui wie rauchen die kleien, Freß du die Schweinfedern, Pfei der Lucerner Psalmen, Lang her die Bückelhäring von der stangen, Nach der Specksup hab ich verlangen, sonderlich wann man Kertzenstümpfflein drein stoßt. Den Gumpost her inn Essich geplotzt, die Butterbüchs her, Rostig Häring auß der Thonnen inn Essig gezwibelet, Mir Pfirrsichkern, Gib einen Kappen, einen Trappen, und vier Klappen, daß wir die schnappen, auß einer Baierischen gemalten Schussel, die uns ferbt den Trüssel, auch feißte Gänß, gut gedöns, Gut Most auß ungefügen Krügen, Trincken daß ihr sincken, hincken und zersprängt die rincken zu diesem schüncken, Nun glincken, nun glencken zu den Bäncken, laß einschencken, biß wir an durst nimmer dencken. Vom Früstuck soll man gahn, ins Bade dann, da laßt uns reiben, von schönen Weiben, unser kurtzweil treiben. Sich Baderin Kett, bereit ein Bett, darfst nicht sorgen, umb das borgen, wir borgen gern alle morgen, morgen machen wirs eben wett. Nun ihr Trabseck wider zu dem Mostikosti, daß niemand nit rostig, wisch, wesch, tisch, tesch, Pring frisch Fisch zu Tisch, im Pfeffer heyß, auch Nonnenscheiß, Hirschen hinden, wir verschlinden: will jeglich Knab, daß er hab, zwölff Cappaunen, elff Castraunen, Grosse Praten, lang als ein gaden, zwölff Pariserelen, die quelen, würst lenger dann ein spärpraten, von Ochsenbügen inn Kolen, Han unnd Hennen, von der Thennen, zu dem spiß: das was erschis, bereit den Mannen, inn der Pfannen: die Beirisch schlannen, wir fressens dannen. Wirt hast nicht ein volles Kar, Gar schmutzig klar, sultz von Ochssenfüsen: da mag ein trunck füsen, Pring Wampenfleck, das etwas kleck: Auch Haupt unnd Zungen, Leber und Lungen, Käß und Magen: durch den Kragen: Noch sind wir nicht voll: Dirn noch drey tutzend Regelpiren hol, die legen wir ein, darnach in Wein, laß uns fressen: Als die Hessen: unnd nicht vergessen, Groß trünck inn Pässen, laß frölich leben, umb hingeben, offt auffheben, von den Reben: Nun kröpffen: Nun schöpffen, den Osterwein auß hohen Köpffen. Wirt hast nit ein volles Faß, dasselb anstechen laß, Wir wöllen zechen bei der Glut, darzu seind Kitten unnd Kästen gut. Dises räumt Seckel unnd Täschen, daß uns kaum bleibt die warme äschen. O du hockst wol zu Tisch: Das macht ich hab auch auff der Rebleut Stub zu Bennfeld promoviert: Ja mit bestossung und behobelung der Stegen: Ha, das schad nichts, es vergeht mir wol biß ich ein Frau nemme: Wanns nur alles wol bestellt ist, daß wann der Wirt einen die erst Steg hinunder wirfft, ein anderer ihn flugs die ander auch hinab loß, und der Haußknecht ihn gar zur Thürn hinauß stoß. Hei, also verdient man die Irrten, darauff stoß ich dir den zu: Besser diß zugestosen dann ein Geyß, Pfui. Es gelt mein Alte, Warumb nit, wir haben je gewett. Gelt der Wein ist im Bett über alle Glutpfannen, da sticht einen kein Flo, wann man ligt im Stro. Itax ist kein Mistgawel, das Kellerlich eingeweyd ist mein freud, mein Deckbet, mein Wolffsbeltz, mein Nasenkap, mein Handsocken unnd mein Fußschuch, der sterckt das Hertz baß, als neunfach Korallen und Agstein körner, der streicht ein Färblin an, errichit socium den dillichit uchsor, der bleibt wunderlich frisch vom Mör, welchs kein Wasser thut, wann es schon auß Capaunen geprent wer. In summa er hat meh tagenden, als ein alt Weib Zän im maul. Aber einen Mangel hat er: der gut ist zu theur, und der saur zu geheur, Also daß dieser der meim Magen all Krafft verleucht, derselbig meim Seckel all safft entzeucht. Domine Phisiguncke ist nicht ein gemeyne Regel, treimal ober Tisch getranckensey das gesundest, mehr hab ich nit gelesen: Neyn, Neyn Marce fili, du hast den Cratippum nicht recht gehört, das Buch, so gelesen hast, ist falsch verkehrt, Im abschreiben ists versehen worden, drey für dreitzehen. Ey studier morgen. Scheib du mir disen mit beiden henden unnd allen Zänen zu: Huy scheib, schalt, wie eins Kerchelziehers Frau, die den arß verrenckt. Hie hie Bäßlin Trein, Röste mir diß Bißlein zum Wein, Pa Po geröst Fürtz in der Schafschellen. Ruckt zusamen ihr Knospen, Ich gehör auch an den Pfosten, sagt der Dib, dir lib, zu eim gespickten Galgen. Was truckst den Käß? es gehn vil gut Schaf in einen engen stall, Ich wolt nit daß ich allein im Himel wer, Hett unser jeder im Paradiß so viel raum. Wer wirfft mit mir inn die Höll. Hey bestettig dir dein Ehr lieber Son, das Weinschencken steht dir wol an, das dus lang mit freuden treibst, wie das Kindheben zur Gevatterschafft: Solcher Vätter hab ich viel am Galgen. Villeicht auch vil Brüder Ist dannoch war. Weinschencken ist ein gut handwerck, wie Honig machen, dann die damit umbgohn, bekommen allzeit ihr Partickel davon. Hui störtz den Becher, Gödecke Michel, da hat der Teuffel ein gleichs geworffen, Gelt Raumsattel, mein Schitdensam. Last uns eins toppeln, der minst ist Knecht: es glückt baß, wann ich mit singen darzu Paß: Sechs unnd siben, haben mich vertrieben, auß meinem gewand, das thut mir and, eins drein, Botz Velten zwey drauß, Halta schau, da komt Quater dauß, ja sechssen machens gantz, das ist eben mein schantz: Nun ein anders, dir wässerts maul, Nein, es Weinelt mir: Mir saugcrts, darumb hört zu ihr Gesangrichter inn der schönen Trinck oder Singschul: sitz ich schon auff keim hohen Stul, so darffs ich auch nit so hoch anfangen, nun es gilt die Kron. Hilf dz ich frölich bin, das macht allein der gute Wein, der thut mir sannft einschleichen: Er liebet mir ins Hertzensschrein: von ihm kan ich nit weichen: ja weichen: Und wann ich zu dem Wein will gahn, so muß ich ein par batzen han: das ich die Käl thu schmiren, Es ist ein guter sanffter Wein: Er thut mich offt verführen. Wo ich bei dir sitz über Tisch: So machst mich also frisch: dz ich heb an zusingen, und wa ich bei den Gsellen bin: So thu ich ihn das pringen. Ach Wein du schmackst mir also wol, du machst mich dick auch also voll: das ich nit heim kan kommen: So fangt mein wunder böses Weib, daheimen an zuprumen, ja prummen. Ach Wein du bist mir viel zu lieb: du schleichst mir ein gleich wie ein Dieb: drumb laß ich Vöglen sorgen: Kein Wolff frißt mir kein Ku noch Kalb: und solt er daran erworgen, ja worgen. Hei die Truncke metten die laßt uns hertretten: Er sinckt schon auff die Banck: Urbans Plag macht ihn kranck: und machts nicht lang: Bei diesem Gesind: Da trinckt man geschwind: Arbeit langsam unnd lind: der Wirt ein groben Baß zustimpt, so ist es jetzt das allerbest: der Wirt ist völler dann die Gäst: im kropff fengt er zu dichten an: ein compositz kan niemand verstan: Er dunckt sich weiß unnd wol gelehrt: die noten wirfft er wider die Erd: Dasselb ein halbe stund wol wehrt: Er madits so krumm, unnd spricht kurtzumb, Wer kert mirs Pultpret umb: So ist doch das ein edel gesang: Er käut es hin und her im wang: Sie singen Noten klaffter lang: der dicken singens also vil, und schiessen unbillich zum ziel: In einem Suspir, Pringt ers herfür, der Haußknecht kehrts bald hinder die Thür, oder vom Tisch: mit Flederwisch: das Gsang das inn den Gsellen steckt: Gar übel inn der Stuben schmeckt: Es macht ein Plüder: laufft als über, der Haußknecht kompt mit Kessel und Zuber: und kehrt die Noten one zal, under dem Tisch und überal: Oho das sind grob noten, Sie haben lang inn euch gesotten: Herauß mit dem Butzen, halt den Kopff dem Utzen: halt dem Aderlässer das Becken under. Jetzund trinck ich nur des meh: Es gilt Capias tibi asine, Wer ein voll macht, auch billich leid, daß man ihm in den Busen speit. Man muß hie keine Stillmett halten: Sonder im getümmel als zerspalten: Nun zuck den Bande: Nun wirff den Stul, schrei Ketzer inn der Judenschul: die Kanten zu dem Kopff gestochen, den Tisch umb: Gläser all zerbrochen: das Liecht auß: Laust einander das Haar, daß wir den Judas jagen gar. Wolan der Wirt ist auch behend, Er nimt die kreid inn die Händ, zeichnet den unlust an die Wänd. Holla halt frid ihr Biderleut, wer schaden hat der trag i*h*n heut: Morgen sols ein vertragwein geben: So heben wir an das heutig leben. Ein Kotzschilling, Ein Kotzfärlin: wolan nun führet einander heim, secht wie der kugelt dort im schleim, und hat die noten noch im Bart, wie wirt ihn sein Frau küssen zart: wirfft uns der Wein schon inn treck nider, Gehn wir doch morgen zu ihm wider: Hieher ihr unfläter, es soll noch diesen ständlingen gelten: Ach es gibts Podagram: da nimm disen und schwencks Maul, ach die Zän seind mir zu scharff, mich brent der Sot, Da iß für Johansbrod diß Ränfftlein brot. Oho schmaltz, das ist hinein gejuckt. Hieher setz dich neben mich, ich sing dir eins biß diß dännlein außpfeiffst. Mein Tag, keyn zag, Bein Gsellen was, darbei ich saß, den Abend als den Morgen frü, da war kein rhu, Allein trag auff, zett nicht: Lauff baß: Schenck ein das Glaß: Thu bescheid: Bei meinem Eyd: Ich hab dirs Pracht: ohn allen Pracht: Ey wie muß ich des Wundenlosen guten Gesellen lachen: Gott grüß fromme Landsknecht: Wo sie schlaffen oder wachen. Lang her Korallenwein, Bibe, oder abi, wie saufst so gählich wie ein Hund auß dem Nil: Hie den Willkomm, Es steht in guter hand, Ach die beyn wöllen nicht meh tragen: die Sonn will i*h*ren schein versagen: die Zung geht auff Steltzen: Sie stottert, der Kopff schlottert: Jetz wir inn den Säustall gahn, unnd raffen den Sau Utzen an. Was Utzen: Laß uns gen Fach fahren. Setzt einander recht zu: wie viel trinckst auff disen Hennenpörtzel auß: Siben: wer will meh geben? Ich nit, ich haß das Ganten, dann es manet mich an die Gant, da man mir vergant, allen Haußrhat und gewand: unnd ließ mir auch an der Wand, Nit ein Kräußlein noch ein Kant, darinn ich doch manchen trunck fand. Den will ich dir darfür inn Busen schieben, den in Ofen schiessen: Verfehl des Mauls nicht, und treff die Naß: Ich kützel dich: Ich lach noch nicht: Eyns auff den Becher: zwey fürs Maul: diesen daß das Glaß kracht: den biß die Augen überlauffen: Biß der Atham zu kurtz wirt: den wöllen wir pleychen: Trincks in die Zänn: du must i*h*r sonst trincken neun: Ein weisse Hos, zu der Mum unnd Goß: Es gilt dir inn eim schmertz: inn schmalen Zügen: Hie diß Kleplatt zu sampt dem stil: Den Murlepuff: auff einer Guff: Ein Küsuff das nicht sitzest nider, Man heist dich sonst auffstehn wider, *sine ponere:* Ein Katzentrunck: inn eim funck, du hast ein stumpff Messer, das auß der schönen Westpholischen Krausen kein Funcken kanst schlagen. Ja das macht, ich hab gester die spitz abgebissen unnd gefressen: so fraß ich gester ein halb glaß, het ich treck darfür gessen, es bekäm mir baß. Nun inn eim gang, ein Andreskreutz: Armgeschrenck: In Floribus: Mit trei worten, Auff der Post, daß dein nächsten stost, Auff Hofrecht, Mit Koppen und Pfeiffen, Auff Weiber schlagen, Auß der Arskerben. Hie die vier Eck der Welt gesucht, die Roßmül getriben. Beu Männecke beu, Mit Nesteln einander zusamen geknipfft, das heißt complier, die Wamstknöpflin sind außgezelt so viel hab ich eingezehlt und hinein gequelt: Sich da, du bringst ein neu Paternoster an zehlung der Burgerssön auff. Den Gürtel auff, laß dem bauch seinen gang wie ein fromme Frau. Also recht zwen auß eim Glaß, das heißt Jani stirnschopffige für und hindersichtigkeit. Sich da, wie greiffts der so hoch an. Ich sih den Hirtz springen auß dem Wald, unnd trincken bei dem Pronnen, du siehst er ist außgspunnen, Nun thu bescheid unbsunnen, Wir haben Bauch wie Tonnen. O Gott behüt den Wein, vor Hagelstein, unnd treff den der die Maß macht klein, unnd thut Wassermilch, Eyerklar, Saltzspeck, Senff, Weydäschen unnd Tropffwurtz drein. Pring uns den firnen, den Kehrauß inn der Stirnen. Ach wie verwund von des Kellers Geschoß, die Farb zeucht mich wie der Magnet, das ist der Johanssegen. Ey lieber mein, mach zur letz uns das, es geht gar wol, du weist wol was, zeuch die Geig auß dem Sack, oder nem die Sackpfeiff strack unnd mach uns den Tuteley, den Spisinger unnd Tirlefey: Wolan so gehts. Den Esel wil ich preisen, Ist aller Säuffer Fürst, der Pastor kan uns weisen und pfeifft uns wann uns dürst, führt uns auf saure Weyden, den guten er selbs faßt: unnd solt er mirs erleiden: ich lüd ihn nit zu gast. Hehem, der gumet, O treinche, wie ein Weiche, da, da, die Kleider auß und darauff getantzt, Hei das sind schöne Weinkälber, ja Weinkälber: Trara Trara Trantrara: Nun springt hinüber: Hei hei das sind Kropffstöß: das ist Jägerrecht: die Füchs nur dapffer gestreifft: wer kaufft disen Fuchsbalg: leg du ihn über: er stellt den Kaltenseich: Hodrihein, hinnacht nimmer heim: sonder henckt die Sonn an den Moh, die Nacht an den Tag, die Tisch aneinander trag, heiß heiß wie sticht die Sonn. Der ist im Narrenhäußlin tu quoque mach simile: hie fesselt man: hie kesselt man: Und die den Wein verschütten werden: lecken ihr teil von der Erden. Das walt sie der Vatter: der Son trinckt: das walt sie der Teufel: solcher Son ist sein on zweiffel. Pfui auß mit dem Küpfferling: der Schwaben willkomm: Giß auff der Mördel muß begossen sein. Schenck ein auß aller Heyligen Faß: das heißt den Magen eingebeitzt: das heißt geeicht: Das heißt dz Schiff geladsandet. Trüncken meine Schulzedel so wol: als ich: meine Schuldgläubiger würden ihren Wein wol haben: wann es zur Außhibigen formel kern. Du hebst zu hoch auf: Die hand verstellt dir die Naß. Es pricht dem Gaul die Gürte: wann er im seychen Wasser schwimmen soll. Unnd wer im seygen Weinbad zerstosset die Zung: mein Schinbein sind mir lieber. Was soll dz Spinnhäflin, darüber man das Leystenmaul zerspannt. Ein groß Torcular Pocal her: ein Trottpot, ein Keltergelt: da ihren zwen zu beiden seiten die Lefftzen wie Kornseck einzuschütten spannen: ich sauff durch kein

Strohalm noch Federkengel, es sey dann Most auß dem Faß: Das heißt mit der Flaschen gelockt. Was underschids ist, audi Provisor, zwischen Flaschen: Angster: und gutteruff? Grosse, dann die erste sind eng geseckelmeulet am Mundport, der Kuterruff am Weidengewundenen Kranchshals. Auß dem Angster muß mans mit engen Aengsten wie die Balbierer ihr Spiccanarden und Roßwasser, herauß ängstigen, wirbeln: Türbeln: Türmeln unnd gleichsam betteln: O es macht blöd Köpff unnd übersichtig Augen. Ha bon, gebt ihm zutrincken, daß ers Probier. Nun Gurgelguttere dapffer, Spitz das schlehenmaul, Secht wie schön der geschnäbelt König Gutterschnatteret, Er hat ein besser hand zu Angsteren: undergäbelet ihm den Kopff, er wird sonst zu windhälsig vor angstigen Angsterwirbelen. Laß dir nicht grausen, ich süff dich daß du neunerley Treck schissest, wie ein Leidhund. Wilt dem vom Bach nichts entbieten, diser geht hin den Schwelckendarm zuwaschen. Ich sauff wie ein Tumbher, Ich wie ein Tempelherr, unnd ich tanquam sponsus. Ich tanquam terra sine Aqua. Noch kan ich mit der Labirintischen Krausen nicht fertig werden, es hat ein häcklin, ein heimlichen gang. Neyn es hat ein heimlichen spiritum. O Meister Titus Cimmermann, der so subtile Spänen von eim Säutröglein hauet, legt mir disen ein, Eingelegt Arbeit hab ich gern im Keller: Weinschröter könnens am besten. Sihe Ernte kikeronis, *Illuseras heri inter scyphos.* Ja ja *Tityre* du plazars, reck den schwantz *sub tegmine* Küschwantz. *Ille ego qui quondam,* Kannen *Vinumque cano* Botz guckauch, jeder seh zu seim Seckel, die Sprach will sich ändern. Nun sechs zinck, weldis eh kompt der trinck. Nit ein meit, sonder was der Würffel under dem Becher geit. Sih Judengeschlecht, was hast für Schwefelreiff an der Brust. Eben so mehr inn die Höll getrabt als gegangen: Aber der von Prandenberg, unnd Durstlingen wonen allzeit drinnen, unnd welchs das ärgst ist, man kan kein Lazarum mit eim nassen finger da antreffen. Wend ihm diß Stundglaß umb, wann er will Predigen. Ich sauff dich, Ich tauff dich, Ich rauff dich, Seh wie dir die Stieraugen spannenweit vor dem Kopff ligen, jetz sechst ein weissen Hund für ein Müllerknecht an. Ein schuncken Synonimon? ist der Säufer Senff, der Weinschwein Locknuß, Kübelnuß, ist ein schlauch, ein trächter, durch den schlauch laßt man ihn inn Keller, durch den Trächter inns Faß, durch den Schuncken inn Magen. Holla hieher zutrincken. Sauffen her: Das ist nicht gewichtig, das mag nichtß erschissen, *quid hoc inter tam multos?* Bei der schwere, *respice Personam,* Pone pro duos *bus non est in usu.* Wann ich so dapffer auffstig, als zu thal laß, Ich wer lengst hoch im Lufft. Also that ihm Gackele Mutrich, Also gedäut es ihm ersogenen Erdrich. Also gewann Bachus Indien, Also die Philosopbi oder Weißheit durstige Melindien. Ein kleiner Regen, mag ein grossen Wind legen, lang Läuten pricht den Tonner. Hieher sauff auf Cananeisch. Wer sich nicht vollsauffen darff, hat endweder ein böß stuck gethan, oder wills begehn: Aber wann mein Trommenschlegel solchen pruntz geb, wolst ihn auch gern saugen. Saug ihn des Pfisters Magd, hat ein groß loch. Knabatz gib her, Sörfel ihn auß Willot, Füllot, Es ist noch meh im Pott, Ich trancks etwann gar auß, Jetz laß ich nicht drinnen, Es ist kein eilwerck, verdingt pringt weilwerck, Es ist noch kein Khu auffgeflogen. Sih da freudenkutteln, unlustnudeln, Laßt uns ihn strigeln dem Zeug zum besten. Trincket, oder ich trinck euch, Neyn, Neyn, trinckt, ich bitt euch, die Spatzen essen nicht man streich ihnen dann den Schwantz, die Kelber lauffen nicht man trähe ihnen dann den Wadel, unnd ich sauff nicht man schmeychel mirs dann ein, unnd schertz mir ihn ein. Lagenaedatera, hieher, was Glaß heben und geben kan. Es ist kein Königlin Nest noch irrgang in meim gantzen Leib, da dieser Wein nicht den durst erfrettelet, ersuchet, durchforettet, Huronet. Geysel mir den dapffer, der wird mich gar in bann thun. Plaset und Püffet mit Ledern Flaschen, Maltzenlägelin unnd Gurgutteruffen, auff das wer den durst verloren hat, ihne nit hierinnen such. Ihr seit wol besoffen und wol befraßt. Ja, ursach, Gott schuff die Planeten, unnd wir machen die Plat nett. Federweiß unnd Erdflachs ist leichtlicher zulesehen, als mein Erbsündiger durst von Mutterleib. Ich will dich mit disem erjungen. Der gelust unnd Appetit kompt, sagt Angeston, allweil man ißt, aber der durst verschwind weil man trinckt. Ein gut remedi für den durst? Ist ein gute heylung für den Hundsbiß, lauff allzeit nach dem Hund, so beisset er dich nimmer wund. Trinck allzeit vor dem durst: so tringt dich kein durst mein Hans Wurst. Da hab ich dich, mit disem opstecker will ich dich auffwecken, Ewiger Keller behüt unser Kel vor ewiger kalt, und unser äugen vor übernächtlichen schlaf. Es ist wol angesehen, allzeit drei Keller zu eim Koch. Argus hett hundert augen zum sehen, aber hundert hend muß ein Keller und Haußknecht haben, wie Briareus, auff das er unauffhörlich unnd unermüdet zäpff, schöpft, gewinn, hol, trag, ketsch, biet, stell, giß, schenck, füll. Aber diser ist auff der Pleich gewesen, der Teuffel hol den Pleicher, Wirt duck dich, er holt dich so bald als ein andern. Netz weidlich, es trocknet sich schön: Mir vom Schiller. O Räppis, O Rebenbiß, der biß: Jung sehendes als ein: klöpff die Kann, ein frischen. Schenck ein, schenck, das dich der tropff schlag: Mein Zung schelt sich, meine Entenschnaderet, meine steltzet, Landsman trinck, trinck mein Compan, Curasche, Boneschere. *Allegremente, Io prinde à vostra Signoria,* Hey las min gurr gut Disch: gut lansequenet: gut Reistres. Hie gut Win Dorleans, von Montflascon, von Arbois, da da da, das heisset Glockengossen das ist gestälet. O lachrima Christi, das schmackt dewinisch. O des Edlen weisen Weins, und auff mein prinnend Sei, es ist nichts als taffete Wein, unnd besser als Fin Englisch, darumb führt ein taffeten mut: mit Carmesin verbrämet Hen, Hen, er ist Ertzlöndisch, er tüchelet recht wol, er ist an eim Or wol betucht, und am andern guter

Woll. Krach, krach, schlaff morgen zu nacht, Dises Spils halben wöllen wir einander nicht berauben, Ich flih auch noch nicht: dann ich kan Fickmülen unnd Rucken von einem Leger ins ander, *Ex hoc in hoc*. Ich will dir den Teuffel im Glaß zeigen. Ich will dich butzen, das wird eben Laug für deinen Kopff sein, Streich mir solch Krafftwasser an: diß ist gewiß weiß kirssenwasser es pringt mir die sprach wider. Es gehet mit keiner Zauberei zu, ihr habts je allgesehen: Ich hab sonst so ein gute stimm zu trincken und ich zuschlaffen: wie der Pfarrherr ein gute hand zu predigen. Da bin ich für ein Meister bestanden: das ist etwas mehr als der Nestler Meisterstück: die Wigoleisisch Abenteur ist überwunden worden: wir kommen auß dem Vollenberg, zum Brum, zum Brum, Ich bin Pfaff Matz. O der guten Schlucker: O der durstprünstigen Kunden: Wirtsknecht: der Sat prent mich hinden: Lesch da: mein Freund fülls recht: unnd krön mir den Wein: Ich bitt dich. Dann nach Autentischem unwidersprechlichem Cardinalspruch, Natura *abhorret vacuum*. Könten ihr auch sagen, das hie ein Muck darauß getrungen het. Ein Pornerischen schlurck: fein lange züg wie die Polnischen Geiger. Auff Braunschweigisch: wie die Elsaßbettler auff dem Kolberg: Feinsauffer auß: Suffer Goldschmidarbeit: Nett: Nett: Seh im Bart klebt die Klett: wie Juppenbir Fett, Nemm ein diß Pillulen: schicks hinab: Es ist Kraut: Es sticht nicht. Hehem: dem: schlemm: recht: eh dich der Schelm schlecht. Der Wein ist genug außgeruffen, man wöll ihn dann gar über die Cantzel abwerffen: So kommen wir auff die Hochzeit: *Claudite* nun Rüff us *Pueri, sat prota biberunt*.

Das Neunt Capitel.

Wie Gurgelstrozza in eben so wunder Abenteurlicher weiß geboren ward, gleich wie auch war seins gantzen Lebens art.

Inn dem sie also im sauß lebten, unnd diß sauber subtil Zechgesprech und Gesangzech vorhatten, fieng Gurgelschwante, die gut schwanger Frau an zukrachen, und sich zu underst übel zugeheben. Derhalben sprang Grandgoschier auß dem Klee, und sprach ihr tröstlich zu, vermeynend es wird gleich an die Bindriemen gehn: Hieß sie sich under den Wilgenposch dort hin ins graß strecken, ob sichs schickt, daß sie neun Füß von sich streckt.

Derwegen umb tröstlicher hoffnung willen bald ein frisch kurtzweilig Püplein zubekommen, hielt er bei seim Bürstlein an, daß man es auff ein neues anfieng, da man es vor gelassen hat, lustig gut geschirr zumachen. Ein Schelm der vom andern weicht, allweil Sonn und Mon leucht: Eyn Schelm der dem andern etwas vergibt, und ihn nit laßt außsauffen. Wer einen im trunck unnd spiel darff betriegen: darff auch ein Statt verrhaten und seine Eltern verliegen. Diß Rumorn geschach zur nachfolg der geburt Jovis, darbei die rasenden Corybanten auch ein Cabirisch unsinnig wesen, jauchtzen, göln, singen, dantzen, getrümmel und gedümmel mußten führen, auff daß der Kinderfresser Saturn, das ächtzen und krächtzen, und das ruffen *Iuno Lucina fer opem* seiner Berekyntischer Frauen Opsrhea im Kindergebären nicht hörte, noch vernem wann der jung herfür kriechend Bastart Jupiter mit weinen und greinen den Tag anzännet.

Wiewol nun ihren der Kindsgepfrengten Frauen das bauchgrimmen etwas ungewont war. Gleichwol dieweil derselb schmertz nur ein kurtzer übergang, und die freud, so bald hernach zu folgen pflegt, langwiriger und grösser, die alles vor erlitten leid auffhebt, also das auch die gedechtnuß und erinnerung darvon nicht überbleibt: Ja grösser freud als über eim gefundenen verlornen Schaf. Derhalben liebe Gemahl, sprach er, frisch auff, lustig, lustig sie praten schon, Seit künreg, Seit Kündegen, frisch auff umb die Schaf, die Bock springen. Helff uns dessen ab, habe ein gut hertz, laßt den Bauch S. Velten haben. Machs auff ein ort, so kompt bald ein anders fort. Ha, sagt sie, ihr habt gut sagen, Were dem Faß der boden auß, Jedoch mit guter hilff will ich mich brauchen, unnd dapffer bauchen, dieweil ihrs also haben wolt. Aber was geb ich drumb, daß er abgehauen wer. Was? sagt Grandgosier.

Ha antwort sie, wie seit ihr so einfaltig: Ihr verstehets je wol. Ja ich meynts auch, sagt er, Du meynst mein gesellen? Bei dem Schneckenblut, gelusts dich, so schaff mir ein Messer. Ach, sagt sie, bei leib nidit, verzeih mir, ich meints nicht von hertzen. Aber inn ernst, ich werd heut wol zu thun gewinnen, wo mir das glück nicht beisteht, Und dasselbig alles vonwegen einer Pflitschen, den euch S. Sebastian Pfeil beschütz, welchen ein andechtige Frau, als er zu tieff stack, etwann für etwas anders ansehe, Wolauff, wolauff (sprach er) Bekümmer dich deßhalben nicht mehr, und laß es die vier Ochssen da vornen schalten und walten. Ich muß noch hingehn ein Fach außzufüren, und ein Schnittlein weichen. Wa unter des dich ein Wee anstieß, will ich bald bei dir sein, und inn die Händ mächtig fertig speitzen.

Über ein kleins hernach begunt sie zu seufftzen, zu echtzen, zu krechtzen, zu hendwinden, zuweinen, zugreinen, zuschreien, zu scheuen, zu zittern, zuschaudern, zubeben, und sich übel genug zugeheben. Alsbald postierten die Hebammen Säcklin herzu, trugen den Achgnesischen Babst her auff dem Agnesischen Habetstul, mischt Schnittlauch, Bingelsafft, Hasenrennlin, Gichtkörner, Gertwürtzlin, Natterwurtz, Nesselsamen, Quittenkerner, Pappelskäßlin, Balsamrauch, Magdalenenkraut, Basiliscendampff, Nepten, welchs sie alles zuvor gebraucht gehabt: Aber in der höchsten noht stieß man ihr Magnetstein zu, Trachenkraut, Adlerstein, Smaragden, Corallen, Sibenzeit, Nebelgertim, Camillen, Eisenkrautwasser, Betonien, Hirtzkreutz,

Helfantenzän, Büglin, Bibergeil, unser Frauen eyß. Deßgleichen thaten ihr gebür die Weemütter, auß vielen orten erfordert, die ein hört beicht, die ander laß, die dritt bat i*h*r vor, die viert hielt i*h*r das Mönchisch Kreutzstöcklin vor, die fünfft als sie tastet, fand ein fellwerck, eins zimmlichen argen geschmacks, und meynt es wer das Kind, aber es war nur das unden am end, welchs entgieng von der mollification und miltifincatz des rechten darmes, welchen i*h*r den Wolffmag nennen, der sich also erzeiget, von wegen daß sie zu vil Kutteln hat gessen, wie ihr hie oben verstanden.

Derhalben zwo alte verrostete Schellen auß den beiwonenden Gevatterin, welche für grosse Kůhärtztin und Alraundelberin geacht waren, und die ein auß der Krautenau von Colmar, die ander von Wisensteig bei Ulm dargegabelet waren, macheten ihr alsbald ein solch schrecklich restrinctiff, verstrengung, einpfrengung und verstricktiff, daß es alle Brachäcker dabei verdorren, und wol neuntzig Küen hett vergeben mögen: Darumb auch alsbald der armen Kindbettern darvon gleich alle Däuchel, furen, runsen, klafegen, dolen und riolen verstopflet, opilirt, vernagelt, und vermalschlosset gestunden, also daß i*h*rs kömmerlich mit den zänen hetten erlargiren, er lassen, erweitern, lassiren und erditerichen mögen: Welchs dannoch schrecklich ist zugedencken, wann die Zullspilenden Buben, so sies spil verlieren, zur straff den zweck mit den schönen zänen auß dem treck müssen auf Niderländisch trecken und schlecken: Und der Teuffel hinder S. Martins Meß mit weissen Rubenzänen das Pergamen, darauff der alten Welschparlirenden geschnatterigen Weiber geschnader zucopieren, muß wie der Schuster das leder erzerren, errecken, erstrecken, erdänsen und außdensieren.

Diesem unfall nun zuweren, worden ihren gleich die Seitenwehr der Mutter mit Hasenlupp bestrichen, auch gar erlassen und eröffenet, on den angebundenen Naterschlauch. Darvon fing das Kind an zuerschrecken und erhupffet, und kam inn solchem Auflauff in die kraus Holader, zabelet und grabelet daselbs durch die langscheidige leibsleist, so lang biß es unter die Uchsen und Schulter kam, da sich vorgedachte Ader entzwey theylt. Allda macht es nicht lang mist, sonder nam seinen weg durch die Königliche Weinstraß zu der lincken, kam also zu dem lincken Ohr herauß. Oho der weiten langen Ohren, darinn der schwimmend Esel viel Reiß voll Fisch het fangen können: darumb heißt er nit geboret, dann vom Vatter, sonder eroret, das ist, von der Mutter auß den Ohrn geschüttelt: und ist warlich eben so ein grosse ketzerei, wan man sagt, Diese Frau hat das Kind geborn, als wann man im Elsaß sagt, Diser Mann hat das Kind gemacht, drumb muß man ihm zu Jar die Zunfftvermehrungirrten schencken, daß er über ein Jar dest williger sey: So mans doch viel mehr den Kindermachenden Weibern schencken solt, die sonst zum handel unwillig sein. Aber wir wöllen bald ein Häringconcily drüber halten.

So bald es nun erohret war, schrey es nicht wie andere Kinder Mie, Mie, Mi, noch auff Herodotisch und Beccesalenisch Beck, Becke, Becken: (wiewol das gebäch und die Wecken zu seim folgenden durstigen geschrey sich wol schicken) auch lachts nicht auff Zoroastrisch, dann es sparts nach der Physicorum lehr biß über 40 tag: Sonder raffet mit heller stimm zusauffen her, zusauffen, tosupen, und bald hernach im andern thon, Tranck, trenck, trinck, tronck, trunck, und zum letzten, Aha *Baire, Bere, Bibere, Boire, Bure,* als ob er die gantz Welt zusauffen ermant, das gantze Supplingerland, Weinstram, und Tranckreich.

Wann ihrs nicht glaubet, ficht es mich nicht an, aber ein Bidermann, ein verstendiger mensch, glaubt allzeit was man i*h*m verkündt, unnd was er inn Schrifften find. Ist es wider die Natur, wider den gemeynen braudi? Haha, hast noch viel nicht erlebt, hast auch noch viel nicht gehört, die Gabelen sind nicht all zweizinckig: Liß das Wunderbuch, liß Trallian von Mirabilibus unnd langlebigen, Appolon, und Antigon von Mirabilischen Narrationen: du findst meh dann einmal, das ein Baur ein Igel geschissen hat: daß man in Indien den Eseln auff den ohren reut: daß einer auff eim halben Pferd, welches ein fallender Schußgatter entzwey getheilet, noch etlich Meilen sey geritten, unvermerckt biß ers gedummelt: daß einem Feldflüchtigen im Sprung über ein Zaun mit eim Schlachtschwerd unversehrter füß alle vier schuhlümmel seien hinweg gehauen worden: daß einer solchen starcken Brantenwein getruncken, daß i*h*m Nachts vom Athem das Bett angangen, und wann er nicht ungefehr im Schlaf drein geseycht, drinn verbrunnen wer. Aber genug, wann Urganda nicht im Amadis wer, was wer es? was weren die Caballistische Bücher nutz, von den obgehülten der Natur und Naturmachei, wann man nicht einen andern verstand darhinder sucht? Man muß nicht bei einerley Ovidischen und Liberalischen verformungen bleiben, die Legend muß auch etlich schreiben, und wir auch etlich dutzend treiben.

Aber was darff es der Mäuß, wann Katzen da sind: ich bitt euch, stichelgrüblet und wannereuteret euere Mollenköpff nicht mit disen eitelen gedancken. Was? ist nicht Bachus unser Landbruder dem Jupiter nah bei dem Geseß herauß geschloffen, unnd auß der hufft erzeuget. Daher noch das sprüchwort kompt, wann einer eim änlich sicht daß man spricht, Er ist ihm so gleich, als wer er i*h*m mit der leyter auß dem Arß gestigen, der Pyrgopolinitisch Rocketeyllad oder Spaltdieburg vom Rogenstück, war er nit auß seiner Mutter Fersen geboren? der Crockemuschisch Muckenkracher von Krichenknack auß seiner Säugammen Pantoffel? Papentap auß seiner Großmutter Schlapphaub? Finckenritter im Lautenstern. Ja war nit Minerva inn Jupiters hirn durch orenöffnung des Vulcan Achßt erzeuget? Erichthon der Athener König auß Volckans Schüttdensamen? Adonis durch des Mirrenbaums rinde? Castor unnd Pollux auß den Eierschalen, die Leda außbrütet? der Sicilisch Ertzräuber Selvus auß dem feurspeienden Etna? der groß Alexander auß dem Hammonischen Lindwurm? Goffroi auß eim Melusinischen Mörwunder? welches Paracels für warhafft im Onomastico mit dem exempel der geschicht des von Stauffenberg bekräfftiget: die ersten Menschen auß Pyrrhe steinwurff? Cadmi gesellen auß Trachenzänen? der Engellendisch Prophet Merlin, auß zwey bösen, eim Nachtgeyst unnd eim alten Weib? gleich wie auch Plato auß eim Geyst und einer Jungfrauen soll hindersich kommen sein? und wie ein Kartentäuscherischer saurer Laur, sampt eim Schneckenfresser schreibt, soll auch der heut verrufft Luther von eim Auffhocker außgeheckt sein: eben wie ein Predigkautzischer Brieffmaler malet und dicht, das der Teuffel die Mönch von eim Galgen hab geschissen, unnd den hindern mit Nonnenkutten gewischt: aber der Socius machts zu grob, man solt ihm das Maul mit eim handvölligen Baurenkegel wischen: der machts höflicher, der sie auß verlegenem Korn malet? Was sind nit die Mirmidonische Völcker auß Aumeysen? die Gothier auß den Panischen Waldwundern? Was? wirfft nicht das Wisele seine jungen durchs Maul: Kriechet nit auß des Phönichs Aeschen ein anderer Phönichs? auß verfaulten Küen, Binen? auß den Binen würmlein? auß dem Mist die Mäuß? auß dem Chamelstreck ein Machometisch Sau? auß eim Löwen ein Katz? auß eim Hanen ein Basilisc? auß meim unnd deim Fleysch Schlangen? auß den vergrabenen KrebsSchwäntzen Scorpionen? Was? sind Marx Curio und Marx Kolencarbo nicht mit zänen gleich auff Erden kommen, als ob sie gleich dem brot träueten? haben wir nit im Wunderbuch erlebt, daß die Kinder, alsbald sie auß Mutterleib kommen, gepredigt haben? Schreibt doch Donatus, der Vergilius hab auch nicht geweynt, als er geboren ward, Es lehrt doch der Obercelsisch Theophrastus in seiner Metaformirung, wie man Riesen unnd Zwerglin soll im Perdsmist außbrüten, und Kinder ohn Weiber machen, Ja Eyer unter den Uchssen außbrüten, ja auch im Latz, den Hennen unnd Weibern zu tratz: Dise Spagirische Kunden werden bald neben den Buberonen unnd Geysseronen ein Weibsparkunst erfinden, wie jene die Holtzsparkunst. Hierzu werden die Weiber keim Privilegy geben: O auff ihr Weiber, schlagt tod die loidigen Göcken Spatzen und Hasen, die es beides mit einander versehen wöllen. Dann diß ist keine Spanische sparsamkeit, da ihren zwen oder drey wol an einer Huren und an eim Mantel genug können haben: Was auch der Han könn.

Aber was bemühe ich mich lang, die frembd Geburt zubewehren, ihr werden euch noch mehr verwundern, wann ich euch jetz des Plinii Capitel außleget, inn welchem er von den frembden widersinnischen Mißgeburten handelt: ob ich wol nicht so ein Glaubgesicherter, gewisser und standhaffter Lugener bin, als er gewesen. Liß das sibend Buch in Natürlichen Historien am vierten Capitel: Und laßt mich damit unbekümmert, verrucket mir forthin nicht mehr also meine gute gedancken.

Das Zehend Capitel.

Mit was gelegenheit dem Gurgellantua, der Nam war gegeben: Und wie er mit Treubelmüselen unnd Börenmůffelen zubracht sein leben.

Der gute Mann Großgisier, als er unter dem ernstlichen Glaßraumen unnd possenreissen, das schrecklich Geschrey vernam, welchs sein Sohn, als bald er an das Liecht der Welt kam außliesse, da er so daub unnd tobend zusaupen, zusaupen rüffet. Sprach er gleich, Wie hast so gar ein groß, *supple,* das ist zuverstehn, Gorgelstrosen. Darauff schloß gleich der gantz umbstand unnd umbsitz einhellig, daß dieser durstig Schreiling darumb müßt den Nam Gorgellantua oder Gurgelstrozza tragen, weil diß das erst wort seines Vaters zu seiner Geburt gewesen, gleich wie dem König Xutho sein erster Sohn alsbald vom Gohn mußt Jon heissen, weil der Oraculisch geist, den er umb Erben fragt, durch *oraculi* ihn gehn hieß, hui annen: daher darnach das gantz Land Jonien genannt worden. Dann also auff die weiß haben die alten Hebreer ihren Kindern Namen angeeigenet, und dieselbige nach gestalt der sach auff ihre Sprach gegeben. Derhalben hielt Großkälier diesen des Weinverzuckten Völcklins gemeinen raht für ein gut zeichen, das ließ ihr auch die Mutter nit mißfallen. Dann die Müter haben das Recht den Kindern Namen zugeben, unnd mißfallt unsern Gnaden auch nicht, daß man von eim sonderen unversehenem fall eim Kind den Namen auffsetze.

Unangesehen was Jörg Witzel hie von witzelet, welcher meynt man soll die Kinder all Latinisch auff ein us und sus nennen, gleich wie man sie Latin tauffet: Ja auff Welsch Ceco und Beco, Malatesta, Malespina, Malestroit, Sansvin. Hei warumb nicht auff Türckisch und Sclavisch Baiazet, Zisca und Rockenzan, sie sind je auch frembd. Aber er meint Henckel, Hubelt, Del, Gele, Metz, Leis, lauten schrecklich inn seinen Sirenischen Oren, und machen einen bei den Leuten nit angenem. Wie dann? thut es ihm so wol inn seinen Priscianischen Witzoren, wann man die Susnamen so schön vergorgelet, verjörgelet, verjoeelet unnd verhundstutzet, Hen, Trebes, Debes, Kres, Gruner, Sar, Sechel, Craz, Nys, Gilg, Ciliox, Fester, Bestel, Lentz, Bläß, Veitz, Lips, Brosi, Tönge, Bentz, Jost, Luz, Trin, Zilg, Plön, Gret, Kön, Len, Seicken, Nes, Dörle, Zoff etc. Sollen dise gemarterte wörter einen angenem machen, da sie doch keiner verstehet: ja wann ein jeder Odenwälder einen Witzel bei sich hett, ders ihm außwitzeliger weiß außführlich außleget.

Solt ein Kabißbauer in seim Kabiskopff nit besser verstehn, wann ich ihne nennt Wolffharte, Hildebrand, Sigfrid, Friderich, Gottfrid, Winrich, Hartman, Gebart, Burckhart, Richart, Bernhart, Vischart, Volckart, Reinrat, Kunrad, Reinhold, Richwin, Winhold, Bruder Birhold, Waltherr, Landbrecht, Lautbrecht, Volckmeier, Eberhart und Degenhart.

Was? solt ich bei Mannlidien Leuten nicht angenemer werden, wann ich ein solchen Knebelbartfressigen Namen hette, der von gethön unnd hall den Leuten außzusprechen ein lust gibt, als Eisenbart, Kerle, Hörebrand, Hartdegen, Schartdegen, Degenwerd, Wildhelm, Helmschrot, Voland, Grimmwald, Grimmhild, Kibhelm, Künhelm, Fastkün, Eisenarm, Hörwart, Marckwart, Girfalck, Sattelbog, Starkwin, Schlag inn hauffen, Rauchschnabel, Wolffskäl, Fuchsmagen, Pickhart, Raumland, Hagelwild, Hartmut, Manswerd, Manwurg, Muckensturm, Manrich, Hochschritt, Werruch, Wischgul, Hörschirm, Hardknot, Wolsporn, Wolfhekn, Stich den Teuffel, Trag den Knaben, Brech den Busch, etc.

Sind dann Stillfridsame und sittsame Leut, so kan ich ihnen das Muß audi süß einstreichen, kan mich auff Philosophisch Richfrid, Gottfrid, Fridger, Sigstab, Lantfrid, Schirmfrid nennen: Welchen wolt es nicht gefallen, wann einer heißt Gottliebe, Gottshunger, Gottwach, Gottwald, Jesuwalt, Trostwehr, Wollob, Goldacker, Vollrhat, Christman, Gothart, Gebrich, etc. Oder wann eine heißt Rosenmund, wie unsers Gargantoa Mutter Honiggurgelin, und Schmandkälchen: oder Gottshulda, Trugarta, Wisarta, Liebwarta, Fridburgin, Adelinda, Adeltrud, Adelgunt, Machthilda, Gerntrud, Ehrentrut, Engeltrut, etc. die Namen solten eim die Weiber schier einschwetzen: wie können sie dann so grell inn Oren unnd unangenem sein? Der gut Herr acht seinen Griechischen Baurennamen hoch, und veracht seinen Teutschen ererbten Namen, der je nicht Latin ist: er wöll dann das Kälblin Vitellus werden. Verschmecht also seine Vorfahren, die denselbigen Namen besonder allein gebraucht haben: dann unsere vornamen sind nicht eher auffkommen, als da wir Christen worden, on daß die Wolgeborene ihren sitz unnd Herrschafft gemeynlich, doch nicht allzeit, darzu setzten. Sonst waren unsere jetzige zunamen zugleich der alten vor und nachnamen. Darumb lauts den Mallen und Bottenflemming, und den plumpen Holländern so widersinnisch, daß einer soll Diebold Angelgert oder Lentz Ochsenfuß heissen, meynen ein Hochteutscher hab drumb zwen Vätter, aber Wilhelm Wilhelms Son, Erich Erichsson ist ihrs Verstands.

Jedoch den Nam Witzel belangend, ist ihm vielleicht der Nam auch zu klein, das verschmecht ihn villeicht, wie die Hetzhundischen Kleinwitz: Garwisus und Trostwitz, das weren Namen. Was darf man sich nach den Juden nennen, die sich doch nit nach uns nennen, sie werden dann im Tauff degradirt von ihren Namen.

Unser sprach ist auch ein sprach, unnd kan so wol ein Sack nennen, als die Latiner *saccus*. Ich glaube, man meint unsere Vorfahren haben stäts geschlaffen, und nit eben mit so grossem bedacht gewußt ihren lieben Kindern Namen zugeben, als die Griechen und Latiner. Wir haben jetz das frey Regiment, was dörffen wir uns nach den Sclavischen Römern nennen, die Herren nach den Knechten? Welche Rümling doch, da sie das Keysertumb einhatten, so trotzig gewesen, daß sie uns zur schmach ihre Knecht Getas unnd Dacos genannt haben. Wie solt es sich reimen, wann die Griechen ihre Kinder Xerxes und Mardonios, die Römer die ihren Perses und Stichos, die Sirier Dama, die Frigier Midas genant hetten, die Siger nach den Überwundenen?

Und war des Pomposians Knecht darumb köstlicher und grösser, weil er Hannibal heißt, und der Hund, wie du? Solt ein kurtzer Zacheischer Feigenbaumsteiger darumb lenger sein, wann er Langbrecht heisset. O viel lieber kurtz Arm dann lang Arm. Solten die Trogloditen darumb kein rechte Namen haben, weil sie ihre Kinder nach den Küen, Schafen unnd Geissen, die sie saugen, nennen? oder die alten Nortmannen und Gothen in Nordwegen die sich nach den Fischen benanten? oder die *in Riobella plata* Land, die nach den Papageien und Vögeln Wassu heissen? So müßt Keiser Cyrus nit dem Hund Kyrr, den er gesogen, nachheissen (der ihm gleichwol hindersich lesend ein Rieh verkündet het) die Keyserin Semiramis nach den Tauben, die sie ernehrt: des Herculis Sohn Telephus oder Eilenfuß von dem Räch: noch der Held Ursus dem Bären, und Ritter Leo dem Löwen nach. So müßten sich auch die Römer nit von den Bonen, Linsen, Lattich und Zisererbsen, noch dem Sarcerischen Geistlichen Kräuterbuch, oder des Lewini Lemnii Biblischen gleichnussen von Erdgewächssen nennen.

Unnd daß wir widerumb auff unsere Teutsche kommen, wann ihre Namen so unchristlich lauteten, wie Witzel meint, warumb sieht man inn allen Bischoffs Catalogen und Abt Registern, daß die ersten auß ihnen Teutsche Namen haben: sollen sie drumb im Glauben Barbarisch sein gewesen, weil etlich heissen Erbargast zu Straßburg, Mallo zu Pariß, Hartin zu Speir, Berwolff oder Wehrwolff zu Augspurg, Pflegbarwis zu Saltzburg, Ehrenbrecht zu Frisingen, S. Burghart zu Wirtzburg, Richhulff zu Mentz, Magnerich und S. Lutwin zu Trier, S. Ewerwiß zu Trecht, Willigbrot zu Utrecht, S. Künbrecht zu Cöllen, S. Meinrat zun Einsideln, S. Otmeyer zu S. Gallen, Geitzo zu Basel. Sind solche Namen an den Christgetaufften darumb noch Heydnisch, weil sie von Heyden herkommen? Sind nicht die heutige Latinische Tauffnamen von Heyden? Solt Judas Jacobs Sohn, unnd Judas Machabe darumb des ärger sein, dieweil der Verräter Judas also heißt?

Wolt darumb der König inn Franckreich all Eseltreiber hencken, weil sie den Eseln Herri ruffen, unnd die Teutsche Seuhirten all ertrencken, weil sie die Seu Heyntzlin heissen, und die Gärtner dem Teuffel schencken, weil sie das Kraut Guten Heynrich nennen, und seine Artzet alle versencken, weil sie dem grossen Arsdarrn Lang Heri sagen? Ey das müßt eim doch gar ein heissen Scheiß einjagen.

Wolt ich darumb nicht wöllen Herman oder German heissen, weil man dem Bock, Hermanstoß nicht, sagt? (welchs doch ein Antiquitet von den Hörkriegischen stossenden Teutschen, und Noachs oder Bachi Bock ist) Oder weil man die Gäuch, Herman gut Schaf, nennt? Deßgleichen wolt ein Jud darumb nit Moses heissen, weil wir die Böck also heissen? Wolt einer drumb nicht mehr der alt Peter und Paule sein, weil die Wettermacherischen Glocken zu Cölin also getaufft seind? Wolt ein Königin drumb nicht Isabella heissen, von wegen einer Jesabel? und eine nicht Elisabet, der Wolffdietherischen Rauch Elsen halben?

Wolst darumb nicht Kuntz heissen, weil man inn Sachssen den Schweinen also locket, unnd die Gauckler Kuntz hinderm Ofen ruffen, unnd bei den Frantzosen unfletig ein beschorene Mauß Conras heisset? Wolt ich darumb nicht Hans inn allen Gassen sein, weil man im Niderland die Graßmuckenkönig Jan schilt? Noch Siman, weil man meinen Simischen schafnäsigen Delphinen unnd den Mörschwein Näsigen Schafen, und den Weiberbeherschten Gaucheyerbrütlern also raffet? Noch Stöffel, weil alle Seulgötzen, unnd die Heustöffel, unnd das Lied O Stöffel lieber Göffel Löffel also klingt? Noch Nicht Claus von wegen des Papiren fensters? Noch Vilhelmus des Strosacks halben. Noch nicht casius von wegen des Kütrecks? Noch Mangold, daß er besorgt er werd arm? Noch Barthel von wegen des Trockenen Bartscherers Meister Barthels? Noch Märtin, weil der Gauckeler seinem Affen Meister Märtin, unnd die Müller ihren Eselen unnd die Churwalen den Bären also ruffen? Noch Jungfrau Län, von wegen einer faulen Länen? Noch Marckhulff von wegen des Salomonischen Marcolphi (welcher Nam demselben Marcolffdichter auch Grell in den Ohren gethan) Noch Margret von wegen Murrgret: Noch Moroff vonwegen Bruder Moroffs des Holtzvogels, aber von wegen des guten Weins: Gleich wie etwann die Römisch Manlier wolten keinen Marx unter i*h*nen wissen, weil ein Marx i*h*r Geschlecht schelmisch hat beschissen, und die Claudier keinen Luci oder Lauxen.

Was? es sind nit all Latiner die Gabeluszinkus können. Solt Kasrom darumb ein Römer sein, weil man i*h*m *Kasramus* schreibt, So müßt Lentulus ein Baier sein, weil er Liendel laut.

Man soll nach dem geburtsfall und zufälligen geschienten die Kinder nennen, wie hie unser Gurgelzipfflin auff Spanisch und Nabalisch Gargantomänlin: Was schad es, wann sie schon Nasichi heyssen, oder Nasonen, Capitonen, Lefftzen, Flachohren, Lappi, Kalbe, Plauti, Zäntati, Memmule, Lecke, kreummaul Cote, diebisch Masse, fressig lamie, Lefftzenwartzige Verrucosi, Badstüblin auff der Nasen, schöns haar Cesar, ja Cesar von des Frantz Rousset partu Cesareo oder Nachgeburtscherung: Cincinnat, Asine, Säuhuren, Scrofe, Gurgellantische Gurges, Maultaschin, Guldenmund, Antigonisch Großknie, Diotinisch trechter, Xenarchisch Metretes, schind den Buben, Mange diable, friß dahinden, etc. Oder von den Landen Alloprochisch, Cautzisch, Turagaramantisch, etc.

Das ist der alt brauch, und der allererst, wie Gorop beweiset, daß auch Adam und Eva Niderländische namen Hatdamm und Ehevat haben gehabt, wie sehr es auch den jungen Leytertrager Joseph inn seim Castigierten Festo verdreußt: was soll dann dise Latinische Tirannei mit us und Esels ja?

Schöne Namen reitzen auch zu schönen thaten, darumb muß es Gurgelstrossisch auff den glückfall außerlesen sein, nicht daß alle Schlesier Furmans claus, Lubecker Till, Nörnberger Sebald, Augspurger Urli, die Weber Galle, die Kůh Barthel, Holländer Florentz, Schotten Andres, Spanier Ferrnant, Portugaler Jacob, Engellender Richart und Edwart, Behmen Wentzel, Polen Stengel, Ungern Stephan, Pommern Ott, Preussen Allbrecht, Lotringer Claudy, Flemming Baldwin, Francken Kilian, Westfalen Gisbart, Märcker Jochen, oder Ochen, oder Chim (dann nach dem einer reich ist, gibt man ihm silben zu) etc. heissen. Sonder eim jeden ein sondern Helm auffgesetzt, so kent man die Mummer undereinander.

Also habt ihr den fall, dardurch dem Gurgullantula sein Nam entstanden, vernommen, auch sein durstig anligen verstanden, welches er der Göttin Potina klaget, Darumb opffert ihm wacker und tapffer Gläser voll Wein, steckets ihm aber nit wie dem Priapo an das Latzstümpfflein und stoßdegen, sonder hanckt ihm die Gutteruff umb den halß, wie der Zanbrecherischen S. Apolonien die Zän, und das Angsterlied, von Legelnoten, So trincken wir alle etc. die Sackpfeiflein, KrausenKelchlin, und Würffelfugen aneinander hencket. Badet das arm Kindlin auf Spartanisch im Wein ab, nicht wie die Teutschen auff eim tieffen Schilt im kalten Rein, Wein, Wein, das kan ein Bad sein: und es zustillen, bitt ich euch gebt ihm auß dem Zihdenrimen zutrincken, darnach trags zur Tauff, wie ihr könt.

Aber diß geht euch Gevattern an: secht daß ihrs hoch genug auffhebt, daß es auch hoch wachß, ziehet Händschuch an, daß es kein Copronymischer Tauffscheisser werd. Hebts ihr lieben Paten, wie die frommen Cheiben die Eydgnossen ihren lieben Pfetterman König Heinrich, welcher wol hat ein grosser Haine müssen werden, und neben der Plusultischen Sonnen, sein der Mon der Erden, weil ein gantz Land an ihm gehebt hat, ja ein Land von grossen hohen Bergen, unnd langen schmalen Leuten. Aber botz Chüwunden, es kost diß Göttelkindlein manchen feinen Abbezeller chnaben, unnd manch weydlichen Pfettern: so gehts wann Bauren der Edelleut gevattern wollen sein. Es kartet sich selsam, der ein hebt ihn auß dem Tauff, der ander zu danck ins Grab. Ich muß erzehlen wie Plutarchisch er geseuget sey worden: zu demselben warden geordnet tausent sibenzehen, treizehen Küh auß dem Kühland unnd freyen Bergen unnd Ungerischen Weyden, dieselbige seugeten es fein ordenlich nach der Tabulatur ein Tag umb den andern. Dann es war unmöglich genug vermögliche Säugammen für ihn außzutreten: inn betrachtung der grossen quantitet Milch, so zu seiner narung auffgieng. Was auch etliche vom Helden Olgier schreiben, er hab seiner corpulentitet halben vier Milchflaschen gebraucht, das ist zwo Säugammen, also das man i*h*m, wann er die ein außgelährt, flugs ein par andere dargeworffen hat: ist Kinderwerck. Doch wöllen etliche Scotisten Doctor er hab sein leibliche Muter gesutzelet, unnd auß ihren Brüsten viertzehen hundert zwen Reingäuisch Viertheyl unnd neun Maß für jedes mal außzepffen können. Aber es scheint der warheit nicht änlich, und ist auch solche meynung als Übermamalelelich scandelos, Äffensiff unnd ärgerlich den frommen andächtigen unschuldigen Ohren, und für anstössig und stolperig den reinen heuschen Hertzen und unreinen füssen, und als von alter Hereseu stinckend declariert worden. Dann es lassen auch meine Juristen nicht zu, daß ein Edel Weib ein Kind seug. *Doct. in l. alimenta. C. De neg: gest.*

Nun in solchem seugenden stand ist er gestanden biß auff ein Jar unnd zehen Monat: nicht lenger hat er den Brüstlichen safft, ziehender und lullender weiß ersogen: dann die Artzet rhieten nach verscheinung der zeit, daß man alsbald das Kind anfangen solt zu tragen, zuhotzelen, zublotzelen, zuketschen und zusetzen, dann das macht wol däuen. Auch damit es bald gehen lernet, macht man ihm durch künstliche Invention des M. Johan Demalts auß Westerich (der etwann auch die Kuchin auff die Kotschen, unnd die Windspferdsmül, auß des Herons Zygiis sampt dem Nebelschiff angeben hatte) ein Kolwagenkärchlin, daran vier Ochssen hetten mögen ziehen. Inn demselbigen führt man den jungen Printzen und Infant von Nullubiquingen, und Delphin auff Nienenburg, ab, auff unnd nider, hin und wider. Und war nicht unholdselig zu sehen, ohn wann er mit dem Wagen besteckt, da schri er ketzerjammer unnd wol so sehr als die Nörlingischen Fuhrleut Elementisch fluchen, und wann es nicht gehn wolt, macht er flugs ein solch Wasser, das ein Mül getriben hett, geschweig das Kindskärchlin. Von ihm haben es darnach die Bömische Pascaler, wie Bonfin schreibet, gelehrnet, da sie das Wibende wabende Wasser (wie sie das Mör nanten) inn Fläschlin heim getragen, unnd wann die Wägen nicht gehn wollen, darunder geschütt haben, auff daß es die Kärch wie die grosen Schiff fortstieß: Ja hetten sie den Arslochigen Aeolischen stinckenden Sack auffknipfft, unnd Windmäsig drein geblasen, oder fürtzlicher weiß gehustet, da wers gangen, wie ein alt Weib am stecken.

Nun, unser Hänlin ließ sich wol an, hat schon viel Eyer verderbt, het schon schier zehen Kin, und schrey nicht als nur ein wenig, aber beschiß sich schir alle stund, so gar treckfegmatisch von Lederem gesäß war er, zum theyl auß natürlicher Complexion, zum theyl auß zufälliger disposition, die inn ihm das zu viel einnemmen der geschölten Reben Pillulen und des Herbstrames verursachet. Dann wie er kein tropffen on ursach einsurfelet: also spei er keinen on ursach. On ursach aber tranck er nit. Dann wann es sich begab, das er zornig, rasend, hirnprünstig, treckauffstösig: Unsinnig: grimmig: schreiend: weinend: wütend: und Teuffelisch ward: daß er anfieng vor rachgiriger boßheit zu Veitsdäntzelen: zuhupffelen: schupffelen: zabelen: strabelen: zitteren: witteren: Zänknarspelen: Toben: dauben: Strampelen: arschritschelen, kreuschen und fallendsüchtig werden: Da must was hand und fuß hat lauffen, unnd ihm pringen zu sauffen, das war die Losung, also kont man die gut art ein weil stillen, biß daß er wider Atham holet, da gieng das Lied auff ein neues an, da mußt man ihm etwann zum drittenmal auß dem zwölffmäsigen Säugammenkennlin zuschlucken geben und dahinden wol auff heben: dann die guten Kindlin haben grossen durst, die milch ist gesaltzen, das macht das graß so die Müter assen, war nit ungesaltzen: so haben sie groß Hitz vom Zanwee, ehe sie außzanen, so muß man dann den kalck mit Wein leschen, das madit die Pillerlein steiff. Darumb verfaulen den Teutschen Todtenköpffen die Zän am letzten, von wegen des Weins weihe: wers nicht glaubt, versuchs.

Es hat mir seiner Warterin eine gesagt, die ihm den zipffel offt im maul gehabt, unnd auff mein tru geschworen, das Gargelzimplin hab so gar dise weiß an ihm gehabt, daß er nur vom gethön unnd klang der flaschen und kannen in ein solche abgründige, tiflose, sinnlose verzudcung sey gefallen, als ob er wie Machomet unnd die Propheten von Mönster die Paradißfreud empfünd: Het es allerdings reden können, es het euch auff Delphisch Reimenweiß die warheit gesagt. Derhalben als sie solche Heylige Complexion und art an ihm vermerckt, haben sie täglich an statt der Kindschlätterlin, unnd Malzenplättlin solch Cibelisch kübelklopffen, Faßfingerlen, gläserklingelen, unnd flaschendäntzelen vor gehabt: auch so bald er auffstund, und noch Leilachgieng und Federstibig gewesen, musten sie an allen echen mit den ketten und Schrauben an den Flaschen rasselen, unnd mit dem deckel auff der Kandel klöpffelen, daß er den Kopff umbwarff, wie ein Tauber vor dem Schlag, und vor Freuden gleich erhupffte, erlupffte, erschupffte: ermunderte: erschulterte: erschüttelte: unnd wagete: wigete sich selber: didelinend mit dem Ditelkopf, monochordisend und instrumentisend, und quenckelingend mit den fingern, und baritonirend, Lullepipend und grubenklimmend mit dem hindern. Und ist solchs heut eben so wenig fremd, als das ein Welt under uns sey, welche die Füß gegen uns kehrn. Dann Bellonius schreibet in

Creta lassen sich die weinenden Kinder nit stillen, man zeig ihnen dann Bogen unnd Köcher, und geb ihnen ein Pfeil inn die Hand: gleich wie man keiner Schwäbin Kind bald schweigt, man zeyg ihm dann ein Löffel, oder ein Küchlein.

Das Eilfft Capitel.

Von des Gargantua lustiger Kleidung, und deren bescheidung.

Als nun das jung Hosenscheisserlin inn das alter kommen, daß er seinen treckgespickten, geherteten, Pruntzgebeitzten, ärmelerleuchteten, katgeborderten, Mistpretextirten, mit Baurenpurpur umporphirirten und Carmesinirten Levitenbeltz, unnd Türckentalar solte außziehen: und in ein Latzgehorntes vernestelt geses, für die weiß Purentogam der Römer schlifen, pflegt sein Vatter grosses bedenckens darüber, dann er wust die Kante verßlin. Im faulen *veste,* nimand tractatur *honestè,* kleidung ist der Mann, wer sie hat zulegen an. Wiewol inn *vestimentis* nicht ist Sapientia *mentis:* So mäsigt er es, so viel ihm möglich, Kleidet ihn nach seinem stand, und fürnemlich inn seine Farb, welche weiß und plau war, fein auff den neuen schlag.

Und auß den alten Pontarchen und schrifftlichen Gedenckwürdigkeiten, welche inn der Rentkammer zu Ingelheim unnd Montsoreal vorhanden gewesen, hab ich folgends von seiner Kleidung verstanden.

Erstlich worden zu seinem Hembd aufgenommen bei den Brabäntischen Näderin fünffthalb hundert Ballen Ochssen Pruckisch Leinwates: und so viel auch krespelinen zu Castelleralt bei den Pictavern: und zu Reims inn Franckreich: Deßgleichen zwey hundert des schmalen Sindais von Spinal und Kölln, zu underfuter oben am hals, wie Bombesin: gar subtil als man unter die Sättel fütert. Dann es war nicht gekröset: noch geruntzelet: gekräuselet: gekrisamet: gefältelet: gevolschleget: gerissen oder gewunden. Sintemal diß Krößzinnenwerck und die Beckerfürthuch umb den hals noch nicht erfunden warn, biß hernach da den Näderin die spitz an der Nadel abgeprochen, haben angefangen mit der faust, darauff sie sitzen, den Löchelstich zuarbeiten, unnd als die Bauchwäscherin mit dem Seyffenreiben wolten zu faul werden: oder zu alt, daß sie das gesäß nicht mehr so hurtig und fertig rhüren und coloriren wolten, da must man ihnen ein hitz darein zupringen, diß Eychenlaub umb den Hals zubauchen, zu pläuweln, zuschlegeln: zureiben: außzuwinden: zustärcken und auffzuziehen erdencken. Ja nach dem man inn Ungarn gezogen, da haben sie für die Läuß kein besseren fund können erdencken, als den Irrgarten umb den hals, daß sie also darinn verirreten, unnd sie zu friden lisen. Darumb verzäunt man heut diese kraußbüsch doppelfach, wie die Edelfrau, von deren im Flohatz steht: welche zwen Beltz anthat, unnd von beiden das rauch zusamen kehrt, auff daß sie darinn verschantzt keinen außgang wüßten.

Aber unserem Sönlin macht man das Hembd außgeschnitten, wie die alte Schweitzerische Goller, deren noch etlich in Pemond auff den Aeckern umbfligen, oder vor kurtzer zeit umbgeflogen sind. Dann es waren auch damals die hohen Krägen noch nit, biß hernach da die Bäder ab und die heilige Frantzosen auff kamen, daß man den schmutzglitzenden und Purpelschwitzigen nacken und hals mußt vor den Leuten decken: fürnemlich wan er so starensteiff vom holtzligen war worden, wie der Hofleut ungrußbare obeneinsteigende contracte hend: Darumb secht ihr wie ungern sie sich umbwenden, auff daß sie das Schlangenwindig Hals oder Kalbskröß von urochssen, daran ein Junger Wolff Neun Tag zufressen het, oder die Krößleist, unnd das gespannt Kragerems nicht verrücken. Wiewol sie es heut gebessert haben, wie hie der zäher dort der träher: Dann jetzund muß es ihnen spannen lang auff den achsseln liegen: Das können die Studenten zu Pariß dem Hoffgesind mit Papir so fein nachmachen, dz man sie in die Kefich schließt.

Zu seinem Wammest nam man hundert acht dreitzehen Saumballen weisen Satins: macht den Leib eng, unnd die Aermel weit, anzuzeigen daß ein Kriegßman dem Bauch nicht so vil raums als den Armen soll geben: Weil die arm ungesperrt für den Bauch sich müssen regen, unnd der Bauch den Füssen nicht zu schwer und unträglich werden, ihn hernach zuhotzeln. Sonst was ist ein grosser ausgeblasener Schnauffender Schmerbauch: er schickt sich auch hinder den Tisch nicht wol, dann der neben ihm sitzt, muß sich schämen, und hat dest weiter zur Blatten, und wird ihm heiß vom schnaufen. Zu seinen Nesteln hat er fünfftzehen hundert neun Häut, und dieselben zu eim theyl hünden, vil mehr als Dido, da sie das Cartagisch Birßland mit Nestelrimen umbzog.

Damals fieng die Welt an die Hosen an die Wammest zuknipffen, unnd nicht die Wämster an die Hosen, dann es ist gar wider die Natur, wie solch Okam über die Explonible außplanirung des M. Hochpruchii weitläuffig außfüret. Unnd hett noch so vil müssen haben, wan man damals, wie heut, die Wämster mit anderem gelümp hett durchspicket, oder dem latz so ein schandlichen abpruch gethan, daß man das naßthuch nit meh darein, sonder in den Kappenzipffel und Lecksack am Aermel stecket, unnd dem Kuchenlumpen zu leid den Teller damit feget, unnd die Büchsenhulffter vor regen damit decket, unnd wann sie mit der einen hand in die Platt langen, mit der andern den Ermel halten? O ihr verletzer Lecherlicher würdigkeit: wie wol was hab ich die Naß drein zumischen, man möcht mir sonst das maul wischen, Es ist dannoch ein schöner Ermel Hippocratis, darin man haußhalten kan, wie die Gasconier inn ihren Garageskenhosen, und Diogenes im Faß, und die Tartarer im Karren und der

Finckenritter in der Lauten, unnd jener ungebachen jung Schlüngel im Böltzplatz im Hüllhafen, unnd du im Narrenkleyd.

Zu seinen Hosen wurden außgenommen, elffhundert, fünff ballen und ein drittheil weissen stammet, darauß macht man i*h*m ein Lacinirt Schlangenwendig Plitzsträmig unnd geflemmet Kleyd, welchs dahinden zerschnitten war zerseget, unnd durchfeihelet auff die weiß der Crenelirten, gewässerleten, berechenzänelten, krenirten, gelaubwirckten, und durchsichtigen seulen: Auff daß die Niren des Hosendegens alzeit im Kůlwasser stůnden, und nit erstickten noch erstincketen: Gleich wie sie heut schwartzwäldisch danzapffen, Säueycheln, Engelländer Rossen, Frantzosen Lilgen, Schweitzerkreutz drein schneiden. Auch must es Pfausecht, bauschecht sein zwischen den schnitten, daß der Plau Damast und Taffat herauß boschete: Doch etwas mässiger als des unflats mit 99 elen, auch etwas artlicher als die Spanische Hörpaucken, und der Schweitzer Hemdfänlin, das hinden allein außhenckt: Es solt fornen fligen, nicht hinden ligen, so möcht man sigen, und nit erligen und flihen: Wiewol es kommen mehr Leut hernach, die sehen müssen, wo die Latern auff dem Berg leucht, dahin man dem ungewitter entfleucht.

Mächtig Adelich war er beschinbeint, alle stümpff lagen i*h*m glat an, fein wie es die Jungfrauen gern sehen, wol bewadet, darüber keiner hett abscheissen mögen: Und sonst von allen vieren auß Mutter Leib gerad unnd wol geproportzet, wie Roßdiebold, ohn das er ein Gelschuß an den Fersen hett.

Zu dem Latz nam man auß sechtzehen ballen ein virteyl, reichlich gerechenet, eben vom selben thuch, dessen form ward fein gemodelet nach gestalt eines gespanten bogens, wie er zu Roan in der Kirchen hangt, war nicht so Hundsfiselig gespitzet, wie der Spanier Geißreuter, noch so WanckelLätzig, der im gehn von einer seiten zur andern rucket als wolt er Pfäl einstossen oder außziehen. Sondern, weil viel daran gelegen, ward er nicht eingesteffter, sonder wol angeheffter, Lustig mit zwen starcken eingelöten Hacken von Glockenspeiß gegossen, an deren jedem ein grosser Smaragd in der grösse eins Pomerantzenapffels versetzt war, dann diser Stein hat, wie Orpheus von den Steinen, unnd Plini im letzten Buch meldet, errecktiff unnd confortatifische krafft. Sonst war sein vorschuß und vorschupff, wie ein lang Ror oder Feld Geschütz, auch fein zerschniten wie die Hosen, unnd durchgezogen mit Ploem Damast, auff das allerzirlichst.

Aber wann i*h*r von stuck zu stuck gesehen hetten das schön gepräm, die Fransen, Karsaminpasament, segment, Bendeln, gestepp, gebord, die stöß daran, und wie es alles gepleiget, gefademet, durchstrickt, unnd durchstickt war: deßgleichen die lustig eingemengt, eingelegt, eingestickt, eineflickt, eingepickt, eingewunden, eingeflochten, eingeschenckt, undermischt und eingelatzt Goldarbeit von goldstrimen, Purpurrimen, gulden Schnieren, vergarnirt unnd verkernet:

mit guten Edelen Diamanten, wolfärbigen Rubinen, hellen Türckis, klaren Smaragden, unnd Persischen Perlin. So würden ihr gefragt haben ob König Ortwin und Ortnitt im Graal inn aller ihre herrlichkeit herrlicher gewesen seien, Und wirden gewiß es verglichen haben dem schönen, überhaufften, plumgezierten, fruchtgespickten, trauben behenckten, opsreichen horn der Geyß Amalthee, der Honigspinnen Melisse Schwester, oder dem Geschmuckten Plumenkrug der Göttin Ceres. Dann gleich wie solch horn unnd krug allzeit fruchtbar, plumreich, frisch und voll aller erquickung und freud war, also auch dieser unser Latz, nit auff den schein: Dann so lang weit und preit er war, so wol war er von innen proviandirt: Er trug ihn nicht zum vorwort, wie manche schlump das Fischsäcklin ins Bad, wie die Schwäbin den Korb, und wie die Schweitzermeidlin den eymer wann sie Seyff kauffen. Oho, er dorfft nicht wie jener Baurenhebel ein Gänßkrag drein stecken, gleich wie die Baßlerkacheln lumpen für dütten. In summa es war kein auffgeplaßner Hipocritischer, heuchlerischer scheinlatz, wie denselbigen etliche Nascher zu mercklichem nachtheyl und Interesse des Weiblichen geschlechts anmassen. Ihr solt mirs glauben, ihr fromme Mägd, er war nopperteurig lustig zusehen. Aber ich gedenck es euch besser außzulegen inn eim besondern büchlin, das ich von Würdigkeit der Lätz hab zugerichtet. Dan man muß solch ding den Leuten beschreiben, weil sie so grose kurtzweil mit treiben, zusehen ob mans kan erleiden und vertreiben: Dann waran kan man heut besser die Völcker unterscheyden, als an Lätzen: die Teutschen machen Ochsenköpff, die Welschen Hundsfidelbögen. Die Türeken, Ungarn, Polen unnd Reusen (welchs noch das best ist) gar keine, sonder bedeckens mit langer kleidung, Die Schlesier thun Beckerfürthuch von taffat darfür, die Gasconier machen einen weiberschlitz darfür, und damit es nicht die Zan pleck, wie ein Wammest mit Hafften, so wirds geköllert mit knöpflin, etliche haben glatte, andere rauhe, etlich außgezogene, andere eingezogene, etlich gehörnte, andere Schneckenhäußlin etc. Darumb hat unser gnediger Herr Grandkälier die Nationen, nicht auff des Türckischen Keysers Solimans weiß inn seinen Sal mit eins jden Hosen unnd Wammest, Hut und Mantel, Färb und bart lassen malen, sonder nur die Art der Lätz bey eim jeden Volck Präuchlich inn Leymen, Wachß, Steyn, Marmor unnd Metall bossiren, unnd visiern, unnd also zur gedechtnuß auffstellen lassen. Dann zu unsers Kälgrosen zeit war der brauch, wann einer ein Eyd schwur, küßt er zwen Finger, und legt sie auff den Latz, und schwur beim Inhalt: wie die Weiber unnd Geistlichen bey Lehen Verleihungen die hand auff die brust legen: Darvon hats jener Burgunder gelehrnt, welcher im Fünfften Collegio zu Freiburg nur zur Losung ein Kron auff die Latzspitz legt unnd fragt, Schweste si fu Pletz.

Zu seinen Bundschuhen worden auffgepracht vierhundert sechs Ballen gedruckten sammat auff Leder Musiert, unnd so viel Plauen Bruckischen Atlas nach dem Antorff er zettel zum underlegen, welche fein artlich zerfetzelt, zerschnitten, und zerstochen waren, auch mit Paralelischen gleichweitstehenden Linien, unnd einformlichen Cylindern unnd rollen zusammen gehenckt. O es dantzet sich mechtig wol darauff, besser als inn den Baslerischen Roten und Schwäbischen weissen Stifeln, oder uff den Barfüserischen Ungarischen und Lotringischen Plochschuhen: Ist es nit war i*h*r Meydlin mit den weisen orten, unnd schmalen rimen, so macht mir ein knoff an den?

Zu den schuhsolen worden geprаucht eilf hundert Prauner kühäut zu Mastrich und Weisenburg bereit, unterfütert, undersetzt und durch gezogen mit Ochsensennen unnd stockfischschwentzen, das helt besser als Gebicht seylistratorum Ledere Leystis, und verprent Leder, oder Schuhnegel: Was hilffts das man Solen Leder feil hat, und es hoch an den stangen daher tregt: Sessen sie daheim auff dem Loch beim wein, so prechen sie kein Schuch unnd zerstiessen kein Bein.

Zu seinem Leibrock nam man achtzehen hundert ballen Genuesischen Kremmesinsammat nach Palmen wol gemessen, sampt der grösten überleng, wol inn grän gedunckt, umbher fein gebordirt mit Schönen gefeihelten Zünglein und Laubwerck, wie man etwan umb den Harnischkragen Rittergürtel pflegt zutragen, unnd noch heut umb die Wapen, Schilt unnd Helm malet. Ein fein Wapenröcklin, daran Silbere Schellelein unnd Flinderlein zum Thurniren unnd Schlittenfahrn an Kettlein hingen. Dann solchs war damals der brauch, daß man mit eim klingenden gepräng und prangenden gekläng, als wann der HohePriester ins Heyligthumb gieng, auff den Platz erschien: Seither aber die Thurnier, das ist, die Adels Probir, sind abgangen, haben die Fuhrleut i*h*ren Gäulen die Schellen angehengt. Ist dannoch besser als wann mans den SaumEseln, MüllerEseln, und Colmarischen Misteseln anhengt, dann man kent sie ohn das, und sie einander noch baß. Auch über Rucken, Arm unnd Prust wars mit Güldenen Passamenten eingefasset, unnd mit Perlin bestickt, fein Knap unnd Bund wie des Papstes Maulesel, der einmal ein Auffrhur zu Rom auff Fronleichnamstag macht, unnd schwerlich ist absolviert worden. Mit disem geschmuck allem anzuzeigen, daß er etwann ein feiner Han, und ein feins Feistinseidele unnd Fartzflasch werden solt. Die gefaltene und eingeschnierete Reutröck wie die Kocherspergische Falten Juppen waren noch nit auffkommen. Dann was soll diß ruckenspannen, und sorgfeltig einfalten, einstechen, und einwinden der Weiberröck? kurtzumb wann man die Stifel nicht meh wachtelt, so müssen die Kleider gewachtelpfeiffelet werden: Wolan so secht wol zu, das es nicht auß den falten komm, der Bub müßt es sonst gethan haben, macht eh eigene Wachtelhöltzer dazu, wie zu den Hembdkrösen: Aber was gehn mich euere Faltzenschindelen an, ich mag euch die falten nicht weiter verrucken: gürtet darfür den Degen auffs Miltz, Hosenbendel geben auch gut Feldzeychen. Dann die Amiralischen Hemder zu Montgontour haß ich. Ihr habt doch jetzund feine glate behafftete und befransete mutzen mit runden Schößlin oder dreien zipffelen, wie man etwann die Ledere Koller machet, die man zwischen den Beinen zusamen band, als man noch die lange weichen unnd Mastbeuch zog. Ha wie schöne Pavianröcklin, wann die Ermel entzwey geschnitten sind, daß die Lackeyen daher fügen, und die Seiten voll Nestelen hencken, deren keiner zu ist, als hetten ihnen die Hund auß der seiten gessen. Es steht wol wie die knöpflin an den Röcken, auff allen ecken, ihre Knöpffigkeit auffzudecken. Aber *quæstio:* Welchs ist Närrischer oder nötiger, daß der Mantel den Latz deck, oder das gesäß. Ist wunder, das weil sie fornen die Mäntel auff beiden seiten schlitzen, damit das Latzgesperr raum hab, warumb sie nicht so mehr Mentel machen, wie die Niderländischen Mäntel, fornen kürtzer als hinden, wie den Schwangern Frauen. Oder ich frag, sind die Rock erdacht zur deck, oder für Regensäck: Ich halt nicht allein für Kält unnd Regen (sonst trüg man sie nicht inn Stätten, über Tisch, zum Dantz, zu Hof unnd im Sommer) sonder zur deck der hindern und fordern Scham, wie Adams zweizipffeliger Beltz außweißt, dann er het im selben heissen Land sonst keinen bedörfft, er hab dann glaubt, was gut sey für hitz, sey auch gut für Frost, wie die Bronnen, wie der Weber dunckkeller, wie der Weiber Brautbeltz, und der Männer Wolffsbeltz. Darumb haben die Männer erstlich nur Mäntel getragen, daher auch der namen ist: Hosen und Wammes ist inn Kriegen von Kürissen entstanden, und ist der letzt Närrisch fund: Aber man sicht, daß die Alte lange Kleydung der Türcken, die kurtzen Hosenwämmstler gar nah verstecket.

Sein Gürtel war von vierthalb hundert gepäck Arbruische Aluzossa seiden von Karamanta, Salmantinergewichts unnd fünffthalb hundert Karten Organtziner seiden von Bolongia mit untzen und Quarti abgewogen on außschlag eins dunckel Tenet, das ander Turginfarb, vil sittich Grün, unnd das überig halb Weiß, halb Flau, es fall mir dann nicht recht ein. Dann er trug es auff die Handzweien art, wie es die Türcken tragen, nicht so dünn auff Barfusserseylerisch, wie es den Frauen Paternostersweiß hinab muß lappen. Sintemal der Gürtel ein zeychen der Ritterschafft bei den alten war, wie auch noch bei den Engelländern, wiewol dasselb ist ein Hosenbendel: Darumb mußten die Macedonische Knecht halfftem für Gürtel tragen. Aber Keyser Augustus trug für den Donner ein Gürtel von einer Mörkalbshaut, auff daß ihn als ein Keyser nicht der Stral erschlüg, wie den ersten König Romulum. Was nutzt ihn dan sein Adler, welchen kein Donnerstral treffen soll?

Sein Wehr war nicht von Valentz, noch ein Passauer kling, noch sein Tolchen von Sarragossen auß Spanien, dann sein Vatter hasset alle diese Indalgoß und Maranisirte hudler, buratschen und Geyßreuter, wie die leibhaffte Teuffei, Sonder er hett für sein Alter ein schön Schwerd von Holtz, und den Tolchen von eingesottenem Leder, auch fein gemalet, damascenirt unnd verguldet, wie mans nur wünschen wolt. Dann er bedorfft noch nicht des Achillis Peliasspieß, den niemand als er schwingen kont, noch des Rolands Durandal, des Artus Kaliburn, des Ogiers Kurtein, des Keysers Großkarle Oriflambe, des Renalds Flamberge, und solche Flammklingen und Wurmstecher. Noch Rogiers Balisard, noch Scanderbecks Schwer Scharsachfochtel, noch Pompei Löwen Schwerd, noch des Conestabel Aplanos, noch des Königs Rogiers Apulus unnd Calaber, noch Bruti unnd Cassii Lotringisch Hutdölchlin, noch des Meydlins Johanna Poucelle inn Franckreich Verrost Catarinen Schwerdt, damit sie die Engelländer vertriben, und noch zu S. Dionys ist gepliben: noch Königs Etzels auß Ungarn hochgeadelt unglückschwerd, dessen genealogy unnd Uräne die Manßfeldisch Chronic beschreibt, biß auff Graf Lupold, dem es, als er im Schlaf reutend vom Gaul fül, das sächlin machet: und welches zu unserer zeit der Duc Dalba nach der Schlacht bei Mülberg selsam soll außgegraben haben: und niemand weiß wo er mit hinkommen? Ja, unser Steckenreuter unnd blindstreichiger Tuseckenfechter kont der Felsässer klingen, Meiländisch Froschstecher, Türckischen Sebel, Pantzertrenner, Reuterböck, Ruting, Stosdegen, Ruckenlemer, Fischplötzer, Malchusdäglin, Schlavonescen, Reißwart, Pfrömbrecher, Beiderseiter, Schweitzerfochteln, Schlachtschwerd, Dolchen die von einander springen, wann mans bei dem hefft truckt, zwey Rapir inn einer Scheiden, Halbhauer, Krommort, Poniart, Weydner, Hessen, Mortpfrimen, Jacobsstecken, Palster, Dollen, Schwertpfrimen, und andere dergleichen Gottslästerer, Murren schwingen und Platschen, damals noch nicht mächtig werden, er ließ sie seim Vatter in der Rüstkammer.

Sein Seckel war von eins Oriflans und Libischen Urochsens hoden, welchen i*h*m Monsier Pracontal der Statthalter inn Libien verehrt, der etwann auch den Fortunatusseckel zumachen angabe, denselben band man ihm an, wie den Kindern die Rotzglocken und Glockenthüchlein, und an die springend Pronnen die Wasserpfannen, unnd inn den Wirtshäusern die Messer unnd Anziher: welchen löblichen Prauch die Schwaben mit den roten Seckeln noch löblich erhalten: solten sie i*h*n gelb tragen, man möcht sie von Judas geschlecht sagen, weil sie on das gelb Füß haben.

Für seinen Rock nam man auß neun tausend sechs Hundert Pack minder drei drittheil Ploen Sammat von Messina, der ward auch wie das ander schön durchgoldfademet mit goldnähets unnd gantzen goldstrangen auff Paragandisch, auch gesteppet in einer zwercheckigen geschrenckten Diagonalischen figur, welches nach gerechter Perspectif ein ungewisse unnd unamhaffte farb gab gleich wie i*h*r am Turteltaubenhals und Raupen sehen, oder dem Pfauen in der Sonnen, wan er sich aufschwäntzet unnd spigelet. Welches mächtig Lustig Crabatisch sahe, vil besser als der sein Mantel mit Stro verprämet. Es war auch fein kurtz auff den neuen schlag Spanekappisch, war kein traur oder Leidmantel, kont nicht darauff sitzen, er zög ihn dann auß: Daß man fein den Arßbacken binden zitteren, und fornen den Krummen Latz, wie ein Pfal im Wasser wäferen sah: Dann inn Curte *tunica saltat Saxo quasi pica.* Im kurtzen Rock springt der Sox wie ein Bock. Sihe Sehe: wie fliegt der daher, wie der Pfaff auß dem Federfaß.

Zu seinem Hütlin worden genommen drey hundert zwey Pfund Jenueser gewicht *à la grossa,* thun in Venedig subtili 86 Pf. Taffet, dann wie wok ein Huter eim jeden Narren ein rechten Hut auffsetzen: Derhalben ließ ers i*h*m inn die Form giesen nach seinem runden Schedel: Der war wol bestulpet, berondelet, bewolltzottet und überhängig wie die Altdickitetische tächer zu Ach, Cöln unnd Metz, und die Fürmännische rotte Schweitzer Paret, das es eim auff der Achssel lag und den Regen abtrag, unnd darauß sah wie ein Schiltkrott auß der Schalen. Dan sein Vatter sagt, daß die heutige Hütlein auff Marabesisch, unnd die Zigeinerschlappen, auch die Mastrichische groe und rusige Hüt, und die Braunschweigische glattwollige gebichte Beckelhauben, damit man die Hüner uff dem garten tod wirfft, und die wie ein Pastetensatz gestaltet, etwan einmal ihrer beschorenen wollen werden übel lohnen: dann ich mein lebenlang nichts närrischers gesehen, als elenlange und klaffterpreyte Hafften auff dem Hut. Was sollen hafften auff dem Hut, setz sie darfür wie unser Pantagruhel an den Latz, dann er ist heut wol so wild und unrichtig.

Für seinen Federposch trüg er ein schöne lange hohe Ploe Feder von eim Onocrotalischen Grottomolinarische Kropffvogel oder Fürstenaug, Ocello del duca, auß wilden Hindern Hircanien, da man die Vögel mit eytel Feigen speiset, weil ein jede Feig sechtzig Scheffel tregt. Diser Firlefans lappet i*h*m lustig über das recht Or herab, wie den Zimmerleuten die Hanenfedern, dann er dorffts den Schweitzern zu lieb nicht für sich tragen, so waren die Reutterdollen noch nicht auffkomrnen. Zu einem Federhalter, Medeibild und Hutzeychen, auch zu einem Schaupfenning unnd Göttelgelt, Hett er ein gantze guldene Platten, wie die zu Lunenburg von 68 Marcken, ein schöne Medei: darauff von angebrenten Farben ein Figur gebossiret, die hat ein zweiköpffig Bild, welchs die Taubenschnebel stracks gegen einander kehrt, mit vir armen, vier Füsen, unnd zwen ärsen, doch eim Bauch, wie Plato inn seim Sammenpausen oder Symposi meld, dz im Geheimnussamen Anfang die menschlich Natur einleibig gewesen sey: Und was darumb mit Jonischen Budistaben, da man das Teutsch noch Griechisch zur zeit Caroli Machni geschriben, gegossen.

ATAII HOYZH TEI TA EY THZ.

Sein Ketten die er am hals trug, wog 25000 sechtzig drei Marck lötig Golds, wie es der Fiscal in der Kammer jedesmal empfengt. Unnd waren die gleich wie Hagenbutten, Jacobsmuscheln unnd Perlemuter geformiret, zwischen welche an statt der Corallenbollen und Eychelnstollen grosse grüne Jaspiß einvertheilet waren, und mit des Wolffditerichs Lindwürmen und Trachen ergraben und erhaben, auch rings herumb mit Diamantischen spitzen als flammen Funckelend und zwitzerend besetzt. Sonst fein mit einer Perlinschnur, oder Margariten Paternosterlin eingefaßt. Wie es etwann der Jaspenkönig Nechepsos solcher gestalt getragen. Sie hieng ihm auch zimblich lang hinab biß zum überbauch, unnd gab i*h*m, wie die Griechische Artzet wol wissen, grosse krafft, besser als der Suppenhofleut und Spornloß Jungkherrn, von Eisen und GoldParticipirte Ketten.

Zu seinen Händschuhen worden verschnitten sechtzehen Luchssenheut, Unzenfell, und Trollengefüll, auch drey heut von Wehrwölffen, Pilosen, Geißmänlin, Dusen, Trutten, Garauß und Bitebauen: die man rings darumb verprämet, durch einen neuen Händschuchkünstler zu Löwen. Unnd worden von solchen zeug zugericht auß angeben der Cabalistischen Künstler zu Sainlovald und Dölpolsinlingen auß dem Heckelberg, die solches für dz unsichtbare gespänst im Ofen gut wußten, wann einer nackend im Kachelofen stünd, daß man i*h*n in der Stub nicht sah. Da hingegen die Hündine, Schäfne, wullene, hertzpfeilgemalte, peltzene, Geissene, Wölfine, Füchssen, Carmasinen, auch die thüchene Langzipfige Reuterhändschuch nichts vermögen, dann die Hand und Finger dicker, oder länger zumachen. Die Leut machen heut die Kleyder stäts weiter, dann die Glider, da billicher wer, die Glider weren grösser dann die Kleider, zu dem wie sie den Teuffel heut anstellen. Aber, billich, ist ein Hund: solt ich die heutig Welt lehren? die mit dem Teuflel inn die Schul ist gangen? O nein, sie kan on mich einer Milben ein par Reutstiffel anmachen.

Sein Vatter wolt auch daß er Ring trüg, zu einer widerstattung und frischergäntzung des lang wolherbrachten alten zeichens des Adels unnd warer Rittermäsigkeit, wie solchs die Historien und Juristen *de Iure aureorum Annulorum* beweisen. Und Plini Lib. 33 cap. 1 darthut. Ließ i*h*m derhalben an den Lincken Zeigfinger einen Carfunckel, so groß als ein strausenai, wie dern einer der Hertzog Ernst mit dem Schwert auß dem Strudelberg auff der Thonau erhiew, einfassen, fein schraf mit Seraphgold von Ophir und Saba.

Am Artztfinger oder Hertzfinger hette er einen Ring von vier metallen für den Hertzkrampff im Beutel, auff die wunderlichst weiß, die einem je zu gesicht kommen mag, zugericht, dann der Stahel verzeret, schwechet unnd schändet nicht das Gold, noch das Silber das Kupffer: der Mars nicht die Sonn, noch Venus den Mon. Dann es ward alles auß Lulli Ars gemacht durch den Iliastischen erfahrenen

Hauptman Chappuis Kappenhobelkopp, und den Biervogt Alcofribras seinen künstlichen Meister.

Am Prangfinger oder (verzeicht mir) am arsfinger der rechten hand, hett er ein Ring, Spiral oder Pretschetweiß, wie die Seiler, Schiffleut unnd Bronnenträgler die Seil zusamen legen, gemacht, unnd darein versetzt ein außbündige Besenbalach, sampt eim außgespitzten Diamant, und überauß schützigen Smaragd vom Paradisischen fluß Physon, oder auff Junitremelisch Pischon. Dann Hans Carvel, Oberster Jubilirer unnd Gestein händeler des Königs von Melinde schätzt sie auff den werd der sechtzig tausend million flämmischer Hämmel der grösten Woll, sampt neun tausent Englischer Rosen Nobel, acht Hundert Gulden Real, und 94 Portugalischer Ducaten vom Güldenen Ritter, unnd 18 Wilhelms Schild. Die Fuckart von Augspurg schätztens nicht geringer nach specie bestimpter ablosung, als 900 tausent schurckens, 60 tausent Phillippisch Klinghart unverruffen, 50000 Peter von Löven. 40000 Arnolds Gulden. 30000 Borbonisch Postulatz, sampt Säcken voll Grivan, vier Eiser, Johannes Brast Pfenning, Königsteiner Batzen und Saltzburger gröschlein. Ein gering gelt für einen der keins hat: O die Steyn hatten grosse krafft, wann er auff dem Banck lag, empfand er kein Feder: Unnd ful nur allzeit auff den ars, wie die Katzen und Herren auff die Füß: Unnd wann er auff den Arß ful, so schads ihm nichts am Kopff: das macht die Kinderpauschen waren wol gestopfft.

Das Zwölfft Capitel.

Von den Hoffarben und Gemerckreimen des Gurgelgrossa, und seins Sönlins, des schönen Hembdfänlins.

Ihr habt hie oben verstahn mögen, daß des Gargantz und balds farb ist gewesen Weiß und Plo, wie gedörrt Bonenstro. Dadurch er zuverstehn gab, wie ein himlische freud er seim Völcklin seie. Sintemol durch weiß: Lust, kurtzweil unnd freud, durch Plo gestirnhimmelige Sachen werden bedeit. Dann wer wolt nicht glauben das der Himmel Plo sei, was auch des Mentzers Gesangsweiß gestellter Eulenspiegel disputiert Grün sei Plo. Lib. 1 ca. 65.

Ich Förcht euer etlich werden schmollen, diser sachen, und des alten Trinckers wol lachen, daß er so sinnspitzig das NadelLoch trifft, und gereimt die Farben außleget: und gedencken, weiß bedeit beser nach gemeinem Prauch Glauben und Treu, und Plau, bestendigkeyt und auffrecht on scheu.

Aber euch nit zu verrucken oder zuverzucken (dan die zeit sind gefärlich) so antwortet mir, seit ihr frisch: (dan strenger will ich mit euch nit faren, sonder allein etwas auß meiner flaschen schrauben.) Wer überred euch also, daß weiß die treu bedeit und Plau die beständigkeit? Hey, werd ihr sagen, ein überhüpsch ertzschön büchlein, welchs die hausirer, Zeitungsänger und sonst Priffheffter, welche die Lider auff den Hut und das gelt in den Latz stecken, herumb tragen, dessen Titul ist, Bläsonirung der Farben oder von Wapenvisierung und Farbenlosung: Aha bene, wer hats gemacht: wer hats Visiert?

Warlich wer auch der Bläsonirer sei, so ist er in dem gescheyd gewesen, daß er seinen Namen nicht gesetzt hat: und weiß nicht, ob ich mich meher über seim frevel, oder meher seiner ungehöblichkeit versegnen soll. Seinen frevel inn dem, das er on ursach, ohn bescheid, ohn einigen grund oder schein auß eygenem dürmelkopff hat uns seinen Farbenverstand dörffen fürmalen, als ob er der Tyrannen einer wer, die ihren mutwilligen vorsatz und vorsetzlichen mutwil an statt der notbeweglichen ursach und ursächlichen notbeweglichkeit setzen, denen ihr angenommener willen, muß die beweisung erfüllen, Wir wollen, für Wir sollen, Wir gebieten, für Wir rhiten: Ist unser ernstlich meynung, für, Ist unser wolbedachte scheinung: Bei tödten, für Es ist von nöten, bei hencken, für Außbedencken. Solches gilt aber bei weisen verständigen Leuten nicht, sonder sie müssen es also fügen, daß sie den Leser durch greifliche Ursachen benügen.

Seine ungehoblete Grabeseligkeit inn dem, daß er gemeint hat, die gantze Welt werd on ferrnere nachdenckung und erweisung gleich einsmals ihre gemärck, zeychen, Divis, Wapenreimen, Hofkleider, Wapenlosung, Reimenloß nach seinen unholdseligen, vorgemodelten, für gekauten und gekotzten gebotten richten.

Gleichwol ist nit on, er hat nach dem Sprichwort (Auff Märckten unnd Kirchweihen find ein durchlaufiger Arß allzeit genug Trecks) etliche grobe Heyntzen unnd Gribensinnige Molckenhirn von des Metzigers Taschen zur zeit der hohen Schlaphauben gefunden, die seinem schreiben gleichwol haben statlichen glauben geben: Und nach denselben ihre Hofärmelreimen erleucht, ihre Wapengemerck, Mommerkleider, geschmeid, geschmuck, haußrhat, Teppich, Pitschier, Wänd, Pfosten, Pfulwen, Wapen Röck: Helmsprüch: Stammreimen, und sonst Schilt und Tartschen geschickt unnd außgetheylet, ihre Jungen darnach gekleidet, die Stumpf darnach geschecket, die Arsbacken gequartieret, die Pritschenschlagerröcklin gehalbieret, die MaulEsel gezäumet, die Roßdecken gestreimet, die Händschuch gebordiret, die Federn geiustiret, ja die Weiber haben auch ihre Bett, ihre Umbhäng, ihre Pleigen, ihre Fransen, die Jungfrauen ihre sträußlin Je länger je lieber, Holderstöcklin, Kräntz, Fatzenetlin, darnach geschicket, ihre Küssen gesticket: Ihre Lieder gedichtet, inn Praun will ich mich kleiden, gegen diesem Winter kalt, etc. Ja inn allen Festen, Thurniren, Haupt unnd Landschissen allein darnach alles geordenet, die Fänlin dem gemäß außgetheilet, alle Kleider darnach verprämet, gesaumet, berandet, beleistet, gebortpleget, den Helm geschmucket, die triumphgebäu gemalet, die groen Röck, die man zu Hof verdienet, darnach außgegeben. Und welches das ärgst ist, grossen beschiß und trug unter erbare Matronen eingeführt unnd die gute Jungfräulin schandtlich verführt. Weil sie auff die gedacht Farbendeitelei ihren glauben gepackt, da doch ein anders darhinder Stack.

In gleicher Finsternuß stecken auch die Ofenschrantzen, die Spißprecher, Ringstecher, Vilhelmige und Schiltquartirte Wapenverbesserer, und Wapenprifkaufer. Auch die Namen veränderer, Wortverrucker, die so geheimnußreichlich die wort in frembdem unertraumlichen verstand sdireiben und malen können: die in ihren Ritterreimen unnd Thurnirsprüchen hoffnung und *Espoir* anzuzeigen, ein Ofen oder Hopffenstang, und ein Spher oder Weltkugel malen: für die pein und peen, pennefedern oder bein, für die Melanchoi das Kraut Ancholi, den halbmon für zunemmen leben, ein verrumpelte Banck für ein verdorbenen Banckerottierer, Non und ein Halsgerät oder Prustharnisch für kein hart Kleyd und wesen, oder *non dur habit*: ein Bett on Himmel, oder *Lit sans ciel* für ein Licentie: Litzel Salat, für Licentiat. Ein Weltkugel unnd ein Leir, für die Welt ist ein Laur: Ein Apffel, Löwen, Mauß, Wei, Storck, Angster, Treibschnur, Hirtz, Leiter, Bien, Schabeisen, Dannen, Bien, o, holtz, El, Licht: für O Appel lebendige Mauß, wie starcke angst treibst meim hertzen ein, leider ich bin schabab, dan ich bin nit holdselig. Item Lipp, Habich, o, glock unnd külung, für inn lieb hab ich kein glück noch fristung: Ein schaft oder schaf, Jäger, Has: Für, Das schafft des Hassers Haß. Ein Am Weins oder Eymer unnd ein Or oder Uhr, für Amor: Ein Weltapffel und Nullen, für oder Keiser oder Nollpruder: ein Perlin und ein Clavicordi, für Die Margarit ist meins hertzen schreins ein Schlüssel: ein A. und ein Mor Amor, den Mon für Man, ein Leib brots, und ein Zig für Leiptzig, ein hertz, küssen, Hund, Säg und ein Nulle, für Hertzlieb Küß mich und sags nicht: Eyn Kann und ein Vogel, für Kann ich so kogel ich dich, unnd sonst ein Pfeiff, im treck auff eym Küssen, und ein S. oben unnd ein Q. unden.

Welches alles und anders meher so ungereuterte und ungereimte närrische, Barbarische, Homonima oder Nameynige Wortgleicheiten sind, daß man bei heutigem Licht guter künst forthin, einem der sie meher prauchet, solt einen Fuchsschwantz an hals hencken, und ein Butzenantlitz von Kütreck fürthun, oder im Meyen inn süssen warmen Kütreck abtrucken, auff dz man den Gauch lehrnete kennen. Ja mit eym warmen Kütreck ein zeychen inn backen Prennen.

Mit diser weiß, wann diß gelten solt, möcht einer ein jden Hautjuckigen Vogel für ein Gauch ansehen, ein Sau für ein Baier, ein Nuß für eyn Schwaben, eyn Geiß für ein Schneider, ein Maulthier für ein Francken, ein Schlesischen Esel für aller Hasen Großmuter, ein Pomerisch Storckennest für Salat, ein Ku für ein Schweitzer, ein Töringisch Pflugrädlin für ein Prettstell, ein weisen Hund für ein Müllerknecht, die Eselin für Frau Müllerin, ein Hasenkopff für ein Niderländer, ein Hammel für ein Flamming, ein Kachel für ein Baßlerische Köchin:

Solcher gestalt wann man von gleichlautendes klangs willen eins für das ander will prauchen, so will ich ein Paner malen und verstehn daß mich mein Bulschafft will bannen, ein Pensel und meins Hertzens Seelpeinig Fegfeur verstehn, ein Kalbskopff für ein Kalkopff, ein Hafen mit Senff, das mein hoffen unsanfft versaur, ein Pott mit Moustart, daß mein Hertz *moult tard,* ist Most art, jürt wie neuer Wein hinden auß: Also muß mir ein Pott ein Official und schuldbott sein: das Unden am end, meines gesäses ein Fartzbüchs: mein Pruchlatz ein Forsprechstüblin oder Laß eysen: ein Hundsstrud und *Estron de chien* für ein *tronc ceans* oder grundstand meines Bulen leib: der Hundstreck ein Niderländischen händschuch oder antrecker: ein Nonnenbauch, ein Brevirbuch, da man die Nonas liset: ein schraub und är, ein Schreiber, *Grandmercy,* ein langer Krämer, mein Naßthuch ein Rotzherr, mein Arskerbenei ein artzgerbnei, die Katz inn der Suppen ein höfische Supplicatz oder Purgatz, ein Eul unnd ein Schneck, Eil mit weil, hurnauß ein Hurnhauß: Ackermerr ein Kramer: umgestürtzt läre Kann, ein Kantzler, heimlichs gemach ein Secretari: kale Mauß ein Kalmäuserischer Commisari: Hebammenstul ein Notari: Helffant ein helffer, Kalecut ein beschabet Mönchskapp oder abgerieben zinckenbläsermaul, Lame tatz für Lamentatz: Pfrimen inn oren die Memori: Bock im Beltz der Teufel: Prust Latz für Protestatz: arm im reff ein Reformirer: ein entschipter kaler Fisch oder Al ein Fiscal: die eim hinden auß essen, die Interesse Wucherer: Der Ars ein Arrest, und die einen Arstiren. Unnd wer kan alles ersinnen, wie es der ein auffs Heu, die ander auff die Eh macht: und wann der ein sagt, *suo more canit,* der ander versteht, ein Sau unnd Mor, unnd kan nichts? *sua cuique sponsa placet,* jedes Sau unnd Ku pletzt sein Braut, und der ein die Aberacht auff sechtzehen außlegt, unnd das Einig für Ewig versteht. Es sind eitel faul Fisch. Die Weisen in Egypten haben vorzeiten der sachen vil anders gethan, wann sie durch gemälschrifften und Schilderbilder, welche sie Hieroglypisch nanten, geschriben haben. Welche keiner nicht verstund, er verstünd dann auch die Natur, krafft und eygenschafft der vorfigurirten unnd fürgemaleten Natürlichen sachen. Als der Helffant ein Keyser: ein groß Ohr ein Weiser, Schaf gedult, Taub einfalt, Schlang listig, Wolff fräsig, Fuchs diebisch, Delphin libisch, KürißPferd Krieg, Han sig: Hund unflätig. Aff unverschamt: Seu wüst: Schneck langsam: Wider widersinnig: Wölfin ein Hur: Esel ein Stockfisch: ein Beschneidstul: ein Cartetschbanck: Has forchtsam: Mauß schaden: Katz Weiberrammel: Maulwerff plind: Storck fromm, Kranch wacker: Eul weiß: Aug Auffsehen: Greiff schnelligkeit: ein tod Roß schelmigkeit: Crocodyl untreu: ein Schermeußlin ein Mäutzlein: ein Schöffel ein Rhatsherr: ein Sessel ein

Richter: ein Cantzel ein Predigkautzen: zwen Finger über eim Kelch ein Priester, ein Kelch inn Munsteri Mapp ein Hussit: ein Lucern ein *Candelabrum Patriæ:* eins Menschenhaupt ein Gelehrten: ein Eselskopff ein unverständigen: Fisch stumm: Schwalb leidig: Nachtigall Music: Hetz geschwetz: Ganß geschwigen: Pfau stoltz: der Gauch ein guter Mann: der die Frembde Schuh bei seiner Frauen Bett vor zorn zerschneidet: die Binen einig: Muck verdrüssig: Spinnwepp vergeben werck: Krebs hindersich: Frösch Beurisch: Hebheu alter: Weiden Unfruchtbar: Maulbör ein Maultasch: Feigen Or Feig: Apffel Meydlinspil: Ror zart: oder unbeständig: Dornen haß: Lilgen schöne: Nesselen Kranckheit: Rut zucht: Bonen Keusch: Zwibel weynen: Kürbs onnütz hoffnung: Oelzweig Frid: darauß man sicht das Gott etwas auff solche zeichen gehalten: weil er mit Noe durch ein Rappen: Taub unnd ölzweig inn der Arch geredt hat. Auch Jonas auff die Kürbs vergebens hoffnung satzt, da *citò quod fit, cito perit.*

Wie solche unnd dergleichen Bilderschrifften der uralt Orus Apollo, der VollibPolyphil im Libtraum, Pieri Boltzan, Cälius Cittolinus, der Herold, der Goropius, der Schwartzialupi, die Hieroglyphischen Heyligschrifftenerklärer haben artlich erkliebet, auch sonst vil Emplematescreiber, Sam Buch Stamm Buch Holderstock, Aldus Hadrianus Brachmonat, Reußner, Holtzwart, Fischart, Paradin, Jovius, unnd viel Divisendichter verblümt und verkünstelet.

Aber was bemüh ich mein gut Schiflin länger zwischen disen klippen, wär jagen unnd würwellen umbzutreiben, ich will eben so mehr widerumb inn den Anfurthafen, darauß ich gesägelt, einlauffen. Dann besser wol hindersich als übel für sich.

Gleichwol wollen wir einmal besonder von den Farben handelen: Wann mich nur alle Heiligen bei lust erhalten, und mir den Leist im hütlein gesund bewaren, so ist ein gute Rastatter Kann, oder tieffe Bannmaß mit keim bösen Wein, wie mein liebe Großmutter sagt.

Das Dreitzehend Capitel.

Was bedeitet werd durch Plau und Weiß, auch nach Natürlicher weiß.

So hört ihr nun, ihr seit dann daub, das Weiß bedeit freud, wollust und kurtzweil: unnd nit unfüglich noch übertieffklüglich, sonder sehr billich, naturmüglich und tüglich welchs ihr auch werd billichen, wann ihr, hindan gesetzt alle An oder Onmutungen, das jenig, so ich jetz also par will außführen, wollet on Fußscharren und räuspern anhören. Nun *Silentium,* das Maul zu oder etc.

Aristoteles schreibt, so man zwey widerwärtige ding inn ihrer art und specie, als gut und Böß, Tugend und Laster, warm und kalt, schwartz und weiß, Lust und schmertz, freud unnd leid unnd andere widerstrebende sachen zusamen halt und vergleicht, da muß notwendiglich folgen, wann ihr sie solcher gestalt gegen einander stellt, das so das widerspil eynes, mit dem einen, so dem andern zuwider, überein kommet, alsdann das ander wideriges, dem andern überplibenen zugehör. Als exempelsweiß, tugend und laster sind inn einer art specie widerwertig, wie auch gut unnd böß. So nun eins der ersten streitigen specien mit einer der andern zustimmet, als tugend und gut (dann diß besteht ausserhalb allem zweiffel, das tugend gut sey) So müssen von notwegen die andere zwey überigen überein treffen, welche sind Laster unnd böß, dann Laster sind ja böß: das frag man den Erlöß uns vom Beza, der wird uns den betzen zu Bern im Loch zeigen.

Wann ihr nun dise Redwechselig Dialectisch Kunst und Logicalisch Regel ergriffen, so versucht es nun mit anderm, Nembt dise zwey widerstrebende freud unnd leid, darnach dise zwey weiß unnd schwartz: Dann sie streiten naturmäsig und Physicisch widereinander. So ihm nun also, das schwartz bedeitet leid, so wird von rechtswegen Weiß bedeiten freud.

Unnd zwar diese Außlegung ist nicht durch Menschlichs gründelen und Fündelen auffkommen, sonder durch ein allgemeyne Emhälligung der gantzen Welt auffgenommen. Welchs die Philosophi das Völcker Recht heissen, ein rund recht, das durch die gantz Weltründe unwandelbar wandert: und allenthalben gilt ungeändert. Wie ihr dann wol wißt, daß alle Nationen (außgenommen die alte Syracusaner und etliche Argiver, welchen die Seel überzwerch gelegen) alle Sprachen, alle Zungen, alle Völcker, alle Heyden, wann sie äusserlich anzeigen ihr traurigkeit, so tragen sie ein schwartz Kleid.

Welche allgemeyne der gantzen Welt gleichstimmung jedoch also ist auffkommen, das gleichwol darzu die Natur selbs vil notwegliche anleitungen, Folg und schlißursachen gibt, die leichtlich ein jeder on einige unterweisung von ihm selbs kan begreiffen und erkennen, welches wir sonst das Natürlich Recht nennen. Auß welcher anführung und Induction dann, wie gesagt, die gantz Welt durch Weiß hat verstanden lust, Freud, Kurtzweil unnd ergetzlichkeit.

Vorzeiten haben die Traces und Creter durch weisse stein die freudenreiche glückfertige tag verstanden, durch schwartze die traurige unglückselige: wie solche stein die Juden Christo nachwurffen, und heut von vilen böß bottschafftbringern auffgelesen und Damnoclamantisch gebraucht werden. Mir nit des Bottenbrods, ich will mich des Trinckgelts behelffen. Item macht nicht der vilsprachmalerisch Eisenthurn inn seinen Calendern etlich Tag mit schwartzen widerwertigen. (.) Etlich mit Roten unglückhafft, etlich gemeynes Unglücks, vor dem grossen behüt uns Got. Was? Ist nit die nacht traurig, öd, schwermütig, schläfferig, unlustig, schrecklich, Gespänstgrausend, Hechssenführig, Katzenmautzig, Todenleychig, unnd etwas

Höllischer art? Daß sich auch ein sprichwort daher angesponnen, die Nacht sey niemands Freund, unnd derwegen unholdselig, unfreundlich, ja Feindselig unnd feindlich? Dann sie ist schwartz, dunckel unnd Finster auß mangel: was aber mangel leidet, ist unvollkommen und derhalben unglückhafft.

Hingegen erfreut nicht die klarheit, der Tag und das Liecht die gantz Welt? Ist aber der tag nit weiß, so muß Marcolfi rechenung mit der Milch fälen, darüber Salomon ful. In summa es ist weisser als kein ding. Welches ferrner zu beweren kan ich euch auff das Buch Laurentz Valle wider den Bartolum *De Insignii* weisen. Aber der Evangelisch Spruch wird euch vernügen, da staht, Seine Kleider worden so weiß als das Liecht. Durch welche Weisse der Herr seinen Jüngern das Himmlisch Leben wolt einbilden. Dann durch klarheit wird alles was Menschlich ist erfreut: Wie ihr dann ein Sprüchwort von einer alten pflegt zuhaben, welche, wiewol sie keinen Zan im Halß hat, doch alle morgen Bona Lux sagt: Deren geful der Schnee hie noch wol, besser als dort die Pfaffenkolen, oder das Tyrannodisciplinisch Lemanisch Bad im Genfischen Todenmeer.

Unnd lieber sagt nicht Tobias, da er sein Gesicht verlohren: Was freud kan ich haben, sintemal ich nicht des Himmels Liecht sihe: Auch bezeugen es meine Juristen, *l. inter Claras. C. de sum. trin. ibi. nihil est etc.* In solcher Farb Kleydung erzeigen sich die Engel gemeynlich, wann Gott etwas Freudhaffts auff Erden wircket. Auch sah inn solcher gestalt Johan in der Offenbarung im Ewigseligen Jerusalem alle Gleubige gekleidet.

Leset beide Griechische unnd Römische Geschichten, so findet ihr, daß die Statt Alba, so der erst Model unnd Patron der Statt Rom gewesen, gebauet unnd genant sey worden nach einer weissen Sau, die da gefunden worden. Wer sie schwartz, oder halb und halb, wie man die Hund schiert, gewesen, sie hettens dahin nicht gebaut, sonst wers ihr wie Troia gangen, die ein schwartze Sau im Wapen führen: Darumb hat Keyser Carl der Machtgroß, den Sachssen, nach dem sie Christen worden, das Westphalisch schwartz fal oder Pferd im Wapen in weiß verkehrt. Ihr werd auch finden, das wann einer an den Feinden einen Sig erholet, also das ihm deßhalben vom Rhat inn Triumphirender gestalt zu Rom einzuziehen gegont war, solchen Triumph mit Weissen Pferden vollprachte. Ihr findet weiter, das Pericles der Athener Kriegsoberster gebot, das diß theil seins Kriegsvolcks, welchem das Loß der weissen Bonen zugefallen, den gantzen tag rhüig in freuden und kurtzweil zuprächte, unter des das ander theil stritte, unnd fechte.

Noch andere Tausent Zeugnuß rneher könt ich zu diesem fürnemmen dienstlich anziehen: Aber was darff ich vil knöpff an einer Bintzen suchen, ich möcht sonst die Halffter am Barrn vergessen. Nicht deß minder, hab ich euch durch diß weitläuffig erzelen gar geschickt gemacht, also daß ihr durch vorgesetzter stuck erkantnuß, itzund könt ein frag, welche Alexander von Aphrodis unaufflößlich schätzte, schön auflösen. Warumb der Löwe, ab welches Prüllen alle Thier erschrecken, allein den weissen Hanen förchte und ehre. Dan solches geschieht darumb (wie Proclus im buch vom Sacrificio und Magia meld) Weil der Sonnen krafft, welche ein ursach unnd zeug alles Irdischen und gestirnigen Lichts ist, sich viel reimet, schicket unnd Artet in dem Weisen Hanen, also daß sie auch an der Farb außspricht: Demnach dan das Licht, wie erwisen, weiß ist, und der Löe das Feuer scheuet, wie auch der Elephant, vil meher scheuet er das Sonenartig Thier, welches von hitz gantz schneweiß wie der Tag worden: Dann des Feuers und Sonnen wirckung ist inn ihrer krafft weiß: Daher den Latinern die Kolen candiren.

Ja ich will noch weiter sagen, das in Löen gestalt offtermals sind die Teuffel gesehen worden, welche, so bald ein weiser Han darzu kommen und gehebt worden, plötzlich sind verschwunden.

Daher kams, das die geyle, gobelige, gogelige, guckelhanige Gallier (mit wölchem Namen die über Reinige Francken benant werden, von wegen daß sie gemeynlich weiß sind wie Milch im Kolsack, welche die Griechen Gala nennen) gern weisse Federn auff den Hüten tragen. Weil sie von Natur freudig, Lustig unnd (mit zweyen Worten zusagen) leichtsinnig unnd leichtfertig sind: dantzen auff eym Fuß, wa ein Schweitzer Baur zwen bedarff, gleichwol nicht rahtsam ist, sich von eym solchen Heyne von Ury mit Füssen tretten zulassen: Ja dise Feder Francken können den gantzen Leib mit der Beckelhauben im stürm decken, da ein breiter Plateiselschwab auß seim Rucken ein Rückkorb macht, so vil steyn trägt er darvon: Ja hupffen wie ihr Katzenspiliger Ball, scheissen nicht dan im flug: eh ein anderer auffsteht, sind sie ein halbe stund gelegen, springen einem meher umb ein Haller, als ein Botter Holländer, oder ein enzwey geprochener Lamer Seeländer umb ein Thaler. Sie bestehen wie ein Beltz auff seinen ärmeln. Darumb haben sie auch die allerweissest, zartest unnd hinfelligest Plum die Lilg zu eym zeychen im Wapen.

Und darumb secht ihr, auch wie die Zimmerleut die feinen Hanen, also hui sind, wann sie über die Plöcher springen, das machen die Hanenfedern, die sie auff den Hüten stecken haben. Auch die Dänen, welche Gorop von den Hanen herreimet, wann sie im schwimmen das Geses hinden außburtzelen: dann es geht, wie Magister Pileatoris *in tertia sui* spricht, *Quamvis arte nates, tamen apparent tibi nates.* Wann schon schwimmest nach der Ars, sicht man dir doch den Arß:

So ihr aber fragt, wie die Natur uns unterweise, durch weise farb freud zuverstehn. Antwort, die vergleichung, conformitet, proportz und zusammen reimung darin halt sich also folgender massen. Gleich wie daß weiß eusserlich das gesicht vertheilet, verstreiet, spatzieren und splaciren füret: Also enscheiden, ermuntern, erstäuberen, erquicken und erspatzieren sich auch davon die gesichtliche Spiritus oder augenscheinliche lebkräffte: nach meynung des Aristotels in seinen fragen von der perspectiff. Wie ihr dann solches inn greifflicher erfarung empfindet, wann ihr durch Berg und Thal mit Schnee überdecket, reyset, da klaget ihr bald, ihr sehet nicht wol, die augen thun euch wee, wie auch solches seinem Kriegsvolck geschehen sein Xenophon schreibet: auch Galen: *lib. 10 de usu partium* erkläret: wiewol mich jener Vilochssenfuß bereden wollen, der Schnee sey schwartz, Gott geb i*h*m ein gute zeit, wa er auch schwartzen Schnee mit weissen Kolen distillier.

Wann sich nun die ergetzlichkeit inn das Gesicht schicket, reicht es folgends einwertz zum hertzen, welches alsdann von fürtreflicher freud innwendig gar zerlöset, ein öffentliche erlassung des lebhafften Geistes verursachet. Welche folgends also übermässig mag zunemmen unnd außgelassen werden, daß ein hertz warhafftig von seiner auff und unterhalt kan entsetzt, entblöset und beraubt werden: und also folglich das leben auß Pericharischer überfreudigkeit verlieren unnd erleschen, wie Galen: sagt *lib. 12 Method: lib. 5 de locis affectis,* und *lib. 2 De Symptomaton causis.* Unnd wie solches Mar. Tull. im Ersten Buch Tusculanischer fragen, auch Verrius, Aristotel, Livius, nach der Schlacht vor der Cannen geschehen sein bezeugen. Item Plini lib. 7 c. 3 2 und 53 Aul. Gell: lib. 3. 15 unnd andere vom Diagora von Rodo, vom Chilon, Sophocle, Dion dem Tirannen von Sicilien, Philippide, Philemon, Polycrate, Philistion, M. Juventi, Bapst Julio unnd Leo, die alle vor freuden starben: darumb muß man sie, wo sie jetzund sitzen, mit kaltem Wasser beschütten, sie lachen sich sonst wider lebendig.

Wie deßgleichen auch Avicen im 2. Canon und im Buch von den Viribus des hertzens schreibet vom Safran: welcher also das hertz erfreuet, daß er einen zu tod kützelt, unnd durch überschwenckliche und überflüssige erlassung, Dilatation und verstreyung das leben nimpt, wann mans zu vil über sein maß einnimpt. Hiezu hebt unnd leset auch den Aphrodisischen Alexander im ersten Buch inn der 119. frag. Unnd diß auß ursach. Unnd auß welcher? Hey kleine Häflin lauffen bald über. Ich vertieff mich zu ferr inn diser Materi, wiewol ichs zu anfang nicht im sinn gehabt. Derhalben laß ich hie mein Segel nider, unnd spar das überig inn unser Vollendal. Und schließ entlich mit eim wort, ihr wolt mir wie euerem Beicht Vatter diß falls glauben, blau bedeut gewißlich den Himmel und Himmlische Sachen, gleich wie das Weiß freud und lust bedeut. Weiter darff ich nicht sagen, dann wann man ein ding zu vil lobet und liebet: gemeynlich viel falsches damit unterstiebet: Und wie man spricht. Wer sein Frau lobt unnd sein Kunst, der käm ihren gern ab umbsonst. Ach ich hab viel zugedencken, wie der Schultheiß im Bad, der nicht wußt, ob er gezwagt hatte.

Das Viertzehend Capitel.

Von des Gargantua Adelicher Jugend, und Jugendgemäser Thugend.

Von dreien Jaren biß zu fünffen ward Gargantua durch befelch seines Vatters inn aller gebürlicher lehr erzogen und unterricht. Pracht daneben die darzwischen einstehende zeit zu wie die kleine Knaben des Lands pflegen, das ist mit trincken, essen und schlaffen, mit essen, schlaffen, und trincken, mit schlaffen, trincken und essen.

Täglich waltzet er sich im kaht, allzeit gieng er maßgen mit der Nasen, ja butzen inn der Nasen, er dorfft kein schonbart, wann er sich unter den Augen mit Rotz beschmiret, berusiget, besudlet, unnd beknudelet. Auch verguldet er gern die schuh, wie die alten Francken, von denen Lazius schreibt, doch macht er darmit keinen Goldschlager reich, er bließ ein Katzengeschrey durch die verstopfft naß: spiegelt sich im ermel, versilbert die Backen, buckt sich offt nach den Mucken, griff gern nach dem Messer, lieff gern nach den Schrötern, Meikäfern, und fürnemlich den Farfallischen Baumfaltern unnd Papilonischen Butterfligen unnd Pfeiffholdern, und den Mariposischen Botterschützen, deren König sein Vatter kurtz zuvor inn Volaterra, an Nullenburg stossend, worden war. Beseycht viel die Schuh, das macht er war gern im nassen, schiß ins Hembd, das macht er saß gern warm, schiß die bein ab vor dem Tisch, und sah es darnach an, aß es doch nicht mit löffeln wie Eulenspiegel, gunts aber seim Engellendischen Hündlin: treiffet und geiffert inn die Supp, tappet ins Muß, tappet an allen orten an. tastet, zopffet, kratzet, jauchtzet und Ketzerschrey tranck auß seinen Pantoffeln, unnd täglich rib und kratz er ihm den Bauch mit eim Nonnenkörblin, und alter Weiber Cartetschfleck.

Sein Zän steifft, wetzt und spitzt er mit negeln, Holtzsolen, Pantoffelholtz, dem topff, mit eim Niderländischen Nonne: mit schletterlen, mit Puppen, diß waren sein eingefaßte unnd angehenckte Wolffszän zum zanen und zännen, und sein Tattelkern für fallen: waschet sein händ inn der Suppen, malt die Wend mit dem Muß, streit sich mit dem Glaß, saß zwischen zwen Stülen nider, neben den schemel mit seim zarten ärßlin auff den harten boden, deckt sich mit eim beschissenen Sack, wischt sich mit treck, tranck weil er die suppen aß, wie ein anderer närrischer Schwab, steckt alles ins Maul, reicht vil eher die linck dann die recht: Dann solchs ist, wie Meister Barthel Erbsenschütz, Superintendens zu Superbingen, im Buch, Von eins sanft donnerenden Predigers lincken fuß auff der Cantzel, und seim rechten Aug in der Rahtstuben schreibet, ein anzeigung der Erbsündlichen art, eher krums dann schlechts zuthun: er dautzt jederman, wolt nit A. sagen, auff daß er nicht müß B. sagen, stammelt im betten, aber sehr fertig fluchet, unnd schalt es ungestammelt, neigt daß Amen im mitteln Vatterunser, trehet daß Hütlein herumb, wurf daß Hütlein in die lufft nach dem Weihen, aß daß Fleisch ohn Brot, griff inn heissen Brei, verbrent die Finger im Liecht, biß und lachet, lachet und biß: hett zwen böse Zän, der ein aß gern Weißbrot, der ander Lebkuchen: war fromm, biß nieman im schlaff, küßt die Rhut, doch nit gern, spie offt ins Becken, forcht den Kemmetfeger, den Hudelump, und den Mann mit dem Sack, forcht man steck ihn wie der Mönch den Käß darein, schiß vor feißte, thet ins Bett, und bestrich sich damit im Antlitz, seicht gegen der Sonnen, wind unnd wand daß Zümpelin, sauget am Leilachzipffel, verbarg sich im Wasser vor dem Regen, zucket den Kopff und stieß ihn ans brett, schlug nach der hand unnd traff die Wand, schlug und bauet im kalten, bließ in die kalt Milch, traumet krauß im holen, stieß ihm Wurtz und Zucker auß Steinen, bettet daß Affenpaternoster, kehrt zu seinen Hämmeln: Munter dich auff Kinds treck: trieb die Säu wider umb zum Häu, schlug den Hund vor dem Wild, spannt daß Roß hinder den Wagen, aß die Lebkuchenleut, haßt den Schulsack wie schön er gemalt war, gleich wie die Meidlin ungern spinnen, wie hüpsch man auch die Kunckeln mal, geiget auff den Nußschalen, pfiff auff eim Stecken, kriegt hinder dem Ofen, hett die windeln am gesäß kleben, war naß hinder den Oren, daß Hembd lag im neher als der Rock, kratzt sich wa ihn nicht biß, zog die Würm spannenlang auß der Nasen, umbfaßt viel und hielt wenig, aß daß weiß Brot am ersten, setzt den Bauren auff den Edelman, vom Pferd zum Esel: war sauber, schiß kein Leimen: hett dann ein Bachofen gessen: schiß ins bruch unnd aß zu nacht, weint kein Gold, liß Nacht und Tag werden, beschlug die Häuschrecken, macht der Lauß Steltzen, macht Schiff auß Papir, bauet Muckenhäußlin, unnd bließ sie selbst umb, brach den Mucken die Köpff ab, riß ihnen die füß auß, steckt sie an einen höltzin spiß, wie die Weiber die Flöh an die Nadeln, stach den Vögeln, wie der Spartanisch König, die Augen auß, nit auß greulicheit, sonder wie die Kinder nach den Kindlin inn den augen stupffen, trehet die kögel umb: saß daß Hänlin im Korb, so wolts herauß, war es draussen, so wolts hinein: was er sah begert er, was er begert daß erweint er: war gar sauber, was er schiß ließ er ligen, und sah es alsdann an, wie ein Gaul, der den Karren hat umbgeworffen: war aber darneben unsicher, schiß im schlaff, wie die Bäurin, die mit dem hindern in die Milch bliß: ließ die Lerch in der hand fliegen und griff nach eim fligenden Storcken, schlug daß hund Wölflein für ein Wolff, sauget am hemd, kützelt sich selbs zu lachen, dient wol in die Kuchen, macht den Göttern Garben von Stro: acht sich keins glantzes, wischt den hindern ans hûtlin: und aß küchlein auß dem Hafen: was ein Krautschütz, wann er ins kraut schiß: biß auff ein federkengel, damit ihm die rat nit weh thet, und weint doch, daß i*h*m die rotzkengel auß beiden Naßlöchern ins gefreß hiengen, und vor ängsten die stinckenden

Kegel entgiengen? wann er ins Bett seicht, sagt er es hett ihm geträumt, wie er an der wand stünd, und wässerlet, oder es sey ihm der bruntzscherben ins Bett gefallen: ließ daß Magnificat zur Metten singen, unnd befand es mächtig gut, fraß Köl und schiß Mangolt, wie die Geisen spotten, fressen Kraut und scheissen Bonen, er kant die Mucken in der Milch, schabt daß Papir, mördelet daß Pergamen, gewan es zu fuß, schoß nach der Geisen oder den Geissennesteln, macht die zech ohn seinen Wirt, schlug in den posch, und fieng kein Vogel, meynt der Himmel hang voll Geigen, glaubet gefartzt sey geschworen, geschissen sey gemalt, gebrent sey gebissen, treck sey Rötelstein, daß Messer beiß, die Wolcken weren Woll oder blumentolter, daß Gewülck Spinnwepp oder Schinhüt, der Schnee Mäl, die Schlosen Zuckererbsen, die Wasserblasen Laternen, neben dem stecken gegangen sey geritten, man schöpff die Kinder auß dem Bronnen, wann es fall, es fall noch eins vom Himmel, Rotz auff dem Brot schmack wie Honig, die Katz eß dz Messer, daß Holtz schneid Eisen, wie der Römer Scharsach den Wetzstein, und die Mauß die Feihel nagt: stelt sich als ein Esel, auff daß er Kleien hett, aß gebrants für gebraten, Stockfisch für kraut, meint ein Beltz dient für ein schuß, ein Harnisch für die kalt, ließ Bonen Erbsen sein, macht auß seiner faust ein hamer, fing die Kränch im ersten sprung, schalt den Weihen ein Hünerdieb und stal ihm keins: rufft unnd lobt den storcken, daß er ihm übers jar rote schu bringe, aß die biren ungeschelt, die Fisch unergränt, erwischt daß schwerest für daß best, wie Keysers Sigmunds Hofman die Bleigefüllt Büchs für gülden, that auch wie deß Keisers Roß, welchs im wasser stallet, gab wo vor war, schiß zum grösten hauffen, seicht inn den Badzuber, meynt was glitzet daß sey Gold, unnd beschiß offt die Finger dran, wie der Pfaff an deß Eulenspigels Erb: ließ daß Vögelin sorgen, holt sein Brot beim Becken, nam ein schnellfetzlin für ein Nuß, gab ein Nuß umb ein Pfeiff, ja gab ein Esel umb ein Peif, gieng auff vier füssen, macht sich zu eim Roß daß er Habern eß, trug sein Hand am Arm, schob es alles unter der Nasen ein, fand daß Maul finsterling, warff ein Ey nach eim Spatzen, meynt wann ihn hungert die Frösch murreten im Bauch: sein Bauch hett kein Oren, liß nit mit ihm tädingen, wann ers hat so aß er, hat ers nit, so tranck er dafür, wan er den Kessel an sah so durst ihn, ließ die Würm spießlang von sich kriechen, ohn verzuckerten Wurmsamen, er danckt fürs Weysel und durst ihn noch: er wolt daß man von rincken zu rincken unnd glidsweiß den Pantzer flick, sah dem geschenckten Gaul allzeit ins Maul, sprang vom Hanen zum Esel, setzt unter zwey grüne ein zeitigen, unter zwey dörre ein grünen, unter zwey zeitige ein unzeitigen: nach deß Bodini Geometrischer proportz: daß macht sein Red hieng an einander wie ein kett von Kühtreck, maß, wie König Cyrus, dem langen ein langen, dem kurtzen ein kurtzen Mantel an, macht von Erden ein Grub, besah den Wölffen die Zän, besah sie im Mon, bließ kein Muß, verbrant daß Maul, sah den Wolff deß Mons, sah im Mon ein Männlin daß Holtz gestolen hett: macht ein tugend auß der Noht, Macht ein Supp von solchem Brot: wann die Wolcken fallen, hofft er alle Lerchen auff zufahen: Noht brach bei ihm eisen, daß kont er mit scheissen beweisen, er verzett es eh ers zum Stülchen bracht, daß wann der weg gen Rom also wer gepflestert gewesen, ein Hund ihn wol het finden können: brüntzelt nit, man schlug ihm dann ans Zümplin, und pfiff ihm wie den Pferden darzu: sagt alles was er wußt, that als was ihn gelust, glaubet alles was er hört, hört alles was man böses lehret, gab als was er hat, nam alls was er begert, was man ihm zeigt wolt es haben, beköm̃ert sich eben so klein umb die geschabene als die beschorene, sagt vom fernigen Schnee, wie ers vom Großvatter Hackeleback gehört hat, meynt wann man ihn neu anthat es wer Sontag, meynt Sant Claus reut auff eim Esel herumb und scheiß ihm sein Schu voll Lebkuchen: biß den Leusen die köpff ab, gleich wie der im Flöhatz den Weibern mit den Flöhen rhatet, fieng Mucken mit dem Maul, und die Flöh in den Ohren.

Alle Morgen sang er die truncken Metten, streiffet den Fuchs, seins Vatters kleine Hund und Katzen asen auß seiner Schüssel, er auch selbs mit ihnen, zopfft sie beim schwantz, biß und bließ ihnen in die Ohren, bleckten sie die Zän, meynt er sie lachten, murrten sie dann, so lacht er, die Hund bissen ihm inn die finger, die Katzen zerkratzten ihm die Naß, alsbald lecktens ihm wider, schleckten ihm den Trüssel, so bließ er ihnen ins Loch: diß waren seine Hofschmeichler, seine Auffwarter wie die Mäuß des Diogenis Schmorotzer, die ihm auffwarteten weil er etwas hat: Da wolt er auff ihnen reuten, so wolten sie essen, keiner dorfft sich inn ihren streit legen: Dann die Tellerschlecker soll man umb den Atz üben. Nun nun, daß man den Bock nit zu weit inn Garten laß gehn.

Wolt ihr etwas weiters wissen, ihr Hodenkröpffige Kullensäck, ihr Schüttenast, ihr Hillot, daß euch das übel zur Pfeiffen schlag, Ey daß euch der kalt das Loch verbrenn, unnd euch das Maul an die Pfeiff müß wachssen, daß klein Hurenjägerlin griff allzeit seinen Seugamen zum Aug, weiß nicht wie hoch, hinden und fornen. Harri hotta Schelme: und fieng schon an sein gelätz zuexerciren, darumb schmuckten ihn alle Tag seine Priapische abgebrüete Ammen unnd Warterin mit Blumen, zierten ihn mit Krentzlin, und hatten ihre lust unnd freud damit, nur daß er ihnen unter die Hend wie ein Magdalonisch Zepfflin gerhiet: alsdann lachten sie, kütterten und schnatterten wie die Storeken auff dem Schornstein zusamen, wann er die Oren auffrichtet, als ob ihm das Spiel gefallen hette: eine nannt ihn mein kleiner Dille, mein Deitelkölblin, die ander mein Guldenglüflin, mein Guffenspitzlin, die dritt mein Guldenästlin von Cural, mein Korallenzincklin, mein Wolffszänlin, mein Billersteifferlin, mein

Zuckerdeichelin, mein Vibrewin, mein Wurstzipflin, mein Mörsel-Stößlin, mein Capellenglöcklin, Glockenschwengelin, Ofenstenglin, Kogbenglein, Ziechzipflin, Ei mein Henckelosche, mein Thorschellelein, mein Beutelstecklein, mein lebendiges Weckerlein, mein rohe freud, ach rauch und breit, mein klein frisch Andowillewürstlin, mein lispelend Klappersecklin, mein Kitzeltrutlin, es ist mein, sagt die ein, ist mein eygen, sagt die ander, und was soll ich haben, sagt die dritt, solt ich lehr außgehn? Hey bei meiner treu, so will ichs ihm abschneiden: was schneiden? sagt die ander, ihr würden i*h*m weh thun, liebe Frau, hauet ihr den Kindern also die dinglin ab, so wird er Junckher von Degenbloß unnd Waddelloß werden, der Monsier sans queue. Herr Batt mit dem glatten Schaden, der die Zwillingbrüderlein irn Bauch verbirgt, unnd seycht hinden auß wie des Meyers Stut. Auch damit dem Kind nichts an kurtzweil abgieng, macht man ihm ein Flinderlestecken, und fornen dran ein Windspiel von den flügeln einer Windmül auß Francken: damit lieff er auff unnd ab die Gaß, unnd Thurnieret den Leuten die fenster auß.

Das Fünffzehend Capitel.

Von des Gargantoa geschnetzelten Pferden, und ihren ungeberden.

Als nun dem lieben Gargantomänlein das Schießstülchen anfieng zu klein zuwerden, also daß man ihm eim weitern und höhern Stul mußt erhöhen, da mußt man sehen, wie man ihm das Seil glimpflich umb die Hörner würff: derhalben damit er zeitlich zur Reuterey angezogen würde, so macht man ihm schöne grosse Pferd von Holtz: darhinder man Repphüner hett fangen können. Dann sie gedachten, können die Westwind im Linsebonerland Gurren Schwengern, daß sie füllen, und haben doch kein handhab, warumb sind dann uns die Händ gewachssen, daß wir sie ins Geseß schieben? Neyn, wir wöllen von EichenBäumen wol andere Troianische Pferd zimmern, dann dise Windfüllen, die nur trey Jar leben. Daß sollen rechte Lignipedische *vituli equi* sein, die man nicht striegeln darff: Als sie nun von Meister Gißrecht Seidenschwantz, der von dem Geschlecht des jenigen war, der daß *Montis instar* Pferd zu Troia gemachte hatte, gentzlich waren gefertiget, da mußt sie der jung Reuttersknab anführen und üben mit sprengen, dummelen, umbwerffen, springen, dentzlen, hupffelen, stutzen, Lufftspringen, alles zugleich: Item den Paß gahn, den mittelpaß, den Troß, den tritt, den schritt, den Trab, den trott, hoflin, den zelter, den klop, den treckenart, den Camolin, den Eselstritt, den Treischlag, den Stapff: Endert sie auch fein von haaren, wie die Mönch von Curtibal, nach den Festen von Beilbrunn, als von Apffelgro, Rappen, Hirtzhaar, Rattenfarb, Schimmel, Fuchs, Liechtgro, falb, Falck, kästenbraun, fahl, rauchfarb, Wolffsfarb, farb, Maußfall, blaß, rotgemalte von Mim und Eyerklar etc.

Er schnitzelt ihm auch von eim grossen Balcken unnd Schlaiffen ein Rabicanisch Pferd zum jagen, darnach eins auß dem Trottbaum zum täglichen brauch. Auch von einer Schwartzwäldischen Tannen, unnd Goliatischen Weberbaum, zwey Maulthier sampt dem Sattel, für die lange weil damit umbzuspacieren inn der Stuben und Kammer: folgends noch zehen oder zwölff zu dem prangen, unnd siben zur Post: unnd legt solche Berckgenosse Cabellen alle zu sich schlaffen: daß war sein Stall für solche Ogiers Broifort, Rolands Bridelor, Renalds Baiard: Keysers Adrian Borysthenes, Keysers Veri Volucris, Phöbi Phlegon, Neptuni Scyphius (mag wol Noe Schiff sein, unnd hindersich, gelesen ein Fisch) deß Plutons Alastor (mag wol hindersich ein Roßstall sein) deß Achillis Balias, den Kyllarhengst deß Castor (mag wol hindersich heissen, der daß Roß stach) Dunckt euch aber daß wunderlich, ha, so dencket wie Ehrlich die Pferd etwann mit fürstmäsigen Ehrenseulen seind von den Agrigentinern begraben worden, wie der groß Alexander seinem Kuköpflin ein leichtend Liecht gehalten, auch Keyser Octavius unnd Hadrian ihren Gäulen gethan, unnd Keyser Commodus sein Pferd Prasin inn dem Vatican bestattet: wie solt sie einer dann nit inn sein Gemach stellen, wann sie wie dise Pferd kein Sträu bedörffen und keinen Mist machen. Ließ doch Keiser Caius Ligula Caligas, sein pferd *Incitatum* neben sich an der Tafel sein Futer auß eim Guldinen Beckin essen, unnd wie den Apuleischen Venuseel Wein drauß trincken: ja sein höchster schwur war, bei seins Leibhengst gesundheit. Ja er machts doch zu seim Mitpriester: unnd wolts letzlich gar zum Burgenmeyster machen, wie jener Rollfinck sein Pferd, seins trabs halben zu eim Paduanischen Doctor: Jedoch meinet Mögeintzer im Antimachiavell, es wer besser *Incitatissimi* Gaul weren Burgermeyster, Vögt, Pfleger unnd Amptleut, dann die *Scheleratissimi*. Ich nem des Goßlarischen Jungherrn Gaul Ramel darfür, der kont am Berg angebunden, also rammeln und stampffen, daß er mit den wolgescherfften Hufeisennegeln ein Goldader entblöset. Haha mit disem Pegaso halt ichs, der scharet uns kein Wasser herfür, sonder gelt zum Wein, das möcht den Poeten gut sein. Mir nit Königs Henrichs Ronsardischen Gaul Haber, dan ich könt ihn nicht lang habern reychen, wann er mir Gomhoberisch das Aug außthurniert. Nur her Sant Märtens pferd, dz hielt König klug und weiß werd.

Der Herr Brotinsack von *Bovincasiis* unnd *Vilmusis* besucht ihn ein mal mit einer stattlichen Reuterei unnd grossem anhang von Hofgesind: Auff welchen tag eben der Hertzog von Franckrepas der Fürst zu Erquicklingen, sampt dem Graven von der Windmülen starck beleytet ankamen, Da war warlich das Losament zu eng für so viel Volcks, fürnemlich die Roßställ. Allda wolt der HofmeysterOngezogen, sampt dem Einfurirer Stampffort, des Herrn Brotinsack, seinem Ampt genug thun, lieffen herumb zusehen ob lehre Ställ vorhanden weren, da war niemand daheim: Letzlich fügten sie sich zu dem jungen Gargantomänlin, fragten ihn heimlich, wa die Stall für die grosse Pferd weren, gedachten an das Sprüchwort, Kinder, Weiber, truncken und Narren, pflegen gern alle ding zuoffenbaren.

Da führt sie unser Gurgelmänlin gleich hinauf den grossen Schnecken, wie der Thurn zu Bononien unnd des Diodori Siculi Babilonischer bau, daran sich alle Nationen haben zu Narren verbubelt und gebauet, daran sie noch haben zukauen: da giengen sie durch den ersten und andern Saal auff einen langen Gang, von dannen in eine grosse Rundel, und als er sie noch andere Stegen hinauff führen wolt, sprach der Furirer Fortstampff zu dem Hofmeister Übelgezogen, Das Kind näret uns, dann allweil die Welt gestanden, hat man die Ställ nie zu oberst ins Hauß gebauet. Wie so? antwort der Hofmeister, Ich weiß doch wol ort, als zu Lyon, zu Bamette und Schenon, auch in Ungarn und Sibenbürgen, da nicht allein die Ställ am höchsten des Hauses sind, sonder auch die Keller: und diß haben sie die fromme Landsknecht gelehret, die nur gleich auff der Gart unten inn die Keller nach dem Wein stürmen: also haben ihnen die Bauren darnach die müh gemacht, daß sie Leytern suchen mußten, oder auff den Spiessen einander hinauff heben, dieweil die Stegen abgebrochen waren, auff daß sie den Wein auff dem Speicher suchten. Ich hab wol erfahren, daß man bei grossen anlauffenden gewässern, mußt den Wein auff der höchste Bünen haspeln. Was sag ich vom Wein. Ja ich bin im Hundsfuttkrieg darbei gewesen, da ein Esel zu dem Fensterladen herauß sprunge, und also die Pferd, die ihn geschlagen hetten, verrhiet. Hat er sich aber nit wol gerochen? Was? stehn nit heilige Palmesel gemeynlich auff der Borkirchen, oder auff dem höchsten gewelb. Ich weiß daß ich ihn an etlichen orten hab gar ehrenwürdig zu dem obersten Kirchenthurn sehen herauß gucken. Ja stelt man nit die Kürispferd auf die Binen in die Rüstkammer? Deßgleichen wer weiß, was hie für Schlupffwinckel sind: ein jeder Vogel bauet sein Nest, wie es ihn dunckt auffs best: Man macht doch heut wol Ställ auß den Kirchen, unnd Kirchen auß den Ställen und Ballenspielen. Gleichwol mehrer sicherheit halben muß ich ihn fragen: Fragt demnach dz Gargantole, Mein jungs Männlin, mein liebs Hodensecklin, wo führt man uns hin? zum Stall, sprach es, da meine grosse Gäul stehen: Nit zu den blinden Meusen. Wir sind gleich darbei, laßt uns nur die Staffeln hinauffsteigen.

Folgends führet er sie wider durch einen weiten Saal, und von dannen erst zu seiner Kammer, da that er das Thor auff und rufft, hie secht ihr die Ställ die i*h*r begert: Hie heißt es, schöne Meydlin und schöne Gäul find man zu Hauß, euch Esel laßt man wol drauß. Seh da meinen Plassen, meinen Rundtraber, mein Lerchle, mein

Gromel, Blum, Essich, hotta Schimmele Schelmele, Breunlin, Scheck, meinen Trotter, mein Kutschenroß, mein Englischen Zelter, mein Irrländischen Hobner und Rennbock, so den König Henrich blind rennet, Sehe da meinen Küheschwantz, mein Muckenwadel, meinen Mutzen, Aha der kan stutzen. Nam demnach einen grossen Balcken, Ludedenselben den beiden Stallbeschaueren auff, unnd sprach, Secht da, ich schenck euch diesen Frisischen Hengst, Ich hab ihn erst neulich zu Franckfort lassen kauffen, aber er soll euer sein, es ist ein guts Rößlin, als klein es ist, so hart unnd arbeytsam ist es: Nempt dises Fläcklin auch mit untern Arm, es ist ein Ungarisch Roß, fornen dür unnd hinden mager, unnd ein halb Tutzend diser Spanischen und Neapolitanischen Pferd, deßgleichen dieser Türckischen Walachen zwen: Secht da ihr Rephüner König, nun seit ihr wol begabt, ich setz euch zu König der Rebenhünlein disen gantzen Winter. bei Sant Johans übel, sagten sie, wir möge es sein oder nicht, jetz haben wir den Mönch im Sack, ja trei Wachteln im löcherigen Sack. Nicht ein meit, sprach Gargantole, dz gesteh ich nicht, er war drey tag hierinnen: O Bechfisel, Foß im häfelin, freß Treck im Schüsselin. Wie? schmackts euch ohn Schmaltz nicht, so schmatzt auch nicht? Nun rahten ihr zu, welchs disen zwen Hofstubenstänckern under den beyden stucken nötiger war, sich zuverkriechen, oder für die lang weil zulachen, daß sie sich beschissen. Nicht deß minder zogen inn disem Trab, meine schöne Stallstäuber ab, und schemeten sich, wie ein Pfeifer der den Dantz verterbt hat: da ruffet Gargantule ihnen nach, Trara, Trara, freßt die Feyg: secht, wie trägt der seinen Schelmen, wie ein Metziger die Kälber: Hei botz Lorentz Rost, nem den Caballen recht, trag ihn wie man die Juden henckt, den kopf undersich wie den Säuen, dann es ist ein geschlecht mit den under der Bütten. Nun nun ihr Mistschröter hört eins, daß euch der Plickarß reut, wolt ihr ein Albenschleyer? wz ist das? fragten sie. Das sind, antwort er, fünff Treck, euch zu eim Maulkorb. Das wer ein wüst Caschenes unnd ein selsamer Mundschleyer, sprach der Hoffmeyster, sechs treck im reiß, freß du die Fisch: Warlich man hat uns bezalt, wann man uns disen tag solt braten, würden wir bei dem Feuer nicht bald brennen, also hat man uns nach allem vortheyl, wie mich bedunckt, gespickt: Wir werden wol heut schön sein, also schön hat uns diß lustig Hertzenzümpelin außgezwagen: O Mänlin, Mänlin, du hast uns recht das Häu zwischen das Horn gelegt, du hast uns trocken außgeriben, Hey ich will noch erleben, das du Bapst würst. Ich mein auch also, sprach er, so solt ihr alsdann mein Rorpfäffelin und Capellelin werden, und diser Edel Papagei, soll also gar mit haut und haar werden ein Papelard, das ist auff Frantzösisch ein Heyligtumesel. Ey, ey, Botz leydiger leiden willen, sprach der Furirer, Sech zu, sech zu, der führt uns recht gehn Penckheim auff die Leffelschleiff. Aber sprach Gargantua, rahtet, wie viel hat mein Muter nadelspitzen an ihrem Hemd zerprochen eh sie es hat können außmachen? oder wie viel hat sie Guffen im Schleier stecken? Sechtzehen, sagt der Furirer, Nein, sprach Gargantua, du sagst kein Evangelium Johannis, dan sie empfinds hinden und fornen. Wann dann? Fragt der Furirer. Als dann, antwort Gargantua, wann man auß deiner Nasen ein Leiter macht, daß man ein Faß vol Treck darauff inn Keller zihe, und dein Hals zum schlauch, zum Ablaß, da würden sich die Hüfen recht regen, als wann die Wirt mit der Ketten im Faß rumpeln, unnd die Drusen Judaßiagen. Ists nicht also du Kropffiger Bassist? Bei dem fligen Gott, sprach der Hoffmeister, wir haben unseren Flederwisch gefunden, der kan uns abkehren, seh: seh: Gesell: bist auch noch stäubig? Seh du Stall *inspector,* laß dir die hand beschauen, ist dir nicht inn die Hand geschissen? Ey wie zersperret sich das jung Hänlin wie ein Krott auff einer Hechel. Wolan Herr Schnackenscheisserle, er geb euch ein guten morgen, ihr seid warlich frisch munds, laßt ihn nur nicht vertrocknen. Ich will euch auff hinnacht eins drauff pringen. Nun wir scheiden mit wissen: Ja ihr habt euch wol beschissen, kompt Morgen, henckt mir die Thür an, vergesset der Nägel nit.

Giengen damit geschwind zu dem bogen des grossen Schneckens, und lisen den grossen Frisischen Hengst sampt den jungen Füllen, die er i*h*nn auffgeseilt, hinab rumpeln. Da ruffet Gargantua: Hei der Arswolfreuter, wie sind das Reutterkerles, wie ein Igel ein Arswisch? dieser schellig Schellhengst hett euch noch wol in nöten chenen mögen, und ihr stürtzt ihm seinen unschuldigen Speckhals also ab? Wann je gen Gemint solten zihen, wolten i*h*r lieber ein Gans reuten, oder ein Sau am Strick zum äcker führen? Ich wolt lieber sauffen, sprach der Furirer. Und mit disen worten kamen sie in den understen Sal, da die gantze Gesellschaft bei einander war, erzeheleten da die Hofmännisch abfertigung, und lachten damit, als ob sie ein Roßeisen gefunden hetten, daß sie einen solchen Hofleutwecker an diesem Höltzinen Reutter hetten angetroffen: so man sonst dem unstäten Mon, kein Kleid anmachen kan. Aber lieber Hofwetschger, mein, mach mir ein Hirtzengesäß von SchafFellen.

Das Sechtzehend Capitel.

Wie Grantgusier an erfindung Künstlicher Geseßwisch, seins Sönlins Gargantua wunderlichen Geyst erwischt.

Zu endung der fünfften Jarzeit, als der Herr Grandgoschier von der ersigten Schlacht bei NullenPruck gegen die Gähnarrier wider gesund heimkeret, da besuchet er bald seinen Son Gurgellantua: Und ward ein solcher Vater eins solchen Sons hoch erfreuet: halset und küßt ihn, tätschelt ihn, pfetzelt ihn, kützelt ihn, hotzelt ihn, zopfft ihm das kien, klopfft ihm den hindern, begert doch kein Supp, und ward mit ihm zum Kind, fragt ihn allerley Kindische Fragen: Tranck auch ein zimmlichs mit i*h*m und seiner Warterin, dann ungetruncken gehts bei Gurgelgrossa unnd Gurgelstrosa nicht zu: Fragt demnach eygentlich seine abgenützte Schuhjungfräuliche Leibsgwardi under anderm, nach dem ers auffs Loch geküßt hat, ob sie sein Liebstes Kind auch sauber und rein hielten? Darauff antwort dz Gargantule. O Jungherrle gar Baurenpur wie ein Schindmesser, ich butz und schneitz mich hinden und fornen, aber fornen hat mans lieber: mein Naß gibt Thännen voll, weiß nicht obs schmaltz ist, es ist gelb wie Böhmisch Butter, und der Kindsdutter: Ich hab es also fein angestellet, das im gantzen Land kein sauberer Büblin zu finden, als ich, wie ich eingenestelt hie stehe, dann ich hab durch genaue erforschung die köstliche weiß, das Gesäß zuwischen erfunden, dergleichen nie ersehen worden. Wie die? Fragt der Vatter. Also antwort der Sohn.

Man sagt von des WeltPrintzen des Teuffels köstlichstem Arswisch, der sey armer Leut Hoffart: oder wie es M. Matheshans verquantet, An armer Leut Hofars, da wischt der Böse seine Lateinische kunst, und macht recht auß Hoffart, Hofars: Ich aber hab etwas bessers erfunden, dann ich hab mich etlich mal mit des Frauenzimmers Nasenfutern und Mundschleiern von Sammat, Taffat, Gallischen Schleyerleinwat und anders gwischt, und es mächtig gut befunden: dann die gelinde davon gab mir von unden auff ein unseglichen kitzeligen Lust, viel besser als das gemeyn gewisch von sonst gelümp, da eim die fasen, zwischen der Kerben bleiben, oder sie sonst verwund: auch besser, als het ich alle Priff der Cantzelei erlesen, dann der Goldsand beißt wie Zänstumpffend Schlehenkompost dahinden: Auff einander mal nam ich darzu der Jungfrauen halßgolter unnd Übermüter, unnd war auch gut: Andermal ein Peltzen Prustthuch. Item die Carmosinen Orläpplin, aber das verguldet daran riß mir einmal ein flecken Pöllelin so hart hinweg, das es mir das gantz verpronnen hinderdorff schund: das Sant Tönigis Feur dem Goldschmid in arßdarm schlag, zu sambt der Frauwen die es getragen hat. Gleichwol that ich disem unrhat wider raht mit eins Jarkuchenjunckers unnd Hoffjungen hütlin, welchs fein auff Schweitzerisch mit der Feder geplümt war. Aber es gilt auffsehens mit den Guffen, daß sie eim nicht bestecken.

Demnach waren die Pauschen an den ärmelin auch edelmessig dazu: Item die beltzin Hauptlätz, Item die allerhand Fürtücher, die Augspurgisch Röckschlaiffen, die Pleigen, die Seiden Fransen, die Schermeusenhüt, doch ohn elenlange Hafften: Die Nackmäntelin, die einflechten, etc. Da dorfft ich nit besorgen, daß mir des Bapstes Oberster Culitergius unnd Mundcredentzer unnd Schermesser Reformirer den wisch vergifft.

Nachgehends als ich mein noturfft hinder ein Zaun thet, fand ich zu der hand ein Maulworff, mit Welchem ich mich seuberet: aber seine Kloen triben mir ein geschwulst im gantzen thal auff, aß wz ursach, das mag Levinus Lemnius von natürlichen heymlichkeiten erkündigen. Ich aber heilts auff morgen mit meiner Muter Hendschuch, die wolriechend gereuchert waren. Darnach wischt ich mich mit Sammatplumen, Haselnussenplätern, Wollkraut: welches des Ars scharlach ist, mit Kölkraut: daran einer nicht die finger bescheißt: dann man schreibt gemeynlich zum Laddrein, wilt die Finger behalten rein, so mach den Wisch nicht zu klein. Es thaten mir wol etwas wol an meinen Schenckeln, die Küwurtz, und die Walwurtz, aber ich bekam die Lombardisch Plutscheiß darvon. Sonsten etlich die färbten mir das Loch, das ich dahinden sah wie die Nörnbergischen Krampuppen under dem gesicht, wann sie ein Jar ein Mann gehabt haben, etlich pranten mir Nesselblatern, das es sah als wann man mir Kirsenstein ins Andlitz hett geblasen.

Darnach braucht ich Jungfrauschwamen, die sie auff den Hobelwägen prauchen, auß Naßthüchlein macht ich arsthüchlein, auß Bettküssen Gesäsküssen: und gewiß es hat mir alles wöler gethan als den Reudigen das strigelen, und den Grindigen das strälen. Wiewol ich nicht wolt, das ich im Leib het, was sie mir ins Loch wünschen: Aber ist der Leib nicht mehr dann das Kleid? soll ich lang umb ein Wisch umblauffen: Das Schornsteinloch ist so wol ein stuck des Hauses als die Stegen, noch reibt man die Stegen unnd bedeckt den geribenen Stubenboden mit thüchern: solt es mein Loch nit besser werd sein: O als nur Wisch darauß gemacht, warauff die Welt groß acht. Auff grosser Leut pracht, Furtz ich das es kracht, wird es dann schon veracht, hat man doch nur eins Furtzs gelacht. Hei, Hei, was hört einer, sprach Grandgurglier, wie redstu so Naßweißlich von der Wischlichkeit: Aber welcher Naswisch ist dir am besten bekommen? Ich war botz Frantzosen, sagt Gargantua, und ihr solt noch einmal erfahren das tu autem: Ists nicht also, der Kopff am Krebs ist dem Ars gleich? Ich wischt mich etwann mit Häu, Stro, Woll, Zundel, Papir, Aber der reim heißt.

Wer mit Papir wischt das wüst Loch.
Laßt offt an kleppres Bißlein noch.

Was? sagt Grandbuchier, mein kleins Hodenmänlin, ich glaub du hast inn die Kannen geguckt? oder der Flaschen getretten auff den Riemen, dz du schon anfangst zu reimen? Ja bei Golle, antwort Gargantua, mein Kanniger Koniger König, ich reim uns das unnd noch viel mehr, und unter dem reimen raum ich die Kann offt sehr, und rhüm als dann des Bachi ehr, wann mir am gaum klebt der Ram von Traubenbör. Hui nun annen, lasset uns die reimen herumb rammelen und rommelen, dummelen unnd trummelen: Hört zu, die Magd hat Hummelen im gesäß, ich hab sie hören prummen Hört, hört ihr

Herd Säu, wie die hinder Posaun so schön zum hauffen auffplaset, zu jedem ock und tritt und trott ein Fürtzlein, horcha.

Scheißbock.
Stinckbock.
Finckkock.
Treckschnock.
Nun lock.
Fartzglock.
Bucksloch.
Rucks hoch.
Glucks koch.
Stopffsloch.
Wisch doch.
Wesch noch.
Fartzbock.
Wa noch
So pocht
Dein Loch
Schußloch. Zündloch.)
Flugs noch.
Trucks doch.
Das noch
Her poch
Ein flock
Fürtzglock.
Holtzbock.
Das dir das Glock
Feurschlag ins Loch.
Schornstloch.
Betzloch.
Mit flock.
Mit Ploch.
Mit stock.
Stopff noch.
So fegst nit vor deim
tod das Loch.

Und wolt ihr noch weiters? Ja warlich, antwortet Grandbruchier: Ich hör dir lieber zu, dann daß ich dirs zuthu: Es gfalt mir, es geht fein von statten, besser als Pech von Hosen, unnd Filtzläuß von hoden: Nun wer sich schämt, leg ein Finger oder das gesäß auf die Naß. Da fing Gargantzsoffa an.

Rundreimen.
Schweißweis hab nechten ich den Zoll
Den meim gsäß schuldig bist empfunden,
Der gschmack thet mir gar selsam munten
Von gstanck war ich verstäncket voll:
O wann mir imans thet so wol,
Fuhrt mir zu, der ich wart zur stunden.
Ja Schmeisweiß.
So thet ich vor dem Faß den Punten,
Und sie müßt greiffen in das hol,
So heylet sie mir das geschrunden:
Ich seufftz nach ihr gantz wüst und doll
Ja Schmeisweiß.

Haha, sagt forthin meher das ich nichts könne: ich habs wol etwann besser gemacht. Aber weil dise grosse Gnadfrau hie zuhört, hab ichs im Seckel meiner gedechtnuß verhalten.

Laßt uns, sagt Grandgausier, also daß Pappenheimisch fürnemmen forttreiben, ich will ein seidle Bacheracher zalen. Dann du hast so ein edelen verstand, du mein kleins Bäpstlin. Auffs nechst will ich dich für ein Meyster in kurtzweiligen künsten lassen mustern, magst leicht so wol bestehn als ein Bullatus Doctor. Dann du hast meh verstands als alters. Aber vollführ disen torscheculatifischen handel: Ich bitt dich darumb. So solt du bei meim Westfälischen Geißbart für ein Seidlin sechtzig Maß Weins haben. Und nemlich dises Beerweins, der an der Linden Hart wächsset. Ja des Rangenweins zu Dann, da steckt der Heylig Sanct Rango, der nimpt den Rang und ringt so lang, biß er einen rängt und trengt under die Bänck.

So trocknet ich mich, sprach Gargantua weiter, an die lange Schleyerstürtz, und gele Schleyerlin. Die Seidene, Sammate Pantöffelchen, die Sammete Täschlin, doch außgelehrt. Item streifft ihn an die durchsichtige Körblin: Aber es ist ein unholdseliger Wisch, ich wolt es keim meher rhaten. Item an die mancherley Hüt: Aber hiebei ist zumercken, das etliche beschoren sind, etlich Langzottig, etlich kraußwollig, etlich gebicht, etlich ungebicht, etlich Seiden, etlich spitzig: etlich Cardinalisch, etlich breitstulpig, etlich schmalstulpig. Die besten unter allen sind die harige und zottige, dann es macht ein reine abstersion der Fecalischen materi. Auch welchs euch wunderlich würd geduncken, ich prauch auch von wegen lindigkeit der Federn, das Federspiel. Auch Sammate Beltzmitzen, Herrenhäublin, der Fürsprechen Prifsäck, doch nicht ihr Zungen, die jener Maulschmirer fürs Gelt zum Geseßwischlichem prauch zuentlehnen begert: sie waren mir zu lind unnd weich, ich sorge sie zerführen mir untern händen: Aber sonst mußt herhalten, was zartlichkeit unnd wundersamens war, darmit man sich mutzet und spiegelt. Aber beschlißlich, so sag ich, unnd wils bei dem nächsten Kraistag, da man der Müntz unnd des Calenders halben eins wird, erhalten, das deßgleichen Wisch nicht sey als ein Riedisch Gänßlin wol bepflaumet, doch daß man ihm den Kopff zwischen die Bein steck, es dreimal umbtreh und entschleff. Unnd glaubt mir bey meinen ären, die mir am Korn wachssen, daß ihr davon ein wunderliche ergetzlichkeit empfindet, beide von wegen der senffte der Pflaumfedern, unnd auch der wol temperirten Hitz, die der Vogel in ihm hat, welche leichtlich sich inn den Wolffsdarm füget, und von dannen inn andere Därm schlegt, biß sie gar inn die gegene des Hertzens unnd Hirns ziehet. Diß will ich so wol erhalten, als der da hielt, der gewissest glaub sey, ein Khu scheiß mehr dann ein Zeußlin.

Auch glaubt, bitt ich, bei Römischem Bannen und Predigkautzischem Dammen nicht, daß der Herhohen und Heydnischer HalbGötter glückseligkeit, die sie auff dem Elisischen, oder Elsessischem, oder, wie etlich wöllen, Schlesischem Feld haben, in geniesung ihres Affodillenkrauts, Ambrosien oder Amelprosam, unnd Nectar, oder

Neckerwein stehe, wie jene alte Blindschleuch davon geaberwitzet haben: sonder nach meiner meynung, auff verbesserung, in gebrauch eins Nörlingischen Gänßlins, unnd daß heißt das Hälmlin durchs maul gestrichen, und nit das härin Seil durch den hindern gezogen, Und also halt auch Frater Johan Dunst auß Schotten darvon, in erklärung der Dionisischen heiligen Welt, von *Signor Bagna Cavallo* castigirt außgangen.

Das Sibentzehend Capitel.

Wie Gurgelstrozza von einem Weißheitwichtigen Sophisten inn Latinischer geschrifft und kunst ward underricht, nach dem allerschwersten Gewicht.

Als der gut Man Grandgoschier solche unverhoffte unersinliche reden, biß in das underst unnd innerst gewelb seins verstands reichend, von seim Sohn vername, war er vor wunder verzucket, dann er diese wunderliche Grillenstibung bei ihm nicht gesucht hatte: Sprach derhalben zu seinen Warterin mit Namen Amlung weiß und Saifenschön. Philippus der König inn Macedonien erkant seins Sohns Alexanders hohen Geyst an musteriger dummelung unnd bereutung eins Pferds, Welchs also schrecklich unnd ungezämet war, das keiner es zubeschreiten dorfft underwinden, weil es allen seinen bereutern die sattelraumig Sackade an statt der Strapade gab, und sie auff den quetschsack nidersetzt und warff, daß sie sich wie die Krotten beseichten. Dann dem einen brach es von solchem Sattelrottaspilen die Schenckel, dem andern das Hirnbecken, dem dritten den Kifel sampt der Weinstraß. Welchs als der Alexander ersahe im Hippodrom (welchs ein ort war, da man die Pferd abricht, und drumb hieß Hüpffet herumb) nam er acht, das diß doben deß Pferds anderswoher nit kam als vom scheuen seins eygenen schattens, darab es, wa es ihn erplickt, scheuet und stutzet eben wie der wild Käßwürmfresser und Crocodylstecher, welcher ab ihm selbst erschrack, wann er sein schön Fatzen Facies im Spiegel besah. Derhalben alsbald er auff gedacht Pferd kam, rant ers gegen der Sonnen zu, also daß der Schatten hinder i*h*m plib, und durch solchen Fund macht er das Ochssenköpffig Pferd nach seim willen bändig, Laitig und zaum gerecht, also das es auff die Knie fül, wann er auffsitzen wolt.

Darbei erkant sein Vatter seinen hocherleuchten verstand, ließ i*h*n derwegen, auff daß er auß unübung nicht verläge, den allergeachtesten under den Griechischen Philosophis damals, den Aristotel, inn allerhand Lehr underweisen.

Aber ich sag euch, sagt Grandguß weiter, hab allein auß diesen reden, die ich mit meim Sohn jetzund inn euerem beiwesen getriben, vollauff erkannt, das sein verstand übermenschlich bestand: also gar erfahr ich ihn scharpffsinnig, auff beiden seiten schneidig, auff allen ecken stichig, spitzfündig, unpfinnig, reinspinnig, klarsinnig, und durchlucernig. Unnd wird gewiß, wann er ein rechten Lehrweiser bekommet, zu dem höchsten sprossen gelangen unnd *Candelabrum Patriæ* werden: wie heut manchs schön Labralactucisch *labrum* der Cantzel: Dann solck Männecken möten stiegen, wo nit op de Pregstul, doch de Orgel, die ist wol etwas höher, unnd dem Fledermaußhimmel näher. Derhalben will ich ihne einem weisen Mann inn die Lehr geben, ihne nach seines alters ergreifflichkeit zu unterrichten: will auch nichts daran sparen.

Auff solchs gleich in frischer that also warm und heiß, wie man die Pastetlin frißt, schafft er ihm einen grossen Sophistischen *Supermagister* genannt Herr Trubalt Holofernes, der unser Strotzengurgelchen sein Namenbüchlin, sein Abecetäflin, das groß Lehrprett, damit Hercules seinen Lehrmeister Linum todt schlug, garbald lehret, daß ers im sinn in und außwendig, hindersich und fürsich kont, wie die Segmüller. Und in solchem Läßwerck und Schreibbüchlin üben pracht er fünff jar unnd drey Monat zu. Darnach lehret er ihn den Donat, den Facet, Theodolet, und Alanum in Parabolis, unnd verzert 13 Jar, sechs Monat und zwen darmit: Dann wer reden will lehrnen muß vor stammlen lehrnen. *Iuxta illud, Minorans se maiorabitur:* der kleinst muß den grösten chenen. Hiezwischen solt ihr aber auch wissen, daß er die Gottische Schrifft hat lehrnen schreiben, wie deren Exempel etlich Lazius und Goropius zeigen. Er schrib auch alle Bücher, dann die Truckerkunst war noch nit auffkommen, der Gutenberger zu Straßburg und die Schäfer von Mentz warn noch in *Lumpis* Abraham: Drumb trug er allzeit ein grossen wüsten schreibzeug, unnd pennal, welcher wag siben tausent quintal nach Venedischem gewicht zu Nörnberg gelifert, und daß calamar war so groß unnd dick als der groß Pfeiler zu Enach und der gegossenen Seulen eine in der Abtei zu Schafhausen: daneben hing an einer dicken Fallpruckketten ein dintenhorn, welchs so viel hielt als die Bambergische Brutkessel.

Nachgehends lehrt er ihne eine schöne Namenclatur und sprachserklärung, *Slemslicida* ein Hafenreff, *Bracus* Pruch, *Vilwundus* Hackbanck, *Vilhelmus* Strosack: *Vilrincus* Pantzer: *Stercus* Küssin: *Anus* Lecker: *Fornicator* Ofenpletzer: *biszinkus* Ofengabel: *lobium* leib Brot: *obsenogarus* Linsenmäuchlin: *Sufflabulum* Plaßbalg. *Suppedanium* Fußbanck: *Stercorium* Scheißhauß: *Sorsicetum* Maußloch: *scutellarium* Schüsselkorb: *Porcistetum* Seustall: *Pullarium* Hünerkorb: *Post cras* übermorgen: *Pomerium* Oepffelmuß: *Offagium* Eyersupp: *Mastigare* mesten: *Pellipiarius* Lederbereiter: *Digeteca* Fingerhut: *Leccator* schlecker: *Alabrare* Haspeln: *Antecopium* Forschopff: *Auriscalpium* OhrLöffel: *Dentiscalpium* Zansteurer: *Berillus* Prill: *Blauipes* Plaufuß: *Facialis* Butzenantlitz: *Horripilatio* Hargrausen: *Ovificare*

Eyerlegen: *Palpo* tölpel: *Casiprodium* Keß und Brot: *buccaldus* Bücking: *Burgarius* Burger: *Burgimagister* Burgermeister: *Burista* Baur: *Poltopfodium* Holtzschuch: *Cantrifusor* Kannengiser: *Carrucator* Karrenman: *Emplastrare* Pflastermachen: *Cervisianum* Bir im Prot gesotten: *Cervisiana* Birwisch: *Chirogrillus* Mörkatz: *Marcipotus* Weinkauff: *Cupa* Kuff: *Stufa* stub: *cucurbitare* supponiren: *gracillare* krähen: *funcilare* feurschlahen: *formipedia* schuhleist: *focarista* koch: *filatissa* spinnerin. *figellator* fideler: *Farricaptio* melkasten: *Fabacium* bonnenstro: *Epicolarium* Halsgoller: *equistarium* Roßstall: *Habenare* halten: *insellare* sattelen: *lebifusor* keßler: *pantaplasta* pfannen pletzer: *culpo* baurenschuch: *Stulpo:* baurenstiffel: *nascula* nestel: *Strefa* stegreiff: *Murarius* Maurer: *Strigilare* strigeln: *Birretum* Paret: *Bibalia* Trinckgelt: *Transgulare* verschlinden: *Tremulus* Tremmel: *Tremulare* Dörmeln: *Ventilugium* Wetterhan: *Ventimola* Windmül *Quascula* Wachtel, *lappa* Schupletz, unnd deßgleichen Kurant zum vich, virlam enten, ku klee aß, kräh sand aß, *mistelinum gabelinum,* treib den Son auß dem *stalino* hinab das *Stiglinum,* speckorum Kelberdantzen.

Weiter lehrt er ihn auch exponiren die Collectas *Quesumus,* die wir sind, *Omnipotens Deus* Himlischer Vatter, *Ut Beatus Apostolus* Das Sant Batt, *imploret* bewein, *Pronobis* für uns, *tuum Auxilium* dein Elend, *ut absoluti,* das so wir bezalt haben, *à nostris reatibus* unsern Schuldnern, *etiam exuamur,* das wir nicht außgezogen werden, *à nostris periculis* von unsern Kleydern, etc. *Agnus Dei,* O ihr lieben Herrn, *qui tollis,* die ihr hinnembt, *peccata mundi,* das Gelt der Welt, *Miserere nobis,* Ach gebt uns auch ein theil. Item *Sacerdotes tut,* die Geistliche und gelehrte, *induantur iusticia,* sollen gut Böltzröck anlegen, & *sancti tui exultent* und mit den heiligen Creutzen gehn und die Mägd nach Dantzen. Item. *Dant duo bos, Impos, Compos, custosque sacerdos. Impos,* die bauren, *dant,* geben, *duo bos* zwen Ochsen, *sacerdos,* dem Priester, *Compos,* der Gumpost, *Custos* dem Sigristen. Item *qui convertit petras in stagna aquarum,* wie kün wehrt sich Sant Peter mit der Stang im Wasser, etc: Item die Preposition, *ad Patrem* den Nontag, *apud Villam* ein Baur inn der Sonnen, *ante ædes* ein Betler, *propè Fenestram* ein Schneiderknecht, *sine labore* ein Pfaffenknecht, *circa sepem* ein Kütreck, und deßgleichen gehäck auß der Cavaten zu Erfurt.

Demnach zuförderung zu höhern Künsten, las er ihm *de modis significandi,* mit den Commenten deß Hurtebitze, des Faßwins, des Troppisel, des Galehalts, deß Jan Kalben, des Billoni, deß Breligandi, und ein dutzend anderer meher Fronfastengeltsammeler und Lochfegende Ruten König im Birckenwald. Behart auch in disem stuck der lehr beinach 18 Jar und eilff Monat: und wusts so wol, daß ers im copulat kondt hinder sich unnd fürsich prauchen wie die Pragische Würffel. Ja wust auff eim nägelin, das *de modis significandi non erat scientia,* unnd wo *defectuositas* sey *cervelli* oder *rationum,* daß man

Captivitatem rationis, soll einwenden. Dann wißt ihrs nit *Rubrum compositum* heißt ein Rubengompost.

Auch gab er ihm auff zulehrnen, beyde Partes für die Tabulisten und Contonisten. *Es tu Scholaris? Sum Scholaris verè, si non vis credere quære. Sum quae Pars? etc.* Waher kompt *Volo?* Vom Griechischen Beniamin, das Bein inn vo und Jam in lo und dz geht ins Stro: Kehr umb *sum,* muß: Kehr umb muß, sum, und ein T. darzu, stumm. Wie bist ein Scholar, *Magnus in sensu, parvus in scientia,* wie auch heut ist viel *scientiæ, wenig Conscientiæ. Es Scutellaris? Non quia non lavo Scutellas in coquina: Es scandalaris, scamnifex, stratilata, follis* ein Narr? Non, dann ich heiß Bartele. Bist ein Christ? Neyn: mein Muter heißt Christein. Wie viel Vögel sindt im Donat? weren es noch so viel, so weren ihr sechs, *Aquila, mustela, milvus.* Was essen sie? Weren es Gäuch, so ässen sie dich, also essen sie nur Fructus unnd Species. Wa fliegen sie hin? *Ad antiquam sylvam,* zu den alten gebärteten beginen. Solches kondt er alles wie sein Corallen Paternoster: *quantum* Abaguc die erst silb hab.

Folgends laß er ihm daß Compost unnd das Postkomm: das *Brodium Lovaniense per Petrum de Broda.* Die Formalitates Scoti mit Supplementis *Bruliferi* und Magistri *Langschneiderii* Ortwiniste: Die *Casus longos* über Institutis, durch den H. Conrad Unckebunck Fumistam. Item das *Hackstro* des Hugitions novi Greciste. Auch *pro practicatoribus in partibus Alexandristis* de quantificabilibus et accentualibus, mit der gloß M. *Warmsemmelii cursoris artistæ.* Ferner Petrum Hispanum mit den copulatis *elucidatoriis Magistrorum in bursa montis Coloniæ regentium.* Unnd sonst Parva logicalia, mit dem Vademecum unnd opere minore außgelegt durch den Cursor inn Grammatica D. *Daubengigelium. Augustanum.* Mit solchem staubmäl bestäubt er sich sechtzehen Jar unnd zwen Monat. Es war alles richtig, wie ein strang Garns, den die Mäuß zerbissen.

Unnd als sein hochgedachter Preceptor inn dem 63. Jahr, welchs im sibenden unnd neunten grad den Gelehrten Climasterisch auffsetzig, von den Edelen Frantzosen eingenommen, oder wie etlich schreyben, von eim Frantzösischen Fieber erstickt starb: ward ihm geordnet ein anderer alter huster mit namen Meyster Gobelin vom Henckzigel, der laß ihm den Hugotion, den Flebard, Grecismum Doctrinalem, die grössere Partes, dz *quid est,* dz Supplementum, den Mammotrectum, *de moribus in mensa servandis.* Auch mußten eins theils herhalten, Seneca von den Vierfüsigen *virtutibus cardinalibus:* Unnd sonst diß folgend gantz Register.

Parvulus Philosophiæ moralis, mit erklerung deß M. Schindengulii de Erfurdia.

Grammatica Græca absque titellis per Petrum Charitatis, Baccalaureum si vellet.

Die Epistelen Caroli, *quæ practicantur in aula Grammaticorum contra Hæreticos in Grammatica, per M. Pannirasons.*
Epistolæ epistolisatæ per scientificum Gingolfum Scherschleiferium.
Bestiarium & *Brutarium Aesopi* mit der Apotheca *carminum Bechtungi Lumpelini.*
Die Replicationes über Veterem artem *M. Sotphi lectoris qualificati in Bursakneck.*
Die Reparationes aller bursarum: *M. Fenestrifici.*
Gemma Gemmarum, mit dem Tabulare studentium und *Pagis de honestè comedere, in simul combibilata Per M. Langmulum.*
Die Summa Mandrestons mit den Moralibus Angesti und Logic Entzinas sambt dem Breckental deponental *Buntenmanteli* & *Mollenkopffii.*
Das loquagium de Rhetorica, und Cantuagium de Musica *Morlandi Philomuli.*
Die Jacobi von partibus sampt den Forliviensischen Commentatoren, *Campanatoris* und *Lignipercussoris, Theologosissimorum.*
Die Combibilaciones Parisienses zum theyl von *M. Mistladerio, sacræ paginæ professore* geladen, zum theil vom *D. Fornafice* zusammen geschmeltzt.
Der Laborantisch Laborint über Cornutum deß *M. Nostri Bundschuchmacherii de Lovanio.*
Cursorium Theologicum Saurbonicum mit dem Processu Burse: *per Fortunatum* Baumwürdig.
Der Dialecticorum Esels bruck: mit den Impedimentis Alexandri außgelegt *magistralitivè per Signoralum Kleinehr, de magnis Oribus.*
Lectionarius mensæ pronunciatus ad pennam per Iacobum Gutrut.
Die Praxis numerandi zur Commoditet studiosorum: mit der arte punctandi: *per Rogerium Computistam.*
Das Quadrat Sapientie. und *Vulgaria puerorum. Fœnificæ. Sophisticalia Parisiensia Maieri:* mit dem Florario, *Liliario, Viatorio Introductorio* und Roseto: und Summa Magistrucia.
Papiæ Sucui Vocabularius ex pœtria: & *compendium pro Virsificatoribus.*
Stephani Flisci Logici copiosi, & *Rab: Ioannis, Vocabularius rerum etymologisatus.*
Iodoci de Calve Prædicatoris in Heidelberga Expositor Vocabulorum.
Horlogium Sapientiæ, sampt dem Tonario Musicorum, und Matriculario, und Passavanto mit dem Commento. Unnd *Dormi securè* auff die hohe Fest. Unnd noch andere deßgleichen Haars Frascari, Rebaldri, Freterei unnd spötterei.
Darvon er also geschickt ward, das wir uns noch alle damit zubehelffen haben: Dann kein grösser Fräud man findt, Als, allzeit böses sein zulehrnen gesint, Zu trincken geschwind, zu unverschampten Sachen ein Kind, Inn der Ehe blind, und daß man dem Grind kratz gar lind,

und wo man nicht schaben kan, das man daselb schind, und wo man nicht acht das Bannen, daß man bind, unnd was man nicht kauen kan, daß mans verschlind. O wann michs einer lehrnen köndt, ich wolt ihm ein Becher vom Träher verehren. Aber ich hab euwer Weißheit heut den gantzen tag gesucht, unnd nie können finden.

Das Achtzehend Capitel.

Wie Gargantua andern Lehrmeistern ward untergeben, die über einen andern Leyst ihm richteten sein Leben.

Des Gargantuwalds Vatter sahe wol, daß sein schöner Filius am ihm nichts ließ erwinden allen fleiß fürzuwenden, unnd kein stund hinschleichen ließ, darinn er nit ein Lini zog, und solt er auch schon mit dem *Rastro* sechs gemacht haben: aber das er gleichwol nichts zu höherer künst verstand fortstieg, sonder nur wuchse wie ein Eselsohr in eim Negelinhafen, jhe lenger jhe Närrischer, ward mit gewalt zu eim Stockfisch, Plateisel, Tölpel, Fantasten, unnd sonst nichts fast. Dessen beklagt sich der gut Mann auff ein zeit bey dem Dom Philippo von Marach, Vicekönig inn Papeligosse, der gab ihm zuverstehen, daß ihm schier nutzer wer nichts zulehrnen, als zulehrnen das ihm nichts nutz wer: Dann sprach er was sind diser Fretter Künst als Kuntzenwerck unnd Kühdunst, ihr Weißheit ist Schmeißheit, ihr klugheit Lugheit, damit sie die Kinder, wie mit den Winterhändschuhen schrecken, die gute Edele Geyster verbastarten, und die gantze Blühe der Jugend vergifften, ersticken, der flor defloriren erfrören unnd versehren. Daß ihm also, nempt mir einen jungen Knaben von diser jetzigen jungen Welt, der allein zwen Monat gestudiert, da wett ich, wa er nicht ein besser Urtheil, bessere Gesprechlichkeit und bessere Zuberclausische zufäll in eim Item, als euwer Son inn vielen summarum hab, auch baßgeberdiger unnd ehrenerbietiger seie: unnd wa es nicht war, will ich mein Lebenlang ein Mechelburgischer Schunckenmadenfresser und Speckhecker auß Engern bleiben. Welchs dem Grandgusier mächtig wol gefiel, unnd befahl alsbald, daß mans versuchte.

Auff den Abend zu dem Nachtimbiß, fürt der von Marias seiner Jungen einen von Gongewiler genannt Eudemon Wolbegeist hinzu, so wol begnadet, guts Kopffs, so Bossenschicklich, so schön rein abgestäubet, und inn seinen Geberden so holdselig, das er viel meher einem kleinen Engelchen vom Fron Altar als eim Menschen änlichet. Sprach darnach zu dem Grandgoscher, Secht ihr das jung Kind? es trägt noch nicht gar zwölff Jar auff ihm: Nun laßt uns, wann es euch gelust, ein versuchens understehen, was underscheyds sey zwischen eueren Matheologischen Künsthümplern, Weißheitverkauffern unnd Fantasten auß der alten Welt, und den jungen Leuten dises unseren

Neuen wesens. Diß fürnemmen geful unserm Herrn von der Großgoschen und hieß den jungen Knaben gleich sein Sach vortragen. Hierauff bat Eudemon zuforderst seinen Herren den Königlichen Statthalter umb erlaubnuß solches zuthun, sein Hütlin inn der Hand stätt haltend, mit auffrechtem sittigem Antlitz, doch etwas jugendgemäser schamerrötung, mit unerschrockenen stäten augen, sein gesicht uff den Gargantua richtend, nicht daß er sich vom ort verwendt, oder die füß, nach Storcken art, wie die Schmid die Blasbälg, abgewechsselt hette.

Nach dem er sich also inn den Bossen geschickt, fieng er an mit züchtiger geberdung, wie seinem Alter gezimmet, den halb verzuckten Gargantubald höchlich zuloben unnd zuerheben, (wie man dann pflegt, wann man ein trägen will wacker wecken) erstlich wegen seiner hohen tugend, demnach seines von Natur hoch erleuchten, und durch ergreiffung guter Künst und vieler erfahrenheit gemehrten und außbalierten verstands, nachgehends seines Adels, folgends seiner anmütigen freundlichen schöner gestalt. Unnd nach allem ermanet er ihn mit sanfften worten, seinem Vatter inn aller Kind gebürlicher erherbietung vorzugahn, weil er ihn wol zu unterrichten kein fleiß noch müh spare. Beschließlich bat er dienstlich, unter seine geringste Diener ihn zurechenen unnd auffzunemmen, dann grösser gnad köndt ihm für dißmal nicht widerfaren, als wan er so viel gnaden bei seiner Durchleuchtigkeit köndt erheben, daß er dero wolgefällige dienst köndt erweisen. Diß alles ward von ihm mit so artlichen und sachgemäsen geberden dargethan, mit so deitlicher red fürgebracht, beredfertiger Zung außgesprochen, mit zierlichem gutem Teutsch und Latin erkleret, dz er sich eher einem Gracho, einem Cicero, einem Päpstlichen oder Königlichen *Oratori*, Sadoleto, Bembo, Longolio, Mureto, als eim jungen Knabatzen diser neulicheren zeit het mögen vergleichen. Hingegen wüßt sich Gargantua nicht anders zustellen, als dz er, all dieweyl der redet, greinet unnd weynet wie ein sieche Kuh, unnd das gesicht hinder sein Hütlein verbarg. Unnd war unmöglich ein einiges wörtlin von ihm zubringen, vil minder als ein furtz von eim todten Esel.

Darab sein Vatter also erzörnet, daß er kurtzum den Meister Jobelin wolt umbbringen, oder auffs gelindest mit ihm zufahren, ihn von den Schulknaben lassen mit Ruten außstreichen, wie die Römer dem Schulmeister thaten, der die unschuldige Jugend inn der Belägerung wolt dem Feind verrhaten: Sintemal solche Jugendverterber, welche manche gute Art verkeren unnd hindern, eben so wol der Jugend, Ja einer gantzen Policei verrhäter seind, als der so sie auff die Fleischbanck opffert: Aber der von Marais hielt ihn durch bescheidene wort davon ab, ihm fürbildend, man könne solche Murmelthier nicht besser abfertigen, dann man werff ihnen den Sack für die Thür, unnd laß sie stampen.

Darauff befahl er dem Tropffen seine Besoldung zuzalen, und ein guts Sophistisch Trüncklein zugeben, und für alle Teuffel fortzuschicken. Auff solche weiß, sprach er, wann er also gecapaunenpfropfft ist, kan er seinen Wirt nicht vil kosten, wann er also voll wie ein Engelländische Zeck darvon stirbet.

Als nun Meister Gobelin abgeschiden, berhatschlug Grandgosier mit gedachtem Vicekönig, was man ihm für ein Preceptor solt zuordnen, da ward unter ihnen beschlossen, zu solchem Ampt den Ehrenbrecht Kundlob von Arbeitsteig, sonst genant Ponocrates, des erwöhnten Eudemons Gutgeists Pedagog zuerfordern: dann der verstund sich umb Politisch leben? was wolten dise Schlapphaubige *cape tibi asinum* und Calamarius am gürtel wissen? sie thun ihm recht, daß sie die Ohren decken, damit man sie nicht kenne: oder diese neue Lectoriabrillen, die mit sondern Namen getrente Heyligen, die Zuchtgleißnende Farreseychische Quadricornuten: die entweders die Jungen zu unsittlichen erschrockenen Augensperrigen Stierköpffen machen, oder zu hoch trabenden rhumsüchtigen, neidigen und frefeln Schreiern und plauderern: oder zu Schalckverbergenden Schleichern, Schlüsselsuchern, Verhetzern, Verrhetschern, Lockvögeln, Duckmäusern, und Ertzarchibuben im busem, wie sie sind. Solche Teuffeley zuverhüten, schickt Grandmulier sein Sönlin sampt seim Lehrweiser Herrn Lockhund gehn Pariß auff die Hohe Schul, zuerfahren was daselbst der Jugend studieren für ein gelegenheit habe: Dann was soll er zu Hauß verschimmelen? in der Frembde lehret er neben seinen Ordinarylehren, auch die Sprachen, welcher wann er vier kan, mag er vermög der Gulden Bull dises Punctens halben wol Keyser werden: Es ziehe dann der Bronnenschöpffer nicht recht am Rad, wann er lehre für volle tauschet: Dann das Glück ist rund, eim laufts inn Arß, dem andern in Mund.

Das Neuntzehend Capitel.

Wie Gargantua gen Pariß geschickt ist worden, und wie das ungläublich groß Elendeiß oder Urthier, welches ihn trug, die Roßbrämen und Kühmucken im Beaucerland straffet und erschlug.

Zu eben der zeit, schickt Faiole der viert König in Numidien auß Affrichen dem Grandkälier das aller grössest schrecklich unnd wunderlichst Thier, welchs je gesehen worden: Wie ihr dann wol wißt, daß Affrica allezeit etwas Neues bringt, eben wie die Musick ungefehrlich. Dann es war so groß als sechs Oriflant, unnd waren ihm die Füß inn Finger zertheylet, wie des Keysers Julii Pferd, het lange hangende Ohren, wie die Geyssen inn Langegot, unnd ein kleines Hörnlin auff dem hindern, wie die Stertman. Zu dem, über den Rucken ein schwartzen striemen, nach Neapolitanischer farb Fliegengetreifft, unnd mit growen würwelen gezeichnet. Aber über alles hett es einen Teuffelischen grossen Schwantz.

Dann er war ein litzel kleiner grösser als der Pfeiler zu Sanct Marx bei Langres unnd der gestutzt Judenthurn zu Prag, auch geästelet und geschärtelet auff alle Eck, wie die Aehern am Korn, und des Mörschweins Federn.

So ihr euch deßhalben verwundert, wundert euch viel meher der Schwäntz an den Scytischen Schafen, welche meher als dreissig Pfund wigen. Oder verkreutziget euch über den Schafen *in Riobella plata*, da N. Schmidt von Straubingen auff eim etlich Meiln ist geritten: Oder versegnet euch ob den Castronen zu Riame inn Arabien, deren Schwäntz einer vier unnd zwentzig pfund soll wigen: Oder pfeifft über den Spannenbreiten Schafschwentzen inn Cypern, darauß etwann die Venedischen Curtisanen reiff unter die Röck machten, Ja verkrisamt euch über den Hämmeln in Syrien, denen man (so anders Tenald war sagt) einen Karren mit Holtz geladen darauff bind, Holtz zur Kuchen zuführen, als lang und starck ist er. Was gelts, wa ihr Schlingel und Rollenböck hinder den Mauren so lange habt, und ihr andere Schmotzennascher auff dem Land: Dann ihr lose GrattelJäcklein laßt ihn kein rhu.

Nun dieses Schwantzlappen Thier ward zu Mör in treien Furachen, und einem Jagschiffelin geführt biß in den Anfurthafen zu Olone im Thalmondorland: Welches als der Grandbuchier sahe, sprach er. Sehe, wie fein schickt sichs, daß auff disem Felledeiß mein Sohn gen Pariß reiß: Wolan, das walt sie unnd schalt sie der dahinden, es wird alles wol von statten gehn, Er wird zukünfftig noch ein gelehrter Kautz werden, wann er under die Stoßvögel kompt: Auch wie Keyser Augustus und Keyser Sigmund, den Gelehrten noch wider in Stegreiff helffen:

Weren nicht die Herren des Viechs der Herd
Und die Herren der Herd auff diser Erd
So weren wir all Geistlich und gelehrt.

Auff Morgen, nach dem sie gesuppet, das ist den Leib mit Wermutwein, das ist, dem besten auß dem mitteln Faß, gewärmet hetten, brachen sie auff: Gargantua, und sein Preceptor Kundlob von Ehrensteig unnd sonst Volck, sampt dem Eudemon dem Hofjungen. Unnd weil damals schön steht Wetter war, ließ ihm sein Vatter blaue Kniestifel machen: Dann welche Rote vom Preusischem Leder tragen, vor denen fliehen die Küh, und vor den schwartzen alles Vihe, seien Bauren oder Küh: Aber die Kniestifelchen kommen sannfftmütig, wie ein lastbarer Esel, fürnemlich wann ein Pfatengrammischer Leist darinn steckt, und unten Pantoffelsolen drein sind gelegt: Solche nennet Babin Brodequin, das sind Brautstiffelchen, sollen ein wenig besser für den Pfotenkrampff sein, als die Holtzschuch, schreibet Hartfisch im Podagramischen Trostbüchlein.

Also reyseten sie ihren weiten weg mit gutem mut, allzeit lustig und frölich, machten allenthalb gut Krabatisch geschirr, gut Pfeffer gut Reißmuß, gut Baurenküchlein, inn allen Herbergen stunden ihre Namen immatriculiert an Wenden und Läden: Biß sie über Orleans kamen: Allda was ein weiter breiter Wald, in die läng auff treissig fünff Meilen, und inn der breite sibenzehen, drunder und drüber ungeferlich: Derselbige war grausam fruchtbar, unnd voll von Brämen oder Kühfligen, also daß es für die arme Thier, Esel unnd Pferd, die da durchzogen, ein rechte Rauberei unnd Mörderei war: Sollen, wie Tillet schreibt, von den Völckern Rhyzophagen oder Wurtzelfressern dahin gebant und verflucht sein worden, als sie gar auß der art der andern frommen Brämen schlugen, und nicht mehr, wie vor, ihnen ein beistand thun wolten, und die Löwen tapffer anpfetzen, wann sie im Wurtzeldelben ihnen hinderlich sein wolten. Aber unsers Gurgelstrossa Lastmaul rach allen unbill, ihm unnd seins gleichen Geschlecht bewisen, sehr redlich an ihnen, und dasselbige mit eim solchen Duck, dessen sie sich am minsten versehen hetten.

Dann alsbald sie inn den Forst kamen, unnd ihm die Roßbremen ein Schlacht lifferten, und dapfer den Sturm anlieffen, zog er seinen Schwantz von Leder, scharmützelt mit ihnen, schnitzelt unnd schneitzet ihnen so gewaltig, daß er den gantzen Wald, alle Bäum, Stock und Stauden, das hoch und nider gehöltz, das bau und daubholtz, alle hursten, vom nidersten Liebstöckel an biß zum Cederbaum hinauff, und überall den Forst niderschlug, zerschmiß, zerriß, zerbiß, zerstieß, von oben an biß unten, zur seiten, die quäre, überzwerch, da unnd dort, disseit und dort seit, über und über, dorthinauß, da hinein, in die läng und inn die breit, und in summa schmettert das Holtz hernider, wie ein Mäder das Häu: Also daß es forthin da weder Holtz noch Roßmucken hat, sonder die gantze gegene ist seidher zu einer feinen ebene worden, wie die Lunenburger Heyd, da diß gehörnecht UrChammel hernachgehends auch einen solchen Scharmützel hat gehalten. Dann im gedachten Wurtzeldelber Land, wurden abermal viel Legionen Tobbrämen vertrieben, das vernamen die Wendischen, und Sorbischen Crabrowespen, berufften sie wider die Herulisch fliegend Herd der Scharp-Schröter, also zogen sie über Mör mit der Spanischen Flut der Mosquiten und Zeunganischer Zigeiner, und Meyländischen grünen Cantharkäfern, kamen an umb Holm, Bommeln und Brämen (die noch den Namen darvon haben) verderbten den Teuffel mit einander, biß ein alte Wurtzeldelberin den Raht gab, mit ihrs gleichen sie zuvertreiben, wie die Scorpion böß mit bösem, nemlich mit Rauch von Brumm und Hundsbrämen, von der Titanischen Himmelstürmer Blut (dann dise Wolckentremmeliche Gigfitzen waren auch nur Wespen) von Brombeerhecken und Brembüschen:

das that man, brants alles auff sechtzig meiln auff: biß auch die alten andechtigen Weiblein ihre Wehrebenische und Segamenisch Würtzwisch von Donnerwurtz müßten herfür suchen und verbrennen, die sie von vilen Jaren auff den Tag unser Liebenfrauen Himmelfahrt für Gespenst unnd Ungewitter geweicht unnd gesammelt hatten: da wich das Geschmeiß, und traff eben den Gargantua, so auff ein Hochzeit reyßt, mit seim Ulckthier, auff gedachter Heid an, da waren sie empfangen wie gehört: wiewol Lazius nichts darvon hat gehört: Als nun vorgemelt Bremenschlacht Gargantua sah, het er seine hertzliche freud darab, und ohn ferner rhümen, sprach er zu seinem Volck auff desselben Landssprach, O wie *Beau ce*, das ist, wie ein schöner böser Besen für die bösen beissige Bremen? Daher würd darnach das Land allzeit Beauce oder Bößausse genant. Aber zur abend zech mußten sie sich mit Heidbören behelffen: Daher noch auff den heutigen tag die Jungherrn des Lands Heidbör unterzechen, und befindens bei ihrem guten Wein sehr gut, und speien nur des besser darvon. Dann ihr wüßt, das Körbelkraut grosse krafft, die Leut zuverändern hat, also daß jhene Frau ihren Mann, der sonst einen bei ihr fand, überredt, er hett Korbein gessen, weil er noch einen bei i*hr* sah.

Letzlich ländeten sie zu Pariß, allda er sich zween oder drey Tag von der Reyß erquicket, und kreutz gut Leben mit seinen Gefärten führet: Auch folgends fragt, was es für weise gelehrte Leut da hette, und was sie für Wein trincken: Dann gemeinlich wann einer inn ein Statt kommet, so fragt er nach der Kirchen, so zeigt man ihm das Mumenhauß. Also bald sicht man eim an der Nasen an, was er im Schilt führt. Aber rhatet, was ist diß, einer geht hinein, die andern zwen bleiben herauß hencken? Ist kaum ein kluppen Schlüssel: Ha, was geht das Graff Egon an, Ich schiß drein, wann ich ein Armbrust hett. Laß mich ungeheit, ich muß ein Nonn werden.

Das Zwentzigst Capitel.

Wie Gargantua den Parisern seinen Willkomm gab, und die grosse Glocken von unser Frauenkirch nam, darauß eine grosse Disputatz kam.

Etlich Tag nacher, als sie sich wider von der Reyß mit Rebenkrafft erkräftiget gehabt, gieng er mit seinem anhang die Statt zubeschauen: da lieff die gantze Welt zu, ihn mit grosser wunderung zubegaffen, das schön Troßbüblin, welchs einem Kerles mit dem Spieß hett hinweg tragen mögen: Dann daß Volck zu Pariß ist so närrisch, so Fotzenthürlich, so Futzspitzig, so wunderfützig, so fürwitzig von Natur, daß ein Gauckler, ein Quacksalber, ein Ablaßkrämer, ein Maulesel mit Cymbalen unnd Schellen, zwey balgende Weiber, ein Teutscher

Latz auff dem Kopff, ein blinder Spieler auff der Strassen, meher Volcks solte sammelen, als der best Evangelien Prediger: dann die Regel gilt bei ihnen, Ist es nicht besser, so ist es doch schöner, sagt einmal ein Blinder, zeyget ihm die Frau das Loch fürs Liecht.

Derhalben giengs unserem Gargantua allda auch also, dann sie trängten ihn also sehr, daß er getrungen ward sich auff den höchsten Thurn Nostre Dame zusteuren. Inn dem er nun des zulauffens kein end, und so eine grosse Welt umb sich sahe, sprach er über laut: Ich glaub daß dise unfläterlin, unnd Liartpastetlin gern wolten, daß ich ihnen hie meinen Willkomm zale, unnd daß Proficiat gebe. Hei ja, es ist billich, Beim Risenwadel, ich will ihnen den Wein schencken, aber nur lachendes Munds, par riß, unnd gleich den Zotten also par reissen. Fieng demnach an zu lachen, den Barchat zureissen, seinen Latz zuentbreisen, und sie so Krotten und Katzenseychisch zubeseychen, unnd zubeschmeysen, daß er zwey hundert sechzig tausent, vierhundert achtzehen erseufft, ohn Weiber unnd Kinder, die gehn drein. Ein anzahl ihren entran diser Seichschwämme unnd Pissefort, durch hilff gänger, oder viel mehr läuffiger, ja geschwinder dann der Wind füssen, und geflügelter Fersen, auff Pegasisch *volante Caballo*. Als sie nun an das höchst Ort des theils der Statt, welchs die unniversitet heißt entkamen, und schwitzten, und schnaufeten, und husteten, und speieten und kaum atham hatten, fiengen sie an auff gut Parisich zubetten, zufluchen und zuschweren, daß es donneren möcht, etliche auß zorn, andere lachends munds, *per riso,* weil mans also offenbar ihnen also parriß, schnatterten, tadderten, kläpperten, unnd schnäbelten zusammen, wie die Vögel wann sie dem Garn entwischen, und etlich Gesellen dahinden liessen: Carymary Garymara, Scharifari Scharifara, Hammira Hummira, Danderlo, Dunderlo, Ketten für: Das dich die Höllische darr ankomm, daß dir Sant Asmus Haspel die Därme zerwirr: daß dir der Schorbock inns Ding schlag: Sammer botz Heyligen kreutz, bei allen Heyligen im Calender, man hat uns lachends Munds, *paris* gen Baden geführt, Pariß man uns den Zotten, ja gar zerrissen Stümpff, die Fasen kleben uns noch dahinden. Daher ward darnach die Statt Pariß geheyssen: welche zuvor Lucece genannt ward, wie Strabo meldet Lib: 4 Das ist zu Griechisch Weißloch von Weißbaden und Schartzwaden, vonwegen der weissen Beyn unnd Posterioren desselbigen Orts Frauen: Dann als Paris von Troia zwischen den trei Frauwen den Apffel außtheilt (daher noch der löblich brauch des Stein auß gebens) sah er mehrtheils nach denselben zweyen Stücken, wie noch der Beynschauer mehr: dan an Fersen sieht man, ob eine mit dem Arß kan Zundel schlagen. Viel heissen die Statt von Luto, weils Luter Kaat Endten da hat. Aber vom Paradyß hats den Namen, wie jener farend Schuler die Bäurin uff dem kropff ließ als sie ihrem gestorbnen Man kleider unnd zerung schickt.

Jedoch weil bei stifftung deß ersten Namens ein jeder auß dem gantzen umbstand der Pariser bey den Heyligen seiner Pfarr rüstung unnd reysig schwur, als ein andächtig Pfarrkind, seind noch auff den heutigen tag die Pfarrhiser, als ein Volck von allen enden und stücken geflickt, von Natur beydes gute Jureurs unnd Juristen, Gottsächter unnd Gutsrechter, Barenscheisser unnd Pfarrenreisser, die nur ihren lust haben den Leuten außzuschneiden und Häuser nider zureissen, darumb heissen sie Bärenreisser, sind freche Parides, die inn den Toden Achillem stechen, sind Hasen, die umb den toden Lewen dantzen unnd ihm den Bart außreissen, daher sie heisen vom Bart reissen, sind öpffelspiler zu ernst, wie ihr Hundsfutt Pariß, fressen die toden Hugenoten inn Pasteten. Weil sie dann so mutig mit worten unnd morden sind, so meinet Joaninus de Barraveo im Buch *de copiositate reverentiarum*, daß sie auff Griechisch Parrhesier genannt seyen worden, als farrenfrech mit schwetzen und pletzen, ja par Esel, und ein par häßle inn einer heissen Birenpastet. Mais horch Pareiser, wann einer dein fleisch inn einer Pasteten eß, freß er nicht Schelmenfleisch? ich frag nur.

Nach dem nun gedachtes Seichbad vergangen, besah er die grose Glocken desselben Thurns, und liesse sie gar harmonisch unnd wolstimmig zusammen läuten, unnd *Salve puella* drauff machen: Welcher klang ihm so wol geful, daß er gleich gedacht, dise Kirchschellen unnd Schlittenglocken möchten seinem Hammelthier an seinem hälßlin wol anstehn so brächt es auch etwas neues auß dem Bad: dann er wolts wider seim Vatter heimschicken, beladen mit getreyd und frischen Häringen, die kein Spanische Schlänglein in ihnen hatten. That ihm auch also, unnd nam die Glocken mit ihm inn sein Herberg. Under deß schlich daher ein Schunckenkommenther von Sant Tönigs Ritterschafft, welche nit Seeräuber zu Mör, sonder Säuräuber zu Land seind, statzionirt uff der Säugart herumb ein Schweinene Beut zuerjagen, und meint ihm und seiner Sau stünden die Glocken auch wol an, so möchte man sein Heiligthumbeselige Suitet, wan er Gribenklingelet von weitem hören, und den Speck im kärner erschrecken, daß die hespen zu den kämeten abfallen: derhalben wolt er sie diebisch entlehnen: Aber ehrenhalben ließ ers ligen, nicht daß sie ihm zu heiß waren, sonder daß sie etwas am Gewicht zu schwer wagen, für einen Bruder zuertragen: wie der Römisch Landherr Verres, der alle Bilder nam, ohn die S. Christoffel Triptolemaß, *quibus pulchritudo periculo, amplitudo saluti fuit*. Wer er nicht der von Burg: dan er ist gar mein gar zu guter freund, ich het ihn schier genent. Die gantz Statt war der glocken halb auffrürisch, wie ihr dann wißt, daß die Pariser dazu sehr leicht geneigt sind, also dz sich fremde Nationen verwunderen müssen der König von Franckreich grosser gedult, dz sie die nit mit gebürlicher Justici züchtigen, angesehen, dz so grosse nachtheil darauß entstehn, wie augenscheinlich, und noch kein end da ist: Aber der Teuffel holt kein pfinnig Sau, dan wz nichts werd ist, gonnt man ihm ohn das wol. Doch geb ich etwz drumb, daß ich die werckstatt wißt, da dise trennungen, und meutereien, ja mördereien geschmidt werden, ich wolt sie inn der Bruderschafft zu dem roten Hut inn der Pfarr zur katzenreinischen Gisabel wol nutz machen: Dann gewiß wann man die Cardines terrae, die Erdhängel, nicht mehr schmiret, so werd ihr sehen, das es der Welt baß gehn wird: aber *Ariolator Narriolator.*

Damals, wie diß geschach, pflegt das Volck Hurnaussen weiß, Legionisch unnd Belzenbubbisch, dürmisch unnd stürmisch zusammen zukommen an dem Ort, so Neßle genannt, unnd da damals, (heut nicht mehr) das Luletisch (nicht Luterisch, dann diß kam hernach inn die Jacobsstraß unnd under S. Hugons Thor) Oraculum, oder Weissagergeistung war. Daselbst ward der handel fürgebracht, und der groß nachtheil so auß verwendung der Glocken besorglich entstehen möcht erwagen. Als sie nun wol argutirt die köpff erschüttelt und die händ darüber erklopfft hetten *pro* & *contra,* ward ihm *Baralipton* entschlossen, daß man die ältesten und fürnemesten auß der Facultet zu dem Gargantua solt abfertigen, ihm den grausamen schaden vonwegen der verlorenen Glocken fürzuhalten. Unnd unangesehen, daß etliche von der Universitet ihr hochbesinnlich bedencken hetten, das zu disem gescheft viel meher ein Politischer Orator als ein Sophist unnd Scotist zugeprauchen wer, ward doch zu diser Legation unser Meyster Janotus de Bragmado für gut erkant, benant und gesandt, als ein zimlicher unverschamter Janepetischer Ignorant unnd Teologant: dann ihr erfahrt ja heut wol, daß es deß besser inn der Welt steht und geht, weil man Cantzel unnd Cantzelei vermenget.

Das Ein und zwantzigst Capitel.

Wie Janotus von Bragmado zu Gorgellantua abgefärtigt, von ihm die grosse Glocken zuerlangen, sehr Schoffmännisch kont prangen.

Meyster Janot von Braccamado auff Cesarnisch beschoren, von guten Sorbonisten haren, bekleydet auff die alt weiß mit seinem Lyripipi und achselpruch: und den Magen wol antidotirt und eingeweihet mit Höllenküchlin auß dem Höllhaffen inn der Fägisch und Pfaffentäsch, unnd mit Weihwasser auß dem Weisteyn und Kessel: deßgleichen mit sein Breviarischen und Tattarerischen Feurbüchßlin an der seiten, gut für S. Quirins unser Gurgelstroßlingers gnad: Füget sich solcher gestalt zu der herberg hinden nach mit eim gezett unnd nachtrab von sechs oder fünff Ertz ungeschickten Meistern unnd Pacemküssigen Nominaten, fein beträpt und beschläpt nach allem lust zu dem Handel, doch etwas sauberer als jener Pfarrherr, der dreymal inns kat ful eh er die Kirch erreicht, und darnach gar zur Kirchen hinein

Plumpet, als ob Sanct Paulus vor Damasco nider geschlagen wer, wie er es ungefärlich verglich, und die Bauren bat, daß sie auff morgen wider kämen, da müßts sichs Predigen lassen, und solten sie die Pestilentz auff ihre köpff haben: Also war es auch mächtig wol mit unserem Janotto versehen, wie ein Dorff mit eim unsinnigen Pfaffen unnd ein Statt mit eim stoltzen geitzigen Predigkautzen, es hett müssen ein heiloser Teuffel sein, dem er ein Seel entfurt hett, unnd gewiß ein Plinder-Pratenwender, dem er ein Praten gestolen hett.

Bald zu dem eintritt ersah sie Herr Ehrenwerd Lobkund, unnd erschrack gleich als er sie also entstalt sahe wie ein Spin auß eim Läglin, unnd meint es weren etwann sinn verruckte Faßnachtbutzen, die inn der Mommerei giengen. Dann er kandt noch nicht dise Parisische superpellicia, unnd viereckende Klosterleiblia *cornuta* und rote Pfrundprot auff dem kopff: ja sie kanten sich auch selber kaum, wie Narr Löbelin, da er ein neuen Rock an hatt, unnd under wegen jederman fragt, ob sie nit den Löbelin gesehen hetten: Sitzt still, sitzt still, sagt jhenes Schultheisenfrauw im neuen Schurtz und Kürssen, zu den Weibern, die zum Evangeli auffstunden, es gedenckt mir auch daß ich euwers gleichen war, unnd die Nollplon hiß: Aber sagt jetzt nit mehr was ich war, sondern was ich bin, Es geht mir auch wie jenem Schulmeister, da er Mist außführet, unnd ein stimm von Himmel hört, Achaci, Achaci laß dein klöpffen sein, du bist zu höherem beruffen, du solt auß eim Nasenfenger ein Hasenfenger werden, wan es schon groppen weren. O wie bin ich meinen Herren so ein werder Man, sie lassen mich nimmer müssig gehn, Frau du hast ein gemachten Herren: Es soll dich wol etwas batten dz ich da sitz: Ich bin auch der zehen einer, es fäl mir dann der Daumen. Wolan seit ihr dan lang gesessen, so steht ein weil, geb Gott, daß ihr das Podagram am anderen Fuß auch bekommet.

Darnach befragt sich Ehrenbrecht von Tugend steig bey einem auß dem Nachtroß der siben faulkünstlichen Meistern, auß den Fürtzauflesern, was dise Mommerei beger, ein Mumm oder umschantz, die steg hinab oder hin auff? Da antwortet ihm der Chorista, sie weren da vonwegen der glocken, daß man ihnen die wider geb. Als bald er das verstund, liff er flugs hin dem Gargantua die neu zeitung zusagen, auff dz er sich wiß darnach zurichten.

Als bald Gargantua dessen verständigt, nam er gleich uff ein seit Herrn Kund Lob, sonst genant Peinekrafft, seinen Preceptor, Volckhuld von Krantzwick seinen Hoffmeyster, Wolhinan Kampffkeib seinen Goliatischen Wafenträger und den Wolbeigeist: berhatschlagt sich mit ihnen was beid zuthun unnd zureden wer. Da beschlossen sie all einmüttiglich, daß man disen Glockenwerbern zum pott, zum pott auffpliß, den willkomm fürstelt, unnd einen jeden mit eim müsigen glaß arrestiert, und sie recht wol sauffen ließ: Dann wer einen kindelen will, muß eim auch kramen: unnd gewiß es ist ein grose kunst lachen zur Geselschafft, weynen zur andacht, Reden zur notwendigkeit, Singen zur tröstlichkeit, Schweigen zun gedancken, Schlaffen zur rhu, Auffstehn zur Arbeyt, Trincken zur durstlichkeit, und außsauffen zur geselligkeit, also erlangt man die Lucernisch seligkeit. *Vitam quæ faciunt. etc.*

Damit auch der alt Scheisser unnd Wuster Bruchmatt, deß Murners von der Gauchmatt Vetter sich nicht überheb, als ob man auff sein Naß ansehlich anlangen die Kirchenthurnschellen hett wider geben, befahl man zuforderst, dz, under deß mein safftiger Herr von Bruchmatt einguß unnd einsurffelet, man den Stattvogt, den Rector der Facultet, und den Pfarrherr beschicket. Unnd ihnen, eh der Ehrwürdig Liripipich Sophist sein Commission anprächt, die Glocken überlifferte: Unnd gleichwol nachgehends inn ihrem anwesen, seine schöne Red anhörete: Dann man sah es ihm an, daß er mit etwas Schwanger gieng, also strotzt er den Bauch, Plapperet mit dem Maul, spilt an den Hafften, unnd räuspert sich mit allen kräfften. Matz hast ein Hemd an, so wisch mein schnuder unnd strauchen dran.

Diser nun angelegter massen, ward ihm auch nachkommen unnd nach dem die Obenernante erschienen, ward der Formular Redner inn den mittelen Sal geführt, da fing er an, in hustender und räusperender gestalt zuharangiren und Narriren, wie folgt inn nachgehenden Inhalt Daß ein jeder seinen husten an allen enden halt.

Das Zwei und zwantzigst Capitel.

Des Meysters Janoti von Pragamado Red an Gargantua, umb erlangung der grossen Glocken, unnd ein neuw par Socken.

Ehen, hen, Hem, Mnadies Gnadherr Bnadies. Und *vobis* anderen Gnadjunckern. Ehen. Warlich *per Deum* es wer gar gut, das E. Würde uns unsere Tintina Tintina Tintinabelische bellende, billende, bollende, Kirchposaunen, oder, ohn figur zureden, unsere klangende klingende glungende glodri Glocken sampt dem einhangenden schwede schwengel widerumb zustellten, dann sie thun uns leiden wol von nöten. Hen, Chen, Hasch, Chratasch. Ihr solt wissen, wir haben wol etwann gut gelt, welchs uns die von London im Cahorland darfür anbotten, abgeschlagen: So hetten wir auch wol ein statliches mögen haben von den von Burdeo im Brierland, welche sie kauffen wolten vonwegen der substantifficklichen qualitet der Elementarischen Complexion, welche inn die terrestritet unnd irdigkeit ihrer quidditativische Natur intronificirt ist, die widerwittrig wolckenfeuchtigung und Lufftgespänstige turbines und hagelung von unsern lieben Labsäligen Reben zu extranesiren unnd außzubanächtigen: aber gleichwol inn der warheit nicht unser Reben, jedoch hie nahe bei inn der nehe: wir behelffen uns mit den Nachbarn. E. Weißheyt weiß wol, mit den

Nachbarn soll man Heuser auffführen, wie man bei den Klöstern Kinder auffzilet. Nun *bona fide, certè sic,* die gedachten Reben, können *propter Rhithmum* kreutz guten Wein geben, wer schad daß sie erfrüren, man solt ihnen ehe Hosen und doppel Socken anziehen: Doch *cum protestatione* für meine. Warlich verlieren wir das Weinmuß, so verlieren wir alles, mut und gut. Wann ihr uns aber die Heylig Thurnschellen sampt den einverfügten Crepitaculschwentzen (dann ohn dieselbigen wern wir doch Leut ohn geläut) wider zustellet, so können wir mit zertrennung und erschütterung des schreckenden hagelrasselden Gewülcks unsere Rebenselige vor ungemach fristen: Und ich, der ich hie steh, Vester steiffer Jungherr gewinn mit meim reden oder Harangiren sechs Häringsstangen mit Würst, dern mir jede dreymal umb das Maul gehn soll, und ein gut par Schuh, und ein neu par Hosen, die mir warlich wol an meinen Füssen bekommen werden, oder die Hudler so mich hergeschickt, werden mir ihr verheissen nicht halten. Ho bei Gott Domine Jungherr, ein gut par Schu und neu Hosen von zopfigem Nollenthuch stehn nicht zuverachten, & *vir sapiens non abhorrebit eam,* sagt *in illo passu* Ecclesiastes (wann ihr ihn habt, ich laß ihn erst gester) dort in *puncto medicinæ.* Ha, ha, es wer kein gut par Schu, ders nit wolt: gewiß der sie begert, der mangelt ihr: man soll die alte Schu nicht hinwerffen, man hab dann neue: daß weiß ich wol an mir, wo mir der treck in die Schu tringt. Secht Signor Monsieur Gentilman, es sind achtzehen tag, daß ich an diser mühlichen red hab metagrabulisirt, und gekauet, und geraspelt ritzigs unnd reudigs. Mach ich nichts guts, so ists dern schuld, die keinen geschicktern außgeschickt haben: *Imputent sibi:* ihr werd meiner wolmeinenden Ignorantz zugeben: damit ich mit dem Apostel sagen mög, *Ignorans feci, propter quod Misericordiam consecutus sum.* Aber *ad Rhombum:* Mein, ich bitt, das wir unser Glocken sampt ihrn Klipffeln haben möchten. *Reddite quæ sunt Cæsaris, Cæsari, & ea quæ sunt Dei, Deo, Ibi iacet lepus in pipere,* da ißt man den Teuffel im rauch am geilen Montag, unnd gibt *pinguem propinam.* Auff mein treu sampt disen drey Fingern, damit ich manchen Kelch gesegnet hab, Herr Domine, wann ihr bei mir zu nacht essen wolt inn camera, bei dem Sackertauffkrisam, *charitatis, nos faciemus bonum Cherubin & geschirrium. Ego occidi unum Porcum,* & *ego habet bonum Vino* & *tria Oves.* Aber von gutem Wein, kan man nicht reden böß Latein, & *ego solvam Zecham. Videte,* Wolan *de parte Dei,* bei Gott umb Gotts willen, *date nobis glockas nostras, nostra Tiatina, Tiatina.* Sie seind unser Kirchtrommeten, darmit unser Herr Gott zu Hof blaßt, wie mein Daubengrauer Præceptor Dubalt darvon redt, daß sie an statt der Schallhörner, so die Juden auffs Hallposaunenfest brauchten, kommen weren, *ut scribit Reverendus Knapfellus in Manipolo florum claustralium,* nicht *furum:* Wie es der Ketzer Nickels Ruß außlegt im Büchlein *de Triplici funiculo vehiculi Ecclesiæ.* O thet ihm einer das trifach gesail und gestrick umb sein rusigen halß, er wirds fühlen wie starck es wer, obs ein solch Feldglock ertragen möcht. Unnd ist dannoch schier war, daß die Posaun am Jüngsten tag werd ein grosse Glock sein, daran alle Engel sturm läuten werden, und das Sail daran wird sein von eitel Barfüsser Corden, so wie die Jacobs Leiter sich inn Himmel erstrecken wird: *Authore Mulocollo in Cribratorio Alcorani.* Secht da ich schenck unnd übergeb euch von der Facultet, ein *Sermones de Utino,* das *Utinam* ihr uns unsere Glocken wider gebet. *Vultis* etiam *Pardonos* & Ablaß? *Per Diem apud DEUM vos habebitis,* & *nihil payabitis* noch *Zaletis.* O Herr Domine, *Glocke donna minor nobis,* Botz verden Plut, *est bonum Urbis.* Ziert es wie ein Esel den Roßmarck. Die gantz Welt behilfft sich darmit. Aber wir ziehen die Khů, ihr eßt die Milch. Jedoch ist besser ihr eßt die Milch als die Khů, dann essen ihr die Reben, so träncken wir nie: Besser ein Lauß im Kraut, als gar kein Fleisch. Ja *ad nostras res,* zu unsern räsen Käsen, besser ein klein geläut denn kein geläut. Ich hörs doch lieber groß, das macht mein heysserigkeit inn Orn: doch weiß ich nicht, wie ich das groß geläut hörn werd, wann ich stirb: wiewol ich als ein Catholischer nicht gern ohn geläut stirb: doch daß sie mich nicht schrecken unnd wecken. Jedoch ich scheu nicht mehr dann die Teuffelischen Bechtoldischen Büchssen, welche Canon heissen, dann seidher sie auffkommen, entsteht ein grosse Glockenverfolgung, man schmeltzt sie zu Maurprechern, Ja zu prechern unserer Canonischen Recht unnd aller Glockenfreyheit. *Non diu vadet benè,* wann es also wattet. Dann wie *Speculator* im grossen Buch *Ceremoniale Ecclesiæ* schreibt (ich suchts erst gester im *Repertorio*) so seind die Glocken der Pfaffen Büttel und Stattbotten, die den Leuten zum Opffer gebieten: Und wer sie angreifft, begeht toppeln Kirchenraub: *Unum* mit dem, daß er geweichte Büttel angreifft, *secundum illud Nolite tangere etc.* Fürs ander, *quia in loco sacro,* thut ers am geweichten ort. *Sed tamen, si vales, bene est,* wann sich euer Jument und Leibhengst (He, hen, daß ihm das Glockfeur in Leib schlag: Chasch, hen) wol befind, deßgleichen thut auch unser Ehrwürdig Scherubinisch Facultet, *quæ comparata est iumentis insipientibus,* & *similis facta est eis: Psalmo, nescio quo,* weiß nit wo: sonst steht es wol auf meim concepirten Papirat daheim begriffen, darauff beruff ich mich, & *est unum bonum.* Aschilles, Frosch im Bach, öpffel in der asch, Hen, hen, ehen, hasch, die Memory will mir schier *in caducas* gehn: Chen, Pfui der flüß, sie wollen mich ersticken. Platsch: *Iuvenalis* tritts auß: Nun es kompt mir. Ich wills euch stattlich bewären, daß ihrs uns geben solt: *Ego sic argumentor* Jungherr *Respondens: Omnis glocka glockabilis in glockerio glockando glockans glockativè, glockare facit glockabiliter glockantes. Parisius habet glockas. Ergo gluck.* Ha, ha, ha, das heißt Narriert, das heißt gered, das heiß Parlirt. Es ist inn *tertio primæ* im *Darii* oder anderswo. Ich könts auch auß Canonischem Rechten Probirn, aber die *Allegationes* sind mir auß geschwitzt, *Canon non cano,* kans nit mehr. Auff mein elende Seel, ich hab gesehen, daß ich den Teuffel anstellt mit arguiren und disputiren: Aber itzund kan ich nichts als aberwitzen und guckgucken unnd in den schnattergallen glückglucken, und den leuffigen Sessel zum Tisch rucken, unnd den fünfften zipffel am Sack suchen. Jetzund bekompt mir nichts bessers, als gut Wein, gut Bett, den Rucken am Ofen, den Bauch beim Tisch, den Schemel unter den Füssen, unnd ein tieffe Schüssel. Dann ihr wißt, es geht noch wol, wann schon ein gantz Dorff verprent, unnd nur des Pfaffen Hauß auffrecht bleibt: und mancher verdäut den Hafen, mancher kaum das Muß. Doch besser im Suppenrauch, als im todenrauch. Besser die händ zittern eim vom trincken als vom Hencken. Ein guten Schäfer geb ich, ich läne mich wol an, aber ich müßt auch ein guten Hund haben. Nun, nun, zum text, zum text. Mein *Maior* ist gehört, folgt *Minor cum Conclusione,* Hey Domine, ich bitt E. Multificentz *in nomine Patris* & *Filii* & *Spiritus sancti: Amen,* Das E. Gratiositet unnd gnaden uns die Superimpendentz unsers Tempels wider zuweißt, dann ohn dise überhangsamkeit hieß sonst unser keiner *Superintendens*: die lieben Kirchthurn Cimbaln halten für uns Wacht und Superintendiren, wir verschlieffens sonst offt: nun ist auch billich, daß wir zu dieser not einmal für sie Superintendiren, wachen und acht haben: Zun opffern sind sie unser Fürsprechen, wir müssen einmal auch ihre Fürsprechen unnd Oratores sein. So gebt uns nun unsere Glockenformliche Wächter, unnd Superinten tint tint tint tent (Hei, kan ich auß dem tinnenden, tönenden Veitzdäntzlingischem langententlingischen Namen nicht kommen) Super in tent dentliche vorsprechen: unsere fromme Kirchenbüttel, sampt ihren einhangenden oder impendentierten Zungen: dann ohn dieselben schiß ich den Fürsprechen ins Maul (vor E. Reverentz mit Reverentz zugedencken) Ist dannoch besser, wir haben Glocken, als das wir auff Türckisch auff die runden Moßquekirchen müßten steigen, unnd die finger in die Oren stecken, und daß Maul auffrecken, unnd den Leuten zur Kirchen ruffen, das uns der halß kracht. O Nein, *ad patibulum cum illis*: Wir begeren unsere Glocken: Und diß ist aller unser nachklang, Glock, Glock, Und Gott behüt euch und unser liebe Frau vor gesundheit, Commendier euch hiemit aller ApostelPrintzen, meim lieben Herrn S. Johan, dem Theologo: *Qui vivit* & *regnat per omnia sæcula sæculorum. Amen.* Heu, haschehsach krach gzrenhen hasch: Botz Longins spieß, die Muck will nicht herauß.

Nunc probo: Veruntamen, enim verò, quandoquidem, dubio procul, ædepol, quoniam, ita, certè, medius fidius, eine Statt ohn Glocken, ist wie ein Plinder ohn ein Stecken, ein Esel ohn ein Saumsattel, ein Khu ohn ein Schelle, ein Lazarit und Leproß ohn ein Maltzenschlätterle? Derhalben wollen wir nicht, biß ihr uns unser geläut unnd Glockenbüttlichkeit wider gebet, nachlassen euch nachzulauffen und nachzuschreien, wie ein Plinder der seinen Stecken verloren hat, uns zuschüttelen wie ein Esel der kein Saum hat, zu muen wie ein Khu on ein Schafschell, zubettelen wie ein Aussätziger ohn ein Feldsiechklapper.

Videte mysterium. Die Griechen, wann sie ihre Pferd wolten gewänen, daß sie zukünfftig des wesens und getümmels inn Kriegen wern gewont, so Schällten unnd Lütten sie ihnen mit grossen Cimbaln und Glocken für den Orn: also auch wir, will man uns willig haben zum Chorprellen, so muß man uns darzu vor Schellen. Heut gwänt man die Pferd mit dem Geschütz, vertreibt auch (wie ich hör, dann zuerfahrn war nie mein beger) das Wetter darmit: O meiner Kirchen nicht, mein Hauß steht gleich darneben: sie vertreiben das Wetter, daß die Kirchen weder bescheint noch beregnet werden. Ein sonderer Latinisirer oder Lantinisator, bei dem Spital wonhafft, sagt einmal, und beruffet sich auff ein Taponnus, ich irr, ich irr, es war der Pontanus, ein Weltlicher Secular Poet, er möcht wünschen das alle Glocken Federn weren, und der Schwengel Fuchsschwäntzen, weil sie ihm das Metzisch Geschütz im eingeweid des Hirns verursachten, und gar Stül und Bänck darinn verruckten, wann er seine Carminiformliche Vers solt schmiden. Aber Pfui, Pfai, pi auß scheissack, dann er ward zu eim Ketzer erkant kurtzumb: Pfi, ich hab das Maul mit ihm beschissen, Hen, chrasch. Wir prauchen ihn wie das Wachs: Wie die alten Juden die entlehnten gefäß der Egyptier, sonst *diabolus teneret lucem,* wann mans wolt inn Leymen trucken, Ja inn den Mist von Kauburg, welchen man zu ehrn praucht, und an Schuhen inn die schönsten Gemach tregt, und am Sontag auffpflantzt, wie ein Braut von Schwollen. Dann es ist ein grosse Walfahrt auff Sanct Lamprechts Mist, da die Kü zum Heyligthumb Scheuen, *ibi est bonum pro caseis ire,* & *In simul bibere bonam positionem ex flasconibus.* Dann es thut den Pferden wol, wann man *ihnen* darzu pfeifft: Also wann man einem darzu läut und klingt unnd singt, der König trinckt, so machts, daß man noch so wol schlingt. Hey wolauff, den Tisch auff. Chrasch hembasch. Hab ichs nicht wol getroffen, so langt mir zu trincken. Hiemit setzt sich der gesand deposant nider, und räuspert sich noch neun unnd zwentzig mal darzu, sprechend, *valete* & *plaudite, Calepinus recensui:* Ist daß spil schön und gut, so reuspert euch hell und lut: Mein Koderigkeit hat sich schon gesetzt: *vestræ Reverentiæ* wollen gleichsfals gedeckt sein, burfuß haupts fallen die flüß: Chen Chach, Chasch Chrasch, Prasch, Platsch, Hisch, hisch, zisch.

Das Drey und zwentzigst Capitel.

Wie der Sophist seine Würst sampt eim neuen par Schuh und Stümpff darvon pracht: Welchs einen schweren Proceß wider die andere Meister verursacht.

Der gedacht Sophistisch Redner Herr von Bruchmatt hett kaum seine Red geendet, da fingen Kundlob, Huldvolck unnd Wolgeart also an zulachen, daß sie meinten Leber und Miltz solt ihn zersprungen sein, nicht anders als Crassus, da er einen behodeten Esel sah seins gleichen munds distelen schlemmen, unnd als Philemon, da er ein Maulthier sah die Feigen fressen, die man zu dem Mittagimbiß für ein ander Maul het zubereitet, der auch also lacht, daß ihm der Geystauffgebend Nestel zersprang. Oder wie das Frauenzimmer des Ulmischen Fartzenden Legaten lacht, da er den Furtz hieß herumbher gehn: ihr finds ins Bebels Bibel. Hierzu fing auch Meister Janotus von Mattbruch weidlich an zulachen, eben so sehr als sie, das ihnen das wasser in den augen gestund, durch die hefftige erregung der Substantz des Hirnes, dadurch diese zäherliche feuchtigkeiten außgetrocknet und zu dem gesichtlichen Glid oder Optischen Nerfen außzurinnen getriben worden. Damit sie fein augenscheinlich den Heraclytisenden Democritum und Democrytisenden Heraclitum anmaseten. Dann es steckt viel freud inn der Weinkanten, mehr als im gauckelsack.

Als nun die Storcken außgelacht, berhatschlagt sich Gargantua mit seim Hofgesind was zuthun sey. Da gefiel dem Rhumbrecht von Hohen Lobsteig, daß man diesen schönen Redner wider über den Wein schicket, dem er abgesagt hat.

Und weil er ihnen dannoch auch alle kurtzweil und mehr lachen gemacht als alle Witzboldi unnd *Visonasi,* so erkanten sie, daß man ihm die Stangen mit Würst, inn seiner Ehrwürdigen Red gedacht, zustelte, sambt eim par Schu und Hosen, drey hundert Fudern Prennholtzes des alten Lastmesses, fünff unnd zweintzig Fudern Weins, eim Bett mit treifachen decken von Gänßfedern, eim durchlöcherten Fußschämel, wie viel auff der Kürßnerlaub zu Straßburg stehen, sambt dem Lollhafen der darunder gehört, und ein zimmlich weite Schwäbische tieffe Schüssel, welche stuck er zuvor in seiner Red gesagt hat, daß sie nötig zu außpringung seines alters weren.

Solches ward alles, wie es der Rhat beschlossen, vollpracht: Ohn das Gargantoa zweiffelt man möcht nicht also auff der stätt ein gerecht gesäß für seine Adeliche Proportz gehaben: Auch nit errahten, auff welche weiß sie dem Legaten a Latere vom Zigeltach, wol anstünden unnd gezimmeten, endweder auff Martingalisch, welchs ein FallPruck ist für den hindersten Wächter des besser zuschissen: oder auff Seländisch, Pottfagerisch unnd Schiffmännisch, gut für die räudige, unnd sonst dem Zansteurerlein unnd gsäs stümpflin meh raum zugeben, Oder auff Schweitzerisch, das Geschirr warm bey einander zuhalten, und glat anliegig zuzeigen das man wol befidelochet ist. Oder uff stockfischschwäntzenart, auß sorg die niren zuerstöcken. Oder auff Caracosisch, und Gasconisch, hauß darin zuhalten. Oder auff Spanisch und hörpauckisch, viech darin zuziehen, und für ein Postküssen zuprauchen: Dann er wußt, das er ohn das zu seiner alten thoritet keine Landsknechtische hosen trug, sonst möchten ihne die Hund an den zotten halten, wann er ins Kloster gieng unnd stieg, oder die Hecken die auffgeblassenen hosen, wie die Baurenkütel, für ihr recht anfordern. auch kein Braunschweigisch Plaß bälg, Sackpfeiffen und Schmaltzhäfen, dan sein Orden war, *Euntes docete:* wan man auff Gutschen terminirt unnd reformiert.

Derhalben that er, wie der Türckisch Keyser Selim, welcher als er aller Nationen kleidung het malen lassen, unnd an den Teutschen und Frantzosen kam, wußt er nit was er denselbigen für ein latz machen solt: derhalben ließ er sie nackend malen, unnd ihnen ein ballen thuch mit elen unnd spissen außzumessen geben, darauß möchten sie ihnen latz unnd gsäß machen so wunderfundsam unnd so offt veränderlich wie sie ihmer wolten: Dann der Teuffel mahl oder schreib disen fundschwangern Kleidfuhrierern und hosenquartierern ein Formularbuch von kleidern für, wie man wol heut den Notariis fürkauet unnd fürspeiet: Ja wie die Cantzelärmel der unformularigen und unconcordirenden Welt heut Gebett Formular vorschreiben. Darumb, weil Gargantzumol diesem Herrlin keinen überzug zu seim Leyst wußt, gab er ihm Burgundischer elen wolgemessen siben weiß thuches, das mocht er nach dem model seines leibs verkleiden unnd färben wie er wolte die stümpff oben ans gesäß, oder unden an die Schu.

Das holtz ward ihm von der Zunfft der Kärchelzieher heim gefärtiget, so trugen die ploen Meister in artibus das Mußkar und die würst an stangen wie die Schuster zu Marck, im Trab und Triumpf daher, das es sah als wan man den Meyer von London einsetzet, oder, unvergleichen, einen dieb zu seiner letzten erhöhung geleytet. Aber Meister Janot von Bruchmeid trug das thuch allein, unnd prangt daher wie ein Ochs am Kolwagen. Als diß einer auß den Magistern sahe, genannt Joder Haubenschlappius, von Badowiler zeigt er ihm an, wie dises seinem Aratorischen staat nit gezimme, sonder es einem under ihnen gebe. Ha sagt Ehr Janotus, Esel, Eselskopff, du schlisest nit in *modo & figura*. Seh da, wazu einem nutz sind die *suppositiones, & parva logicalia? Pannus pro quo supponit? Confusè,* Antwort Hauben Schlappius, *& distributivè*: Ich frag nicht du Esel, Sprach Janot, *quomodo supponit,* Sonder *Pro quo*: Das heißt, *pro Tibiis meis.* Unnd derhalben will ichs *egomet* tragen, *sicut Suppositum portat Appositum.* Und ob du schon die Bratwürst trägst, ist doch dasselb das *Concretum,* das ist, die würst mein, aber das *abstractum,* das ist, das übergezogen lederle dein. *Ehem,* das ist auß einer andern schmiden. Also pracht er Heimduckisch mit seim Supponiren unnd abstrahirn den Plunder heim, unnd hett die hund zu gefärten.

Aber das best war, das diser alt Huster kecklich inn offentlicher versamlung unnd audientz zu den Maturin, inn der Sorbon gehalten, noch einmal seine Würst unnd Hosen fordert. Die ihm doch gleich Peremptorie worden abgeschlagen, weil er sie vom Herren Garkantenvoll einmal für alle mal hat empfangen, laut der Information darüber auffgericht. Dagegen repliciert er, das solchs wer von Gratis her und auß des fremden Herrn Gnädiger Freigabe: durch welche sie darumb nit ihres verheissens weren relevirt unnd entschlagen. Diß unangesehen, ward ihm zur antwort, daß er sich eines billichen vernüg, unnd nit ein Bettlermeitlin, noch diß von ihnen gewärtig sey. Was: billich, sagt Janotus Latzmat, billichkeit gilt doch nit hierinn: ihr schelmische Böß wicht, *vel dic* Ertzverrähter, *ex nunc prout ex tunc,* ihr seit nicht eins Sautrecks werd: uff dem Herrgots boden sind nicht ärgere lauren als ihr seyt. Ich weiß es nur zu wol, Ich kenn euch, wer euch kent der kauft euch nicht. Nicht hincket vor dem Lamen: Ich hab solche Büberey auch mit euch getriben: Ich kan dem Dib die händ im Sack erwischen. Beim Heiligen Miltz, ich will bei dem König euch die strey machen, unnd alle die arglistige bubenstück, die ihr hierin kocht unnd Prüttelt, entdecken: Und da wett ich daß ich aussetzig werd, wann er euch nit alle laßt lebendig *de facto* verprennen, als Florentzer, Verräter, Ketzer unnd verführer, als aller Tugend unnd Gottsfeind: Ihr Gottsdieb und Gottverräter, & *salvo iure addendi,* Mit vorbehalt solche Titul zu bessern unnd zumehren. Auff solche wort rufften sie all *Blasphemavit,* und stelten darüber ärtickul wider ihne. Er zu seim theyl unerschrocken citirt sie *ad instantiam,* unnd setzt ihnen einen tag. Inn summa der Proceß ward von dem hoffgericht unnd Parlament angenommen, da hangt es noch. Die Magistri nostri gelobten ihre Röck nit eh außzubürsten, noch ihre Läuß ab zusträlen, hingegen Janot Mattlatz sampt seim anhang die Nasen noch den Arß nicht ehe zuwischen, es sey dan durch einen endlichen spruch entscheiden. Von disem gelübd an, sind sie biß auff den heutigen Tag Lausige und Rotzige Unfläter gepliben: dann das Dollosisch Kammergericht hatt noch nit alle allegaten unnd probaten inn *defectum,* unnd *passus dubios* recht ergrabelet, unnd erstrabelet. Das urteil soll auff neheste Griechische Calendas, das ist, auff der Juden Christag, unnd der Gentffer Liechtmeß außgesprochen werden. Wie ihr dann wißt daß dise Rechtsklügler mehr als die natur künnen, unnd wider ihre eigene articuln thun. Dann die artickel der Parisischen schul, darauß die Parlement ersetzt werden, lauten, Gott allein könn unendliche sachen machen: Die Natur mach nichts unabsterblich: Sondern allem dem sie ein anfang gibt, dem geb sie auch ein endschafft: *Nam omnia orta cadunt. etc.* Hingegen dise Daukauer,

Muckenkauer, Kamelschlucker, Häuserschlucker, Goldvernagelte Zungen, die recht sprechen, nicht recht thun, Halßstürtzer guter wörter inn Parim vom Puteo, die Liebhaber der Rubricpfenning, der Hern *de Auricuria* & *de Terra rubea*: Und sonst Jacobs von Beutingarus: Unnd Saturnische Weisenfresser, machen die Proceß unnd rechtfertigung bey ihnen anhängig, unnd nimmer abhängig noch abgängig, sondern jhe mehr zugängig unnd verlängig, unendlich und unabsterblich. Damit sie deß Spartanischen Chilons spruch, der im Delphischen Tempel zu gedechtnuß geheiliget stund, bestettiget haben, welcher laut, die Armseligkeit sey deß processes unnd Rechtfertigens gefertin und ehgemal, unnd alle Rechtfertiger seyen armselig oder werdens. Dann viel eh erlangt ein end solcher hinderstelliger Gäul leben, als das Recht welchs sie fürgeben: Was hillffts als dann, wann der kopff ab ist, daß man den Hut halt? unnd daß man den außgeloffenen Wein mit mäl auff trocknet, wie der Türck vor Siget die Pfützen mit wollsecken. Gemalte vögel sind wol gewiß zuschissen aber nit zugeniesen. Was gehst auff steltzen, daß der stümpff schonst, und fällst gar in treck. Meinst die Leut seyen Katzen, weil sie Haar am Bauch haben?

Das Vier und zwantzigst Capitel.

Von des Gargantua studieren, nach seiner Sophistischen Lehrmeyster anfüren, und wie ihn sein Neuer Preceptor Kundlob darvon thet abführen und baß anführen.

Als nungedachter gestalt die erste tag mit kundschafftmachen zupracht, unnd die Glocken an ihr ohrt wider geliffert worden, erboten sich die von Pariß, unserm Gurgelstrozza zur danckbarkeit für die beweisene Ehr, sein Leibvieh, als lang er wolt, zuerzihen unnd zufütern. Welchs er zu danck annam: Darauf schickten sie Futer und Proviand genug in den Forst von Biere: Ich glaub er sei jetzund nicht mehr vorhanden.

Nach disem nam ihm Strossengurgel gäntzlich inn sinn, nach deß Rhumprechts Kundkolb urtheil unnd discretion sein studieren anzuschicken. Aber Rhumlob sein Lehrweiser verordenet, daß er sich noch zur zeit seiner alten weiß unnd gewonheit geprauchen solt, zuersehen unnd zuspüren, durch was gelegenheit in so langer zeit seine alte Zuchtmeister ihn also zu eim ungeschickten Fratzen gemacht hetten.

Derhalben erzeigt Gurgelstroß deß Kölers Glauben, nemlich daß er wer wie seine gewesene Zuchtpfleger, welche wie er, das Pfleg Kind, warn. Dispensirt, diätirt, unnd theilet seine zeit solcher gestalt auß, daß er ordenlich zwischen achten unnd Neunen kein rhu im Bett hett, es war Tag oder Nacht: Dann also hetten ihne seine alte

Zuchtregenten underwiesen, unnd dazu den spruch angezogen, da David spricht, *vanum est vobis ante lucem surgere.* Darnach wann er erwacht, gumpet, plitzet, strabelt, geilet, rammelt unnd hammelt er ein weil im Bett herumb, die leblichkeit der sinn unnd mütigkeit deß Geystes unnd fleisches etwas auff zumuntern unnd zuerfrischen: Dann er ließ die Hund sorgen, die bedörffen vier Schuh.

Darnach thet er sich nach gelegenheit an, nach des Grobians zwölff Römischen Tafeln: dann die Morenkübelitet Erasmi war noch nicht auffkommen. Aber gern trug er einen grossen langen Rock von grosser auffgeribener oder aufgetribener kraußrauher Woll, mit Füchssen gefütert durchauß, nicht daß die Schaf die Füchß an das ort auß gebissen hetten, wie etliche heuchlerische beltz. Folgends strält er sich mit eim Bömischen sträl, der war vier finger und der daumen, welchen er warlich nicht umb dein halb Reich geben hett. viel weniger umb einen pleienen sträll, damit man die grauwen Haar dunckel macht. Dann seine Preceptores lehrten ihn, daß wann man sich anders strälet, wäschet unnd wischet, wer es so viel, als die zeit unütz verlieren unnd mißprauchen.

Nachgehends schiß er, pißt er, fartzt er, seicht er, erprach sich, rib sich: streifft sich: juckt sich: dänet sich: stach ein stund säuren auff: niset: kodert: göwet: ginet nach dem Leinlachen: steuret unnd rib die Zän: Hustet: Schweiset: Plutet: Bekotzet unnd schneitzet sich wie der best Ertz-Priester: der jetz die Kantzel antretten soll. Wann er sich nun also überworffen und purkratzet het, nach der Regel (Schüt nicht ein neuwe schnabelweid, du hast dann vor die alt verdäut, welche wird vernummen, an dünnem speichel, unnd magenprummen) so nam er als dan die Morgensup ein, dadurch den Nebel unnd den Dau zulegen, unnd sonst von des bösen Luffts wegen, als schöne Fenchelwürstlin, geröstete züngleinstucklin, beim Berte Pfaffenbißlin, gröstets Katzengeschrei, Euterprätlin, schöne Wampen unnd Schuncken, oder feißte Hennensüpplin, Kindbetterprühlin, Weinwarm, Matzisprülin, von der ersten sut.

Ponocrates zeigt ihm etwan an, daß er nicht so bald vom Bett sich beköpffen solt, eh er zuvor eine übung vorgehabt het. Da antwort Gargantubal Was? hab ich mich nicht genug geübt: Ich hab mich wol siben tag im Bett herumb gekälbert eh ich auffstund: Ist das nicht genug? Bapst Alexander that ihm doch also auß rhat seines Jüchschen Artzet, unnd lebt seinen Neidigen zu leid, biß er starb. Auch haben mich meine ersten Lehrmeister darzu gewänet, und gesagt, das früstücken unnd die Morgenzechelin gute gedächtnuß machen, darumb prachen sie mir allzeit vor das eiß, unnd bestachen mir den Rein, unnd trancken am ersten ein guts Positzlin ein. Ich befind mich mechtig wol darbei, und mag nur des mehr zu Mittagimbiß essen: und mein alter Meister Tubald (welcher der Oberst seiner Licentz zu Pariß war) Predigt mir offt, das diß nicht gar der vortheil sey, geschwind lauffen, sonder bei zeiten ablassen zuwissen. So ligt auch nit die gantz total häl gesundheit unserer Menschheit an dem, daß man wie die Canes lapp, Schlapp unnd Läpper, und tropffen für tropffen Schupff, sonder viel mehr an dem, daß man fein frü trinck: *Unde Versus?* Frü auffstehen ist nicht gut, Frü trincken noch das best thut.

Heißt nicht Plautus (welchen einmal ein Gugelkapp für Paulus laß) sich vor den Maulginenden Diätmalenden Tagkritlern unnd Tischpropheten hüten: dann sie rhaten eim wie Doctor Silvan dem krancken Bischoff von Gwewara, welcher ihm *Fumum vitis,* Rebenrauch verbot, unnd er tranck selbs den besten Wein von Sanct Martin fürs Fieber: Das heißt auff Eulenspiglisch der Bäurin das Muß erleidet, daß ers allein eß. Was gehn mich die Rotweise Kalendrige Fasten unnd Nitfasten an? Die Hund essen Graß, wann es regnen will, unnd sie Purgiren sich darmit. Was *Diætæ,* die einen tödten? Das Bäurelin und die Greta, sind d*ispare valde diæta,* Sintemal der schlaffet, *cum Greta parocho* schaffet. Das ist, der Müller und sein Frau haben ungleiche mägen, dann er malt kaum bei tag, da sie auch wol bei nacht mag, und hindert sie kein klepperen daran. Derhalben auß mit disen langschaubigen Apoteckerpleichen, gespänstmageren, Seichstinckigen, bisamknopfigen Fürtzwindern, Eß kul Lapp iß, ein gulden vom Henckergang: recipe acht real für ein Schlotfegung, riech dran obs auch stinck wie Keysers Vespasians Scheißhaußzoll von den hinderärckern unnd arßcaminen: was wolten dise Leibmartler wissen, was da fehlet meim Magen, unnd understen Kränchskragen? sie erpurkratzen nur die Seckel, und machen auß der Natur ein Kindbetterin, binden die Leut ans bett, wickelen sie inn die Todenleinlach, Foltern, strecken, Arßbosselen sie, hinden ein plasen, oben außlassen, magenkrümmen, kopffverwirren, hirnschalenauffboren, fressenverbieten, sauffen verhüten, die Nabelspeiß den Weibern verschlagen, glett, Coloquint, Zinober, turbit, Tassia, Arsenicum und sonst gifft auffleben unnd eingeben. Und warumb solten sie es nit thun, weil sies ungestrafft thun: Dann wie *Bart, in l. omnes. la. 3. C. de Decurion.* bezeugt, so haben sie im rechten kein widerstand, weil sie den Hebammen verglichen werden: Unnd was können dise Magenketzer? Kont doch des Bapstes Leo Arsneiprütler mit einer Purgatz von 500 gülden den Elephanten, deßgleichen einer zu Speir den Seckel fraß, wiewol er ihm den Harn besah, nit für ein Pfennig scheissen machen: hett er dem Element (wie ihn der Baur nennet) darfür, wie die Apoteckergesellen zu Augspurg des Medici Esel, Pfeffer inn Arß gestreit. Derhalben will ich wol ohn den Treckenschlappius, Räsiß und Hupfinsgraß fressen, ohn ein Venedischen Koch, oder Teutsche Speißkammer, ohn daß Süßmaul Ficinum von treierley weiß zukröpffen, ohn Avile Bancket, sie seien Averroisch oder Rornanisch, Lacunisch oder Kornarrisch, Theophrastisch oder Erastisch, Serapionisch oder Scribonisch, Ramisch oder Carpentarisch, Simonisch oder Scheckisch, Füchssisch oder Meusisch, Fedronisch oder Desseunisch, Mercurialisch oder Wilandinisch, Brunisch oder Traffichettisch, Turnisch oder Kurtisch, Schwartzialupisch oder Matiolisch, Susisch oder Trinckavellisch, unnd sonst im Weinzanck Fumanellisch oder Clivanisch, Pistorisch oder Mannardisch. Es gilt mir gleich, wie der Frauen bei Nacht der Vetter oder Herr Peter. Man darff mich nicht in die Salernisch Schul führen, ich weiß on des, Nach Fischen Nuß eß, nach Fleisch die stinckende Keß freß. Hei wie sauber Klippelverß für die Jugend, Nicht hindere Bruntzen, nicht nötige hefftiglich *arsum*. Mit Eselen fartziß streite, *sic non eges arzis*. Vier ding auß winden, veniunt, so ventre verschwinden. Wer die Fürtz verkrümmen will, den grimmen sie her wider vil, laß rauschen was nicht bleiben will: Nicht iß beim Scheißhauß, so nicht wilt weiselen seichuß. Lig auff dem rechten Or, daß dir keiner ins Linck bor. Dann vinum saure, klinglitumm machet *in aure*. Aber Wein saltzt alles ein. Ruben helffen stomagum, wissen zufördern Wintum, fördern *urinam*, schedigen auch zano *ruinam etc*. Aber *non fortat debile membrum*. Pringet Humores, Bacherach vinum *meliores*. Je stercker Wein, je schwecher bein. Nach Biren geb Potum, nach Potum eile *cacotum*. So *satur es, totum* mit Procken *evome potum:* Und widerkomm *certa* Gleser zulehren *referta:* Bist satt, so Spei dich matt, komm Traber, füll dich aber. *Farcimen discis puellis ponito. etc.* Dann *ad caudam tendunt, ultrò manibusque præbendunt*. Das ist, Wurst stellet den Meidlin den Durst, unnd greiffen all, gern nach dem Al, und streichen kein Sand doch in die hand. Secht, secht, hat man mich nicht wol underwisen? *Sic lacerare grossos coram ne desine bossos*. Unnd im Dantz, werff sie herumb wie ein Küschwantz: daß Posteriora *illis* börtzelen wie heßlichen *villis*. Alsdann so offt dich liebet, dich schmitzelen küssele *iubet*. Diß *nisi procures* nit hertzecken Meidelis *ures*. Spöttiglich *exibis,* nimmermeh zulöffelen *redibis*. Sih da, Domine Preceptor, hab ich die Letz nit letz behalten? das heist Läuß inn Beltz gesetzt, Fischlin hast auch ein Röglin? Oha, solch ding lehrnet man ohn den einörigen Dorffcalmäuser: man hat mich nie darumb geschlagen, wie umb das betten. Dann sauffen, schmeissen, bulen, schweren. Darff man keinen wies betten lehren.

Darumb eck nur keiner meinen Magen auß. Ey ja eck biß zum andern eck, und leck biß zum andern, etc. Schmeckt es dir, so leck inn mir. Ich muß den magen selbs tragen, unnd sehen wo der Gänßkragen bekomm zu nagen, auch inn manch gefehrlich loch wagen: die Nonnendiet ist gut, umb vier gessen, zu fünffen schlaffen.

Mit solchen und dergleichen Worten, wüßt dieser schön Discipel seinem Hof unnd Lehrmeister zubegegenen, daß sie fro worden, zu schweigen, und ihn machen zulassen. Derwegen als er nach allem vortheil nun gefrüstuckt, gieng er zur Kirchen. Dann auff vollem

Bauch, steht wol volle andacht, und auß der Kuchen in die Kirchen: Da trug man ihm in eim grossen ledern Sack ein groß schwer beschlagen und vereinpantoffelt Brevirbüchlin nach, welchs roh und an prettern, solen, beschläg, Clausuren, Leder und Pergamen wag eilft inn die zweilff virteil eins Centners Sechs Pfund *a la grossa* Venediger gewichts gegen Kaliß malis und Malucka respondirend. Da hört er sechs und zwentzig inn die treissig Messen auff eim fuß: Dann *ubi maxima spes, ibi minitna res.* Unnd *converso*. Unter des kam sein Horasbetter und Tonsurat an statt, unnd ersetzt ihn mit seim matutinal unnd exequial, schön bestolet, bealbet, bekaselt, verschappliret, versubtilet, behandfanet, und behumeralet, wie ein Eul im Schornstein auch seinen Heiligen atham wol verbinet, vernitet und antidotirt mit starckem Weinelenden Sirup. Mit demselben mammelt und mummelt er alle seine Kirchen lös uns: und erkernet, ertreschet, unnd erlaß es so eygentlich, das nicht ein einigs körnlin umbsonst auff die Erd ful, es hett kein frachmentaklaubend Hündlein darvon ein Brösamlein under des Herrn Tisch gefunden.

Als er nun auß der Kirchen wider gehen solt, führt man ihm auff eim Ochssenwagen und Weinschleiffen nach ein grossen plunder Paternoster von Sanct Claudi, daran ein körnlin so groß war als ein Filtzform oder Hutleist. Damit gieng er im kloster im Kreutzgang und Garten herumb, und bettet mehr als sechtzehen Einsidler de profundis auß der Gruben: Bißweiln flucht er darzu, wann er mit der Zungen stolpert: dann es colerirt sich mächtig wol, wann man zu Pferd singt.

Nach disem studiert er etwann ein halb verloren stündlin, mit gar genauen augen auff das Buch gedigen gericht, aber (wie der Comedidichter sagt) das gemüt in die Küchen geschicht. Folgends seycht er ein grosse Kachel voll, unnd setzt sich zu Tisch: Dann, wie Eupolides sagt, hat der ein recht Palamedisch Invent erfunden, so erstlich den Pruntzscherben hat erdacht unnd zum Tisch gebracht, gleich wie der, so den Schwammen auff den Hobelwagen. Auch weil er von Natur gar flegmatisch war, fieng er gemeinlich sein essen an mit etlich dotzend Schuncken, mit gereuchten Ochssenzungen, rauchgedörten Würsten, kalten Eyern, unnd anderen deßgleichen des Weins vorleuffern unnd Einfurirern, seim Vatter nachschlagend: dann der Apffel fellt nicht weit vom Baum.

Mitlerweil warffen sechs seines Hofgesinds, einer nach dem andern, daß sie einander ersetzten und vorspanten, stets mit vollen Schaufeln Obernähemischen Senff in das Maul, daß ihm die augen übergiengen: Dann der Senff war noch vom sauren Herbst. Darauf that er einen schrecklichen trunck weissen Weins, ihm alle strümpff und stock des leibs zubegiessen unnd zuerquicken. Demnach aß er wie es ihn ankam, so viel als ihm geful, spant die Backenleist, ließ zu thal, schütt auff die Mül, schwedert in sich wie ein Laugensack, schoppet sich unnd fraß biß ihm der Bauch strotzt, wie ein Füllwürst unnd Seusack. Im trincken hett er kein Maß, regel, noch zehengebott. Dann er sagt, maß unnd ziel des trinckens sey, wann der trinckend Kerles seine Pantoffelsolen umb ein halben fuß auffplaset, die Nestel, hafften und Kneiflin aufftreibet, unnd oben zum halß ein mit eim Leffel mag den Wein erreichen unnd schnitten darein weichen. Das heißt ein zil gesteckt, ein Rock gelegt, es springt hernach, welchen gelust: Lang Füß theten es, aber nicht lang Arm: Wiewol wer ist arm? sind wir doch Reich Hudler, wir haben zerrissen Kleider.

Das Fůnff und zwentzigst Capitel.

Von des Gargantuwalts mancherley Spiel, und gewül.

Nach endung des Nachtimbiß (und bißweilen auch zum Mittagmal) kauet er etlich büschlin Spanischer Gratias, welche vermögen, das under dem man bitt, so sicht man sich umb wo etwas zustälen ist, oder vor verzuckter andacht das Bettbuch mit den vier Königen erwischt. Darnach wescht er sein Händ mit frischem Wein, steuret und grübelt in zänen mit eim kalten Kalbsfuß, mit Schweinen Kloen auß der Fischgalrey inn Essig gedunckt, auch mit eim Rechschenckel, der auß einer kalten Pasteten sich wie der Papst seinen Ellendskloen zuküssen darff bieten. Disen Zansteurer befand er besser, dann die so heut die Italiäner auß Mastixholtz spitzen, oder die Niderländer auß Wackholder und Lorberholtz, oder mein Löblich Handwerck die Schreiber auß Federkeilen. Doch bißweilen braucht er auch stockfischschwentz, und auff hohe Fest, den schnabel und die kloen von Rortrummen, oder RorReigeln, oder Moßküen, oder MurRindern, oder Erdbüchssen. Item schwentz von Heyen unnd Rochen: Darvon die heutig form der Güldenen unnd Silbern Zansteurer, so man anhencket, herkommet.

Jedoch gribelt er nicht in Zänen wie der Amiral, dessen Zansteuren Gwyse sehr forcht, unnd es hat ihm nit gefehlt. Aber unser Stockfischschwantzsteurer war mechtig lustig, war über neun Lauten und neuntzig Affen mit seim Volck. Folgends ward der Tisch entdeckt, unnd ein Tapet auffgelegt, da bracht man alsbald ein hauffen Welscher wolgepepter, wolgeferbter glatter Karten, Pragischer Würffel, und die Schantzen von Prettspiel. Dann er mußt gespilt haben: Kart war sein Morgengab, wie den Augspurgischen Weiber: wan es ihm mit eim Buch der König nicht wolt glücken, Oho ein andere her, die wöllen wir zum Fenster außschicken, und solts dem Predicanten umb den Kopff fliegen. Was fragen wir nach dem Genffischen Tonneau, der kein Sternen in der Karten will zulassen: sind doch schöne Farben drin, inn welcher, wann einer gekleidet geht, glück hat unnd Schätz findet, wie D. Thoman von Filtzbach im Planetenbuch schreibt: So muß ich mir bei der Heyligen Aeschen, die neu Kart bekommen, von vier ausserlesenen Farben, Roten Cardinalshüten, grauen Mönchskappen, blauen Cornutschlappen, und schwartzen Predicantischen über Paretdellern. Nun biß ichs bekomm so hört. Es war unserm Spiler wie dem grossen Alexander, der weint daß sein Vatter viel gewan, dann er besorgt er möcht nichts zugewinnen haben: So weint diese unsere Spilgurgel daß sein Vatter viel verlor, besorgt sein Vatter ließ ihm nichts daß er auch zu verlieren hett. Warlich rechte Heldentugenden, wann man das Gelt unter die Leut laßt kommen, den Schimmel davon treibt, unnd des gelts ein Meister ist. Jedoch hett er allerley Spiel inn allerley Wehren vor, mit unnd ohn Frauen, ohn und mit Frauen, mit und ohn das gesind, bei Liecht und bei keim Liecht: war gar kurtzweilig wie ein Floh im Ohr, lustig wie ein Nasser Sontag, und dasselb spilender und gailender weiß, wie folget, als nämlich spilt er,

Der Flüssen:
Des Premiere:
Den Picarder:
Ticke tack:
Schachmatt:
Lurtsch:
Des Schultheissen:
Des Reißers.
Des Legens.
Der 31.
Marsch
    Rümpffen:
    Trumpffen
    Rum und stich.
    Auß und ein machen die Meydlin gern.
    Fickmül:
    Hupff auff, dupff auff,
    Wintertrost.
    Dummel dich gut Birche,
    Plinden mäuß.
    Eselin beschlagen
Hundert eins:
Gänßlin beropffen:
Welch Kart wilt verstecken, die kan ich entdecken.
Du der Haß, Ich der Wind
Ich hang, ich haffte:
In Himmel, in dHöll:
Der Wolff hat mir ein Schäflein gestolen, weil ich Käß und Brot will holn.

Trickretrac.
Vier Wachtel im Sack:
Dorn außzihes.
Der Unfur.
Der Schantz.
Neun und hundert
Der Palirmül,
Ein und dreissig:
Krumme neun:
Rausch:
Umbschlagen:
Par mit dem Dantz:
Trei Hundert:
Der Condemnade.
Non verende:
Ich vernüg mich:
Malcontant:
Königs lösen:
Des Gauchs
Der Rusig Schultheiß auß Morenland:
Wer hat dich geschlagen, ist mir leid für den schaden, ich reche mein unschuld,
Burckhart mit der Nasen, komm helff mir grasen.
Wolauff das walts Gott nider
In die Brenten:
    Mit wem hat man gekallt.
    Wir geben und nemmen einander.
    Nach dem won:
    Wer eins thut, thu auch das ander
    Sequentz:
    Jeder hab des Mauls acht:
    Der Bonen
    Des Borers:
    Kochimbert, wer gewint verlört.
    Das widerle, wederle.
    Torment:
    Den Schnarcher:
    Contemonte
    Des glucks:
    Wer find, der gewinnt.
    Der Muter:
    Nun fah den Ball, eh er fall
    Der beschorenen Hund,
    Des Plättlins.
    Über eck ins bein,

Der hupfelrei:
Ballenripotei:
Tochter laß die Rosen ligen.
Schwartzer Dorn ist worden weiß:
Das Pickelspil:
Zipffelzehezupffen
Die hüpsch als ich,
Tölpeltrei:
Mit Wasser grüsen:
Jeder seh seiner Nächstin die hand.
Der Girlande:
Der Fastenbrüder:
Wirt geb uns f. und p.
Des Andres:
Des Kolbens.
Der Liebhell:
Was wundert euch?
Wa geht der Dantz hin Eselmut:
Wem krähet der Han:
Nadel on fadem in Hoff tragen:
Pferdlin woll bereit.
Cock, Code ey wil.
Lausen oder Noppen.
Fingerschnellen
Den verkaufften gabelochssen mit Wasser zahln:
Wer kan siben Lügen
Wer kan siben Lügen verschweigen:
Greiff jeder seiner Nachbarin den Puls.
Was wer dein gröst begern.
Meiner Muter Magd macht mir mein Muß, mit meiner Muter Mäl:
Warzu sind lang Nasen gut?
Welches Bubenstucks rümst dich am meisten.
Des Friden machens.
Secht Muter der Dütten.
Des Untreuen baurens.
Der Alten Lüller.
Was sagt man Neues im Bad?
Gevattern betten
Das Alefrentzlin greiff ans schwentzlin.
Das zünglinspitzlin, fritzenschmitzlin:
Das Zeißlin, Mäußlin,
Kläußlin, kom inns häußlin, würff ein däußlin:
    Trotzenträtzlin, wie ein Lätzlin:
    Susa seußlin, flusa fleußlin.
    Zuck nit mein lib, ist ein billich sach:

Matz werffs der Metzen zu
Des Fuchsses:
Des küschwantzes:
Der Planchen:
Der drey würffel:
Der nickenocke:
Des Zäumlins:
Wisch auff:
Wann ich mein Hörnlin plas:
Loch zu Loch:
Es miet mich
Inn die Würst faren:
Auff allen Tischen:
Der geschrenckten Schenckel.
Womit chenstu deim bulen?
Was für Blumen gebt ihr mir zum krantz?
Des grösten betrugs:
Des Liebrhatens:
Des Spitals der Narrn:
O mein hertz verschwind
Den Pronnen schöpfen.
Auff den Berg faren:
Eyn rusigen dib fahen:
Der untreu under dem Mäntlin spilen:
Was ist diß, fornen wie ein gabel, in der mitten wie ein Faß, das hinderst wie ein besem? Ku.
Was geht auff dem kopff in bach?
Aller heyligen Faß:
Gott verläugnen:
Frauenspil:
Röpflins:
Der Baboben,
Primus secundus:
Zu underst des messers:
Des Schlüssels:
Des freien Karrens:
Grad oder ungrad:
Kreutz oder plättlin:
Faul faudel:
Laußknickel:
Härlin zupffen:
Ich fisch in meins Herren täuch:
Des schülins:
Heimlich seitenspil ungelacht:
Umb den Gänstreck füren:

Grüß dich bruder Eberhart:
Ist Weichsel reiff.
Steyn außgeben:
Gickel hie, warauff gickelst.
Martres:
Pingres:
Eß setzt ein steyn, nimbt ein.
Haspeln.
Geb Arß, Nemm Arß.
Ich bin König, du bist Knecht.
Des deitens on Reden.
Wo schlafft des Wirts Töchterlein:
Memminger Vokatzer beckenprot.
Meidlein thu den Laden zu, laß den Ladennagel hangen.
Die Floh laufft im hemd
Schlägels:
Des Wirts.
Billard.
    Hellenpart schmiden:
    Des Schupletzers
    Hibu.
    Dorelot häßlin.
    Tirelitantine.
    Färcklin gang du vor.
    Des hörnlins:
    Des weitlochs:
    Des Habern verkauffens.
    Der blinden Ku.
    Rhat der finger.
    Pick Olyet offte graef.
    Nacht oder tag.
    Vergebens machen.
    Gäulchen laß dich beschlagen
    Das eisen auß der Eß zihen.
    Den falschen bauren:
    Der heilig ist gefunden:
    Reiben, stosen, stechen, boren.
    Von Wollen auf die wellen.
    Burri burrisu
    Ich setz mich:
    Disen angel mein Frau.
    Wendeln im bret,
    Meister hemmerleins nachfahr.
    Wechsseldantz.
    Allemant damour.

Löß mir ein frag, die ich dir sag etc.
Der Contrafeitischen geberden.
Das bottensäcklin, schlotterpäcklin.
Mal das Mörlin:
Der Sau:
Bauch wider bauch
Des stichgrübels:
Huhu Eulen:
Der Himmel hat sich umbgelegt.
Nun geht davon
Es laufft ein weise mauß die maur auff:
Die Gans gaht auff den Predigstul.
Handwercksman was gibst du darzu?
Ochs inn den Veiolen.
Duck dich Hänßlin duck dich.
Alstreiffen
Eisen abwerffen.
Des barbedoribus.
Bratspißwenden.
Gevatter leihet mir euer sack.
Esel zemmen,
Der Widershoden.
Der Feigen von Marsilien.
Des Fuchsstreiffens.
Kohlen auffblasen.
Ein Ey, zwei halb, unnd ein halb Ey, wie viel seinds?
Was stilstu? Thaler, Taler.
Was seind wir? Stockfisch.
Der krippel und Lamen,
Das A b c. reimen.
Zum lebendigen und toden Richter.
Des Hogerigen Hofmans.
Des pimpompens
Des körblin machens.
Meidlin sind dir die Schuch recht.
Kram außlegen.
Der Abereh.
Triori.
Des Zirckels.
    Kocherspergerdantz.
    Der Spindel.
    Wickerlin weckerlin, wilt mit mir essen, bring ein Messer.
    Ungelacht pfetz ich dich.
    Der Pickarome.
    Des Roten Rauhen Trecks.

Des Engelarts.
Des Rekockillechen.
Brich den Hafen,
Montalant.
Das Wasserbettlen,
Steur den hauffen,
Des Bräutgams.
Des kurtzen steckens.
Pire vollet.
Kline musettecken,
Des grübleins.
Deß schnauffers.
Deß ernsten Schulmeisters.
Der Hofämpter.
Was schrieben ihr uns umbs bett?
Welches Narrheit wer dir lieber?
Deß Artzets.
Was gibt ein groß Maul guts?
Zur Trompe.
Der Haber im Sack.
Deß Mönchs.
Tenebei.
Das wunder,
Naschettechen Navettechen,
Fessart, Kerbart.
Sanct Kosman ich rüff dich an.
Der Braunen schröter
Ich fang euch on ein Meyen.
Ich fang euch, wa ich euch find:
Wol und voll vergeht die Fasten.
Der gabeligen eychen.
Deß gegossenen Gauls.
Deß Wolffschwantzes,
Deß furtz inn halß.
Willhelm lang mir den spiß.
Der Brandelle.
Deß Muckenwadels
Mein Oechßlin, mein Oechßlin,
A propoß.
Der neun Hend,
Chapifon Narrene kopff,
Der zerfallenen Brucken,
Deß gezäumten schmid Tolins,
Der Polderigen tobenden Cantzel,
Das Handwerck außschreien.

Deß Teuffels Music,
Wie vil deß krauts umb ein Heller?
Deß Vogelküssens.
Deß Bilgramsteurens,
Deß Grolle Gollhammers,
Seit ihr die braut von Schmollen, so lacht mir eins,
Deß Kockantins,
Deß Mirelimuffle,
Mouschart,
Der Krotten,
Deß Bischofsstabs,
Hämmerlin himmerlin,
Bille bocket,
Der Königin,
Kopf zu kopf an rechen,
    Deß Todendantzes,
    Malle mort,
    Krockmolle,
    Frau wöllen wir die Kuff wäschen,
    Belusteol
    Den Habern seyen,
    Deß Deffendo,
    Deß Frases,
    Virevoste,
    Deß Bacule,
    Deß Bauren,
    Die unsinnige esconblette,
    Das tod Thier,
    Steig, steig auffs leiterlin
    Der Toden Sau,
    Deß gesaltzenen arß,
    Des Täublins,
    Jeder trott unnd tritt,
    Gott grüß euch schöne
    Deß Mörselstein tragens,
    Deß Venus Tempels,
    Was wünsch dir von deim bulen,
    Für den Richter,
    Deß bösen das es gut werd,
    Deß Besems,
    Spring auß dem busch.
    Der verborgen Kutten
    Bulgen und Seckel im Arß.
    O bohe daß Habichnest.
    Passavant, Passefort

Der Petarrade.
Raht wer hat dich geschlagen?
Der Senffstempffel.
Cambos.
Fürsich, hindersich,
Raht was ist das?
Picandeau
Krocketeste, Hackenkopf,
Deß Kranchs.
Taillecop.
Nasenkönig Nasart.
Der Lerchen:
Der Stirnschnallen.
Der blinden würffel.
Deß Sacks im Wasserzuber.
Es brent, ich lesch.
Jungfrau küssen,
Im sack verbergen,
Der schönsten den stein,
Die finger krachen, die Männer wachen.
Mein Tochter ist heurahts zeit.
Es kombt ein Fisch, es komt ein Vöglin.
Waich oder trockens.
Rumpele stilt oder der Poppart.
Den Kessel auff dem Leilach rucken,
O sie ist hüpsch.
Rahtet ihr, was stund im brieff?
Umbschantz.
Winckelrut,
Ich rür, ich rür,
Ich raht,
Ribon Ribaine,
Har auff har, katzenhar,
Wer das nicht kan, kan nicht vil.
Teller im Kübel abschlagen.
Deß Sack zuckens.
Knecht vernims.
    Fudum, die Mor ist im Kessel.
    Meidlin laß dirs wol thun,
    Loch schlagen, suppen zuhaben.
    Der Geyß hüten,
    Rucken oder schneid.
    Sie thaten all also.
    Inn Bernhards namen,
    Ich hafft ich hang.

Rindenpfeiflin, Weidenböglin,
Vögel außnemmen
Im Sack ein Repphun das übrig soll mein knecht Heintz thun.
Jeder Vogel inn sein Nest.
Der Verzäuberin,
Der Muttwilligen Wittfrauen.
Hupff inn Klee.
Meydlin was hat dir die Kunckel gethan?
Teller von der stangen schlagen.
Auff dem Gsäß mit gebunden Händen und füssen thurnieren, das recht ohr inn die lincke Hand, und den arm dardurch geschleifft.
Unser Han der König, der streit ist gewonnen
Der Hoffarben des scheidens.
Es giengen drey Jungfrauwen
Der Baur schickt sein Jockel auß.
Frosch fangen,
Deß Apts unnd seiner Brüder?
Kluckern, schnellkugeln
Knopff oder spitz
Inn kauten, kautenfaul.
Die Imen stechen.
Auff der brucken suppere inn glorie.
Auff tellern mit händen gähn,
Mein Man ist ein Gauch, mein Gauch ein Man.
Über daß kreißle
Der Leibpredig.
Gesellens.
Murr murr nur nicht.
Ritter durchs gitter,
Das spill ich auch, ich auch, die Sau aß ein treck, ich auch.
Poselleich
Der mehesten augen,
Der besten gerad.
Pumpimperlein pump.
Der unverständtlichen sprachen.
Wer poppenschießt
Die grösten Weidsprüch?
Was für zeitung auff der Post?
Was setzt ihr den Gästen auff?
Deß Alters.
Matz stampff hinein.
Seit ihr die Meyd von Rosenthal
Die faulen Mägd.
Desperat

Auff den Reutterschlag.
Deß unverbottene kusses.
    Klopff wer da wöll.
    Hanß hau dich nicht.
    Liendel laß dir die Juppen blacken.
    Moriscendantz
    Durch den Sträl schalmeien
    Den Schuch außtretten.
    Propter S. Franciscum.
    Fünfften stein,
    Wa zu ist stro gut?
    Adam hett siben Sön.
    Widerfüren,
    Der letzt der ists.
    Jungfrauenspiel.
    Räters.
    Neunten stein,
    Des Verdiensts des Liebkrantzes.
    Stein verbergen.
    Schüchle bergen.
    Plöchlin machen
    Zum zwire zum zware, der Vogel ist gefangen.
    Welchs sind der Buler gröste thorheiten?
    Wie heissen des Wirts kammern?
    Was schenckst mir inn das hauß?
    Womit verdieneten ihr den krantz?
    Schachzabel. Wolffs zagel.
    Höltzin gelächter.
    Warumb hast dein liebchen lieb?
    Faul eisen
    Verbotten mein.
    Der letzt ein Schelm.
    Wie reuten die Mönch.
Häubeln.
Der Braut.
Schuch pletzen.
Schelmentrager.
Der minsten augen.
Zwei gleich gewints.
Stecken stöcken,
Nestel vom Messer blasen.
Nussenspicken,
Wie vil schiesest mir auff ein Nestel,
Plöchlin stellen fällen,
Zeichen oder unzeichen.

Pfenning im Buch pletern,
Tafel schiessen,
Helmlin zihen,
Verbergens.
Kinder außtheilen,
Käß trucken,
Da sitz ich fein, da ward ich dein,
Ich gang, ich komm, ich komm, ich gang,
Der Träum.
Deß beichtens,
Deß Schulmeisters mit der langen Nasen.
Alle bösen
Der Sünden büß.
Ich erinner euch,
Ich gieng durch ein enges Gäßlin, begegnet mir ein schwartz Pfäflin, etc.
Es wolt ein Jungfrau züchtig sein, nam ihn inn die hand und wiß ihn drein, etc.
Ich legt mein Bauch auf sein Bauch, etc.
    Wann ich dirs nenn, und du so grosser Narr bist, und nicht weist was das ist.
    Wickerlin, weckerlein laufft übers Aeckerlein, hat mehr bein, dann meiner Hund kein.
    All zinck.
    Seß eß,
    Kuntz hinder dem Ofen.
    Zu den Hunden.
    Wer ja und Nein sagt.
    Keller und Koch, bloß ins loch.
    Haden umb die händ in vil gestalt winden.
    Grandmercy,
    Ich bleib. Ich tausch.
    Mönchsgebett,
    Wers hat der red,
    Schimmel laß dich wischen,
    Wessen ist die hand, der finger?
    Der erst herauß, der letzt drinnen,
    Das Bocken,
    Harnisch fegen.
    Fasten auff der Karten.
    Titerint tractro, stampf ins Stro.
    Wie gibst den Fincken
    Wer was weiß der sags,
    Weiß oder schwartz?
    Deß Igelstechens,

Spitz das mündlin,
Wer kans wissen, wie vil die Magd hat, etc.
Den Katzenstrigel.
Oel außschlagen,
Pfeifft oder ich such euch nicht.
Kapp komm auß dem Häußcken.
Des Warnens,
Wie erschien dir vornächten dein Bule?
Bierenbaum schütteln.
Küle, kühele gump nit.
Schabab
Trag den Knaben.
Deß Judas.
Da zünd er ihr den Rocken an,
Des Weberspils.
Hütlin, hütlin durch die bein.
Rebecca ruck den stul.
Leuß oder Niß,
Wie reutst die Sau, daß sie nicht hau.
Im Winter auß, im Sommer an,
Den Hund heben.
Der schleckhafften Katzen,
Vier bein zwey bein,
Wa lauffen die Seck selbs herauß?
Hinden rauch, fornen kal,
Wa thun all hüpsch Frauen hin?
Wünsch das beiden nutzt,
Trey wünsch auff eim stiel,
Mein Vatter fieng ein Fisch, wie lang?
Deß Welschen gifft.
Warumb seufftzt ihr Nachbar?
Was reuet dich?
Ists Esel oder Edel?
    Inn was gestalt dir die Wandlung gefallt.
    Herbei, es ist opfferens zeit.
    Ich und mein Knecht tragen ein Harnisch feyl.
    Wirten,
    Hilteckens.
    Treimal sechs,
    Den überwurff,
    Den zwölfften stein,
    Pferdlin wol bereit.
    Ritschen.
    Pfeifft oder ich such euch nicht,
    Schulwinckel,

Hol oder voll
Hänlin komm auß dem winckelein.
Das Hänlin, hänlin hat gelegt.
Furtz im Bad, oben auß, nirgend an
Es beißt baß,
Der kleiner ziehet den grossen,
Tantz oder pfeiff,
Wa klebt der Senff.
Iß Heues vil, so iß des meher,
Den grindigen Gauch beropffen,
Kätzlin mach ein hasentäplin,
Wolff beiß mich nicht.
Der schmach und raach,
Der Neue Zeitung beim Bronnen.
Des Promovirens inn der Lehr der Lieb.
Der Heimlichkeit.
Was krüselt sich, was mauset sich?
Ist nahe darbei, baß auff den Esel.
Soll ich, bin ich,
Dem Blinden opfferen.
Was ich wünsch, sey dein halb,
Immen wigen.
Ich bring dir ein Vögelin,
Was für Blumen zieren sie wol?

Solche bossierliche Rockenstubnarrische Spil, unnd Schlafftrünckliche bungen, sampt eim gantzen Wald mit Rhätersch, kont er so meisterlich zu paß bringen, daß ihm ein lust zu zusehen, unnd zu zuhören war. Es haben heut die neuen Academien der Intronater unnd Illustrater zu Siene unnd Casale ihr Muster daher genomen: was dörffen sie uns dann mit dem Socrate kommen, was er mit der Diotima gespielt hat? Eim alten Wein gehört kein Neuer Krantz. Eins alten Schinders Thür find man ohn ein Roßschwantz. Unnd wann ihr meine liebe Superattendentige Zuloser nicht alle diese Noppenteurlichkeit, wie sie inns werck zurichten, verstehet, so laßt es mich nur bei der Reinauischen Post wissen, unnd gebt euch darumb geschrieben, alsbald will ich mit meiner gemälartlichen Hand fertig sein, euch dieselbige fürzureissen. Dann die mit Kühtreck getaufft seind, die werden nicht federig: Und seind vor den Neidbissigen Momhunden wol sicher, besser als der Trachenblutgetaufft Hörnin Sifrid vor stich und wunden.

Wan er dann nun genug gespielet, gerasselt, gefesselt, gekesselt, und die zeit verrammelt hett, da wolt sich auch nun in alle weg gebüren, ein weil zu bausen auß der Krausen, des waren nach seiner ordenlichen Diæt Eilff Seidle für den Mann. Dann ich laß den passieren, welcher eins Sitzens so viel saufft als er wigt. Gleich auff das bancketlin, war ein feine banck sampt dem banckpfulwen und sonst ein Faulbettlin zur Hand, darauff streckt er sich banckethierlich unnd zierlich, und schlieff ein zwo oder trey stunden dahin, nicht daß er eim ein böß wort hett geben. Als er widerumb erwacht, schüttelt er ein wenig die Ohren, als hett der Hund Enten im Wasser geholet: Mitler weil trug man ihm frischen Wein auff, da soff er meh als vor nie darauff.

Herr Kundlob Arbeitsam beredet solchs Mischmesche, und zeigt ihm an, wie es gar ein böß undiætlich wesen sey, gleich auff das schlaffen die Zung netzen unnd schleiffen. Da antwortet Gargantua, Was sagt ihr? das ist das recht war leben der Vätter. Dann von Natur schlaff ich gesaltzen, der schlaf ist das Saltz des Lebens, und daß schlaffen hat mich allzeit so viel Schuncken gekost. Das ist die recht Ortographi auff fressen unnd sauffen. also erlangt man des Theophrasti lang leben: lehrnet man doch inn der Dialectick. *Qui benè bibit, benè dormit,* Wer wol saufft, schlaffet wol, wer wol schlafft, sündiget nicht, derhalben laßt uns sauffen unnd schlaffen, daß wir nit sündigen. Ich halts mit dem alten glauben, der frißt kein Stiffel er sey dann geschmiert: Wer nicht alt will werden, stoß den halß jung am Galgen ab.

Darauff gieng er hin, fieng ein wenig an studieren: unnd nam die Paternoster für sich: welche förmlicher zu expedieren, und darauß zukommen, saß er auff ein alten abgeribenen Maulesel, welcher neun Königen gedienet hat, plapperet mit den lefftzen nach dem Paternosterlichen Kerbholtz, lottelt und hinckt mit dem Kopff, runtzelt die Stirn, blintzelt mit den augen, nottelt mit der hand, gauckelt mit den fingern, glunckert mit den Füssen, blotzet mit dem Gesäß, unnd zog also allgemach damit hinauß Königlin mit stricken unnd Netzen zufangen, oder seinen Hund Bombo abzurichten, zu holen, den Hut abzunemmen, das Paternoster nachzutragen, gansatum zustreiffen, die Enten zustieben, unnd sonst Wild inn Schleiern auffzutreiben. Auch sonsten spiel die inns Feld gehörten zuüben: Nestel auß dem Kreiß, Kloßstechen, Schleiffen, schleimen, Ritschen, Roß machen, Habergeiß ziehen, Zull wann ichs triff, botten raumen, umbspännlin, Pfenning vom blöchlein werffen, Nuß auß dem Ring dopffwerffen, den Stecken auß dem Leimen stechen, Hirt setz Geyß auff, Hurrnauß, Häubleins, Stecken steckens, den Zweck holen, zum ziel schocken, der weissen Tauben, der breiten unnd halben Kugel, der faulen Brucken, zehen paß fünff Sprüng auff eim Fuß, etc. Wann er dann heim kam, fügt er sich flugs inn die Kuchen, zusehen was am Spiß steck: Da fraß er auff mein treu wol zu Nacht Etwann besser als der Groß Keyser Karles, welcher wann er lustig war, ein gantzen Pfauen, oder Hammen, oder Schafsballen gebraten ringlich kont auffreiben: das macht die übung deß Jagens: wie auch Xenophon sein Cyro sein

essen mit solchem Mörrettich versenffet: was auch der Jagteuffel
darvon schreibe: Sehe er zu, daß er nicht verjagt werde. Auch weil
der Mensch ist ein *Animal sociale,* lud er gemeinlich gern zu ihm
etlich wolbesoffene Schlucker seiner Nachbauren: mit denen nam ers
an inn allen Pässen unnd Süffen wie mans ihm bracht, sagten vom
alten biß zum neuen: allzeit einen dran, daß man den Pilatum mit
dem Keyser schreck. Fürnemlich aber unter anderen waren seine
geheime Freund unnd Hofbesucher die Herren von Stockenvol, von
Studenful, von Gurgviler, von Nagalt, von Neumagen, und von
Schnabelrausch: unnd innsonderheit ein Chrisamentloser guter Magenpflästerer Jungherr Goschenberger von Waffeleck.

Nach dem Nachtessen kamen auff den Plan, die schöne Evangeli
von Holtz, das ist, Vollauff Prettspiel, oder das schön Flüssen, Eß,
dauß, troi. Oder, die erzehlung abzukürtzen, giengen sie herumb
gassatum, Hipenspilatum, Mummatum, dummatum, fenstratum,
Raupenjagatum, unnd sonst zu den heimlichen Klostercolätzlin,
Jungfraubancketlin, zum Liecht unnd zun Schlafftrüncken. Ja giengen
herumb zu gast fressen, wie der Hirt im Dorff. Darnach schlaffeten
sie unabgezäumt, biß zu Morgen umb acht Uhren.

Das Sechs und zwentzigst Capitel.

Wie Gurgellantula mit der massen feiner zuchtlehrung unnd Lehrzucht durch D. Lobkundum von Ehrnsteig ward unterricht, daß er kein stündlin vergebens hinricht.

Als Kundlob von hohen Ruhmsteg die undietlichkeit und schädliche
weiß zuleben seines undergebenen Gurgelmans erkant, ward er zu
rhat ihn in studierung guter Künst anders anzuweisen. Aber übersah
es ihm die ersten tag, inn betrachtung, daß die Natur die plötzliche
änderungen wegen der gewaltsame, on verdrüßlichkeit nicht wol
übersteht und außhart. Derwegen solch sein vorhaben füglicher ins
werck fort zusetzen, bat er ein Weisen Artzet derselbigen zeit, genant
Herr Theodor Lilgenkol oder Lüllenkul (vom geschlecht des Ehrwürdigen Latinzarten Herren *Lilii,* dessen der *Priscianus vapulans* Kautreckkodrisch wol gedencket) darauff bedacht zusein, den Gargantubald auff bessere pfad zubringen: Er *Cullingius* etwas klüger, doch
nicht glückhaffter, als der Baur, welcher ein heilige allgmeinhilffliche
Purgatz seinen verlohrenen Esel zufinden einnam, und denselben als
er sich zu pflüttern beim Zaun nidersetzet, durch die Hurst ersahe:
gieng gleich hin und rüstet ihm ein Teuffelsbannige scharffe Purgatz
von Anticirischem Helleborischem Nießwurtz zu, gab ihm die ein,
unnd reiniget ihm damit alle verruckung, verschupffung, alteration
unnd verkehrte disposition und unwesenlichkeit des Hirns. Wundert
euch diß, es dundert noch schlägt doch noch nicht. Es hat doch der

Warsager Melampus (der also genandt ward von dem einen schwartzen fuß: dann als ihn sein Mutter Kindsweiß inn ein Wald ließ vertragen, ward ihm inn der eil alles verdeckt ausserhalb eim fuß, welchen die Sonn gar schwartz brante) derselb Schwartzfuß hat mit der schwartzen Nießwurtz, oder Daubmäl, des Königs Proeti unsinnigen Töchtern wider zu recht geholffen, unnd die ein Tochter Hüpschnäßlin darmit verdienet. Hat der nicht wol genießt, so sagt ihm, Gott helff euch. Was sag ich vom schwartzen Mäl am Fuß? Cameades der Philosophus mit den langen Negeln, hat nimmer ein Buch anfangen zu schreiben, er hat zuvor die schwartz Christierwurtz (welche die Narren Christwurtz nennen) gebraucht. Darumb haben alle Würtzler umb Bingen unnd Mentz, auch damals, als *Lingeculius* für unser Strotzgurgel das Recept macht, die Clistierwurtz auff der Ingelheimer Heyd all ergraben unnd zutragen müssen, also daß es die Venediger, denen mans hievor Ruckörbenweiß zugetragen, sehr geklagt, auch die Bingheimer Meuß, so deren gelebt, vor leid seidher gestorben. Nun mit disem Hirnhölenborn bracht Kundlob zuwegen, daß er alles das, welchs er zuvor unter seinen alten Lehrmeistern eingesogen, vergaß, gleich wie etwann der Musickünstlich Meister Timotheus seinen Lehrjüngern that, die zuvor von anderen Musicweisern underricht waren worden. Dann nicht weniger müh ist, böse angenommene unart abzugewinnen, abzuziehen unnd zuentwehnen, als von Neuem zu rechter weiß anzuführen, zugewehnen, unnd gute art zuentlehnen. Derhalben solches bekömmlicher außzuführen, führet er ihm zu Gefehrten und Gesellen zu, weise Leut, alle die er da antreffen mocht: auß welcher beiwohnung er ihnen änlich zu sein oder vortrefflicher zuwerden, auß eifer entzündet, noch großmütiger ergeysteret unnd hertzhaffter ermanet, einen begirlichen gelust unnd sehnliche begird bekam auff andere gestalt sein studieren anzurichten, unnd sich auch wol begabt von angearteter scharffsinne zuerweisen. Dann es ihm auch jetzund anfieng an die Bindriemen, wie dem Hercule, zugelangen: Da ihm auff dem wegscheid Frau tugend mit Buch unnd Rocken, unnd Frau Wollust, mit Lauten und eim Weinkelch der Hurn in der Offenbarung bekamen, und jede auff ihren weg ihn bereden wolt. Derwegen solchen mut nicht under der Aschen erstöcket ligen zulassen, sondern mit dem Blaßbalg strenger anmanung und unabläßlicher übung mehr auffzublasen, richtet ihm Kindlob sein studium auff ein semliche weiß an, daß er nit eine tagstund unnützlich verzeret, sondern all sein zeit inn Schrifftgründung und ehrlichen zu Weißheit förderlichen künsten und übungen zubracht. Also ward alleweil Gargantua dahin gewänet, daß er umb vier uhren morgens erwachet. und under deß er sich mit eim helffenbeinen Sträl, von gantzen Helffanten zänen zusammen gefügt, kämmet, und mit eim höltzinen Reißbürstlein das Haupt kratzet und rib, laß man ihm etwas auß heyliger Geschrifft, mit verständlicher prononciation durch einen jungen Knaben, bürtig auß dem Land, da man (Kompt ihr) grüsset, genannt Anagnostes: Darauff kondt er Gott des andächtiger anruffen: dann was der Mund annimpt zukauwen, daran hat der Magen zudauwen. Was darff man viel Bettglöcklein? seinds Puff oder Stoßgebettlein, so gibt eins jeden anligen genug Notpüff unnd Notstöß zum Gebett: derhalben behulff er sich nit der Gebettformular, die heut ein jeder Cantzelstand und Predigstulbeschreiter zusamen klittert, damit er auch wie ein Schwalbennest am Hauß, an Doctor Geßners Bibliotheck oder ins Suppliment zugeflickt werde: aber sie werden mir im andern theyl zur Liberi noch wol bekommen, und wird sie kein Lumroff schützen, es sey dann ein frommul. Folgends gieng er zur heimlichen reinigkeit, sich der natürlichen däuungsmateri zuentladen. Demnach widerholet sein Preceptor was gelesen war worden, unnd legt ihm die schwerverständlichsten puncten auß. Kehrten alsdan wider umb, unnd besahen gelegenheit des himels, ob er noch solcher gestalt, wie sie ihn den vorigen abend gemerckt, geschaffen: Unnd inn was zeichen Sonn unnd Mon denselben tag gang, unnd solche ohn die Nörnbergischen lebendigen Aeurlein, unnd ohn ein Uhrwerck im Mönster zu Straßburg: Allweil man diß vorhet, under des war er angethan, geströlt, vom Schuh biß zum hut, außgebutzt, geräuchert und erlabt, also das wann er nur gebeicht het, wer er mit dem nechsten pergamenseligen in den Himmel gefahren.

Hierauff repetiert und replicirt man die Lection des vorigen tags, das er die nicht im SchulSack verligen ließ. Da recitiert ers außwendig: goß, gründet und gab umb mehr verstands willen desselbigen etlich Exempel von fürfallenden händeln unnd geschäfften, die er oder andere practicirt hetten: Das weret etwan auff zwo oder drey stunden, biß er sich gar außgerüst, eingnestelt, gefegt, inn die Händ gespeitzet, die Stümpff auffgebunden, außgebürstet, ersteubert und erblasen hett. Da kam man erst darnach auff den rechten butzen, that ihm die ordenliche Lection auff drey stunden. Nach vollendung dessen, giengen sie hinauß auff Ferripfatetisch, conferierten und unterredeten sich von einhalt der gehaltenen Lectur, und fügten sich hiemit auff das grün Bruch, oder auff die Schweitzermatten, die Reinisch Wisen, und die Schwäbisch Au, da spilten sie des Ballens, sprangen der Röck, stiessen der Böck, des Handballens, des überkreyßschenckens, der Grubenkinder, des Rucksprungs, des Häuschreckensprungs mit gleichen füssen fürsich, des Jungfrauwurffs durch die Bein, der Barr, des Wettlauffs, des einbeinigen Thurniers, der Garnwind, des Brennjagens, der fünff Sprüng der weitest, und anders, damit sie eben so weidlich den Leib übten, als sie zuvor das Gemüt und die Seel geübt hetten. Unnd stunden solche Spiel ihnen frey, dann sie liessen davon ab, wann es ihnen geful: Und hörten gemeinlich auff, wann sie über den gantzen Leib vor schweiß tropfften, wie ein Badschrepffer, oder sonst ermüdet waren. Darauff trockneten, wischeten und riben sie sich sehr wol, zogen frische hemder an, neue kleyder über alte Filtzläuß, und gingen damit allegemachlich fuß fur fuß zu hauß, zusehen ob der Imbiß fertig sey. Under deß sie nun warteten, prachten sie beredeter, divisierlicher, Discurirlicher, avisirlicher weiß die zeit zu, mit erkündigung unnd erwegung allerley zeitung, discutirung etlicher Antiquitteten, erzehlung etlicher schöner Sprüch, die sie auß der Lection behalten hatten. Welchs sie nicht lang triben, da fing sie der Herr Happetit von Darmstatt unnd Eßlingen an zureiten: Satzten sich derwegen ordenlich zu Tisch. Zu anfang des essens laß man etwan ein Lustige Hystori von der alten Dapfferkeit: Biß er ein Trunck Weins gethan hett.

Alsdann, wa es ihm gefellig, fuhr man inn der Lectur fort, oder wa nicht, fiengen sie an kurtzweilig sich mit einander zubesprachen, unnd gemeinlich zum allerersten nach form des Philosophischen *Mensæ,* oder der Plutarchischen Gastreden oder Zechkallung, von krafft, Tugend, stärck, eigenschafft und Natur alles dessen, was ihnen zu Tisch auffgetragen ward: als von Prot, Wein, Wasser, Saltz, Speiß, Fischen, Früchten, Ops, Kraut, Wurtzeln, und wie solch stuck auffs gesundest unnd nach dem Mentzischem Kochbuch zubereiten. Mit welcher Tischweiß er inn kurtzer zeit alle die örter und allegationen, so zu disen sachen auß dem Plinio, Atheneo, Dioscoride, Polluce, Galeno, Porphirio, Opiano, Polybio, Heliodoro, Aristotele, Eliano unnd anderen, so hie von etwas gedacht, angezogen und gefunden werden, kondt wissen, unnd ohn sondere müh ergreiffen: Pflegten auch offt, meherer vergwissung halben, die gemelte Bücher über Tisch darzureichen. Dadurch er benante stück also fein und vollkommenlich inn gedechtnuß behilt, das damals kein Medicus war, der halb so vil het verstanden als er. Darnach redeten sie wider von den desselben Morgens gelesenen Lectionen. Zu letzt endeten sie ihre Malzeit mit eim Catoniatconfect, oder küttenlatwerglin, mit korkraut vermengt: da fieng er an ein weil seine zän mit eim gespitzten Gribelspißlein vom Mastichbaum zusteuren, seine hend unnd augen mit frischem Wasser zuweschen, und endlich mit etlichem schönen Lobwaserischen, Marotischen, Mentzerischen, Waldischen, Wisischen etc. Psalmen unnd lidern, zu lob Göttlicher mildgüte gemacht, danck zusagen: Als nun diß für über, trug man Karten auff, nit zuspilen, sondern vil hundert geschwindigkeiten, kurtzweil unnd neuwe fündlin zu leren und zulernen: welche alle auß der Rechenkunst entstunden: durch welche angeneme weiß er ein lustneigung zu derselbigen zalkunst bekam: wie auch wol sonst viel ohn Karten, wann sie nur vil gelts zuzalen hetten: O rimpffen lehrt fein rechnen. Unnd also pracht er alle tag nach Mittag und nachtimbiß die zeit auff das kurtzweiligst zu, wie man auff Würffeln unnd Karten erdencken mag. Auch verstig er sich inn derselben Plätterkunst unnd Augenrechnung also hoch, daß er beides inn der Theorie unnd Practic, inn ertürung und erprechung derselbigen vortreflich ward berümt. Dann Tunstal der Engelländer, welcher weitläufig davon geschriben, selber ihm den Preiß gab, unnd bekandt, das er inn vergleichung seiner, weniger darinn als inn Knifwendischer, Frisischer, unnd alter Britannischer Wallischer sprach verstand. Unnd nicht allein inn deren, sondern inn anderen Matemathischen Weißheitkundlichkeyten unnd erfarungs-künsten nicht minder, als inn Geometry, Astronomy und der Music. Dann inn dem er der verdäuung und Konkochsion seiner eingenommenen Speiß außwartet, rüsteten unnd Zimmerten sie daneben viel tausend lustige Instrument und Geometrischer Figuren: übten und Practicirten also damit die Astronomysche Hauptregelen unnd Canones: so gut als het sie Gamnitzer, Apian, Lescher, oder sonst ein Eysenmenger von Weil entworffen.

Nachgehends hatten sie ihren mut Musicisch mit vier und fünff stimmen zufiguriren, auß allerlei Partes, wie es Gernlachs Erben zu Nörnberg Trucken möchten: Ungefährlich wie die Baierisch Capell: oder sonst der Kälen zu lieb, diezuüben und zuentrostigen, ein gut gesetzlin Bergreyen, Bremberger, Villanellen, unnd Winnenbergische Reuterliedlin zusingen, zu gurgelen und im Halß Nachtigallisch zu dichten und zuüberwerffen: Und solchs wann sie mutig warn, dann wann der Mut sigt, so singt man Mutsig nit Mutlig.

So viel die Instrument der Music betrifft, so lernet er auff der Lauten spilen, auf dem Spinet, der Harpffen, der Teutschen Zwerchpfeiff, dem Polnischen Sackpfeifflein, den Braunschweiger Hermele, die sie inn die Aermel stecken, der Cytthar, dem Zincken, den Posaunen: Aber die HarschHörner unnd Alpenhörner sambt den Trommeten sparten sie zur andern zeit, der Flöten auff neun Löchern, der Geigen, des Hackprets, unnd der Sackebutte. Nach dem also die zeit angewendet und die verdäuung vollpracht worden, Purgiert er sich des natürlichen und innerlichen überlastes: Füget sich folgends zu seinem fürnemesten Principalstudiren auff drey stunden, oder ferner, eins theyls sein vorgenommen Buch oder Matery außzufüren, auch dann ein weil zuschreiben unnd die Feder zufüren, unnd die alte Römische, so man die Lombarchsch nennet, Schrifft recht zu arten, unnd zuformieren. Deßgleichen auch ander Sprach Schrifften mit rechtem Schreiberischem grund zugestalten: Da wußt er was mit dem breiten theil, was mit fleche der Federn zumachen, wußt das recht unnd Linck Eck der Feder, ihr Spitz und Schneid, wie die Fechter auff ihrn Wehrn (dann die von der Feder geben gute Fechter, und schirmen mit Federklingen unnd Lemmerkengeln manchen auß dem Land) Er wüßt wie die Rauten zumachen, wußt das Quadrangels Zirckels Eck, der Circuls fläche gewunden, auffgezogen, verlängt, die selberwölte, die sichtige und unsichtige Puncten: das geschweifft: das gebogen: das hol: die Schlangenliny: die Schneckenliny: die zerstreiung der Buchstaben unnd ihr vergleichung, er kondt die gelegte, die gebrochene, die Current Schrifft: die Versal unnd Canon: Schier wie ein Dintenklitteriger GuldenSchreiber unnd Schlangenzügmaler, als hets ihn der Nef von Cölln, oder der Neudörffer und Prechtel zu Nörnberg gelehrt.

Auff diß alles giengen sie auß, unnd mit ihnen der offtgedacht Kammerjung Kampkeib, sonst genant Gymnastes, ein guter Federfechter, der underwiß ihne in allen Ritterlichen übungen sehr kunstfertig. Da schickten sie sich inn ein andern bossen, verwechselten die Kleider, hingen den Schulsack an ein nagel, da schwang er sich zu Pferd, da saß er auff ein ungesattelts, ein gesattelts, mit sporen, ohnsporen, auff ein licht Roß, ein kürißPferd, ein Harttraber, ein Hochheber, ein Hochstampffer, ein Sanfftzeltner: ein Jungfraudiener: ein Rennroß: da stach ers an: da mußt es traben: treischlagen: Rennen, gengen: anhalten: Passen: Schreiten: heben: Hässiren: Zabelen: Galopen: Lufftspringen: Außspringen, auflänen: Schweiffen: hacken, über den graben unnd wider herüber, durchs Wasser und wider dadurch setzen: Schwimmen: Klimmen: über den Pfal: über die Schrancken: über Eppelins Häuwagen: Albrecht von Rosenberg hat ein Rößlein, das kan wol reuten unnd traben etc. Eng in eim ring lincks und rechts umbkehren: sich Zäumen: Sperren: Prangen: feldschreyen: Feldmütig: Forstrutig: Und was dergleichen geradigkeit mit Pferden zutreiben ist. Doch prache man nicht vil Schäfftlin, dann was soll diß Spißprechen, diß Rumpellantzen. Es ist die gröste Narrheit die man erdencken mag, wann einer kompt und sagt: Ich hab im Thurnier: oder Scharmützel zehen Rennsper eprochen: ein Schreiner könds auch thun: es ist auch ein handel für Schreiner Inn der Faßnacht brechen die Fischer auch kolben Stangen im Schiffthurnier: es ist als wann einer vermeint groß Fisch mit zufangen, wann er etlich Algäuische Deller kan nach einander auff eim Finger oder an der Stirnen zerschlagen, oder zwischen jedem Finger mit eim Deller Fünff Nuß auff quetschen: Diß ist Affenwerck. Aber das ist Rhumswerd, mit einem Rennspieß zehen seiner Feind nidergesetzt haben. Derwegen erlasen sie dafür gute bewärte, starcke, schwere, grüne und dicke Rennstang, damit rannten sie ein Thor auff, zerspilten einen Harnisch, stutzten an eim baum, zersprengeten ein ring, führten inn eim Ritt sattel und man hinweg, und trenten alle Pantzer: Unnd diß alles von Fuß auff biß zur Scheitel beharnischt und beküri ßt. Sonst so viel das Pferdgepreng, das trabschencken, das libtraben, das zaumdäntzelen: Und sonst solch Poppenspil zu Roß belangt, kondt er, wann ers gern that, besser als ein anderer Reutersman, also das der Pferddummeler und Roßbereuter von Ferrar ein Aff gegen ihm zurechenen war. Fürnemlich war er wol geübt, von eim Pferd auf das ander geschwind zuspringen, das er kein Erd berürt: Unnd solche Pferd nannt man Desultorios, Zu unnd absprüngling: O hettens die gekrönten Pfauwenschwentzige helm inn der Sempacherschlacht gekent, die Unbeschnittenen Schweitzer hetten so vil nicht erlegt. Er kondt auch auff jede seit die glän inn der faust halten, und füren, on stegreiff das Pferd besitzen, ohn zaum unnd zügel das Pferd nach seim gefallen leiten, on sattel alle sprüng, es stiß den kopif zwischen die Bein, oder warff die hinderste Füß nach den Rappen, außstehen: die staffelen hinauff, den Berg hinab rennen, den Schonbachischen Hirtzsprung thun, rinn den Meyn sprengen, die stiffel zu Nörenberg holen. Dann solche wagstück sind krigsstück, die inn Schlachten und Streiten zu nutz kommen. Er macht ein feins schnabelschühig S. Jörgen füßlein, kont ein Plappart unverruckt ein gantzen tag unabgesessen im Stegreiff führen: Kondt den abgefallenen Hut im rennen auffheben, in vollem renn wie die Irrländer ein Pfeil auß der Erden ziehen, und eim auff ihn geschossenen Pfeil entreuten, saß fein lang, doch daß ein Haß mit auffgereckten Ohrn zwischen dem Sattel unnd dem Gesäß unangestossen wer durchgeloffen, wann er sich in Stegreiff stellt zustallen: Er kont wie ein Egyptischer Mameluckischer Gwardyknecht eim Gaul inn vollem lauff ein Sattel gürten: Postiern, viel tag ohn ein Postküssen: die Gäul zur Noht im Wagen auffrecht strack wie die Müller auff den Kärchen regiern. Auff ein anderen Tag übt er sich mit breit Beiheln, als ob er inn der Mameluckenschul inn Egypten wer, mit den Streitachßten, mit Bömischen Hacken, mit Wurffgewehr, mit Ungarischen Streitkolben, Fausthämmern, Harnischprechern, Kutschen, Knotsen, Knebelspiessen, Helleparten, die er ihm alle so fertig inn der Hand ließ umbher gehn, lehrnet sie so kräfftig ansetzen, so nutzlich anlegen, so steiff halten, daß er in Schimpff unnd Ernst für den besten Ritter Passiret. Hub den schweren Cesthändschuch hoch auff, unnd schlug ihn mit solchem geschrey nider, daß einer vom ruff mehr als vom streich geschlagen ward: wurff Eisene Lantzen wie die alten Frisen: Ließ ihm, wie der groß Keyser Carl, einen Kürisser auff die Hand stehn, unnd hub denselben stracks mit dem einigen arm auff biß zu seinen achsseln, und stellt ihn darnach wider nider. Darnach schwang er den Reißspiß, setzt ihn gerad, setzt ihn schranckswweiß, schoß die Federspiß, meyet mit den Fochteln zu beiden händen, focht mit den Degen, stach mit den Rapiren, durchstrich mit den Sebelen, stupfft mit den Tolchen, nun im Harnisch, dann on Harnisch, itz mit Bucklen, flugs mit Tartschen, mit Schilten, mit Rondelen, mit Armgewundenen Mänteln und Kappen, mit Händschuhen, ohn Händschuh. Weiter lehrnet unser Gargantuischer Wolffditerich von seim Gimnastischen Hertzog Bechtung, wie zu Fuß einer zu Roß zubestehen, wie mit vielen zu balgen, wie mit zweien Rapiren zu schirmen, wie die Knebelspieß underzulauffen, die Baurenhebel abzuweisen, die Stein zuschlingen werffen, mit dem stahel zuschiesen, zu Plättelen, Rädelen, Ritschen auf den Reutschuhen: Bogenschiesen: wettlauffen: im kalten baden, im Schnee wie S. Frantz umbwaltzen,

Schneballengschütz, öpffelkrieg: wie die jungen König in Franckreich sich üben: barhaupt im Winter reisen, ein starcken Kopff zumachen, damit er mit dem Arß ein Thor aufflauff, so dörfft ers nicht außheben wie Samson die Statthor zu Gaza, noch außwinden, wie Grunbach die zu Würtzburg: er bekam sonst ein guten starcken Schedel, daß er mehr dann neun Stirnschnallen mit Pantzerhändschuhen eim gehalten hett: Ja Stirnböcket mit den Herman Leithämmeln. Ein Adler het auch ein Mörschneck auff seim Schedel, wie auf des kalen tropffen kopff entzwey geworffen. Man kont auch von ihm sagen, wie einer vom König Masinissa schreibt: kein Reg ihn darzu bracht noch kält, daß er sein Haupt je decken wollt, und war sein Leib so trucken doch, als ob er all sein hitz het noch, auch neuntzigjärig gieng er so sehr, daß er keins Rosses achtet mehr, unnd wann er ritt, stieg er noch ab, als ob er müd wer worden darab. Wer weiß, er möcht vielleicht drab müd sein worden, wie heut unsere Gutschen-Jungherrn, darüber Marx Fucker inn seim Buch vom Gestud klaget, daß seidher man auff die Gutschen gefallen, man kein rechte ReutPferd mehr inn Teutschland ziehe. Aber es sitzt sich dannoch sanfft darinnen auff den Küssen under eim Ledern Himmel: Es ist mir nur leid, daß man ihnen zu lieb die Gleiß oder Wagenlaist nicht reformieret: es wird auch ein nötlichkeit sein, auff nächsten Tag fürzupringen, auch beineben zuberatschlagen, wie man möcht die alt Troianisch weiß auff den Bigis zustreiten, wider anstellen. Under deß lehrt unser Gargantobel ringen: schwingen: verträhen: kämpffen: Zilschiesen: den Schafft ziehen, den Helm recht binden, den Küriß schrauben, das Visier ablassen: Aber daß Baderisch unnd Bechtungisch Messerwerffen, Scharsach schiesen, ließ er Sant Velten haben: Auch das Fischgarn kempffen, unnd ölgeschmiert ringen.

Nachgehends lieff er der Barr, der eyer, des Hirtzes, des Bärens, des Schweins, des Hasens, des Repphuns, der Röck, des Fasanen, sprang der Geiß, sprang über das Gälglin, klettert auff Maximilianisch oder Teurdanckisch, der Gemsen, spielt des grossen Ballens, schmiß ihn so wol mit den füssen als fäusten in die höh: rang, lifF, und sprang, sprang, lief und rang, nit mit trei Passen ein sprung, nit des hinckebincke Knapfuß, nicht des Xockspringens, seit und rucksprungs, noch des Böhmischen sprungs, noch auff eim Fuß schupffen: dann sein Abrichter Wolhinan sagt, solche Sprüng weren nichts werd, noch etwas nutz im Krieg. Sondern in eim zulauff sprang er über ein graben, an eim Reiffspiß schwang er sich über alle pfitzen, flog über ein zaun, ersprang ein wand, lieff sechs schritt ein Maur auff, unnd erstig also ein Laden unnd Fenster eines spises hoch, also dz kein Hund sicher am Getter schlief. Schwamm inn vollem stram, zur seiten, die zwär, im kreiß, auf dem rucken, ein Liechtstöcklin, mit gantzem Leib, mit halbem, allein mit den Füssen, allein mit den armen, den einen arm übersich streckend, unnd ein Buch darinnen tragend, welches er ungenetzt über den fluß pracht, seinen Mantel inn den Zänen nach ziehend, wie Julius Cæsar inn Alexandria etwann gethan, und wie die Spanier bei Mülhausen über die Elb thaten, schwam auff Türckisch unterm Wasser, wie die inn neuen Insuln, wann sie die Spanier fliehen: dorfft sich nit wie der groß Alexander in ein glaß schrauben lassen, die Schätz des Mörs zuerspähen: stig mit gewalt inn ein zimmlich groß Schiff, mit einer Hand das Schiff, in der andern ein stecken haltend: Hielt das Schiff mit den Zänen, wie jener Griech, da ihm beide Händ abgehauen waren: stürtzt sich alsdann wider ins Wasser, den kopff vor an, spilt des Tauchentlins, holt ein Pfenning darunter, schloff unter den Flotz, saß auff den Flotz, schwam auff dem Dielen, bürtzelt umb mit dem Dilen, spilt wie der Walfisch mit den Tonnen, sprang wie die Mörkälber, waltzt sich im Mur, beschmirt sich mit kat, wusch sich wider, hing ein ploch an ein fuß, unnd schwum darmit: er hett sein Brot mit schwimmen können gewinnen, wie die Kinder inn Egypten am Nilfluß, welchen man nit ehe das Brot gibt, man werffs ihnen dann inn mitteln stram, daß sie inn den Nil darnach schwimmen müssen, unnd es im Maul holen, wie unsere Barbehund, da müssens das Hembd unnd den Mantel wie ein Türckischen bund umb den kopff winden. Und warlich es thut den Egyptiern vonnöten, dann weil der Nil stäts nach dem Monliecht außlaufft müssen sie wol von eim Dorff zum andern schwimmen, wie die in Schweden auff Reiß unnd Reutschuhen zusamen fahrn: welche, wann der weg sehr weit ist, Ried und Mörbinssen hernach ziehen, etwan underwegen darauff zuruhen: diß mußt Gargantzuwol alles nachthun: dann wann er oder seine Auffwarter etwas lasen oder hörten, das wacker war, so mußt mans nach machen. Darumb thurniert er auch auff dem Wasser, macht plasen und wällen hinden und fornen, lieff am gestad und hielt den Haußrhat, sprang über die Prucken ab: darnach wider über sein Schiff, welchs der Fischer da anhieng, auff das des Müllers Esel drein gieng und drinnen untergieng, auff daß man ein rechtfertigung drauß anfieng, dasselbig wand er herumb, stieß es ab: schalt es: regierets: führets, praucht die nächst Stang für ein Steurruder, tribs geschwind, tribs lind, inn strengem ablauff des strams, wider den stram, in der mit, an dem uffer, hielts im mittelen lauff auff, mit einer hand leitet ers: mit der andern schirmet er und trib sein Affenspiel mit einem grossen Ruder, wurff daß Netz auß, stelt den Setzbären, schoß die Fischergere, die Tridenten, die trei Zänig Elger, die Füscingabel, stellt Reuschen, Angelt, zog die Segel an, stig die Seilleiter den Mastbaum auff und ab, gieng auff den Zehen auff dem rand, am bort, auff der spitze: wickelt und wackelt: justiert unnd richtet den mörquadrant unnd Compaß, widerstrebet dem Wind, er ließ sich dem Wind, da band er das Nachsteurruder hoch, da nider, hie zog ers zur lincken, dort zur rechten, unnd hett also sein flechten und fechten.

Wann er auß dem Wasser kam, lieff er inn alle macht den Berg hinauff, bald ins Thal, flugs wider hinauff, erklettert die Bäum wie ein Katz, sprang von eim zum andern wie ein Eychhörnlin, oder wie die Ilophagi, schlug die grosse äst herab wie ein anderer Milo: wußt die Türckisch geschicklichkeit sich von Bergen zulassen: soff wie die Masegetischen Teutschen seins Pferds Blut mit Milch ein auff das kalt Bad: Mit zweyen Meyländischen Schweitzertölchlin, unnd wolgestahelten Reuterböcken Klemmet er zum höchsten Hauß hinauff, wie ein Marter, flog darnach so hoch wider herab, mit solcher geschicklichkeit der Glider unnd gleichwagung des Leibs, daß er vom fall, sprung oder Fußsatz inn keinen weg beschwert, noch verruckt ward, wurff breite Kiselstein am gestaden schlimms auffs Wasser, das sie ob dem Wasser weiß nicht wie viel sprüng thaten: warff über alle Thürn, schornstein und Storckennest, ja dem Storcken auff dem Nest ein bein entzwey, warff stein mit der obern fläche des Fusses, faßt stein zwischen die Zähen und schlaudert sie, wurff Stein hindersich wie die Pilger zu Mecha, den Teuffel darmit zusteinigen: Ja wurff auch zum ziel wie die Cynischen Hundsphilosophi. Warff daß Englisch Beihel, schlenckert den Spiß, schlaudert die Stangen unnd schweresten Rigel, warff Leiter an und stig darauff, warff Hacken an unnd zog sich hinauff, warff mit Bengelin nach der Ganß, hefftet auff Saulisch den Spieß, dartet den sparren, schoß zum zweck, trug den schweresten Palcken auff eim daumen, wie des Pompeii Gwardiknecht seine gefangene: ketschet einen baum das er sich darunder buckt wie Simon unter dem kreutz, oder die Giganten, da sie die Berg auff einander setzten, stieß den stein, viel schwerer als den Turnus dem *Aenea* nachwurff, hätschiert mit der Hallenpart, zog darmit wer den anderen von der statt reiß: wann er ein Seyl gefaßt hat kondens ihm fünff Kerles nicht auß der Hand zwingen, wie des Keysers Valentinian Vatter Gratian, so deßhalben der Seyler ward genannt: Er ließ ihm ein Ampoß auff die Brust setzen, unnd darauff Hemmern, wie Firmus der Römisch Regent. Er kont mit der Faust eim Roß die Zen einschlagen, unnd oben die Schenckel entzwey stossen, unnd mit beiden Henden ein Roßeisen von einander reissen, wie der ReißEisen Keiser Maximin, so Acht Schuh lang war: Ja kont wie der groß Keyser Karl (von dem es Bischoff Turpin schreibt) vier neuer Huffeysen von einander reissen (aber nicht beissen) Krümmet sich wie ein Spartiatischer Bub nit, wann man ihn schon schlug: O es gibt gut starck hart Buben, die darnach die Folter und ein Strapekorden wol außstehn können, wie auch der Spartaner, so den Gestolnen Fuchß under den Mantel versteckt, unnd ihm ehe die halb Seite wegfressen ließ, ehe er schreien unnd sich verrhaten wolt: Er stund auch offt vier Stunden inn nasser Kleydung, der Kelte zugewonen: Er verschwur offt nicht zutrincken, er schieß dann ein auffgehengten Angster von eim Haußhohen stangenbaum herab, wie es die Holtz-

flötzhendler bei ihrn Holtzmerckten, oder die Wirt bei den Herbergen
stehen haben. Gleich wie inn Balearischen Insuln die Muter dem
Kind ein ziel steckt, unnd ein stuck Brots oder Schüssel mit Muß
auffs zilholtz bindet, welchs es nicht ehe essen dorfft, es würffs dann
am anstall herab, Er spannt von Freier sperriger hand des Herculis
Armprost, krümmet den Türckischen Flitschbogen über das Knie,
legt die Sennen an, zog sie an, ließ sie ab, zielt mit der Bürstbüchssen,
legt sich hinder die Toppelhacken, praucht Eßlingische Handror,
Gasconische Musceten, Hispanische Muscatnuß auff gäbelen wischt
und Pliß, Pliß unnd wischt, ward einäugig, damit ers zil reicht, schoß
mit Lumpen, mit gekauet Papir, mit Schröt, mit Speck, mit trei unnd
vier Kugeln, mit toppelem Lot, gestälten Kugeln, mit trippeler ladung,
halb zündpulffer unnd halb Ladpulffer, schoß im ritt, im tritt, im
lauff, im sincken, nach dem augenmaß, im griff, nach des Daumens
absehen, so gewiß als schiß er nach dem besten mit einer Nörnbergi-
schen geschraubten Büchssen, die Neuner hettens i*h*m auch zugespro-
chen, schlug bald an, zielt kurtz, baut nit lang, acht nit das Aermel-
popperle, truckt schnell ab, hub nicht viel ab, kont daß Geschoß wol
stechen, trang den anschlag nicht zu viel, hielt recht auß, verwart das
Treff sehr wol: Richtet und underlegt das Feldgeschütz, zilet nach
dem Zweckvogel, schoß vom Berg zu thal, auß dem thal gehn Berg,
fürsich, zur Seiten, hindersich wie die Parthen, und das Thier *Bevasus,*
nach dem höltzenen Zweckman, nach dem kopff unnd Latz, mit dem
Feurstein, mit der Zündrut, mit den Zündlunten, da waren kein fäler,
eitel Treffer, es wer im rechten Berg oder versuchrein, on quadrant,
ohn Sattelschlagen: kein Pöltz giengen überzwer, sie Pfiffen dann:
oder waren ihm versehrt und zerschossen: oder trugen zu weit auff
die seit: man schwang ihm nimmer die Gärten, sie waren all umb-
springens unnd auffschreibens werd: er schoß eim ein Pomerantzen
vom Kopff, wie Histaspes unnd Wilhelm Dell den Apffel seim Kind,
schoß eim ein Groschen zwischen den Fingern hin: Sein Geschoß
war aller Ehrn werd, dz mans mit trummen unnd Pfeiffen aufftrug.
Im stechen verlor ers nimmer, es wer dan die senn zerstochen, ver-
ruckt oder zeprochen: oder das Schloß hett gelasen: oder ein Wind
hett ihn angeplasen: oder einer hett ihn gestossen: oder der Stul wer
verritscht: oder der Fuß wer ihm geglitscht: oder der Stand war un-
eben: oder hett was umb das Inbeyn geben: oder die Sen war zu lang:
daß ihm der Schuß nidersanck: oder hett den Bogen gehengt: oder
die Seul zersprengt: oder die Nuß war zu klein: oder der Poltz nicht
rein, oder einer neben ihm auffstund: oder die Nuß gieng nicht umb
sehr rund: oder die Wind wer überrungen: Oder das Beyn abgesprun-
gen: Oder hett zu vil eingeleimet: oder den Poltz nicht recht eingerei-
met: oder daß schloß nicht gehangen: Oder ihm zweymal war gangen:
Oder war ihm zu Hart: oder der Bock zu krumm: Oder der Pfeil zu
stump: oder das Geschoß zu groß: oder die wartz ihm abschoß: oder

der Treff nicht recht kam, oder der Windenschlupff ihm entkam, oder der Windfaden gewichen, oder die Nuß entzwei gestrichen, oder der Poltz hett sich gestrichen, oder het das messen vergessen, oder das Reißbein gieng ihm auff (dann er besorgt sich nit, daß er sich im bart raufft) oder das Zünglin kroch unnd hieng, oder ein feuchter lufft gieng, oder der berg wär zu weich, daß der Poltz zu tieff hinein schleich, oder giengen die Federn ab, oder der windfad ein streich gab, oder die senn erließ sich, oder vergieng ihm das gesicht, daß er zuweit ins windloch sticht, oder het i*h*m zuviel herab geprochen, oder das gesicht verstochen. Oder bey der Büchssen hat er nicht wol gewischt, oder das Pulver het gepflischt oder der schuß versagt, oder ihn verwagt, oder nit recht eingeraumt, oder der filtz versaumt, oder dz Pulver wer zu feucht: oder das futertuch zu leicht: oder der schwam nit prent: oder die Sonn plent: oder daß schloß war verrürt: oder hett nit vor der kugel gschmirt: oder der han schlug nit ein: oder felet schmär: das ist gut wein: oder het den schuß verschufft: oder hets auff die büchsen trufft: Solche mengel verwireten zuzeiten unsern jungen schützen: die klagt er seim hoffmeister: der sagt i*h*m hinwider solcher faulen außreden müsig zustahn. Dan gewiß wann der jäger kompt unnd sag. Wer daß nit gewesen etc. so pringt er keinen Hasen: des *Nisi* kondt ich nie geniessen. Unnd weiter sprach er, wie kein kunst ist bey eim guten Wein wol leben, unnd eym frommen weib nachgeben, mit einer guten Feder wol schreiben, unnd auß gutem flachß gut Garn treiben. Sonder bey eim schlimmen Wein, auch frölich sein, unnd mit eim bösen Weib, leben ohn keib: Also ist kein kunst mit gutem geschoß unnd geschraubten oder gezogenen Büchssen wol schissen, sondern auß jeder, wie selsam sie auch sey, das schwartz zutreffen wissen. Dann was sind das für faule schnacken, daß man sagt, man hab zuviel am backen, oder die büchß hab gestossen, oder das Feur hab ihn erschreckt, O Glockengeck, daß dich der erst streich nicht erschreck: Bist Härings Art, stirbst vom Plitz, oder Krebsart, stirbst vom Donner knall: So verkriech dich auch wie die Krebß, Förchst nicht: wanns Tonnert, ein Tron werd vom Himmel fallen? Weist nicht das schrecklich laut kecklich, unnd kecklich ist schrecklich. Die Gethischen völcker, wanns donnert, Schossen sie inn all macht mit Pfeiln dargegen, dem Jupiter solchen trotz zuwehren, seine rumpelende steinfässer umzukern, wie unsere kugelklemmer heut mit grobem geschütz thun: Heut haben die Leut meher als ein Löenmut ja über Basiliscenmut, dann die Löen förchten ein Hanengeschrey, die Basiliscen ein geräusch vom Wisel, aber die Menschen nicht den Feurspeienden, Pulverscheissenden und Salpeter furtzenden höllenfund, und das Praßlend erschüttern und erzitterend Praßlend Teuffelsgeschrey. Ja sie jagen mit den Püchssen Pröllen, den Teuffel noch mit seinen Hechssen auß der Lufft in die Höllen, Ja Schisen sie bey totzend herab: Daß sie wol bey uns hie unden bleiben müssen, auß sorg man schieß sie wider heraber: daher kompts dz die Leut nit meher des Tonners: noch Erdbidems achten, ja schier den Jüngsten Tag gar verachten, dieweil er im Feur soll kommen. Also daß Granich recht schreibt, Hannibald mit seinen Ochssen, welchen er feur und stro zwischen die hörner legt, Pyrrhus mit seinen Elephanten, Alexander mit seinen höltzinen rädergengigen thürnen, Antiochus mit seinen hauenden hackenkarren, *Cæsar* mit seinen Feurigen Bergablauffenden fässern, wird heut die Leut so wenig schrecken, als lieff einer mit nassen Stroschauwen gegen ihnen: dann sie füren heut nicht mehr Stätt umb die Berg, sonder Berg umb die Stätt, geleyten Mör darumb, ja graben abgründ darumb: Allweil man die Sündflut besorg, bauet man uff die Berg: heut da man die Sündbrunst besorgt, bauet man inn die tieffe inn die Wasser: und hillfft doch so vil als es mag, steigt schon kein Troianisch Roß hinein, kompt doch etwan ein Goldbeschlagener und goldbeladener Esel darein, oder schießt Gulden Ketten hinein, oder schickt Bestechgold in eim Faß mit Wein. Aber dz Hurrlebausisch geschütz hat dannoch ein Weck uff in die andacht gebracht, und die Leut gar Heiligenehrsam gemacht: Dann wie fallen sie nur so demütig nider, wann S. Peters oder S. Marx, oder eins andern Heiligen begevatterter Maurbrecher inn tonnerender gestalt vom Berg Sina mit ihnen das Gesatz redet, also daß mancher vor Welterstorbener demut vergißt auffzustehn, wie die Moscowiter Legaten, die den kopff zur ehrerbietung wider die Erd stossen. O wie bucken sich die Königische vor dem Roschellischen Evangelio, unnd die Ingolstadische vor dem Protestantischen verbo, und die Tordesillische Junckern vor des Bischofs Gwevare Zamorischen Pfaffen geweiheter Kreutzbüchß, der kondt sie Beicht hören, unnd also gefirmt par gen Himmel schicken, O wie lieffen die Mäuß vor dem Frantzösischen geschütz auß Terowan, und zu Quintin liessen sich die Ratten zwen Monat nit sehen, unnd starben vor schrecken, unnd die Hasen lieffen im Land Lützelburg auß den Hecken. Derhalben unerschrocken, fehrt Sant Johans Kugel inn dich, so bist wol vor dem Teuffel gesegnet. Schreibt doch Lemnius inn seyner verborgenheit (die doch heut jeder mag lesen) die Lantzknecht inn Flandern umb Tornay haben mit pulvergestanck die Pestilentz weggeschossen: diß war ein besser Meisterstück als Hippocratis, der die Wäld deßhalben anzündet, oder eben disses Lemnii, da er mit gestanck gebranter Abschnidling von Leder und Hörnern die Pest wolt vertreiben, als ob die Leut die Bärmuter hetten. Ach neyn, es hilfft nicht ein jeden das Lorberkräntzlein für den Donner, wie Keiser Tiberium. Es regnet nicht wann die Bauren auff Steltzen gahn, es hat aber geregnet Unnd Claus Narr sagt, daß seyen die besten Schützen die fählen, denn sie schiessen niemand tod.

Man hieng bißweiln unserm Durstgurgeler zu oberst eins Thurns, ein groß Kamelseyl an, das biß uff die Erd reichet, an demselben haspelt er mit beiden Händen hinauff, darnach fuhr er widerumb so gewaltig unnd gewiß herab, daß einem das Gesicht darob vergieng. Man richtet ihm einen grossen Gabelgalgen auff zwischen zwen Bäum gesperret, an demselbigen hieng er sich mit den Händen an, unnd fuhr daran herumb unnd herwider, wie ein anderer mürber braten am Spiß herumb, daß er mit dem Fuß gar nichts berühret, so starck war er inn den Armen: Er kondt auch auff eim Arm auff ein Stock sich steuren, daß der Leib wie ein Kauffmännische Bilantz inn der Wag stund. Auch auff daß er das gebrüst unnd gelüng exercieret, schrye er wie tausendt Teuffel, wie die Schifleut über Rein, als ob er im Heckelberg seß. Ich hab ihn einmal gehört, daß er seim spießjungen Wolbeiart von Sanct Vitorsporten biß zu Montmartre ruffet, unnd inn der schlacht wider die Hutzelbutzen, auff dem Lechfeld hort man ihn schreyen biß gehn Langweit, etwas neher als das Geschütz vor Metz, welchs man über Rein Teutsch Laureto oder Lor gehört hat. Der berümbt Stentor hett lang kein solche stimm inn der schlacht vor Troi, noch Demosthenes, der stein inn mund nam unnd am Mörufer in den Wind ruffet, als ob ihm der Halß ab wer, damit er das R außsprechen lehre. Auch seine Glider unnd Adern mehe zusteiffen und inn seiner stärcke zuerhalten, worden ihm gemacht zwo grosse Bleiene Kugeln, grösser als die Margraff Albrecht inn Franckfort geschossen, ein jede acht tausent, siben hundert Quintalpfund wigend, welche er Alteratzen und Zuckander nennet. Dieselbe nam er von der Erden inn jede Hand, hub sie inn die höhe über den Kopff, und hielt sie also unverwendet drey viertheil Stund, unnd wol noch mehr, welchs ein unnachzuthunige stärck ist. Spielt mit den Glingstangen, Sperrbäumen, Handspacken und Sperrlingen: riß mit den aller stärckesten. Unnd wann es zu dem fall kam, stund er so fest auff den füssen, daß er sich eim jeden Waghals außbot, wa er ihn von der stett ziehe, wie vorzeiten faustbeheb Milo that: Nach dessen Exempel pflegt er ein Granatapffel inn die Hand zunemmen, unnd schanckt ihn dem, der ihn ihm auß der Hand kondt bringen. Mit diser weiß gewöhnet er sich, daß er nicht alleine stärcker ward, sondern mit der stärcke auch jünger: wie König Masinissa, der durch gleiche weiß sich erjunget wie ein Adler, daß er auch neuntzigjärig einen Son erzielet: und kont 14 tag Postlauffen.

Wan er also nun die zeit hat zugebracht, und sich getrocknet, geriben, gewischt gefrischt, und die Kleider geendert, zettelt er allgemach wider heim, nam den Weg durch etliche lustige Wisen oder andere krautbare Oerter, da hat er sein Gesprech von Feldbaulichen Sachen, von des Liebalti Meyerhof, erfragt der Bienen Policei und Regiment, erwog, wie Stigelius an eim jeden kräutlin Gottes fürsehung, besichtiget, und ersuchet etliche Bäum und Kräuter, die heut etwas zweifels haben, und hielt sie gegen der Alten Bücher, die davon geschriben, als Theophrast, Dioscorid, Marin, Plinius, Nicander, Macer und Galen:

trugen auch der simplicien hand voll zu hauß: welcher ein junger Knab, Rhizotomus genant, von Würtzburg bürtig, warten mußt mit Hackengraben, Schaufelen, Sichelen, Karstlen, Rattenkloen, Spaden, Hebzapffen, Jettauen, Grabstickeln, Eggezincken, Gerthauen, Hippen, Pickeln, ZänGäblin, Gerteln, Bindmessern, Hagmessern, Häplin, Raupenhecklin unnd anderm Gartnerszeug, wol zuarborisieren, und zuherbieren, zupflantzen, zubeltzen, zuversetzen, zuschripffen, zujetten und den bäumen zuschneutzen, zubeschneiden, zupfrupffen, zuschröten. So bald sie nun heim kamen, erholten unnd sinnschöpfften sie etlichs was zuvor gelesen war worden, alleweil man das essen zurichtet, unnd sassen damit zu Tisch. Hie solt ihr mercken, daß er sich von dieser Disciplin auch über Tisch bessert: Dann seine Mal waren nüchtern, mäßig unnd sparsam, sintenmal er der Speiß nur genoß den widerspennigen aufflauff des Magens zustillen: aber das Nachtmal war gemeinlich etwas flüssiger und weitleuffiger: und also solls sein: darumb haben die Alten das Nachtessen allein für ein recht Mal gehalten, den Mittagimbiß zu acht Uhren nur für ein Morgensupp: daher kompts daß man sagt: Ein Abend ist frölicher dann vier Morgen. Was auch der Troß anderer vieler ungehöfelter unerbeutelter und schüpiger Artzet in der Sophisten Werckstatt abgerollet unnd gewalblochet im gegentheil halten und rhaten. Unter des man nun aß, ward die Lection zum Morgenimbiß angefangen, unnd als lang es jhenen gefellig vollzogen. Die überige zeit ward mit guten gelehrten unnd nutzlichen reden zugebracht. Nach dem nun der Tisch auffgehaben, unnd Gott umb seine Gaben danck gesagt gewesen, da fieng man widerumb an Musickartlich zusingen, auff zugestimpten Instrumenten zuspilen, *quatuor, trium,* Muteten, Vilanellen, etc. oder die kleine kurtzweilchen auff Karten, Würffeln und Prettspiel vorzunemmen: Und dabei blieben sie mit grossem lust unnd gutgeschirrig, unnd übten sich zuzeiten biß sie die stund zuschlaffen scheidet. Bei weilen besuchten sie gelehrte belesene Leut, wolgeschickte Versamlungen, *Historicos, Poëtas,* die einen unsterblich machen können, entweders Jambisch oder Heroisch, Dann *Carmen amat quisquis carmine digna gerit:* Wer Lobswürdig kan thun und beweisen, der liebet die so einen können loben und preisen. Oder sie besprachten Leut, welche frembde Länder gesehen hatten.

Inn mitteler Nacht, ehe sie sich zur ruh begaben, giengen sie zuvor an das lufftigste ort, welchs offen unnd frey stund, des Himmels wesen unnd enderung zubeschauwen, unnd da gaben sie acht auff die Planeten, Cometen, Figuren, leger, gelegenheit, Aspect, ansehen, Oppositzen, und conjunctionen des Gestirns. Darauff recapitulirt, unnd überschlug er kurtzlich auff Pythagorische weiß mit seinem Lehrweiser alles was er die gantze Tagzeit durch gelesen, gesehen, erfahren, gehört, gethan unnd vernommen hat. Ja er trutiniert sich auch unnd legt sein Leben unnd wandel desselben Tags auff die Wag des Vergilischen *Vir bonus* & *sapiens, etc.* Wann du dich legst zu süsser rhu, unnd dir wöllen gehn die augen zu So denck zuvor ein jede nacht, Wie du den tag habst hingebracht und was daselbst weiter folgt.

Das XXVII Capitel.

Wie Gargantuwal die zeit anlegt, wann sich Regenwetter regt.

Begab sichs dann, daß das Wetter nicht getemperiert, unfrisch, trüb unnd tropffig war, so bracht man die vormittagig zeit nach obgedachtem ordenlichen brauch zu: On daß er weiter ein schön hell Feuer anmachen ließ, die betrübung, nibelung, unnd feule des luffts zuenderen und zuleutern, wie man etwann gantze Weckholterwäld, die Pestilentzische Lufft zuvertreiben anzünt, und den gantzen Birneischen Rontzefall des Bergwercks halben, auff Phaetontisch Gold drauß zuschmeltzen, und wie jener Töringisch Jungherr die Scheur von wegen der grossen Mäuß ansteckt.

Aber nach dem Mittagmal pflegen sie an statt ihrer gewonlichen Heuschrecklichen feldübung und Graßverrammelung, Spinnen und Schneckenmäsig zu Hauß zubleiben, oder inn der Statt unnd nähe herumb zufahren. Und auff Apotherapische gesundheitpflegige manier in der Scheuren, Tennen, und dem vor und Hinderschopff etwas leibswäferung halben zuthun zusuchen: da banden sie Garben, schütteten und warffen Korn, wanneten das getreschte, trug einer zwey Malter oder viertheyl Frucht auff beiden Achsseln, und zwey zwischen beiden Armen, halfen ein weil dem Vulcano schmiden, wie der Hörnen Seifrid, der den Ampoß trey Klaffter inn die Erd schlug, rührten Mörtel, trugen und waltzten stein, strigelten die Pferd, haueten Holtz, trescheten, und anders. Dann sie waren nicht des Reigergeschlechts und Mönchischen glaubens jenes Malers, der nur wans regnet spacieren gieng, damit i*h*n niemand auff der Gassen irrt. Was soll diß Saugeschlecht, die Regenwürm? Sonder Fürstenmäsig, thaten wie die grosse Potentaten unnd Regenten, welche auff der Bärenhaut nicht zu verschimmelen, unnd daß Armbrost ernstlicher anspannung bißweiln nachzulassen, gemeinlich wann i*h*nen das jagen erleidet, ein Handwerck oder sonst Geschäfft herfür suchen, Da haspelt der Sardanapal, Vespasian flechtet Baderhütlin, Augustus trehet Spindelböltz, der ander glaset Aengster, *Carolus V.* dichtet lebendige Urwerck, einer schleifft Scheren, jener schmirt Stifel, diser fegt Kisten, etlich stricken Netzgarn, Domitian zimmert Prettspil, oder lehrt dantzen, die Egyptischen König bauen Pyramidische Todenbeinheußlein. Scipio Muckenheußlin auß Schneckenheusern. Der Schultheyß ladet Mist für kurtzweil, daß man ihn fragen muß, wer der Schultheiß sey, Der Burgemeyster spitzt Federn und meßt auß, Jener Algäuisch Vogt bricht Hanff oder spinnt, Curius delbt Ruben, andere weben, etlich machen fingerbrillen, viel erdencken weite Seckel und eng Kasten, mancher Registriert das Mettenbuch, Demetrius König inn Asien spilt mit gulden würffeln, die i*h*m der König Perses schicket, der darnach an den Römern gantz Asien inn einer schantz verspilt: der gut theil saufft mit Alexandro Magno: viel blendet die Schrifft, darumb lesen und studieren sie des weniger, sie möchten sonst Schreiber und Pfaffen werden, etlich tretten den Einsidlern die Schuh auß unnd flechten Körb, jener Spartanisch König sticht den Zeußlin die augen auß, Cyrus schneutzt die Bäum, Attalus giesset Puppendocken, Severus hetzt Rephüner zusamm: Agesilaus reut mit den Kindern auff dem Stecken herumb, der Görtzisch Graff schleifft mit den Buben auff dem Eiß: Keiser Varius suchet alle Spinnwepp inn der gantzen Statt Rom ab, und laßt sie bei 10000 Pfunden wiegen: Keyser Henrich fangt Fincken, König Deiotarus schlägt den Pferden ein, oder bind den Geyssen den hinckenden Elenbogen. König Corvinus bind Reben, Keyser Antonius Pius eget: Diocletianus hällt den Pflug. König Agamemnon setzt Maßholderbäum. Keyser Vespasian tauscht Maulesel, Martius schmidt Harnisch. Affricanus setzt Oelbäum. Hercules setzt Eychen, und pflästert die Häfen, Ptolomeus Auletes Pfeifft, Maximilian steigt nach Gemsen: Nero schlegt auff der Cythar, Epaminondas singt darzu: dann was die Fürsten geigen, das müssen die Unterthanen dantzen. König Wilhelm Vischart inn Normandy bindet und windet die Segelseyl, Europus bauet Laternen. Die Schwedisch König giessen Kannen und pletzen Pfannen, die Portugalischen König schütteln nicht wie Keyser Pertinax den Pfeffer Sack: sondern laden gantz Pfefferschiff auß, die Parthische König spitzen Nadeln. Der jung Dionys legt ein, Demetrius wird ein Schwerdfeger, wie auch gemeinlich die alte Teutsche König: Daher heissen sie so gern Kündegen, Degenbrecht, Degenhart, Degenward, und Reckdendegen: und die Castilischen Spanier, der Schwaben Bastart, *Diego*. Unnd hierumb ist auch jener unschuldig Poet zuentschuldigen, der des Keysers Maximilians, Hochlöblichster gedechtnuß, Demut auß seiner Rhetorick nicht anders zuloben wußt, als daß er setzt, Er hab seinen Pantzer geflickt unnd den Harnisch gefegt: Hats villeicht bey dem Homero gelehrnt, der lobt seinen Ulyssem, daß er sein Schiff bletz. Ja es lehrt die Frau wol das Netz bletzen, wann der Meister nicht zu Hauß ist.

Nun disen angleichungen hoher Leut, folgt auch unser Discipel Gargantzumal, wan i*h*m das Regenwetter den Paß auff dem Feld verlegt: doch mit gutem Raht seins Preceptors übet er sich inn wolgegründeten zierlichen Künsten, als mit malen, schnitzen, schnetzeln, Wachsbossieren, schindelgebeuvisieren, Papirenschiff formiren, eingraben, Kupfferstechen, etzen, formenschneiden, entwerffen, abreissen, Land unnd Stätt inn grund legen, Festungen stellen und auffreissen, Bildhauen, außstreichen, illuminieren. Oder bracht die alt weiß mit dem Schach und Prettspiel auff die ban, wie Leonicus davon geschriben, und unser gut freund hat Lascaris getriben: Und solches nicht on nutz, dann unter dem spielen kamen ihnen zu sinn die alte Scribenten, die davon meldung gethan, unnd Gleichnussen darauß zu nutz gezogen haben.

Oder sie giengen auß, oder fuhren herumb etliche künstliche Werck und fünd zubeschauen, wie man die Metall extrahirt und solvirt, scheidet und auß ziehet: die Alchemisten, wie sie calcinieren, reverberiren, cimentiren, sublimiren, fixiren, putreficirn, circulirn, ascrudirn, laviren, imbibiren, cohobiren, coaguliren, tingiren, transmutiren, laminiren, stratificiren, den König suchen, den Geist, den *lapidem philosophorum,* den Mann beim Weib, den entloffenen Mercurium, und *per omnes species* gradiren, es seien Metall, *gemmæ*, Mineralien, kräuter, säfft, *olea, salia, liquores,* oder anders: Item wie man falsche Perlein, Edelgestein und Corallen mach: dann auß dem mißbrauch lehrt man den rechten brauch: der mißbrauch ist aller guter bräuch rost, der sich stets an hängt: also dz auch einer schreibet, *Superstitiones* seien *Religionis Rubigines.* Item sie besuchten die Müntzbräger, die neuen Thalertrucker, die Jubilierer, Gesteinbalierer, Steinmetzen, Goldschmid, Goldarbeiter, Steingruben, Guckesbergwerck, fuhren ein in die Gäng, schecht, stollen, und geschick, sahen schürffen, weschen, rösten, quetschen, zermalmen, räden, schroten, Marscheiden, Wünschelruten, Masen, Bauchen, Bauchstempffeln, Durchwerffen, Durchschlagen, Durchlassen, Trofftteren, Stampffen, Graubstreichen, Stempffen, Seiffen, Radschlagen, Spleissen, Schlackenschlagen, Steinabziehen, Dörren, Dornziehen. Auch den Hauerzeug und sonst Instrument, Aertztröge, Bergtrög, Wasserseyg, Häspel, Spillscheiben, Kampffreder, Gebell, Schwengreder, das Heintzenseyl, den höltzen Heine, den Heintzen, die Roßkunst mit der BremScheib, das KehrRad, die Pauchtrög, Säckschleiffen, Saumhund, Sauseck, Schlaffkarren, Pompenzög, Mangelrad mit wasserkannen, Haspelpompen, Wasserwerck zur kunst, Schemelpompen, Jochergebeu, Ventilpompen, Scherpompen, Hundzeug, Kimpompen, Schauffelpompen, underlegt Pompen, Troghespel, viel gerinnpompen, Klammerpompen, Taschenpompen, Taschenhespel, Trettpompen, Hengsitzerpomp, Windfeng, Wettergezeug, Windfaß, Flügelfeng, Windschecht, Windstangen, Balgfeng, Haspelfeng, Windschöpffen, Leilachfochtern, Probiröfen, Malmülen, Bereitstuben, Lautertrög, Schlemmgräben, Bauchgräben, Sigertrög, Goldschlichen, Schmeltzöfen, Windöfen, Kupfferbrechen, Eisenziegel, Dörröfen, Deßgleichen ferrner die Saltzbornen, Salpetersud, Alaunsud, Kupfferwasserscheid, das Geschütz giessen, die Zeugheuser, die Antiquiteten, die Friburgisch Cristallenmül, die Hamer oder Eisenschmidt, die Büchssenschmid, dz Arckenal, die Festungen, Wassergebeu, neu Mülwerck von Gewichtmülen, Wagenmülen, Eselsmülen, Wurtzmülen, Urwerck, den Schatz zu Sanct Dionyß, die Englische Docken an Bären und Bollen üben, Schiffzimmern, Rüstkammer, Thuchferber, Seidenstricker, Sammatwepp, Organisten, Lautenmacher, Pfeiffentreher, Musirer, Damascanirer, Weinbrennen, Birbrauen, Weinfeuren, Bronnkammern, Seyffensieden, Steinbrechen, Eisenschmid, Täppichwircker, Schüßgraben, Schützenmatten, Seiden machen, Brotsparkunst, Weinsparkunst, aber nicht Wasser Sparkunst, es sey dann auff Brisach, Dantzigische Fürnißsieder, Farbensieden: Goldschlagent gemalen Gold: Inn Leymen farbenbrennen, springende Bronnen, Quellen, Saltzpfannen, Glaßhütten, Schreiner eingelegt arbeit, Contrafeiten, Steingraben, Rotschmid, frembde Pferd Kuppeln, Schmeltzhütten, Ofenkunst, Holtzsparkunst, Bibliothecken, Klöster, Spitäl, Feldsichenhauß, Bäder, Paliermülen, Möntzstempffel Mülen, Seidenmülen, Roßmülen, Pulvermülen, Zehenrädermülen, die Mülartzt, Truckereien, Kupffertrucken, Schrifftgiesser, Urenmacher, und etcetera die gantz Künstlerzunfft, zogen von einer zu der andern, schenckten Trinckgelt und etlich maß Wein, da war man williger dann willig: da forscheten, ergründeten, unnd ersinnten sie eines jeden Kunstfertigkeit, fund unnd grund: und gerauet sie keine zeit, die sie damit zubrachten, wie Sant Augustin, da er einer Spinn ein halbe stund hett zugesehen.

Ferner giengen sie publicas Lectiones zuhören, die Solen Actus mit ihrer gegenwart zuehren, zu den Doctormalen, Magistrirungen, Promotionen, Gradationen, Degradationen, Disputationen, Quotlibeten, Comödien, Anatomien, außfahrten, Hochzeiten, Däntzen, Kirchweihen, auff die Bürst, aufs Rahthauß, fürs Gericht, zur Audientz die Bescheid ablesen zuhören, unterm freyen Himmel inn die Acht thun sehen, zur *Curia Rotæ,* zu Parlementen, unnd den gantzen Proceß zu sampt des Knausten Gerichtlichem Feurzeug zuüben: auch die Predigt, die Vesper, Complet, die gemeyne Herbergen, Zünfft, Gaffel, Stuben, Thürn, Dummhöff, die Rot Kammer, die brennend Kammer, inn die Senisch Academy *à l'intronato,* Fronleichnamsproceß, Fastenbuß, Cellenfahrten, Refenterschlampen, und wa kurtzumb etwas zusehen stund.

Oder unser Cyrogargantua besucht die Fechtschulen unnd Fechtböden, da that er sein Schulrecht, hub auff, gieng ein mit Dusacken, darinn Blei gegossen war, im Bogen, im geschlossenen unnd einfachen sturtz, legert sich inn die Bastei, erzeygt sich inn allen Ritterlichen Wehren, wie sie vor Augen lagen, im Schwerd, Messer, Spieß, Stangen, Stänglin, Tolchen, Hallenbart, Rapier, Paratschwerd, Lederen Tusacken zum Platzmachen, Sträußt sich wider die Marxbrüder, die Franckfortische Meyster des langen Schwerdts, schrib mit Dinten, so sicht wie Blut, die Feder mußt ihm oben schweben, und solt es kosten sein junges Leben, er wagts inn Gotts Macht, schlug drauff daß der Beltz kracht, focht umb die höchst Blutrur, umb das Kräntzlin, umb die Schul, ein Glaß mit Wein, wie es der Gesell an ihn begert, trocken oder naß, scharff oder stumpff, nackend oder bloß, braucht vor dem

Man Hildenbrantsstreich, siben klaffter inn die Erd, braucht des Ecken eckhau, des Laurins Zwerckzug, Fasolts blindhau, den ober und unterhau, mittel und flügelhau, im tritt, mit kurtzer unnd langer schneid, knopf, ort, einlauff, gemächstoß, beinbruch, armbrüch, fingerbrüch, gesellenstöß, mordstöß, Gesichtstich, waren alle erlaubt, denen die sie brauchen konten: dann *Dolus* an *Virtus etc.* den Zornhau, krumhau, schillerhau, scheitelerhau, wunder versatzung, nachreisen, überlauff, durchwechssel, hengen, anbinden, stich im winden abschneiden, schlug sie auß den vier Legern erstes eingangs, auß alber, tag, Ochs und Pflug, het sein Gemerck auff die vier blöse, schwäche und stercke, abnemmen unnd außnemmen, verweisen, durchhauen, verführau, den Türckischen zug, treiben, rad, etc. ohn den Vatterstreich, welchen der Schmidlein inn seinen Fechtschulpredigten weißt, unnd des Bauren Speichelhau.

Item an statt des umbmeyens im Garten, pflegten sie heimzubesuchen die Specereiläden, Wurtzkräm, Balbierstuben, des Geßners Gärten, die Wasserbrenner, Krautnirer, Pulverkremer, Simplicisten, Kälberärtzt, Bader, Platerscherer, Steinschneider, Wundärtzt, Apotecker: besah, beroch, betastet, versuchet, schmacket, rib, und betrachtet ihr materien, Frucht, Wurtzeln, Pletter, Gummi, Samen, Safft, Salben und Schmer, so eigentlich als wern sie von Gwalter Reiffen von Straßburg, und Meister Lisset Benancio darzu bestelt: unnd namen war mit was betrug unnd beschiß dise Elementsbetheurer, Saffranirer, Chrisostometäflin, Latwergen, vergülder, Wurtzelbeytzer, unnd Tranckferber, umbgehn: wie nach ihrer Quidproquockitet, Merdapromuscitet und Pfeffersecklichkeit sie alles was inn Menschlichen leib kommen soll, verketzern, verehbrechen, verstümpeln, vergrümpeln unnd verhümpelen, Landkremerei mit Spanischen Pfeffer treiben, Gerbelirpfeffer under guten Pfeffer mischen, Rumpff under Moscatnuß, Weingebeitzt Schwertwurtzel under Galange, gedörrt Weißbrot under Speißwurtz, Fusci und gedörrt Holtz under Saffran, Leimen under Imber, Gummi under Zuckerkandel: abgangen, verlegen, vermischmescht, verrochen, versaurt spänen unnd Spinnenwerck, gedrüß unnd gemüß, gehackt Stro unnd staub inn gemalten Büchssen und Laden für Arabische unnd Indische wehrschafft haben (darumb gab disen Quinquo brockern auch Eulenspiegel zu Möllen ihr Gespick treuwlich wider, den kat für den wust) ein Gurgelwasser unnd Recept von dreyen gemeinen wurtzel Epfich, Fenchel unnd Wegwart für ein gulden, was sie von Unschlit, Seiff, Wachs, Zucker, Honig, öl, Ertz unnd Metal bey kauffmansgewicht einkauffen, bey Medicischem gewicht, da vier untzen ein pfund thun, außwigen: mit ihren *totus Modus regitur in minis,* unnd *Luminariis* ins grab leuchten: die freigabe der Natur, Erd und Wasser theur verkauffen, einer Teuffelsgerittenen wurtzeltelberin, Segenssprecherin, unnd abgeribenen Krautgraserin Authentischen glauben, wie den Sibyllen geben: halten ding die sich minder als der Welsch wein über jar halten lassen, darumb muß es verfaulen, das die Gläser zerspringen: nemmen Recept anzumachen, deren materien sie nicht halb haben, darumb müsen sie *quid pro quisieren* und *Merda* promuscisiren, Teuffelsmilch für Reubarbar reichen, böß Granaten für *Malorum Granatorum,* Clistir von heisser Suppenbrü, Gallöpffel für Myrobalan, *succum titbymalli* für *Diagrodium,* Kirsengommi für Arabischen gummi, Kerigmus für Alckermes, änis und Mäußtreck für Garamantischen Pfeffer, gebrant Hundszän, unnd weiß Kiselstein für Elephantenzän und Spodium, gestossen Glaß für Electuari de gemmis, Wild rauten für Zigerkraut: und anders unzalichs, welches Gargantua alles erfaren wolt: auch wie sie distilieren, daß es nach siben Brüdern schmackt, ziecht der Acht voran: wie sie die Flüß des Seckels an sich ziehen, wie die Sonn das Wasser: wie sie Capaunen essen, unnd geben den Krancken die Brü: wie sie, die Kunst zuverbergen, alles bey nacht, oder im Hinderhauß bereyten: Unnd als dann sagen, *pereat qui pereat,* der Tod kein zorn nit hat. Hey wie frü ihr liebe Sirupmänlin, ihr Clisterisisten, Sackpfeiffer unnd Atham verkauffer, wie habt ihr so schöne geschwollen Backen. Ach daß ihr euwer lebenlang müßten Diebsaugen für oculorum populi essen, unnd die Käfer ohn flügel, daß euchs hertz abstoß, so gibts euch auch ein krafft. O ihr Leuß und Leutfresser, ihr Saffranirer, Pulveristen unnd Zuckeristen, ihr verzuckerte Honigmäuler, wer wird euch von euwerem alten Adam bringen, gewiß noch die Pulvermül. Ihr Proquokisten seit nach Lissets meinung nicht werd, daß ihr Kolen umbtraget, noch gebletzt Schuh und abgetragene Schulümmel außschreyet, oder geferbt Hütlin und gebrochen Gläser außruffet. Aber Kundlob von Hohen Rhumsteig sagt, es wer schad umb euwer künstliche hand, welche so herrlich im Klingelstein Metten unnd Wetterleuten kan: es seyen noch etlich feine Mörselstempffel under euch, welchen das Faßbinderisch punperlepump wol von Hand gehet: auch feine scharpffe Scharnützel köpfflin, welche die Gordische knöpfflin mächtig sauber an die wurtzbrieff und Sambenitenhüt schrauben: auch es so meisterlich mit dem Maul, sampt dem Weberknoff einbinden und winden, daß es wenig Fadem kostet. Derhalben meint er, wann euch schon Silvi und Champier verjagten, weren ihr zu eim Pasteten oder Pestenbeck dannoch nit verdorben. Dan graben mag ich nicht, betteln schäm ich mich.

Warlich diser Bettelschamischer Mammonischer Schaffner, ist ein warer Sam der Welschen Practic, de tri unnd Wechsselrechenung der vortheyligen spitzigen griflin, der hat die Kauffmännische Beutelzauser unnd Geltmauser, die Genuesische, Florentzische unnd Venedisch Buchhaltung gelehret, unnd wie man die Handtwerck soll vertrucken: Fretten unnd spötten, an, vor unnd hinderkauffen: Blutwuocheren, underm Wucherhütlein spilen, die Müntz verwechsselen, umbschlagen: außlesen: beschneiden: befeyhelen: mehr nemmen dann geben: Drey Leiptziger Märck und ein Franckforter Meß jeden fünff vom hundert gibt auch 20. O Neschehbeisser, Tarbit, Diebraht, Koirtmeister auß Hellenengelland: O Regenspurgischer Mosche, der sagt, wo ich wone, daselbst sind die Hirten nicht theur, O Ribbis: *Usurupinæ, Corrosuren:* Wachenwucherer: Zeitverkäuffer, Zeitfinantzer: die theurer verborgen dann umb bereit Gelt geben: Geitzaugen, im Sack verkauffen, Schade Loth, Waarbefeuchtiger, Wollnetzer, Ingwerbeschwerer: Farbenänderer: oben das hüpsch, unden das ärgst: Ja oben unnd unden hüpsch, unnd inn der mitten der ärgst, da heißts nicht *in medio consistit Virtus,* wie der Teuffel zwischen zweyen alten Weibern: Item verfinsterer unnd verhencker der Gewälb und Gäden zum augen verblenden: dise wird Bodinus gewißlich auch under die Zaubergeschlecht rechnen, weil er der Augenblender unnd Vergaucklker keyn gnad will haben: Item Elenzucker, meßschürtzer, da uns des messen theurer als bey den Pfaffen ankommet, also heißts, auß dem befürtzen kommen ins bescheissen: Zahlverwerffer: Gewichtfälscher: Eisern werden: Bubenfreiheitsucher: da billicher vor dem Thor das Galgengericht i*hr* Freithoff unnd Kirchoff were: Ja laß mich ledig des dritten Pfennings, so zahl ich das überig: O Quinquernellisten: Wahrvermenger, Blindenkauffgeber: Stulreuber, die darnach die Strauchdieb unnd Strassenräuber müssen strecken, damit der Schelm den dieb straffe. *O Campsortes Banquarii,* Müntzwescher, Müntzwelsche, Müntzfelscher, Müntzschmeltzer, i*hr* werd des Contrabantz nicht Reicher, der Teuffel hol dann den letzten. Etwann feurt man die Heyligen, unnd verbrannt die, so die gemein Müntz entheyligten, jetzund Feurt man die gemeynes Nutzes entheyliger, unnd tregt sie schier auff den Henden, unnd verbrennt dargegen die Heyligen. O Müntzringerer, Müntz schwecher, Müntzabgieser, müntzaufzieher, müntz Contrafeiter, O wie wird man euch für zerschrickte Ziesalien oder Pagament im Höllchimischen SchmeltzDigel granulieren, als wann man euch über Bäsem reiß schüß: Ja diesen Diebischen grempel wissen auch wol die, so Sperber auff der Hand tragen, damit sie nur des Sebastians Francken Adler war machen, das krumbschnäbel müssen geraubt haben. Ach wo bleiben die Thurnierarticul? mancher schilt heut einen ein Pfeffer Sack, der eben an dem bein hinckt, manchem wehrts nur das *Posse,* das *Velle* wer genug da. Ihr köndt das dienst oder Gnadengelt zu der gelihenen Hauptsumm schlagen: Aber was gwint ihr mit euwern einreuten unnd leisten, Fürsten bleiben Fürsten, wann ihr schon die Kachelöfen einschlegt, und den Pferden Zuckererbes inn den Roßbaren schütt: die Witwen unnd Weisen, die ihr verderbt, werden genug Raach über euch schreien, alsdann nemm euch der Teuffel zum Giselpfand: Der möcht euch auff kein Rad Malen, und an die Kacken hefften, sonder euch gar auffs Rad den Rechten einsatz und das widergelt geben, auff eitel Longins Judenspiessen: da hütet euch ihr Herrn, welche gelbberingelte unnd ungberingelte Juden den Underthanen zuschaden ziehet. Leut die man im Ellend solt behalten, den hülfft man zu Reichthumb von aller heyden Hemdath der Goym, müssen als die Herrn dienen, unnd solche dieb müsig ziehen, als wann ein Haußvatter ein pockechte Hur im Hauß ziecht, die ihm sein Sön und gesind vergifftet. Ja versprech mir mein wahr, daß deiner des theurer ohn werdest: Verkauff mir die Frucht auff auffschlag: Ley mir auff die saat: deins abwesserens und abreissens bedarff der Müller Herrgot: Ich leih den Leuten drumb kein gelt, das sie bey mir malen solln, Ey thu i*h*m ein vererung, so laßt er dir das Gelt lenger: Ich laß mich nicht ehe zahlen, die Müntz ändere sich dann: die loß Müntz muß man eim studenten, oder Landsknecht, oder eim der hinweg ziecht anhencken: ich muß mein dienst deß höher anschlagen: O Schadewacht, Leg mir lieber schloffen: Ist dann dein gelt Hasenart, welche zugleich geberen, andere jünger auffziehen, unnd sich wider belauffen, so hetz dich der Lucifer. Auß diesem sind viel andere gute Bößlin entstanden, als daß man Fremde Pracht leichtfertigkeit hat eingeführt, und wie Cæsar sagt mit der Wahr auch die gefar der Laster gar, die Seidenspinnwep, die zufuhr dem Feind Wehr und Wafen, das Möntzgerberliren, das Post-Papir wigen, steigern, auffnemmen, anlösen: weinjudentzen, kornratten, mit den Protmäusen mählgrempeln. Ja, ich behalt mein Frucht biß Sanct Gregor auff eim Falben Hengst daher Reut: Hui Teuffel schlag dem Faß den Boden auß, unnd schliff inns Korn unnd fahr zum Tachfenster auß: O ihr getauffte Juden, unnd elementsbodenlose ertzhertzen unnd Landratzioner, gelt der Reimenweiß Euspiegel kan euch Schimpffsweiß im lxx. Capitel fein treffen, mit den steinenen Stulräubern: Darumb prechen euch auch die Stül, weil ihr so gar schwer steinen seit, wann schon euwer Häuser, vom Plutschweiß gemörtelte starcke Pfeyler haben: Was achts er, wann ihr schon Gelt auff lehen leihet, daß ihr Jungherrn seyet: Unnd die Seel inn die Kist pfrengen, unnd das gewissen über die Oberthür an Nagel hengen, unnd nit glaubet daß ein Kerleß im andern steck: Ihr werd mir kein Katz im Sack verkauffen, wann ihr schon zu Linsen und Bonen seyt gewesen: Scheisset all inn Prei, sagt Glockengieserhänßlein zu Nörnberg.

Folgends gieng er auch hin, die Lugenpriviligirte wortbeutelige Landfarer, alte weiber Clistirer: Coloquintenpurgatzer: wurmsamenkrämer: Triackerslapper: Schlangenbeschwerer: Starenstecher: Zanprecher: knabsack unnd Marcktlötschen mit dem Englischen verstand für die langweil zuhören, wie schön ihnen der schwatz anstehet, wie ungelacht unnd ohn zungenstölpern sie die grobsten lügen außstossen, daß sie den Teuffel solten lachen machen: wie ab geführt sie die Leut übertölpelen, besefelen, und i*h*nen das Pludermuß und wurmsamenkat auff Zigeinerisch eingauckelen und den Seckelsamen außgauckelen: fürnemlich gefulen i*h*m die auß dem Quatland: Dan von Erbsündiger natur sind sie neben ihrem quacksalben, herliche gute Bossenreisser: Kuntzenjäger: Miesterhämerlin und Roßtreckgauckeler: gute Selärtzt, die mit Scamoni unnd Nießwurtz eim die Seel außpurgieren, Hola herbey, zu unserem Prey:Raufft in der noht: so habt ihrs im tod, ein wurtzel inn dem mund: so ist er gesund: hie rauch Bibergeil unnd Frauwenkut für den Krampff gut: diß Kirsenmuß mit Teriacs vermengt ist gut mithridat: stileoswurtz fürs Podagram: ein pfund Victrill für würm, gepraten Speck für Ratten, hie disen Zucker von Himmel gebracht: O gut Cristier mit Birckengerten für Weiber: Für den Sot Johans Prot: Für den Schweiß, Harn von einer Geiß: den Glockenklang, und was heur der Guckgauch sang, das Plo vom Himmel, unnd deß bösen gelts schimmel, von der Prucken das getümmel, das gelb von einer besengten Mor, der Affenschwantz unnd Sneckenor, unnd das Hirn von der Mucken, gut zum Schlaff, die Schläff damit getrucknet. Ja Hamelshoden, der euch kunden mit Flachßadern unnd Hanffringen den halß ein kleins virtheil Stündlein rib, was gelts wa es euch den Krampff an Fingern nicht vertreib: Und wer als dann die Diebsdaumen abschnitt, der hett gewiß gluckhafft Würffel. Es solt einer auch zu ihnen sagen, wie dort der Fuchß zum Froschartzet: wilt besehen eins andern Seich, wie sichstu dann ums maul so pleich, es gibt dein Plo Maul, dz dir ist Lung unnd Leber faul, man sicht am Quacken unnd der Gosch, das du bist ein Frosch: Aber eben so mehr erstickt als erfroren, wann es jhe muß gehenckt sein.

Nach dem sie nun lang also der Welt Läuff zuerfaren, umbgezogen waren, fügeten sie sich heim zu dem nachtessen, unnd demnach es schwer wetter, assen sie vil mässiger als zur andern zeit, speiß die abtrocknet, ringert unnd extenuirt: auff daß die feuchte betrübung des Lufft, welche von wegen notwendiger nähe mit dem Leib gemeinschafft suchet, hie durch also verbessert würde, unnd ihnen nit zu unstatten käm, weil sie kein übung, wie zu ander malen, vorgehabt hetten.

Also ward Gargantua angezogen unnd Gubernirt, unnd pracht solche weiß durch täglichen geprauch inn ein gute gewonheit, unnd nach seins alters vermöglichkeit zu grossem nutz, wie ihr hört. Welches wiewol es erstlich schwer scheinet, jedoch ward es durch stäte übung so leicht, süß unnd angenem, daß es viel meher ein kurtzweil für ein König, als befleissigung und lehr eines Schulers war. Gleichwol Herrkundlob auff daß er ihm von diser strengen sinn unnd Leibsbemühung zuzeiten eine fristung gebe, gieng er ihm et wann in eim Monat ein schönen Tag auß, an dem sie morgen Frü auffprachen, und entweders gehn Gentili zogen, oder zu Charantonsprucken, oder Sant Claudi, oder Montrouge, aber nit Rotenburg bey Tübingen, dahin die studenten wöchlich umb guten Wein walfarten, Papir zuholen, welchs sie gleich so wolfeil ankompt, als wann die Nörenbergischen Bierbrauwer järlichs höfen in Türingen holen: oder es stattlicher zuvergleichen, als wann man das *Pallium* zu Rom holet. Unnd daselbs pliben sie als dann den gantzen Tag, unnd machten des besten dings gut geschirr, als man erdencken mag: rammelten, rolleten, luderten, trancken genug, spileten, sungen, jauchtzeten, kögelten, dantzeten, kälberten sich etwann auff einer schönen grünen Wisen, bürtzelten, suchten Vogelnester, namen Spatzen auß, fiengen Wachtelen, triben Federspiel, bestelten ein Lerchenherd, angelten: fiengen Frösch, Krebseten, gruben Schnecken, badeten, fiengen Ael, besahen die Binenkörb, hauten Gerten und Meyen, machten Weidenflöten und Holderpfeiffen, stelten den Kautzen auff den Kloben, führten einander auff dem Schlitten den Berg auff unnd ab, vogelten. Und übten ein jungen Sperwer.

Wiewol nun also derselb Tag ohn Bücher unnd Lectur hingieng, gieng er gleichwol nicht on Frucht ab: Dann sie erinnerten sich inn dieser lustigen Wisen, etlicher schöner Verß oder sprüch vom Feldbau, auß dem Vergilio, Hesiodo, Rustico, Politiano: Clemente Affrico: machten unnd schriben inn ihre Schreibtäflin etliche kurtze lustige Epigrammata zu Latin, unnd übersetzten sie darnach inn Rondeo und Ballade gestalt auff Frantzösisch oder Teutsch, Reimeten umb die wett, dichteten Lieder, auff allerley melodei, erfunden neue bünd, neue däntz, neue sprüng, neue Passa repassa, neue hoppeltäntz, machten neue Wissartische Reimen von gemengten trey hüpffen und zwen schritten.

Wann sie dann bancketierten und underzechten, scheideten sie von dem Wasserigen Wein das Wasser, oder vom Weinhafften Wasser den Wein, wie Cato von der Re Rustica lehret, unnd Plinius mit eim Hebhäubecher weiset: wescheten den Wein inn einem Becken voll Wasser, darnach zogen sie ihn wider ab, unnd schanckten das Wasser von eim Glaß ins ander: erfunden, baueten und zimmerten viel kleine sinnreiche automata, das ist, selbs bewegliche kunstwercklin, neue Pratspißwerck (dern Rob. Stephani sich so sehr zu Franckfort verwundert, als er ihr Meß beschreibet:) Das Fünfft Rad am Karren, Stockfischmülen, darauff man die Stockfisch pläuet, die Popfingisch Narrenschleiffen, da ein grober rauher Burgermeister neulich den Schleiffstein also verderbt hat, daß man ihn wider behauen muß: Neu Trägerzeug, neue Schlösser zu gewelben unnd Kisten, die fürfallen mit einem Schlüssel: Malschlösser mit Buchstaben, Verremßter Sessel, die eim Händ und Füß fiengen, wann einer drein saß, selsam Fußeisen, künstliche Circul und Meßstäb, unerfaulige Deuchel, Lauten die sich selbs richten, unnd Feurzeug, der selbs im Busen ein Feur auffschlegt: Dann sie wußten bessers als Clauß Narr, der sorgt, der Feurzeug, welchen einer inn Busen schob, solt ihn verbrennen.

Das Acht und zwentzigst Capitel.

Wie sich ein sorglicher Streit zwischen den Nutelpauntznern, Krapffen unnd Käßfladenbecken von Lerne, eins theyls, und des Gargantua Landsässen anderstheyls hat begeben, darauß sich ein grosser Krieg thet erheben.

Man fragt und disputirt nun lange zeit, waher doch der erste krieg sey entstanden: der gröste theil sagt von dem grossen Jäger und Thurnbaubeler Nimprot, des Chams Son, wie es auch der nam soll mit sich bringen, daß er erstlich andern das Brot nam, und ein Namrott an sich hing, die weit und preit nam, was sie ankam. Darumb er wol die namhafft Rut Rotrur, und das hoch Wildpret heißt: Aber von wem hats Nimrot oder Nimmerrat gehabt? Dann man weiß, daß sie auch vor der Sündfluß gekrieget haben: sonst het Cain seinen Bruder nit erschlagen, noch feste Stätt gebauet, oder sein Enckel Tupalkain, oder Toppelkeinnutz Wehr und Waffen erfunden. Derhalben muß es ein ander Häcklin haben, daran der Fisch behang. Ihr wüßt die ersten Menschen wonten inn hülen, da begab sich offt, daß die wilden Thier und Menschen wolten vor ungewitter, kält oder hitz inn eine Hül schlieffen, da wolt keins das ander einlassen, da gabs ein streit, der Mensch verbauet den eingang mit Bäumen, hinder diesem Pollwerck schützt er sich, das Thier verwart ihn, wann er außgieng seinen jungen Storcken essen zu holen, da kamen sie an einander, der Mensch schirmet mit eim angebrunnenen Baum mit dem Thier herumb: wann ers erlegt, macht er ihm und seinen Kindern Röck auß den Fellen: Oder sie stiessen bei den Bronnen zusamen, wie im Sandigen erdörrten Affrica, oder am Mör, da es wenig süß Wasser gibt, da macht sie zu beiden theyln der durst unsinnig, daß der Wasserdurst ward zum Blutdurst: hier auß gewonten sie des Kriegs: Darumb meynen etlich der Krieg sey darnach auch unter die Menschen erwachssen von wegen der Thierheut, damit sie sich auff Adamisch kleideten, wann einer ein köstlicher haut an hett als der ander: Als der, welcher ein Löenhaut umbhat, ließ sich feuchter geduncken als der in der Schafhaut herein trat: die Bärenhaut, wann sie zu kurtz war, nam eim andern sein Geyßfell, damit er sein Haut damit verpremet: Der Hirschheuter meint ein Wolffshaut geb wermer, unnd nam eim andern sein Wolffshaut, also zog der stercker den schwechern auß: der Wolffheutig Cain (welcher ohn diß Mathesius beschreibt, den Lycaon gewesen sein) zog dem erschlagenen Abel sein Schafskleid auß: zuvor that jeder des Thiers Haut an, welchs er gefangen hat, hernach wer den Man fieng, hat auch sein Haut. Daher kompts, daß man sagt, mit eim herumb hauten, sein Haut darstrecken, jeder sorgt seiner Haut, den Hasen umb dz fell schaisen, sich seiner Haut wehrn, es juckt ihn die Haut, man muß sie i*h*m gerben, man muß ihm mit eim eychenen Flederwisch die Leuß abstrelen, man muß i*h*m hinders Leder wischen: *Luditur de ipsius corio:* Ein jeder Fuchß wart seins Balgs. Daher kompt auch Palgen, walgen, unnd Bellum, daß man den Fuchs umb den Palg und Fell jagt: darvon ist noch das spiel, umb den Barchat jagen, unnd Haar auff Haar.

Die Juristen mit ihren Feld dienstbarkeiten, meynen von wegen der Zäun seyen die ersten Palgereien angangen, daß einer dem andern zu weit einrucket, oder den Zaun zu hoch auffführt, als wolt er ihm den Lufft verbauen, oder ihm etwas daran lenet, oder ein stinckenden zweck neben setzt, oder eins andern Vih i*h*m durchprach, oder seins Nachbaurn Han ihm auff seine Heck saß, unnd ihm die Hennen verführt, darauß dann ein kammrotblutiger streit zwischen beider Bannherrn Hanen entstund, daß die Hanenfedern auff der Walstatt umbstoben, die darnach beiderseits Haußherrn einander zu leid auffsteckten (weil Hanenfedern groß krafft geben, demnach die Leuen die Hanen scheuen) da wolt dann ein jeder vom andern sein Hanenfeder wider holen: oder wolt wie die Schweitzer nicht leiden, daß er die feder fornen auff die stirn setzt, sonder ruckts ihm hin hindern: weil es sein Han nit vorwerts gewonnen. Daher soll das streitbar Volck Gallier unnd die Danen, das ist, die Hanen, Hunni, Hennegäu, Henneberg genant sein: Und vom Hanenkamm, wird noch der kampff genant: auch führt man noch auff den Beckelhauben den helmkam: unnd darumb sagt man: dann kamm streussen, eim abkämmen, einem den Kamm erlausen und ersträlen etc. Daher kompt auch noch das knoblochhetzend Hanenkempffen. Unnd darumb sagt man, mit eim durch ein Zaun zannen, ein ursach vom Zaun brechen: und daher ist auch die gemeyn Kriegsregel, das es besser sey, sein Pferd an des Nachbaurn Zaun binden zugrasen, als des nechsten Gaul an seim Hag grasen lassen. Viel andere meynen er sey umb der Immen willen erstlich entsprungen, wann dieselben stiessen, und wie die Falcken in ein ander Land fuhlen: Oder des bronnenschöpffens halben, wann sie das Vieh tränckten, wie man wol an Lots unnd Abrahams Knechten erfahrn: Auch inn Indien sicht, da die Indier von den Beumen mit den Schlangen umbs Wasser kriegten. Oder daß einer, weil der ander die Eycheln unnd Nuß schwung, dieselben inn des tapffer in sich fraß: Oder das jenes Nachbaurn Wider oder Ochß dises Viech geschädigt oder todt gestossen hat. Oder des Feuers halben, daß einer dem andern ein Liecht anzuzünden versagt. Oder weil der Nachbauren Hund einander bissen.

Aber ich sag, daß die mit den Hanen am nechsten zum zweck schiessen, weil sie die Eyer gerochen haben, umb die am ersten der Krieg auff kam. Dann zur ersten Weltzeit, da man noch den Hafen auff den Tisch trug, wann einer ein ast vom baum gebogen hat, unnd ein Prett drüber that, so hat er schon ein Hauß, hat er dann ein Weib, ein Pflugknechtischen Ochssen unnd ein Wächterhund, so war nach

Hesiodi meynung sein haußhaltung schon bestellt: fürnemlich wann er ein Stang oben durchzog, darauff der Han mit seinen Kebsweibern saß, und ein Storckennest oder Prutkörblin darbei auffricht, auff daß sie ihm die Eyer nicht auff den Kopff inns lang Haar legten. Bei tag aber mußt das Hünergeschlecht hinauß ins Feld sein nahrung zusuchen: da begab sichs dann, das etwann ein geile Henn inn ein überzäunig Gebiet stobert, und allda Eyer legt: Von notwegen mußt es da unter Nachbauren zanck geben, und letzlich ein streit erheben, mit guten Fäusten, Nägeln und Zänen, Haarzausen, Bartaußrauffen, stecken und hebelen mit hörnern beschlagen, darein dann die Weiber als flügelschützen mit schönen Wackensteinen zuwurffen, unnd mit herben schmechworten auffbliesen. Und solches meher zu bekräfftigen, secht ihr doch an den Thieren, daß ihr erster streit von wegen der Eyer gewesen: Dann zerbricht, zerwirft oder frist nicht der Krannich seiner Kränchin zuleid seine eygene Eyer, das Wachtelmänlin seins Wachtelweiblins, der Pfo der Pföin, das Rephun der Rephennin, der Rapp der Krähin, nur umb Ehrgeitz des Kindergewalts? Oder, wie etlich meynen, deßhalben, weil man sagt unnd erfehrt, daß man vor der Kinder nötlichkeit, vergißt eins Manns allezeit, so doch billich der Kachelofen mehr gelten soll dann ein Kachel. Also frißt unnd verderbt nicht die Eul des Hähers unnd der Tauben Eyer? Der Kautz die Amselneyer, die Aumeysen des Kautzen eyer, das Rötele der Aumeysen eyer, die Fisch der Wasserhünlin eyer, der Huhu der Krehen, die Lerchen der Heuschrecken, die Krotten der Lerchen, die Immen der Meisen, der Habich des Reygers, die Schaben der Schwalmen, die Schwalmen der Storcken, der Specht des Grünlings, der Grünling des Spechts, der Guggauch der Spatzen unnd Graßmucken. Unnd also je eins dem andern auß neidigem trotz und Fraß, oder das ander geschlecht under zutrucken. Ja die Kinder nur auß mutwill die Nester, unnd die Hexen zum Zauberen die Widhopffen eyer. Und die Alchymisten, wie viel verderben sie Eyer mit i*h*rem Calcinieren? Aber es sind böß Bruthennen, sie lauffen gemeynlich bald von der Brut? Hat nicht der Roßkäfer dem Adler sein Eyer inn Jupiters Schoß zerstört? Darvon der Londisch Johan vom Ey groß Monadisch heimlichkeit den Keyser lehrt, als er beweißt, die Welt geh wie ein Ey umb: Ja Jupiter, damit er sein Stral Schilttragend Vogelgschlecht erhalt, schafft, das alsdann, wann der Adler übern Eiern sitzt, keine Schalkkäfer umbfliegen: Warumb aber die Roßkäferisch Scherabeierisch art 30 eyerschalen so feind: das macht, weil sie verdreußt, daß sie auß Roßfeigen unnd keinen Eyern kommen: Nun so viel hat dannoch der vom Ey, auß den Grabakarabis *Pillulariis* ergarakrabelet, daß wir all auß eim Ey herkommen, weil die Welt ein Ey ist: das hat gelegt ein Adler, das ist die hoch, weit und schnellfliegend Hand des Jupiters, das ist das *Chaos,* das *Cavum,* das *Chaovum,* der offen Ofen, hauffen, Hafen, welches des Adlers Hitz Chaovirt, Fovirt,

Feurofirt, Chaoquirt unnd Coquirt: Ja Jupiters krafft war distillirer inn dem *Vacuo Cavo Ovo,* inn dem Ofen Hafen Ey: Der schoß war der Himmel: O ihr Alchymisten freuet euch, hie geht euer geheimnuß an. Diß schön Ey, hat zerstört die Sündflutisch Mistkäferey, da ein Mistkasten über die Wolcken inn den andern Elementen ist umbgefahren, der Dotter im Eyerklar. Merckt ihrs i*h*r Eyerbrütling, warumb i*h*r im Helm geboren werd, und warumb ihr weint, wann man euch dieselb Sturmhaub abziecht?

Und daß ich entschließ, kompt nicht der gefehrliche und unaußtregliche streit der Hochgebeinten und hochbekragten Krännich wider die Hochmütige, aber niderleibige Pygmäermännlin daher, daß die Trec kbatzige Zwerglin ihnen wider Landlich Gastrecht unnd Gastmäsig Landrecht die Eyer stürmen und zerstören? Und noch darzu sie mit i*h*rer eygenen Leibsfrucht den Eyeren bestreiten, inn dem sie ihre Eyer inn der Schlacht für Schlauderstein gebrauchen: das kein wunder wer, es entgieng den armen Krenchen, wann sie ihre Eyer vergiessen sehen, alle krafft zum widerstand, wie dem Jason, da er die stück sah von seim Kind, welche die Preckin Medea inn der flucht von sich warff, ihne ihm nachjagen zuhindern. Ja diese Eyerstürmerlin machen auch, wie Plinius schreibt, Häuser auß der Kränch eyern: da rahten zu, wie groß die Vögel oder die Leut sind. Ja ist nit der Troianisch krieg von eym Ey herkomen? Sintemal ja die Helena die eynig Krigspraut, mit i*h*ren Zwen Prüdern Castor und Pollux auß eym Ey geschloffen: Hat nicht auch der Hercules lang mit des Königs Actors Sönen Euryt und Cteat deßhalben lang zustreiten, weil sie auß Sylberen Eyerschaln warn geschloffen: So werden sie heut gewiß auß Stählinen Nebelkappen schliefen. Seit einmal man der Krieg zu kaim end kan kommen. Und streit man nit das mehertheil umb die Hennen und Gauch Eyer? Es kompt doch noch daher, daß man umb die Eyer wettlauffet.

Derhalben secht ihr, wie gantz war sei, daß man sagt, auch von zerbrochenen krügen kön ein krieg werden: Ja von zeprochenen Eyerschalen: Und jener Landsknecht kont von wegen eyns Reifes mit seim gesellen uneins werden da er auff eyn stuck des Reiffs stund unnd sein Gesell auffs ander, und jeder sagt, er wer gantz sein, biß sie ihn mit klingen theileten. Also hat es sich auch ein EyerKäßfladenkrieg eben zur selbigen zeit, als Gargantua zu Pariß studieret umb den Herbst inn seines Vatters Land geschickt, unnd derselb auß solcher ursach.

Umb die zeit, wan man die Nuß schwingt, hüteten des Grandgusiers undertthan Bangart oder Bannwarter, unnd sonst die nächst umbligend Hirten derselbige gegene der weingärten und Reben, auff daß die Staren unnd sonst ihres geschlechts vögel nit die Trauben abfressen. So kamen eben damals die Wassernotelenbecken unnd Käßkrapffener von Lerne daher mit eim gantzen Hörzug Karren ge-

trottelt unnd geschottelt, die zehen oder tausent last Nuteln, Bauren-
küchlein und Käsfladen in die Stat führen wolten. Die gedachte
Bangart baten sie bescheidenlich i*h*nen nach gemeinem lauff des
kauffes umb das gelt etlich Käßstrauben zukauffen zugeben: Dan i*h*r
solt wissen, das es aus *Merulæ* Kockai erfarung, eyn recht Amprosisch
und Männisch essen ist, frische Notelpauntzen zu den Trauben
nüchtern einnemmen, fürnemlich zu den Hindischen Muscatellertrau-
ben, Stockbören, Knusselen, und Spantrauben, wan eyner villicht
verstopfft ist: Dann sie treibens von eym Knebelspieß lang vollkom-
men handvöllig, wie die Westerischische Ael: Ja offt wann sie dencken
eyn Fürtzlein zulassen, so bescheissen sie sich gar, daher heissen sie
die Herbstduncken und Herbstbescheisser.

Aber die stoltze Nutelpautzener wolten die guten Bangart gar nicht
gewehren, sonder (das noch ärger ist) Hochmütigen sie noch darzu,
und schalten sie Lumpenstecher, Lumpenwescher, Fröschzän,
Ackermäuß: unnütze Betscheisser: Galgentropffen: Lausige Grindfessel:
Plattläuß, Arßkratzer: Baurenflegel: Hundbengel: Galgenschwengel,
Hafenscharrer: Hapelopin: schöne Arßbollen: Schliffel: Arßkappen:
Plickslahrer: Plotzhäuser: bechfisel: grobe mistheintzen: Stulpenesel:
Trollenknollen: Kolpenknospen: Tiltappen: Pluntzen: Gulime: Muß-
rappen: Tap ins Muß: Tötsch in Prei: Säutrüssel: Hundtäschen:
Treckbangart: Treckhirten: unnd mit anderen meher dergleichen
schmelichen ehrrürigen schmitzworten, unnd zunamen, sagten ihnen
dabey, sie weren nicht werd solche edele Käßkuchen zufressen, es
thuns ihnen noch wol ein Jar gepachen Filtzläuß, Plo Fürtz im
Plättlin: geröst anspin und Würten, Roßfeigen: Küfladen: Geißbonen:
oder zum besten grob Westfalisch Kleien Prot, unnd Häbere Hecht.

Auff solchen unbil fieng einer under i*h*nen an, genant Forgier
Schollentritt, ein ansehlicher erbarer Man unnd ein zimlicher Becher-
lerauß, und antwort ihnen gütlich. Seit wann sind euch die Hörner
gewachssen, daß ihr also Bockstoltz seidt? Es gedenckt mir wol, das
ihrs uns gern gaben, und jetzundt wolt ihr uns keine umbs gelt wi-
derfaren lassen: Das ist nicht Nachbäurlich, unnd wir machens nicht
also, wann ihr bey uns die gute Frucht ladet, davon ihr euwere Fladen,
Krapfen und Nuteln machet: Aber bey dem gelbesten Kindstreck, es
soll euch noch gerauwen, es ist nicht noch aller tag abend, es wird
sich noch inn kurtzem schicken, daß ihr auch mit uns werd zuthun
bekommen, so wöllen wir euch mit gleicher Müntz beschlagen, unnd
da gedenckt dran. Da fieng Marcket Saur im Arß von Lerne, ein be-
rümter Geiselschmicker under den Nutelbauren an, unnd sagt. Sihe,
Hagenbutz, du machst dich disen morgen mechtig batzig, unnd bist
sehr gelusterig, ich glaub du habst nächten Hirßbrei gessen: oder
heut villeicht Kuttelfleck, das Maul stinckt dir jhe noch nach Treck.
Komm her, komm her, ich will dir von meinem Semkuchen geben.
Darauff tratt Schollentritt inn aller einfalt auff gut vertrauwen zu

ihm, zog ein Treier oder zwen auß dem Kochersperger hütlin, meint er solt ihm seine Nudelküchlin hingegen herfür thun: aber er gab ihm mit der Geisel so ein feuchts umb die bein, daß die knöpff darinnen stunden: und flugs auff und will davon fliehen: Aber Schollentritt rüfft ketzer, jamer, Mordio, Schelmio, halten den Dieb, lieff in alle Macht hernach, traff ihn mit eim grossen Hebel, den er uff der Achssel trug, so gewiß, als hett er das Beihelschracken von den Böhmischen Holtzbauren gelernet: dann er traff ihn bey der Kronalhafftung des Haupts, auff die Crotaphickische Ader der rechten seit, so unseuberlich, daß Saur im Arß von der Merren herab bürtzelt, unnd mehr eim toden als eim lebenden gleich sahe. Under des lieffen die Taglöner, welche daselbs herumb Nuß schwungen, mit ihren langen Stangen, Nußschwingern und Nußbengeln herzu, schmissen so unbarmhertzig auff die arme Fladenbecken, als ob sie noch wolten nuß schwingen, daß die arme Nutel nussen von den Pferden herab hagelten, unnd schrien unnd lieffen und schreien unnd lieffen als wolt ihn Gott nimmer gnädig sein.

Deßgleichen als inn der nähe die andere Bangart unnd Hirten, sampt den Bangartinen unnd Hirtinen, des Schollentritts geschrei gehört hatten, kamen sie wie die grunnende Säu herdsu getrollt mit ihren schludern unnd schlingen, jagten und triben die Schnudelbecken mit guten grossen Wackensteinen, so hagelweiß, daß ihnen die köpff saußten unnd die Lenden geschwunden, und nicht anders meinten, dann Sant Catharin regnet Knebelspieß vom Himmel herab. Letzlich worden sie so schön mit ihnen eins, unnd truckten ihnen den Nußkuchen also ein, daß sie aller ihrer notteln unnd Fladen mächtig worden: jedoch zalten sie es ihnen nach gemeinem gebräuchlichem anschlag, mit trei Rückkörben baumspint und hundert schönen Keisersperigischen außgeschossenen Rebstecken, auß dem Marckircherthal, sampt dem überblibenen Past. Nach disem hulffen die Fladenmäuler ihrem Haubtman Saurimars wider auff die Gur, weil er, wie gehört, ein schädliche wund empfangen hat: kehrten demnach trostmütig wider heim gehn Lerne, liessen den weg auff Gleichpareulheim ligen, träueten underwegen fast bey dem grossen und schwären Gott von Schaffhausen allen Kühhirten, Geißhirten, Bangarten, Raupen, Weingartnern unnd Taglönern daselbst umb Sewiler unnd Sinach herumb.

Nach vollendung dises alles, waren unsere Hirten unnd Bangart sampt ihren getreuwen Weibergehülffin mächtig wol zufriden, sassen zusammen unnd frassen zu beiden Händen die Wassernuteln und Käßküchlin zu den Wassersüchtigen Hündisch trauben so statlich, als ob es umb groß gelt bestellt wer: spotteten auch gesangsweiß durch ein Rebblat, mit abgestollener stimme der armen Fladengecken unnd Nudelnbecken, daß sie so übel angeloffen waren unnd mit einer guten hand zu morgen sich übel kreutzgesegnet hatten: auch die

Meisterlosest under disen Bangartfräuwlin, welchs lang bey dem Pfarrer zu weitloch Kastenkaute gelebt hat, fieng so ein schön Meistersangerisch Liedlin inn der Jülgenweiß von diser Victori an zusingen, daß es ein lust zuhören war, unnd es nicht unterlassen kan hieher zusetzen: wiewol es nicht wol steht, wann die Frauwen Meistergesang zu Hauß singen, dann es ist gewiß, wie jener gut Freund vom neuwen Hanenpropheten von Gugelkam reimet: Wann die Henn will kräyen oder Propheceien, so muß der Han oder schweigen oder O weh schreien. Das Meisterloß Fladensiglied aber laut also im Lilgenthon.

> Allso, allso es uns gefällt.
> Allso man recht begengnuß hält:
> Dir O lieber Speckkuchenheld,
> Dir Finckenritter, hie im Feld:
> Du hast gern Kuchen ghölet,
> So fressen wir mit haut unnd haar
> Die Fladen unberopffet gar,
> Die wir den Nudelnsudlern zwar
> Jetz haben abgejagt mit gfar.
> Welchs die Hudler sehr quelet.
> Sih Saur im Arß
> Wie saur erfarst
> Das ander Arß
> Auch haben haar darinnen,
> Und kaum mögen den Bangartsweibern entrinnen,
> Drumb dancken wir wie obgemelt
> Dir O lieber Speckkuchenheld,
> Der du ankamst sehr hart
> Dein Muter auff der fart
> Da sie Speckkuchen schelet:
> Ja schelet, quelet, hölet.

Daß aber der gut Schollentritt nicht allein im schaden leg, wescheten unnd salbeten sie ihm die Füß so fein sauberlich, mit Höndisch Traubenbören, daß er als bald heil ward. Dann wer sich umb ein Lebkuchen pfeffern laßt, ist billich daß man ihm ein Weinachtfladen schenckt.

Das Neun und Zwentzigst Capitel.

Wie das Landvolck umb Lerne auß geheiß ihres Königs Picrocholi unversehen die Hirten und Bangart des Grandgusiers überfulen, weil sie ihnen die Krapffen stulen.

Sobald die Käßflademer wider heim gehn Lerne kamen, fügten sie sich, eh sie etwas asen oder trancken, zu dem Capitolio oder der gemeinen Laub und hallen über dem statthor unnd trugen daselbs ihr klag für bey dem König Picrocholo, dem Herrn der Bittergallier, und Gallenkoderer, dem dritten dises Namens, zeigten da ihr zerrissene Fanen und Paner der Plagen, so über die Kärch gespant waren, die Filtzhüt vol beulen, die Nestel daran verloren, die Juppen und Blatröck besudelt unnd zerrissen, ihre Notelbauntzen und Käßkrapffen verloren, und fürnemlich den Saur im Arß gefehrlich verwundt auff der seiten, da die Scherer den Strel ins haar hinstecken: und sagten darbey: das diser überfall alleine von deß Grandgoschiers von Großkäl Hirten, Bangarten, Wingartsknechten und Nußschwingern bey dem grossen furweg jenseit Sewiler, geschehen sey. Welcher alsbald ers hört, ward er gleich unsinnig, Gallenbitterig zornig, und ohn weiteren bedacht oder nachfrag wie oder warumb, ließ er gleich durch sein Land die acht unnd aberacht, Bann und aberbann, lermen in allen Gassen umbschlagen und außschreien, mandiren und Remandiren, dz ein jeder bei leibs straff, so lieb ihm die Weinstraß ist, sich umb Mittag zeit in der Rüstung uff dem grossen Platz di S. Marco vor dem Schloß zum Musterplan finden lasse. Und sein ernstlich vorhaben noch ernster zumachen, ließ er selbs vor ihm her umb die Statt die Spil gehen, Trometen und Hörpauckelen: und zwischen der weil dz man den Imbiß zubereitet, dz Feld geschütz uff der Achß herfür ziehen, seinen Haubt und Blutfanen und Oriflant fliegen, dz Zeughauß, wie dz Römisch Capitoli zum unfriden auffthun, Harnisch, Halßkrägen, Ringkrägen, Kraut und Lot, Schröt, Zündstrick, Pulverfleschen, Faustkolben, kurtz und lang wehren, Schlachtschwerter, Partesanen, Schürtzer, Lemeisen, Handrohr, Handgeschütz, Hacken, Büchssen, Toppelhacken auff Böcken, Zielrohr, Schlencken, Werffzeug, Hagelgeschütz, Ladstecken, Sturmkrüg außtheilen: Auch den Spissern, Trossern, Vorreutern, und Botten pferd darführen und geben, ihre Küriß mit gantzen Parschen, wolbedeckt stälen Glider, und verdeckt Hengst, Hauptharnisch die wol schliessen und visieren, gute stählin Krägen, Armzeug, Rucken unnd Krebs, Schürtz, Kniebuckel, Roßstirnen, knopff, stälen Puckelbantzer, und was darzu gehörig.

Zwischen dem essen bestellt er die Aempter, die hohen gefell und Commissionen, die musterung, die ober unnd unterwachten, Hut, Statthalten, Starten, forderst und hinderst unterhalten, Schilt und Scharwachten, das Lehengelt, die Übersold, Toppelsold, den Bestallbrieff, Articulbrieff, Kammerwägen, den verlornen Hauffen, den Rennfan, die angehenckt Flügel, die Zugordnung, die Glider: ernant die Malstatt, Pherien unnd Feldzeichen, den Feldmarschalck, Cardinal Obersten, unnd wa er etwann nicht zugegen wer, sein Lochotenent, die Unterhauptleut, Fenderich, Rittmeister, Quartiermeister, Wachtmeister, Profosen, Feldweibel, Fürer, Rottmeister, Hurnweibel, Steckenknecht, Brandmeister. Zum abentheurwertigen Vorzug aber erkant er mit dem Schützenfanen den Herrn Trapelum vom Wetterhan: der führt sechzehen tausent, vierzehen Hackenschützen, sampt treissig tausenten unnd eilff Läuffern unnd Waghälsen.

Zur Artilleri ward bestallt der groß Schilttrager Truckedillon, darunter neun hundert vierzehen grosse Feldstuck unnd Maurbrecher waren, Scharffmetzen, Basiliscen, Nachtgallen, Singerin, Virteilbüchs, Passevolanten, Spirolen, Cartaunen, Notschlangen, Schlauckenschlangen, halb Schlangen, Falckenetlin, on die Mörthier, Böler, Narren, Orgeln, Nachbüchssen, das Geschreigeschütz, Kammerbüchssen, Scharffentinlin, die zwölff Botten. Welche samptlich mit aller darzu gehöriger Munitionzeug wol versehen waren, als mit Zünd und Werckpulver, Ansetzkolben, Zündruten, Raumern, Wischern, Ladschauffeln, Feurkugeln, Bechringen, allerhand Sturmfeurwercken, Mörseln, Sturmleitern, Feurleitern, Feldbären, Zügkriegen, Spritzen, Legeisen, Hebtremeln, Walhöltzern, Hebzeug, Geyßfüssen, Winden, Spannern, Schiffbrucken, Zugbrucken, Rüstwägen, Schleppkarren, Roßpfelen, Schlachtmessern, Lanten, Lunten, Feidfleschen, Brechwinden, Getterschrauben, Feuerpfannen, Multer, Reyß unnd Roßbaren, Rantzwegen, Deichsselwegen, Zeugwagen, Bruckwagen, Arckelleiwagen, Schmidtwagen, Kugelwagen, Bleiwagen, Stemmeisenwagen, Sennftwagen, Schantzzeug, Handwaffen, Gießlöffel, Spießeisen, Geschifft und ungeschifft Spieß, Fürsetzzeug, Eselzeug, Stoltzbeum, Straubhöltzer, Feldmülen, Zugmülen, Handmülen, Treibmülen, Zielscheiter, Lannegel, Brechmeyssel, Lanseyler, Lanstangen, Zeltbäum, Zeltnägel, Lanbäum, Kipffblöck, Tragkörb. etc. Zusampt ihren Feldzeugmeistern, Schantzmeistern, Zeugwarten, Wagenburgmeistern, Pulverhütern, Zeugdienern, Schnellern, SchützenPferden, Schantzgräbern.

Der hinderharrenwertig Nachzug ward bestimpt dem Hörtzogen von Rackedennarren: Inn mitteler Feldschlachtordnung ließ sich der König sampt seinen Landfürsten selber finden, mit Keihel, Wecken und Monordnungen, von siben tausent Janitscharen, grad gerechnet, umbgeben. Also kurtz überschlagen und gerüstet, ehe sie sich in den Anzug begaben, oder den Feind anwendeten unnd ersuchten, schickten sie mit dem Hauptmann Eugulewind von Klatterbuß, drey hundert leichte Pferd das Land zuberennen, ob irgends ein verborgener Hinderhalt versteckt lige. Aber nach dem sie es fleissig erspehet, befunden sie die gantze Landschafft daselbs herumb gantz still unnd sicher, ohn einige auffwickelung, vergaderung oder widerstand. Welches so bald es dem König Picrocholo verkundschafft worden, befahl er das alle Fänlin zu gleich streng fortzuziehen sich nicht saumeten. Darauff fulen sie mit gewalt ein, zertheileten sich auff beide seit, streiffeten ferr unnd weit, verderbten, jagten, blünderten, raubten, garteten, brandschatzten alles was sie ankamen, ohn einige ansehung der Person, wer arm oder reich: Kirchen oder Klöster, Witwen oder Weisen: war alles preiß, triben hinweg Ochssen und Küh, Lemmer und Hemmel: Geiß und Böck, Han und Hennen, Henn unnd Hünlin, Antrach und Enten, Ganß unnd Ganser, Moren und Säu, kein Vogel war inn seim Nest sicher, namen die Taubhäuser auß, frasen das Nest mit dem Vogel, liessen den Wein außlauffen, schossen, warffen und schlugen alle Nuß herab, machten inn eim augenblick den Herbst ein, namen die zäun hinweg, als ob sie auff Moscovitisch für Polotzko schantzkörb tragen wolten, knipfften und kuppelten Mägd und Knecht, Jungfrauen unnd Junge Knaben zusamen, und tribens vor ihnen her, stürmeten die Binenkörb: wiewol mit gefahr, dann sie mußten das Visier fürthun: schmissen die schönsten öpffel, Biren, Kütten unnd Nespeln von bäumen herab, ja hiewen die fruchtbarn Beum umb, wie der Fucker zu Bredau, stiessen alle thüren auff und liessen kein Nagel inn der Wand? Ach es war ein jämerliche ungestalte unordnung, als ob sie umb den löffel renten, welcher ihn am ersten der Braut bring. Und da fanden sie keinen widerstand, Juncker Frech mut saß im Sattel, und Jungfrau Reutrut dahinden: Wa sie hinkamen ergab sich ein jeder auff gnad, bittend zu dem freundlichsten mit ihnen zufahren, auß betrachtung daß sie allzeit gute liebe Nachbauren gewesen weren, Unnd ihnen nie nichts unbilles oder gewalts zugefügt hetten, Gott werds gewiß nicht ungestrafft lassen, wa sie über die Schnur hauen. Ja ja liebe Nußheintzen, hett ich seidher gelt zuzehlen, sprachen sie, biß euer straff kommet, Botz todenbaum, wir wöllen euch die Käßkrapffen gesegnen, daß euch alle Plag und Beulen schend: biß Gott selbst kompt, haben wir Vogel und Nest weg geraumt.

Das Dreisigst Capitel.

Wie ein Mönch von Sewiler das Kloster der Aptey daselbs sehr wolbevespert und bemettet, von der Feind mutwill, Raub unnd Plünderung errettet.

Die Bittergallische Picrocholisten streiffeten, plünderten, raubten, also lang, biß sie gen Sewiler kamen, da übten sie sich erst recht, schlugen Mann und Weib nider, hielten mit mörden, würgen, erschiessen, also hauß, daß (wie dort geschriben steht) ein so weite Höll find man kaum, da all die Toden hetten raum: zogen alles nackend auß biß auff die Viehmagd, brachen alle Trög unnd Kisten auff, mauseten alle Heuser und Gemach auß, wann ihnen ein Nagel zu hoch steckt, warffen sie mit den Faustbüchslin oder Nußbengelin darnach, also wee thats i*h*nen, wann sie es nit erreichen konten, durchgruben die Wänd, huben die Böden auff, stampfften unnd stiessen mit den Spiessen, zulaustern wo es hol wer: nichts war i*h*nen zu heiß noch zuschwer, was nicht gehn wolt, trugen sie: suchten die Profei auß, ob etwann ein Goldbergwerck und Schatz darinnen leg: schnitten die Leut auff, nit zusehen, wie Nero, wa sie im Mutterleib gelegen weren: sondern ob sie ein guldenen Eierstock inn den Hennen fünden. Wiewol die Pestilentz inn mehrtheil Heusern war, lieffen sie doch inn alle, und stalen alles was darinnen war, nit daß sich einer darab schaudert: welches wunderlich ist, weil Pfarrer, Caplän, Prediger, Artzet, Scherer und Apotecker, welche sonst die Krancken pflegten zubesuchen, zutrösten, zuheilen, zusalben unnd zuschmieren, alle waren von der Erbvergifftung gestorben oder gewichen, und dise Teuffelsmörder unnd Henckersbuben kam nit ein schauderlin an: wie kompt doch das? I*h*rr Herren, ich bitt, gedenckt ihm nach: es ligt mir auch sehr, bricht mir manchen süssen Schlaff, als dem Prediger die frag, warumb das Zanweh im Scherhauß vergehe und inn der Kirchen recht angehe: warumb das Feber in der Kirchen sich mehrt, und im Wirtshauß eher auffhört: warumb die Flöh den Weibern in der Kirchen am auffsetzigsten sein, Die Pest belangend, lehrt ein Genffischer Apostel inn zwoen Questionen, es sey nichts bessers darfür, dann ein gut neu par Schuch, unnd dieselben von dannen gebraucht, biß sie brechen: Oho so käm ich mit Holtzschuhen zu spat. Nach dem nun die Statt also zugerüst unnd außgesacket war, lieffen sie mit hellem geschrey der Abtei zu, aber sie fanden sie wol verrigelt unnd verschlossen: derhalben zog das fürnembst Hör fürüber auff den Furt von Vede, außgenommen siben Fänlin Fußvolcks und zweyhundert Spiser, die da bliben und die Mauren des Klosters stürmeten, auff dz sie den Herbst gar verderbten. Die arme Teuffel, die Mönch, wußten inn solchem trüppel nicht zu welchem i*h*rer Heiligen sie sich solten geloben: gleichwol auff allen fall läuteten sie *ad capitulum capitulantes.* Darinn ward beschlossen, das sie ein stattliche Procession halten wolten, mit starcken Ora pro nobis und Litanien *contra hostium insidias,* und mit schönen Responsen *pro pace* gespickt und gefütert.

Damals war inn der Aptei ein Mönch, genant Bruder Jan de Capado von Entommingen oder Entmannhausen, ein junger Hach, ein Waghertz, lustig, munter, wacker, hurtig, rund, tratzig, hatzig, wolgesetzt, von wolgelößter Gurgel, von wolbegnadeter freymutigkeit, von wolbevortheilter Nasen, ein geschwinder Horasfertiger, und Paternosterpostierer, ein herrlicher Meßabsatteler, mächtig geübt unnd fertig die Viglien außzubürsten: und es inn einer Summ zubegreiffen, ein rechter Mönch, so je einer gewesen ist, seit die Welt Mönchenzend Möncherei gemöncht und genonnet hat. Ja zum überfluß zu seim Ordus in der materi seins Breviari ein zimmlicher guter Latiner biß zu den Zänen: konnt dannoch *Invenimus* Messiam von der Meß außlegen, Molossos die Müllerhund für Maulesel, *Presbyter, q. præ aliis bibens ter.* Sant Dominicus, so viel als *donans minus,* unnd *Dominus q. dormiens minus.* Sant Hippolitus, hüpsch poliert. Sant Mattheus *Manus Dei:* Sant Mauritius ein Mor inn Demut: Sant Damianus, Domini manus. Lucas ein Liecht. Judas, Jubilum *dans.* Lenhart, *legens* inn Ara. Corbis, ein Korb, *q. curvis virgis.* Discus oder *tella q. dans escas* oder *tollo: ciphus,* Schaff, *q. cibos fovens: cadaver q. caro data vermibus,* Schelmenfleisch, *fimus,* Mist, *q. fio mus,* dann auß Mist werden Meuß, wers nicht weiß. *Pubes. q. pudendorum nubes, scurra, scutellas radens,* Schüsselschürer: *duo passeres veneunt asse,* zwen Platteisel kommen essen: *ulcus,* Geschwer, vom culdus, durch versetzung der buchstaben oder oli: Magister, *ter magis:* Solche subtiliteten wußt er all: aber Hebraisch war i*h*m palea, das Häu aß er nicht: *Græcum est,* sagt mein *Accursius, non legitur:* Dann der Prior lehrt i*h*n, es sey unbillich, Heyliger Geschrifft Maiestat und Raht, einschliessen inn die Regel vom Donat. Nun derselbig Bruder Jan Onkapaunt, da er das geschrey unnd getümmel der Feind in des Klosters Wingarten und Reben höret, lieff er herfür, zusehen was sie guts machten. Unnd als er sicht, daß sie also den Herbst, damit sich ein gantz Jar das Kloster zur i*h*rem Mettlichem und Vesperlichem durst behalff und erlabet, unbestellt und ungedingt einmachten, stieß i*h*n das eiferfieber blötzlich an, lieff inn das Chor, da die andere Brüder gantz erschrocken wie unglückhaffte Glockengiesser übereinander sassen und halb grunnen unnd halb sungen Mi, i, i, se, e, e, re, re, re, vi, i, vin, vi, vin, o, o, o, rum, no, o, stro, stro, ro, rum: a, a, fu, u, fu, ro, ro, o, re, nor, no, nor, ma, man, no, nor, um, li, i, i, be, e, ra, ra, no, nos, do, o, do, mi, i, ne, ne, e: unnd rufft. Ja Mi, Mi, Ne, Ne, Botzsacker Ammion, was miet auß euch, was darff es des blehens? Ihr seit mächtig wol beschissen und besungen, Botzelement, was heult ihr lang. Es mühet mich, etwas anderst, ich schiß inn die Bütten, da rein kein Wein mehr kompt: Bei S. Sebastians Heiligen Armbrost, ich raß schier vor eyfer. Adi, adi, ihr lieben Fesser, der Herbst ist eingebracht, die Trauben seind abgelesen. Oder ich sey des Teuffels, wa sie nicht schon inn unserem Kloster sind, unnd so lustig zaun, Reben unnd Trauben abhauen unnd klauben, daß wir bei Sant Otmars warem schimmeligen Maltzenlegelin diß Jar nichts als Daubenseufftzen nach Traubenseufftzen und Hummelwassern werden: Ich aber Traubensaufftze jetzund vor unfallen: Botz Krisam was werden wir arme Teuffel sidher sauffen müssen. Nein, Nein, botz bettel, nein, es wirt sich also nicht thun: O lieber guldener S. Urban von Ensheim, *serva mihi potum.* Da fieng der Prior an. Ei Ei botz

Morgenkrantz, was will der voll Gauch hie? das man mir ihn inn die Prisaun führt, soll er also das Divinum zerstören, Nein, Nein bei leib, sprach der Mönch, laß uns ihn alleweg verhüten, daß man die Win nicht zerstöre. Dann warlich, ihr Herr Prior, trinckt gern den besten, und daß thut jeder, frommer Biderman. Das Edel lebend gblüt, haßt nimmer das Edel Reben geblüt: das ist ein Monocalisch Apophtegma, diß habt von mir, also lautet mein Reimen, zwischen zwo Hopffenstangen. Aber diese Responsa, die ihr da singt, schicken sich bei dem sackerleiden jetzunder nicht. Warumb sind sonst unsere Hore zur Ernd unnd Herbstzeit kurtz, unnd umb den Advent im Winter lang? Machts ein ander mal dest lenger: jetzund ist abbrechens zeit. Weiland Ehrwürdiger gedechtnuß Bruder Matthes Kloppenstumpe, sonst genant Glockenstum, dessen Seel Gott tröst, bei dem heiligen Weihwadel, ein warer eyferer, oder ich sey des leibhafften Teuffels, inn unserer Religion, sagt mir einmol, ich erinner mich noch wol, wie gedachte kürtzung des gesängs seine wolbedenckliche ursach hab, nemlich daß man zu solcher zeit den Wein einbring, auff daß man ihn im Winter einschling. Alles hat seine zeit, bauen hat seine zeit, sagt Salomon, brechen hat auch sein zeit: aber botz dufft, diese Hudler haben die Reben nicht gebauet, und brechen mir darzu die Trauben zur unzeit ab, daß sie die Feiffel bestand, solt ich diß leiden: ich schiß sie ehe voll Seutreck, so freß sie kein Jud. Aber hört mir zu, ihr Herren, *percipe vocibus aurem meam:* unnd vernembts wol alle ihr andere, die ihr den Wein bei dem Kreutz Gottes auch lieb habt, wann ihr mir folget: botz hinden und vornen, so soll noch mancher den Kopff daran zerlauffen, unnd ihnen wie den Juden die Wachteln bekomen. Dann oder das Glockenfeur schlag mir ins Loch, ich weiß, wan wir wolten den faulen Rucken darhinder thun, wa wir nicht unsere liebe Traubenselige unnd milter gedächtnuß Reben, wolten erhalten bei leben: Bocks marter es daurt mich das schön Kirchengut? wolten wir also unsere Stiffter ehren, das wir das jenig, was sie gestifftet, so liederlich wolten in Wind schlagen? Ha nein, nein, der Teuffel, S. Thomas auß Engelland ließ doch sein leben ob dem heiligen *patrimonio,* wann ichs auch darüber laß, komm ich so wol ins Marterbuch unnd inn den Calender als er? Hey ich will drumb nicht sterben, dann ich bin der ders andern thut: Wir sind Chrisamskinder: uns rhürt kein Schinder: Botz sackerdam, solt uns einer antasten, er solt bei S. Aßmus heiligen Därmen, den Chrisam auff seinen Kopff bekommen: Was? wir bestehen für all Tausent Teuffel, es hafft kein Schuß an uns, wie an Wollsäcken: wir sind ölig, glatt und hell wie die Ael, truckt mans, so wischts auß, schließt mans, so glitschs auß.

Auff solche red, warff er seine weite kleidung von ihm, erwischt die Sporbierenstang am Kreutz, welchs im Chor war, fein lang als ein Reyßspieß, rund in der Faust, und ein wenig mit Lilgen angemalt, die schier außgelescht waren. Also inn Hosen unnd Wammest mit eim Hartzkäpplin, wischt er hinauß, warff die Flockenstol über die Achsel, und mit der Kreutzstangen über die Rebenfeind, oder viel meher Freund, aber Rebenverherger, schmiß, schlug trescht darauff das die Jupp knapt, dieweil sie ohn einige ordnung, Fanen, Trometen unnd Trommen hin und wider inn des Klosters Reben zerstreyet stackten, und die Trauben abzwackten unnd hackten. Dann die Fendrich hatten ihre Fenlin auff die Maur gesteckt, die Trommenschlager ihre Trommen obenzu abgelassen, und mit Trauben gefüllet, die Pfeiffer und Trommeter ihre Instrument an eim ohrt verstopfft, und die beste Malvasierbören darein gepfropfft oder außgetruckt: Er, solches ihnen zusegnen, überfule sie mit der Kreutzstangen, ohn einig Auffsehen oder Warda schreyend, so dobend und wütig, daß er sie niderschlachtet wie die Schwein: schirmet zur Lincken unnd zur Rechten, nach der Alten weiß zufechten, als ob es Mönch Illzam im Rosengarten wer. Dann die Armen Teuffel konten nit lauffen, so voll hatten sie die Hosen mit Trauben gesteckt, und konten sich nicht wehren, so voll hatten sie die Ermel gesteckt, und konten nit ruffen, so vol stacken ihnen beide Backen. Hieher ihr Herbststaren, sprach er, ich will euch weisen, das noch ärger Teuffel inn der Kappen stecken, als inn euwern zerfetzten Hosen. Etlichen spallt er den Scheitel, daß ihnen das Hirn vor die Füß oder ins Geseß ful, den andern zerrädert und stigmatisirt er händ und füß, etlichen verwirrt er den knickwirten und dz Kropffbein im halß, daß ihn der kopff wackelt wie eim Haß am Sattel, den andern zerschmiß er Weich unnd Lenden, wie einer schleckhafften Katzen, etlichen zermalmet er die Nieren unnd Hanenkäpplin, schmiß ihnen die Nasen unnd Ohren herab, stach ihnen die Augen auß, zerspilt ihnen die Apffelwangen unnd Kifel, schmettert ihnen die Botterzän inn halß, dantzt ihnen auff den Kniescheiben und Armspindeln, zerfoltert ihnen die Flachsadern, schlug ihnen den Puls, das der Hertzbendel kracht, distiliert ihnen das glidwasser, schneutzt ihnen den roten saft auß der Nasen, daß sie sich beseichten wie ein Galgen am Dieb, zerknirscht ihnen die Hauptschüssel, riß die Kopffpfannen auß den fügen und Angel, zerstieß ihnen das Halßzäpflin, beschor ihnen die Schwart, zerquetsch ihnen den Quatschsack, brach ihnen den Ruckgrat, zerplotzt ihnen das Schulterblatt, wan sich einer wolt in die dicke Dornsträuch verstecken, zermörselt er ihm die überige Rippen mit einander, daß er sich inn einander krüppelt wie ein getretner Wurm, er entnieret unnd stutzt sie wie die Hund. Wann einer floh, firmt er ihm zur letz so ein tröstlichen streich über der Lambdoidischen unnd Ypsiloidischen Commissur oder Näd der Hirnschalen her, das ihm der kopff zu stucken dort hinauß stibet, man hett ihn mit bäsen nit zusammen gefegt. Wann einer ein Baum hinauff klettert, spißt er ihn auff gut Türckisch zum hindern hinein, wie man die Fercklin ansteckt. Wann einer von alter kundschafft ihm zuschrey, Ha bruder Jan mein freund, Mesericordi, Mesericordi, A bruder Jan ich ergib mich. Du must wol, sprach er drauff, doch must dein Seel vor auch den Teuffelen ergeben: Was Messericordi? Messer unnd korden sind genug hie, euch wie die Hünlein zuwürgen. Unnd gleich drauff gab er ihm den segen, das er die Knie zum Maul zog.

Wa sich aber einer gemeid unnd so kün bedunckt, das er ihm under augen zur gegenwehr dorfft tretten, da zeigt er ihm die sterck seiner mäuß unnd fäust. Dan er schlug ihnen den Leib mitten bei der mediastine und dem hertzen entzwei, daß ihnen der Hafen im Magen gleich zerscherbet, und nidersuncken als hett man sie abgemäyet. Andern gab er so ein nasses auff den Nabel, oder tratt ihnen dermassen auff den Tribsack und Seelsack, daß ihnen Kuttel, Kröß und därm herauß, wie dem verräter Judas lappten, oder das biet hernach ging, oder der Arßdarm armes lang rot vor dem fidloch hing, und daß ihnen das zäpflin gar entful, Andern stach er zu den schwestercken hinein, und sucht ihnen die Seel im Arsdarm. Glaubt mir, es war das jämerlichst spectakul, das ie gesehen ward. Etlich rufften Sant Barbara im Thurn, etlich dem Ritter S. Jörg, S. Angstet im Elsaß, etlich S. Nytouche, S. Schonmein. Andere, unsere lieben Frauen von Laureto, *de Meritis,* von alten Oetingen, zun Einsidelen, zum Pfannenstil, von Heylpronn inn Nesseln, zur Eychen, von Neuenstat an der strasen. Etlich gelobten sich zu S. Jacob gen Compostel, etlich zu dem Heyligen Schweistuch gehn Cammerich, aber es verpran drei Monat hernach so sauber, das nicht ein Fädemlin davon überplib. Etlich zu S. Cadovin, zu Sanct Töngisbild gen Wesel, dem grosen Kreutz gen Stormberg, gen Dundenhausen. Andere zu dem Heyligthumb zu Andechs: Vil zu allen Heyligen, und eilff tausend Jungfrauen, zu den drei Königen gen Cöln, Agulach Magulach (dern einem kurtz zuvor die Perlingestickte Schuch gestolen warn) zu Sanct Cukakille Mäusen, zu Sant Wentzel inn Behem, Sanct Stengel inn Polen, zur beschnitten Vorhaut gen Antorff, zu unser lieben Frauen Nähkörblin gen Hall, zun Heyligen Würffeln gehn Trier: Zu S. Josephs bruch gehn Aach, H. Eselsschwantz gen Genua, zun benedeiten händschuhen gehn Rulle, zu dem drey füsen des Palmesels gehn Birnbaum. (Dann der viert ist noch zusuchen) Unnd wa einer ein starcken Christoffel wußt.

Etlich starben ohngeredt, etlich redeten ohngestorben, etlich starben und redeten, etliche redeten unnd starben. Andere rufften von heller Stimm, Confessio, Confessio, *Confiteor, Miserere, In manus.* Es war ein solch geschrey von erschlagenen, daß der Prior mit allen seinen Mönchen hinauß gieng, unnd als sie die arme Leut also tod und verwund inn denn Reben ligen sahen, erbarmeten etlich sich über sie, höreten etlich Beicht. Aber under des die Priester beicht hörten, liefen die junge Mönchlin alle an dz ohrt, da bruder Jan sich prauchet, unnd fragten Fr. *Iohannes,* können wir dir helffen? da sagt er, macht den schelmen allen kragab. Flugs sie hin, werffen ihre Kappen oben auff den nechsten Rebenhalter, fangen an wetzen unnd schleiffen, wie der best Säumetziger, und stechen den Feinden, wie den Hünlin die Gurgel ab, unnd fertigen sie also inn ein par stunden hinweg: So bald lehrnt das Kalb von der Ku: So gern greiffen die nach dem messer, denen es verbotten ist. Wist ihr mit was eisen unnd messer sies thaten? Mit schönen guvetlin unnd stümpflin, welchs kleine halbe Messerlin sind, damit die kinder diser Land die Nuß schelen und ergrübelen, gestalt wie die Taschenmesser: darvon die Seckelabschneider ein muster genommen.

Mitler weil kam unser bruder Veit mit seinem Hoppenstock in der feind schantz. Etlich auß den Mönchlin namen flugs die Fänlin in ihre Cellen, Hosenbendel darauß zumachen. Aber da die, welche gebeicht hatten, über denselbigen Schantzwal wider davon wolten, gab unsere Weineifferiger Rebenschirmer dieser Rebenstürmern die Letz mit guten streichen, sprechend, dise haben gebeicht und gereuwet, unnd Ablaß bekommen, darumb werden sie also Par inns Paradiß fahren, wie ein Säns inn Sack, und ein Sau inns Mäußloch, fein ebens Pfades wie der weg auff Dornstett. Ich will ihnen mit der kreutzstang den weg weisen, weil doch die crucifix auff den kreutzstrasen den Weg weisen müssen: O sie sterben jetz in ihren grösten ehrn, wie der Jud, welchen der Jungherr auß dem schiff zu tod daucht unnd taufft. Dann so das Himmelreich der Armen ist muß man sie arm behalten.

Also ward durch unsers Bruders manlichkeit das gantze Hör, welchs in das Kloster nidergestaret war, erlegt, auff die dreitzehen tausend, sechs hundert, zwen unnd zweintzig, ohn die weiber und kleine Kinder, dann solchs versteht sich allzeit. Der Waltpruder Maltgiß, von dem inn den geschichten der vier Sön Haimons (so auff eim Pferd Ritten) geschrieben steht, hat sich sein lebenlang nie so dapper wie ein Wapner mit allem seim Pilgerstab wider die Zarrazenen gehalten, als hie unser Bruder Jan wider die Picroscholler mit seiner Kreutzstangen: Hei der solt Abt zu Fulda werden, der könt mit den Bischoflichen von Hildesheim auff dem Tag umb die session herumb huddeln: Ja er solt Bischoff zu Cölln werden, der köndt den Grafen von Bergen inn ein Eisenkorb setzen, und ihn zur Sommerzeit mit Honig beschmiren, daß ihn die Mucken zu tod stechen. Also muß man das Geistlich gut schützen: ein jeder stand sein gut, der Geistlich sein Geistlichs, der Weltlich sein weltlichs: die Fäust sind den Geistlichen nit umsonst gewachsen: ihr Recht gebiet nicht vergebens, man soll keinen weihen, er hab dann sein Glieder all, sey Glid gantz, sey gang hällig, geng unnd geb, am schrot unnd Korn unmangelhafft, hab Haar am Weihwadel. Wie meint ihr versammelte Herrn, wann diser brauch auffkäm, ob auch Kriegsleut widern Türcken würden mangeln? Dann noch vil solcher eyfferiger Kuch unnd Kirchgutschirmer vorhanden, denen, wann sie das guts Kropffstöpffig geniessen, der gallenkoderig eyffer auch also auffkoppet: die es nicht thun wolten, solt man als nicht Manns werd nicht Mansgliedgantz lassen, unnd recht Mönch auß ihnen machen, unnd ihnen die außgebrochene Zän zum Paternoster an Halß hencken, daß man sie an diesen Judenringlein vor andern Geist unnd Fleischwürdigen erkente. Was bemühet unnd bemüdet dann ihr ungeweihete Reuterkerles und hoppenbrüder lang euwer Gäul, unnd versucht euwer heyl, zuschützen der geweiheten theyl: Die es erbettelt haben, die werdens auch wol schützen, ohn euwer Pulverpflützschen unnd Rorschützen: ein geweiheter Kreutzbruder, ein geweihet Kreutzstang, ein geweiheter Kreutzesel können vil thun, wan sie ein Fr: Capistranum haben, der tapffer wider ihr feind Bannodamnodemantisch das Kreutz Predigt.

Das XXXI. Capitel.

Wie König Picrocholus der Gallen Cholerer, mit Sturm die Klermaltburg einbekam: Und von der beschwerlichkeit, die Großkölier macht ehe er einen Krig vornam.

Unter des der Mönch, wie gehört, mit denen, die ins Kloster eingefallen, scharmützelt: Mitler weil zog Picrocholus mit seim Volck inn groser eil über den furt von Vede, und stürmeten die Burg Clermaut, allda ihnen gar kein widerstand geschah. Unnd demnach die Nacht einful, ward er zu rhat, darinn mit seim volck zu übernachten, es von seinem streiterhitztem zorn zukülen. Morgens frü nam er das Bollwerck und Schloß ein, befestigt und versah es mit zugehöriger munition, in Hoffnung, wa er angestrenget würde, sich inn disen Halt zuhindergeben. Dan das ohrt war von Natürlicher unnd Kunstgefügter gelegenheit sehr fest. Aber laßt uns sie da ligen, unnd zu unserem guten Gurgelstrozza, welcher zu Pariß sich fast verstudiret und kempfferisch übet, umbkehren. Auch zu dem guten alten Grandgoschier von Großkeil seim Vatter: welcher nach dem essen unnd eingenommenem ungespuletem Wein, bey eim grosen hellen Feur pflegt sein gepäck zuwärmen, und zuerharren, wann er von dem Aecker der Kesten feißter würde, unnd pflegt dieweil mit eim angepranten stecken, damit man das Feur schüret, auff den Herd etwas zumalen und zuschreiben, und seim Weib und Haußgesind etliche lustige geschichten von alten abentheuren zuerzehln. Als er nun also sein zeit vertreibt, kompt auß den vorgedachten Bangarten, Pilot Gabelhoch, Fritzen Habercläußlin Nachverlassener Ehlicher Son, der best Urenrichter im Dorff, wol beredt, der auff allen schencken und hochzeiten pflegt abzudancken, zeigt dem König stil unnd butzen an, was Kyklokolen der König von Bitterlerne für grosen übertrang mit Schwerd, Prant, Nam und Plünderung in seim Land und Gebiet vorhette: Und daß er allbereit das gantz Land verhergt hab, außgenommen das Kloster zu Sewiler, welches Bruder Jan Onkapaunt zu seinem grosen rhum hab errettet, auch zum willkomm i*h*nen zimlich den leymen geklopfft, wie die Baßler den Armen gecken im loch: und das jetzumal der König in Rosche Clermault lig, allda sich auff allen fall einzurüsten. Darauff fieng Großbuchier an, Holoß, holos, Och, och, wie geschicht mir? was ist das ihr fromme Leut? Traumt mir, oder ist war, was man mir sagt: Soll Picrochol mein alter Freund, beydes von Stammen unnd Bündnuß mich also feindlich besuchen? Was bewegt ihn darzu? Was ist die ursach? wer weißt i*h*n also an? Ich glaub, er will war machen, was man sagt, wer ein Schelmen von eim Pferd hat, vertauscht i*h*n bey seinen Freunden. Ho, ho, ho, ho, Mein Got helf mir. Ich protestir vor dir, wolst mir so genedig sein, als war ich i*h*m oder den seinigen je etwas leides zugefügt habe: derhalben muß es vom bösen Geist herkommen daß er mich also betrübet. O du liebe Billigkeit, kenst mein hertz: wie wann er vieleicht wer unsinnig worden, und er mir jetzund darumb in die hand gerhit, auff daß ich ihn wider zu recht prechte? Hocha, ho, ho, es ist mir nur umb dich du mein liebes Volck und mein getreuwe Diener zuthun, muß ich euch dann nun zu disem gefärlichen gescheft bemühen? Ach mein hohes Alter solte jetzund in Ruhen schweben, in betrachtung sonderlich, weil ich mein lebenlang nur nach friden gestellet: So sihe ich wol, es muß sein, das ich jetzunder mein schwache matte Schultern mit dem last des Harnischpleches muß beschweren, und inn mein zitterende bebende hand den verrosteten Spieß, darauff die gute Hennen so lang ihr gut gemach hatten, nemmen, unnd die Beckelhaub, darinn die liebe Meußlin ihre liebe jungen so lang wol außgeprütet, auff meine graue Haar stürtzen, unnd solches zu entschüttung und schutz meiner armen Unterthanen: Aber es ist erst billich, dann von i*h*rer arbeit werd ich unterhalten, von i*h*rem schweiß werd ich, meine Kinder unnd Haußgesind erzogen. Der auff der Banck schlaffet, und der darauff stilet, unnd der darauff schlaffet, unnd der darauff stelen laßt, sind gleich schuldig. Drumb will ich meins theils mein best thun, wie einer der allein pfeifft. Jedoch will ich noch kein Krieg wagen, ich hab dann zuvor alle weg und weiß zu einem friden versuchet: ich scheu den Krieg wie ein tauber Hund das Wasser, dann er frißt Gold unnd scheißt Kiselstein, ich wolt ihn nicht, freß er schon Kiselstein, unnd schiß Gold. Wiewol man sagt: friß Treck und scheiß gold so werden dir die Meidlein hold. Dann der einmal einsteigt, der muß das Bad außbaden, oder doch zahlen: Darfür hillfft weder Witzling noch spitzling. Darumb nur Haar inn die Woll geschlagen. Besser ein ungerechter Frid, als ein gerechter Krieg. *Nemo Sapiens, nisi patiens:* Frid mehrt, Unfrid verzehrt: Ich denck was mein Großvatter Hacqueleback sagt: Büchsenschiessen, Glocken giessen, Teuffel bannen, Armprost spannen, wer dz nicht wol kan, solls underwegen lan: Ich aber sage wers auch wol kan, solls lassen anstahn. Und daß sey also beschlossen, man wöll mirs dann gar abtringen unnd außstossen.

Demnach beruffet er seine Rhät, hielt ihnen das vorgefallen Geschäfft für: Da folget der beschluß, man solt ein weisen Mann zum Picrocholo abfertigen, zuerforschen, warumb er sich also plötzlich auß seiner rhu in betrübung frembder Herrschafft, die er anzufallen unbefügt, begebe. Folgends weiter, den Gorgellantuwal und seinen anhang erforderen, sein anwartend Land inn vorstehender gefahr zubeschirmen. Diß alles ließ ihm Grandbusier wolgefallen, und befahl i*h*m unverzüglich nachzukommen. Fertigt derhalben auff der stätt Baßwein seinen Lackeyen, ab, seinen Son Gargantual mit allem fleiß zuerforderen, und schrib ihm darneben wie folget.

Das Zwey und dreissigst Capitel.

Inhalt des Priefes, welchen Gurgelgrossa seim Son Gurgelstrossa schrib, damit er sein Land zuretten nicht auß blib.

Der ernst und trib deines emsigen studierens, vorbelibter Son, möcht wol gäntzlich erheischen, dich inn einer mercklichen zeit, noch nit von solchem Philosophischen ruhigem weißheitgeschäfft und geschäfftiger weißheitrhu abzuziehen, oder anders wohin zuforderen: Wa nit das Fürstenmesig woltrauen, welchs wir auff unsere Gefreundte und alte Bundsverwante gesatzt, für dißmal uns nit allein zu solches vorhabens zerstörung, sondern auch zu ungeschickter betrübung der naturmäsigen befridigten sicherheit und rhu unsers hohen Alters übel außschlüge. Inn dem es sich aber nun auß Göttlicher vorsehung dermassen unvermeynt schicket, daß wir uns von einem solchen, dessen wir uns etwann viel unnd hoch vertröstet, wider recht unnd billichkeit verunrhüwiget und angegriffen sehen unnd erfahren: werden wir nottringlich, dich beides umb ersetzung unserer verlebten Person, auch hilff, rettung und entschüttung dieser Land unnd Leut, welche dir zukünfftiglich auß natürlicher rechtfuge erblich anfellig unnd zuständig, zu beruffen unnd zuerforderen beweget. Demnach gewiß, daß zugleicher gestalt, wie äuserliche unnd außländische wehr, ohn innerlichen, beihändigen unnd heußlichen rhat, keiner vermöglichkeit nit sind, sondern gleichsam ohn lebhaffte unterhalt schwächlich erligen. Also muß auch alles studieren, unnd der wolerlehrnet verstand, sampt allem guten rhat, wo er nit zu gelegener zeyt durch kräfftige tugent scheinbarlich exequirt, vollzogen und ins werck gerichtet wird, unnützlich abgehn unnd verschwinden. Gleichwol dir diß zuforderst zuwissen, das unser bedencklich vorhaben dahin gar nicht stehet, jemands zureitzen, noch zubeleidigen, sondern, so viel Durchleuchtiger ehren halben thunlich, zuweichen unnd den streich abzukehren, unnd gar nicht *offensivê* einzufallen, sondern *defensivè* auß zuweisen oder einzutreiben, noch vil wenigers sins eines anderen Herrschafft uns einraumig zumachen unnd einzuziehen, sondern unsere liebe getreue Undersassen und Erblandschafften vor gewalt unnd unbill zuverthädigen, unnd handzuhaben. Wann dann nun unser Benachbarter Herr Ohem König Picrochol aller einigung, sampt erwisener gut unnd wolthat vergessend, uns gantz unverschulter sachen, ohn einigen redlichen rechtgegründeten schein, neulicher zeyt hat inn unseren Erblanden mit feindtlichem überfall dörffen ersuchen unnd verhochmütigen: auch noch zur weil von täglichem unleidlichem mutwill unnd freyen Leuten unträglichem gewalt sein wütig fürnemmen vorzusetzen nicht ablasset: Auch zu dem unnd über diß, daß wir durch ordenliche vernünfftige Mittel sein Tyrannischen grimm zu besänftigen nichts haben unterlassen: Gleichsfalls uns gegen ihm alles dessen, was zu glimpflicher begütigung seines gefaßten Zornkoders unnd grollens, auch widerstattung und erhebung alles vorgepflegten nachbarlichen und bundgemesen freundtlichen unnd fridelichen willens uns dienstlich unnd vorträglich bedauchte, zum überfluß erbotten unnd angetragen. Unnd deßhalben durch unsere stattliche Legation zu mehrmalen an ihne freundtliche werbung gesinnet, seins als verursachenden theils klerlichen und endlichen bericht zuthun, wamit, durch wen, und wie er sich zu disem plötzlichen überfall befügt, verreitzt oder verursacht sein vermeyne und halte. Nicht dest weniger nicht die geringste richtige antwort von ihm können erheben, also daß klar bescheinlich nichts anders darauß zulesen unnd abzunemmen, als ein mutwilliggesuchte absagung, auß unverschemten trotz unnd Ehrgeitz eygenes gewalts unnd Landfridprüchiger weiß eines andern gebiet ihm eygenthumlich einzuraumen unnd säßhafft vorzuhalten. Zu welchem dann villeicht Gott ihm zur straff den Zaum nun etwas verhenget, auf daß wir durch seinen frevel erregt, ihne nach gebür eintreiben, züchtigen und wie man sagt, zum barren pringen. Derhalben vorgeliebter Sohn, mein ernstlich Vätterlich begeren und ermanen an dich ist, auff daß ehest, so dir immer möglich, alsbald nach ablesung dieses schreibens dich hieher zufördern, nicht allein uns (welches du doch auß naturkindtlicher neygung und erbärmte zuthun schuldig) sondern auch die deinige (welcher dich von rechtswegen annimmest) zu entschütten. Sonst hoffen wir ohn minsten Blutverguß, so viel Menschlich, leidlich unnd meidlich, die sach zuverrichten: Unnd so viel es möglich durch geschwinden Kriegsranck, welchstheils unschuldiger Seelen zuerretten, und frölich, nicht auff Sempachisch gesotten unnd gebraten, inn ihre behausung heim zufertigen. Dann wir gedencken nicht wie der Wendisch König sein Land mit Schäubenhüten zudecken, oder wie Graff Hug von Pariß, siben stroen Sachssenkerles mit Wehr und Harnisch inn eim soff zuverschlingen: oder wie jener Herr, ihm so viel Feind ins Land zuführen, als viel er Körn auß dem Habersack schütt (die doch die erhungerten Hüner bald auffriben) Oder wie Darius dem Alexander träuet, da er i*h*m ein sack voll Magsamen sand, wann er disen Samen zahlen könt, würd er auch sein wider ihn außziehend Kriegsvolck zehlen mögen: Da hingegen Alexander ihm ein wenig Pfeffers schicket, mit vermeldung, wie der Magsamen dem Mund zu lind und weich, aber ein wenig Pfeffer viel stercker, schärffer und räser, also er sein Volck soll geschaffen wissen. Oder wie König Karl der Kaal, der seim Bruder Ludwig troet unnd trotzet so viel Reuter ins Land zubringen, daß die Pferd den Rein müßten außsauffen, damit daß Fußvolck trocken durch gieng. Oder wie der Kaalkopff Keyser Carus, der den Persern, weil sie kein Erbsenmuß mit ihm auß dem Hafen essen wolten, träuet, ihnen alle Aecker, Feld und Wäld, glatter und ebener zumachen, dann sein kaler Scheitel were: Ach mit solcher greulichkeit will ich meine graue Haar nicht ins Grab bringen: Sanfftmut soll mir den Schilt vortragen, und gütigkeit den Spieß nachtragen: daß geb Gott: dessen schutz ich dich sampt uns befehle. Grüß dein Hofgesind. Datum 20. Sep. underschriben: Dein Vater Grandgoschier. Versigelt mit Canarrischem Wachß, und oben auff der überschrifft drei Ito inn eim grossen C.

Das Drey und dreissigst Capitel.

Wie Ulrich Gallet zum König Bittergroll ward gesand, und unterwegen erwog der Regiment Stand.

Sobald die Brieff angeben und geschriben gewesen, verschafft Grandbuchier daß Ulrich Gallet sein Secretari, ein weiser und bescheidener Mann, dessen tugend unnd rhat er inn mancherley und zweiffeligen sachen erfahren, zu dem Picrocholo ward abgefertigt, bei ihm, was im engen rhat beschlossen worden, einzubringen.

Er als ein verschmitzter Welt unnd Eißvogel, flick auff stück unnd tück, der etwann auff dem Eiß, wann der Rein übergefrorn, gemacht war worden, halb wüllen und halb härin wie des Juden Grama, und etwas beredter als die zur Hochzeit laden, bedacht sich auff Janisch hinden unnd fornen, auff daß ihn kein Storck am Kopff noch Schopff nirgend weißget, wie sich die Meidlin spiegelen: Er wag es auff und ab, gieng hin in gedancken wie ein Hund inn Flöhen, spintisirt wie die Muck die wand aufflauff, und redet wie ein Comedischer gesanter vom Himmel mit ihm selber. O wie gehts so übel zu, wa frevel die Trommen schlegt unnd hoffart das Fänlin tregt. Wie wer manchem so wol, wann ers wißt: aber wann der Fuchß einen schlaffenden Löwen an backen schmeißt, billich er i*h*m den Balck zerreißt: wann ein Schaf den Wolff will wecken, muß es auch das Fell darstrecken: Da heißt es, wer den Kopff bekompt, der schär den Bart: Unnd will man da Wecken einschlagen: so muß man warlich darauff schlagen. Aber wie gar ist kein freud ohn leid, es verlirt eh einer etwas beim dantz, Reyen und freuen pringt reuen, freuen am Morgen, pringt zu abend sorgen, die helle Morgenröt, pringt offt ein wüßt Abendröt: Und je höher je gäher, je höher je mehr dem fall näher, je höher, dest schwindelt eim eher: also sorg ich gar, des Picrocholi lust werd ihm noch zum unlust, sein steigen zum neigen, sein Obohe zum owe, sein jauchtzen zum ächtzen. Dann Risende Bören fallen gern inn die pfitz: Aber er thut erst seim namen Bittergall und Gallbitter genug wie Nabal: Es solt einer noch nicht wöllen Peter heissen, weil ihn die Sachssen Bitter nennen: gleich wie jene Witfrau kein Andres mehr wolt, weil sie mit ihrn Enderssköpffen offt über Petersköpff sein. Aber dise des Pickerocholts greulichkeit belangend hat er dieselb nur damit gelehrnet, daß er von jugend auff die arme Käßmaden also lebendig gefressen hat, meint also, er müß allzeit dahinden anfangen, weil am Krebs der schwantz dem kopff gleich ist: Gleich wie Keyser Caligula auch allein auß schlechtem anfang so greulich ward: nemlich, weil er von Säugammen saugt, welche die Wartzen von den Dütten pflegten zureissen, unnd weil er so gern Menschenblut von Tolchen lecket. Nun wolan, so fahr er an, der Ambos erschrickt nit vor dem Hammer: wer gern zuthun hat, dem gibt Gott zuschaffen, und, wie man sagt, diewiel die Weiber allzeit müssen klagen, darumb schickt i*h*nen Gott allzeit plagen, auf daß sie haben zusagen: Wer dir dz hauß abpricht, dem biet zutrincken, dann er hat müh. Es ist dannoch wunderlich, daß der ältst Philosophus Pythagoras, dessen Seel (wie er sagt) in mancherley Menschen unnd Thieren umbgewandert ist, pflegt zusagen, es sey ihm viel besser gewesen, da er ein Frosch, als da er ein König war: Gewißlich nur darumb, diewiel die Frösch nit im Mör, da es stets ungestüme gibt, wonen, sondern inn Seen, Pfützen, kleinen Bächlin und darzu nur am gestad, und nur gern inn dem Land, da fromme Leut sind, darumb sind sie nicht inn Engelland, darumb sind auch die Häuser glückhafft, darauff die Storcken nisten, dann sie tragen Frösch hinauff: und darumb ist der Storck fromm, diewiel er Frösch ißt: gleich wie der Rapp diebisch, weil er Diebsfleysch frißt: Und die Cartheuser dumme und stumme unfläter, weil sie eitel flegmatische Fisch fressen: Unnd die Pintzgäuer kröpffig, weil sie faul Wasser trincken: Und die Sachssenkerles Falbbärtig, weil sie Bier sauffen: Unnd die Frantzosen schwartzbärtig, weil sie gern starcken Wein leppern. Aber an Spanniern fehlets, die essen gern weiß Brot unnd küssen gern weisse Meidlein, und sind sie stiffelbraun und Pechschwartz wie König Balthasar mit seim Affen. Aber wider zu unserm Thoren unnd Morenkönig inn Moria, ein König ist wie die unrhu inn der ur, ja wie das Schiff auff dem Mör, das die Wind und Wellen jetzt dahin, jetzt dort hinauß stossen, darumb nannten die Alten Cimbrer unnd Triballer das Schiff ein schweiffend Wetterhauß: Und darumb reimt ein Poet Ifgem in der Audientz des Keysers sehr wol. Daß man vil rauherer Wind, auff hohen Bergen als im Thal find, im hohen Mör gebs grösser Gewitter, als im Rein unnd stürtzt umb grösser Güter, wer viel versicht, denselben vil sorg anficht, wer grosses verricht, auch grosses pricht, wer viel besitzt, auch vil beschützt, wer höher unnd näher der Sonnen sitzt, auch meher schwitzt: was deiten viel Trabanten, als vil gefehrlichkeit vorhanden? was deiten vil Knecht, als vil gefecht? besoldete Freund, besorgte Feind, vil Volcks vil wachen, vil Rhät vil sachen? müssen andere beschützen, unnd selbs inn sorgen sitzen: Sorgen auff borgen, und borgen auff sorgen: sorgen wie die Hund, die bellen den Mon an, meinen er wöll ins Hauß steigen: Wie die Hasen mit sorgen schlaffen. Und die Esel mit sorgen sauffen, dann sie dörffen die Gosch nicht recht inns Wasser stossen, förchten sie netzen die Ohren, so lieb haben sie ihre schöne Ragörlin, wie die Katz ihr Jungfrautäplin: da hingegen ein Gaul das Gefräß hinein biß über die naßlöcher stoßt, das er das wasser wie ein Walfisch von sich blost. Ey ja Ohrentrager, versteckst wie der Strauß den Kopff, und entdeckst das loch. Ja wol, gerath wol pfeiffenholtz, ich pfeiff dir ja wol darzu, oder du wirst zum boltz. Warumb legst nicht auch, wie das Zaunschlupfferin, die klölin auff das häuptlin, das nicht der Himmel auff dich fall? Unnd stehst auff eim Fuß wie ein Kranch, das nicht die Erd beschwerst: und saufst Wasser, dz nicht der Wein theur werd? Unnd fressest Erd, wie ein Krott, die sorgt die Erd werd ihr entgehn, unnd meint, sie hab die Erd im Sündflut in ihrem Bauch erhalten, unnd wölls noch thun. Ja wisch das Gesäß an die Hecken, daß nicht das Häu vertheurst? Und heb die füß wol an dich wie der Han, das kein Pferd im Stall trettest? Was frag ich nach den Vögeln, die mir über den kopff fliegen. Will das holtz nit zun Pfeiffen gerhaten, ich Pfeiff i*h*m dann wol, so will ich singen, so gerhats zum boltz. Es heißt, Sitz auff den arß, so tregt dir kein Mauß kein Stro drein. Aber Herrn sind Katzenart, streicht man sie glatt rucken ab, so recken sie den Schwantz, streicht man sie widerporstig hinauff, so Funckelen sie, Darumb schreibt gedachter Reimist recht, gute Rhät haben der Prophetin Cassandre glück, deren der Apollo die gab verlih warzusagen, aber bey dem Volck nicht warzuglauben: darum wer (wie Euripides sagt) gut das Phoebus selber rhatet und warsaget, weil er nach niemand fraget: Grosen Herrn unnd schönen Frauen, soll man wol dienen und übel trauen, dann ihr beyder lieb hat Sonnenart, fällt so bald auff ein Kütreck als auff ein Rosenblatt. Ach ist diß nicht ein ehrlichs erbieten, werfft mich nicht zum Fenster auß, sondern die steg hinab. Ja lieber Hoffman, der einen heißt die steg hinauff tretten, der kan einen wider heissen hinab schmettern, ziecht man dich mit Haaren hinauff, so ziecht man dich mit den Beynen herab: Bist zur stubenthür hinein gangen, so fal zum fenster Laden wider hinauß: Sey nur frölich unnd lach nicht, fall die

steg ein und rumpel nicht: Jedoch, empfangens auch die Herrn als
dann, wie sie es außgeben: ruffen sie Hotta, so gehts Wust: da gibts
dann beydes *Et Cæsar* & *Nolo:* doch bleibt er stäts das Haupt seiner
Läuß etc.

Dises und noch mehr bedacht unnd handelt unser abgesandter
Höralt Herr Gallet mit ihm selber biß er für den Furt zu Vede kam,
da erkündigt er bey dem Müller, was es für ein gestalt mit König
Picrochol habe: der zeigt i*h*m an d*z* i*h*m desselbigen Volck weder
Han noch Henn gelassen, und sich in Clermaltburg geschlagen hette:
Unnd daß er i*h*m nicht rhaten wolt ferner fortzuziehen, vonwegen
der Wacht, dann sie weren Teuflisch wild, fressen die Nuß unauffge-
klopfft, und schissen die Kirsenstein gantz von ihnen. Welchem er
leichtlich glauben gab, dann er kant den Han auff seiner Mist, unnd
plieb derwegen übernacht bey dem Müller. Morgens frü fügt er sich
zu dem Schloß, pließ unnd schwung die Trommet dreymal umb den
kopff, ritt zu der halt: und begert mit dem König zuparlamentieren,
Welchs als es dem König angesagt ward, ließ er ihn nicht in die Statt,
sondern hieß ihn vor der Statt auff dem Bollwerck seinen warten.
Da kam er unnd rüfft ihm, Was neues da sey? Was ist dein anligen?
Wo scheißst her? Hierauff trug seine Sach der Legat für wie folget.

Das XXXIIII. Capitel.

Die Red welche Grandgusiers Gesanter zum König Bittergroll that, das er ihm friden raht.

Hoehers unnd kümerlichers hertzenleid mag einem auff Erden nicht
zustahn, als so er von dannen, daher er allen guten willen solt gewertig
sein, hingegen allerley widerwillen, undanckbarkeit unnd feindschafft
muß erfaren. Deßhalben dann ihrer viel, die ein solcher unfall übereilt
gehabt, und in dise klammer geraten, nicht ohn ursach (wiewol wider
vernunffbescheiden Recht) denselbigen so hertzlich zu mut gezogen,
daß ihnen ihr lieb Leben darob Bitter und schmäh worden, und
dasselbige weniger als den unbill erträglich und leidlich geschetzet:
also, daß da sie den plötzlichen ruckwend und spott des glücks weder
durch sanffsame noch gewaltsame mittel zuverbessern gewußt noch
vermocht, dahin sinnverrucklich sind verfüret worden uunnd verfallen,
das ihnen die gantze Welt unnd alle Menschliche beywonung dermas-
sen abscheulich ist erleidet, daß sie derwegen auß verzweiffelung
solchen ihnen widerfahren unfall widerumb abzubringen, sich selber
dises Liechts entsetzt und zur ewigen Todenfinsternuß eigner hand
haben gefördert. Ist derwegen nicht zuverwundern, wa auch nun
zumal der Großmächtig König Großgurglier mein gnädigster Herr
ab deinem wütigen und feindlichem einfall etwas grosses mißfallens
unnd beschwernuß trägt. Ja vil mehr stünd es zuverwundern, wann

S. Mt: sich den manigfaltiggeübten überfall und mutwill von dir unnd den deinen an ihm und den seinen angewendt unnd geübt, nicht zu treuen hertzen fürete. Dann über diß, das seiner Kön: Würde dero liebe Unterthane sehr ängstlich, wie eim Vatter seine Kinder angelegen, so thut es dero insonderheit weh, solch schmach und tratz von dir und deim Volck zuerfaren, mit welchem doch S. Mt: unnd dero Voreltern von alten ohnhinderdencklichen zeiten her inn fester Nachbar licher Erbverbündnuß allweg ist gestanden. Dieselbige auch biß hieher also unverbrüchlich Heilig und steiff beiderseits gehalten worden, daß es nicht allein bey seiner Mt: sondern auch den Barbarischen oder Ferrfarenden Nationen jhenseit der Zucker Insel Canarien unnd Isabelle ein solch ansehen gehabt, daß vil leichter das Firmament zuzerrütten, unnd der abgrund über die Wolcken auffzurichten, als euer beider Mayestat bund zutrennen sein geschinen: auch dise Länder denselbigen also gescheuet, daß sie auß forcht eines und des andern, gegen keim theyl, oder deren Bundverwanten niemals etwas feindlichs haben understehen dörffen: sonder noch wol zuzeiten inn die Gemeinschafft der einigung auffgenommen zu werden angelanget. Ja sich gutwillig ihrer ein ansehlich theyl zinßbar gemacht: der ein mit Dänischen Pferden, der ander mit Frisischen Ochssenhäuten, der dritt mit Specerei, der viert mit Frantzosenholtz, der fünfft mit Papegeifedern: der sechst mit Thüringischen Sauhäuten: der sibend mit Bambergischen weissen Pferden, der acht auff Eßlingisch und Leberauisch mit eim Wagen mit Flachs, unnd ein Sester voll Haller: der neunt mit eim Englischen Docken: Dann sie ihrem keim den hon thun wolten, wie Keiser Henrich der Vogler, den Hunischen Ungarn, daß sie ihnen schäbige gemutzte unnd gestutzte Hund solten für Tribut aufferlegt haben. Was für unsinn treibt dich dann nun, so liederlich alle freundschafft außzutilgen, alle Bündnuß zutrennen, alles recht zu undertretten, und unverursacht oder ungereitzt die Nachbarschafft verherglich und arglich anzufechten und zubetrüben. Wa ist treu und glauben? Ist diß recht und billichkeit? Heißt dz Menschlich und vernünfftig bei einander gewonet? Förcht man also Gott? Meinst Göttliche allgemeine gerechtigkeit, welche allen unbill sihet und richtet, werd dich allein übersehen? Nemm dirs nur nicht inn sinn: Gedenck an mich, diser hochmut wird dir noch zur demütigung gereichen, wie gemeinlich allen Königreichen, die sich ihrer Macht überhebt, geschehen? Dann die auff der höchsten Spitze stehen, die stehen nicht satt, es wird ihnen nichts meher, dann daß sie wie im Spil der faulen brucken, einmal die händ zusammen schlagen unnd jauchtzen, unnd alsdan wider herab springen, ritschen unnd bürtzeln: ja wann sie sich nit recht vortheilhafftig inn die Wag stellen, darff sie die spitze des gewalts durchtringen unnd umbringen. Die auff der höhe des Baums hangen, stehen gefehrlicher als die so die Mitte, da der Baum am stercksten ist umbfangen. Derwegen hast du den gipffel des Thurns erlangt, so gedenck nit über den knopff, sonst wirdest keinen bestand noch hafftung antreffen. Wiewol etwan einer sagt, wer am höchsten schweb, der zerstoß kein kopff, so sagt doch einer hinwider, ob wol nit den Kopff, doch dermassen die Knie, das der Kopff hernach bürtzelt. Aber, wa es jhe also Gott verhenglich vorbestimmet, zumal deiner Wolfahrt unnd Rhu entsetzt zuwerden, ist es mir leid, daß es sich eben inn betrübung meins Gnädigsten Herrn Königs, durch den du eingesetzt und allzeit bestandhafftiget gewesen, schicken: und der fall deines Hauses durch disen, der es gezieret, befördert werden soll: Leyd ist es mir, das daß undergestützte Hauß sich wider seine eigene Stützen und Pfeiler, von denen es seine Auffenthalt hat, setzet unnd strebet. Sintemal es gantz und gar wider alle vernunfft streitet, unnd von keim Sinnbegabten Menschen kan gebilichet werden: Sondern von allen Einheimischen und Fremden, zu denen dise ungeschicht außbricht, wol für ein Exempel und muster menschlicher unbestendigkeit, mag auffgenommen, unnd zur Warnung auff einigerlei Menschengeschäfft und kräfft, wie hoch es auch versichert, und beeidheiliget ist, nicht zu trauen noch zubauen, dienlich behalten werden. Wa dir unnd deim Reich einiger gewalt von uns begegnet, wa wir deinen Feinden etwas gonstes oder vorschubes beweisen, nicht allen unraht gewendet, inn deinen nöten nicht beyständig, deiner Würden und Ehren verletzlich gewesen weren: Oder, es näher zubegreiffen, uns vileicht ein hinderruck verlügender Geist und vergifft schandmaul, durch dückische verblendung und arge geschraubte Lugenwort bey dir vertragen hette, stunde es doch inn alle weg deiner hohen Würden wol an, zuvor desselbigen einen grund zuerforschen, unnd alsdann uns dessen zuerinnern: so solt es unsers theils bescheidener billichkeit halben nicht also glimpffvergeßlich fehlen, das wir uns nicht entweders der beschuldigten aufflagen entlediget, oder darumb ehrengemäsen abtrag gethan hetten: Aber, ach du ewiger Gott im Himel, was kanst du andere, dises deines frevels und unthat, ursachen anziehen oder fürwenden? als eben den gewaltthätigen mutwill, und gelüstige begewaltigung, damit du uns nun augenscheinlich auß hochmut und vermessener rachgir, eigenes mutwillens meyneidig, Räuberisch unnd Tyrannisch anwendest. Daurt dich nit dein liebes Völcklin, welchs du inn die Brü führest: Es daurt doch etwann den von Hagenbach nicht so sehr sein kopff, welchen er durchs Schwerdt verlieren mußte, als das gut Volck, welchs Ertzhertzog Carl sein Herr, ihnen zurechen, wirde verwagen. Kein wunder wers daß dich, umb verhütung zukönfftiges Jamers, ein Donnerstral dritthalb Centner schwer, inmassen einer zu Enßheim inn der Kirchen hengt, inn die Hell hinab schlüge, gleich wie die Auffrührer Dathan und Abiron. Jedoch was wirstu mit deiner unweiß gewinnen? Zwar nichts anders, als alle Wüterich, die Gott unnd Ehren vergessen an eigner Herschafft unbenügig, andere unbefügt anfallen. Dan hastu jhe unsern Gnädigsten Herrn also unverstendig und unbehutsam erfaren, daß er also gereitzt nit wolt, oder also machtloß an volck, gelt, Raht und Kriegserfarenheit gespürt, das er nit köndt und solt deim unköniglichem trotzigen einfall widerstehen? Derwegen hab dir dz entlichem bescheid, zihe von stundan on ferrner betrübung von dannen, dz du zum aller lengsten des morgigen tags in deins Lands Grentzen und Boden legerst unnd stallest: und zal für den abzug und abtrag tausent Besanten oder siben tonnen golts: dz halb uff morgen zuerlegen, das überig auff nächstkünfftigen ersten Mey: Unnd dessen zuverbürgung, schaff uns zu Geiseln die Hertzogen von Tournemole, von Treibmül, von Wentdenhaspel, von Baßdefesses, von Schnaubdibillen, von Menual: auch dem Dom de Nalga, und Waivoda von Polrzitki: sambt dem Vicegraven von Morpiaille, Herr zu Schüpeneck, und dem Printzen von Grateln, sampt dem Jungherrn Goschenberger von Waffeleck.

Das XXXV. Capitel.

Wie Grangoschier, von Großkählingen friden zuerheben, schafft die Samkuchen, Noteln unnd Käßfladen wider zugeben.

Hierauff zog mein Gesandter Herr Gallet die Pfeiff inn Sack: Aber König Kyklopokol Herr von Bitterkalt gab auff alle seine Reden keinen andern bescheid, als Kompt unnd versuchts, Kompt unnd versuchts: Iht habt schöne Mäuler darzu, Sucht, sucht, ihr werd die Bon finden, Man muß euch vor die Gurgel schmieren, es schmackt sonst ohn schmaltz wie ein toder Jud: kompt, kompt, habt ihr ein hertz wie ein Lauß, was gelts man wird euch den Eissen auffthun, unnd die Käßfladengelüst legen: wolt ihr Käßfladen, so freßt auch Käßmaden, sie werden euch recht die Feig zeigen, unnd die Käßkrapffen und Küfladen eintreiben, Was solt auff dise beschissene Antwort der Hörált anders thun, als sich wider zu seim Hern Grantbuchier fügen, und ihm den schönen handel anzeigen: Welcher, so bald er ihn ansichtig ward, rüffet er ihm zu: O Gallet, geb Got das gute zeitung bringst: was guts? was guts? Was solt es guts sein, antwort Gallet, was guts solt man von bösen Leuten bringen? Da ist kein ordnung, minder als im Häuhauß: Der arm Mann bedörfft S. Lienhart mit den grossen Ketten, und den Engel Sant Michel mit des Lucifers schweren Fesseln. Aber doch, sprach Grandgosier, was ursach wendet er für dieser seiner ungebür? Er hat mir, sagt Gallet, gar nichts richtigs geantwortet, ohn daß er Gallbitterzornig von Käß unnd Kühfladen herauß gefahren ist. Ich wills dannoch, sprach GroßBruchier vor wissen was es seie, ehe ich etwas weiters unterneme. Befahl demnach dem Handel nachzufragen, da befand sich, daß man die Picrocholische Krapffbauren umb etliche Käßnotteln gestreckt, und der Saurimarß ein feuchts mit dem Hebel auff den Schettel bekommen hett: jedoch dz alles wol bezahlt sey worden, und gemelter Saurimarß am ersten dem Großgoschischen Unterthan Schollentritt mit einer wolbeknöpfften Geisel von Barfüsserkordenart umb die bein geschmickt habe: Beschloß derwegen auß diesen umbständen der gantz Raht, daß ihr König Goschengroß sich nottringlich inn gegenwehr begeben solte. Diß unangesehen, sprach Grantbruchier, dieweil nur der unwill an etlichen Käßfladen hangt, so will ich ihn zufriden stellen. Dann es will mir gar nicht ein, darumb einen krieg anzufangen: Fragt folgends nach, wie vil ungefehrlich der nidergelegten Käßkrapffen gewesen, unnd als er von vier oder fünff totzent vernam, ließ er gleich dieselbige nacht fünff Kärch machen, und einen Kuchen fürnemlich auß gutem Holändischen und Böhmischen Botter, schönem frischen gelben Eiertotter, köstlichem Saffran unnd herrlicher Specerey zurüsten, dem Märxlein Saurimarß zu zustellen: auch für seinen schaden hundert siben tausent Engergroschen zugeben, den Schererlohn drauß zurichten: Und zum überfluß etlich Hub ackers und Baumgärten zu ewiger freier besitzung erblich auff seine Nachkommene zuverschaffen. Welches alles außzurichten, ward Gallet abermal abgefertiget.

Der ließ unterwegen bei den Weidenbuschen ein hauffen Zweig von Roren und Riet abhauen, damit die Kärch zubestecken, auch etliche Kärcher mit anthun unnd schmucken, daß sie wie ein alter Silvanus zur Faßnacht sahen. Er hielt auch selber der Ror eins inn der hand, anzuzeigen daß er umb frid komm, und darzu denselbigen zukauffen.

Als sie nun an das Statthor kamen, begerten sie von wegen des Grandgusiers mit dem Picrochol zu sprachen, aber er wolt sie nit einlassen, auch nit zu ihnen hinauß, dann er ließ fürwenden, er wer sonst mit geschäfften beladen, solten aber alle ihre Werbung bei dem Hauptmann Duckedilen anbringen, welcher on das auff der Maur ein stuck Büchssen beschoß: Dem sagt nun der abgesant Heralt: Herr Hauptmann, euch nit lang auffzuhalten, unnd gegenwertiger unrhu unnd aller außred, inn die altgewonte Freundschafft zutretten, zuentheben, so übergeben wir euch jetzumal die Käßkrapffen, derenhalben der hefftig streit ist: unser Volck nam i*hr* fünff totzent, doch mit erfolgter erbarer bezahlung: gleichwol sind wir also fridgeflissen, daß wir euch 5 Kärch voll wider geben: unter denselben soll dieser so der breitest, des Marxen Saurimgeseß sein, welcher sich am mehsten beschwert fület: und zum überfluß ihn gentzlich zuvernügen, secht da huntert siben tausent und trei Engergroschen, die ich i*hm* überlifer: Deßgleichen für allen weiteren anspruch, übergeb ich ihm die freie Erbnutzung der Meyerei zu Gaggenpfill, oben an den Regenbach, unten auff die Junckhern von Adelstoll stossend, unnd zur seiten auff Fritzenlippen Matten, und Schultheisen Lentzenpopp Senne, ihm unnd seinen Nachkommen ewiges bestands erbnutzlich, in bester form Erbrechts, laut der gegenwertigen exhibirten verschreibung darüber auffgericht: unnd laßt uns umb aller Heyligen willen forthin fridlich miteinander leben, ziehet mit freuden wider heim in euer Land, laßt uns diese Landwehr, darzu ihr gar nichts befügt, unvorgehalten, und bleibet Freund wie vor. Haubtmann Trockenteller zeigts alles seim König Picrochol an, doch mit zusatz und vergifften nebenhetzworten, sprechend. Botz hundert tausent Regiment, die Knebel förchten sich rechtsinnig, die Katz laufft ihn den rucken auff, es träumt ihnen vom Teuffel. Bei Jobs Hunden, Großbruchier scheißt schon vor angst inn die Hosen, es ist dem armen Weinlepper ungewont in Krieg zuziehen, aber hinter die Krüg geb er ein Schützen, er ziehet lieber inn die Häfen als inn Krieg, so kan er sicherer herauß kommen. Mein meynung wer, man schickt ihnen ihre Notelkrapffen und Gelt wider heym, ließ sie ein Pfeffer darüber machen: Unnd wir führen inn alle Macht fort, wie angefangen. Dann sehen sie E. Mt. für ein Bonenwibel unnd Rattenkönig an, daß sie die mit ihren Käßfladen mästen wollen? da sicht sie was es ist, euer grosse freundlichkeit, die ihr ihnen vor der zeit erzeigt gehabt, gereicht euch jetzt bei ihnen zu einer verachtung. Salbt den Schelmen, so sticht er euch, stecht den Schelmen, so salbet er euch. Da, da, da, sprach Koklopocol, bei tausent Elenwunden, sie habens nur darumb gethan, wie du gesagt hast.

Aber Herr König, sprach Tuckedillon, eins muß ich euch erinneren, Bei dem heiligen Spieß, wir sind hie nicht sonders wol Proviantirt, unnd mägerlich mit Gurgelharnisch unnd Halßkragenblech versehen: Wann Großguchier uns heut oder morgen solt belägeren, wolt ich mir gleich alle Zän außreissen ohn drey, und dem Volck deßgleichen, so wird man nit so leichtlich und fertig die Munition alle hinweg fressen und kauen, Taubenschlück aber müßten verbotten sein. Das wer ein besserer fund zu hungerszeit als des Palamedis vor Troi, der am ersten das Brettspiel er fand, damit man des essens vergeß: wie die Siracuser auch darumb das dantzen. Ich meynt die zugeschickten Fladen möchten uns auch wol bekommen. Was tausent Frantzosen, Antwort Picrockol, wir werden nur zuviel Brotfrission haben. Sind wir hie umb fressens oder streitens willen? Warlich umb streitens willen, sprach Duckedil, aber auff vollen Wanst folgt der Dantz, der Dantz reget den Schwantz, voll bringt Groll, Groll schlägt drein toll, wolgemäst ist man wolgetröst, und steht fest, daß man drauff trescht, vollgesetzt Bäuch thun wolgesetzt Streych: Hinwider wa Hunger regiert, die stärcke man verliert: wa Nagenranfft überhand gewint, da hat stercke außgedient, Wo ich mit dem hunger zu Feld muß ligen kan ich mit dem Feind nicht kriegen, kont doch der Hörnen Seifrid auff einmal nit zwen bestehn, viel weniger ich den Mars und Hunger: Warlich Gnädiger Herr, am Hungertuch nagen, macht schwechlich zuschlagen: der hungerig Wolf muß den lähren Magen mit Sand füllen, daß er gewichtig sey ein Pferd niderzuziehen. Es ist genug, sprach Picrochol, freß ein Ochssen biß an die hörner: Welches ist das best stuck am Ochssen? Ich denck das zwischen Hörnern unnd Schwantz, Welchs ist das best am Pfaffen? Oho, das Horn reiß ihm der Teuffel auß, und mach Clistierpfeiffen den Nonnen drauß. Wolan dann, förcht ihr euerm Magen, so nempt alles was sie hergeführt haben. Darauff namen sie Gelt, Käßkrapffen, Eierkuchen, Ochssen und Kärch und schickten die Großgoschianer also mit langen Nasen fort, mit dem anhang, der Teuffel solt sie bescheissen, wann sie wider kommen, ursach halben, die man ihnen Morgens werd anzeigen. Also zottelten sie unverrichter sachen widerumb heim zu ihrem Grandgusier, unnd zeigten ihm den schönen handel sampt seim anhang an, mit dem bescheid, wann man disem Zornstrotzigen Bauch lang vorgang und schon, wie eim schallosen Ey, so werd doch nichts anders darauß, als den friden mit wehrhafftem gewalt zuerlangen, dann er sey so grumsig wie ein Mauß inn der Kindbett, darein müß man ihm Katzenbälg schencken.

Das Sechs und dreisigst Capitel.

Wie etliche Rhät unnd Amptleut des Königs Picrocholi von Grollenkoderingen, auß überstürtztem gehem Rhat, ihne brachten zu entlichem verterben und schad.

Nach dem die Semkuchen in Clemaltburg geführt gewesen: erschinen vor dem Gallenkollerigen König Kyklopocol, der Großhertzog von Testamale, der Hertzog von Tandmäringen, Graff Spadassin, Freyherr von Schnaderentingen, und Hauptman Michel Merdaille genant Sichelzull, sampt seim Litenant Eberzan Tonnerbotz, unnd sagten ihm: Gnädigster Herr, wir wöllen E. Mt: heutiges tags ein rhat geben, der die mächtiger unnd glückhaffter als den grossen Alexander machen soll. Wie da? Seit gedeckt, sprach Picrochol: Danck haben E.L. sagten sie, Gnädigster Herr, wir thun unser gebür: Aber zur Sach: unser bedencken ist diß, E. Mt. laß hie einen Haubtman inn besatzung mit etwas Volcks, diese feste zu halten: und theil alsdann ihr Hör inn zwey theil, wie die am besten verstaht: Deren das ein den Großguchier unnd sein Volck überfall: den werdet ihr im ersten zug und flug gleich haben: Da werd ihr Gelt vollauff finden, dann der Filtz hats bei der schwäre: Filtz sag ich, dann ein hochgeadelt Fürstlich gemüt hat nimmer kein Haller, die grobe unverstendige Filtzhüt schatzen und sammelen nur Thaler. Das ander Hör ziehet dieweil auff Xanton, Angolme, unnd Gasconien, da gewint sie Stätt und Land ohn widerstand: zu Baion, zu Sant Jan von Luc, unnd Fontarabien nemmet ihr alle Schiff, damit ihr gegen Gallicien unnd Portugal streiffet, unnd alle Möranstössig Land biß gen Ulisbona plündert, oder rüstet daselbst euch mit einem Kriegsgemäsen Schiffzeug als ein Zugherr, etwas einzunemmen. Ho, bei hundert tausent Lastwegen Lamenten, Spanien ergibt sich: dann es sind nur Moranische Granatbutzen und Magsamen Köpff. Nur dem Draco und Frofischer darwider geschickt. Wir wöllen auch den Don Anthonio einsetzen, dann sie haben doch gern Bastart und Don Joan ist gestorben. Da werd ihr durch die Sibyllische Enge rauschen, unnd viel stattlicher Seulen als des Herculis daselbs zu ewigem gedenckmal auffrichten, unnd wird dieselbig gegene forthin das Kyklopocolisch Bittergallisch unnd Picrocholisch Mör heissen. Wie? wann ich, sprach der König, daselbst die Gaditanisch Enge des Mörs wider zuwürffe? welche Hercules mit grosser mühe außgegraben hat, darmit er daselbst das Mitländisch Mör herein brächt? so könt man darnach allzeit truckens fuß auß Europa inn Africam unnd Asien spacieren: über die andern Mör machen wir Brucken: oder wolt sich etwa ein Mör widersetzen, so geisseln wir es wie Xerxes, unnd lassen ihm das Loch voll streichen: Dann ihr wüßt, das Hör der flüchtigen auffrhürischen Knecht ward gleich flüchtig, da ihre Herren mit handvölligen Peitschen und Ruten gegen ihnen zur Schlacht traten: O hett mans im Baurenkrieg gethan, unnd wer mit Flegeln wider sie außgezogen, viel Bauren weren bei Leben blieben: Aber du Sichelzull sag, wer hat den Baurenkrieg gemacht? Hay, ich meyn die Hafner. Aber, wo schiffen wir auff dem Mör? Wan aber manchs Mör, wie ein böses Kind, nicht auff die Ruten gebe? Da müßt mans wie die Venediger mit güte gewinnen, ihm ein Ring darein werffen, unnd es uns vermählen: thets dann wie ein ander halßstarrig Weib, so öffnet man den verlornen Lauffgraben zum Mon, unnd laßt es inn den Mon ablauffen. O wie werden da die Türckische Weiber inn dem Mon, inn dem Machometischen Weiberhimmel not ruffen, wann diese Weibersündfluß käme. Der Monsüchtig fluß Nilus inn Egypten wirds auch nit gelachen. Wir wolten alsdann auß dem Egiptischen Δ ein schön Λ machen: wir wöllen auch wie Caligula Berg ins tieffst Mör setzen, und schlösser drauff bauen, damit die müde Vögel, wann sie über Mör fliegen, drauff rhuen mögen: und die Berg ins Thal ziehen, die Mör entweder außfüllen oder zusamen graben, die See pflästern, das Mör durchziehen, Brucken von eim Berg zum andern machen, über das Mör zugehn unnd übers Land zuschiffen.

Hei es ist zuviel auff einmal: Wie? Kühdesch es iß ja besser, dann inn die hand geschissen. Ich kan von dem Mör nicht kommen, ich muß dem Caligula helffen darwider ziehen, da wöllen wir ihm seinen schmuck unnd pracht, seine selsame Schneckenhäußlin unnd Muscheln nemmen, damit es am Gestad branget, und derselbigen Beckelhauben unnd Busen voll gehn Rom ins Capitoly tragen, auffhencken und anhefften, Ja zur gedechtnuß der oberhand unnd des erhaltenen Sigs wider den Oceanum, paternosterweiß Ketten unnd

Gürtel darvon machen unnd umbthun: Hei wie wird das so wol lauten ihr Jacobsbrüder und Muschelnritter wie ein Schnur mit Todenbein. Beim Cannal des Roten Mörs, bei Mosisbronnen, wöllen wir außmachen was Ptolemeus angefangen hat, nemlich das Mör in den fluß Nil graben: was bekümmerts uns, wo darnach Egipten süß Wasser bekomme? Oder wöllen wir Egipten höher mit grund beschütten, weil es nur trei Elen höher als das Mör sein soll? Kommen wir ins Rot Mör zuschiffen, müssen wir kein Eisennägel in die Schiff geschlagen haben, die Diaimanten ziehen uns sonst zu sich: sonder müssen da von den roten Juden das Schiffschneiderhandwerck lehrnen, die Schiff mit Seylern von Palmen zusamen zubinden und zunähen. Was nun weiters? So bald ihr über das Kyklopocolmör seit, seh da, so wird gleich der Barbarossa gelauffen kommen, und sich für Leibeigen ergeben. Ich will ihn dannoch, sprach Picrochol, zu gnaden auffnemmen, dann er ist ein guter Mörteuffel unnd Mörkatz. Doch, antworten sie, das er sich tauffen laß: Folgents werdet ihr das Königreich Tunis, unnd die gantze Barbarei einnemmen: Auch darauß fallen, unnd Maioricam, Corsicam, sampt andern Insuln des Ligustischen und Balearischen Mörs begwaltigen: Ferrner auff die lincke setzen, unnd gantz Narbonisch Franckreich beherrschen, sampt der Provintz, Savoi, Genua, Florentz, Luca: unnd Gott behüt dich als dan Rom ich ken dich nit mehr: Der arm Juncker Babst stirbt schon vor schrecken. Bei den heiligen zwen Palmeseligen fingern, sprach Picrochol, ich will i*h*m. als dan warlich nit die groß zeh küssen, er möcht mir sonst auff den halß treten und *super aspidem* & *Basiliscum* mit mir spilen: aber will i*h*m wie der Saracener König die pferd in S. Petri vorhoff stellen, und wie Fronspergers knecht mit den bullen und Cantzleybrieffen ihren gäulen ein schöne strey machen: es soll mich Pabsts Pelagii ehr würdig angesicht nit ermiltern wie *Totilam:* noch *Leonis* Päbstlich gewand und hirtenstab erschrecken wie *Attilam:* jedoch wann uns im alter etwan ein andacht anstieß, wolten wir ein neuwen stul setzen (Dann die Welt kan nit ohn Hebammenstul unnd Pabststül sein, minder dan ein hauß ohn ein scheißstul) so wöllen wir alsdann zu Rom auch ein Kirch bauen, unnd wie *Constantinus* selbst 12 ruckkörb mit grund auß dem gegraben fundament am ersten tragen: Pabst *Os porci* muß den ersten Fundamentstein legen unnd weihen, auch zum ersten seinen Namen Ferckenmaul inn Sanctoschergium oder *Tergium* verendern. Wo wöllen wirs aber hinsetzen? Inn Lateran? Ja warlich inn Lataran, und *Ranolata,* da Keyser Nero seinen breyten Frosch gebar. Und wißt i*h*r wie? Nero wolt kurtzumb, sein Artzet solten machen, daß er auch ein Kind gebär, da gaben sie i*h*m Froschleich ein, daß ihn ein Frosch auffblehet, Letzlich schiß er seinen Frosch, und hielt ein groß Kindbettermal, darvon nennt man das Ort *Lata Rana:* oder Froschbraite: dahin wöllen wir allen Suavischwaifigschwetzigen Schwäbischen Froschgoschigen breiten schwatzmäulern, wie ihr auch seit, ein Tempel stifften. Den Graben von Averno, welchen die Römer angefangen, wöllen wir biß gehn Ostia außfüren: Bey Puteolis wöllen wir den guten Falernischen Wein sauffen, und darauff also voll und doll noch ein ander Loch neben dem das Filius Vergilius durch den Fallabferrnischen Berg hat gezaubert, durchfluchen: Da müßt ihr bey dem Höllment mit fluchen das best thun, Auch zur andern seit den Gral oder Venusberg besuchen, und die guten Tropffen besehen, die das feuer im Vesuvio auffblasen: von dannen der Sibylla zu leyd zum Tartarischen Acheront absteigen, unnd den treyköpffigen Kettenhund herauffschleppen, und dem Teuffel die Höll zu eng machen. Wir kommen von Rom mächtig nahe zur Hell: Aber je näher Rom jhe böser Christ: Alexander Magnus ist dannoch so weit nit kommen daß er den Teuffel het an der Ketten gesehen, ob ihn wol zwen Greiffen in die Lufft trugen auff daß er auch den luft zwing, da inn der höhe das Erdtrich ihne so klein daucht wie ein pfal im wasser, unnd das Mör wie ein Schlang (oder Schlam) der sich umb den Pfal het wunden: unnd ließ sich inn einer Gläsinen stub ins tiefft Mör, all Mörwunder zubesehen, die er darnach seim Preceptor Aristotel hat geschriben geben: Wann wir Italien nit wollen behalten, können wir denselben Fuß, welchen Europa durch Italien ins Mör streckt, abhauen.

Ist dann Italien eingenommen, seh da, so ist gleich an der hand Neaplis, dasselb groß Ey gewinnen wir mit hülff des Königs Caroli von Aniou Zauberer, der macht uns auß einer Wolck ein Bruck ins Mör: aber da schrenck keiner Hend noch Finger kreutzweiß, wir hetten sonst unser Tod und Rot Mör genug daselbst. Von Sicilien macht man ein steglein mit eim krengel auff Italien, und ein Fallbruck inn Sardinien. Maltha nimpt man unter den arm. Ich wolt auch gern, sagt Picrochol, gen Laureto, ein Walfahrt zum fliegenden stiebenden Marienkämmerlin zuthun: nein, nein, sprachen sie, es schickt sich nit, das geschicht wol im wider umbkeren. Darnach bezwingen wir Candien, Cipren, Rhodiß, die Cicladische Insulen, Moream, sampt dem gelobten Land. So will ich alsdann, sprach er, gleich Salomons Tempel bauen. Neyn, sprachen sie, wartet noch ein wenig, nit eilet also mit der Geiß auff den Marckt. Wißt ihr was Keyser Octavian sagt, *Festina lente,* Eil mit weil. Ihr müßt vor klein Asien, Carien, Lycien, Pamphilien, Cilicien, Lydien, Phrygien, Mysien, Bitinien, Charasien, Satalien, Samagetien, Castamena, Luga, Savasta biß an den Euphratem haben. Werden wir auch, fragt König Koderbitter, Babel sehen, welchs von keim Kalck, sonder von Judenleim auß dem Gomorrischen Bechpful auffgebauet ist, unnd leichtlich mit angezünten Schäubenhüten zugewinnen were: Item auch den Berg Sinai sehen? Es ist, antworten sie, für dißmal nicht vonnöten: Ist es nicht genug umbgezogen, wann man über das Hircanisch Mör hat gesegelt, beide Armenien unnd die Trei Arabien durchgeritten? Auff mein treu, sprach er, wir närren uns, ach arme Leut (wie so? wurffen sie darunder) was werden wir in derselben öden wüsten stäubigen stibigen Sandschandban der sandschampanien zusauffen haben? Dann Keyser Julian und sein gantz Hör starben daselbs durstes: es ist allda ein rechter Gottsacker der Cammel, unnd ein stets hochzeitfest der Geiren: darzu stäubt eim der sand in hals, das verursacht ein unseglichen durst: Wir, antworteten sie, haben dem schon rhat gefunden. Im Sirischen Mör werd ihr neun Tausent virtzehen groser Nauen mit bestem wein geladen haben, von dannen segeln sie auff Japhes: Allda werden allzeit zwey unnd zwantzig hundert tausent Camel und sechtzehenhundert Elephanten ordenlich nach dem Compaß über Land zutragen warten, welche ihr in einer jagt bey Sigeilme, wann ihr ohn das durch Lybien reiset, fangen köndt: Und zum überfluß köndt ihr die gantz Choroana, oder die Caravanische Cameelsaum unnd Gesellenschar, die von unnd auff Mecha Walfartenweiß wie die Aumeisen auß und einziehen mit Kauffmanschatz beladen, zum vortheyl haben: Da wolln wir den Mör Räubern zu Land, oder viel mehr Arabischen Sand Räubern und Staubstäubern das streiffen legen. Oder der Zambei in Wüst Arabien leihet euch sein 1000 stuten, die ein tag hundert Meiln lauffen: oder leihet euch sein künstlich Armbrost, darauff man euch darschieß: Ist das nit ein vortheil, in dem dürstigen land so vil leut und viech zu land und mör zum besten haben? Sorgt ihr noch, die können euch nit Wein genug zufüren? Nicht deß minder, antwort er, werden wir den Wein dannoch nicht frisch trincken. Bey Sanct Franciscus leiden, sprachen sie, nicht umb ein kleins heller werts schneider Fischlein: Ein Held, ein Landzwinger, einer der nach allgemeiner Erdbeherrschung und Welt Keyserthumb trachtet, kan nicht alles so geschliffen nach seim willen haben: Er muß zuzeiten mit Keyser Cyro auß einer schmotzigen Beckelhaub trincken, unnd mit dem Kärntischen Fürsten auß eim gebichten Filtzhütlin, unnd mit König Gwischard auß Hörmuscheln, unnd mit jenem vertriebenen König auß einer schaffschellen, und mit den hoffleuten auß der schwertzgespickten hulfter, oder gar auß der Schwertzbüchs, oder auß dem dolchenknopff am Reuterbock: Man kan eim Kriegs Fürsten nicht nach der Päpstlichen ordnung, wie den Cardinäln auff dem Concily zu Trient ihre Sammate Scheißstül unnd Bespiegelte Seichkacheln, oder ein Wagen Credentzter unnd Versecretierter gelinder Arßwisch nachführen. Aber das können wir thun, unnd von Casir die schiff auff Cameeln ins Rot Mör übertragen lassen, wider die Indier zukriegen: Doch wöllen wir vor die von Alexandro Magno mit Eisenbalcken versperrte Caucasische Clausen inn den Caspischen Gebürgen erbrechen, es kriechen darnach Teuffel, Türcken, Geschnäbelt Leut, blau oder Rot Juden oder was es will herauß. Nun, kommen wir nicht schier wider herumbher? Wir sind fro daß i*h*r und euwer Volck so gesund unnd frisch biß zum Tigerfluß ankommen seidt, o wie keichen sie schon, wie wird ihnen der wein so wol schmacken.

Aber, sprach König Bitterkoder, was thut sidher unser ander Hör, welchs diesen Koderrotzigen Riltz Graßpissier soll bestreiten? Sie Feiren auch nicht, antworten sie, wir wollen sie bald antreffen. Sie haben euch under des Britannien und Normannien bezwungen, haben die Sone und die Moß, durch den Berg Waseck, da sie entspringen, zusammen gegraben, damit man forthin darauff von eim Mör zum andern inns Mittagisch unnd Mittnächtisch Mör kön fahren: Von dannen, wie der Graff von Lumme, am Briel inn Seeland angelend, und durch gantz Seeland, Holland, Frisen und Gellern die dämm gestürmt und eingerissen, daß das gantz Land im Wasser steht: Bald haben sie den Schwaben und Schweitzern zu leid auff ihrem bauch über den Rein gesetzt. Im Elsaß haben sie inn eim schnaps die sechs und viertzig Stätt unnd fünfftzig Schlösser überumpelt, unangesehen alle Landsrettung, Landkettung und Landgräben: haben wie Attila ein straß durch Straßburg gebrent, des Cæsars Pruck von Mentz mit getragen, unnd da über geschlagen, alle Danzapffen im Schwartzwald angezünd, daß ein rechte Rontzefallische Pirneische brunst darauß entstanden, welche wie ein lauffend Feur in die Alpen und das Schweitzergebirg kommen und mehrtheils stätt verbrent: und wo sie darein seichen, da etzt es, besser als Hannibals siedender Essig, strassen durch die Berg, fürnemlich wann sie den kalten Seich und die Pferd die streng haben. Bei Basel im Obern Hauenstein hindern sie daß man die Wägen, und zu Lauffenberg im Reinfall die Schiff nicht mehr an Seilern kan ablassen, und machens alles eben: dann bei Belele etzen sie auch mit gesottenen verjärten Delspergerkäsen und allerhand Schabziegern und Küfladen durch einander gekocht, die Pirreport durch. Die Statt Bern, im sack gebaut, saccagirt man umb die Futerwannige Parmasangmäse Käß und steckt sie mit ihren Lauben zu Käß und Brot inn Sack. Von dannen ziehen sie den nächsten weg, wie die Huren ins Bad, auff die Hussiten inn Behem, dieselbigen mag ihr Heyligthumb, ihrs blinden Hörfführers Zisca haut über ein Trom gespannt, nit schützen, man zündet nur den Behmerwald an, so ersticken sie all im Rauch, weil sie doch Ketzer sind. O recht, da recht, sagt der König, also muß man ihnen den Kelch einschencken: Wann wir bald fertig sind, wollen wir wie der Ende Christ zum end ein feurigen Ofen umbher führen, und all die drein werffen, die es nit mit uns halten. Ey gemach Herr König, sprachen sie, die Donau laufft noch streng, die muß die meng der Pferd aussauffen, daß ihr trucken durch den Jordan ziehet. Die Elb, muß die unzahl der Bierbräuer inn euerm hör außschöpffen, daß die armen Sachssen auß Biers mangel Roßbruntz sauffen und dran sterben. Ho ho, wo bleibt Francken? Das tregt man an den Schuhen hinweg. Die Baier sind fridsam still Leut, die dingen wir, daß sie dem Läger stets die

Säu nachtreiben. Wo bleibt Schweden unnd Denmarck? Ja, da muß man vor den Weitmosigen Moßwütenden Moscavitern ein Krabatischen verrenckten bossen reissen. Wie laut der? Wir wollen auff Reinigern flugs wie Alexander übers Eiß rennen, unnd alsdann mit den Hechssen unnd Hechssenmeistern im Lappenland anlegen, daß so bald die Moscoviter uns nachjagen, sie machen, daß das Eiß unter ihnen schmeltz: He ha he, da wird der Pharao recht im Mör sitzen: Also könt Bathori und König Sigmund die Moscoviter demmen: Mit hülff derselbigen Finlappischen Unholden, verzaubern wir auch die Schweden und Denmärcker, daß sie meinen ihre Schiff seien eitel Schlangen, unnd die Wäld eitel Feur: Wo bleibt Schotten und Engelland stecken, *divisi orbe Britanni?* Die muß man auß der Insul Meinau bestreiten, dann ihr Merlinisch Glück ligt da begraben. Wie die Römer haben etwann daselbst mit den Bäumen gekrigt, unnd 25 Meil lang all Bäum nidergehauen, also daß man noch unter der Erden, das Brennholtz suchen muß: dz kan man inn Engelland auch thun durch mittel des Schwantzlapthirs, welches wir dem Greingussier abgewinnen, dann es sind Stertman. Dann mit Spanische Galeassenthürnen richt man nichts gegen ihnen auß: sie machen nur kaltpfinnische Badstüblein draus. Von dannen über das Sandmör durch Sarmatien gezogen, Ungarn, weiß unnd Rote Reussen, und Türckei undergetruckt, so ligen wir jetz vor Constantinopel. Flugs laßt uns auff sein und dahin ziehen, sagt Picrochol, ihnen den gar auß zumachen: Dann ich will auch Keiser zu Trapesunt sein: wie meint ihr wolten wir nit alle dise Machometische Türckische Hund den Teuffel in auffopffern? Wet den Teuffel, sprachen sie, was wollen wir darnach thun? Ihre Land und güter denen die euch wol gedienet, außtheilen. Das ist erst billich, sprach Bittergroll, Ich schenck euch darauff auff gut rechnung, Carmannien, unnd Surien, unnd dir gantz Philisterland: Ha, sagten sie, Gnädigster Herr, es ist E. Mt: ehr, deren kombts zum besten, danck haben euwer gnaden: Gott wöll deren alle wolfart mehren. Unnd euch deßgleichen, ihr liebe getreuwe sagt er, Hei, sprachen sie, E. Mt: Diener.

Damals, als sie diß fürprachten, war eben auch zugegen ein alter erfahrener vom Adel, ein rechter nasser Kund unnd ein Schnautzhan inn Kriegen, genannt Echephron von Hattmut vom geschlecht Cyneæ, deß Epyrischen Königs Pyrrhi wol vertrauwten Rahts, welcher, als er diß traumkriegen angeben höret, sprach er. Ich besorg, das all diser anschlag werd außschlagen wie dem Einsidel im Buch der alten Weisen: wie war das? antwort, *In illo tempore,* da die Thier redten, ja da die gemalten unnd Götzen bestelte Wänd Predigten, und die Menschen schwigen, unnd die Häuser mit S. Loreto über Mör flogen, unnd die Ostien das Wasser hinauff schwamen, da war ein wilder Mönch, ein Waldbien, ein Waldbruder, aber kein Waldenser: jedoch ein Bruder Clauß in der Clausen, aber ein äsiger, doch kein Häuschreckenäsiger, sonder Honigfräsiger, dem schickt der König zu aufenthaltung seins Lebens allzeit seine Speiß, unnd darbei für Senff etwas Honigs, dann er hett auch ein Englisch Zuckermaul: Die Speiß aß er, den Honig spart er, und that denselbigen in ein grossen irrdinen Cananeischen Krug über seiner Bettstatt hangend, biß er voll ward, da kam ein grosse theurung inn den Honig. Dann der Welsch Bapst hett dasselbig Jahr Weidvergiffter außgesant, also daß der Kütreck, darauß die Binen wachssen, übel gerhaten war. Das hett nun diß Honigmaul vorlengst wol im Traum durch S. Francisci holen Stab am Gestirn gesehen und Prognosticirt, und deßhalben den Honig wie Joseph auff die siben magere Jar auffgeschüttet: hieß derhalben sein Seel, wie der reich Mann, frölich sein und essen, unnd freuet sich des Honigsterbens unnd Kühtreckvergifftens wol so fast als die Kornjuden wann Sanct Gregor auff eim falben Hengst daher reut: Als er nun eins morgens frü im Bett lag, und dichtet wie Marcolfus, bauet Schlösser in Spanien unnd Stätt inn die lufft, da sah er sein liebes Honigkrüglin über i*h*m zu haupten hangen, lacht es an, und redet mit ihm selber. O du mein Hertzensefftlin, du kompst mir jetzund wol, du wirst mich noch reich machen, dann jetzund kan ich dich umb siben gulden verkauffen, umb dieselbigen kauff ich mir zehen Schaf, die tragen alle Jar zweimal Lämmer, also werden eins Jars zweintzig, inn zehen Jaren Tausent: alsdann verkauff ich davon Milch, Käß und Woll, und kauff für daselb gelt Kü, und je für Fünff Schaff eyn Ochsen, die machen vil Mist, leih als dan den Bauren auff die Aecker, und löß sie an mich, unter deß haben sich Ochssen und Kü gemeret, die treib ich zu Marck, löß viel Gelt, ding mir damit Mägd und Knecht zu Hauß und zu Feld, werd also von Tag zu Tag Reicher, bau schöne Häuser halt Königs Artus hoff, unnd nem alsdan eyn frisch, das ist, From, Reich, Jung, schön Weib von grosem Geschlecht, dan wer wolt mich nicht, wan mir die schwer Täsch also den Latz eintruckt? Da schertz ich dan mit i*h*r, Käterle geb mir eyn schmutz, und schlaff bei i*h*ren an i*h*ren Schneweisen Armen, und truck sie, daß sie über eyn Jar eyn holdseliges Sönlin pringt, das heiß ich alsdan wie mich, und zih es fein inn aller Lehr und Gottsforcht auff: Dan es ist kein Hur so verrucht, sie zög dannoch gern eyn From Kind. Aber wann mir daß Cläußle nit folgen wolt, Botz Krisam, so wolt ich ihn so jämmerlich abbören mit diesem Stecken (dann er hett eben damals seinen Stecken, damit er das Bett macht, inn der Hand, und Fantasirt dran) daß i*h*m nach Gott und der welt wee müßt sein: zuckt damit den stecken, und wolt i*h*m selbs weisen wie er das ungeborn Sönlin so hart schlagen und abbören wolt, und traff im streich sein unschuldigs Krüglin daß es zu scherben zerfuhr, und ihm der Honig ins angesicht, haar und bart floß und spritzt, und ihm die augen verkleibet und das Bett beschiß: Ach, da lag aller anschlag im treck, da lag der Honigträumer im Honig vergult biß über die Oren, beschiß sich hinden und fornen, da waren schon die Häuser auß gebauet, daß Sönlin war schon so wol gerhaten, daß es ihm den Honigkrug zerprach, unnd gewan von allem seim Armen jüdischen Sinn wuchern nichts meher, als daß er sich unnd das Bett wischen unnd weschen müßt: O du arm irdin glück, warumb bist nicht stälin? O Honigglück wirst so bald Konig? sichst im hafen Guldenfarb, unnd im Bett Kindstreckfarb. Secht liebe Herren also gerhiet diesem Bruder das Honigwuchern, da er gar reich wolt werden, het er nicht meh zuessen, der irdin anschlag plib irdin und zerful irdin. Derhalben habt ihr wol fürzusehen, daß wann ihr nach Schne zihet, er villeicht vergeh, eh ihr dahin kommet: wann ihr nach graß zihet, es schon abgemaiet sei: Oder ihr vergeht eh ihrs secht: Oder eyn Berg steht dazwischen, daß ihr nicht ins ander thal sehen könt: Unnd laßt das stuck Fleysch im maul fallen und schwimt nach dem schatten. Gedenckt an Hertzog Lupolds Narren, welcher, da er hört, daß sein Kriegs Räht ihm all rhieten wie er in das Schweitzergebirg käm, sprach er, ich hör wol rhaten wie man hinein komm, aber keyner sagt wie man wider herauß komm, der Fisch kompt wol ins Reiß, wie in die Fall die Mauß, aber nicht wider herauß. Es gieng auch also: darumb war der Fuchß gescheider, der zum Krancken Löwen nicht inn die Hül wolt: *quia me Vestigia terrent:* sprach Keyser Rudolff von Habspurg, als man ihm rhiet, er solt wie andere Keyser inn Italien ziehen: die spur ist wol hinein gericht, aber keine herauß nicht sicht. Ist derwegen unvonnöten außzutheilen die Beut, eh erhalten ist der streit: Die Bärenhaut verkauffen, eh der Bär gestochen ist: die Pruck zum anzug über das Mör wie Xerxes, unnd über den Rein bei Mentz wie Julius Cæsar anwerffen, unnd zur flucht abwerffen. Und lieber sagt mir, was wird das end sein solches ziehens und bemühens? Das wirds sein, antwort Bittergroll, das wann wir wider kommen, uns zur rhu begeben, unnd guts muts sein. Darauff fragt Habmut, unnd wann ihr villeicht nicht wider kämen? sintemal der weg weit und gefehrlich ist: wers nit besser daß wir uns jetzund zur rhu begeben, eh wir uns inn die gefahr wagten? Dann die Wittib, deren Keysers Traians Son das Kind zu tod hat gesprengt, wolt dem Keyser den Rechtspruch darüber zugeben nicht so lang sparen, biß er auß seim vorhabenden Zug wider käm: O, sprach der Herr von Schnaderentingen, botz Erdrich, secht da den guten alten Koderer, er kodert dannoch nit so gar übel: hei wol an, hats die meynung, so laßt uns inn ein eck beim Camin schrauben, oder für Ofen ziehen auffs Spanbett, und dafür allda unser weil mit schönen Frauen zupringen, neue Däntz unnd trachten erdencken, Perlein einfademen, Corallen einstechen, den Anspin unnd Würten treiben, den Meidlein die Agen schütteln, die Rocken anstecken, oder, wie Sardanapal, Gold spinnen und tapffer schupffen: Was? sagt nit Salomon, wer sich nicht darff wagen, bekompt weder Pferd noch Wagen: Hingegen sagt nicht Malcon, wer sich, sprach Hattmut, zu viel waget, Wagen und Roß verwaget. Geltgeitz wird offt zur Gelbscheiß, Ehrgeitz zu eim Erbkreutz, unnd der Landgeitz zu eim Landschalck. Nun fortan, sprach Picrochol, was haben wir weiters zum besten. Ich förcht mich nur vor des Grandgusiers Legion Teuffeln unter des wir drinnen inn Mesopotamien stecken: Wann sie hinden inn uns fallen da rhaten zu was man da thu? Gar wol, antwort Merdaille, dann wann E.M. obgedachter Rhat nit gefällig, schicken sie nur ein feine kleine Commission an den Moscoviter, so schickt er euch inn eim schnaps vier hundert fünftzig tausent außerlesenes Volcks, welche nur mit eim rauchspeienden Tartarkopff alle Schlesieroren ablassen und allen Polen bigaice machen, oder beschreibt des Delphins Armegecken und Schinder auß klein Britannien, die kommen als dann mit den Edeln Zigeinern auß klein Egypten, und stelen und hencken das Land auß. O wann ihr mich zu euerem Lieutenant setzten, ich fräß ihren ein gantzen Strål voll umb ein geringen Solt, wann es schon Leuß für Leut weren, Pa, Ich sterb vor lust, ich platz an, ich fall an, ich schmeiß, ich zerreiß, ich beiß, ich schiß, spey Feuer, schlag auß, werff mit Steinen, stoß mit Ferssen, schlag tod, ohn genod. Auff, auff, rufft Picrochol, truckt, ruckt hernach, ungesaumpt, wer mich lieb hat, folg mir, thu wie ich, der Teuffel hol den letzten, den nächsten beim Kachelofen, den hindersten fauln arß wöllen wir auch wie die Scythen dem Mars opffern: *Occupet extremum scabies.* Das Glockfeur schlag dem hindersten ins Loch, daß alles verprenn, was kompt hernach. Es ist nimmer gut der letzt sein. Dann under den Storcken, welcher am letzten inn Asia ankompt, den zerreissen die andern. Trommenschleger schlag drauff, Trommeter Plaß auff: zuckt, haut, stecht: werfft alle Nuß und Holtzöpffel herab, dann die stumpffe Stoßdegen sind mächtig gut dazu: aber nicht die stumpffe Zän. Nun stumpfft, kumpff, rumpff, und stumpff: Thut die Augen auff unnd die händ zu: speiet fornen Feuer unnd scheißt hindenauß funcken: schnurrt, murrt und burrt wie dort der Heyden hauff: brumpt ein Baß wie ein Hurnauß inn eim Stiffel: haltet den Schilt wider den Trüssel, und schreiet das es widerhallt, als käm der Teuffel mit gewalt. Dann wie Homerus schreibet, welchs theil under den Troianern und Griechen am besten hat schreien können, dasselb hats müssen gewinnen. Dann hie gewints *non ordo, sed horror.* Nemm ein jeder ein Strick mit, daß wir sie all hencken, Gott behüt unsere Hälß.

Das Siben und dreisigst Capitel.

Wie Gurgellantuwal von Pariß auffprach sein Land zuretten, unnd wie Kampffkeib genant Gymnastes die Feind thet betretten.

Gleich zur stund als Gargantua seins Vatters Prieff verlaß, saß er auff sein obengedacht Lastmaul, welches er sidher allzeit auff der Streu gehalten, dann i*h* m die von Pariß ein grosse Pfrund als eim Königlichen Professor darzu geschenckt hatten: Unnd eh sich einer umbsah war er schon bei der NonnenPruck. Kundlob, Kampffkeib und Wolbeart namen Postpferd daß sie ihm folgten: Dann damals hat der Genueser mit seinen Kutschen allda kein Privilegy den Postpferden außgebracht. Das ander Gesind und angeheng zogen ordenlicher Tagreisenweiß hernach, und führten alle seine Bücher unnd Philosophische Instrument mit.

Als er nun gen Parille kam, nam er vom Sennenmeyer zu Guget kundtschafft ein, wie Picrochol Clermaltburg eingenommen, und den Hauptmann Wurststumpen mit eim grossen Hör auff den Forst von Vede voran geschickt, Valgaldrich einzunemmen, unnd bereit es beschossen hab: auch wie Ungleublichen unnd Unerhörten mutwill sie triben: Also daß er unserem jungen Tyroni unnd Kriegsneuling schier ein schrecken einjagt, unnd nit wußt was er darzu sagen solt. Aber Lobkund von Hohen Ehrnsteig rhiet ihm zu dem Herrn von Valguion, welcher allzeit ihr lieber Bundsverwanter gewesen, zuziehen, da könten sie der sachen besseren bericht empfangen: Fügten sich darauff zu ihm, den betraffen sie gutwillig ihnen zuhelffen: Unnd war sein rhat, daß er etliche seins Volcks außsende die gegene zuberennen, zuerspähen wie sich die Feind halten: alsdann darauß gelegenheit etwas fürzunemmen zuschöpffen. Kampffkeib erbot sich selbs solchs zuverrichten, doch befand man gutrhatsam, daß er einen, welcher der strassen, abweg und Wasser kündig wer, mit ihm neme. Zogen damit er und Prelingant von Vorleckbruch, des Vauguions Trossart, dahin, steubeten und spüreten unerschrocken alle tritt unnd spuren auß, das Wild wer inns Holtz oder herauß gangen, Kacus hett die Kü beim Schwantz hindersich oder fürsich inn die Höl gezogen, oder hett S. inn den sand gemalt, sie erschmacktens alles durch ein Lollhafen der neun Heut hat, das Feuer im hindersten Winckel, wie eine treue Inquisitormuck, sahen Luchssenmäsig durch Neun Zäun wie ein Reyger, rochen ein frischen Treck hinder vier Mauren, wie ein AeckerSau.

Unter des erquickt sich Gargantua etwas mit den seinen, unnd ließ seim Lastbaren Jument ein Picotin oder Straßburgischen Kolerruckkorb mit Habern geben, der hielt sechtzig unnd viertzehen Meß oder Sester. Keibkamp und sein Gesell ritten so lang herumb, biß sie die Feind sahen hin und wider zerstreiet, umbgarten, stelen und rauben, was sie ankamen: So bald sie nun diese zwen Kompanen erplickten, meinten sie auch da ein beut zu erbeuteln, lieffen so weit als sie die sahen zu, sie nider zulegen unnd zu Plündern: Da ruffet Keibkamp: Holla ihr Stallbrüder, holla, hüpschlich ihr Jungherrn, hüpschlich, was wolt ihr mit mir anfangen, ihr secht doch, ich bin nur ein armer Teuffel hei, pfei, gehei dich, thu mir disen Treck von der Nasen, wie bald gieng der Teuffel loß, ä, ä, beweißt mir genad. Ich hab noch etlich Kronen, die wöllen wir mit einander vertrincken, dann es ist *Aurum potabile*, unnd diß Roß mag man verkauffen meinen Willkomm zuzahlen: Wa das geschicht, so bin ich der euer, ihr wolt mich dann nicht: ich hetsch mit wie der Schultheiß von Stechfelden, der hieng mit, man kan mir kein Spiel verderben. Dann botz elenFrantzosen, es sols mir keiner bald vorthun mit Hüner und Gänß stelen, wann mir eine auß der Scheuren entfleigt, so will ich euch all im arß lecken, ich habs im Marggräfischen Zug gelehrnet: Damals warn die Baurn gar einfeltig, verborgen die Hanen mit den Hennen: So doch ein Han viel Hennen verrhat. Darzu bin ich ein Meister darauff sie on Wasser zuprüen, zusengen, ohn die Köpff an ein Höltzinen Spieß zustecken, ohn Hendschuch zuzerlegen, ohn ein Nadel unnd Fingerhut zuspicken, unnd bei dem Steinen Steffan zuschlicken das es ein lust ist: Ich hab ihr wol etwann zehen an einer Spanischen Rapirklingen wissen zubraten, und trei am finger. Dann ihr mein liebe Hundsfütt wüßt, im Krieg ist das gebratens das allerbest, man darff ihm zu lieb nicht viel Häfen nachführn. Aber auff Türckisch Camelsfleisch underm Sattel kochen, ist nicht für mich noch euch, ich seh euch an der Nasen wol an, ihr werd nie kein Ey under den Uchssen gewärmt haben: Aber botz Hodensack, wol zwischen den Beinen. Ja eben recht, man brüet auch Eyer im Bachofen auß: Ich kan sie auch wol rho ungeschelet und unauffgeklopfft essen: Ja eben ich, der ich hie steh, besecht mirs Maul nur wol, ich hab die Zän noch all, angebrent Hüner haben mir nie kein plater geprent, wie heiß sie waren: dann ich hab ein Rollersmaul, ich eß die Sup ungeplasen, und sauff darauff mit massen: Secht da, für mein Proficiat will ich eim jeden guten Gesellen eins hie zutrincken: Zog damit sein wol verbicht Satteltäsch und Malschloß, darinn guter Wein war, auff, tranck fein erbarlich ein guts Positzlin, nicht daß er die Naß drein gesteckt het. Die Hudeler gafften ihn an wie ein Kalb ein neu Thor, sperrten die gurgel schuweit auff, und streckten die Zungen auß spannenlang wie ein Leithund, also durstig waren sie: Aber Hauptmann Wurst eilet gleich auff der stätt hinzu, zubesichtigen was es sey. Da bot ihm Kampffkieb gleich sein Flächlin, sich bei ihm einzukauffen wie Ulysses beim Cyclops, sprechend: Secht da Herr Hauptmann, Trinckt tapffer, ich hab ihn schon Credentzt, es ist Wein vom Scharlacherberg. Was? sprach Hauptmann Wurststümpfling, der boß stumpfiert uns hie: wer bistu? Ich bin leider, antwort Gimnaste, ein armer Teuffel. Ha wolan, sagt Stumpffwurst, wann dann ein armer Teuffel bist, ist billich daß du weiter fortstampest: dann all arme Teuffel, ziehen hin wo sie wöllen on Zoll. Aber es ist nit der prauch, daß arme Teuffel also wol beritten sind: derhalben mein Juncker Teuffel steigt herab, unnd stelt mir euern Fuchsen zu, Unnd tregt er mich nicht wol, so müßt ihr Meister Teuffel mich tragen: Unnd solt kein danck darzu haben. Dann ich frag nicht viel darnach, wann mich schon ein solcher Teuffel hintregt, doch nicht wie die Pfaffenkellerin durch den Schornstein: Zeich hin Höllenjungherr, laß mir den beropfften Vogel, behalt dir die Federn.

Das Acht und dreissigst Capitel.

Wie Gimnaste Supplikatzenweiß und hinderlistig den Hauptmann Wurststümpfling und sein Volck umbracht, und also sein Leben davon bracht.

Nach dem solche wort außgestossen worden, fieng etlichen unter ihnen das gesäß zutottern, unnd daß Haar zugrausen, unnd mit allen Henden kreutz für sich zumachen, und sich inn alle macht zusegnen: Dann sie nicht anders meinten, als es wer ein vermumpter, vergalsterter, vergstalter, fleischechter Leibhaffter Teuffel. Unnd einer unter ihnen Don Joan von Montecuculo, Hauptmann über die Francktopinen: Zog alsbald sein Horasbüchlin auß dem Latz, oder ihm überschäfftlin gleich dabei, fieng an zwen Finger ins Maul zustossen, zunetzen und zu pletteren und zimmlich laut zuschreien, Hagios ho theos, Inn principio erat, etc. Bistu von Gott, so gib ein warzeichen, bistus nicht, so pack dich hinweg: Aber er packt sich drumb nicht: Sagt *Nolle:* Wie *Nollis? Non, quia rumpelnas in Grammateica.* Wie, gibst nichts auff Frater Jeronimum Meng, das *Flagellum Dæmonum: Exorciso, Exorcizo, Adiuro,* bei der Schlangenhaut, die S. Paulus in der Insel Maltha am Finger beschwur. Welches als es viel auß der Rott hörten, liesen sie den Teuffel S. Lönhart haben, der hat viel Ketten: und stalen sich ab: andere griffen unter den Arm nach ihren Wundsegen mit Fledermaußblut geschriben: etlich machten auff Schotisch ein kreutz in Sand und stelten den fuß drauff, und flohen doch: etlich zogen ihre Kinderpälglin herfür, etlich abgeschnitten Diebszähen, und Diebstreng, auch Wolffsaugen, und des Bocks hart inn schwartze Katerheut eingewickelt: etlich Jungfraupergamen mit Kinderschmaltz geschriben, die andere Krottensegen.

Die einfeltigsten zogen Brot auß dem Busen, fünffpletterklee, Grüselbeer, Kreutzblumen, Mörzwibel, die ihnen ihr GroßMuter lang im Schornsteinloch verwart gehabt: meinten also dem Teuffel zuentfliehen: Welches alles Kampkeib genau war nam, als ein durchtribener Eißvogel: Derwegen solchen wahn zustärchen, nam er sich an, als ob er vom Pferd steigen wolt und supplicieren, behielt sein verborgen Bastartkling an der Seiten, unnd krümpt sich zusamen wie ein Hogeriger Igel, ließ sich also Mörkatzengestalt ab den Stegreiffzigel, wendet darmit den Sattel unter den Bauch, bald schwang er sich durch die hinderste Bein, mit der Zung durch die Kerb fahrend auff des Pferds rucken, stellt seinen Arß gegen dem Kopff, unnd das Gesicht gegen dem Schwantz, nam den Zigel inns Maul und die Hengriemen inn beide Händ, zog also ständling den Sattel wider hinauff, unnd stellt sich mit gleichen füssen darauff, unnd sprach damit Mein glück hat ein Krebsgang, wie ichs anfang und hindergang. Folgends wie er also stund, macht er ein Storckenbein unnd Gambade auff eim Fuß, kehrt sich zur lincken, und traff allzeit eben den vorigen stand, knappt alsdann wie ein Weber von den Fersen zu den Zehen, unnd schlug mit beiden Händen die Trommen auff dem Maul, verkehrt die Augen, rimpffet die Naß, regt die Stirn, Augbroen und Ohren als der Adelichst Mülleresel: zog das Hembd auß dem Latz, und wischt die Naß dran, kehrts herumb, da war der Rotz gelb worden.

Da sprach Hauptmann Wurststumpen: Ha gesell, das hat hie nicht platz, spars auff ein andermal. Ein treck, sagt Kampffkeib, ich hab gefelet, ich will den Sprung verbessern. Wand sich darmit geschwind inn aller macht auff dem Storckenbein zur rechten hand wie ein lincker Haspler, neigt sich im schwung, und setzt flugs den rechten daumen auff den sattelbogen, hub den leib inn die lufft, also daß er den gantzen leib allein mit den fleischmauen und Spannadern des Daumens inn der Wag auffhielt und sich zum dritten mal radsweiß herumb ließ.

Zum viertenmal sprang er freies fusses, dem Roß über den Kopff, trehet sich herumb wie ein Topff, flugs sprang er nach des Pferds Ohren, erwischt sie, und übergab sich also daß er auff den lincken daumen kam, unnd auch wie vor im Rädlin herumb fuhr wie ein Windmül, schmiß zugleich darauff mit der rechten flachen hand auff den mitteln Sattel, daß es im Thal widerhallet, unnd nam ein solchen Schwang, daß er im Sattel wie ein Frau zusitzen kam, doch nicht wie ein Hundsruckerin, dann dieselben sitzen grattelig wann sie zu Acker fahren, und schadet ihnen nichts am bruntzen. Darnach schwang er den rechten Fuß allgemach über den bogen, unnd setzt sich wie ein anderer Reutter auff das hindertheil, allda ihm ein Nestel zersprang. Aber, sprach er, es ist besser, daß ich mich inn den Sattel schraub, dann darneben zusitzen ist jedem erlaubt: setzt darauff beide daumen strack für sich, übergab den arß inn die höhe über den kopff, also daß er recht zusitzen inn Sattel kam: Folgends inn eim Lufftsprung erhub er sich wider mit gantzem leib inn die höhe, hupfft geschrenckt mit den füssen auff den zwen Sattelbogen hin unnd wider, wie die Hörbauckener mit den händen Trommen schlagen: dann mit den füssen hab ichs noch nicht gesehen: Darnach bezog er ein Laut an den Zähen die Waden hinauff, unnd schlug auff den Zitterigen arßbacken über dem Sternen, darauß ein schöner thon und geruch folget. Und nach diesem allem, erstund er wider mit zugethanen füssen inn den Sattel, rädelt wol hundertmal herumb, wie ein Habergeiß, die händ kreutzweiß außstreckend, daß eim das gesicht darob vergieng, unnd unter des rufft er grell unnd hell. Hui Teuffel, ich muß verrasen, hui Astarot, Belial, ich vertob, halten mich, hui Teuffel halten, hey halten den Schelmen, hui Beelebub, Leviathan.

Mittlerweil er also rädlenspielet, vergassen die Hudler die Mäuler auff, und sprach je einer zum andern, Botz sacker menschenkopff, das ist ein Zunselgespenst: ja wol Zunßler, par la merdee, es ist ein verbutzter Teuffel, Bei dem sackerleiden, der leibhafft butz, behüt uns das heylig kreutz, versteht er nit Teutsch, so sags i*h*m Latin, *ab hoste maligno libera nos Domine.* Hei es ist ein Tauber Teuffel: er hört nit: oder ist ein Bullenteuffel, die sich annemmen, sie verstehn das hoch Latin inn den Ablaßbriefen nit, unnd wann fromme Leut als dann dieselben ins Fegfeur bringen, wischen sie den arß dran. Oho, hie ist meins bleibens nit mehr: mein bestallung lautet wider keinen Teuffel: Hui das keiner den andern halt, hui dem Teuffel zu: Flohen damit wie tausent Teuffel, unnd sahen hindersich wie ein Hund der etwas vom Bratspiß hat gezogen, oder der die Blater am hindern kleben hat.

Da Kampffkeib disen vortheil ersahe, er vom Pferd, zeicht von leder, hernach, lauffst nicht so hast nicht, stach unnd hieb inn den dicksten hauffen, erlegt sie kluppenweiß wie hohe Berg zusamen von verwunten unnd erschlagenen, nicht daß sich einer zur Wehr stalte. Dann sie auß seim wunderdürmeligen dummelen unnd den worten, die ihr Wurststümpfling außgestossen, da er ihn ein armen Teuffel hieß, nicht anders meynten, als wer es ein außgelassener erhungerter Teuffel: Gleichwol wolt Stümmelwurst (der sich auff sein geweihete Schuch verließ, weil er kurtz zuvor inn ein Kirch gebrochen war, unnd den Pfaffen zu schmach die Schuch mit Chrisam geschmiert hatte) ihm ein Hauptmannsstück beweisen, und ihm hindenzu mit eim Landsknechtsdegen den Schetel spalten, aber er war zu wol bebeckelhaubet, daß er nichts als den streich fühlet, unnd kehrt sich flugs umb, schoß ein Spiß, den er der erschlagenen eim genommen, auff ihn, unnd unter des derselbig sich obenzu will schützen, zerhieb er ihm durch ein mittelhau die Lumpen, den halben Wolffsdarm und ein stuck von der Leber, daß er zur Erden ful, wie ein Ochs, unnd meh dann vier Kottfleischhäfen, mit Suppen von sich gab, und die gut schmutzig Seel zugleich unter der Suppen vermischt: also wüst entful dem Hauptmann Wurst der Löffel.

Welches nach dem der Gimnaste verrichtet, zohe er wider ab, inn bedenckung, daß man ein glückfällig wagstück nimmermehr zu keck, soll treiben und vollführen zum entlichen Zweck: und das wolfärig glück halten ehrerbietig, es nit übertreiben, plagen und bemühen zu viel frechmütig unnd freudenwütig? Dann zu hoch gürten sprengt die Gurt, zuviel gepack zerreißt den Sack: eim flüchtigen mag inn der flucht auß scham und nottringlichkeit wider der mut wachssen, unnd auß notwehr ein Todwehr machen: Es ist die alt Kriegsregel, eim fliehenden Feind bau ein guldene Bruck, daß er nur bald und sicher drüber ruck, aber vermach dem Fuchs die luck, daß er nicht wider umbruck unnd meh Hennen zuck. Der wegen saß er wider zu Pferd, gab ihm die Sporen, unnd ritt stracks pfads mit seim Gespan wider zu seim Herrn: flucht unterwegen dem Teuffel ein Bein auß dem Arß, unnd daß linck Horn vom Kopff, er wolt ihnen auff die Kirchweih kommen.

Das Neun und dreissigst Capitel.

Wie Gurgelstrozza das Schloß am Furt zu Vede zerstöret, unnd über den Furt zog, da er sich dapffer wehret.

Als er ankommen, erzehlet er inn welcher gestalt er die Feind angetroffen, und wie er durch ein geschwind Kriegsstück allein ein gantz Herd Kyklopocoler, Picrocholer unnd Bittergroller auffgeriben hab, unnd daß sich vor ihnen nicht zubesorgen sey, dann es weren nichts als Huderbutzen, Grindpfutzen, Fetzglocken, Raumsfelder, Marterhansen, Hans Humm, Muffmaffen, Baurenelementer, die gar kein Kriegsweiß wissen als stelen und rauben: Derhalben sollen sie sich frisch an sie machen, sie werden sie wie das Viech schlachten.

Hirauff macht sich Gargantoa auff sein schwantzlappenmaul und zusampt i*h*m alle seine obgedachte mitgefärten zu Roß: Und als er unterwegen ein grossen hohen baum antraf, welchen man gemeinlich S. Martins baum nant, dieweil er auß des guten heiligen Bilgerstab, den er einmal dahin gepflantzt, soll gewachssen sein (wie der Dornstrauch im Schonbach von des Hertzogs Eberhard mit dem Bart Laubstrauß) da macht er ihm ein Spanisch Bäselosmanos, und sprach, Sehe da, was mir gefehlet hat: dieser baum soll mir für ein Leytstab unnd Spieß dienen: riß ihn derwegen flugs leichtfertig auß wie ein anderer Christoffel, behieb ihm die äst, unnd machts wie ihrs gern eßt. Unter des stallet sein Libysch Maulthier die blaß zuentlähren: und dasselbige so überflüssig, daß auff siben meilen ein Flut drauß ward, als ob das Mör ein Thamm inn Seeland eingerissen hett. Auch luff alles das Seychwasser an den furt zu Vede, unnd schwemmet den fluß so blötzlich unnd gewaltig, daß alle die daselbst ligenden geschwader der Feind schrecklich ersoffen, außgenommen etlich wenig, die den weg zur lincken auff die höhe namen.

Gargantoa als er umb die gegene des Forstes zu Vede kam, ward er vom Gotart Wolbeigeist gewarnet, daß im Schloß noch etlich Feind legen: welches zuerfahren, rüffet Gargantoa als fast er mocht. Seit ihr drinn, oder nicht? seit ihr drinn, so secht und geht drauß: seit ihr nicht drinn, ha so darf es nicht der Wort. Aber ein schelmischer Schützenmeister, so die kunst vom Juden, der den Hertzog Albrecht von Mechelburg vor Franckfort erschoß, gelehrnt, und auff der Bastei, welche die Frantzosen Machicoulis unnd wir Nagloch heissen, stund richtet ein stuck büchssen nach ihm, unnd schoß ihn grausamlich auff die rechte Schläffe, aber schadet ihm eben so wenig als ob ihn einer mit eim Pfirsichkern geschnelt het. Was ist das? sprach Gargantoa, werfft ihr mit Traubenbören zu? der Herbst soll euch wol etwas kosten: meint also nit anders dann es weren der grösten Cananeischen Traubenbör eine gewesen: seufftzt derhalben drüber, daß sie die Edel Creatur so übel anlegten, gleich wie die Spangrünköch.

Die so im Schloß waren und ein weil mit dem Tachballen kurtzweilten, als sie diß vorgedacht tonnerend geschrei vernamen, wischten auff was hand unnd fuß hat, liessen etlich die wehr dahinden, setzten das hinder herfür, und kamen also uneingenestelt, schnaufend auff die Thürn unnd Pollwerck gelauffen, thaten wol neun tausent fünff und zwentzig schuß auß Falckonetlin unnd Toppelhacken nach ihm, daß i/hm die Kugeln umb den Kopff sausseten, als ob die Meykäfer geflogen kämen, und so dich in einander wie die Türcken Flitschen, daß er kein Himmel sahe, unnd ihm den Lufft verschlug Atham zu schöpffen: da fieng er an zukeuchen, als ob man ihn mit kalt Wasser beschütt, und schry, Ha ha, Kundlob mein Freund, dise Mucken hie werden mich noch gar blenden: reych mir etliche Weidenbäume für ein Muckenwadel oder Fuchsschwantz her, sie zuverscheychen: dann er sah dise Eisenmucken für Roßbrämen an.

Ponocrates berichtet i/hn, daß sie also auß ihren Schlebüchssen, Schlüsselbüchssen und Vogelroren, Kirsenstein schnellten, aber es werd sie nicht vil helfen, diß Wetter sei ein übergang. Er soll an jenen Teutschen Keiser gedencken, welcher als er für ein feindliche Statt inn Italien überzog, unnd sie ungeschwunden ding mit Büchsstralen zu i/hm herauß praßleten, tonnerten und hurnaußten, unnd ihm viel an der Seit erschossen, zog er den Helmlin ab, unnd sprach, Oho laß rauschen, Herrn haben mehr glück als daß sie so liederlich von disen Pillulen sterben: man find von keim Teutschen Keyser, der vom Geschütz erlegt seie, aber sonst wol daß i/hnen ein Sacramentloser Mönch im Sacrament vergab. Papst Hiltebrand fehlet auch, da er unter der Meß vom Kirchengeweib ein stein auff Keyser Heinrichen den vierten wurff. Derhalben unerschrocken dran, drara, dran, mit dem kopff voran, er ist rund, es hafftet nichts dran, können sie eins, können wirs ander, sie poltern, wihr foltern. Hiemit schirmt unnd stürmet Gargantoa mit seim grossen bäum so hurlebausisch wider das Schloß, daß er Thurn, Mauren unnd Pollwerck niderstieß, zerbrach, zerschmettert unnd zerriß, als ob alle Römer mit Böcken angelauffen weren: also daß alle die so auff den Festen stunden inn disem ersten lauff bliben. Von dannen zogen sie auff die Mülbruck zu, unnd fanden den gantzen fürt so überhäuffig voll Todtenleich ligen, daß sie dem Mülwasser den lauf verstopfften. Und waren eben dise die jenigen, die in des Lastmauls seich verdarben. Da giengen sie zu rhat, wie sie über disen schelmenhauffen kommen solten. Aber Kumpfkieb sprach. Sind die Teuffel hinüber kommen, will ich auch wol hinüber, Was? sagt Gutart, der Teuffel mit dir, Gott mitt uns, schriben etwan die Griechen dem Babst: Die Teuffel, mustu wissen, haben da jenseit zuschaffen unnd geleit gehabt, dann sie die verdampfe Seelen haben müssen holen. Ha Kürißbuß, sprach der von Lobsteig, so wird er gewiß auch hinüber kommen, dan er ist der armen hungerigen Teuffel einer: treibt nit der hunger den Wolf über schnee und eiß? Auch des eh kompt er drüber, wann er sich nit mit seeltragen beschwäret: des minder schreien ihm die Pfaffen nach, die kein Seel verlohren lassen werden: dann Seeltagen, Mähltragen. Aubeia, eia, sagt Kampffkeib, laßt euch diß nicht grauen: komm ich nicht hinüber, so bleib ich im Dörfflein Beitein weil unterwegen: *pax mihi est cum mortuis*. Stach damit sein Pferd an, wischt hinüber wie ein Tartarpferd übers Mur nicht daß sein Pferd einmal für den Toden gescheuet het. Dan er hette es nach Eliani lehr gewöhnet, weder Seelen noch Tode leichnam zu scheuen, doch nicht auff Diomedisch, der sein Roß mit Traciern und erschlagenen Gästen thet mesten, und ihre häupter wie wildschweinen köpff an die Pfosten hefften: Noch wie Ulysses, der (wie Homerus ihm zum lob, das scheltens werd, gedencket) seiner Feind tode körper den Pferden unterstreyet. Nein solchen Todenlust hat er nicht, wie könig Metzenz von Metz und Mentz, der die lebendige auff die Tode band, und dran verschmachten und faulen ließ: noch wie Babst Sergius, der seins Vorfaren toden leib köpffen ließ, und Cambyses der des Egiptischen Königs tod Aß geyseln hieß: noch wie sonst Ketzermeister, die Tode außgraben, und verbrennen: noch wie König Albowin auff Essedonisch, der auß seines Schwähers Hirnschal ein Trinckschal macht: noch wie Antheus der auß der erhangenen Hirn Pillulin für den Hundsbiß zubereitet. Noch wie die feind Keisers Caligulæ, welche mit lust sein fleisch frassen fürgebend, weil er sich für Gott außgeben, müssen sie versuchen, ob Göttlich fleisch auch wol schmackt: ja Schelmenfleisch fraß Schelmenfleisch. Noch wie der Lithauisch König Wüthold (welcher so gehorsame Underthanen gehabt, daß wann er einen sich hat hencken heissen, solchs gleich gethan hat) der die Leut in Bärenhaut vernehet, und die Hund an ihnen übet: wiewol diß stücklin auch wol ein weidmänischer Bischoff zu Saltzburg mit einer Hirtzhaut gekönt hat, wan er mit den Wildschützen des *Actæons* spilet. Noch wie Alexander Magnus, der ein bruck von toden Cörpern machet. Noch wie König

Thoas, der allen anlendenden die köpff abhieb, und sie seiner Göttin Diane umb den Altar hieng: noch wie etlich Scythæ, die ihrer Feind köpff auff den Helm heffteten, unnd auß ihren abgeschundenen heuten glate Pferdsdecken machten: ja wol gar Reutröck: überzogen auch mit der Arßbackenhaut ihre Köcher, dörrten das Menschenfleisch, maltens, unnd gabens den Pferden unders futer: (O wie vergönstig Leut, die den Würmen ihr Speiß vergonnen.) Noch wie die Perser, die auß des Königs Ochi Todenbeinen handhaben zu Schwerdgefässen machten: noch wie Pollio der die tode Knecht seinen Lampreten fürwarff, noch wie Tracula, der zwischen der gespißten und gemarterten todengestanck bancketieret, und wie Keyser Vitell (oder Kalb) der zwischen dem stinckenden Menschenaß spaciert: und darzu lustig sagt, ein erschlagener Feind rieche wol, aber viel besser ein toder Burger: noch wie die inn America, welche die Kinder inn der erschlagenen blut duncken, unnd auff Jüdisch saugen: noch wie Cicerons Frau, die ihren Knecht sein selbs abgehauenen arm zukochen und fressen zwang: und der Eleer König Pantaleon, der den Legaten außschnit, und sie ihr eigen geschirr zuessen zwang: noch wie die Jesabelisch Königin in Franckreich, die unter den toden Mannen umbzog, zusehen, wa es eim jeden gemangelt, daß er keine Kinder zeuget: noch wie die Gasconier, die den kriegischen Pfaffen tote Hund an Halß hiengen: anzuzeigen daß ein schelm am andern hieng: noch wie die Türeken vor Wien, die auß der Christen auffgeschnittenen unnd außgenommenen leibern ihren geulen krippen machten, und bänck auß erschlagenen Christenhauffen, und wann sie nit Seiler noch Strick genug hatten, Riemen von Menschenheuten schnitten, andere mit zubinden unnd zuknipffen: noch wie die Spanier, die auff Cilicisch unnd fallensüchtisch auß der erschlagenen Wunden Blut sauffen: noch wie die unfietige Pariser, die den Leuten außschneiden, Paternoster darauß zumachen: Tode in Rauch zuhencken, ihre Ohren, Händ und anders in Pasteten zufüllen und einander zuverehren. Nein, so greulich war er nit, wie Teuffelisch er war, mit solcher schelmenübung gewönet er weder sich noch sein Pacolletrößlin untodenscheu und gespenstfrey zusein: sonder legt ihm sonst ein gespenst in sein futer, auff daß es also darüber gewonet. Die andern drey folgten ihm ohn einigen anstoß nach, außgenommen Gotthart Wolbeikopff, welcher mit seim Pferd eim grossen feißten Schelmen, der da ersoffen war, mit dem rechten Schenckel biß an die Kniebüg inn den Bauch ful, und dermassen bestack, daß ers nit mehr herauß bringen kont, biß ihm Gargantoa zu hilff kam, und mit dem äusersten seins Stabs dem schelmen die Kutteln ins Wasser hinab stieß und senckt, daß das Pferd die Schenckel wider herauß renckt, sonst wickelten sich die därm umb die füß wie die Schlangen umb den Troianischen tropffen Laocoon. Und welchs wunderlich in der Hippiatri oder Roßartznei zumereken, so war durch disen fall das Pferd von eim Überbein, welchs es am selbigen fuß hat, geheilet, nur auß anregung dieses grosses unflats gedärm: welchs dann auch des Bapsts Nef Hertzog Octavian im Schmalcaldischen Krieg an seinen Welschen Pferden probieren wolt, da er inn der Teutschen blut biß an die Sättel gedacht zureuten: aber die kunst fehlt ihm, dann er war zu frü auffgestanden, er bückt sich nach eim Strohalm, vermeynend es wer Gold, und richtet sich auff wie ein Ginaff. Jedoch freß mich eben so mehr ein Wolff als ein Schaf, dann er wird nicht so lang an mir käuen, auch mich bälder verdäuen. Demnach doch die sag geht, es thu den Toden wohl, wan sie kommen in ein erden, darin die Cörper bald erfaulet werden: Di es erfaren haben, werden darvon wissen zusagen.

Das Viertzigst Capitel.

Wie dem Strozzagurgel, als er sich strälet und butzet, die Büchssenkugeln auß dem Haar fulen mit viel tutzent.

So bald sie über den fluß Vede gesatzt, kamen sie nach einer kleinen weil inn des Grandgoschiers Schlos Nichilburg, welcher ihren mit grossem verlangen wartete. Und als sie einander ansichtig worden, empfiengen sie einander auff das freundlichst: euer lebenlang habt ihr nit leut gesehen, die frölicher gewesen. Dan das Supplement *supplementi Chronicorum* meld, daß unsers Großtrosseis gemalin Gurgelmelle vor fräuden gestorben sey, meins theils weis ich nichts davon, beköммert mich auch weder ihrer noch anderer halben darumb. Aber dieses ist nicht unwar, daß nach dem sich Gargantoa mit frischen Kleidern angethan, und nun angefangen sich mit eim Sträl von hundert und etwas mehr ungerad Zänen, welche wie oben gehört, gantze Elephanten Zän waren, zukemmen unnd zu reiben, da fielen zu einer jeden huschen übersich und jedem abzug untersich herauß mehr dann sieben Ballen kugeln, welche ihm inn zerstörung deß Forsts Vede im langen haar behangen gliben. Welchs als es sein Vatter Grangusier ersehen, meynet er es weren Läuß, und sagt zu ihm. Botz Elenguckguck mein lieber Son, bringst du uns so weit daß Ungarisch Vihe her, dise Ulmerschiltlin, und die Sperber auß dem *Collegio Montis acuti?* Ich meynt nit, das dich daselbs auch gehalten habst. Da antwortet der von Lobkundsteig sein hofmeister: Gnädigster Herr, E. Mt: verdenck mich nicht, als ob ich ihn inns Läußcollegium, des Montaguischen Spitzbergs gethan het: Dan was wolt er bei den Spitzbergern unnd spitzmäuligen Spitzmäusen gelernet haben, als greulichkeit und Schelmenwerck: Es klagt dodi vor kurtzen langen zeiten auch der alt Niclauß Herman inn seinen Jochimsthalerischen Liedern über solche garstige Schulhäuser, die Bütteleien, Schindereien, Henckereien, da man mitten unter Ratten und Mäusen, Flöhen,

Wantzen und Läusen, und was der *Bursalia* mehr mit dem Beanischen Bachantischen *Lupus* gefrett sein. Ich wolt ihn ehe zu den Mörkätzlin, unnd Preceptorn im langen Hemd, oder die fretterei zu Sant Innocent gethan haben. Dann man halt gefangene und taube vil besser bei den Mauren und Tartarn, die Mörder die umb das Leben gefangen ligen, Ja die Hund bei euch, als die arme schweyß im gemelten spitz Collegi: Es ist ein recht Studentengalee: Und wer ich König zu Pariß, oder der Teuffel hol mich, wa ichs nit ansteckte und verbrente, den Principal sampt dem Pedagogo und Regenten: die solcher unmenschlichen tractierung zusehen, unnd es nicht verbessern.

Demnach hub Rumsteig eine der Kugel auff, und sprach: dz sind schüß auß stuck büchsen, welche zu euerm Son verräterlich auß Vede neulich geschossen worden: Aber sie haben es wol mit der haut bezalt, dann das Schloß hat sie im Sturm all erschlagen, wie die Philister, da Samson blindenmäusig die Seulen umbriß. Derhalben wer mein Rhat, daß man dem glück nachstellt, allweil es getreulich mit uns hält. Dann des Truckers zu franckfort Frau Gelegenheit, hat nur haarlock an der Stirnen breit, übersicht mans, daß man sie nit vornen darbei erwischt, so ist sie entwischt, dann hinden zu ist sie kaahl, und nimmer zuerhaschen überall. Wann kompt Hanß Fug, so sehe unnd lug, unnd thu ihm gnug, Kommet aber Fritz Regenspat, so dörrt rhat und that. Warlich, sprach Grangosier, das kan jetzund so einsmals nidit sein, dann ich muß euch disen abend vor den Willkomm schencken: und seit mir hiemit all wolkommen: dann man sagt auch hingegen, wann der Fischangler zog zu früh, so fung er nie: unnd wein so giret frü, druset auch frü.

Darauff fieng man an das Nachtessen zubereiten, als ob der verloren Sohn kommen wer: und worden neben anderm gebraten, 16 Ochssen, 32 Kälber, 63 saugende Geyßlin, 24 fünfftzehen Hämmel für Chammeel. 300 Bärgk und Färcklin von der Milch kommend, guts Mosts, 400 Kappen von Cornovaille unnd Genff, viertzehen hundert Hasen aus dem land Lützelburg, unnd sonst vil hundert Kalecutisch Hennen. Von Wildbrett kont man so bald etwas statlichs nit zu wegen bringen, on einliff hauend Schwein, welche der Abt von Turpenach und Stürtzelbronn schickt, und achtzehen stuck hohes wilds des roten Wildprets, Welche der Herr von Grandmont gab: zusampt 27 Phasanen, und Urhanen, die der Herr von Essars sandt, unnd etlich totzend Ringeltäublin, wild Enten, Antvögel, Bachentlin, Kruckentlin, Dauchentlin, Haselhüner, wachteln, Repphüner, Schnepffen, Fincken, Rorhänlin, Wasserhünlin, Pfoen, Schwemmergenß, Hagelgänß, Trappgänß, Zapgänß, Kramatvögel, junge Kreuch, Plovögel, Böllhinn, Prachvögel, Scheltrachen, Scholucher, Fluder, Gifitzen, Hegeschär, Mattkern, Kopprigerle, Meben, Mistler, Schneehüner, Holbrot unnd sonst ein geschwader Merchen unnd Lerchen: unnd starcke Bastei von guten brülin und suppen: alles überflüssig: und ordenlich zugericht aus dem Mentzischen Kochbuch durch Armengast wurstpumper, Haberlötz Schüttdenbrei, Claudi Frippesaulce, Nicola, Hoschepott, und Pilleverius des Grandgusiers Mundköch und Käßcredentzer: aber Hänßlin Mühebchen, öberster Glassäuberer, Holwin, Schwenckglaß, genant Verrenet, Birolff Raum die kann, unnd Goßwin Moststempffel trugen bei der schwere zutrincken auff, unmüsiger als einer Reiberin oder Wassersteltzen arß.

Das Ein und Viertzigst Capitel.

Wie Gurgelstrozza im Salat, sechs Bilger aß, oder (umb Reimens willen) frat.

Jetzund fallt uns eben ein wunderliche geschicht ein, die sich damals mit 6 Pilgern hat zugetragen: Dieselbigen gute Muscheln könig, kamen eben zur zeit diser unruh von S. Sebastian bei Nantes inn Britanien gelegen, unnd vor sorg der feind, hatten sie sich inn ein Garten hinder die Bonenstengel, hindern langen Lattich und breite Köl versteckt und gestreckt, meinten allda wol zulosieren. Gurgelstrozza aber war eben damals etwas unlustig, unnd fraget, ob man nit Kropfflattich gehaben möge, ein Köpffelsalat mit Köl vermengt zumachen. Als er nun verstund, daß die schönsten und grösten im gantzen Land daselbs wachssen, so groß als die Pflaum unnd Nußbäume hie aussen, gieng er für lust selbs dahin, und bracht ein Handvoll desselben, so vil ihn genug bedaucht, mit, und zugleich auch darinn die sechs Pilger, welche vor forcht nicht reden noch husten dorfften, geschweig ein fürtzlin lassen, daß kein wunder gewesen, es hett sie aller Schwindel angestossen.

Als er nun den Salat erstlich beim Bronnen Wasserstein oder Röhrkasten (dann ich wills wandel haben) geweschen, sprachen die Jacobsbrüder heymlich zusammen: Ei, ei, was will das werden? wir ersauffen wol hie zwischen dem Lattig: wollen wir uns hören lassen? aber reden wir, so töd er uns gewiß für Kundschaffter: Unter des sie also rahtschlagten, legt sie Gargantoa mit dem Lattich inn ein Platt, so groß als die Thonn zu Cisteaux, unnd sibenmal grösser als der rund napff vor dem Domm zu Spir welchen man zu jedes Bischofs einritt mitt wein füllt, unnd gute arme schlucker sich redlich darumb rauffen läßt: Der Salat war beräit das fläisch darinn schmückt sich, er streifft die Aermel hindersich, griff darein, unnd aß es also mit öl, Essig unnd Saltz hinein, vor dem essen sich zuerfrischen, unnd het bereit fünff Pilger verschlungen, der sechst lag inn der Schüssel unter eim Lattichblatt, in einander Igelmäsig gekrümt, gepfumpfft und gewickelt, als het man i*h*n inn eim Mörsel zusammen gestossen, und die Ballenbinder zu Franckfort zusammen gerollt, oder als der im kalten bett ligt, und die füß ins loch und die knie inns maul steckt, aber so genau hat er sich nicht geschmuckt, das ihm nit der Messenbeschlagen Bilgerstab hett herfür guckt. Welchen als der Grandgoschier ersah, sprach er zum Gargantua, Ich glaub es gutz da ein Schneckenhorn herfůr, nicht eß es. Warumb? sagt Gargantoa, es ist disen gantzen Monat gesund: griff damit zum stab, unnd hub den Pilger zugleich under dem Lattigblatt auf, und zecht i*h*n lustig mit dem andern gekraut hinweg: That darauff ein guten suff fůrnen Wein, und wartet demnach wann man das Nachtessen zurüstet.

Die verschluckte Bilger, wandten und schraubten sich, so vil i*h*n möglich, auß seinen Malzänen, vermeinend, man het sie vileicht inn die äusserste finsternuß eins Kerckers, und das unterst gewelb eines Thurns oder ins Hechssenkämmerlin geworffen, da den letzten Heller zubezalen. Aber als Strosagurgel den Küsuf that, meinten sie nicht anders, dan sie müsten all im Maul ersauffen: Auch hett sie beinah der anlauffend stram des Weins in abgrund seins magens geschwemmet und getriben, doch erhielten sie sich Ritterlich mit den Pilgerkrucken, und sprangen damit wie die Frisische Botten über die Thammgräben, biß sie die grentze oder das gezäun der Zän, wie es Homerus *septum dentium* heißt, widerumb erlangten: da fing zu allem unglück eyner unter ihnen an mit seim stock auffs Land zuschmeissen, zufülen ob sie sicher weren, und fest Land erreicht hetten: dann derselb hat etwann von dem Walfisch gehört, welcher so vil Sand und Erd auff den Rucken nimpt, das, wann er im Mör ligt, es eyn Insel scheinet, und so die Schifleut die äncker drauff anwerffen, dieselbigen zu grund gehn: Derwegen wolt ers besser versehen, unnd schmiß so hefftig durch eyn grub eynes holen Zans, daß er eyn Ader des Kinbackens traff, und der streich auff eyn geschwollen Zanfleysch abglitschet, davon eyn solcher schmertzen dem Gurgellantua entstund, daß er gleichsam inn eyner Tobsucht Mordio schri, und wie eyn tolle Ganß im Kreiß herumb lieff. Doch dem übel zuraten, hiß er i*h*m seinen Zansteurer pringen, stach stracks gegen dem Nußbaum zu, da der specht angehauen hat, und hub da meine liebe Junghern von Sant Jacob auß dem Nest. Dann den eynen erhascht er beym Beyn, den andern bei der Pilgertaschen, den tritten bei der muschelhafft, damit er den Mantel zuband, den vierten bei dem Dieb oder Schiebsack unnd Plodergesäß, daß die stuck Prots hernach fulen, den fünfften durch eyn schnitt im Schuch, den er minders Truckens halben drein gekerbet hat, also daß die Filtzsocken herauß ragten: Und den letzten armen JacobsPruder der mit dem stecken hat anackern wölln, ergrappt er durch den Latz: Doch war es sein groß gluck, dann er stach i*h*m damit eyn heßlich Schlirgeschwär auff, welchs i*h*n sidher sie von Ancenis außgangen, heßlich plagte.

Nach dem also die Pilger außgehaben, unnd dort hinauß für besteckend gekräut geschlaudert gewesen, flohen und stoben sie über die Heyd hinüber, zohen den hals inn sich, huben den Lincken Fuß

Kreutzfertig auf, daß man sie inn kurtzem verlor: Damit hört auch das Zanwe auff, Unnd kam eben zur stund Jungker Artdich wol, berufft sie zu tisch, dann es wer alles gerüst. So muß ich, sprach er, vor hingehen mein unglück mit dem wasser abzuschlagen, und meim geselln eyn Aderlassen: fing darauff an so überflüssig zuharnen, daß dz wasser ein Welsche meil von dannen lieff, und den Pilgern den weg verschlug, also dz sie darüber nit watten konten: und einer, wie S. Sebald sein kotzen nemmen must, und darauff hinüber schwimmen dann er het sonst geschwummen wie eyn Wetzstein, weil er die gröst unnd ungeschickst Mor unnder ihnen war. Als sie gleichwol mit Not hinüber kommen, kamen sie inn eyn andern unfall, und fulen alle, außgenommen Cläußlin Kleienfurtz von Fournilier, inn eyn Zuggarn, welches den Wölffen gestellet ward: darauß sie durch geschwindigkeyt des gemelten Kleienfurtz entkamen, unnd war das Mäuslin welchs dem Löwen aus dem Netz hülff, dan er alle Strick und Seiler als eyn Cordischen Knopff mit scharpffen langen Nägeln unnd spitzen Zänen zerriß unnd zerbiß: Von dannen zogen sie auff Couldrai, und lagen dabei übernacht: da ergetzten sie sich wider von allem überstandenen unglück. Dann ein belesener Kautz unter ihnen, genant Zihdenbart Lasdaller von Träggänglingen, welcher auß eym Kloster entloffen war, richtet sie durch tröstliche wort auff, unnd bewiß ihnen auff Müntzerisch unnd Münsterisch Prophetisch, daß diese abentheur vom David inn Psalmen were vorgesagt: *cum exurgerent, forte vivos deglutissent nos:* Als man uns im Salat für Saltzkörnlin aß: (Wir weren als die eyn flut erseufft) als er den Suff that. *Torrentem transivit Anima nostra,* als wir über die groß Schwämm watteten, *pertransit Aquam intollerabilem,* Als er uns die Straß unterschlug und verloff. (Gelobt der nit zugab, daß ihr schlund uns möcht fangen, wie eyn Vogel des Stricks kompt ab, ist unser Seel entgangen) Als wir inn die Wolffstrick fulen: (Der Strick ist entzwei) durch des Furnilliers gute Händ und Zän. Und wir sind Frei. *Adiutorium nostrum etc.* Secht da, diß reimt sich, wie *quatuor quadrigæ,* des Propheten Zacharie, zu den vier Bettelorden: Unnd wie dort, *amo decorem Domus tuæ:* Ich hab den Chor deins Doms lieb. Unnd wie die Pasquillendichter die gute sprüch auß der Heiligen schrifft mutwillig auff ihre außrichtige verkleinerliche Materien verbiegen unnd herbei ziehen. Nun wer kans alles umbrüsseln? *Si non probitate, at pravitate:* Es ist dannoch eyn kunst, inn eyn jeden glockeoklang eynen Text erdencken.

Das Zwey und viertzigst Capitel.

Wie der obgemelt Ritterlich Mönch herrlich wol vom Gurgellantua ward getractiert: Und von den schönen Tischreden, die er führt.

Da nu unser Durstgurgel getischet het, und der erste mumpffel verkröpft und verdistillirt war, fing sein vatter Goschgros an den ursprung des Krigs zwischen ihm und Picrochol zuwiderholen. Und untern anderm kam er auff den Bruder Jan Onkapaunt, der wer eyn rechter Jag den Teuffel, der solt zu Rom im Triumpff daher getragen werden, der könn die Teuffel einthun, der könn die Gottshäuser schützen. Und lobt i*h*n für alle schwangere bauren hinauß, ja über Camillum, Scipionem, Pompeiüm, Cæsarem und Themistoclem: Da begert alsbald unser Gurgelstroß, daß man nach i*h*m schicke, sich mit i*h*m von sachen zuberhatschlagen. Hizu ward sein hofmeyster abgesand, der pracht i*h*n Mardocheisch auff des Grandgusiers maulesel mit seiner Plogemalten Kreutzstangen lustig daher. So bald er abgestigen unnd ins gemach getretten, da war nidits als alle freud, viel Tausent Willkomm, viel Hundert guter Tag, Säck voll Grüß, ein solch handgebens, hendschlagens, hendtruckens, die Hänt auff die Kniestossens als ob alle Metziger zu Lins auff den Viehmarckt zusammen kommen weren, Ungerisch vihe zukauffen: eyn solch umbfangens, ruckenklopffens, röcklinzerrens: höfischen anlachens, hingebens, daß ein wunder war. Ha, he, bruder Jan, mein freund, bruder Jan, mein groser vetter, Bruder Jan, botz 100 tausent Teuffel, daß dich Gott behüt, du edler Bapst, dat di tusent Tüfel in die Lif fahren, hals mich doch mein Freund, ha so umbfang du mich für meinen segen, reich mir doch das heilig schmutzhändlin, daß libe täplin, die kreutzstangbewerte Ritterliche Faust: Da, da du edler schwantz ich entnir dich schir vor lib, ich zertruck dich, ich freß dich: jedoch ich schiß dich wider ey, laß mich nur an den saum deins kleyds greiffen, O du Heylige Vesper schell. Was solt unser bruder Jan bei solchem fest thun, als nur sich herumm werffen, sich tummeln, da eym die recht, dem andern die linck nemen, hie zwen zugleich ummfangen, dort dreien dancken: und seinen hofman recht außzulassen und zuerzeigen: dan er der werdest und anmütigest Kerles war, der inn seiner Haut und kappen Stack. Da, da, sprach Gargantua, setz den lieben schelmen und kuttenhämmel den schemmel da neben mich an deß eck hie an meine grüne seit. Wol gut, sprach der Mönch, es ist mir lib, weils euch also liebt: ich laß mich gern laden, wie lang häu: Ich folg den leuten, dann folgt ich den gänsen, so müst ich wasser trincken. Bub, wasser her, schenck, schenck mein Sohn, schenck, daß würd mir die Leber erfrischen. Gib her daß ich mich ergurgele und erschnargareke. *Deposita cappa.* sagt Kampfkeib, laßt uns den Kappenzipffel hie abthun. Was soll man hie wie im Chor und rhat sitzen. *Depositis superbiis*, sagt *Nestorianus*. Ho bei Gott, sprach der Mönch, mein Gros Jungher, es ist eyn Capitul *in statutis ordinis*, dem wird der handel nicht gefallen. Eyn Quarck, sprach Keibkampff, Quarck mit euerm Capitul, diser gugelzipffel beschwärt euch nur beyde Achsselen: Thuts ab, mein Herr, thuts ab: Was soll dise Röckliche Erbarkeyt und Mäntlige hoffart: Wir seind Schweitzer hofleut, wir dantzen inn keym Rock, wie die Elsässischen Jungfrauen inn Hosen und Wammest zur Kirchen gehn, unnd inn den Schauben dantzen: sind erbarer zum dantz als zur andacht. Hie darff man keyner andacht, derhalben die Kapp auß. Mein freund, sprach der Mönch, laßts pleiben: dann bei der Heyligen Kreutz stangen ich sauff nur des besser davon, sie macht mich nur des lustiger: Ich müßt sorgen, wan ich sie von mir legt, daß dise schöne Stallmistjungherrn die Buben, Hosenbendel drauß machten, wie mir eynmal zu Coulaines ist gangen: Zu dem wann ich sie auszich, hett ich keyn lust meh zufressen noch zusauffen, dann wann ich sie ansihe so dürst mich, wie eyn Rote damascenierte Naß, und maseren angesicht. Warumb begrabt man die Leut drinn, als daß sie den Durst drin büsen? ich hab wol gehört, daß etliche i*h*rer Bulschafft kleidung fürs bett wie Rittersporen hingen, i*h*re augen und gedancken damit zuerwecken, was meint i*h*r erst, daß die Kap mag klecken? wißt ihr nicht, daß bei den Persen der prauch gewesen, denselben zum König zuwelen, dessen Pferd am ersten an eym gewissen platz auff dem feld, nach dem die Sonn auffgangen, schri: welches Darius durch list zuerlangen, seinen Hengst den abend zuvor am selbigen ort eyne Stuten erspringen ließ: als nun auff morgen eins jeden Fürsten pferd daselbsthin geleitet ward: fing des Darii Hengst gleich am ersten an zurihelen unnd zu hinnewihelen, auß gedechtnuß des vorgehenden Geilen abends: also pfleg ich auch noch, wie des Darii hengst, wan ich an die kurtzweil gedenck, die ich inn diser kappen offt geübt, zusehen; zuplitzen und i*h*r nachzuschwitzen: Ihr versteht mich wol: derhalben laßt mich in diser gugel nur mein fadenrecht treiben, ich will bei dem grosen Schafhuser Gott dir und deim Gaul genug zusauffen: Und nur frisch auff, *lætæ mentis,* Got wöll die ehrlidie geselschaft bewaren. *Benedictus benedicat:* Wer ich eins andern ordens, so hieß es, *Bernhardus Bernhardet,* und *Ignatius Ignatiet:* Die langen *Benedicite* gehören für den Gratias sprecher auffs Ammeisters stub zu Straßburg: demselben klopfft man wan er anfangen soll, es wer auch gut, daß man i*h*m klopfft, wan er auffhören solt. Wolan, Ich hab wol zu nacht gessen, aber ich will darumb hie nicht des minder essen, dan ich hab eyn gefüterten magen, er ist weit hol und wachtelgleichich wie S. Benedicts Stiffel, bodenloß on solleder, wie der, welchen der Teuffel zu Spir mit talern solt füllen, ja fein weit, wie unserer Frantzösischen Hofleut stiffel die man von Füssen schüttelt, und anligen wie ein glock dem Schwengel: mein kragen und magen steht allzeit offen, wie eyns

Fürsprechen Täsch: was darff es des fürlegens, Ich schneid und leg niman für, dan den kindern und Meidlin. Von allen Fischen ohn vom Schlei und dem Niderländischen Schumacher, nemm darfür Rephünerflügel, oder das fidle von eyner Nonnen, heist das nit geil gestorben, wan eyns schlirigen Fibers stirbst? Dise Henn ist fein zersotten: Unser Prior ißt gern das weiß an den Kapaunen.

Inn disem stuck, sprach Keibkamb, vergleicht er sich mit keym Fuchß, dann die fressen von Kappen, Hünern unnd Hennen die sie erzwacken, nimmer mehr das weiß, unnd wie thut eyn Wolff, er frißt es das gantz Jar ungekocht: Warumb? fragt der Mönch: Darumb, antwort Keibkamb, daß sie keyn Köch haben unnd wann sie nicht Competentlich, wie sich gebürt gekocht werden, pleiben sie rot unnd nicht weiß: der speiß röte zeigt an röhe unnd räuhe, außgenommen das Krebsgeschlecht, welchs man erst mit dem sieden cardinalisirt. Aber der Quallen hie, ist recht safftig, das Blut geht noch hernach derhalben guten wein drauff, Horcha Sohn, hab acht auff deinen Vatter, giß ein disen: Trinckt jetz für Fünff die keinen Trincken, Dann darummb wird eyner zum Pfaffen, daß man nicht mehr für ihne trinck, sondern er für andere. Botz leidiger Judentauff willen, sprach der Mönch, wan Röte bedeit Rohe, so wird der Beschlisser inn unserem Kloster nimmer keyn gesunden gekochten köpf haben, und gewiß roh unnd ungebachen sein, dann er hat rote augen wie eyn Indianischer Han: Unnd was meint i*h*r daß unserer Leib Bauchwäscherin ihm Kloster mangel, die hat blo Lefftzen als het sie stäts Maulbeer gessen: Was solt i*h*r mangelen, sagt Keibkamp, sie hat zu vil Niren gessen. Aber *audite Domine,* wie möcht i*h*r eyn Kälblin stechen, das die augen verkehrt, erbarmts euch nicht? Hiha, sagt der mönch, habt euch wol betreppt: Lehrt nicht Socrates: schlecht augen sehen nur schlecht was für den Füssen ligt, aber eyn schilbock sicht auff all seit, und diß ist das best gesicht für die Huren, sie betrigen darmitt den Man und den Bulen. Ja so seh ich wol, so muß der krebs das best gesicht haben: In allweg, es ist ihm böß der weg zuverlauffen, er sicht wol so krumb als er geht: Gleichwol hat er starck augen, die eyn Puff außstehn. Ihr lobts wie die Königin, da man sie fragt, warumb sie eyn hinckenden Man genommen het? *Respondit,* sie hupffen und stupffen wol, darumb nam auch die geil Venus den hinckenden gauch Vulcan. Es ist keyner zuverachten, der eyn füllt wol, der ander gründt wol, der dritt füselt wol. *Sed hæc narrativè.* Hei daß keyner den andern verführ: Nun greifft zu. Diß hinder virtheil vom Hasen (mit erlaubmiß euer weidmännischer Rhetorich also zureden), wie dürr die Arßbacken scheinen, sind gut für die Patengrammische Hackprettdäntzer. Aber zur sachkachel: warumb ist eyner Jungfrauen Gsäß allzeit frisch? Diß fragstück, und Problema, sagt Strosengurgel, ist weder im Aristotele, noch Alexandro von Aphrodis. Es geschicht, sprach der Mönch, auß treien das eyn ort natürlich allzeit kůl und frisch besteht. Primo, daß das wasser fein nach der läng ablaufft: Secundo, dz es beschattigt ist, finster und tunckel, dahin nimmer keyn Sonn scheint: Und zum dritten, weil es stäts durchs loch des nort oder beißwinds lüfftig erwähet unnd bewindet wird, deßgleichen vom hemd, und zum Überfluß vom geprüch: aber kein sauberer Arßlöcher find ihr als der Schreiber, das macht, die wisch haben sie zur Hand: Jedoch mit Züchten zugedencken vor züchtigen Leuten. Unnd holla frisch auff, Bub zum gespei zum gespi, trett auß, schon deins Beins, krack, krack, krack. O wie ein gütiger S. Urban, der uns so gut gurgelwasser schafft, gewiß wann ich in Francken auf seim Festtag wer, ich ließ ihn nicht ins Wasser werffen, ich gieng mit ihm inn Todt besser als Petrus: O wer ich bei unserm Erlöser im Garten gewesen, ich wolt den Schelmischen Juden wol Füß gemacht haben: der Teuffel holt sie dann. Auch meinen Herrn den Aposteln recht nach den spanadern gestochen haben, da sie so schandlich flohen: nach dem sie wol zu Nacht gessen hatten: Unnd warurnb nicht? König Saul träuet seim Volck auch also zuthun, und ließ zum Stectackel den Ochssen die spannadern vor ihnen abhauen. Ich haß wie Gifft, wer fliecht wann man Lederfeihein und einander zermesseren und zerfleischen soll: hon, daß ich nicht König in Franckreich vier unnd zwentzig, oder hundert jar bin: ich wolt bei Gott auß allen den flüchtigen vor Pavi im Thiergarten eitel gestutzte Hund machen: das sie der jarrit schütt, solten sie nit eh da gepliben sein auff dem Wasen, als ihren König in nöten stecken lassen, unnd an ihm zu Judas werden: wie auch in der Sporenschlacht vor Terowane geschah. Ist es nit besser unnd ehrlicher streitend standhafftig erligen, als schandtlich leben und fliehen. Ich sihe hieran, wir werden nicht viel Gänß diß jar essen. Ha mein freund, lang mir von dem Spanfärlin. Diavol, es ist nicht meh mostig, schmutzig und lederkrachig, *germinavit radix* Jesse: Das ist ein Sandstein, daran ich meinen Schnabel kan wetzen, daß ich hernach deß besser kan netzen, was soll ich Leben, ich stirb vor durst? Ich zergeh wie Wachß beim Feur, Schütt ein, ein Külen, der war Badwarm, es war mir als Tränck ich meiner Muter Milch. Dieser Wein ist nicht der Bösest, ist aller Wein ein Fürste: Was für Wein trancken ihr zu Pariß? Oder ich sey des Teuffels, wa ich nicht meh dann sechs Monat einmal freie Tafel daselbst hielt, als der statlichst Rector zu Padua unnd Doll. Kent ihr nicht Bruder Claudi von Borenhoch? O wie ein machtloß gut Gesell: Aber was hat ihn für ein Muck gestochen, daß er jetzund, weiß nicht seit wann, nichts als studieren thut? Ich laß meinen Büchern wol rhu, fallt ein Klitter drein so bin ich unschuldig, wie der besport unnd gestiffelt Stattjungherr am zertrettenen Kind, der doch nie auff kein Pferd kam: Man wird mich nicht ob den Büchern wie Archimedem erstechen: Inn unserer Aptei studieren wir nimmer nicht, vor forcht der Nachtkreckel und Ohrenmittel, und fürnemlich der Liechtfligen. Wiewol, mir schad kein studiern, wie dem Salamander kein Feur: Ich studier daß ich feist werd, dann die groß witz wird mir zum Nutriment: Ich denck sie sey gesaltzen wie einer Sauseel. Es haben doch wol grosse Philosophi ihnen die Augen außgekratzt, damit sie on Bücher unnd *specula* unverhinderter Speculirn möchten. Unnd Sanct Anthoni der Einsidler sagt sein *Codex* unnd groß buch wer die gantz Welt, umb und umb *ubique,* wo er hinsehe. So sagt ein anderer Claußbruder, er läß im buch dreier blätter, eins Rot, das ander weiß, das dritt schwartz, das verstund er vom Paßion, von der Ewigen Glory, und der Höll. Dieser war einer der frommen, wa sind aber die so ihm nachkommen. Aha, wie mancher kert nur das buch herumb von zweien blättern, unnd fahrt mutwillig mit seim Teuffel im Latz in die Höll unders Fürthuch: Gleich wol folgt auß vorigen Exempeln, daß es die Bücher nicht allein thun. Unser verscheidener Abt, sagt, daß eyn Weiser gelehrter Mönch ein ungestalt Mörwunder sey, Bei GOTT, mein Gönstiger Herr, *magis magnos Clericos, non sunt magis magnos Sapientes. Sed Dominum Martinum de Lauterbach, vult semper esse Prudentiorem quàm aliis.* Ich wünsch nicht wie jener Keyser, daß alle Römische Burger ein Kopff hetten, sie des geringer in eim streich hinzurichten, sonder daß alle Bücher ein Buch weren, und dasselbig hinder mir leg, ich wolt damit fahren, wie der Canonist mit den Episteln Pauli, wann ers allein hett, nemlich Zundel drauß machen, so wer ich nit allein ein Stockfisch. Ihr habt euer lebenlang nicht mehr Bücher gesehen als diese Jar her, wann werden sie einmal außgeschriben? Ich rhiet dem Bapst, daß er einmahl durch seine Brand Legaten, die er Järlichs inns Teutschland schickt, die Buchgaß zu Franckfort ließ anzünden, da würden viel Episteln Pauli im Lauff bleiben, unnd würd meh nutz mit schaffen als mit dem Catalogo der verdampten Ketzerischen Bücher: Hats doch König Ptolomeus in Egypten gethan, oder nicht gethan, aber geschehen lassen, und wir mangeln derselbigen bücher noch: O da würden die Postillenprediger und Vademecum wol so sehr über disen Kram we we schreien, als die Beschorne über ihr Babylon: dann was wolten sie ohn solch fürgekauet arbeit und das groß buch von Tübingen den Bauren predigen? aber ich und meins gleichen wolten *Cecidit Cecidit* ruffen, Sie ist gefallen, *quoniam merces eorum nemo emet amplius:* ihren Kram wird niemand meh kramen, ihr Damnomany fällt inn die äschen, dann ihr *Malleus Damnatorius* ist nur Papiren. Solch Papiren feur möcht ich wol so gern sehen als Nero zu Rom die Troianisch Prunst: da führ im Rauch gen Himmel alle Kunst, da leg *litera* unnd spiritus, wiewol vom spiritu weiß ich nichts, wie Geistlich das Kleid ist: Aber doch, also bliben wir bei ehren, und könten sicherer zehren: Dann gewiß ein Schwäbisch Nonn, ein Böhmischer Mönch, der Teutschen Fasten, der Mönch studieren, der Mörleut gelübd, unnd Welsche andacht, geschicht über macht. Aber die trüß, ich führt lieber wie unser Abt *Pax vobis* ein Hund am Strick zum gejagt: Gebt sidher unserm guten alten Herrn Grandgusier von Grosgießlingen zutrincken. Dann Plato schreibt, der Wein weich der alten leib wie das Feur das Eisen. Wein ist der Alten Zanlosen Leut Milch, den saugen sie, wann sie ihn nicht können beissen: wie sie am gesicht abnemmen, also nemmen sie am geschmack zu: Alte Leut unnd trunckene Leut werden zweymahl zu Kindern. Geltet das ränfrtlein Brot im Becher zeicht den Schwebel an sich? Aber wann ihrs darnach eßt, so ist der Schwebel nicht getruncken? Secht wie die hand diß Pocal so steiff hellt, das gewont man, wann man den Sackerhabich lehrnt tragen: Ich hab inn langer zeit kein guten Gerfalcken bekommen, der mir recht Abtgemäß gehäupt auff der hand stund: wiewol ich gen Heinburg nach plofüsen geschickt hab. Der Herr von Bellonniere hat mir ein Sperber verheissen, aber neulich schrib er mir, er sey unreisch worden, unnd inn ein ander Land gefallen, wöll aber bald ein andern Nistling auß dem geständ heben und berichten. Schoch, wie heiß, es bedörfft einer auch zu dem zerlegen ein händschuh wie zum Plateiselessen, *quàm multa patimus:* der Spiß prennt auch einen an die Zung, wann ihn einer schon gern leckt, wie die Lispelende Schlesier. Es ist auch einer auff dem Lerchenherd nicht sicher wann einer schlafft, dann die Räbhüner dörffen eim bald die Ohren abstossen unnd abbeissen, so unkeusch sind sie, wie die Hund, die eim an eim Schenckel noppen. Wiewol ich nichts auff die Bergknappisch Nebelkappen halt: fein barhaupts, wie jener Kriegs Fürst inn Schnee und Regen: das ist Weydmännisch. Und also thaten die alten Francken, wie Agathius schreibet: mit der weiß gewönten sie sich, weder vor dem Plitz, noch vor dem streich zuscheuen: unnd achteten in Schlachten nicht, wann schon der Regen ihnen inns gesicht schlug: Sonst schreckt Jung Kriegsleut bald ein streich, der gegen dem gesicht gehet, wie Cæsar inn der Pharsalischen Schlacht den Pompeianern wol hat gewisen: unnd heut unser Schützenreuter, wann sie nach dem gesicht schiessen. Ich hab kein lust mit Spigeln oder Hirtzenheuten zu federspilen. Wann ich nicht lauff, schnauff, rauff, sauff und wäfer, so ist mir nicht wol: wiewol wann ich vil soll durch hursten kriechen, und über Zäun unnd stauden klimmen, so laßt mein Kutt das haar, und maußt sich gar: aber wie kan ichs weren, wann sie es gern laßt. Ich hab jetz ein edelen Löndischen Wind bekommen, ich sey des leibhafften Butzen, wann ihm ein Haß entgeht. Ein Lackei wolt ihm den Herrn von Argwint unnd Maulevrier zufüren, so legt ich ihn nider, unnd behielt i*h*n mir selbs, hab ich übel daran gethan? Nein Bruder Jan: sagt Keibkampff, neyn, nicht ein meit, nein für tausent Teuffel nein. Also mein Son, sprach der Mönch, kegel recht zu mit Teuffeln, allweil sie weren: Botz macht, was wolt der hinckend hogerig Büntelträger damit gethan haben: Bei dem Kreutzleiden Lots, es ist i*h*m lieber wann man ihm ein gut joch par Ochssen schencket: inn ein Bauren gehört Haberstro. Wie? sprach, Lobkün, seh wert ihr Bruder Jan? Neyn Herr: Ich kan sonst so wol mit dem Sacrament gehn unnd nicht Läuten. Ich thuß, nur mein Red damit zuschmucken, daß sind der Ciceronischen Retorich Zirfarben: Damit schlegt man den Türeken, von solchem Rasparmentdonnern, thut sich die Erd auff, zerkliben die Felsen, entferbt sich die Sonn: mehr als wann die Hexen Hagel sieden. Vil ungewitters mißt man den Unholden zu, welchs ein durchelementtringender fluch und schwur hat verursacht. Diß Furmanß gebett treibt Schiff unnd Wagen, ein Hauptmansfluch etzt durch Neun Harnisch: Mir aber entfährts zuzeiten, wie den Nonnen der Zintzius Herr Andres Nonnentröster, wann ihnen ein Nadel entfällt: Wie bald entfährts eim wanns eim entfellt? Ich könt dannoch wol Basilien, Quendel, und Kressen setzen, dann dieselben vom Fluchen gedeien, unnd sind doch gut zu Artzeneien: Darumb wards jens Manns entschuldigung bei dem Richter, warumb er sein Weib gerauft hette, nemlich darumb weil er hat Rauten setzen müssen.

Das Drey und viertzigst Capitel.

Warumb die Mönch Weltflüchtig, Liecht und Leutscheu sind, und man an etlichen so grosse Nasen find.

Bei ehren glauben, sprach Artsichwol, ich werd schier zum Narren ob dises Mönchs lustigen erbarn bossen, dann er macht uns all frölich: Und wie kompts dann, daß man die Mönch von aller guten Gesellschafft verstoßt, und heißt sie Trubelefest, Glückstüber, Senffversaurer, Freudenstörer, Freudenversenffer, spilverderber, Stupffelhaaß, Binenhummel, Mußversaltzer, Kalklescher, Zechmilben, Schwalbentreck, der Gansheisern Beichtwolff, Arons Kälber, Bruder Unlust und den Teuffel auff dem gerüst? Und sie abtreibt wie die Immen die Horlitz, oder Wefftzen vom waben unnd Honigrat. *Ignavum fucos pecus* (spricht Maro) *à præsepibus arcent,* Die Hurnaussen hurrnen die Bienen auß. Darauff antwort unser Gurgeldurstlinger, Es ist nichts so war, als daß der Rap, die Kap und die Pfaffenschlap, alle Schmach, Haß unnd fluch der Welt an sich sap, wie der Nordwestwind die Wolcken an sich zeicht. Die Peremptorisch endlich ursach ist, daß sie der Welt treck essen, das ist, ihr Sünd inn sich schlucken, darumb stoßt man sie als Schlotfeger unnd Treckkauer inn ihr heimlich Gemach und Scheißhaußfegerthal, welchs ihre Klöster und Convent sind, so abgesöndert stehn von aller Politischer gemeinschafft, wie die Arsspulkämmerlin in Häusern unnd die Hurenkauten inn Stätten.

Gleichwol wann ihr wißt, warumb ein Aff, wa er inn eim Hauß ist, allzeit verspott, gevexirt und geübt wird, wie ein Nußbaum, Esel unnd Weib, welche stäts wölln getrescht sein, und wie ein schalcksnarr ungeübt kein freud macht, so werd ihr auch verstehn, warumb die

Mönch inn der Welt von jung und alten gescheuet werden. Der Aff hütet nit des Hauses wie der Hund, er zeicht nicht im Pflug wie ein Ochß, er tregt weder Woll noch Milch wie das Schaf, ist weder zureuten noch zufahren wie das Pferd, tregt weder Holtz zur Kuchen, noch Korn zur Mülen wie ein Esel: sein gröst thun ist, alles bescheissen und verderben, den kopff mit den Leusen hinwerffen, sdimatzen und im Plosen hindern kratzen, darumb wird er von allen verspott, gestossen unnd geschlagen. Also auch ein Mönch (doch die müsige tropffen verstanden, sampt eim grossen Register mit Predighandtierer) der ackert nicht wie der Baursman, beschützt nicht Land und Leut wie ein Kriegsmann, heilt nicht die Krancken wie ein Artzet, lehrt das Volck nicht auff Canceln unnd in Schulen wie ein rechtschaffener Prediger unnd Schulmeister, hilfft keim zum rechten wie ein Jurist, füret einer Statt oder Landschafft nicht allerley nötige bekömmliche waren zu wie ein Kauffman: sonder etcetera, ihr versteht mich, er zeigt nur stäts die blotte blatt, dann er ist umbs maul dahinden glatt: Küß Affenfutt, so hebst kein Schwantz auff: oder versteht ihrs nicht. So leset das Simiacum. Secht da habt ihr die ursach, warumb sie von allen wie Kautzen und Eulen gescheuet werden. *Sed Pauper ubique iacet.* Ich hab noch andere Schaaf, die muß man auch inn disen Notstall bringen, sie werden mir sonst vor grossem Theologischen stoltz auß dem Digel springen: das macht sie sitzen inn Rosen wie ein Katz im Rauchloch: Sind Affenschwäntz, sind Kühoden, sie wollens sein unnd wöllens nicht sein: Gleichwol hört bei dem Affen ein Aeffisch geheimnuß: Warumb die Affen den Vulcanum sollen erzogen haben? Da rathen zu ihr Flagelloflegellanten: Errahten ihrs nicht, so seits warend im Gegenflegel. Aber zu unsern verklaußten, und verklaustrierten brüdern wider.

Gleichwol, sprach Grangusier, betten sie Gott für uns: Nicht ein dinglin, antwort Gargantoa, *sed pium est credere,* sonder mit Glockentrinckeballieren und stätem klancklinckgluckern machen sie schier ein gantze Nachbaurschafft taub und doll wie die, so zu nächst bei dem fall des Rheins wohnen vom rauschen daub werden. Nichts umb sonst sprach der Mönch, ein Meß, ein Metten, ein Vesper wol an unnd eingelitten, sind schon halb gesungen unnd überstritten: man sagt ein Prediger auff der Cancel, ein Barfuser im Chor, ein Carmeliter in der kuchen und ein Augustiner im huren hauß, zierens überauß: nur ein hauffen Paternoster angesteckt, und mit fetten Ave Maria gespickt, und auff der post fort geschickt, das glück und mest die zuhörer, welche sich gern mit worten settigen lassen: uns aber heist es, Bäurlin trags ins Kloster hinein, so gibt man dir ein Sup und ein sauren Trunck Wein. Ich weiß wol, sprach Gurgellang, daß sie meh für die Suppen und das Mäl betten, als für mein Seelmetten: Gleichwol seit ihr Frater Jan nit also, ihr seit kein Heiligenfresser, kein Himmelsnister, kein Todenpfeiffer, kein Conscientzpresser, sonder Indulgentzmesser: ihr seit nicht Weltgescheiden sonder Weltbescheiden, geltet ihr meßt den Himel nicht mit Loten auß? ihr seit lustig mit, seit wie ein Weidsack, auff welche seit man greifft, findt man ein Loch: so seit ihr auch nicht müssig, ihr beschirmt je die Untergetruckten, helfft den angefochtenen, beschützt die Klöster, erhaltet die Geistliche: Von welcher tugenden wegen etwann König und Keyser mit den namen Christenlichst, Erstgebornes Sohns, Pius, *defensor fidei,* und Catholicus vom Super heiligsten Vatter begabt wurden: wie wöllen wir euch dann tauffen. *Fratissimum:* und *Claustralissimum?* oder *superiissimum, per p. non b.* sonst möchten ihr Bäpstlicher Heiligkeit zu verkürtzung König Tarquinius zu Rom werden: aber diß wollen wir dem Großhertzogen, nein, Grösthertzogsten zu Rom vorbehalten haben. Bei dem H. Weiwadel, sprach der Mönch, ihr seit wolberhümt *in genere demonstrativo Ego Cucullariorum novissimus:* laßt mich mit solchen Tituln ungeschneitzt. Ein jeder hat ein Ader vom Narren. Inn meniglich stecken *semina stulticiæ,* man mags leicht säyen, so wächßts daher: das unzeitig loben aber besprentzt es: Jedoch was sagt ihr von müßiggehn? minder als der Seiren auffsticht. Dann wann wir im Chor sitzen unsere Metten und Jarbegegenussen fortzuhudem, so mach ich darzwischen Armbrostwinden, Sennen, Treibschnür, Seidengestrickt Memorialschnür, die man inn die Bettbücher legt, flecht körblin, nähe unnd stopff ballen, schnetzel bilder, spitz Zansteurer, schneid Zungschaber, höl orlöfflin, mach ein gantzen Haußrhat inn ein büchslin, oder den zihenden Passion, bereite flöfallen unnd Nonnentröster, damit ich mich bei den Schwestern zukauff, stricke Königlingarn unnd garnsecklin: kurtzumb, müssig gieng ich nie, dann ich gieng ehe auffs Weidwerck, oder besucht das Vogelnest oder Daubhauß, oder, wie jene Schwester sagt, laußt ehe für die lange weil die Mauß: oder, wann mirs schlaffen nicht ein wolt, legt ich mich an Rucken, unnd zalt die fürfligende Vögel, oder, auff das ich nit ohn weidwerck wer, fieng ich im schlaff Mucken. Aber bücher abschreiben, buchstaben malen, Clasuren machen, den Passion außstreichen, dz kont ich nie und noch: vil weniger, wie her Mönch Tutilo zu S. Gallen, in kupffer stechen und formen schneiden. Aber höra, hieher zutrincken, zu trincken her: bring das Obs: Botz hinden unnd fornen diese gebratene Kästen mit neuem Wein eingenommen sind gute *compositores* unnd Modelgiesser der fürtz. Ihr seit noch nicht hierinn recht bemostillieret. Bei dem kreutzschwammen, ich trinck zu aller wacht wie eins Promotors gaul, *sie itur ad astra,* da die funcken wie die Sternen bei nacht, zur Schmidten außschiessen: Warumb geht kein Mönch allein über die gaß? Antwort: wann der Teuffel den einen holt, daß der ander sag, wo er hin sey kommen. Aber *Frater Cucullarie,* sagt Keibkamp weiter, warumb braucht ihr Klosterheiligen beide händ zum Becher. Das hat ein Laur gemacht, der die hand einer frembden Nachbarin stäts über dem tisch im Schlitz het: Aber Bruder Jan, thut das Rotbrüstlin von der Nasen, seh wie es Claretrot dran henckt: wiewol es etwas besser steht als das Nasenkleinot, darvon Grobianus schreibt: ob ers wol auß India beweißt, da man das Edelgestein an die Nasen henckt: wolan, so gebt ihr auch ein guten Perleinsticker, wann euch also die weisse durchsichtige tropffen an der Nasen bleiben hencken, wie Eißzapffen an eim Dach. Ha, ha, sprach der Mönch, solt ich drumb ersauffen, weil mir das Wasser biß an die Naß geht: Nein, nein: *Quare? Quia,* sie geht wol herauß, aber nit hinein: dann sie ist wol antidotiert unnd gesegnet mit Reblaub. O mein Freund, wer von solchem Leder Winterstifel het, der möcht getrost nach Ustern fischen, dann sie würden kein Wasser fangen. Waher kompts aber, sprach Gorgellang, daß Bruder Jan so ein schöns näßlin hat? Darumb antwort Langgoschier, daß es Gott also gefeilig war, der uns inn form und weiß, als es ihn gut bedunckt, schafft, wie ein Hafner seine geschirr i*h*mo. Darumb, sagt Künlob, weil er der erst auff dem Nasenmarckt war, da man die Nasen außwiget, und ihm gleich die gewichtigst ließ darwegen. Wolbegeist sagt ja: darumb, weil der Nasenaußweger eim mehr bein unnd fleisch als dem andern zuwog. Nein sprach der dritt, darumb, weil einer stercker durchs ober Naßloch blößt, unnd die Naß aufftreibt wie ein Glaßmacher, wann er zu starck in die gemartert äsclien blößt. Schickts fort, sprach der Mönch, jetz ists an mir: nach der waren Mönichalischen Phylosophy ists daher kommen, das mein Säugamm gar waiche Dutten hat: unnd wann sie mich seuget, truckt sich mein Einleghacken hinein wie in ein Butter, davon wuchß sie und lieff auff wie ein teig in der multer. Dann die harte saugende Brüst machen den Kindern kumpffe Schafsnasen: die geben gute Dellerschlecker: gleich wie die andern gute Kirschenhacken und Leschhömer: Aber dir haben deine die grossen schweren Becher also eingetruckt, weil zu faul warest sie zuheben, sonder nur auff die Nasen legtest. Wie mag wol Socrates mit seiner Silenischen Nasen getruncken haben, weil sie ihm wie ein Rhinocerot allzeit übersich gestanden: doch riechen dieselbigen überstülpten Nasen besser, und geben gut Wetterschmecker, baß als die Laubsäcklin, so untersich sehen, oder wie die Keyserischen Maximinasischen, die wie ein Nußbaum inn eim Gärtlein sich außbreiten: dann inn den übersichtigen schornstein-löchern kan der geruch oben und unten zustieben, und hat darbei den vortheil, daß sie die augen nit wie ein schidmaur theilen, und also hindern, daß einer nit auff beide seiten kan umb sich schielen. Socrates hat ein solche Naß müssen haben, wie es der Fratz Aristophanes außrechnet, dann er schmackt und gafft nur stäts nach dem Himmel: Dein Naß wird dir nicht ins Maul wachsen, sie lenckt sich zur seiten, sie wächßt ins Allmend, die Bauren werden noch drein scheissen: meine wachßt inn mein eigenthumb, ich mag drein beissen. Aber sehet da, dises Näßlein hat neun krümme, wie ein Hirtenstecken.

Aber lustig, guts, quachs, *ad formam nasi cognoscitur ad te levavi.* Laßt mich mit diser Latwerg unbeschmiert: Ich hab mein lebenlang kein Confect gessen, es gehet von eim als gehaspelt Hafenkäßsuppen und Saurmilch am Rad gespunnen. Holla Bub, zur trenck, schenck, senck, daß ich mein gehenck, zu guter nacht schwenck, nun schrenck und renck dich auff die benck, ehe ich dich henck, dann deine kreutz inn der hand geben, daß nicht wirst ertrenckt, es gang dann das Wasser über den Galgen wie über die Diebsmüller: Wolan Gott wöll den Reben viel Trauben geben, den Aeckern viel getreid, unnd uns ein langes lustiges leben, das wirs geniessen mit freud.

Das Vier und viertzigst Capitel.

Wie der Mönch den jungen Fürsten Gurgellang Bettsweiß entschläfft, und solchs durch seins Brevier und Mettenbüchleins krafft.

Nach geendeter Malzeit, rahtschlagten sie von nun schwebenden sachen (dann nirgends besser Käuff es gibt, als wo man Weinkäuff gibt) unnd befanden für gut, daß man umb Mitternacht außfallen solte zum Scharmützel, die Feind zuversuchen, was sie für Wacht hielten. Unter des möcht ein jeder ein Positzlin schlaffen, des wackerer zuwerden. Aber Gurgelstrozza kont nicht schlaffen, wie er sich auch legt und krümpt, dann Homerus schreibt: Ein Regent, ein Rahtsherr und ein Wacht, sollen nit schnarchen die gantz nacht: darumb thun sie heut schlafftrünck, dz sie morgen im Raht schwerköpffig zu jedem ding ja nicken. Da sagt der Mönch zu ihm, Viel Leut schlaffen wol zu Pferd unnd im Schiff, das macht das wagen: Einer legt sich einmahl unter einen Bierenbaum, und fienge an Eieren zuzahlen, und ehe er über etlich totzend kam, da lag er schon unnd schnarcht, und schnarchet schon unnd lag. Ich aber schlaff nimmer besser als inn der Predig, oder wann ich bett. Derhalben laßt uns die siben BußPsalmen für uns nemmen, zusehen ob ihr nicht entschlaffen werdet. Der fund geful dem Gargantua besser, als der Amadisischen Urganda weiß, die sibentzigen järig siben Schläfer macht, fiengen damit gleich den ersten Psalmen an, unnd als sie biß auff das *Beati quorum* kamen, entschlieffen sie beide ungewagen, und ohn gießfaßtropffen, und ohn ein Mercurischen Rorpfeiffer, der den hunterteugigen Argo entschläfft, als ob sie bei dem lustigsten Poetischen rauschenden Prönlin oder Bächlin legen, und die Windlin hörten wähen, oder Magsamen gessen hetten, oder Mett getruncken, oder einen Saffransack zun haupten ligen hetten.

Nit des minder verschlieff der Mönch die Mitternacht nit, also gar war er der Mettenstund gewont: und so bald er erwacht, ließ er auch niemand schlaffen, sonder fieng über laut an das Lied zusingen. Wach auff Diebolt, hau Dibolt wach, Es ist morn auch ein nacht, wach eh dirs ding ans Leilach bach, Horch wie der Han schon wacht, horch wie im Ror das Vöglin lach, und treibet seinen pracht. Als sie nun all von disem Thurnbläser erwachten, ohn etlich wenig, die im Gegenchor die Respons drauff wußten. Laß wachen Bruder wer da wacht, hinnacht ist auch ein nacht, das Leilach zieht inn alle macht, ich hör kein Han zu nacht, Das Vögelin ein kleins schläflin macht, weils häuptlin klein ist acht. Gleichwol sprach Bruder Jan zu den ermunterten: Ihr Herrn, man sagt das die frümetten anfangt von husten, unnd das nachtessen von trincken. So laßt uns das widerspiel thun, unnd jetzt unser frümett anfangen von trincken, Und zu abend, wann wir essen wollen, umb die wett das haar auß der Nasen husten, dann wir seind keine Xenophontische Perser, die bei der Malzeit sich auch nicht reuspern noch schneitzen dörffen. Wie? sprach Gurgellantua soll man so gleich auff den schlaff trincken? daß wer nit nach des Artzts ordnung gelebt: man muß vor den Magen kämmetfegen. Aubeia, antwort der Mönch, es hat sich wol geartzet: schlaffen wir doch auff den trunck, wie solten wir nicht auff den schlaff trincken. Oder 1000 Teuffel sollen mir inn den Mönchsack fahren, wa man nicht mehr alte Vollseuffer find, als alte Artzet: die ihren warten am besten, seind kranck am mehsten, unnd sterben zum ehesten: die Pest stoßt die am ersten an, die ein gut Diät han: der Schnuppen plagt auch die stercksten, gleich wie das unglück die unschuldigsten, die sichersten überfellt der Feind: wa heimlichkeit neuzeitung ist da bricht sie am ersten auß. Ich hab mit meim appetitlichen hunger und durst also ein gedingten pact getroffen, daß sie sich alzeit mit mir niderlegen und auch mit mir auffsthen. Aber ein jeder versech sich jetzund zum besten wie er wil ich muß mich zu meim beitzluder fügen. Was für beitzluder? fragt Gargantoa. Mein brevierbüchlin, antwort der Mönch: dann zugleicher weiß wie die Falckonirer eh sie ihre vögel speisen und behauben, sie vor etwann mit eim hünerfüßlin erbeitzen, lock machen unnd ätzen, ihnen das Hirn vom pflegma zureinigen, und sie speißgelüstig zumachen: also wann ich diß klein Breviarium morgens frü übernag, und ein kleins viertheilstündlin zersaug, so erpfluttere, und erpolstere ich meine Lung so lustig, daß sie gleichbereit ist zutrincken. Wafür, fragt Gargantua, sprecht ihr diese Gezeitbettlin? Ja fragt, sprach der Mönch, für den Bloen husten, also hat es der heiligen Mutter gefallen: aber mit drey Psälmlin unnd drey Lectionen auff unnd darvon, bereit unnd beschoren, wems nit gefallt, der spey es auß, machts keim anders, er sey dann der grossen Appeln Sohn, daß man ihm dreymal Pfeffer anricht. Man heißt es Bettstundenbüchlin oder Stundengebettlin: aber ich hab mich nie den stunden unterwürfflich gemacht, dann die stunden seind des Menschen halben, unnd nicht der Mensch von der Stunden wegen gemacht: sonst müßt der Bapst die Venediger und Hornberger inn Bann thun, daß sie ihre

Tertz Morgens früe singen? Derhalben mach ichs mit meinen Horasgebettlin wie mit den Stegreiffen, kurtz oder lang, nach dem es mir gefallt. *Brevis oratio penetrat cœlos, longa potatio evacuat cyphos,* kurtz Gebett inn Himmel trengt, ein langer Trunck die Becher schwenckt.

Wa steht das geschriben? Auff mein treu, sagt Konlob, ich wißt es nicht, aber du liebes Hodensecklin hast zufäll wie Zuberclauß: wie meinst? der Pantarbesstein ziecht das Gold, das Gold die Habichbein, der Bornstein die Spänen, das gestälet Messer die Glufen, Nießwurtz zeicht die Wachteln, der Agstein die Spreier, der Schirling die Staren, der Magnet das Eisen: wer nit besser dein Straußmägiger Magnet ziehe Gold wie der Stiglitz die Leimrut am wadel nach? aber es fehlet dir noch weit lieber Bruder. In dem, sprach der Mönch, schlag ich erst euch nach: Aber des Teuffels Muter, *venite à potemus* zum Pott: laßt uns die backen auffblasen, als wolten wir ein Scheuer anstossen, oder dem Teuffel das Feur auffblasen, jedoch mit solchen Weinspritzen kůlet er sein höllisch Feur: dann wie ins Mentzers S. Dominico steht, so brennen ihn auch die geweihet Kertzen an die finger: so kompt je Wein von weihen, darumb hält man starcke Schlafftrünck zu Weinachten, wann inn eim Hanenkräh alles Wasser Wein und Wasser wird. *Ergo* gluck. Jener Leffler wünscht daß seins Bulen gürtel auß seim arm gewirckt wer, so wünsch ich daß dieses Bechers ranfft von meinen Lefftzen gebordiert wer, dann ich heiß Hans, darurnb bin ich auch ein Maulverguldeter Chrysostomus: wolt mirs einer vergulden, er müßt viel Lötgolt haben, doch Kindstotter unnd Wittwenleimen thet auch etwas: gewiß wer wol bemault ist, unnd ein gut Pantoffelgosch hat, der beißt ein grösser unnd breiter stück ab: was sollen dünne Lefftzen, ob schon ihre küß besser angehen, so seinds doch böse befftzen. O Lefftzen her, darvon man mit keim baurenkegel, geschweig eim Hanenbengele ein stuck abwürff. O diß Leschhorn reimt sich wol darzu: sonst steht ein groß Naß über eim kleinen maul, wie ein Scheißhauß an der Ringmauren, unnd ein kurtz Hembd zu eim beschissenen Loch. Aber was geht euch mein Naß an, ihr schissen wol all drein, dann es können ihren zwen geruhig neben einander drauff sitzen. Capitolinus schreibt: *Benè nasatus, est benè peculatus.* Nun dratt, dratt, man läut zu raht, fort im gang, fort im schwang, so nem ich mein Kreutzstang, du den Partisan, der die Bechpfann, dran, dran, nimm du den fan, der Sigerist das Weiwasser, der Teuffel den Pfaffen, so haben wir alle zuschaffen. Sed, holla, wa bleibt der Johannssegen? die Rebenweih her: stellet euch fein hie nach des Türcken Monschlachtordnung umb des Cayphas Glut her: ich halt nichts von eim der nit auff eim fuß ständling drey Maß Wein kan trincken, *stando non concipitur,* lehrt ich einmahl ein fromme Magd.

Hiemit, nach dem sie also in eyl ein zimmlich loch ins Faß getruncken, zog ein jeder sein beste rüstung an: zwangen auch den Mönch daß er wider seinen willen sich bewaffnen unnd zu Roß begeben mußt, wiewot er sonst nichts als seine Weingebleichte Kutt für die Brust, und sein getreue Kreutzstang inu die faust gedacht zuhaben. Deßgleichen Gorgelstrozza, Lobprecht, Keibkamp, Artsichwol, unnd fünff und zwentzig des waghafftesten Hofgesinds namen ihre Spieß inn die glenck, lustig beritten wie Sant Jörg, und ein jeder ein Schützen hinder ihm.

Das Fünff und viertzigst Capitel.

Wie der Mönch seinen Gefährten ein Hertz macht, und an eim Baum hieng daß es kracht.

Nun wolan, glück zu, sie ziehen hin die edele Kämpffer, auff gute abentheur, gelegenheit zuerspehen, daß sie die schreckliche grosse Schlacht antretten: der Mönch aber redet ihnen einen mut ein, sprechend. Ihr meine Söhn, scheuet noch förchtet euch nicht, ich will euch sicher führen, besser als der Widertäufferisch Moses der Müntzer seine Bauren. Gott unnd S. Benedict sey mit uns, S. Benedict für mich, Gott für euch. Wann ich so viel stärck als muht het, botz krisam, ich wolt sie euch all wie ein Antvogel beropffen, unnd ihnen recht die Feibel schneiden, daß ihnen nach Gott unnd der Welt weh müßt sein: ich wolt sie lehren an Gott glauben, der Teuffel holt sie dann: Ich förchf nichts als das geschütz, doch weiß ich ein Segen dafür, welchen mir unsers Klosters Custor geben hat, hieß Clemens, aber Clemens *non Papa,* auch nicht der Musicus, der heilt allen Brandt: aber 20 mich wird er nit helffen, dann ich setz kein glauben drauff: es möcht mir sonst gehn wie dem Spanier, der, wie die Sachssen sagen, ein Schußsegen hat, aber kein Bußsegen, da ihn der Hofman mit dem Fäustling über den Caball abschmiß, der kont ihm den Segen auffthun: oder wie des Ovidii Cigno und Ceneo, die Wundsegen hatten, aber kein wurff noch stoßsegen, für Bäum, Stangen, unnd Stoßdegen: was halff es den Hörnin Sigfrid, das er fornen hörnin war, und am rucken zuerstechen gar, fornen beschlossen, hinden erschossen: allenthalb gesund, ohn unter dem hütlin: am haupt verwart, am Latz verfart: am bauch groß, hinden bloß: darumb that der Holländer recht, da er im sinn zufliehen hat ehe er antrat, macht er ein Pantzerfleck auff die Hirßhäutin Arßbacken, meint das Hertz steck daselbs, da der Leib am weichsten, dicksten und geschwollenesten, unnd wie das Sauhertz getheilet wer: Ihr wüßt, ein wurff auß der Hand, ist ins Teuffels hand: die Schuß unnd würff seind mißlich, wie die griff bei Nacht, das erfuhr wol jene Magd, deren der Scherer wolt zum Aug greiffen, und griff, daß ihn die Frantzosen bestanden, es geht ihr noch nach, der frommen Dochter.

Aber ich getröst mich meiner Kreutzstangen, mit deren will ich den Teuffel anstellen: Bei dem steinen kreutz, solt einer Ridror auß euch machen, so wolt ich i*h*n, oder ich sey ungerecht, zu eim Mönch an mein statt machen, und i*h*m meine Kuttenhallffter auffnestelln, an werfften, auffsatteln und anzäumen, wie Mönch Illzan seinen Brüdern die Rosenkräntz aufsetzt: sie ist ein Artzeney für faule Leut. Habt ihr nie von des Herren von Meurles Windhund gehört, der wolt nichts im Feld daugen, biß er ihm ein Mönchskapp umbthat, da entlieff ihm bei dem kreutz Gotts weder Haß noch Fuchs, Unnd welchs mehr ist, ward mit allen Precken und Zatzen im gantzen Land läuffig, da er zuvor Nierenloß und *de frigidis & maleficiatis* war. Ein Latz auß einer Mönchskutten geschnitten, ist allzeit geilart. Nach dem der Mönch solche wort im zorn geredt, rant er unter ein Nußbaum, unnd behieng gleich mit des Helms visier an eim verwirrten kraspeligem ast: Gleichwol ergrimmt, stach er das Pferd noch an, welches ungewohnt der Sporen, noch mehr forttrang, unnd ihn mehr verhafftet: der Mönch, das visier zuledigen, ließ den zaum gehn, und hieng sich mit der Hand an den Ast, also daß das Roß unter i*h*m weg lieff: da blib mein schöner Mönch am Nußbaum hencken, wie ein anderer Dannzapff, oder wie Hauptmann Schnackenstecherlein inn der Spinnwepp: da schrey und rufft er hilfffio, rettio, schelmio, dibio, unnd protestiert sich der verrhäterey, wa sie i*h*n verliessen: Jungherr Artichwol ward es am ersten gewar, rufft dem Gargantua, Herr, Herr, kompt, secht einen Mönchischen Absalon hencken. Gargantua kam, und sahe, inn was gelegenheit der Kuttensack da hieng, unnd sprach zum Artsichwol, Du hasts mächtig schön mit der Nasen auff den Ermel getroffen, daß ihn dem Absalon vergleichest: dann Absalon behieng an Haaren, so behenckt dieser beschoren Mönch bei den Oren: hei der schönen langen Walnuß, da eß kein Schwab kein Kern drauß: was würden die Frisischen Bauren da thun, wann sie diß frembd Obs an ihren Bäumen sehen, gewiß auch darfür auff die knie fallen, unnd Gott für die frembd Frucht eben so sehr dancken, wie damals, als sie die Spanische Geseßlin sampt dem inhalt an ihren Bäumen hangen sahen für Spanischen Pfeffer: hie unten solten die Nonnen stehn, die gern lange dinger sehen. Also soll man die Mönch Mertzen unnd inn Lufft hencken, so fressen sie keine Maden: Hett mans des Königs in Franckreich Beichtvatter bei zeiten gethan so hett er seinen König nicht erstochen, gleich wie jener PredigerMönch seinen Keyser im Sacrament hat vergeben. Aber botz Murrners guckguck, was sehe ich, du hast ein krumm Latz, bist außgethan. Was darff es viel schnatterens, sprach der Mönch, helfft mir für tausent Teuffel helfft mir: es ist hie nit spottens zeit. I*h*r mant mich an die Decretalistische Prediger, die sagen, wann einer seinen Freund in nöten sieht, soll er i*h*n bei trisulckischer treispitzstraliger bannung viel eher zubeiditen vermanen, als ihm helffen: ha nun, fallen mir dann solche gesellen einmal in bach, und an dem seind, daß sie jetzt ersauffen wollen, so will ich i*h*nen an stat der handreichung und rettung, ein weil ein lange Sermon von absterbung der Welt, *de contemptu mundi & fuga seculi* daher halten: Und wann sie dann rack tod sint, sie beicht hören, und ein schöne Leichpredig nachhalten: Dann man belohnt heut die Leichpredigen eben so wol als die Seelmessen: auch diesen Predigkrausen, die es andern verbotten. Hör Bruder Jan, sprach Keibkamp, nicht verwendt dich mein liebs Mänlin, bei Jobs Hunden, du bist ein rechter Edeler lustiger kleiner Monachus. *Monachus in claustro non valet ova duo: Sed quando est extra, benèvalet triginta:* ein strenger Klostermeier, gilt nit zwey faul Eyer, aber außerhalb, gilt er treissig halb: jederman ein Ey, hie unserm Schweppermann zwey. Ich hab wol bei fünffhundert sehen hencken, aber keinen nie, dem es so wol angestanden: unnd stünd es mir so wol an, ich hieng all mein lebenlang dran.

Die trüß auff deinen kopff, sprach der Mönch, und das gesperr inn den kropff, hang immer hin, ich will dir zusehen, wann habt ihr einmahl außgeprediget? es überred mich keiner daß hencken wol thut, sie würden sonst pfeiffen: ich schenckt auch, wie jener Dieb, dem Meister Fröschlin von Wittenberg die Irten, das er dort das Mahl für mich eß, wann ers gern eß: Na, na, genug von dem, *sat, sat,* wann man genug hat: helfft mir darfür umb Gotts willen, wolt ihrs umb keins andern willen thun: bei dem geweiheten Kleid das ich trag, und bei meiner heiligen Kreutzstangen, i*h*r solts entgelten *tempore & loco prælibatis.*

Darauff stig Kampkeib von seim Gaul, klettert auf den Baum, faßt mit der einen hand den Mönch bei dem Halßkragen, hub ihn auff: und mit der andern arbeitet er ihm das Visier auß dem asthacken, und ließ ihn also hinab fallen, unnd ful er hernach, beide auff die füß wie die Katzen und wie die bleiene holderzwerglin. So bald der Mönch hieunden war, riß er den Harnisch selbs vom Leib, warff ein stuck nach dem andern dort ins Feld hinauß, unnd wider zu seiner Kreutzstangen, mit der macht er ein auffhebens, und satzt sich wider zu Pferd, welchs unter deß der Wolartig i*h*m auffgefangen hat. Stutzten damit lustig fort, und ließen den Nußbaum zur gedechtnuß an dem ort. Unterwegen, ehe sie den feind antraffen, hatten sie mit einander ihr gefatz. Keibkamp fieng ein Liedlein an: Es ist ein Mönch vom Baum gefallen, Ich hab ihn hören plumpen. Ach daß i*h*m pring kein schad das knallen, Er könt sonst nicht mehr gumpen, Hibe ha wol zumpen. Kanst auch, sagt der Mönch, das Lied, Der Gauch hat sich zu todt gefallen, von jenem hohen zaune: etc. Nit vil darvon, sagt Keibkamp, Aber solstu der Gäuchin gefallen, so werstu kein Capaune. Inn deß fragt einer den Bruder von der gemalten Kreutzstangen: warumb man sag, Ein Convent mit Brüdern, leb lenger als zwey Fänlein Lantzknecht: Was solts thun, antwort der Mönch, es schlägt ihnen kein kälte darzu, und haben gewisse Metten und Vesperzeit wann mans thu, bei hitz sind sie in der küle, im schatten, in der kälten stecken sie warm in den betten, im Sommer trincken sie auß gekürten Fläschen, im Herbst auß den mostigen Krausen, im Winter auß den Gläsern. Oho, solt nit einer auch da wünschen, wie Claus Narr, daß einer ein Mönch wer, auff daß er auch ein Kleid trüg wie ein Narr. Was schad eim die Narrenweiß, wann sie einen nur speißt, Nennet man doch die besten Leck und Lebkuchen Narrenbrot. Darumb ist kein wunder, das die Kriegsknecht den Klöstern so gefähr seind, das macht, der Hund ligt inn der Krippen. Weil der Löw unnd der Bär umb die Geiß sich müd stritten, inn des kam der Fuchs und stall die Geiß: also genießt der listig fremder müh Ja, sagt Gurgelstrossa, was sagt aber dort der Hund, da er nit mehr inn Regen wolt, Man hat mich einmal mit heißwasser beschütt, seidher komm ich inns kalt nit: es gilt kein Arglist, wo sich find Märcklist: Mir nicht wie dem Hirten, dem die Säu unter des er i*h*nen die Eicheln vom Baum schüttelt, zerrissen den Küttel. Aber gemach inn die Kolen geblasen, so fährt dir kein staub in die Nasen: Secht da, der ist genug gestäubt, als käm er vom Eschermittwoch, und dieser da, ist von der bleich gelauffen, darumb ist er so schwartz geblieben: Secht da, wie beissen disen die angstläuß, der feind ist gewiß nicht weit: Solch unnd anderst gespräch triben sie unter wegen, biß sie dem Feind kamen entgegen.

Das Sechs und viertzigst Capitel.

Wie des Königs Bittergrolls vortrab von dem Gurgelstrozza angetroffen ward, und der Mönch den Hauptmann Ninenan von Tiravant erschlug, und drüber ward gefangen im flug.

Koenig Bittergroll, als ihm die, so auß der niderlag, da Hauptmann Wurststumpen von Kuttelnbach die stumpen dahinden ließ, unnd entkuttelt ward, entkamen, den Handel, wie es mit dem Gaucklerteuffel ergangen, referierten, ward er so gichtig, böß und kiebig, daß er vor zorn ein Nuß mit dem Arß auffgebissen het, fürnämlich da er vernam, daß ihm auch die Teuffel abgesagt hetten: unnd hielt die gantz Nacht raht: zu letzt beschlossen seine Hauptleut, Herr Hastiveau Schöllkopff, Pfankratz Streichdenbart, Hannibal Truckinsgseß, Clade Toucquedillon, Nickel von Degenrauschenburg, Sebald von der Beseichten Scheiden, und der Freyherr von Schnuderentingen, er were mit seim Heer so mächtig, daß er auch alle Teuffel, wann sie kämen, bestreiten könt. Welches doch Picrochol nit so gar kont glauben, gleichwol verzagt er nicht: Sondern schicket mit den Hauptleuten

Streckdenstiel und Niergentan, sechzehen hundert Reuter zu leichten Pferden zum Scharmützel das Land zuberennen, alle mit geweiheten Fanen, wol genetzt unnd besprengt mit Weihwasser, und ein jeder ein Pfaffenstol, hinden am Rucken abfligen für ein Feldzeichen, auff daß sie auff allen fall, wa sie die Teuffel antreffen, beid durch krafft dises Gringorianischen Wassers, unnd auch der Kerseufelstol und kehrtheuffelstol, sie vertriben und verjagten.

Ranten derwegen biß ans Sondersichenhauß bei Vauguion, trafen aber niemand an: derhalben stutzten sie weiter, biß sie bei Cudrai in eim Hirtenhäußlin, die fünff Pilger fanden, welche sie feßleten unnd mit allen vieren, wie die Kälber auff die Roß banden, und für Außspeher darvon führten, unangesehen wie sehr sie dafür schwuren, und ihre Heilige Muscheln zu pfand lassen wolten.

Als nun die Bittergrollischen daselbs herumb bei Seuile umbschweifften und streifften, ward ihren Gurgellantua innen: und red gleich sein Volck an. Ihr Hopffenbrüder, hie werden, wir zuthun gewinnen, es seind ihren zehenmahl mehr als wir, wollen wir sie ansprengen? Wat den Teuffel, sprach der Mönch, was wolten wir sonst thun? Wir seind drumb hie: wolten ihr die Leut nach der Zahl unnd nicht nach der manlichkeit schätzen? Viel Leut, viel beut: viel Feind, viel ehr, sagt Fronsperger: Rufft demnach, sprengt an ihr leibhaffte Teuffel, sprengt an: Wir wollen ihnen das Weihwasser geben. Welchs als es die Feind horten, meinten sie es weren warhaffte Teuffel, fiengen derhalben all an mit verschossenen Zaum fersengelt zugeben. Jedoch Hauptman Nienenan, der legt die Glän ein, unnd rant inn vollem Ritt dem Mönch auff die Prust: Aber so bald es die Teuffels schrecklich Kutt antraff, bog es sich beim Späreisen, als wann einer mit eim gewächßten Faden auff ein Ampoß schlüg, oder mit eim Federkengel an ein wand rent: Hingegen der Mönch versatzt ihm mit dem Kreutzstock so ein unsaubers zwischen den Halß unnd halßkragen auffs Acromibein, daß er ertaubet und schwindelet, unnd nichts umb sich selbs wußt, ob er ein Knäblin oder Meidlin wer, und ihm gestrack für die Füß ful als ob ihn der Hagel herab schlüg, und vergaß auffzustehn: unnd als er den Meßschleier ihm auff dem Nacken sahe, sagt er zu dem Durstgurgeier. Botz Chrisam, es sind nichts als Pfaffen, bei dem sackerleiden: Aha, das ist erst ein anfang von eim Mönch: bei heiligen S. Jan ich bin ein rechter außbund von eim Mönch, ich will euch tödten wie die Mucken, 9 inn eim streich, wie jener Schneider. Bei dem Heyl. S. Erharts Beihel, soll mir einer entlaufen, so soll ihn der Teuffel holen. Jagt ihnen demnach hurtig nach, biß er die letsten inn der flucht ertappet, da schmiß er unter die Nussen, da sie am dicksten stunden, und biß vor girigkeit die Lefftzen durch wie Scanderbegck.

Keibkamp fragt unter des den Gurgeldurst, ob sie ihm nachsetzen solten? Nein, antwort er, dann nach rechter Kriegsart soll man den

Feind nimmer in die äusserst Eisenprechend noht setzen, unnd inn verzweiffelung pringen: weil ihm solche nohttringlichkeit ein frische sterck unnd muth auß vorstehender gefährlichkeit und scham einjagt, welcher zuvor gantz erschlagen niderlag: und ist kein besser mittel für erschrockene unnd mutlose Leut, als kein Hoffnung ihres Heils wissen: Der verzweiffeit würd erst verteuffelt: wie viel Victorien sind verschertzt worden, wann man also gar zur internecion, unnd biß auff den letsten Man alles hat wöllen auffreiben, daß auch keiner, der die Zeitung brecht, überplibe. Thu eh dem Feind Thür und Thor auff, und mach ihm ein gulden Prucken, daß er fort mög rucken. Aber sprach Keibkamp, es ist mir leid, sie haben den Mönchischen Hasen bei den Ohren. Haben sie, sagt Gargantua, den Hasen, so geb Gott daß sie ihn im busen haben, so wird es sie nicht vil Frommen. Aber ich rhiet, wir bliben hie in der stille auff der Walstat, allenthalben auff den fall gerüst zuzuspringen. Dann ich seh jetzund was unsere Feind im Schilt führen, daß sie alles ohn rhat auff wol gerhat angreiffen.

Unter des sie unter den Nußbäumen also halten, jagt der Mönch inn alle macht hinden nach, schlug ohn genad Todt alles was er antraff, biß er ein Reuter betrat so der Armen Pilger einen gebunden hinder dem Sattel führet, und wolt ihm da sein sächlin machen: davon ruff und schrei der Pilger: Ha: Herr Prior, mein Freund, holla mein Herr Prior helfft mir, ich bitt euch umb Gottes willen. Seit ihr nicht Prior, so helfft mir doch wie ein Abt. Welches als es die Feind erhorten, ritten sie wider hindersich unnd als sie sahen, das niemand als der Mönch da war, der ihnen solche schmach anthat, setzten sie an ihn, und treschten auff ihn wie auff ein Esel, aber er empfand nichts, wa sie seine Kutt trafen, so ein harte haut hat er: demnach fiengen sie ihn, und gaben ihn zwen Schützen zuverwaren, warffen den Klepper umb: Und als sie sahen daß niemand wider sie war, meinten sie Gurgelstroz mit seim geschwader hab das Feld geraumet: Ranten derhalben mit verhängtem Zaum gegen den Nußbäumen zu, die Gargantuisten zuschaisen, und lisen den Mönch allein mit den zwen Schützen. Strotzgurgel erhört das getümmel und der Pferd geschrey (dann einer unter ihnen legt sich mit dem einen Or auf den boden) und red sein Volck an. Ihr Gesellen, ich hör unser Feind inn vollem trab daher stutzen, sie werden uns ein pancket wollen schencken, es seind ihnen mehr dann ein Galgen voll, wir müssen uns warlich zusammen packen, und fledermäusig zusamen schicken und halten, laßt uns hie diese Straß zum vortheyl einnemmen, so wöllen wir sie wie ehrliche Stallbrüder zu ihrem Schaden empfangen, daß sie den Boden küssen müssen, unnd den Tact schlagen mit den füssen.

Das Siben und viertzigst Capitel.

Wie der Mönch sich von der wacht außriß, die ihn verwart, und des Königs Bittergroll vortrab auffgeriben ward.

Da der Mönch die Bittergrollischen Gesellen sahe on ordnung also davon schnellen, kont er wol erachten, daß sie den Gurgelstrossa und sein Volck überfallen würden: und bekümmert sich hefftig, daß er ihnen nicht beiständig solt sein. Darnach ersah er, was für Hundsfisel diese zwen Birsschützen seine verwarer wern, daß sie nemlich wie die Rappen den Wölffen, allzeit liber dem grösten hauffen wern gefolgt, etwas zuerbeuten, derhalben sie dann allzeit gegen dem thal zuschileten, da die andere hinab ritten, als daß sie da eim losen Klosterpsalter außwarten mußten. Zu dem Sillogisirt unnd schloß er bei sich selbs, diß Gesind hie weiß nicht viel Kriegsprauch, dann sie haben nie kein verlobung noch treu von mir genommen, und haben mir meinen Gottslesterer, dise schöne Mäderfochtel noch nie abgefordert, derhalben mag ichs wagen: Zuckt darauff flugs die Fochtel, schlug auff den Schützen zur rechten, hieb ihm eins streichs die halßtrosseladern sampt der Weinstraß biß zum Lufftror ab, zuckt noch einmal und öffnet i*h*m das Spinalmarck zwischen dem andern unnd dritten Ruckknochel. Da ful der arm Schütz ungeschossen und ungesegnet Todt zur Erden. Folgends warff er seinen Gaul zur Lincken umb, strich auff den andern, welcher als er seinen Gesellen todt unnd den Mönch ihm überlegen vermerckt, schry und floh er, und floh und schri Gotts jämmerlich. Ha Herr Prior, ich ergib mich, O Herr Prior mein Freund, O mein Heyliger Herr Prior. Der Mönch rufft nicht deß weniger auch hingegen, Ha Herr Posterior, mein Freund, O mein heiloser Herr Posterior, man wird dir die Posteriora herumb keren: Ha, rufft der Schütz, mein lieber Herr Prior, mein Edeler Keyser? O Herr Prior, daß euch Gott wöll zum Abt machen. Bei meim heyligen Aronskleid, schwur der Mönch ich will dich hie zum Cardinal machen, daß dir die roht Kapp herab hencken soll: Wie? ihr Picrochollisten, Solt ihr die Geistliche hie Rantzionen? euch am Geistlichen Fleisch oder Fleischlichen Geist vergreiffen? Ich will dir jetzund also par mit meiner hand ein rohts Hütlin auffsetzen. Aber der Schütz schrie immer fliehend fort, Herr Prior, Herr Prior, O heiliger zukünfftiger Abt, mein Ehrwürdigster Herr Cardinal, O mein Herr überall? Ha, ha, hes, nein Herr Prior, mein groß GrandPrior von Malta, ha, heiß, nein mein hertzlieber Herr Prior, ich ergib mich. Und ich gib dich, sprach der Mönch, allen Teuffeln für eigen, wollen sie sich mit keim Schelmen zahlen lassen, will ich ihnen morgen meiner Brüder einen schicken: Spaltet ihm hiemit gleich den Schedel, daß i*h*m das Hirn an der Haut der Hirnschalen auff die achsel hing, wie ein Doctorhäublin, daß innwendig rot, außwendig schwartz ist:

und also zur Erden todt nidersanck. Auff solche that, gab der Mönch seim Pferd die Sporen, Ritt stracks dem Pfad nach, welchen die Feind fürgenommen hatten, die dann bei der Landstrassen den Gurgelstroßlinger unnd sein Gesellschafft zu ihrem nachtheil betretten hatten: Dann sie bereit durch ungläublichen streit, dessen von der Gurgelstrosen, mit seim zuvor außgeropfften Baum, und des Kampffkeibs, Lobkund, Artsichwol und anderer gewaltiger Wehr, also geringert waren, daß ihnen die Katz inn alle macht den Rucken hinauff lieff, und anfiengen als vor eim gewissen Todt zufliehen. Ja aller massen, wie ihr an eim Esel secht, wann i*h*nen die Junonische Roßprämen stechen, hin und wider ohn weiß und weg laufen, seine bürd von i*h*m schütteln, Zaum und riemen zerreissen, ohn unterlaß wie ein Veitsdäntzer springen und hindenauß schlagen, und niemand wissen mag, wer i*h*n darzu treibet, dann niemand sicht, wer ihn anrhüret. Also flohen diese Leut, als ob sie unsinnig weren, unnd nichts von sich selbs wüßten, noch wer sie jaget, dann es nichts als ein Panischer Laubplattrauschender schrecken war, den sie ihnen so steiff einbildeten, als ob ihnen der Hencker auff dem Rucken wer. Welchs als es der Mönch ersah, das nur i*h*r sinn zufliehen und zu Fersengeben stund, stieg er von seim Roß, trat auff ein grossen Hügel der im weg stund, unnd mähet mit außgestreckten Armen mit seiner Fochtel unter dise flüchtige Protverderber, wie ein anderer Todenvorläuffer der Höllen. Tödtet und erlegt auch so vil, und ließ sie so dapffer durch die Prenn lauffen, daß ihm sein fochtel entzwey prach, da gedacht er, das es genug werd sein, weil ihm die Wehr inn der faust erstarret war, auch wußt, das stäts etliche überzulassen, so die zeitung heimpringen. Derhalben erhascht er eines der erschlagenen Spiß, unnd stellt sich wider auff den Hügel, zusehen wie die Todten unter einander zabelten unnd grabelten, unnd die überige, die daher Ritten drüber bürtzelten, doch ließ er i*h*nen i*h*re Wehr, Spieß und Büchssen nemmen. Aber die so die Pilger gefesselt führten, hieß er freundlich absteigen, und gab den gedachten Pilgern ihre Pferd, und behielt sie bei i*h*m, sampt dem gefangnen Duckendilen. Gleichwol redet er i*h*nen freundlich zu, unnd tröstet sie, das besser sey gefangen, als gehangen: besser im Schiffpruch ihm mit eim hacken den arm durchstechen, und sich also retten lassen, als ersauffen: wiewol einmahl ein undanckbarer Gauch einen drumb verklagt.

Das Acht und Viertzigst Capitel.

Wie der Mönch die Pilger mit ihm pracht, und von den guten Lehren die ihnen der alt Grandgoschier gab, und sie darauff ließ ziehen ab.

Nach vollendetem gedachtem Scharmützel, zog unser Gurgellang mit seim Volck ab, außgenommen den Mönch: Und gleich mit dem Tag erzeigten sie sich vor dem Grandgusier, welcher im Bött für sie bettet. Und als er sie alle frisch unnd gesund sah, umbfieng er sie hertzlich, und fragt gleich wie es dem Mönch gieng. Da sagt ihm Grandgurgel, daß seine Feind für gewiß den Mönch hetten: Wann sie, antwort Grandgoschier, nach dem Frantzösischen sprüchwort den Mönch, das ist, den Hasen oder das unglück im Busen haben, so stehn sie übel: Oder haben sie nach der Buchtrucker Red ein Mönch geschlagen, so werden sie es klein ehr tragen. Welchs auch war gewesen. Daher ist noch dz sprüchwort, eim den Mönch schlagen, oder den Mönch stechen, oder einen Mönchen.

Hierauff befahl er den Imbiß zuzurüsten, daß sie sich erfrischten: Unnd da nun alles bereitet war, rufft man unserm Durstgurgler, aber es that ihm so and und wehe, da sein Mönch nicht zugegen war daß er weder essen noch trincken wolt. Auff der stätt (als wann man vom Wolff sagt, so ist er im spil) kam mein Mönch daher getrollt wie ein anderer Klosterhund, und rufft, so bald er in den Hof kam, Holla, holla Frischen Wein her, kein Külwasser, sonder Külwein: Holla Keibkamp Frischen Wein her. Keibkamp hinauß, sah daß es Bruder Jan war, der bracht sechs Pilger unnd den Tucketillon gefangen: Alsbald lieff ihm Gargantoa entgegen, empfieng ihn auffs freundtlichst, führt ihn zum Grandbusier, der fragt ihn, was ihm sidher wer zu gestanden. Der Mönch erzehlts ihm alles, wie er gefangen gewesen, und nun andere gefangen hab, die Pilger und den Hauptman Truckezullon: hirauff fiengen sie an weidlich zuzechen und sich zuersprechen.

Unter des fragt Grandpruchier die JacobsKönig, von wannen sie weren, waher sie kämen, wa hinauß sie wolten: da gab Zettefurtz für alle antwort. Gnedigster Herr, ich heiß Zigenbart Laßdaller, sonst Kleienfurtz, unnd bin von Träggänglingen bei Füssen, mit ehm zumelden ein Schwab. Diser heißt, Dietz Langenzagel, ist von Küßloch bei Gemünt. Der heißt Florentz Florentzson, ist von Kulenburg in Holland: Diser Onofro Halberkalt von Faullauffen: Und der Frantz Seckelkranck von Langezän: Unser reiß betreffend, kommen wir von Sanct Sebastian bei Nantes, und seind vor etlich Wochen auch zu NiclaußPort inn Lotringischen Lorraine gewesen, und wollen jetz allgemach heim streichen: Aber, sprach Grandbuchier, was hatten ihr zu S. Sebastian zuthun? wir mußten dahin, sprach der Träggänglinger, dann wir hatten uns wider die Pestilentz dahin gelobt. O, sagt Grandbusier, ihr arme Leut, meynt ihr die Pestilentz komm von S. Sebastian? Ja warlich, antwort Zettenfurtz, unser Pfarrherr kan ja nicht Liegen, er heißt Herr Adam Schibloch, und sagt, Sebestle heiß also von der Seupest: Unnd wann dieser nicht helff, so verstehe sich Rochus etwas auff den handel. Ja warlich, sprach Grandgusier, lehren euch euere Schiblochs Propheten so ungereimt ding? das sie die fromme Heiligen also lästern, als ob sie Teuffel seien, die den Menschen alles übels zuschicken, wie der Heydnisch Poet Homerus schreibt, Apollo hab die Pestilentz inns Griechisch Hör geschickt: Unnd andere Poeten machen ein gantzgeschwader WeJoves, unnd bauen dem Fieber unnd Podagram Tempel: die sie auß forchten anbetten, wie die inn Calicut den Teuffel, daß er ihnen nicht wöll schaden, wann er sie doch nicht könn begnaden. Oder wie die Egyptier die Storeken anruffen, daß sie ihnen die Schlangen auffressen, wie mancher die Magd, daß er zur Frauen komm. Also Predigt einmahl zu Sinais ein schlimmer Luderbruder auß dem Gabriel Bühel, und Argumentirt *ex loco contrariorum,* das Sant Antoni das Glockfeur eim inns Bein schick. S. Eutropi in krafft seins Namens mach den Tropffschlag, und die Wassersucht, Sanct Glidas die Narrensucht, Sanct Genou das Zipperlin *in genibus,* Sanct Lupus plag mit Wölffen unnd Martern, S. Veit mit langem schlaffen unnd dantzen, S. Gertrut mit Mäusen, die den Mägden das Werck abbeissen. S. Dorothe die junge Leut mit häßlichen Bulen, Sanct Andres mit alten Weibern, Sanct Scolastica mit Tonner. S. Margret die Weiber mit unbären, welchs einmal eine von jungen Bären verstund, undertränekt ihren Hund der hieß Bärlin. S. Anna mit armut, S. Barbara mit Sacramentlosigkek. S. Christoffel mit gähem Todt, S. Agatha mit bösen Prüsten, S. Fiacrius mit Feigwartzen, S. Meinus mit Platern, S. Liberius mit dem Stein, S. Erasmus mit grimmen. S. Otilien mit bösen Augen, S. Alo mit bösen Pferden, S. Maturin mit Melancholi, S. Crispin mit bösen Schuhen, S. Cosmus mit trüsen, S. Hundprecht, mit dem wütenden Hundsbiß, S. Magnus mit Raupen, S. Jost mit Kornmilben, S. Ludwig mit saurem Bier, S. Wolffgang mit Gicht, S. Florian mit Feur, S. Lorentz mit Ruckenwe, S. Blasi mit Halßzäpflin fallen, S. Petronell mit Fieber. S. Martin mit dem Ritten, S. Johannes mit Schafsterben, S. Feriol mit Gänßsterben, S. Wendel mit Kühsterben, S. Loi mit unglückhafftem Bergwerck, S. Appel mit Zanwe (aber jener Boitduvinisch oder Potewinisch Baur gelobt sich dafür zu dem Goffroi mit dem Zan, und in Wassersnöhten zu dem grösten Christoffel, der köndt ihn drauß tragen) S. Quintin mit dem Husten, S. Clara mit roten Augen, S. Valentin mit der fallendensucht, S. Simphorian mit Priapischem Schlir, S. Job mit Frantzosen, und S. Cyriax mit allen Teuffeln. Als er mir ein solch Register Unglückheiligen daher erzehlet, strafft ich ihn solcher massen, wie sehr er mich auch darüber ein Ketzer scholt, das sidher solcher Speckmäuß keiner inn mein Land genistet hat. Und nimpt mich wunder, wie euer König solche ärgerliche Terzelische Schmaltzprediger im Reich leiden mag: Dann sie seind straffwürdiger als die durch vergifftung und Zauberey den Lufft vergifften, und faul Häring ins Land führen, dann die Pest tödt nichts als den Leib, aber dise Bescheisser, bescheissen und vergifften die Seel, mit falschem Wohn und Glauben.

Inn des er solches redet, trat der Mönch auch hinein, fragt sie. Waher seid ihr armen Sdiweiß? von Sanct Genou und anderswo her, sprachen sie: Und wie lebt, sagt der Mönch, das lieb Herlein Abt Tranchelion, das Bärenstecherlin, ein bodenloß gut Zecherlein. Seind seine Mönchün noch lustig? schmackt ihnen der Wein noch? steigen sie noch so gern über die Mauren? Bei dem Creutzvatter, weil ihr auff der Romfahrt umbwallet, kehren sie euch die Weiber herumb. Hin hen, sprach Laßdaller, ich besorg meiner nicht, dann wer sie bei tag sicht, wird bei nacht nicht den Halß drumb prechen, daß er zu ihr komm. Ja Gsell, sprach der Mönch, Treck lescht auch Feur, diß gestech begibt sich das mehrertheil bei Liecht unnd Nebel, bei Nacht seind alle Khü schwartz: Und wann sie so häßlich wer als die Frau Serpina, in der Höllen, noch ist sie bei dem todten Blut vor den Hirtzbrünstigen Mönchen nicht sicher, sie giengen ein Geyß an die ein Schleier auff hat: Ja brechen ein Thor auff, da ein Küschwantz vorhieng. Die Meidlein machen die Mönch die Fasten brechen, sie können sie gar schön *in Pace* legen: Die schönen braudien sie bei Tag, die heßlichen nachts. Es ist nur ein won, dz man meint, der Most schmack baß auß der krausen, dann auß dem glaß: Wer er lauter, ich süft ihn nit auß der krausen. Dann ein guter Werdoneister laßt kein stuck ungearbeitet, er nimpt es alles unter die hand: alte Geisen lecken auch gern Saltz, ein alten verlegnen Furman tliut auch das Geyselklöpffen noch wol: kan einer nicht mehr trincken, so sihet er doch gern zepffen, und hört gern die Kannen klepften: ein alter Gaul regt zum wenigsten die Ohren, wann er hört auff blasen: eim Podagrischen träumt zum wenigsten wie er reut, wann er schon da gestreckt leit. Secht da, ich wett, oder es stossen midi alle Frantzosen an, wa ihr nicht, wann ihr heim kompt, euer Weiber schwanger finden: Zum wenigsten, wann ihrs habt angefangen, so machen sie doch, wie jener Friesisch Pfaff, die Köpff dran: dann es macht auch nur der schatten von eim kloster fruchtbar: gleich wie auff den äckern eins Nußbaums schatten unfruchtbaret: Es muß sich in Klöstern alles mehren Hund und Katzen, Esel und Geisen. Hoho, sprach Gurgelstroß, haben die Klösterschatten solche krafft, so ist es eben mit ihnen, wie mit dem Nilwasser inn Egypten, wa ihr dem Strabo unnd Plinio Lib. vii Cap. iii glaubt: unnd wie das Pfrundbrot, das macht ihn allen inn denen es auffgeht, endweder Geistlich fleisch, oder fleischlichen Geist, oder heuchlisch feißt. Ihr gehörten wol inn die unbewont Welt, ihr wurdens bald mehren: O könt man Lüttich über Mör führen wie Loreta: da würden die Gänß groß Eyer legen. Ja gewißlich, sagt der Mönch, darumb schickt der König von Hispanien järlichs Schiff voll solcher guten Nollbrüder in die Neuen Inseln, und man vernimpt täglich, wie umb ein jedes Kloster bald ein Statt auffstehet: Dann der Haaß ist gern, da er geheckt wird.

Demnach sagt Grandgosier zu den Walfahrtlauffern, Geht hin ihr arme Leut in Gottsnamen, der sey euer ewiger geleiter, aber nicht auff die Leiter: Und unternemt euch forthin nicht mehr solcher unnützen reisen, noch des unmüssigen müssiggangs: steh ein jeder seiner haußhaltung für, schaff das sein, dazu er beruffen, zieh seine Kinder, und thu wie ihn der lieb Apostel Paulus lehret: wa solchs geschieht, habt ihr Gott, seine Engel und alle Heyligen umb euch, und wird euch kein Pestilentz noch grössers übel schaden: Dann der auff Gott thut bauen, denselbigen stoßt nichts an von grauen.

Folgends führt sie Strozzagurgel: inn ein Saal, unnd ließ ihnen aufftragen: Aber die Pilger thaten nichts als seufftzen, unnd sagten zu Gurgelstrozza. O wie glückselig ist das Land, welchs ein solchen feinen Herrn hat: Aber wa man kein alt Leut hat, da muß man Kinder auff die Bänck setzen. Man sucht doch nur witz bei den Alten, wie sehr sich die jungen für klug halten. Wir haben mehr auß seinen Reden jetzund gelehrt, als auß allen Predigen daheim. Hie sieht man, sprach Gurgelstroßlinger, das war ist, was Plato *Lib. 5 de Repub:* schreibt, das alsdann ein Regiment wol werd bestellt sein, wann endweder die Regenten Philosophiren, oder Philosophi und Weißheit gelehrige regiren. Nachgehends ließ er ihnen ihre Pilgertäschen voll Proviand stecken, ihre Fläschen mit Wein füllen, und schanck eim jeden zur erquickung ein Pferd fortzukommen, und etliche dicke Pfennig von seinentwegen zuverzehren, des dancken sie ihm der Ehren, und zogen hin sich zubekehren.

Das Neun und viertzigst Capitel.

Wie König Gurgelgrozza von Grandgoschlingen den gefangenen Hauptmann Tucquedillon hielt sehr wol, Aber dargegen sehr übel König Bittergroll.

Deßgleichen ward auch Hauptman Tragdendilen dem Alten Grandguchier presentieret, der erforschet von ihm Königs Picrochols, des Koderkolterers, vorhaben und gelegenheit, und was sie mit diesem plötzlichen einfall suchten: darauff bescheidet er ihn, daß seins Herrn vorhaben wer, das gantze Land einzunemmen, von wegen der schmach die seinen Nutelnbauren bewisen worden. Das ist, sprach König Gurgelgros, zu weit und zu viel gesucht. Wer zu vil fasset, vil fallen lasset: Der zuviel faßt, wenig faßt? Es wird heut nit mehr billich gehaisen, also Land und Leut mit des nächsten Bruders schaden zu überziehen und einzunemmen: dann die Exempel des Herculis, Alexanders, Hannibals, unnd andere, gelten heut nicht mehr, dieweil sie wider unsers glaubens Profession, unnd wider den löblichen auffgerichten Landfriden seind, welcher vermag, daß ein jeder seine Herrschafft bewar, halt, regier und versech, und nicht nach anderer steh: Und was etwann deßhalben bei den Saracenen unnd Barbaris hat Manlichkeit geheissen, das heissen wir heut Rauberei und schelmenwerck. Er het Königlicher gethan, so er seim gebiet wol wer vorgestanden, als daß er mir meins feindlich verderbt mit schanden: Dann durch wolregierung des seinen, het ers vermehret, durch betrübung aber des meinen wird er zerstöret. Zihet nun hin inn Gottes Namen, machts wol auß, habt ihrs wol angefangen, habt ihrs wol kocht, so eßt es gut: Zeiget euerm König seine fehl, die ihr jetz euers theils erkent, wie ein getreuer Diener an, rhatet ihm nimmer zu euerem eygnen nutz: dann eigennutz ein böser butz: mit dem gemeinen geht auch eins jeden besonder eigenes zu grund. So viel euer rantzon betrifft, schenck ichs euch gar, und will auch daß man euch Pferd unnd Harnisch wider zustell: Also muß man unter benachbarten unnd alten bekandten handeln: in erwegung, daß solcher unser span eygendlich kein Krieg ist, wie dann Plato Lib: 5: in Repub: von den einländischen überzügen der Griechen untereinander halt, daß sei kein Krieg, sonder Auffrhür und Meutereien heissen und seien: und will derhalben, wa sich durch unfall solche empörungen begeben, daß man zu dem mäsigsten darinnen soll geleben: wie auch solches Julius Cæsar erkant, der inn voller Schlacht mit dem Pompeio seim Kriegsvolck zuruffet, *Parce Miles Civibus:* Ihr Kriegsleut schont der Burger: So wolt Fabius von der Urienter Schlacht nit Triumphiren, weil viel Burger darinn bliben warn, Dann wann kan es die rechte hand freuen, wann sie die lincke hat abgehauen? Deßgleichen Keyser Antonin sagt, das besser sey ein Burger erhalten als vil Feind vergwalten: darumb ist der Bluthund Sylla ewig zuverfluchen, der gantze Blutschuldbücher stelt von Marianischen Burgern, so er zumetzigen erlaubt. Wie vil mehr seind dann dise Potentaten dem Teuffel zugeben, die auff Machiavellisch meynen sie können ihre Königliche schällige doll und vollmacht nicht baß fortsetzen, als wann sie ihre Underthanen zusamen hetzen, und durch schwächung eins unnd andern theils in zwischen des Lands Freyheiten pfetzen, unnd sich für ein Exlexigen Halsherscher einsetzen. Ja auß Burgermetzigung und Bartholomisirungen der underthanen noch *Stratagemata* und köstliche Kriegsvortheiln machen, Man soll also feindschafft treiben, daß man auch dermaln eins könn wider freundschafft üben. Wolan nent ihrs Bittergrollischen dann ein Krieg, so ist ers nur oben hin Superficiarisch, er tringt nicht in den innersten Schrein unsers hertzens. Dann keiner unter uns ist an seiner ehr angetastet: Und ist überal inn der Totalsum kein anderer span, als etwas fähles von beider seit Volck abzulegen, dazu ich mich dann erbotten: Gott sey Richter zwischen mir und i*h*m, der wöll mich auch eher durch den Todt von hinnen beruffen, und mein Land vor meinen Augen verderben lassen, als daß ich oder die meinige ihm einigen betrang und überlast zufügten. Es ist besser ein anderer schlag inn den busch, daß ich die Vögel fang, als das ich inn busch schlag, daß sie ein anderer fangen mag: Der erstlich zuckt, hat allzeit unrecht, das wissen auch die Sonnenstichling unnd Dungkäfer zu Augspurg: aber recht find allzeit seinen Knecht.

Nach dem er diß außgeredet, rafft er dem Mönch, unnd fragt ihn vor allen, Mein Freund Bruder Jan, habt ihr den Hauptman Toucquedillon, so hie gegenwertig, gefangen? Gnädiger Herr, antwort der Mönch, er steht hie selbs zugegen, er ist auch alt und verstendig genug, es ist mir lieber, ihr wissens von ihm selber als von mir. Da sagt Truckdendilen. Gnädigster Herr, es ist eben der, der mich gefangen, ich hab ihm mein Wehr überreicht, unnd ich stell mich frey ledig für seinen Gefangenen dar. Habt ihr ihn, fragt der alt Herr weiter, gerantzont? Nein, bescheidet der Mönch, ich bekümmer mich umb solche ding nicht: Ich bin hie nicht umb der Beichtpfennig willen: Wie viel, sprach Grandgoscha, begerten ihr zu lösung seiner gefengnuß? Nichts, nichts, sprach der Mönch, das wird mich auch nichts wärmen. Solche wort ungeacht, befahl Grandgusier, das in beisein des Tuckedilons dem Mönch sechtzig unnd zwey tausent Salusgulden gezahlt würden: welchs, all dieweil geschah, unter des dem Toukedillon ein gute Collatz zugerüstet war: den fragt beineben Grandgoschier, ob er bei ihm bleiben, oder lieber zu seim König wider umbziehen wöll. Ruckdendilen antwort, daß er folgen wöll zu welchem theil er ihm rhat. Wolan, sprach Goschgrozza, so ziehet zu euerm König, und aller Heyligen Segen sey mit euch. Schencket i*h*m demnach ein schön Schwerdt von Vienne, mit einer güldenen Scheiden, von gestochenem und erhabenem Reblaubwerck und sonst Goldschmidarbeit, unnd ein guldin Halßketten von sibenhundert zwey tausent Marck, auch zehen tausent Kronen zu einer verehrung.

Diesem allem nach, satzt sich Ruckdendilen zu Roß. Gurgelstrozza gab ihm zu mehrer sicherung treissig Landsknecht, und sechs und zwentzig Bogenschützen mit dem Keibkamp zu, die ihn, wa es vonnöhten, biß vor das Thor zu Clermalburg geleiten solten. Als die hin waren, gab der Mönch dem Grandbusier sein obgenant Ranzongelt wider. Gnädiger Herr, sprechend, es ist jetzund nicht zeit, daß ihr solche gaben außtheilet: wartet biß zu ende des Kriegs, dann ihr wißt nicht was sich noch zutragen möcht. Ein Krieg ohn guten vorrhat von Gelt, ersticket ohn atham, unnd schafft viel seufftzen: des Kriegs und bauens Haubtadern sind gelt wo die verbluten, so fleigt kein Fan mehr, und krähet kein Han mehr auf der Zelt. Nun, sprach Grandbuchier, *in fine videbitur cuius toni,* zu underst des Weinfasses, fühlet man was es für ein thon hat: werden wir mit der unmuß fertig, wollen wir euch und einen jeden nach gebür unnd verdienst bedencken: Dann borgen, heißt nicht schencken.

Das Fünfftzigst Capitel.

Wie Goschagrotza seine Regiment erfordert, und Truckdendilen den Herrn Hastiveal von Schnaderentingen ersticht, und deßhalben auß befehl des Königs Bittergroll ward hin gericht.

Zu ebener zeit schickten ihre Gesanten zu unserm König Goschagrotza, die von Besse, von Altemarck, von S. Jacobsburg, von Vaubreton, von Brehemont, von Kleinbruck, von Granmont, vom weiler zur Muter, von S. Louant, von Coldreal, von Burgweil, von der Insel Bouchard, von Montsoreal unnd andern umbligenden orten: ihm anzuzeigen, wie sie inn erfahrung gebracht, mit was unbill ihn König Bitterkoder suche: und derwegen, alter bündnuß halben, ihm mit Leib und gut bei zustehn urbietig vorhanden weren: Schickten ihm hierauff auß gemeyner steur sechs und zwentzig vierzehen Million, zwo Kronen unnd ein halb Pistolet, von Volck aber fünffzehen tausent gerüsteter Fußknecht, treissig zwey tausent ringer Pferd, vier unnd zwentzig neun tausent Hackenschützen, hundert viertzig tausent Abentheurer, eilff tausent zwey hundert Carthaunen, Notschlangen, Falckanetlin und sonst Feldgeschütz, viertzig siben tausent Schantzgräber: alles besoldet und geproviandiert auff sechs Monat und vier tag.

Welche antrag Gurgelstrozza weder abschlug noch gar annam: sonder bedanckt sich gegen ihnen höchlich, fürgebend, diesen Krieg mit solcher geschicklichkeit zurichtigen, daß so viel redliche Leut zubemühen nicht von nöhten sein werde. Allein fertigt er etliche ab, die seine ordenliche bände und Regiment, so auff den Festungen zu Deviniere, Schauignicht, Gravot und Quinquenaiß inn besatzung unnd bestallung lagen, zusamen forderten, welche an der zahl loffen zwey tausent fünffhundert Kürisser, sechtzig sechs tausent Fußvolcks, sechs und zwentzig Muscetenschützen, denen die zilgebelchen hinden im gürtel, wie dem Wilhelm Tell der Boltz im Goller stacken, oder wie den Schweitzern unnd Scherern die Tolchen auff dem Arßbacken: Item zwey hundert grobes geschützes, zwey und zweintzig tausent Schantzbauren unnd sechs tausent leichter Pferd, alle Bandeweiß und inn Fänlin gemustert, so wol mit ihren Hörwagen, sampt dem Hanen darauff, und mit vorrath von Gurgelprovision, auch Schmiden und Sattlern, unnd anderm nötigem anhang versehen: deßgleichen so wol in rüstungen unnd Kriegsübungen erfahren, so ordenlich ihren Fänlin gefolgig, ihren Hauptleuten und Obersten gehorchsam, geschwind ab und zuzurennen, hurtig ab und anzulauffen, so vortheilig einander zuentsetzen, daß es sich viel mehr der Accordantz der Orgelpfeiffen, oder eim wolgewichtrichtigen Uhrwerck als eim Hör und Zug vergliche.

Der obgedacht gefangen Hauptman Toucquedillon, so bald er zu Clermaburg wider ankommen, stellt er sich bei dem König Picrochol ein, und erzehlt ihm nach der leng, was er gethon und gesehen: rhiet ihm zu letzt, mit dem Kälgrosen König Grandgoscha einen friden anzustossen, weil er der allerbillichste Mensch were. Mit dem anhang, daß es weder vernünfftig noch billich, also seine Nachbaren, von denen er alle Ehr und Freundtschafft erfahren, zubekümmern: Und welchs das fürnemst, stund zubesorgen, wa man also fortfahret, werde man sich ohn mercklichen schad unnd schand nicht darauß mögen wickeln, noch inn der enge mögen die kehr haben. Dann ziehe man ein Seit auff: so müß man meh auffziehen: So sey sein des Picrochols gewalt nit so übermenschlich, daß er nicht von Grandgoschier könn geschwächet werden.

Er mocht diese Wort kaum außgereden, da ful ihm Hastigwalt, Freyherr von Schnaderentingen in die Red. Das ist ein armer Fürst, sprechend, der solche Diener hat, die sich so leichtlich bestechen lassen, die so gern linde Häut haben, sich schmieren zulassen: Dann ich sihe dem Toucquedillon an, daß ers nicht mehr gut mit uns gemeynt, und sich gern zu unseren Feinden uns zuverrhaten, schlüge, wa sie ihn nur annemmen: aber wie die Tugend von jedennan, beid Feinden unnd Freunden wird werd gehalten: Also werden die verrhäterische Bubenstuck beid von Feinden unnd Freunden verdächtig gehalten und angefeindet. Solche bekreidete Kolen, unnd verzuckerte Wurmsamen, die inn einer hand ein Brot zeigen, in der andern ein Stein halten, dörfften einen frommen Abner im grüß hinderwertig wie Joab erstechen. Unnd gesetzt, daß sich die Feind seiner zu ihrem vortheil gebrauchten, werden sie ihm doch nicht trauen, Dann die verrhäter braucht man wie das Gifft inn nöhten, aber die verrhäterey scheucht man wie die Erbschäden: man nimpt zur noht einen Dieb vom Galgen, unnd wann man sein nicht meh bedarff, henget man ihn wider daran. König Gelautwig verehrt den Verrhätern vergulte kupffere Ketten, anzuzeigen wie sie weren, unnd hieng sie darnach an solche Ketten, da hieng ein schein am andern.

Auff solche wort zuckt Zuckendilen von Leder, und durchstach den Schnaderentinger gleich ob der lincken Brust, daß er auff der stätt todt nidersanck. Zog demnach sein Wehr wider auß des erstochnen leib, unnd sagt unerschrocken: Also müß denen geschehen, die fromme getreue Diener schmehen. Alsbald erbittert unnd erbleichet darüber Bittergroll, unnd, als er bei ihm das schön frembd Schwerdt und die köstlich Scheid ersahe, sprach er. Hat man dir drumb den Stecken geben, daß du mir also frevenlich unter meinen Augen meine liebe Freund soltst ermörden: Befahl damit gleich seinen Wartknechten, daß sie ihn zu stucken solten zerhauen. Welchs unverzogenlich also greulich vollzogen ward, daß der gantz Saal mit Blut überschwam.

Folgends ließ er des von Schnaderentingen Körper ehrlich bestatten, aber des Truckdendilen Leichnamsstück über die Mauren schlaudern. Dise unthat ward bald im gantzen Hör ruchtbar, und fiengen etlich an allerley selsam wort wider Picrochol außzustossen: also daß Grippepinalt vom Strobeldorn ihm gut rund Teutsch unter die Nasen sagt. Herr, ich weiß nicht was zu letzt auß diesem wesen werden will: ich sihe wol daß euer Volck mit der weiß nicht viel lustig wird: sie haben wenig zufressen, und haben jetz zimmlich inn etlichen Sträussen an Volck sehr abgenommen: so ziehet euern Feinden vil frisch Volck unnd hilff zu: wann wir einmal hierinnen behämmet und umblegert würden, wüßt ich warlich nicht wie wir bestünden, wer zubesorgen wir müßten die Stümpff dahinden lassen. Treck, treck, sprach Picrochol, ihr gemanet mich an die Ael von Melun, schreiet ehe man euch schind: laßt sie nur kommen, wir seind ihnen gewachssen annd gesessen.

Das Ein und fünfftzigst Capitel.

Wie Gurgelstrozza den Bittergrollinger König Picrochol in Roche Clermault angriff, und ihnen nach erlegung seins Volcks auß dem Land pfiff.

Gurgellangewang, als ein junger Hornübender Ritter, ward über das gantz Hör Feldoberster, dann sein Vatter Gurgelgroza blib in der Festenburg. Da redet ihnen Gurgelstroza getröstlich zu, ehe er sie außführet, unnd verhieß reiche beuten von armen Leuten, auch groß verehrung denen die sich Mannlich erzeigten. Damit satzten sie über den Furt zu Vede, durch hilff der mitgeführten Nachen unnd Schiffbrucken. Als sie nun auff ein guten Büchssenschuß davon waren, und die gelegenheit der Statt besichtigten, daß sie hoch und ihnen nicht zum bequemesten lag, giengen sie die gantz Nacht davon zu rhat. Aber Keibkam sagt zu Gargantua: Herr Oberster, das ist die Natur unnd art unsers Gallofrancken, daß sie nichts gelten, als in erster hitz, wann ihnen die Köpff noch glüen, da soll man das Eisen schmiden, da soll man sie anführen zum ersten anlauff, seind sie Teuffellischer dann Teuffel: Aber wann man sie erkalten und verligen laßt, und es lang verweilt, da seind sie Weibischer dann Weibisch. Mein raht wer, daß ihr euer Volck jetzund auff der stätt, wann sie sich nur ein wenig erschnaufft unnd erholt haben, gleich den Sturm anlauffen liessen. Der raht gefuel ihnen.

Hierauff führt er sein Hör ins Feld, und stellet die ersatzung unnd hinderhalt auff beide seiten des Bergs. Der Mönch nam zu ihm sechs Fänlin Fußvolcks, und zwey hundert Kürisser, mit denen setzt er mit sonderer geschicklichkeit über ein Mur oder gemöß, also daß er die höhe auff der Straß gehn Loudin zum vortheil einname. Unter des gieng der Sturm in alle macht an: Die Picrocholisten wußten inn solchem plötzlichem getümmel nicht, ob rhatsamer wer außzufallen, und die anlauffende zuträngen, oder die Statt einzuhalten, unnd sich lassen pfrengen: Gleichwol wischten sie unbedacht mit etlichen Panern Hofgesinds hinauß, die wurden schön mit vielen Stuckbüchssen, so all gegen demselben halt gericht waren, empfangen: unnd damit man dem geschütz des mehr raum geb, es sicherer gegen dem Feind zugebrauchen, wichen die Gurgelstrozzianer in ein Thal hinab, da stoben die Köpff übersich, daß es sahe, als ob die Buben mit hütlein etwas vom Baum würffen.

Die in der Statt schützten sich zum besten, als sie mochten: Aber ihr Geschütz war inn der eil viel zu hoch gericht, unnd hielt die daraussen alle schadloß. Etliche der außgefallenen Bände, die dem geschüß entgangen waren, setzten dapffer inn unser Volck, aber richteten wenig auß, dann man sie redlich mit dem kopff voran nidersetzt: also, daß da sie es fületen, nicht lenger fuß halten wolten, sonder sich widerumb hindersich begaben. Aber der Mönch het sither ihnen denselben Ranck abgeloffen, derhalben begaben sie sich ohn alle Ordnung in die flucht: etlich der Strotzegurgler wolten ihnen den Rucken fegen unnd nachjagen, aber der Mönch erhielt sie, besorgend, wa sie den Flüchtigen zu girig nachtruckten, sie auß ihren Stellen und Ordnungen kemen, und also leichter, wa man auß der Statt füle, zutrennen weren. Hielt derhalben also ein gute weil in der Ordnung, unnd als er niemand freindlich kommen sahe: schicket er den Hauptman Phrontistem Mutrich zum Feldobersten Gurgellang, ihn zuverständigen, daß er kein müh noch fleiß spare, die seit zur lincken einzunemmen, dem König Grollenkoderer die außflucht zur selbigen Porten auß zuverschlagen: welchem Gargantua sehr fleißig nachkam, unnd schickt vier Regiment, so zu Sebaste gemustert worden, dahin: So bald mochten sie daselbs nit die höh eingenommen haben, sihe da, so traffen sie den Bittergroll mit seim Volck hin unnd wider zerstreuet an: den strichen sie nun zimmlich die Flöh ab: gleichwol gieng es ihnen auch nicht ohn schaden ab, dann die von der Mauren sie heßlich mit Geschütz schädigten: So bald solchs Gurgellantua war genommen, entschüttet er sie mit aller seiner Macht, und ließ alles das Geschütz und die Maurbrecher so ernstlich und streng auff dasselb theil der Mauren abgehn, daß alle Macht der Statt zur rettung dahin gelocket ward.

Der Mönch, als er diß theil, da er hielt, gantz bloß unnd sorgloß von Wechtern vermarckte, bestig ers kecklich mit seim Volck, ohn die zwey hundert Kürisser ließ er zum Wagbestand draussen: so bald er nun hinein kam, schri er und sein gantz volck auß dermassen greulich, schlugen gleich die Wacht desselben Thors tod, thaten demnach den Kürissern auff, unnd eilten inn aller ungestüm schnell zu dem Thor gegen auffgang, da der gröst ernst unnd lärma war, schlugen hinden alles nider, also, daß da sie sich von allen enden von den Gargantuisten übergewältiget sahen, ergaben sie sich an den Mönch, der gab eim jeden ein stecken und ließ sie in die Kirchen sperren, doch nam er vor alle Kreutzstangen herauß, unnd bestellt Wachten unter die Thor, die nieman außliessen. Demnach ließ er die Port gegen Ost öffenen, und zog hinauß dem Gurgelstrozza zu hilff. König Picrochol aber meint, daß ihm hülff auß der Statt zustünde, und ward deßhalben noch hochmütiger, biß er den Gorgollantua höret raffen: Mein Freund Bruder Jan willkommen, glück zu mein Bruder Jan, da trefft ihr recht die Mettenzeit: Da gedacht Bittergroll, hie wird man dir und dem Volck das Requiem und Complet singen, unsers bleibens ist nicht mehr hie, verzagten derhalben, unnd floh ein jeder, wa er hinauß kommen mocht. Strotzegurgel jagt ihnen nach biß gehn Vaugaudrich, und legt sie auff der Straß nach ein ander, als wann man die Eyer zum Wettlauffen legt: darnach ließ er wider zum alten hauffen blasen, *à la Retreck* zum Profey.

Picrochol aber floh in solcher Zerrüttung auff die Insel Bouchart, unnd ward ihm sein Pferd unterwegen räch, da ergrimmet er so Cholerisch Bittergrollisch unnd Koderkolderisch drüber, daß ers selbs vor bittergalligem zorn erstach. Unnd als er niemand meh umb sich het, der ihm zu Pferd hulff, wolt er inn der näh eins Müllers Esel diebisch entlehnen, dieweil er meynt, es könt sich kein Dieb am andern vergreiffen: aber die Müller thaten zusamen, und zerbläueten ihn rechtsinnig Picrocholisch und Bittergallisch wol, und blünderten ihm seine Kleider, und gaben ihm darfür ein gebletzten armseligen Küttel, welchen ein Müllerknecht da inn rauch gehengt hat, die Läuß darauß zuräuchen und zuscheichen: also zog der arm Bitterkoderisch Tropff darvon, wie ein verscheichter Haß: Unnd als er über dz Wasser bei dem Port zu Huaulx fuhr, und sein unglück da erzehlet, ward ihm von einer alten Loupidonischen Vettel vorgesagt, daß ihm sein Reich wider soll werden, wann die Coquecigruische Guckenhuserkränch kernen. Demnach hat er sich verloren, daß noch auff den heutigen tag niemand weiß, wa er hinauß kommen ist, etlich meinen er hab sich zu dem verlornen Hertzog Baldwin von Flandern: oder dem Meinicke Müller Woldemar zu Brandenburg, oder zu dem Keyser Friderich, der in Asien ertranck, unnd dessen man noch zu Keyserslautern warten ist, gethan, etlich er sey des Hertzogs Carls von Burgund unnd König Christierns gesell worden, und soll mit dem Geldrischen Keyser kommen, den die Fisch gefressen haben: oder mit dem Malerkönig Ballomer, der mit dem Oriflammenpanier vor Rosenbeck verloren ward: wann er anders nit zu Wetzflar verbrant ist worden, wie Tilockolup, welchen die von Colmar für Keyser Friderichen hatten auffgenommen. Gleichwol halten etliche Amadisischen Orianisten darfür, er werd in der Urganda Affenschiff wider kommen, wann dem König Artus die Mörfein Morgana in der gläsern Insul die Wunden wird geheilt haben, welche er inn der Schlacht bei Kamlan wider den Verrhäter Mordred hat empfangen. Aber man hat mir für gewiß gesagt, daß er jetzunder zu Leon ein Holtzträger sey und noch Bittergrollisch unnd Koderkolderischere wie vor, helff auch zuzeiten Ballen tragen und binden: Und bei allen frembden Kauffleuten, die dahin kommen, fragt er allzeit eygentlich nach, ob sie nichts von den Gugkenhäuserkränchen haben vernommen, wann dieselbigen sollen ankommen: dann er noch gäntzlich nach Propheceiung der alten Unholden hofft, er werd zu ihrer ankunfft wider eingesetzt werden. Nun aber rhatet ihr zu, wie man ihm thut, daß dieser Bitterkoderer nicht wider ins. Regiment komm? wie Nabuchodonosar, nach dem er etlich Jar ein Waldku, das ist, ein Hirtz gewesen war, Aha, man thu ihm, wie Evilmerodach seim Vatter der ließ ihn zerhauen zu drey hundert stucken, und berufft darnach drey hundert Geier, und gab eim jeden ein Stuck zuverschlucken, unnd dasselb inn drey hundert Eck der Welt zu verzucken. Was gelts wo er mehr kommen ist? Dann die Bluttropffen konten nicht wie Medusæ abgehauener Strobelkopff Schlangen geben: Es seien dann unsere heutige Schrapherbscharffschärcharpische Herren von der Greiffen edlem Treck entstanden, welcher inn etlichen noch so Bitterkoderisch auffkoppet. Nach dem die Feind entkommen, überschlug Gurgelstrozza gleich sein Volck, unnd befand daß dessen wenig geblieben, ohn etliches auß des Tolmere unnd Hauptmans Hindennach von Benshaim Fänlin: Und das Lobkund ein schuß ins Wammest bekommen, daß ihm der Latz nottelt, und das Ohr auff ein seit hieng wie ein Welckror. Hieß folgends das gantz Hör rhuen unnd guter ding sein, befahl auch den Proviandmeistern allen auff seinen Kosten vollauff zugeben: Deßgleichen ließ er außschreien in der Statt kein gewalt noch mutwill zuüben, dann sie sey sein: warumb er dann die seinigen plagen wolt? Unnd auff den abend auff dem Burgplatz zu erscheinen, da werd man ihnen sechs Monat sold zahlen: welchs auch also geschah. Folgends ließ er auff gedachten Platz, alle die, so von Bittergrolls Volck überblieben, fordern, unnd that inn beiwesen aller seiner Fürsten und Hauptleut zu ihnen ein solche red, wie folgt.

Das Zwey und Fünfftzigst Capitel.

Die Rede welche Gurgelstrotza an die überwundene that.

Unsere geliebte Uränen und Vorältern sind je und allwegen dieser löblichen meynung unnd neigung gewesen, daß sie an statt der augenfälligen scheinbarn Sigzeichen, und glücklichen Streitermanungsseulen und Kriegsstöcken, welche mehrertheils Kriegs Fürsten unnd

Hörführer mit grossen Steinhauffen und Baukosten, zusetzen pflegen, viel mehr und eher in der überwundenen und Siglosen Hertzen, durch Genad und milte ein ewiges auff die Nachkommene unvergeßliches und erbliches Ehrengemerck unnd gedächtnußmal ihres gütlich und vernünfftiggeprauchten Sigs, stiffteten unnd hinderliesen. Dieweil sie viel höher und mehr die lebhaffte erinnerung Menschlicher gedächtnuß ihrer gnädigsterwisenen freundlichkeit achteten, als die Stumme und dumme überschrifften, inn leblose Seulen, Stöck unnd Egiptische Thürn eingegraben, welche jedem Wetter des Luffts, neid und mutwillen der Thier unnd Menschen, frey und offen stehn. Dann i*h*r werd euch, zweiffels on, noch wol zuerinnern wissen, welcher gute unsere Vorfahren sich gegen den Britanniern inn der Schlacht bei S. Albin am Sporbierbaum gebraucht, Auch werd ihr gehört, und wa ihrs gehört euch verwundert haben, wie gnädig sie mit den Barres von Spagnola, welche die Mörgrentzen bei Olone und Talmondois anfulen, gefahren seien. Wie war nur damals, als König Alpharbal von Canarre, seins glucks nit vernügt, gantz wütig das Onixland, und alle Amorichische Insuln mit brand und nam ersucht, so ein jämerliches klagen unnd jamern an allen enden? wie bald aber ward solche noht inn frolocken, unnd das Wasser inn Wein verwandelt, als man ihn in einer Schiffschlacht überwand und fienge? Aber was mehr? i*h*r wüßt, wie schmählich villeicht andere König und Fürsten, die sich sonst viel hoch Catholisch betitulen, wa ihnen ein solcher Vogel inn die händ gerhat, ihn mit harter gefengnuß und äusserster rantzon geplagt hetten: Er aber that nichts dergleichen, jenes Teutschen Fürstens red, da er sich ergab, zu muth führend, daß ein Sigherr einen gefangenen soll halten, wie er wolt, daß man ihn, wa er inn deßgleichen unfall gerhiete, handeln soll: sondern unser Großäve tröstet i*h*n mitleidig, wie Aemilius den König Perseum, unnd Alexander Magnus des Königs Darii gefangen gemahl, losiert i*h*n zu ihm in seinen Pallast, schickt ihn mit sicherer geleitung unnd verehrung grosser geschenck, ja gleichsam mit gutthat überschüttet, widerumb zu Land. Welcher alsbald er inn seim Reich angelendet, ließ er alle seine Fürsten unnd Stand zusamen beruffen, that ihnen relation von der ungleublichen freundlichkeit unnd ehrlicher tractirung, die er bei uns erfahren, und bat sie darneben, darauff bedacht zusein, wie man solche erzeigte wolthat zu ewigem exempel ehrenmäsig unnd danckbarlich vergelten solle. Hierauff ward einmütiglich beschlossen, daß man uns ihr gantz Gebiet, Land unnd Leut, für eigen, damit nach unserm gefallen zuschalten unnd zu walten, aufftragen solle.

Solchen Spruch zu vollziehen, macht sich Alpharbal selber auff mit neun tausent acht und treissig grossen Lastschiffen, mit seim Königlichen, ja allem von seiner Lini her an erblichen und beinah des gantzen Lands Schatz beladen. Dann als er außkünden lassen, mit dem Westnortwest abzufahren, haben die Underthanen alle, dieweil die Schiff an den Anckern gestanden, was ein jeder köstlichs gehabt, hinein getragen, geschleifft, geführt unnd geworffen, als Golt, Silber, Kleinot, Edelgestein, Specerey, Ebenholtz, Psittich, Chropassen, Helffenbein, Einhorn, Carfunckel, Perlein, Aloesholtz, Papagey, Pellicanen, Mörkatzen, Zibeten, Bisamthier, Stachelschwein, und viel anders: unnd ward keiner einer frummen Mutter Sohn gehalten, der nicht etwas sonders hinein gab, also daß sie auch, wie die Israeliter zum Aaronischen Götzenkalb ihre Arm und Orenring herab zogen und opfferten.

Da er nun ankam, wolt er meim Urane die fuß küssen, aber man wolts als ein unbillich ding nicht gestatten, sondern umbfieng ihn gantz geselliglich: er presentiert seine geschenck, aber sie wurden wol bedanckt, doch als zu unmässig nit angenommen: er stellt sich unnd seine Nachkommene dar für willige Knecht: aber es ward gleicher gestalt als unzimmlich abgedanckt: übergab durch erkantnuß der Ständ sein Land und Königreich, zugleich damit die verschreibung und vertragsarticul, von denen so darinn zusprechen, bekrafftigt und versigelt, darüber auffgericht, überreichend: aber ward gantz und gar abgeschlagen, und die Contractsprieff ins feur geworffen. Demnach war diß der beschluß, dieser handlung, daß meim Urane ob dieser einfaltigen gutwilligkeit und wolgemeynter einfalt der Canarrier die augen anfiengen überzugehn: Unnd durch glimpfliche geschickte reden, seine, ihnen erzeigte wolthaten zuringern, und ihre bescheidenheit hingegen zuerheben mußte unterstehn: Endlich war diß der außgang, das an statt einer unerschwinglichen und Blutstelligen rantzon von fünff und zwentzig mal hundert tausent Kronen, die man ihnen trotzlich het abheischen, und zu Versicherung dessen des Königs älteste Söhn für Geisel abtringen mögen, sie sich zu immerwerenden Steurverpflichten Nachbarn unnd Lehensleuten haben verbünden, unnd jeglichs Jar zwo Million lötigs Golts zugülten und zu gelten versprochen: welches sie uns auch erstes Jars bestimpter massen vernüget: des andern aber freies willens 23 hundert tausent Kronen, des dritten 26 hundert tausent, das viert drey Million gezahlet, und also von Jar zu Jar gutwillig gestigen, biß wir ihnen solche unmaß einzustellen verursacht worden.

Sehet, solches vermag gütliche freundtlichkeit, das auch die zeit, welche alles versehret und verzehret, doch die gutthaten häuffet und mehret: Fürnemlich, so sie inn ein geschlacht fruchtbar Feld verständiger, adelicher gemüter unnd hertzen, welche nit mit groben unhöflichen Guckgauchdornen der undanckbarkeit, unachtsamkeit und vergessenheit verstellet sind, gepflantzet und geseet werden. Hette diß unserer Benachbarten König einer mit seinen Neuerfundenen Mörländern vorgehabt, er hette auff den heutigen tag derselbigen mehr nutz, unnd Golds vollauff, als da er die unbewehrte Leut hat lassen nach seins Spanischen Kriegsvolcks Blutdurst und mutwillen hinmetzigen und verdilgen.

Derwegen auß der art solcher lang her ererbter gütigkeit meiner Vorfahren unnd Eltern nicht zuschlagen, will ich euch hiemit ledig und loß gesprochen, und in alle vorgehabte freiheit widerumb gesetzet haben und halten. Weiter dessen zum überfluß soll man jedem zum abzug trey Monat zahlen, ehrlich heim zukommen: Auch soll euch mein Gwardi, Hauptman Hulffdegen mit sechs hundert Spisern und 8 tausent Hallepartern, Trabanten, Hetschirern und Janitscharn geleiten, daß ihr von den Bauren kein anstoß möcht leiden. Gott sey mit euch. Ich wünsch von grund meins hertzens, das Bittergroll jetzund zugegen wer, ich wolt ihm erweisen, das ich disen zug nit mit sonderm lust, noch zu erweiterung meines gebiets und namens habe vorgenommen. Aber demnach er sich verloren, unnd weder butz noch stil von ihm zuerfahren, ist mein meynung, seim Sohn das Reich unverruckt bevorzuhalten. Und demnach er noch unter seinen Jaren (sintemal er noch nicht gar fünffjärig) soll er von den ältesten Landfürsten, auch gelehrten und Weisen unterwisen, und gemoderit werden. Gleichwol betracht, das ein solch verlassen Reich, leichtlich, wa man der Amptleut, Vögt, unnd Verweser unersettlichem blutsaugigem geitz nicht ein gebiß einleget, mag zu grund gerichtet werden: so verordene unnd will ich, das Lobkund über alle Vitzthom, Pfleger, Verwalter, Schösser und Amptleut ein Einseher, Superintendent, Episcopos, Landshauptman und Oberhaupt, mit genugsamer dazu erheischter authoritet verwaret seie: Und mit dem Königlichen Kind so lang zu gewalt und rhat sitz, biß er das Reich für sich selber zuregiren sich teuglich befind. Dem allen nach, so ich den gerechten spruch des rechtens bedencke, welcher sagt, das die zuviel hinläßig nachgebung verwirckter straff, den bösen entweder von neuen oder noch mehr zu mißhandeln mut unnd gelegenheit schaff. Ja daß, so man den Verbrechern ihre unthaten vergeh, dadurch ihnen und andern argen Buben ferrner auff gnad zusündigen ursach geb. Und auch an dem frommen Mose sihe, daß wiewol er der aller sittigest Mann seiner zeit gewesen, dannoch die Auffrhürer inn Israel zum heutigsten hab gezüchtiget. Deßgleichen Cæsar, der ein solcher gütiger Keiser gewesen, daß auch Cicero von ihm meldet, sein glück hab nichts höhers gehabt, als daß er wol vermocht, und sein tugend nichts bessers, als daß er alzeit war gesinnt, jeden gnadbegerenden zubegnädigen, nicht des weniger etliche Meutmacher hart gestrafft hab.

So werd ich auß billichkeit solcher exempel beweget, von euch, ehr ihr abzihet, zubegeren, und beger auch hiemit, mir den schönen Gesellen Märxlin Saurimgseß, der durch seinen Knopffstoltz diß Feur auffgeblasen, herzustellen: folgends auch seine andere Gesellen die Nutelnbecken, die ihm inn seine närrische unbescheidenheit nichts eingetragen: dann Stäler und Häler begehn gleiche Fäler. Und entlich alle Raht, Haupt unnd Dienstleut des Bittergrols, welche ihn entweder gereitzt, gelockt, gelobt, oder mit ihrem rhat zu solchem außfall uns zu betrüben verleidet haben.

Das Drey und fünfftzigst Capitel.

Wie die Gurgelstrozianer nach erhaltenem Sig, ehrlich begabt worden zu genüg.

Auff solche Hörsermon worden dem Gurgelstrotza die Auffrhürer, so er begert, geliffert, außgenommen Zechulff Spadasin, Merdaille von der Sichelzull, Eberzan Tonnerbotz, und Toldrian Streckdenstil, welche sechs stunden zuvor eh der streit angieng, darvon strichen ohn hindersich sehen und atham holen auff sechs meilen: Und zwen Küfladenbecken, die inn der Schlacht bliben. Gleichwol nam er gegen den lebensverwirckten gefangenen nichts strengers für, als daß er sie inn seiner neuen auffgerichten Truckerey an die Pressen stellt, dapffer am Bengel zuziehen, und den lauffkarren zutreiben unnd zubemühen, daß sie den kalten seich möchten kriegen.

Nachgehends ließ er alle erschlagene ehrlich begraben im Schwärtzlinger thal und im Feld zur Vettelprunst, sonst genant Bruslevieille, auff die Vettelpruntzermatt stosend: Den Verwandten schafft er inn seim Sichenhauß unnd Spital rhat zu thun: Was aber an der Statt abgangen, unnd wa den Burgern leid widerfahren, ließ er auß seiner Schatzkammer büsen unnd ergäntzen. Zu dem setzt er ein fest Meiländisch und Antorfisch Citadell und Trotzdenburger, oder Trotzdenkeiser dahin, unnd ein gute Wacht darein für die plötzliche aufflauff.

Als er nun von dannen scheidet, danckt er allen besoldeten Knechten ab, unnd schickt sie inn ihr Winterläger und besatzung, außgenommen etlich von der Decumancohort oder dem freien Hauptfanen, die er sich im streit hat manlich prauchen sehen, deßgleichen alle Hauptleut behielt er bei sich, unnd führt sie samptlich zu seim Vatter Gurgelgrozza: Welcher, wie sehr er erfreut sey gewesen, als er sie gesehen, ist unmöglich zuschreiben. Über ein weil ließ er das köstlichste Festmal, das herrlichest Panncket, so sidher König Asveri zeit gewesen zurüsten, da hielt er sie recht Fürstlich, ja Churfürstlich.

Nach der mahlzeit, theilt er seinen gantzen Orgelgemäsen Thresor und Credentz, sampt allem was dazu gehörig, unter sie auß, welhs 18 hundert tausent viertzehen Bisantinen Golds oder Toppelducaten wog, als allerhand grosse Antiquische geschirr, vierämige silbere Fäßlin, Schenckfaß, Ehrenkannen, Schraubflaschen, grosse Beckin, Gießfässer, umbläuffige Liechtstöck, tieffe Täller, Saltzbüchsen, Messerkocher, Leffelfuter, schalen, Näpff, Scheuren, Dupplett, gäbelein, beschlagene Cristallenkrausen, eingefaßte Eilend Klauen: Und Greiff Klauen (vor welchen beiden Klauen mich doch Gott behüt: dann eins Podagramisirt übern Leib, das ander Tyrannisirt übers gut) item Lampeten, Schenckkandel, Külwasserkessel, Trinckbecher, Trinckköpff, Trinckschalen: Trincknuß, Pocalen, Hengeimer: Bollen: Wassertupffen: Schüsseln: Platten: Kommeken: Spulfasser: Und andere Credentzgefässer von lauter Gold und Silber, ohn die Edelgestein, gegossen, gemodelt: versetzt: eingesetzt: geätzt: versteint: verbeint: eingegraben: verhöcht: vertiefft: eingeprent und sonst arbeit, die den Zeug weit übertraff.

Weiter ließ er eim jeden auß seinem Schloßtrog zahlen, zwölff hundert tausent Parer Kronen. Item setzt ihnen Lehen an auff die nechstgelegene Güter, invetirt und belehenet sie nach Lombardischem Capedistischem Lehenrecht, auff Soldatenlehen, Stamlehen: Kunckel-Lehen: CapitanLehen: GwardiLehen: KammerLehen: Und nach den Salischen siben Hörschilten GnadLehen: ZinßLehen: GerichtLehen: AmmansLehen: FanLehen: SchiltLehen: BurgLehen: auch nach Hofrecht Schenck und TruchsesLehen: sampt freiem Wildpan: Wildfuhr, Beholtzung der vier Stämm, Fischfang unnd Mülen. Dem Kund Lob gab er Clertmautburg: dem Kampkeib Coudrai. Dem Artsichwol Montpensier: dem Hulfdegen Tolmere Rival, dem Ithybolo Sdilechtgerecht Montsoreal, dem Acamas Unverdrossen Cande, dem Cheironacte Arbeitsam Vorenes, dem Machtwald Heilkün Gravot, dem Witzlib Warmunt Quinquenais, dem Rumprecht Schindenbuben Legre, und also die andere Hern Hauffschlag, Greuelhelm: Helmschrot: Kleingolt: Wolmut: Nesselprunst: Vollruff, Saumnit: Spurkeib: Wackertreu: Hebdenman: Truckenbrot: Rohfleisch, mit andern Lehengütern: Dann er that wie Keyser Heinrich der Vogler, er praucht diesen überwundenen spott der Feind, zu ehren und rhum seiner Freund, unnd gewißlich, hetten die Hunnen diesem Keyser nicht unrhu gemacht, unnd er het wider sie erfahren seiner Leut macht inn der greulichsten Schlacht, es wer die schön Thumiersordnung mit auffgebracht: welche doch leider heut ist im Hofkaat verschmacht.

Das Vier und fünfftzigst Capitel.

Wie Gurgellantua die Eygenwillig Abtei Willigmut der Thelemiter zur Rhuwart für den Mönch bauen ließ.

Allein stund der Mönch noch zuverehren: den wolt Gurgellantua kurtzumb zu eim Abt zu Sewiler machen, aber er wolt nicht, dann heisse lieb gibt heisse fürtz: er wolt ihm die Abtei zu Burgweiler schaffen, aber er wolt auch nicht, dann wer ein guten Hecht will essen, muß die Gall hinweg werffen, er trug i*h*m das Kloster zu S. Florentz an, er wolt aber nicht, dann wer den Puls will greiffen, muß subtile finger haben: Er wolts ihm all drey zugleich schaffen: Aber der Mönch zeigt ihm glat an, er mocht kein Mönchsampt haben, dz weder zum Himmel noch zur Erd gehört: dann, sprach er, wie solt ich andere gubernieren, da ich mich selbs nicht kan regieren: andern ein Formünder, mir ein Thorminder: Wann ich euch angeneme dienst hab geleistet, oder noch verhoffentlich leisten möchte, so laßt mich ein Abtei auff meine sondere weiß, unnd eygenen Zaum Willigs Muts stifften. Die bitt geful dem Gargantua, und bot ihm das gantz Thelemerland bei dem Loirfluß gelegen an.

Das nam der Mönch für bekant auff, und sagt, Ihr könt euch mit stifftung vorhabendem gutwilligen Ordens gleich so grossen Namen schöpffen, als wann ihr ein Academy unnd Spittal stiffteten, Dann die Hohen Schulen seind als dannmals erst auffkommen, da die Orden auß den Klosterschulen Klosterrhülen, auß Lehrschulern, Chorheuler, auß Schullehrer Hülplerrer machten. Derhalben bitt ich, helfft mir ein Unanthonisch, Uncarmelitisch, Uncarthäuserisch, Unbettelordisch, Unsuitisch, Uncarafisch, Unconscientzmarterig, Uneidfesselig unverregelrigelig Muster von eim freien guteygenwilligen und Willigmutigen Orden stifften. So muß man, sprach Gargantua, erstlich kein Maur darumb aufführen, dann alle andere Abteien sind mächtig wol vermaurt. Ja billich, sagt der Mönch, Lauren, schälck, Buben, Huren, schnurren, murmler, Murmelthier, Murrer, Bruder Murrnarrn, die muß man vermauren: Dann der neid wird zu Hof geboren, im Kloster erzogen, im Spital stirbt er ab. Nachgehends, weil inn etlichen Conventen brauch ist, das so ungeordnirte, ungeweihete, unprofessionirte unnd unprofeurte Weibsbilder hinein gehn, man denselben die spur nachfegt, wie der Löw sein spur mit dem Schwantz selbst verschlägt: so ordnen wir, das wa ungefehr ein vermeynter Geistlicher Bruder oder Schwester von anderen Daxorden inn unsers kompt, man i*h*nen gar eigentlich alle tritt nachfegen und wischen soll: weil ihnen bald etwas, wie dem Vulcano, da er mit Junone rang, kan entfallen. Unnd demnach alle Stifft gregliert, außgetheilt unnd compassiert werden inn Horas unnd stunden, wollen wir, das da weder Urwerck, Stundglaß, Zeiger noch quadrant seien: Sonder alles nach dem es sich schickt unnd begibt verrichtet werd. Dann, sprach Gargantoa, ich weiß kein zeit, die mich meher daurt, als die man das Glockenschlagenzahlen, Stundglaßwenden unnd Sandurschütteln wendt: es ist ein schand, daß man sich mehr nach eins schläferigen Urenrichters Glock als der vernunfft richtet.

Item, weil man damals niemand inn Orden stieß, schmiß und riß, als etwan gestampffte Frauen und Jungfrauen, die etlich eisen abgeworffen hatten, oder plinde schilende Bettschelmen, hogerige, krüppele, Veitz däntzige Butzenandlitz, hinckende, närrische, unsinnige, verschimmelte, verlegene, korbfällige, Bestieffmuterte, unfolgsame, unhäußliche, verschreite, gereuterte Töchter: Deßgleichen kein

Mansbilder, als minderjärige Kinder, unverständige, faule, langsame, schläferige schlingel, Rutenforchtsame, Schulscheue, Lehrverzweiffelte, Lehrhässige und disciplinfeinde tropffen, bestieffvatterte, Lebensverdrüssige, Lebensverwirckte Lecker und Buben, Schelmenbeinruckige, Pfluggebissene blaterarbeiter, gesundheitverlobte Meßsamuel, abgesoffene, abgehurte, außgespielte Leidige tropffen, Maulhengkolische, aberwitzige, sparren verlorene, verbanckarte, unehliche, presthaffte: Galeenwürdige: Mannlose: geprochene: unnütze augengreuel: Haußhinderer und Haußtölpel. Verzeicht mir sprach der Mönch, daß ich euch in die Red fal: ein Weib welchs weder schön noch fromm ist, wem ist sie nutz? Ins Kloster zustecken, antwort Gurgelstrozza. Oder, sprach der Mönch, zu Näherin, Hembdmacherin, Bruchanmesserin, Klosterwäscherin: badermägden: Pfaffenköchin: Speirischen Beckenmägden: Wirtsmägden: Baucherin: Klosterläuferin: Badreiberin: Kranckenwarterin: Leirerin: Kindbettkellerin: Wiennische PfifferLingbraterin: Heydelbergische Beckerhürlein, Zubringerin: Augspurgische Kramschwalben: Beginen. Aber die Klöster braucht man an statt der bei den Heiden geheiligten Felssen, darüber sich die Leut auß verzweiffelung stürtzen mochten, oder an statt der Feigenbäum, daran sich die Weiber hiengen.

So ward geordnet, daß man hierin niemand nemm als schöne, wolgestalte und kluge: dann man soll Gott das best opffern, darumb ist die Erstgeburt sein: man soll ihm nicht die Spreuer opffern wie Cain, sondern das Schafschmaltz wie Abel, Darumb schilt S. Augustin auff die junge Hachen, die ihre Plüst der Jugend in aller Üppigkeit dem Teuffel opffern, und das verdorret machtloß spreueralter unserm Herrn Gott.

Item diewheil in die Nonnenklöster kein Mann kam, als nur heimlich unnd verholen, ward versehen, das hierin kein Schwester sey, es seien dann öffentlich Mann für Zeugen dabei. Item demnach Mann und Weib, so sie einmal in der Religion auffgenommen worden, nach dem Probierjar gezwungen waren ihr Lebenlang drin zuverharren: Ward da geordenet, daß alle Ordensgenosse, wann es ihnen gliebet, ungehindert möchten ab unnd auß tretten. Item weil gemeynlich die Ordensleut drei gelübd thun, nemlich Keuscheit, Armut und gehorsam, ward versehen, daß man da mit Ehren möcht heurhaten, mit gutem gewissen reich sein, und sich Gottgehorsamer, und Vernunfftfolgiger Freyheit geprauchen. Item weil man dort bei überfluß willig Arm ist: Wollen wir hie bei zimmlicher Genüge willig Reich sein: Die Reichthumb prauchen als ob wir nicht Reicht weren, die Welt prauchen, als ob wir nit drinn weren, wollen wie ein frommer Beichtvatter auch im Hurenhauß fromm bleiben, auch bei dem feur nicht brennen. Item wie jener starcker Mollenköpff und Schlingel etlich bettlen, also wollen wir den Bettlern geben. Item wie jene wollen kein eigen Frauen haben, damit sie anderer unnd frembder geniesen: also soll hie frey stehn, wann sie ihr alter erreicht, außzutretten, unnd der Mann sein eigen Weib, unnd das Weib sein eigen Mann ihm wölen, nemmen unnd haben: Wie jhene die ehliche keuscheit verschweren, also hingegen wollen wir keusche ehlichkeit ehren, unnd unehlicher unkeuscheit mit zeitiger vermälung wehren. Item, weil jene dem Abt oder sonst eim Prelaten gehorsam schweren, wollen wir, das der Abt uns schwere uns bei unserer freyheit zulassen. Item wie jene den Kopff auff die Schultern hencken, unnd wie die Kirchen-Eulen finstere augen machen: Also wollen wir den mut innerlich sencken, und das Haupt gegen Himmel erheben, daher unser erlösung kommet. Item wie jene bei nacht wachen, das sie bei tag schlaffen, also wollen wir das widerspil thun. Item wie jene ihr eygen gut verlassen, daß sie von anderer Leut gut prassen: Also wollen wir unser eigen Gut behalten, daß wir anderer Leut gut und steuren nicht bedörffen, sondern noch andern zugeben haben. Item wie jene nicht arbeiten, deßbesser zucontemplirn, und guten gedancken obzuligen, also wollen wir alles unser dichten unnd trachten im werck erzeigen, und zur arbeit unnd dienst des nächsten richten. So vil das rechtmäsig alter betrifft, sollen die Weibsbilder angenommen werden von 10 biß 15 Jaren, die junge Gesellen von 12 biß zu 18.

Das Fůnff und fůnfftzigst Capitel.

Wie die Abtey der Willigmutigen Thelemiten zu Rhuwart, gebauet und begabt ward.

Zu auffrichtung des neuen Klosters S. Willigmuta, ließ Gurgellantua zahlen für kosten 2700000 Hundert treisig, und ein guldin Flüßkuchen: Unnd jedes Jar, biß es außgebauet werd, schafft er auff Legdare sechzehen hundert neun und sechzig tausent Sonnenkronen, unnd auch so vil mit dem Sternen und dem halbenmon, *donec totum impleat orbem,* und knapkuchen. Zu ihrer stäten unterhaltung stifftet er zu ewiger zeit unablößlich auff grund unnd boden als eigen, drey unnd zwentzig hundert, neun und sechzig tausent fünf hundert viertzehen Rosennobel, alle Jar vor des Klosters Thor ohn allen unkosten abzulegen unnd zulifern: darüber dann gute Stifftprieff auffzulegen.

Der bau ward auff Exagonisch sechseckig, und auff jedes eck ein grosser runder Thurn gehauen, wie die zu Nürnberg einen bei der Burg haben, im begriff gleichscheidbar von sechtzig schritten. Der Loirfluß, oder die Liger lieff gegen mittnacht daran, zu äusserst am selbigen war der Thürn einer gebauet, genandt Artica, hoch wie die Wart zu Ulm und Rotenburg: gegen Orient war ein anderer geheissen Calae, oder Gutlufft: der drite Anatole oder Auffgang: der vierdt Mesembrina, der Mittler wie der Berlinthurn zu Augspurg, der fünfft Hesperia, wie der Luginsland, der letst Criera oder Schreckdenfeind. Zwischen jedem Thurn waren drey hundert 12 schritt weite: jeder Thurn von sechs gebinen und gewelben, die Keller mit begriff. Das zweit war gewelbt wie ein handhab an eim Algäuischen körblin: Zu oberst war er rundbehauptet wie der Thurn zu Franckfort, grad wie ein Cardinalshut, unnd Liechtstockfuß: Einer war im absatz rot gedeckt wie die Reutlingische Tächer, einer mit Schifer wie zu Worms, einer mit Plei, wie das KirchenChor, einer mit Kupffer, wie des Fuggars Hauß: aber alle Tächer endweder mit aller hand farbgeprenten Zigeln versetzet mit dem namen *IHS*. oder der Jarzahl, oder öl gemalt, unnd vergult von selsamen fantastischen Thieren und Grillen: auch biß auff den boden mit gehäuß unnd gesims gemalt: Unnd fürnemlich an eim der Mönch Milchzan, so groß er war, mit einer Kreutzstangen, wie der hörnin Seifrid am neuen Thurn zu Worms gegen dem Rein zu. Diß gebäu war Tausentmal köstlicher als Bonivent, Fulden, S. Gallen, Lützel, Kemten oder Weisenburg: dann es war auch nach dem Kalender gebauet wie ElsaßZabern, unnd nach dem einmal eins wie die Kirchen zu Cölln: Und nach der Leiren wie Lucern, unnd nach dem Griechischen Ω oder Scheubenhut, wie die ersten Häuser. Und nach dem hirtzhorn wie die Statt Brundus. Unnd nach eim Macedonischen filtzmantel wie Alexandria: unnd nach eim Macedonischen Reutrock wie die Demetrisch Welt: und nach dem hertzen wie die Mappemundisch krämerisch Welt: und nach dem Bärenstall, wie Bern: unnd nach eim Δ wie Alkair, unnd nach dem Ay wie Ulm, unnd nach einer Tartschen wie neu Maltha. Dann es hat 9 tausent 3 hundert, 32 Kammern, ein jede mit eim Hinderkämmerlin, Stüblin und Cappellelin, darauß man inn ein grossen Saal gieng: auch an statt der Stegen allenthalben Schnecken, deren staffeln ein theil von Porphir, andere von Numidischen, etliche von marmolstein waren, zwey und zwentzig schuhlang: die dicke dreyer finger, unnd zwischen jedem außgang, deren zwölff waren, ein sitz: dabei schöne altmanirliche Bögen, dadurch der tag schien: Durch die Schnecken kam man allzeit erstlich in ein Saal, und auß dem Saal in die Kammern. Vom Artigthurn biß zum Schreckdengast war inn die läng die groß herrlich Liberei von Hebraischen, Griechischen, Latinischen, Teutschen, Frantzösischen, Sclavonischen, Krabatischen, Toscanischen, und Spanischen Büchern, geschriben und getruckt: nit wie des Königs Eumenis zwey hundert tausent Bücher zu Pergamo (daher das erst Pergamen kam) inn Geiß oder Schäfin Leder, sonder bretter überzogen mit Sauleder gebunden. Warn ihm auch mehr dann siben hundert tausent des Kö: Philadelphi: mehr dann der Strada in der Vorred in Julium Cæsareum von Mönchen und Wien gedenckt, unnd der Fugkar Büchermarckt, damit der gut Wolffius zu Augspurg sein Himmelsfreud hat: unnd der Medices zu Florentz, darauß die Juristen ihren rechten Leib bekommen. O wie herlich, daß solche reiche Herrn als Fugkar und Medices, nicht allein stattlich Buch halten, sonder auch herrliche Bücher auff halten, auch die Gelehrten wol vergelten: Ihr geschlecht wird desto länger inn ehren plühen, je mehr sie die Musas an sich ziehen: Neben die Bücherpultschäfft unnd Kästen waren die Contrafacturen gelehrter Leut, die *Astrolabia, Globi,* Weltkugeln, Mappen, Landtaffeln, auch die Anbildnussen der Stiffter, unnd die darzu etwas gabt, angehefft, stattlicher als des Jovii und der Rantzau Museum oder die Ungarisch, Sambucisch, unnd Baierisch Biblioteck: Die sprachen und materien diser bücher warn auch fein zusamen geordnet: unnd zu eingang hielt der abcontrafeit Bibliothecarius Ptolomæus inn eim langen Zedel an der wand folgende Verß geschriben.

    Gott grüß euch Liebe Bücher mein,
    Ihr seit noch ungverseehrt,
    Dann ich schon euer wol und fein,
    Daß ich nit werd zu Glehrt.
    Dann wer vil kan, der muß vil thun,
    Und wer vil thut, nimbt ab.
    Deßhalb ich euch die Rhu wol günn,
    Daß mein lang wart das Grab.
    Ihr seit noch ungbeschmutzt und schon:
    Weil ich nit über euch
    Gleich nach dem essen pfleg zugehn,
    Mit Händen, so Schmutzweich.
    Ihr daurt mich, solt ich euch vil netzen
    Mit fingern ins Maul gsteckt,
    Dann diß hieß euer Ehr verletzen,
    Wann man mit Rotz euch bfleckt.
    Ich will nicht, wie Erasmus that
    Seinem Terentz unfüglich
    Euch so trivirn und martern matt
    Daß ich kauff neunmal jeglichs.
    Dann solchs ist gleich als wann ein Aff
    Vor Lieb sein Kind erstickt:
    O Aeffelein, wie ein süsse straff
    Dich knickt, was mich erquickt.
    Also was schads euch Büchern auch,
    Wann man vor grosser Lieb
    Euch schon was abnutzt in dem prauch,
    Die Salb roch, da mans rieb:
    Dann hierein kompt kein Zeigerzitter,
    Und kein Donatverkrätzer,
    Die auß Neid die Buchstaben splittern,
    Unds Namenbüchlein ketzern.

Ach disen ist ein Pult i*h*r Knie:
I*h*r ligt auff hohen Pulten:
Darumb besuchen euch nicht hie
Die ein *Tolle* verschulden:
Sondern die, so auff andere weiß
Euch hoch mißprauchen künnen,
Und darumb durch i*h*r aberweiß
Schärffer Product verdienen.
Aber was kan das Kalb darfür,
Daß ein Hur ist die Ku,
Jedoch scheu ich mir darfür schier,
Und laß euch drumb mehr Rhu.
I*h*r liegt hie underm staub wie Gold,
I*h*r werd noch wol erhaben:
Dann darumb ist man dem Gold so hold
Weil man es muß außgraben:
I*h*r secht, was etwann man nicht acht,
Das wird jetzt fürgekratzt,
Was alt ist, wird jetz neu gemacht,
Der ältst ist der best Schatz.
Gott grüß euch dort, im Winckel dort,
Den Author sampt seim Buch,
Verziecht mir, daß ich an dem ort
So selten euch besuch:
Ich weiß wol, daß kein Wolff euch frißt,
Noch kein Ungelehrter stielt,
Sonst ich ein Hirten halten müßt
Der euch inn Huten hielt:
O wer zu Kriegs und Frideszeit
So sicher alles gut
Bei ehren bliben sehr vil Leut,
Vergossen wird kein Blut.
Es wolt dann der Kriegsman on scheu
Villeicht seim Feind zu trutz
Machen auß euch ein Eselstrai,
Weldis i*h*m doch wer kein nutz.
O ihr Scribenten wol erkant,
Die ihr durch euer Schrifft
Berhümt macht euer Vatterland,
Und ewig Ehr euch stifft:
I*h*r seit die Seuln von Ertz und Erd,
Drein vor der Sündflut man
Grub die Kunst, die man het gelehrt,
Auff daß sie stäts bestahn.
Drumb noch die Händ verfaulen nit

Die euch offt han abgschriben,
Und uns Nachkommnen gdient darmit
Daß ihr uns noch seit blieben.
Gelobet sey der löblich Fund
Der Edeln Truckerey,
Der euch uns noch erhalt zur stund:
Gelobet sey die treu
Der beid Erfinder, Gutenbergck.
Und Schäfers, sampt sein gsiepten,
Die Gmeinem Nutz zu gut solch Werck
Zu Straßburg, Mentz erst übten.
Der ein bracht uns vil Berg mit Gut,
Ja Bergwerck guter Künst,
Der Schäfer auß eim Jasons mut
Brachts Gulden Vlüß erwünscht,
Der weißt das Gulden Schaaffell recht,
Die Woll, so recht ist gulden.
O daß er ewig sey verschmecht
Der die Kunst nit mag dulden,
Und welchen guter Bücher Schrifft
Ein Haberacker ist,
Und halten gute Kunst für Gifft:
Ihr Narn verfaul wie Mist.
Hett Welschland disen Fund ergründ,
Seins rhümens wer kein end,
Nun hats euch Teutschen Gott gegünt
Deßhalb ihn wol anwendt:
Gott hat euch durch diß Mittel gwisen
Ein weg zu allen Künsten,
So brauch dasselb vor andern gflissen
Zusein drinn nicht die minsten.
Die Truckerey han gut Authoren
Ein recht ansehen gschafft:
Und ihr Authorn wern längst verloren,
Thet nicht des Truckens krafft:
So lang nun euer eines wert
So lang wärt beider Rhum,
Derhalb ihr beid einander ehrt
Daß keines nicht abkum.
Euer Scribenten guter Nam
Bleibt bei Namhaften gnaden
Besser als mancher Edler Stamm
Welcher verwelckt on thaten,
Oder des Reichen Cuntzen Nam:
Dann euer tode Schrifften

Jagen den Leuten ein mehr scham
Als Lebend Reden stifften.
Ja auch die Lebendigen müssen
Noch reden auß euch Stummen,
Und wann sie darauff sich nicht füssen,
So trampt ihr Red Welsch Trummen.
Ihr strafft die Fürsten, den sonst wenig
Einreden dörffen frey:
Ja vor euch haben Keyser, König,
Zuthun was unrechts scheu.
Dann nach dem sie verhalten sich,
Nach dem beschreibt man sie:
Noch dannoch find man sonderlich
Daß euch doch je und je
Monarchen han inn ihren Zügen
Mittgführt zulesen euch:
Ja ihr, als das Liebst müßten Liegen
Ihn underm Pfulwen gleich:
Man mußt dem Fürsten Pico auch
Das Essen zum Buch bringen:
Und nicht das Buch zum gfräß und Bauch,
Man wolt dann villeicht singen.
Wie solt es dann nicht Fürstlich sein
Solchem ein Hauß zubauen:
O möcht ich tausent Jar Fürst sein
Ihr solt vil solch Stifft schauen:
Vil solcher Zeughäuser der Weißheit.
Und Mercurius hülen
Da man die recht Oracula heischet
Von Büchern hie auff gstülen.
Dann kan ichs schon nit machen nach,
Ergetz ich mich doch dran:
Weiß ich schon nicht ein jede sach,
Daselbst ichs suchen kan:
Oder erinner mich alsbald
Wann andre darvon sagen,
Alsdann es dannoch mir gefallt
Wann ichs laß vor den tagen.
Durch Bücher Mittel kan man wissen
Was Gottes Willen heißt,
Wie man ihm dien mit gutem Gwissen,
Woher die Welt entspreußt,
Wie lang sie haben werd bestand,
Was sie von anfang ghandelt,
Wie auff und abging jedes Land,

Darnach sich d Welt noch wandelt.
Allhie man mit den ältsten redt,
Hie find man Rhat zur that:
Hie lehrt man, wie man recht vertrett
Jeden beruff und staat.
Hie kan man von Theologis
Gleich zun Juristen gehn,
Von disen zu den Physicis,
Bald zur History stehn:
Und allda mit ungwehrter Hand
Mit Römern führen Krieg,
Bald in der Tafel an der Wand
Sehen wahin man züg,
Oder wo man neu Insuln gründt,
Wie Poli Höh sich schickt.
Ja jeder guter Geist hie find
Was i*h*n freut und erquickt.
Darumb i*h*r Mühsam *Musæ* mein
Wehrt nie den Milben, Schaben:
Dann diß die ärgsten Feind hie sein
So dise Kunst hie haben.
Secht wie dort der Lombardus ligt
Zernagt, verfretzt, zerbissen:
O wie manchs Herrlich Buch mich mügt
Daß darumb ward zerrissen:
Vor Ketzerfeur sie auch behüt
Wie Cæsar sein Maronem,
Kein Alexandrisch brunst hie wüt:
O Vulcan wölst hie schonen.
Verwart sie auch vor Pappenschmieren,
Den starck Papyr nur gfallt,
Auch vor den Pergamenhandthierern,
Die böß achten das alt.
Sih da, ich hör ein Würmlein hie
Klopffen in diesem Brett,
O daß man es herfürher zieh,
Und es zermaln, zertrett.
Herfür herfür du schelmisch Thierlein,
Ghörst nicht inn disen Tempel
Verkriech dich du unnützes Würmlein
Sonst inn ein alt gerümpel.
Du ghörst ins Geßners Thierbuch nit,
Daß dich flickst inn sein Bretter,
Du hast sein Bibliotec zerrütt
Mit ätzung viler Bletter,

Drumb sey verbant der für und für
Von *Musis,* der dich setzt
Ins Thierbuch under ander Thier,
Weil du es hast verletzt,
Seh da, hie hab dir diesen streich,
Dein loß Blut ist nit werd
Daß es solch Heylgen Altar weih:
Darumb lieg hie zur Erd,
Nun freut euch *Musæ,* der Feind ligt,
Der euer Freund stäts frett,
Hie hengt sein Haut, die nit vil wiegt,
Eudi zu Lieb, i*h*m zum gspött,
Damit forthin geschmeiß seins gleichen
Ab diser Haut stäts scheu,
Gleich wie Wölff ab der Wolffshaut weichen
Und keins sich näher bei.

 Bei dem heimlichen Gemach zu underst waren alle ungeschickte Tölpel, Momi, kunstneider, gelehrtenhasser, nichtskönnige Thoren mit langen Oren Contrafeit, wie die Augspurgische Narren am Pranger, unnd die Nörnbergische Feind am Pronnen, wie der Attila undern Bildern Jovii. In der mitte war ein wunderlicher Schneckensteg, dessen eingang war zu äusserst des Haußes durch ein Bogen sechsmal sechs Schuh preit: der war so weit, das sechs Landsknecht mit Reißspiessen auff dem nacken nebeneinander biß zu oberst des Haußes zihen mochten, wie auff den Thurn zu Bononien reuten, unnd auff den zu Alckair fahren. Vom Thurn Anatole biß gehn Mesembrin waren schöne Gallerien unnd umbgäng, welche auff beiden selten mit schönen Historien, emblematis, einplümungen, Devisen, Medeien, Zeychen, Thaten und geschichten auff gut Michelangelisch, Holbeinisch, Stimmerisch, Albrechtdurerisch, Luxmalerisch, Bockspergerisch, Joß Ammisch, bemalet war, wie der Königin Hauß zu Londen: Daß es eim ein Lust zudencken, geschweig zusehen gibt. In der mitte war noch eben auch ein solcher eingang, wie der dem Wasser zu: Über derselbigen Pforten war mit altfränckischen buchstaben geschriben folgendes inhalts.

Hierein komm kein Heuchler, Windhals, unnd NollBruder,
 Kein Bruder Rollus von Bruchfartzius,
Kein Lollhaf, Weidsack, Holprot, Teuffelsfuter,
Bei leib kein Schafsgro Katzenwollen Luder,
 Kein Balckgeplännter Splitterartzius,
 Kein Wachtelpfeiffstirn und Arsfeigwartzius,
Kein Maulstorck, leftzenplapper, Gzeitenschlapper,
Imwolf, Hundib, luftschnapper, und meßknapper

Korallenzeler Paternosterqueler,
Gschwolln Bettlertreck, Plähbäuch, Kuttensäck
Kein Predigläufer Widertäuffer.
Kein bepantoffelt schnudler, Kuttelnsudler,
Kein Grängribler und großbeinknochenschlucker,
Der Ablas grosse Ballenbinderhudler,
Der Gbettlin kleine Wellenbinderstrudler,
O laßt mir drauß all disen Judaszucker:
Zihet anders wohin ihr Gottsraubschmucker,
Ihr werd mir sonst mit euer unwarer War
Mein Pare ware war vergifften gar:
O scheimen war Zum Teuffel far
Gesell dich par Zu gleicher war:
Du solst diß Jar Hierein nicht zwar.
O weit von hinnen weit ihr verdinst verhändler:
O ihr Zeichner Syllanischer Blutregister:
Ihr verdampte verdammer und Blutvermäntler:
Ihr Lotterisch Volateranisch Worthändler:
Ihr Paxsüsse, Pacemküssige Paxpriester:
Ihr Liebverdüster, ihr Kirch und Schulverwüster:
Ihr Formendängier, ihr form mul from, nit im hertzen,
Ihr Luxmundige ArßLaternenkertzen:
Ihr Wannenwäher, Ihr Wetterhäher:
O Hetzenschwetzer, Aufhetzer, Fürstenretscher:
Fridensprecher, Blutrecher.
Herein komm auch kein listfuchs, heuchler, schmeichler
Kein Fischrogenfresser, Hartzhaubziehisch Amptleut.
Kein zungverkäufer, wortgrempler, kautzenstreichler
Kein taschenhirnsam Ratsherrn und gerichtsmeuchler
Kein blut und gutsauger, die verdampt leut,
Kein prachtschab, schmärschnarcher, die unverschamt leut
Welche die leut wie hund am strick füren:
Aber ihr plaudrer werd uns nicht verfüren,
Dann euer lon Wird am Galgen stohn,
Dahin geht schreien, Zungenpleien,
Hie ist kein exceß Zu euerm proceß.
Herein komm auch kein karger wuchergeier
Kein Quittendantzer, Leckars, sparer, scharrer,
Kein Beuteltrescher, Kornkäfer, Weinentweiher,
Kein Handschrifftkratzer und Euclionsmeier,
Elenkürtzer, meßschürtzer, außschlagsparer,
Goldprüe, bucklig geltmauser, müntzplarrer,
Die auch selbs ihren treck gern wolten sparen,
Das haar vom schwantz verkauffen mit der taren.
O schleckverkauffer, Treckerkauffer,

Pleib drauß du schnauffer, Landaußlauffer,
Man kaufft kein Haar Hierin diß Jar,
Herein komm auch kein eiferiger Frauengauch,
    Die fremds naschen und ihr eygnes andern lassen,
Die auß dem Hauß beißt der Xantippe rauch,
Und nemmen fürs Weibs bauch ein vollen Bauch,
    Auß mit euch befrantzosten, befranßten nasen
Ihr gschipet Fisch, die die haut hinden lassen.
Dann hierin ist nichts als der tugendsam
Darumb komm nichts es sey dann thugendsam,
    Höflich und Düchtig,
    Nicht gröblich, undüchtig:
    Glehrt, zuchtbescheiden,
    Nicht glärt, zuchtgescheiden
Frau Tugentscham, Nicht der tugend scham.
So trettet herein beide Mann und Frauen,
Hierin solt ihr nichts als Zucht und ehr schauen,
Dann darumb ist die Rhuwart auffgebauen,
Alles zuhandelen on scheu und grauen,
Keyner ist gezwungen den es hat gerauen,
Gott geb euch hiemit glück auff gutes trauen,
Und euch viel Gulden Ablas erlauben:
Dann da vil steht zuklauben, da ist glauben,
    Or donne par don, Ordonne pardon,
    Seckellösen Mag sünden lösen
    Sündenloß Macht Seckellos,
    Seckelloß Ist Sündenlos,
    Wolan so löset Daß ihr löset,
    So wird man lösen Von guten und bösen
    Und Ablaß lesen, biß ihrs ablösen, abplosen, und ablesen und genesen: O thut Thor unnd Rigel für, wann die Bullengnad kompt für die Thür.

Das Sechs und fünfftzigst Capitel.

Vom Willigmutigen Stiffthauß, seiner bekömlichkeit, und von Kleidung der Thelemoniten besonderer bescheid.

In der mitte des untersten Hofes war ein herrlicher Pronnen von Alabaster: Und darauff die drey Gracie oder Gnadengöttin mit den Cornucopischen Zereshörnern des überflusses eins guten Jars: Unnd gaben Wasser auß Prüsten, mund, oren, augen unnd andern öffnungen des Leibs. Umb diß gieng ein umbgang auff Cassidonischen und rot Marmolsteinin Seulen und schwibbögen: gemalt und geziert mit allerhand zincken, morchen, kolben unnd gehürn von Hirtzen,

Gemsen, Einhörnern, Rhinoceroten, wasserpferden, Elephantenzänen, und anderm schauwürdigem schmuck. Das Frauenzimmer gieng vom Artica biß zum Mesembrinthurn, das ander hatten die Mansbilder ein: Und gleich gegen der Frauen Gemach über waren die Übplätz, Kampffplän, Pferdgericht, Thurnierschrancken, schaugerüst, die arm vom fluß, darinn sie schwummen, sampt wunderlichen Badstuben, von dreifachen oder geschraubtem getäfer, wie die ein Stub inn der Carthauß im kleinen Basel: wol gattirt mit allerley gesunden Wassern und Kräutern. Bei dem fürfliessenden bach aber lag der schön Lustgarten, darinn ein hüpscher Labyrint oder Irrgarten. Zwischen den andern zwen Thüren hielt man das Katzenspil, und den grossen Ballenschlag: Neben dem Schreckdengast, war der Wasenhof voll fruchtbarer Bäum in der Ordnung gesetzt: zwischen dem tritten Thurn wäre der Schießrein von Büchsen, Armprosten und Bogen: Nah darbei der Marstall und die Jaghundsställ: gegen über das Federspil und die Vogelhäuser, welche järlich von neuen frembden Vögeln von Venedig, Candien, Schweitzergebirg Schwartzwald unnd Sarmatien besetzt und gemehrt worden. Alle Säl, Kammern und gemach waren mit vilerley Tapezerei behencket nach den vier Jarzeiten: alle Böden mit grünem thuch bedeckt: die bett alle mit umbhängen: Und in jedem Nebenkämmerlin ein Cristallen Spiegel, mit Gold und Perlen eingefaßt, so groß, das sich einer von fuß auff drin mocht besehen. Zu außgang der Säl des Frauenzimmers waren die Auffbutzerin, Auffzäumerin, Harkrauserin, Bisamreucherin, Hendschuchbeitzerin, Halsseifferin, Anstreicherin: Die mußten beid Mann und Frauen, wann sie zusamen spaciren wolten, vor zurüsten, auffraumen und behobeln: dieselbe besprengten auch allen morgen die Kammern mit Roßwasser, Fenchelwasser, Feielwasser und anderem: auch gaben sie einer jeden das köstlich Cassolette von allerhand Specerei ge macht.

Die Frauen Kleideten sich erstlich nur nach ihrem wolgefallen: Damach aber worden sie nach ihrer freyen willigung reformirt in gestalt wie folget. Sie trugen weiß Scharlachen Hosen, die giengen gerad drey finger preit über die Knie: Die Hosenbendel waren eben der Farb, deren die Armband und Händschuch, unnd bunden sie kreutzweiß oben und unter dem Knie: die Schuch, Pantoffelchen und mäulen von rot Carmesinsammat zerschnitten wie ein Krebsbart: die Beltz von gutem Fäh mit Seidenschamlot überzogen: den überrock mit Gold und Silber durchsticktem Taffat, Grobgrän, Satin, Damast, unnd anderem neuerfundenem Carteck, auff alle Fest etwas besonders: köstlich Perlingestickte Haarhauben, und die sammete Paretlin darauff, auff die Meichßnisch art zur Seiten hangend, wie die Leipsische Jungfraukräntzlin zur Hochzeit: auch flinderfedern darauff, wie der Turgäuisch Adel, wan sie einmal inn ein Meß kommen: Item im Winter ein Nörnbergisch beltzen mäntlin von Zobeln, Genetkatzen, Calabrischen Martern, und anderm futer und gefüll: die Paternoster,

Ring unnd Halsgeschmeyd, waren von guten Edelngsteinen: der Hauptschmuck nach gelegenheit der zeit: Im Winter auff die Frantzösisch, im Meyen auff die Spanisch, im Sommer auff die Toscanisch Manier: außgenommen auff Festen giengen sie Teutsch, weil es einfaltig erbar scheint, wie die Letze kirsenbeltz zu Straßburg. Die Männer hatten zu stumpften stammet, oder Särge, oder Scharlach: zu gesäsen, unnd Wammast Zendeldort, Toppeltaffat, geströmten sammat, nach i*h*rem lust gestept, gefranset und zerschnitten: die Nestel von Seiden, nach der Hosen farb, mit silbern stefftzen: i*h*re röck, mäntel und kappen eben so statlich als der Frauen, mit guldinen knöpffen, oder dickbekrößten fransen, hafften, Ketten, wie die reichen Holsteinjunghern: der gürtel war des wammest farb, unnd das Wehr daran geetzt, conterfeit, versilbert und vergult, deßgleichen der Tolchen gar in die Saurmilch gestosen, zuzeiten in Kindstreck, wie der Schweitzer Pratfischtölchlin. Das paret aber fürnemlich von guten schwartzen sammat, mit einer schönen schnur von gulden spangen und bollen, dan das haupt, als ein sitz aller witz, billich an gelehrten und weisen Leuten zukrönen steht: darumb hat allein under den Göttern Mercurius ein Hütlin auf, und darzu als ein guter Federfechter, Federn drauff: gleich wie auch unsere Mutwillige Ordensleut oder Gutwilligiter befidert warn, halb gelb unnd halb schwartz, nach des Reichs farb, auff Sächsisch, mit Schmaragden und Rubinen versetzt. Auch war ein solche vergleichung unter Mann und Frauen, daß sie täglich alle sampt inn gleicher Kleidung erschienen: Dann sondere Leut darzu bestellt waren, die es beiden theil ankündeten: Gleichwol mußt deßfalls alles nach des Frauenzimmers bedencken geschehen, dann die wissen Planetenmäßlich wol, welche verworffene Tag ein farb gut ist. Auch solt ihr nicht meinen, daß sie viel weil mit der rüstung zuprachten, als wann man eim Baier ein Harnisch soll anthun, sonder wißt, daß sie sondere Kleiderverwarer zu solcher Sacristei hatten, die es versahen. Umb den Forst zu Theleme, auff ein halbe Meil, war ein gantzer Flecken, darinn sasen nichts als Goldschmid, Guffenspitzer, Näherin, Seidenstrickerin, Edelgesteinhändler, Weber, Wircker, Schneider, Goldspinnerin, Sammatmacher, die all inns Kloster arbeiteten: Denen schafft Herr Nausicletus Schiffprächt genug zeugs, dann Järlich pracht er ihnen siben Schiff auß den Tanibaln und Perlininseln, beladen mit Kleinot, Margariten, Gulden Leinwat und roher Seiden. Wa etlich Perlin veralteten, und die recht weiß Farb nidit meh hilten, verneuerten sies bald durch ein neue Kunst, daß sie die eim schönen Hanen zu fressen gaben und i*h*m durch den magen lauffen lisen. als wan man die Falcken curirt, und als dann wider drauß lassen, wie die Apotecker dz Gold, die Landsknecht das Gelt, die Wurmsamenkrämer die Spulwürm, und die alte karge Euclyones die alte nägel auß den Katlachen: das ist ein kunst für die, so die rote Müntz Quecksilbern, unnd die leichte Kronen mit Orenschmaltz schmieren, unnd ihr Andlitz mit Bruntz weschen und den Leib inn öl baden. Inn summa ihr gantz Leben war inn kein Regel, gesatz noch ordnung eingefangen, sonder alles gieng nach eygenem willen: sie stunden auff wans ihnen geful on Mettenläuten, trancken, asen, Zechten Arbeiteten, schlieffen wann ihnen der Lust kam: Keiner weckt sie, auch kein Han: Keyner nötigt sie zutrincken, wie auch nit zu feisten. Also hets Gurgellantua geordnet: Unnd ihr gantze Regul war inn dem spruch, Thu was du wilt. Was dein Hertz Stillt. Dann ein Adelicher mut, thut ungezwungen das gut: genötet heißt getödtet: was man verbeut, das thun erst die Leut: Darumb man sie treibet unnd trübet, dasselb ihnen geliebet: *Nitimur in vetitum.* Wir schwimmen gern wider den Stram. Durch diese Freyheit kamen sie dahin, das was einem gefuhl, dem andern nicht mißful, was der jung Themistocles wolt, das wolt sein Muter, was sein Muter wolt, das wolt auch der alt Themistocles, und was diser alt wolt, das wolt der gantz Rhat zu Athen, und also was die jungen legten, mußten die alten prüfen: wann einer oder eine sagt, wolauff laßt uns trincken, so trancken sie alle wie die Gänß: wann einer ginet, unnd göwet, so göbeten sie all: Wolten sie jagen, so sassen die Frauen auff ihre Zelter, zohen Hirschen Händschuch an und ein Sperber drauff. Sie waren also geschickt, das keine, geschweig einer, war, die nicht schreiben, geschweig lesen, auff allen Instrumenten spilen, mit fünff sprachen reden, schöne Prieff, orationen, gespräch und Reimen stellen konnt, besser als im Thresor des Amadys. Begab sichs dann, das jemands auß demselben Stifft tretten wolt, so nam er mit ihm eine, oder einen, auff die er oder sie, sein oder ihre andacht gelegt hat, hinauß, unnd worden zusamen verheurat: unnd hatten sie vor freundlich miteinander zu Willigmut gelebt, so lebten sie darnach inn der eh noch freundlicher, der letzt tag ihrer eh war ihnen so freudig als der erst. Ich kan auch nicht underlassen, inn folgendem Capitel eudi ein *AEnigma* oder Knorrenknochig Inwolckerisch vergriffen Scirpescrupisch Rhäters oder Rhätzal zubeschreiben: welches in einer Kupfferin Blatten im Fundament gedachter Abtei ist gefunden worden: Unnd dasselb lautet wie folget.

Das Siben und fünfftzigst Capitel.

Innhaltend ein Knochenknorrig, Scrupescirphisch und Gewülckwickelig Rhäterisch Rätzel nach Warsagerischer einflecht, inn worten schlecht, unnd im sinn recht, das errätzelet und errhatet recht, ehe ihr das end gar secht.

Ihr Armen Menschen, die stets harren
Auff glücklich zeit, wan die komm gefahrn,
Erhebt nun euer girig gmüter,

Und hört mir zu, was ich euch fider,
Das ist, was ich euch jetz dictier
Mit der Feder auff diß Papyr.
Wan man soll für gewiß gantz glauben
Daß Menschlich sinn so hoch sich schrauben
Daß sie auß dem Gestirn dort oben
Oder auß viln vorgangnen Proben
Mögen was zukönfftigs vorsagen
Von dem, was sich hie werd zutragen:
So geb ich zuverstehn nun euch,
Daß eben jetz den Winter gleich,
Ja eben hie inn disem Land
Da du nun stehst und ich nun stand
Auffkommen werd ein art von Leuten,
Die also wird Frau Unrhu reuten,
Daß sie kein Rhu nicht werden haben,
Sonder ungscheucht herumbher traben
Bei hellem tag, und sich bemühen
Allerley Standes Leut zuziehen
Auff ihr weiß zu Rotten und Trennung,
Zu streitig Partheischer meynung.
Ja welche ihnen geben werden
Gehör und glauben, wie sie bgerten,
Die werden sie gleich, ungeacht,
Es kost gleich gelt, gut oder Macht,
Bringen dahin, daß die Verwandten
Und besten Freund, on scheu all schanden
Werden gantz trotziglicher massen
In offnem streit sich ein da lassen:
Ja kein schand werden die Sön schätzen
Sich dem Vatter zuwidersetzen.
Auch werden die von Hohem Stammen
Erfahren, daß sich thun zusammen
Wider sie ihre Underthanen
Und gegen sie sich starck auffmanen.
Alsdan wird sein inn solcher Wütung
Kein unterscheid der Ehrerbietung.
Dan ein jeder wird alsdan sagen,
Jeder soll umb das sein sich wagen,
Man machets hie keim anderst nit,
Was der ein stoßt, der ander tritt,
Man hebt es auff nach dem es fallt.
Und wer dann nicht mehr solcher gstalt
Bestehn mag, der mag dan außstehn,
Und darnach wider herbei gehn,

Und sich versuchen auff all Weg
Daß er die schand einbringen mög.
Hierüber wird sich dan begeben
Ein solches auff und ab da schweben,
Ein solches hin und wider lauffen,
Ein solches keuchen schwitzen, schnauffen,
Daß dergleichen Auffrhur, Erregung,
Und widerspänstig Widerlegung
Kein History nie hat gemeldt
So wunderlich wird sein die Welt.
Bald wird man auch erfahren dan
Daß mancher feiner küner Man
Durch sein jung Gmüt und hitzig Gblüt
Verreitzt, darin also verwüt
Daß er sehr kurtz darvon wird sterben
Wan er noch ist im Mitteln werben.
Auch wird keiner von disem Werck
Daran er einmal setzt sein stärck
Ablassen, er hab dan zuvor
Getriben ein selsam Rumor,
Und lang gewüt und lang gewült,
Alles mit Neid und Streit erfüllt,
Den Himmel auch mit Gschrei zun Nöten,
Die Erd mit Tritten undertretten.
Alsdan werden zur selben zeit
Gleich so vil gelten Treuloß Leut
Als die so warhafft und getreu,
Ihr beider Glaub wird da stehn frey.
Dann sie all werden sich befleissen
Gantz gefällig sich zuerweisen
Dem unverständigen grossen Hauffen,
Auch ihren Glaub auff ihn nur schrauffen.
Also daß under ihnen auch
Der ungschickst wird zum Richter braucht
O der schädlichen Schwämm und flut,
O der Mühlichen Sündflutrut.
Ja wol wird sie ein Flut genent:
Dann dise Müh nimpt ehe kein end,
Noch die Erd wird ihr nit ehe gledigt,
Biß daß sie mit gewalt außnötigt
Vil Wassers, welchs plötzlich mit hauffen
Hin und wider herab thut lauffen,
Darmit diselben, so am meisten
Im streit groß müh und arbeit leisten
Werden durchfeuchtet und genetzt,

Und billich darmit so verletzt
Weil i*h*r Gemüt zu disem streit
So gar durchbittert ist mit Neid
Daß es keinem kurtzumb vergibet
Und kein Barmhertzigkeit nicht übet,
Auch nit gen der Unschuldigen schar
Des Haußviechs, welchs uns ist dinstbar:
Also daß sie on alls erbarmen
Von i*h*m Adern und wüsten Därmen
Zwar kein Opffer den Göttern pringen,
Sonder ein schnöden prauch erzwingen,
Zu täglichem dienst der sterblichen
Und der täglich zerscherblichen.
Nun laß ich selber euch ersinnen
Wie dise ding all zugehn künnen,
Und was des Runden Gbeues Leib,
Die Himmelsrund gewelbte scheib
Bei solchem unrhüwigem keib
Für Rhu könn han, und was sie treib.
Doch sag ich, daß die allerbesten
So sie bhalten am aller mehsten
Am meysten dahin werden walten
Sie unverderblich zuerhalten:
Doch also, daß sie sehr mit fleiß
Auff ein sonder Manier und weiß
Sich werden ängstlich fast bemühen
Gefenglichen sie einzuziehen,
Und inn ein dienstbarkeit zubringen:
Also das die, die man thut tringen,
Und ängstigen und niderlegen,
Und jagen hin und her mit schlägen,
Nicht haben wird, zu dem sie flieh,
Als dem, der sie gemacht hat hie.
Ja wans zum ärgsten mit i*h*r staht
Wird die Sonn, als wans nidergaht,
Ein Fisternuß lan über sie,
Die dunckler dan kein Nacht ward nie,
Oder als kein *Eclypsis* nit,
Und alsdan wird sie gleich darmit
I*h*r Freyheit sampt dem Schein von Himmel
Verlieren in eim tieffen Schimmel,
Oder zum wenigsten verlosen
Bleiben inn der Einöd verstosen:
Aber zuvor und ehe sie bstand
Der Undergang, der schad, die schand,

Wird sie ein lange zeit erzeigen
Ein hefftig groß Erbidmen, neigen,
Ja so gewaltsam sich bewegen
Als der Berg Aetna sich thet regen
Da er geworffen ward von hinnen
Auff einen der Titanen Sönen,
Oder als wan Typho der Rieß
Die Affen Insul ins Mör stieß:
Also wird sie inn kurtzen stunden
Bald inn leidigem stand befunden:
Auch so veränderlich, das die
Welche nun han erhalten sie,
Doch sie denselben werden lassen
Die nach der hand sich drumb anmassen.
Folgends geht an die rhüwig zeit
Welche stillt den langwirigen streit:
Dan die gedachten grossen Wasser
Welche sie machen je meh nasser
Thun sie dermassen sehr bemühen
Daß sie müssen einmal abziehen.
Und gleichwol, ehe man also weicht
Sicht man, daß in den Lüfften leucht
Ein scharffe hitz, welche ereugt
Ein grosse Flamm, die drumb aussteigt,
Damit der Wasserflut sie wehr,
Und diß wesen einmal auffhör.
Nach allem, wann diß nun vollführt,
Weiters zuthun sich nicht gebürt
Als daß die Ausserwehlten dann
Mit alln Güttern und Himmlisch Mann
Werden erlabet auff die Schlacht,
Und zum Überfluß Reich gemacht
Mit wolgebürlicher Verehrung
Umb ihre wol erzeigt bewärung,
Auch etlich zu letz außgezogen,
Und diß wird billich so gepflogen
Damit so dise müh und fleiß
Sich endet auff ein solche weiß
Ein jeder hett zu seinem heil
Sein vorbestimpt vorsehen theil:
Inn massen solchs bewilligt ward.
O wie wird der zu jeder fart
Geehrt, so biß ans End verharrt.

Als dise Antiquitet ward außgelesen, holet Gurgelstrozza etliche tieffe Seufftzen darüber, und sagt zu den Umbstehenden. Nun seh ich, es ist der brauch nicht erst heut auffkommen, daß man die, so zur Evangelischen erkantnuß schreiten, verfolgt: Aber wol dem, der sich nit ärgert, und von fleischlichen Affecten und neigungen ungehindert und unbetrübt, allzeit nach demselben Zweck zilet, welchen uns der treue GOTT, inn seinem Sohn vorgesteckt hat. Darauff sagt Bruder Onkappaunt: Ihr holts mächtig tieff: was meynt ihr andere, daß durch diese Aenigmatisch Rhätsal verstanden werd? Errhatets, so wirds ein Gerhatsal. Könt ihr sonst *Validos Veneris perumpere nodos,* so entnodiert unnd beißt mir diesen verknipfften Knopff auch auff, habt ihr änderst gut scharff Nägel unnd spitze Zän. Hie übt euch ihr Knöff und Knebel in Wämstern, i*h*r Knorrenspalter, i*h*r Knochensplitterer, ihr Marckbeinsauger, ihr Gordiknöpff hauer. O Alexander Magnus hat mächtig groß Ehr mit Lösung des Gordischen Gurtenknopffs eingelegt, daß man ein Verblümt *Emblema* unnd *Divis* hat drauß machen müssen, da ein Sebel inn eirn Zweiffelknopff steckt. Ja hindenauß, wie die Küh Seychen: jeder SchweitzerBaur hets mit seiner Fochtel auch also aufflösen können: Auch können noch zur Knopffnot die Fuhrpech mit ihm Sebelmäsigen Karrenmessern, unnd die Fischer mit ihren Salmenplötzen sehr fertig die Notknöpff auffnöten und aufftödten, wie ein Nuß mit dem Arß: Auch war Gordius, der denselben Knopff vergurtet hat, unnd seiner verknipfflichen Knöpffigkeit halben König der Phrygen ward, ein Fuhrman gewesen, unnd hat so wacker als der best Gespan anschirren können, wie der im Geistlichen Fularwerck. Mein Vatter aber schlug mich darumb wann ich mein Nestel der gestalt auffthat, ob mich auch schon ein angstscheissige Leibsnot bestund, oder ein träppelende Scheiß anstieß. Aber meim Schulmeister wars erlaubt, wann ich inn Nöhten auß sorg der Lochfegung mein Nestel auff allen Ecken, Schantz unnd Schwantzwehren, mit Notknöpffen verknipfft, der schnitt sie mir so lustig auff daß ich Barärssig vor ihm niderfuhl. Ich gewann nichts dran wie ichs macht, ich verknipffts oder verspielts, so kam man mir übers Gesäß: doch schads nichts Lieben Kinder, ihr werd nur groß darvon, es vergeht euch wol biß i*h*r ein Frauen nempt, solch Nestel auffknipffen und *Solve Ligulas* verwart vor hoch auffknipffen unnd Henckersknöpffen: besser gezabelt am Declinenden *Scamno,* als am Undeclinenden Ligno, so ein GalgenPfosten heißt.

Wiewol, meint ihr nicht, daß der Gordisch vergurdtet Zweiffelstrick etwann ein Rhäters gewesen sey von seim Knopff im Bart: Dann ein Knopff an ein Furtz sah ich nie machen. Ja bei dem heiligen Bischoff Gürtelknopff zu Basel ich glaubs.

Derhalben mein Liebe Wamstknöpff, auch ihr Wammst-Knebel, entknöpffet unnd entknebelet mir diesen Meisterlichen Weberknopff: schneidet dapffer inn diesen zusamen gelegten Faden, ich kan ihn wider gantz machen ohn Schaden: Aber trefft ihr mirs nicht, so muß hie diser Keib zur Straff für alle ein *Bastonata* mit Knöpffen von Barfüsser Corden außhalten. Was darff es viel wesens, sagt Gurgellantua, Ich halt es sey nichts Lecherlichs, es deitet auff den Lauff und die erhaltung Göttlicher Warheit. Bei dem heiligen Sanct Goderan, sprach der Mönch, was kodert ihr hie? diß kompt mit meiner Außlegung gar nicht überein: Es ist des Propheten Märlini *Stylus* unnd Art zuschreiben: Ihr möcht die wichtigsten und ernsthafftesten Allegorien drüber zu Marckt bringen, die ihr wolt, so halt ich meins theils, kein anderer verstand sey under den gelesenen verzwickten dunckelen Worten darinn begriffen: Dann ein Beschreibung des Katzenspringenden Ballenspils oder Ballenspiligen Katzensprungs. Dann die Anstiffter zum Spiel seind die so sich Partheien, welchs gemeinlich gut Freund seind.

Wann die zwo Schasse vollbracht worden, so seind auß dem Spiel, der so darinn war, unnd der hinein kompt. Man glaubt dem Ersten, welcher sagt, ob der Ball über oder under die Corden sey gangen. Der Schweiß ist das Wasser so anlaufft. Die geremßten Schnür und Netz in den Racketen seind von Hämmel oder Geyßdärmen gemacht.

Die Runde Machina oder das Rund umbwelbt Gebeu ist der Ball, darumb man so unrhüwig ist. Nach dem Spiel erfrischt man sich vor eim guten Feuer unnd ziecht frisch Hembder an, das ist an statt viel Badens, gleich wie den Meidlin das dantzen: Auch zecht unnd Collacioniert man gern hernach, aber die jenigen mit mehrerm lust, so gewunnen haben. Nun gut geschirr, wir wöllens auch geniessen: Studiert nicht zu sehr, dann die nichts können die studieren: Euch aber ist schon geholffen, ihr tragt den Ring schon am fördersten Finger: Wie wann ihr den fördersten inn den hindersten steckten? Habt mir nichts für ein Kübel, wann ich ein Brenckel bracht: Es gieng mir auch offt übel, wann ich die Feder ins Glaß stieß, vermeynend ins Dintenhorn zustossen: *Vita verecunda est, Musa iocosa mihi.* Welche am meisten von grossen streichen und vilem Bulen singen unnd sagen, die Thaten am wenigsten schaden.

Jedoch, soll unnd muß ich dermal eins wider das fliegengeschmeiß ein Nasenschirm schreiben? *Melius non tangere clamo, Qui me commorit, tota cantabitur urbe:* Ja *tota orbe,* dann ich kan auch noch fünff Sprachen ohn Schwätzenschwäbisch, das ist die sechßt, heißt Lügen. Aber nicht halb so wild, es mags einer versuchen: Im folgenden zweiten Buch will ich sie suchen: Es wird mir die Liberey zu S. Victor wol dienen inn die Kuchen: Auch Panurgi weiß, und wider die Dipsodischen dürre dürstige Riesen die Reiß, sampt den Zwerchen welche kamen auß Pantagruels Fürtzen, und den Freulin Zwerchinnen, welche auß seim Wasser theten rinnen: Auch werden mir sehr wol stehn zuhanden, die neu Zeitung von Teuffeln und den Verdampfen, sampt der Zung, darmit Pantagruel, ein gantz Hör deckt, unnd was wunderlichs ihm inn dem Maul steckt. Hie wöllen wir ein ander weisen, daß man den Rabelais nicht umbsonst ein *Aristophanem* hab geheisen: Jedoch also: mit dem geding, *Si mala condiderit in quem quis Carmina, Ius est* (merckts ihr Juristen) *Iudiciumque esto, si quis mala: Sed bona si quis Condiderit etc. Si quis Opprobriis dignum latraverit, integer ipse, Solventur risu tabulæ, tu missus abibis.* O geb Untreu Wein als die Reben, wir wolten all Trincken vergeben. Nun wolan, stirbt mir einmal ein Kuh, will ich euch auch laden zu Gast darzu: Oder kompt ihr lieber zum Speck, so lad ich euch auch, wegen Reimens, zum Seumagen. Haben wir schon kein Gelt, han wir doch gut Kleider, das best Hembd hat kein Ermel. Hie heißts zur schmalen Wart, da ißt man übel und ligt hart, etc.

FINIS.

Win uß.

Biographie

1546	Johann Fischart wird in Straßburg geboren. Da sein Vater als Gewürzkaufmann recht vermögend ist, kann sich Fischart eine gründliche Ausbildung leisten.
1561	Fischart besucht das Straßburger Gymnasium von Johann Sturm.
1563-1566	Sein Verwandter Kaspar Scheidt unterrichtet ihn auf humanistischer Basis in Worms. Fischart unternimmt Reisen nach Flandern, Frankreich, Italien, England. Darauf folgen Studien in Paris, Straßburg, Siena und Basel.
1570-1581	Fischart ist zum größten Teil in Straßburg ansässig. Er verfasst Schriften zur konfessionellen Auseinandersetzung (»Der Barfösser Secten und Kuttenstreit«, Straßburg). Zu Beginn der 70er Jahre arbeitet er zunächst in Frankfurt, später in Straßburg als Redakteur, Korrektor und Autor, zudem publiziert er auch eigenständig. Er ist stark calvinistisch geprägt, wobei er alles Katholische verteufelt.
1571	»Von S. Dominici, des Predigermuenchs, und S. Francisci, Barfuesser, artlichem Leben und grossen Greweln«, (Frankfurt am Main).
1572	»Aller Practick Großmutter«, (Straßburg). Seine 1574 stark erweiterte und veränderte Schrift »Aller Practic Grosmuter. Die dickgeprokte Pantagruelinische Brugdicke Prokdik oder Pruchnastikaz, Lastafel, Baurenregel vnd Wetterbuechlin« (Basel) erscheint.
1579	»Binenkorb Des Heyligen Römischen Imenschwarms«, eine polemische Schrift gegen die katholische Kirche als Institution erscheint. »Fürtreflich Artlichen Lob deß Landlustes« (Straßburg)wir veröffentlicht. Fischart entwickelt darin die Utopie von segensreicher Arbeit und guter Nachbarschaft eines ländlich orientierten Lebens, das im Gegensatz zur hektischen Betriebsamkeit von Städten steht.
1580-1583	Fischart praktiziert als Jurist am Reichskammergericht in Speyer. 1583 wird er Amtmann in Forbach und heiratet Anna Elisabeth Herzog.
1588	»Das Glückhafft Schiff von Zürich« (Straßburg) ist ein Lobspruch auf die stadtbürgerliche »Arbeitsamkeyt«, ein Thema, das er in der »Beschreibung des Nachbarlichen Buendnuß vnd Verain der dreyen Löblichen Freien Stätt Zuerich, Bern vnd Straßburg« (Straßburg) wieder

	aufnimmt.
1590	Fischart stirbt in Forbach bei Saarbrücken.

Printed in Poland
by Amazon Fulfillment
Poland Sp. z o.o., Wrocław